BASTEI LÜBBE
TASCHENBUCH

Weitere Titel des Autors:

Hereward: Das Teufelsheer (ab März 2019)

Über den Autor:

James Wilde ist das Pseudonym eines englischen Autors von Fantasy-, Science Fiction-, Horror- und Historischen Romanen. Als er als Kind einen Comic über Hereward, den legendären englischen Widerstandskämpfer, las, war er sogleich fasziniert. 40 Jahre später ging für James ein lang gehegter Traum in Erfüllung: Er veröffentlichte seinen ersten Roman über Hereward, und das mit großem Erfolg. Der Autor lebt mit seiner Familie in den Midlands.

James Wilde

HEREWARD

DER GEÄCHTETE

Roman

Aus dem Englischen
von Evelyn Pesch

BASTEI
LÜBBE
TASCHENBUCH

BASTEI LÜBBE TASCHENBUCH
Band 17733

Dieser Titel ist auch als E-Book erschienen

MIX
Papier aus verantwortungsvollen Quellen
FSC
www.fsc.org
FSC® C083411

Vollständige Taschenbuchausgabe

Deutsche Erstausgabe

Lektorat: Judith Mandt
Textredaktion: Dr. Arno Hoven, Düsseldorf
Illustration Karte: Dr. Helmut Pesch, Köln
Titelillustration: © shutterstock/ZRyzner; © ilolab/shutterstock;
© Collaboration JS/Arcangel
Umschlaggestaltung: Massimo Peter-Bille
Satz: two-up, Düsseldorf
Gesetzt aus der Caslon
Druck und Verarbeitung: CPI books GmbH, Leck – Germany
ISBN 978-3-404-17733-2

1 3 5 4 2

Sie finden uns im Internet unter www.luebbe.de
Bitte beachten Sie auch: www.lesejury.de

DIE WELT VON
HEREWARD
UM 1066
Tyne
Jarrow
Durham
NORD-
HUMBRIEN
Scarborough
Ouse
Derwent
Wharfe
York
Stamford
Fulford
Tadcaster
Riccall
Humber
Lincoln
Nordsee
Trent
Barholm
MERCIEN
Peterborough
OST-
ANGLIEN
Yarmouth
Severn
Gr. Ouse
ENGLAND
Gloucester
Walcheren
London
Themse
Westminster
Canterbury
Brügge
WESSEX
Winchester
Guînes
Pevensey
Hastings
Saint-Omer
FLANDERN
Cambrai
Ärmelkanal
Somme
Marne
Seine
Paris
NORMANDIE
FRANKREICH
HP

Danksagung

Für Unterstützung und Hinweise bin ich Dr. Richard Hall, Director of Archaeology, York Archaeological Trust for Excavation and Research, und dem York Visitor Information Centre zu Dank verpflichtet.

Kapitel 1

Nordhumbrien
29. November 1062

Es war der Anfang vom Ende der Welt.

Schwarzer Schnee stach in das Gesicht des jungen Mannes. Knietief versank er in der weißen Decke des Hanges, während er ihn hinabschlitterte, und kniff zum Schutz gegen den peitschenden Sturm die Augen zusammen. Verzweifelt bemühte er sich, in der wilden Landschaft aus hohen Hügeln und dichtem Wald einen Pfad zu erkennen. Der bittere Geschmack auf seiner Zunge bestätigte seine Befürchtungen: Asche, die in den wirbelnden weißen Flocken trieb. Er kam zu spät. Im Heulen des Schneesturms konnte er das Prasseln des Feuers voraus vernehmen, und über dem Hügelkamm sah er eine schwarze Wolke emporquellen, während in seinem Rücken die Schreie der Verfolger lauter wurden, die immer näher kamen, je mehr er ermüdete. Aus der Hölle in die Hölle.

Mit tauben Fingern zog Alric den groben wollenen Umhang enger um die schwarze Kutte, aber seine Zähne klapperten dennoch, aus Angst ebenso wie vor Kälte. Er war gerade erst achtzehn geworden, sein Gesicht noch ungezeichnet von den Mühsalen des Lebens. Haselbraunes Haar hing ihm nass und strähnig in das schmale Gesicht; seine Tonsur wuchs bereits wieder zu, und unter seinen Augen lagen dunkle Ringe. In diesem Augenblick schienen die Sicherheit und der Friede der Abtei von Jarrow der Erinnerung einer anderen, unschuldigeren Person anzugehören, die nicht von abgrundtiefer Verzweiflung befallen war. Er dachte an seine Eltern, die ihn als Kind ins Kloster geschickt und zum lebenslangen Dienst an Gott bestimmt hatten. Was würden sie von ihm denken, wenn sie wüssten, wie schrecklich er sie enttäuscht hatte?

Mit einem krächzenden Gekreische wie das Schreien verlorener Seelen erhoben sich die Raben in einer schwarzen Wolke aus dem Geäst, als er den nächsten Hang hinaufstolperte. Der Atem brannte in seiner Brust, und seine Glieder schmerzten, aber er quälte sich weiter und packte immer wieder nach Zweigen, um sich an ihnen durch die Schneewehen hochzuziehen. Schließlich ließ der Schneesturm nach. Wenig später jedoch bemerkte Alric, dass seine Fußspuren hinter ihm deutlich zu erkennen waren. In der menschenleeren Landschaft würden sie sich meilenweit über die verschneiten Hügel ziehen. Die Verfolger konnten sie nicht übersehen.

Kurz vor dem Hügelkamm machte er den Fehler, abermals zurückzublicken. Scharf umrissen gegen den dräuenden grauen Himmel stand auf der Hügelkuppe eine halbe Meile hinter ihm der Tod, die Kriegsaxt Grim in der rechten, einen Speer in der linken Hand. Harald Rotzahn hielt nur kurz inne, während der Wind seinen Umhang blähte, bevor er sich den Hügel hinabstürzte und zwischen den Bäumen verschwand. Wie ein Rudel Wölfe kamen seine Männer hinter ihm über die Kuppe geschwärmt, ohne einen Laut von sich zu geben. Sie witterten, dass die Beute nahe war.

Voller Panik taumelte Alric über den Hügelkamm, nur um sogleich entsetzt im Schnee auf die Knie zu fallen, als er das Unheil sah, das auf das Dorf herabgekommen war, welches er zu seiner Heimstatt gemacht hatte.

Ein schwarzes Leichentuch bedeckte die Lichtung im Wald, und rotgoldene Flammen leckten aus jedem strohgedeckten Haus, das es in Gedley gab. Nur das Prasseln des Feuers und das hungrige Krächzen der Vögel waren zu hören – keine Hilferufe, keine Schreie von Müttern, die nach ihren Kindern suchten, oder von Männern, die gegen ihr Schicksal aufbegehrten. Es war auch nichts von denen zu sehen, die Harald Rotzahn vorausgeschickt hatte.

Mein Fehler, dachte Alric, bevor Zorn und Hass auf sich selbst sein Schuldgefühl unter sich begruben. *Alles mein Fehler!*

Er lief wieder los, den Hang hinunter. Seine müden Beine trommelten immer schneller, bis er die Kontrolle über sie verlor. Er geriet ins Stolpern, fiel und krachte gegen den Grenzpfosten am Bach.

Mit weiß eingestäubten Haaren, Kleidern und Augenbrauen rappelte er sich wieder auf und rannte zwischen den Bäumen weiter, wobei er die Namen aller Bewohner von Gedley rief, einen nach dem anderen.

Keine Antwort.

Er hätte genauso gut selbst die Häuser in Brand setzen und einen Speer in die Brust jedes Mannes, jeder Frau und jedes Kindes rammen können. Ob Gott ihm vergeben konnte? Ob er sich selbst je vergeben würde? Umgeben von dem erstickenden Qualm, fragte er sich, ob er nicht einfach stehen bleiben sollte. Sollte Harald Rotzahn ihn doch auch töten! Er hatte es nicht besser verdient.

Der Mönch schrie auf, als in dem ätzenden Rauch die Gestalt eines Mannes vor ihm auftauchte, mit ausgestreckten Armen wie der Herr am Kreuz, die Augen weit aufgerissen. Im nächsten Moment erkannte Alric, dass der Mann tot war, und nach einem weiteren Stolperschritt zeigte sich, dass der Leichnam in den Dornenzweigen eines Weißdornstrauchs hing. Wildes Haar und ein wirrer Bart, beide tiefblau gefärbt, bildeten einen grässlichen Kranz um das schmerzverzerrte Gesicht. Der Tote trug einen rostigen Kettenpanzer, der Kerben von vielen Hieben aufwies. Helle Narben aus alten Schlachten zogen sich über Gesicht und Arme. Alrics Blick wurde von einer Vision dessen überschattet, was hier geschehen sein musste, und er schwankte angewidert zurück: Der Leichnam war vom Brustbein bis zur Scham aufgeschlitzt und die Kehle durchschnitten worden, als ob es nicht gereicht hätte, den Mann bloß einmal zu töten. Der Boden unter dem Dornstrauch war von Blut durchtränkt.

Der abgeschlachtete Mann gehörte nicht zu den Einwohnern von Gedley, wie der Mönch sogleich erkannte. Sechs Monate lang hatte Alric mit allen aus dem Dorf das Brot gebrochen und sich ihrer Bedürfnisse und Sorgen angenommen, und der Tote hier war kein Bauer, sondern ein Kämpfer gewesen. Er konnte nur vermuten, dass es einer aus Harald Rotzahns Bande war.

Aber wer hatte ihn getötet? Die Leute von Gedley waren keine Krieger.

Verstört stolperte er weiter durch den Rauch. Nach ungefähr fünfzig Schritten schrie er erneut auf. Ein abgehackter Kopf steckte auf der Spitze eines Grenzpfahls. Der Hals war sauber durchtrennt. Ein Rabe krallte sich in das dichte braune Haar und pickte nach einem der weißen Augen. Panik schnürte Alric die Kehle zu. Konnte dies ein weiterer Mann aus der Horde des Wikingers sein? Nordhumbrien war ein gesetzloses Land, aber nie zuvor hatte er solche Brutalität gesehen. Vage erinnerte er sich an Legenden der Dörfler von den bösen *Wuduwasas*, welche die verwunschenen Wälder durchstreiften und an Knochen nagten, und an die Schattengeister, die zwischen den Bäumen auf unachtsame Wanderer lauerten. Der Mönch bekreuzigte sich, um den bösen Blick aus dem Dunkel abzuwehren.

Aber dann riss ihn das Prasseln des Infernos in die Gegenwart zurück, und er blinzelte die heißen Tränen der Scham weg. Sollten der Wikinger und seine Männer doch kommen: Sein eigenes Leben war nicht von Belang, sofern er die Möglichkeit hatte, auch nur einen Überlebenden zu retten. Aber obwohl er sein Gesicht gegen die Flammen abschirmte, versengte die Hitze seine Kehle und trieb ihn zurück. Deprimiert fiel er auf die Knie und begann zu schluchzen.

Als sich dieser Anfall von selbstquälerischer Niedergeschlagenheit gelegt hatte, hob er die Augen zum Himmel und bat Gott um Vergebung für seine Sünden. Plötzlich nahm er an der Grenze seines Gesichtsfeldes das Blitzen einer Bewegung wahr, aber der Rauch verbarg das Wesen, das sich dort befand, fast genauso schnell, wie es zum Vorschein gekommen war. Sein Herz klopfte wild. Eine weitere flüchtige Bewegung folgte – und dann noch eine.

Der Selbsterhaltungstrieb forderte schließlich sein Recht, und Alric raffte sich auf. Er taumelte vom Feuer weg und, wie er hoffte, auf den Weg zu, der tief in die dunkle Sicherheit des Waldes führte.

Ein Schrei erscholl, gefolgt von einer Antwort aus größerer Entfernung.

Alric erbleichte. Sie hatten ihn gefunden.

Er rannte los, stolperte über eine Baumwurzel und schlug der Länge nach auf den gefrorenen Boden hin, wobei er sich den Schädel anschlug und die Wange aufschürfte. Er wusste, er verdiente es nicht zu leben; dennoch wollte er nicht sterben. Das Dilemma brachte einen weiteren Schwall von Schluchzern hervor, aber sie erstarben in seiner Kehle, als er sich vom Boden hochstemmte.

Der flache Teich am Rande des Dorfes war jetzt ein See aus Blut.

Auf der anderen Seite des Tümpels lagen die Leichen der Dorfbewohner. Man hatte sie abgeschlachtet wie Vieh und wie Feuerholz zu einem Stapel aufgeschichtet. Ihr Blut rann in den aufgewühlten Matsch. Entsetzt starrte Alric auf die höllische Szene, bis ein Laut hinter ihm ihn herumfahren ließ. Zu spät! Einen blutverschmierten Speer schwenkend, trat einer der Verfolger aus dem Rauch; sein wirres Haar und dichter Bart waren mit Schnee bereift. Seine hasserfüllten Augen brannten.

»Wer bist du?«, krächzte Alric.

»Du weißt, wer ich bin«, erwiderte der Wikinger mit einem Grinsen, das seine Zahnlücken enthüllte.

Ja, Alric wusste es. Der, dem die Raben folgten; die Knochengestalt mit der Sichel, die alle Menschen niedermähte: sein eigener persönlicher Tod.

Der Mann packte Alric an der Kutte, riss ihn hoch und schlug ihm so hart ins Gesicht, dass der Mönch Sterne sah. Als sich sein Blick klärte, fand er sich erneut auf dem gefrorenen Boden wieder, den Blutsee direkt vor Augen.

Unter dessen Oberfläche bewegte sich etwas.

Zuerst dachte er, es wären nur Wellen, die der eisige Wind hervorrief. Aber dann durchbrach eine Luftblase die klebrig wirkende Oberfläche, dann eine weitere. Eine wildäugige Kreatur stieg aus der Tiefe auf, von Kopf bis Fuß in Rot getaucht.

»Der Teufel!«, keuchte Alric.

Kapitel 2

»Viel schlimmer.« Die blutige Erscheinung grinste den Mönch an, der vor dem Ausdruck in dem rot verschmierten Gesicht zurückschreckte. »Ich bin Hereward.«

Während der Recke aus seinem Versteck auftauchte, schwenkte er sein Schwert in einem weiten Bogen, sodass rote Tropfen von der Klinge in den Schnee spritzten. Der Wikinger zögerte und bleckte die Zähne, dann hob er seine Waffe. Eine Woge von Euphorie überkam Hereward. *Zu langsam*, dachte er. Er konnte am Gesichtsausdruck des Kriegers die Fragen ablesen, die sich ihm stellten, und den Anflug von Unsicherheit in seinen Augen erkennen. Dem Nordmann gelang es nicht auf Anhieb, sich auf das, was er sah, einen Reim zu machen. Er verlagerte sein Gleichgewicht und schickte sich mit unbeholfenen Bewegungen an, seinen Gegner mit dem Speer zu durchstoßen.

Hereward trat über den am Boden liegenden Mönch hinweg und hieb den Schaft entzwei; gleich darauf ließ er einen weiteren beidhändig geführten Schlag folgen. Doch der Wikinger taumelte zurück, sodass das Schwert nur eine Spur goldener Funken auf seinem Kettenpanzer schlug, statt ihn aufzuschlitzen. Er verlor das Gleichgewicht und brach auf ein Knie nieder.

»Er ist wehrlos«, stammelte der Mönch.

»Gut so.« Hereward richtete die Spitze seines Schwertes gegen den Kettenpanzer und trieb die Klinge in die Brust des Mannes, bis sie im Rücken wieder herausdrang. Der Nordmann röchelte, seine Augen traten weit hervor. Als Hereward die Klinge aus dem Oberkörper des Wikingers herauszog, rann heißes Blut aus der Wunde und dampfte in der eisigen Luft.

»Du musstest ihn nicht töten«, sagte der Mönch entsetzt.

»Er hätte dich umgebracht, ohne auch nur einen Gedanken daran zu verschwenden. Und er hat mitgeholfen, all die Leute hier umzubringen.« Hereward wies auf den Leichenhaufen jenseits des Tümpels.

Mit erstickter Stimme versuchte der Sterbende nach seinen Gefährten zu rufen. Hereward enthauptete ihn mit einem einzigen Hieb. Er hob den Kopf an den Haaren auf und betrachtete ihn einen Augenblick lang verächtlich, bevor er ihn weit in den Wald hineinschleuderte.

»Was bist du?«, fragte der Mönch angewidert.

»Dein Retter.« Hereward spürte, wie die Ekstase des Tötens bereits verebbte, und die lautlose Stimme in seinem Innern rief nach mehr Blut. Sie pulsierte in seinem Kopf und vibrierte in seinen Knochen: das hungrige Drängen des Triebs, der seit seiner Kindheit sein ständiger Begleiter war. Einen Augenblick lang hielt er inne und lauschte, ob sich von irgendwoher Schritte näherten. *Diese Söldner*, dachte er, *sind hart und kalt wie ihre Heimat im hohen Norden und kampferprobt.* Sie würden sich nicht durch Gefühle oder Furcht von etwas abhalten lassen. Er hatte wie ein Geist aus dem Wald denjenigen aufgelauert, die sich von der Truppe entfernten, als sie das Dorf in Brand steckten, und die anderen hatten allenfalls einen flüchtigen Blick auf ihn erhascht. Im Kampf Mann gegen Mann war er ihnen überlegen. Aber wenn sie zu mehreren kämen, wäre er im Nachteil. »Sie werden uns bald finden«, sagte er mit gesenkter Stimme, während er angestrengt durch den dichten Rauch spähte. »Ich habe noch mindestens vier weitere Männer gezählt, die sich hier aufhalten. Vielleicht sind noch mehr unterwegs.«

»Ja … das stimmt.«

»Du musst dich entscheiden: hierbleiben und Futter für die Raben werden oder mit mir kommen.« Er konnte sehen, dass der Mönch beide Möglichkeiten gleichermaßen abstoßend fand, und mit einem Achselzucken wandte er sich um und verschwand im verschneiten Wald. Er war noch nicht weit gekommen, als er das Keuchen des Mönchs hinter sich hörte.

»Sag mir, dass du keinen von den Dörflern ermordet hast.« Zorn schwang in der Stimme des Mönchs mit; doch gleichzeitig war sein Gesicht voller Trauer, und er kämpfte gegen die Tränen an.

»Keinen einzigen.«

»Du bist nicht aus Gedley. Was hast du mit Rotzahns Truppe zu schaffen?«

»Rotzahn? Das ist der Name ihres Anführers?« Hereward zuckte mit den Schultern und wischte sich das klebrige Nass aus der Stirn. »Ich bin ein Mercier. Ich war auf dem Weg nach York und machte hier im Dorf Rast. Als die Nordmänner anfingen, die Dorfleute abzuschlachten, machten sie den Fehler, auch mich töten zu wollen.« Hereward trat wieder das Bild vor Augen, wie er noch schlaftrunken aus dem Haus getorkelt und mitten in das Getümmel geraten war. Die Angreifer rannten zwischen den brennenden Häusern umher und schlugen alle nieder, die ihren Weg kreuzten. Sein erster Gedanke war gewesen, dass die Männer, die ihm von London gefolgt waren, ihn nun endlich gefunden hatten. Als er sich dann zur Flucht wenden wollte, traf ihn ein Anblick, der wie ein Messer in der offenen Wunde seines Herzens wühlte. Eine Frau schrie auf, als eine Axt ihren Schädel spaltete; und ein kleines Kind hing schluchzend an ihrem Arm. Hereward erstarrte. Die Szene hatte Erinnerungen an zwei andere Frauen wachgerufen, die zu seinen Füßen lagen und ihn aus blicklosen Augen anstarrten. In diesem Moment war sein mörderischer Zorn hochgekocht, und danach erinnerte er sich nur noch an den Eisengeruch von Blut, das Brechen von Knochen und die gellenden Schreie, die dem Tanz seines Schwertes folgten.

Von fern aus dem Nebel des Brandes drang das Trappeln rennender Füße, und es erscholl ein überraschter Ruf, dem sogleich eine laute Antwort folgte. Man hatte den kopflosen Leichnam des Wikingers entdeckt, vermutete Hereward. Er packte den Mönch am Arm und zerrte ihn mit sich. »Kämpf weiter mit deinem Gewissen, wenn du nicht gerade in Gefahr bist, den Kopf zu verlieren.«

Der Mann stolperte auf müden Beinen neben Hereward her. »Sie werden nicht aufgeben, bis sie uns finden. Harald Rotzahn wird uns auf den Fersen bleiben, selbst wenn die Wälder, in die wir fliehen, noch so groß und undurchdringlich sind …«

»Schweig«, zischte Hereward. »Wenn du die ganze Zeit brabbelst, dann lass ich dich zurück.«

Der Mönch funkelte ihn an. »Harald Rotzahn wird nicht ruhen, ehe wir tot sind.«

»Und ich werde nicht ruhen, bis er tot ist. Entscheide dich – ich oder er. Nur einer von uns wird übrig bleiben, wenn diese Sache zu Ende ist.«

Die wütenden Rufe der Verfolger hinter ihnen wurden lauter. Ohne auf eine Antwort des Mönchs zu warten, rannte Hereward in ein Gewirr von Eschen und Eichen hinein und bog um eine aufragende Felsnase, die sie für kurze Zeit vor ihren Verfolgern verbergen würde. Er sprang eine Böschung hinunter, direkt in einen eisigen Bach. Der erschöpfte Mönch folgte ihm dichtauf. Ihre Füße in den Lederschuhen wurden sofort zu Eis, aber diese Unannehmlichkeit war nur ein kleiner Preis dafür, dass sich auf diese Weise möglicherweise die Spuren ihrer Flucht verwischen ließen.

Während sie durch den Bach platschten, keuchte der Mönch: »Mein Name ist Alric. Ich komme aus dem Kloster Jarrow und bin weit gewandert, um das Wort Gottes zu verkünden.«

»Gott scheint diesen Ort verlassen zu haben.« Hereward konnte sehen, dass der Mönch in den bevorstehenden Kämpfen eine Belastung sein würde. Und sein Geplapper war so ärgerlich wie das ständige Summen einer Stechfliege. Hereward wog in

Gedanken die Vor- und Nachteile ab, wenn er den Mönch bewusstlos schlagen und ihn für die Verfolger liegen lassen würde.

»Woran denkst du?«, schnaufte Alric.

»Frag mich später noch mal.«

An einer Stelle, wo der Bach über eine Anhäufung von Felsen hinabströmte, packte Hereward einen Ast, um sich aus dem Wasser zu ziehen. Er hielt inne und bedachte Alric einen Moment lang mit einem nachdenklichen Blick, bevor er die Hand ausstreckte, um ihm zu helfen. Anschließend bückte er sich und schöpfte mit den Händen von dem eiskalten Wasser, um sich das Blut aus dem Gesicht zu waschen. Darunter kamen Strähnen langen blonden Haars und ein kantiges Kinn zum Vorschein. Seine Augen waren von einem klaren Blassblau. Während er damit fortfuhr, sich von dem verkrusteten Blut zu reinigen, wurden auf den Oberarmen allmählich blauschwarze Kriegermale sichtbar: Spiralen und Kreise, die mit einer Ahle in die Haut gestochen und mit Asche gefärbt worden waren. Er sah, dass der Mönch die goldenen Armreife an seinen Unterarmen beäugte, aber er war nicht in der Stimmung, die Neugierde zu befriedigen, die er in den Augen seines Weggefährten erblickte.

Der Mönch entspannte sich ein wenig, als er sehen konnte, dass der fremde Krieger nicht der Teufel war, für den er ihn zuerst gehalten hatte. »Du bist kein gewöhnlicher Dieb«, stellte er fest. »Du verfügst über eine gewisse Bildung. Ich kann es deiner Stimme anhören.«

»Keine Fragen.«

»Ich wüsste gern, mit welchem Ungeheuer ich es hier zu tun habe«, entgegnete Alric trotzig.

Hereward drehte sich um und drückte dem Mönch die Klinge an den Hals. »Noch ein Wort, und ich schlitze dich mit meinem Schwert Hirnbeißer auf.«

»Du würdest einen Mann Gottes töten?«

»Ich würde jeden töten.« Der Mercier bedachte Alric mit einem scharfen Blick aus seinen blassen Augen und sah etwas, das ihn überraschte: Tief im Innern des Mönchs wünschte sich ein dunkler Teil von ihm den Tod.

»Du machst mir keine Angst«, sagte Alric und blinzelte die Tränen weg.

Hereward beachtete ihn nicht weiter und spähte den Bach entlang. Er nahm das schwindende Licht und den erneut stärker werdenden Sturm in Augenschein, und er erkannte, dass sie ohne ein schützendes Dach bald erfrieren würden. »Sie werden bald hier sein«, knurrte er, drehte sich um und blickte in die dunklen Tiefen des Waldes hinein, der vor ihnen lag. »Wie lange brauchen wir bis zum nächsten Dorf?«

»Mindestens einen halben Tag. Wir würden die Nacht nicht überleben.«

»Gibt es hier irgendwo einen Ort, wo wir Schutz finden könnten?«

Alric zögerte. »Es gibt da eine Frau in der Nähe, die allein wohnt. Sie ist eine *Wicce*.«

»In welche Richtung müssen wir gehen?«

»Nein!«, protestierte Alric. »Sie betreibt Hexerei und beschwört böse Geister. Sie ist eine Heidin und glaubt nicht an Jesus Christus und die heilige Kirche.«

Aus der Ferne klangen die Rufe der Verfolger, die näher kamen. Hereward packte Alric bei den Schultern und rüttelte ihn. »Wir tun alles, was nötig ist, um zu überleben. Willst du lieber sterben, als das Brot mit einer Heidin zu brechen?«

Das war zu viel für Alric. Er stürzte sich auf den Recken und ging mit den Fäusten auf ihn los. Der Speichel flog ihm aus dem Mund, als er wütend schrie: »Es ist alles sinnlos! Sie werden uns verfolgen, bis wir vor Erschöpfung umfallen. Wir sind schon so gut wie tot.«

»Ja. Das sind wir. Wir alle«, knurrte Hereward und schickte den Mönch mit einem gezielten Hieb in das Reich der Träume.

Er schleifte seinen Begleiter über den verschneiten Felsboden zu einer dicken Eiche. Dort streifte er sein blutdurchtränktes Wams und die Beinlinge ab und band Alric damit an den Baumstamm. Sobald er den Mönch gefesselt hatte, versteckte er seinen Lederbeutel mit Münzen und ein Messer hinter einem Felsen. Nackt spannte er die Muskeln an, sodass die blauen Spiralen, die seinen Oberkörper bedeckten, sich im schwindenden Licht wellten, und dann stieß er ein donnerndes Gebrüll aus. Ein Augenblick der Stille folgte, dann brach ein Knacken und Bersten im Unterholz los, als Rotzahns Männer in Richtung des Schreis losstürzten.

Hereward eilte davon in die zunehmende Düsternis.

Der Mönch musste noch gerade rechtzeitig aus seiner Bewusstlosigkeit erwacht sein, um ihn zwischen den Bäumen verschwinden zu sehen, denn der Recke hörte Alric brüllen: »Du Ungeheuer! Du *bist* der Teufel!«

Aus seinem Versteck beobachtete Hereward, wie zwei der Wikingersöldner den verschneiten Hang hinabgeschlittert kamen und sich Alric näherten. Der eine hielt eine Axt, der andere einen Speer. Zwei weitere folgten ihnen; sie trugen Helme und abgenutzte Kettenpanzer. »Es ist nur der Mönch«, sagte der Mann mit der Axt. »Der andere ist geflohen.«

»Er hat mich hier zurückgelassen, damit ich euch aufhalte!«, schrie Alric. »Lauft ihm nach! Er kann noch nicht weit sein!«

Hereward sah, dass die beiden behelmten Krieger seiner Spur folgten; sie würden als Erste an die Reihe kommen. Der Wikinger mit dem Speer wandte sich an Alric. »Deine Schuld kann nur mit Blut beglichen werden.«

»Harald wird das selbst erledigen wollen«, erwiderte Alric verbittert.

»Ich werde ihm deinen Kopf bringen. Damit wird er zufrieden sein … und mich reich belohnen.«

Hereward sah, wie Alric die Augen schloss und den Herrn anrief, seiner Seele gnädig zu sein. Als das Gebet vom Wind fortgetragen wurde, war der Mercier bereits dabei, die zwei Männer zu umkreisen, die sich auf seine Fährte gesetzt hatten. Als sie sich trennten, um den Bereich ihrer Suche auszuweiten, schlug er zu. Ein markerschütternder Schrei hallte zwischen den Bäumen wider.

Die beiden Peiniger Alrics, die bei ihm geblieben waren, lachten laut auf. »Dein Freund ist tot«, sagte einer von ihnen.

»Er ist nicht mein Freund!«, schnappte Alric. »Er ist nichts als ein wildes Tier.«

In der Nähe brach der Gefährte des Getöteten durch das Unterholz. Die unterdrückten Flüche, die er dabei ausstieß, zeugten von der Angst, die ihn gepackt hatte. Erneut schlug Hereward mit der Schnelligkeit und Kraft eines Wolfs zu, verzögerte das Ende nur lange genug, um seinem Opfer einen weiteren Schrei zu entlocken. Der Laut übertönte den heulenden Wind, der durch die Bäume peitschte.

Hereward schlich zurück, bis er den Mönch und die beiden verbliebenen Angreifer wieder im Blick hatte. Die Gesichter der Wikinger waren jetzt bleich und verstört; jeder Hohn war daraus gewichen. Der Söldner mit der Axt machte Anstalten, sich in den Wald vorzuwagen, aber sein Gefährte hielt ihn am Arm zurück.

Alric ließ das Kinn auf die Brust sinken. »Er ist der Teufel«, flüsterte er.

Hereward wartete regungslos, ohne auf die Kälte zu achten. Er sah die Angst in den beiden Kriegern aufsteigen. Mit erhobenen Waffen umkreisten sie den Baum, als erwarteten sie einen Angriff aus allen Richtungen. Lange Augenblicke vergingen, in denen nur das Heulen des Windes und das Peitschen des Schnees zu hören waren. Düsternis breitete sich zwischen den Bäumen aus und hüllte sie ein.

Schließlich rührte sich Hereward in seinem Versteck. An ihren langen Haaren zusammengebunden, wirbelten die beiden Köpfe der Getöteten in hohem Bogen aus der Dunkelheit und krachten in einem Schauer von Blut vor den beiden Wikingern zu Boden.

Wutentbrannt über den Tod seiner Gefährten brüllte der Krieger mit der Axt einen Kampfschrei und rannte los. Die Warnung des anderen Nordmanns kam zu spät.

Wie ein Geist in der Düsternis trat Hereward hinter einer breiten Eiche hervor, schwang sein Schwert und zielte auf den Nacken des Angreifers. Bevor dessen Leichnam auch nur den Boden berührt hatte, war der nackte, blutbeschmierte Recke bereits auf den letzten Söldner zugesprungen. Eine Woge der Blutlust schoss in Hereward empor. Die Welt verengte sich auf die Augen seines Gegners und den Tanz der Klingen.

Der Nordmann duckte sich unter dem ersten Schlag weg, musste dabei aber zurückweichen. Wie ein Wirbelwind aus Eisen schnellte Herewards Schwert nach rechts und nach links, hoch nach dem Schulterblatt, seitwärts nach dem Brustkorb. Der in die Defensive gedrängte Söldner wich rasch den Schlägen aus und versuchte, seine eigene Waffe zur Geltung zu bringen.

Mehrere Minuten lang drehten sich die beiden Männer um den gefesselten Alric herum. Sie hatten Mühe, auf dem trügerischen Boden Halt zu finden. Hereward, ganz im Bann seiner wilden Kampfeswut, achtete nicht auf den tiefer werdenden Schnee. Fluchend stürzte er auf ein Knie. Der Söldner sah die Chance zum tödlichen Angriff und stach mit dem Speer zu.

Hereward warf sich blitzschnell zur Seite und hämmerte seinem Gegner die linke Faust zwischen die Beine. Als der Wikinger sich vor Schmerz zusammenkrümmte, sprang der Engländer auf und rammte ihm das Knie ins Gesicht. Der Söldner krachte bewusstlos zu Boden.

Hereward holte tief Luft. Als sein Blick sich klärte, verstummte das Flüstern in seinem Kopf, und seine Wut verebbte. Er trat an den Baum heran, um den Mönch loszubinden.

»Sie hätten mich töten können! Du wusstest nicht, ob ich noch am Leben wäre, wenn du zurückkommst!«, schrie Alric.

»Das stimmt.« Der Recke wedelte verärgert mit der Hand, als wollte er eine Fliege vertreiben. »Du glaubst wohl, dass es mich kümmert, ob du lebst oder stirbst.«

Sobald Alric frei war, zog Hereward dem bewusstlosen Krieger Kettenpanzer, Wams und Hosen aus und streifte sie sich selber über. Seine Arme und Beine waren taub vor Kälte, aber das würde sich bald geben. Mit der blutgetränkten Kleidung, mit der er den Mönch gefesselt hatte, band er den nackten Söldner an den Baum.

Alric hatte sich auf einen umgefallenen Baum sinken lassen und vergrub das Gesicht in den Händen. Er murmelte etwas, das sich nach einem verzweifelten Gebet anhörte.

»Bete nicht für mich. Ich bin seit Langem verdammt«, knurrte Hereward, während er die Festigkeit der Knoten prüfte.

»Ich bete nicht für dich.« Mit rot geränderten Augen warf der Mönch einen gequälten Blick in Richtung Gedley.

Der Mercier konnte sehen, dass es nicht nur der Gedanke an die toten Dorfbewohner war, der seinen Gefährten plagte. »Wer bezahlt diese Nordmänner? Und warum suchen sie nach dir?«

Der junge Mönch wischte sich mit dem Handrücken den Rotz von der Nase. »Keine Fragen«, sagte nun auch er.

Hereward zuckte mit den Schultern. »Dann haben wir beide unsere Geheimnisse.«

Bibbernd vor Kälte begann der Söldner langsam wieder zu Bewusstsein zu kommen. Hereward holte sich seinen Lederbeutel und das Messer zurück, die er hinter dem Felsen versteckt hatte. Er prüfte die Schärfe der Klinge mit dem Daumen.

Misstrauisch sah Alric von seinen Gebeten auf. »Was hast du vor?«

»Ich werde ihm die Haut abziehen wie einem Reh. Und entweder werden seine Schreie Harald Rotzahn hierherlocken, wo ich auch ihn abschlachten kann, oder sie werden ihn von hier fernhalten.«

Entsetzt sprang Alric auf. »Das kannst du nicht tun.«

»Furcht ist es, was die Menschen in dieser Welt antreibt. Wer Furcht verbreitet, gewinnt.«

»Nein«, beschwor ihn der Mönch. »Nicht Furcht, sondern Liebe.«

Hereward lachte. »Als die Nordmänner das erste Mal in ihren Drachenbooten nach England segelten, besiegten sie uns, indem sie Furcht in uns weckten, wie es heißt. Sie haben unsere Klöster geplündert und unsere Frauen vergewaltigt, und wir Engländer sind wie aufgescheuchte Hasen weggelaufen. Die guten Christen wecken Furcht in den Heiden, um sie zu vertreiben. Und dein eigener Gott bedroht uns mit dem Teufel und den Feuern der Hölle, wenn wir vom Weg der Rechtschaffenheit abweichen.«

»Was hat dich so gemacht?«

Mit einem Stöhnen kam der Söldner wieder zur Besinnung. Als Hereward sich mit dem Messer über ihn beugte, entrang sich der erste Schrei aus seiner Kehle, noch bevor das kalte Metall seine Haut auch nur berührt hatte.

Alric übertönte die Schreie mit seiner Stimme. »Du steigst aus dem Blut der Unschuldigen auf. Du tötest ohne Schuldgefühle, als hättest du keine Seele. Ich frage dich noch einmal: Was hat dich so gemacht?«

»Gott hat mich so gemacht.«

Kapitel 3

Der markerschütternde Schrei hallte durch den nächtlichen Wald und wurde von Augenblick zu Augenblick schriller, bis er nicht mehr menschlich klang. Dafür waren Harald Rotzahns Männer beinahe dankbar; denn sie konnten sich so einreden, dass es sich um irgendeine wilde Bestie oder ein schreckliches Ungeheuer handelte, das im Dunkel des Waldes umherging. Aber als der Schrei einfach nicht enden wollte, hielten sie sich die Ohren zu und konnten trotzdem nicht die Bilder von ihrem offenkundig gemarterten Kameraden aus ihren Köpfen verdrängen.

Harald Rotzahn lauschte den Schreien ungerührt, ohne eine Miene zu verziehen. Er war ein Söldner und nahm das Geld eines jeden an – ob von einem Händler, Thegn oder König –, der einen todbringenden Auftrag schnell und brutal erledigt haben wollte; und sein furchterregender Anblick unterstrich diesen Ruf. In den Augenlöchern seines verbeulten Helms spiegelten schwarze, geweitete Pupillen die tanzenden Flammen von Gedley wider. Sein wildes Haar und sein wirrer Bart waren rot gefärbt mit dem Saft, den sein Volk aus der Hagebutte gewann, und sein grob gewebter Wollumhang war mit eingefetteten Fellen gefüttert, welche die Kälte abhielten. Drunter trug er seinen von Kämpfen zernarbten Kettenpanzer, rostig und blutbefleckt, und ein nach Schweiß stinkendes Wams. Von der Brünne baumelten Schädel von Vögeln und Kleintieren an Lederschnüren. Seine Axt, Grim, hing an seiner Seite.

»Es ist immer noch Zeit, ihn zu retten«, murmelte Ivar, sein Unterführer.

»Er ist längst tot«, entgegnete Rotzahn. »Was du hörst, sind nur die Echos, die nachhallen, während sein Geist den Körper verlässt.«

Ivar schlang seinen wollenen Umhang enger um den Körper, um besser gegen das Schneetreiben geschützt zu sein, und ging dabei in Gedanken all ihre brutalen Raubzüge und blutigen Überfälle der jüngeren Zeit durch, doch an etwas ähnlich Widerwärtiges und Übelerregendes konnte er sich nicht erinnern. »Warum schneidet ihm der Hundsfott nicht einfach die Kehle durch und lässt es damit gut sein?«

»Er versucht, uns von hier wegzulocken, in den Wald hinein – bei Nacht, wo der Vorteil auf seiner Seite ist.«

»Und was ist mit dem Mönch?«

»Die Spuren deuten an, dass er mit dem Fremden gegangen ist. Wenn dies zutrifft, sollte er inzwischen tot sein, oder es wird nicht mehr lange dauern. Wir werden bei Tagesanbruch nach seiner Leiche suchen.«

Der Schrei lotete weiter die Tiefen der Qual aus. Harald Rotzahn lauschte gebannt und entdeckte eine Melodie, die kein anderer hörte: das Lied des Lebens, das unter der Oberfläche von allem pulsierte, mit einem Herzschlag als Trommel, um den Takt anzugeben, bis das Lied endete. Er begann, leise mitzupfeifen. Ivar warf ihm einen beunruhigten Blick von der Seite zu und trat unbewusst einen Schritt von ihm weg.

Der Mönch war Geschäftssache, eine leicht zu erledigende Arbeit für eine Handvoll Münzen. Aber der Fremde war etwas völlig anderes. Wer war dieser Recke, der mit solcher Brutalität und Leidenschaft kämpfte? Und warum mischte er sich in eine Sache ein, die ihn nichts anging?

Wir sind hier das Gesetz, sagte Rotzahn zu sich selbst. *Wir entscheiden, wer überlebt und wer stirbt. Der Fremde wird Nordhumbrien nicht lebend verlassen.*

Geistesabwesend streckte er eine offene Hand aus. Ivar griff in seinen Beutel und legte ihm ein paar von den getrockneten

Pilzen in die Handfläche. Mit Sorgfalt betrachtete Rotzahn die roten Köpfe mit den weißen Punkten und die langen cremeweißen Lamellen.

»Es ist der *Blod-Monath*«, sagte er nachdenklich. »Wir haben unsere Opfer dargebracht, wie es unsere Ahnen einst taten, aber der Blutmond verlangt mehr. Der Winter ist früher gekommen und strenger als sonst, und jetzt ist noch dieser Fremde aufgetaucht ... Ich wüsste gern, was das alles zu bedeuten hat.« Er hielt inne. »Die Seher raunen von Vorzeichen ... Omen ... einem nahenden Ende ...«

»Ist dies der Fimbulwinter vor der großen Schlacht, die Ragnarök und dem Ende aller Dinge vorausgeht?«, fragte Ivar.

»Vielleicht. Selbst die Christen sehen solche Zeichen.«

»Es heißt, ein Rabe hätte mit Earl Tostig gesprochen, und er wäre erbleicht und hätte sich in seiner Halle versteckt und sich geweigert, irgendjemandem zu sagen, was der Rabe ihm verkündet hat«, erinnerte sich Ivar mit einem Schaudern.

Rotzahn steckte sich einen großen und einen kleinen Pilz in den Mund. »Wir werden hier ein Lager aufschlagen, wo es warm genug ist, dass wir die Nacht überstehen. Geh jetzt und lass mich allein, denn ich reise weit über die Grenzen von Midgard hinaus zum Gestade des großen dunklen Meeres. Sollte ich sterben, bevor ich zurückkehre, bist du der neue Anführer.«

Ivar nickte und ging fort. Mit lauter Stimme gebot er den anderen, ein Lager zu errichten. Sie kannten alle die Gefahren des Rituals, auf das Rotzahn sich eingelassen hatte. Manchmal erlaubten es die Geister dem Reisenden nicht, mit dem Wissen, das er am Ufer jenes großen Meeres oder in dem dunklen, endlosen Wald der Nacht erlangt hatte, in die Welt der Menschen zurückzukehren. Aber Rotzahn hatte bei mehr als einer Gelegenheit zuvor mit den Mächten gerungen und war immer unversehrt zurückgekehrt, während ihm die Worte der *Vættir* noch in den Ohren klangen.

Das Ritual ist wichtig, dachte Rotzahn mit zunehmender Heftigkeit. Die alten Wege starben aus. Mittlerweile gaben in seinem Heimatland die Christen den Ton an, mit ihren Gebeten und Kirchen und ihrem einen, wahren Gott. Aber sein Vater hatte ihn in die Wälder mitgenommen, als er noch ein Junge war, und ihn die Bedeutung des silbernen Hammers gelehrt, den er an einer Lederschnur um den Hals trug. Er hatte den Daumen des jungen Harald mit seinem Messer geritzt, und sie hatten ihr Blut vereinigt, und danach hatten sie mit ihren Äxten ein wild dreinblickendes Pony geschlachtet und sich dessen Essenz auf ihre Gesichter geschmiert. Als sie dann zusammen am Lagerfeuer saßen, hatte der Junge erfahren, dass eben dieses Ritual vom Vater seines Vaters und von dessen Vater und so weiter durchgeführt worden war, bis zurück zu der Zeit, als der erste Mann und die erste Frau aus der Achselhöhle des Riesen Ymir entsprungen waren. Der Wikinger spuckte aus. Die Vergangenheit bestimmte, wer man war – man konnte sie nicht gegen ein neues Leben eintauschen.

Er ließ das Lager hinter sich und ging hinüber an den blutgefüllten Teich am Ende des Dorfes. Während er darauf wartete, dass seine Reise begann, hockte er sich an den Rand des Teiches und starrte in dessen Tiefe hinein.

Die Zeit verging. Das Prasseln des Feuers wurde sachter, und das Schreien des Gefolterten in der Ferne steigerte sich zu einem letzten Höhepunkt und brach dann abrupt ab. Selbst der Wind legt sich, sodass ringsum nur der sanft fallende Schnee die Welt mit seinem Schweigen erfüllte. Es war ein Zeichen. Die Führer der Anderswelt hatten ihn gehört.

Übelkeit stieg in ihm auf, aber sie legte sich bald, gefolgt von einem Ausbruch von Schweiß, der auf seiner Stirn gefror. Als auch dieser verging, überkam ihn ein tiefer, bleibender Friede.

Er wandte sich zu den Flammen um, die noch aus der Asche dessen züngelten, was einmal ein Dorf gewesen war. In den

Flammen sah er Gesichter, die ihn beobachteten. Die *Vættir* regten sich.

»Ich werde die Vergangenheit nie sterben lassen«, versprach er ihnen.

Durch die schwankenden Äste der kahlen Bäume erspähte er die *Alfar*, die von ihren Heimstätten im tiefen Wald herbeigezogen kamen. Ihre Augen glühten mit einem inneren Licht, das von dem Land jenseits des Meeres sprach.

»Durch Blut und Feuer werde ich die Träume meiner Ahnen lebendig halten«, sagte er ihnen.

Ein Augenblick der Spannung legte sich über die Umgebung, und Rotzahn spürte, dass eine höhere Macht gekommen war, auch wenn er niemanden sehen konnte. Eine Stimme rief laut und klar in den Tiefen seines Kopfes: »Folge mir zu den Gestaden des großen dunklen Meeres, und ich werde dir viele Geheimnisse offenbaren. Ich werde dir von der nahenden Endzeit erzählen und von dem Fremden und der Rolle, die er dabei spielen wird.«

Der Wikingersöldner sah sich um, bis sein Blick auf einen Raben fiel, der auf einer der Leichen auf der der anderen Seite des blutigen Teichs hockte. Einen Augenblick lang hielt der Rabe ein dunkles Knopfauge auf ihn gerichtet, und dann flog er auf und verschwand im wirbelnden Schnee und in der Schwärze der Nacht.

Blut und Feuer erfüllten Rotzahns Kopf, und er tauchte darin ein.

Kapitel 4

»Lauf!«, schrie Hereward, als er Alric durch den weißen Wald trieb. Ihr heißer Atem bildete Schwaden in der bitterkalten Nachtluft, und ihre Fußtritte knirschten im Takt ihrer pochenden Herzen.

Ein Heulen erscholl von irgendwo zu ihrer Linken und anschließend auch zu ihrer Rechten. Das Wolfsrudel kreiste sie ein.

Auf dem gewundenen Weg zwischen Eschen und Eichen rutschten die Männer Abhänge hinunter, sprangen über Felsen und stolperten durch Büschel von braunem Farngestrüpp. An einigen Stellen lag der Waldweg unter einer dicken Schneeschicht verborgen, doch Alric erschien zu benommen, um nach Orientierungspunkten Ausschau zu halten.

»Er war ein Mensch«, flüsterte er im Laufen. Sein verquollenes, tränengerötetes Gesicht war erfüllt von bleibendem Entsetzen. »Ein Geschöpf Gottes. Was du ihm angetan hast, war ein Gräuel.«

»Es hat dein Leben gerettet.«

»Mein Leben ist nicht wertvoller als seins.« Alric packte den Arm seines Gefährten und brachte ihn zum Stehen. Sein Blick flackerte. »Wie konntest du solche Qual mit ansehen und trotzdem weitermachen?«

Hereward schaute sich um. In der Düsternis erspähte er graue Gespenster; der einzige Laut, den sie von sich gaben, war das leise Tappen ihrer Pfoten, wenn der Wind etwas nachließ. Er stieß den Mönch vorwärts, entlang einer Schneise zwischen den Bäumen. Wenige Momente später versperrte ein weiterer Bach ihnen den Weg. »Du hast recht – dein Leben ist nicht wertvoller als seins«, blaffte er. »Wenn ich dich nicht bräuchte, um einen Unterschlupf zu finden, würde ich dich hier liegen lassen, und du könntest sehen, wie du zurechtkommst.«

Aber Alric wollte ihn nicht so einfach davonkommen lassen. »Du musst für deine Sünden büßen.«

»Und was willst du tun? Mich mit einer Bibel schlagen?« Ein grauer Schatten vor dem weißen Grund – geduckt, schleichend. Noch einer. »Jetzt such gefälligst den Weg zum Haus der *Wicce*, damit wir nicht alle beide sterben.«

»Vielleicht wäre es so das Beste. Ich verdiene mir meine Erlösung, indem ich die Welt vor einem Ungeheuer wie dir bewahre.«

In Hereward stieg der Zorn auf. Er hätte den winselnden Kerl einfach dalassen sollen – und fertig. Er zog sein Schwert und wich an eine Eiche zurück. »Dann entscheide dich. Noch sind wir am Leben.«

Alric zögerte. Hereward sah seinem Gesicht an, wie der Mönch mit sich kämpfte. Mit einem Aufstöhnen wirbelte Alric herum, bis er einen Baum erblickte, den er wiedererkannte. Er wies mit einem zitternden Finger darauf. »Da lang!«, sagte er wütend. »Und möge Gott mir meine Schwäche vergeben!«

Hereward rannte den Bach entlang auf den Baum zu, aber er wusste schon, dass es zwecklos war. Er konnte das Haus nirgendwo im Waldesdunkel sehen, und die Wölfe würden ihm auf der Spur bleiben, angelockt von dem Geruch des Blutes, das an ihm haftete.

Er sprang über einen gefallenen Baumstamm, rutschte unfreiwillig einen Abhang hinunter und landete in einer Senke voll mit Dornengestrüpp und den Überresten eines vom Blitz gefällten Baumes. Als ihm klar wurde, dass dies so ziemlich die schlechteste Position für einen Kampf war, die man sich denken konnte, hatten die Wölfe bereits am Rand der Mulde Aufstellung genommen; ihre Umrisse waren gegen den Schnee deutlich zu erkennen.

»Verdammtes Pack!«, fauchte er und blickte zu Alric, der den Hang hinuntergeschlittert kam und in eine Schneewehe stolperte. »Sieht so aus, als hätte Gott deine Gebete erhört!«

Er hackte sich den Weg durchs Unterholz in die Mitte der Senke frei und drehte sich dann langsam im Kreis, in Erwartung des ersten Angriffs. Er schätzte, dass mindestens zehn Tiere um den Rand schlichen, und vielleicht waren dahinter noch mehr.

Alric schrie auf, als der erste Wolf hinuntersprang. Einen Augenblick später kamen sie alle auf einmal. So schnell wie die angreifenden Tiere blitzte Herewards Schwert auf und nieder. Der Recke erschlug zwei von ihnen, ehe er in einer Masse von dunklen Leibern und geifernden Fängen verschwand. Er kämpfte mit Faust und Ellbogen, ließ sein Schwert sausen, sobald er Platz genug hatte, um es zu schwingen. Blut sickerte aus seinem zerfetzten Fleisch, und er wankte unter der Wildheit des Angriffs.

Drei weitere Wölfe fielen in schneller Folge mit aufgeschlitzten Leibern. Bevor Hereward Atem holen konnte, sprang ein weiterer nach seiner Kehle. Der Recke warf sich zur Seite, und das Tier verbiss sich in seinen Oberarm. Hereward ignorierte den Schmerz und stürzte sich auf den Hals der Bestie. Er schlug die Zähne in das nasse Fell und riss dem Tier die Kehle heraus. Ein Schwall von hellem Blut tränkte sein Gesicht, als der Wolf zur Seite fiel und in Todeszuckungen um sich schlug.

Er erhaschte einen Blick auf den totenbleichen Mönch, der sich zwischen die Wurzeln des umgestürzten Baums geflüchtet hatte.

Aber schon im nächsten Moment griffen die verbliebenen Wölfe alle auf einmal an. Hereward tötete zwei mit schnellen Hieben von Hirnbeißer und zerschmetterte einem dritten den Schädel, doch der letzte Wolf erwischte ihn auf dem falschen

Fuß. Die Wucht seines Angriffs schleuderte ihn rücklings in das Dornengestrüpp, und als er auf den harten Boden prallte, flog ihm das Schwert aus der Hand.

Im nächsten Augenblick war der Wolf über ihm. Hereward gelange es gerade noch, die zuschnappenden Fänge eine Handbreit von seiner Kehle fernzuhalten, aber er spürte, wie seine Kräfte nachließen.

Aus dem Augenwinkel sah er, wie Alric aus seinem Unterschlupf hervorkroch und zum Rand der Senke hochkrabbelte. Oben angekommen hielt der Mönch kurz inne und schaute mit einem finsteren Gesichtsausdruck noch einmal zurück. Dann war er verschwunden.

Näher und näher kamen die Fänge des Wolfs. Heißer Atem blies in Herewards Gesicht, Geifer spritzte gegen seine Haut. Seine Arme zitterten. Er konnte seinen Blick nur noch auf die kalten, juwelenfunkelnden Augen der Bestie richten, und schließlich füllten sie sein ganzes Gesichtsfeld aus.

Ein plötzlicher Schlag schleuderte den Kopf des Wolfs zur Seite. Hereward schreckte zurück. Als der Schock nachließ und er sich wieder gefasst hatte, sah er das Tier mit eingeschlagenem Schädel auf dem blutbefleckten Schnee liegen. Ein großer, blutiger Stein lag daneben.

Einen Schritt weiter entfernt stand Alric. Er hatte die Hände auf die Knie gestützt und versuchte, wieder zu Atem zu kommen. Er tauschte einen Blick mit Hereward, sagte aber nichts, sondern brachte nur ein Nicken zustande.

»Warum?«, fragte Hereward, als er sich ein Stück weit hochstemmte und seinen Kopf drehte, um nach seinem Schwert Ausschau zu halten.

»Weil ich besser bin als du«, keuchte Alric. »Und weil ich mich der Aufgabe stelle, die Gott mir gegeben hat.«

Hereward streckte seine Hand aus in der Hoffnung, dass der Mönch sie ergreifen und ihm beim Aufstehen helfen würde.

Doch Alric warf nur einen Blick darauf, bevor er sich abwandte und abermals aus der Mulde herauskletterte. »Ich bin nicht dein Hüter«, sagte er.

Hereward entdeckte sein Schwert und benutzte es anschließend als Stütze, um den Hang hinaufzusteigen. Blut rann aus zahlreichen Wunden, aber keine schien so schwerwiegend zu sein, dass er den Marsch zu ihrem Unterschlupf nicht überleben würde. Alric wartete oben auf ihn.

»Glaub nicht, ich stünde jetzt in deiner Schuld, weil du mir das Leben gerettet hast«, erklärte Hereward.

»Nein, du würdest mich opfern, ohne mit der Wimper zu zucken, wenn es dir einen Nutzen bringt. Ich bin schließlich nicht blind.« Alrics Blick ging zu den roten Tropfen im Schnee, die neben Herewards Fußspuren zu sehen waren. »Das ist geradezu eine Einladung für alle anderen Wölfe, die hier in der Gegend umherstreifen. Wir sollten uns lieber beeilen.«

Sie setzten ihren Weg schweigend fort, wobei Alric nach Orientierungspunkten suchte und Hereward sich auf sein Schwert stützte. Der Schneesturm wurde wieder stärker, bis sie kaum mehr als zwei Armlängen weit sehen konnten. Der Recke spürte, wie es immer kälter wurde. Er wusste, dass es nur eine Sache der Zeit war, bis der Wärmeschlaf sie überkommen würde.

»Habe ich einem Narren vertraut, sodass ich nun dafür mit meinem Leben bezahlen muss?«, murmelte er.

»Dein Leben gehört jetzt mir, und ich kann damit machen, was ich will«, gab Alric zurück. Er hielt plötzlich inne und spähte durch das windgepeitschte Astwerk. »Da – ist das dort ein Haus?«

Als Hereward mit seinem Blick dem ausgestreckten Finger des Mönchs folgte, wurde erneutes Heulen hinter ihnen laut. Hereward stieß seinen Gefährten weiter und humpelte hinter ihm her, so schnell er konnte. Er war nicht vor den Hunden des Königs geflohen und hatte sich nicht durch halb England gekämpft, um hier im Schnee als Wolfsbeute zu enden. Die beiden Männer kletterten über Felsen und umgestürzte Bäume. Schneeschauer regneten von den Ästen auf sie herab. Das Knacken und Brechen im Unterholz hinter ihnen wurde immer lauter, als die Wölfe näher kamen.

Hereward glaubte schon, dass der Mönch sich geirrt hatte, als plötzlich ein niedriges Fachwerkhaus mit strohgedecktem Dach aus der Dunkelheit auftauchte. Auf den ersten Blick sah es so baufällig aus, als drohte es jeden Moment zusammenzukrachen. Tief eingebettet zwischen Bäumen und Felsvorsprüngen wirkte es fast wie ein natürlicher Teil des Waldes.

Der Mönch trommelte verzweifelt gegen die hölzerne Tür, bis schließlich von drinnen eine Stimme ertönte: »Geht weg!«

»Bitte«, flehte er. »Die Wölfe kommen.«

Einen Augenblick später schwang die Tür auf, und Alric und Hereward stürzten in das von Rauch erfüllte Innere. Hereward schlug die Tür mit der Schulter zu und ließ den Riegel herunterfallen. Er presste die Stirn gegen das raue Holz und spürte, wie der letzte Rest seiner Kraft aus ihm wich.

»Fort! Ich dulde keinen Kirchenmann in meinem Haus!« Aus dem Dunkel des einzigen Raums schlug eine Frau mit einem Reisigbesen nach Alric. Ihr Gesicht war hohlwangig und ihr Haar strähnig und grau, aber ihr Schlag hatte eine solche Wucht, dass der Mönch auf den gestampften Lehmboden stürzte.

Hereward taumelte einen Schritt nach vorn und fing den nächsten Streich des Besens mit der Hand ab. »Halt ein.«

Mit flammenden Augen musterte die Alte den blutverschmierten Recken.

»Wir zahlen gut für eine Nacht«, sagte er und ließ die Münzen in seinem Beutel klingeln. »Bis Sonnenaufgang, dann ziehen wir weiter.«

»Der nicht.« Sie wies mit einem zittrigen Finger auf Alric. »Seine Art hat uns seit Generationen gequält und geplagt. Erst kommen sie mit einem Lächeln, dann mit einem Stirnrunzeln, schließlich kommen sie mit Stöcken und Speeren.«

»Wenn er dir zu nahe rückt, kriegt er von mir eins drüber.« Hereward musste sich an der Tür abstützen. Er bereute es, dass er sich auf diese Sache eingelassen hatte. Sie lenkte ihn von seinem Vorhaben ab, und jetzt war er hier, geschwächt und verwundet, und bis nach York waren es noch viele Meilen. Er wusste, allein würde er die Stadt nie erreichen.

»Wer bist du, dass du wie ein Schlächter hier auftauchst?«, fragte die Alte.

»Mein Name ist Hereward, und ich danke dir für deine Hilfe. Der Mönch hört auf den Namen Alric. Lass uns bis Tagesanbruch hier auf dem Fußboden schlafen, und dann sind wir wieder weg.«

»Woher weiß ich, dass ihr nicht die Absicht habt, mich zu töten und alles zu stehlen, was ich habe?«

Hereward sah sich in dem fast kahlen Raum um. Es gab ein Strohlager direkt neben dem Feuer und einige wenige schäbige Kochtöpfe. Bündel von getrockneten Kräutern waren an einer Wand aufgestapelt. Er roch den süßen Duft von Lavendel und Ampfer. Sein Blick glitt schließlich über die großen und kleinen Tierschädel – Dachs, Hase, Maus, Schaf –, die an geflochtenen Schnüren hingen.

»Weil du eine Hexe bist und uns verfluchen wirst!«, rief Alric aus und rappelte sich auf.

»Ja, genau!« Die Alte zeigte erneut mit ihrem knochigen Finger auf ihn; hastig wich er einen Schritt zurück.

Seufzend packte Hereward den Mönch und stieß ihn unsanft gegen die Wand. »Wir brauchen Schutz für die Nacht«, zischte er. »Jetzt verdirb es nicht mit deinem dummen Geschwätz. Oder soll ich sie lieber umbringen, damit du deine Ruhe hast?«

Alric blickte von Hereward zu der Alten und furchte besorgt die Stirn. »Also gut«, flüsterte er.

Hereward fischte einen Silberpfennig aus seinem Beutel und warf ihn der Frau zu. »Reicht das für eine Nacht?«

Die Alte fing die Münze geschickt auf und nickte. »Ihr könnt Brot haben«, sagte sie. »Und Wasser. Auch habe ich Kräuter, die deine Wunden schneller heilen lassen.« Sie wies auf eine Ecke des Raumes, die weiter weg vom Herd war. »Dort könnt ihr euch hinlegen. Aber ich werde immer ein Auge auf euch haben, auch wenn ich schlafe.«

Die beiden Männer rafften einen Armvoll schmutzigen Strohs zusammen und verstreuten es in der Ecke. Die bittere Kälte drang dennoch vom Lehmboden herauf und durch die dünne Fachwerkmauer, aber das Feuer bot eine gewisse Wärme, und zumindest waren sie nicht mehr dem beißenden Wind ausgeliefert. Nachdem Hereward seine Verletzungen mit Wasser ausgewaschen hatte, zerstampfte die Alte ein paar Kräuter in einem Mörser und vermischte sie mit etwas Schweinefett, damit er sie sich als Salbe auf die Bisswunden auftragen konnte. Es brannte zunächst, aber bald setzte eine leicht betäubende Wirkung ein.

Während der Recke seine Wunden versorgte, saß Alric wie benommen da, die Arme um die Knie geschlungen. Sobald die Frau sich hingelegt hatte und laut schnarchte, fragte er: »Wohin geht es jetzt weiter?«

»Wohin ich gehe, weiß ich«, gab Hereward zurück. »Nach York.«

»Ich könnte ins Kloster zurückkehren und um Sanktuarium bitten, aber …« Die Worte des Mönchs erstarben.

»Du wirst deine Sünden beichten müssen.«

Alric funkelte den Recken an, bis ihm klar wurde, dass Hereward nichts Bestimmtes damit gemeint hatte. Er ließ seine Schultern hängen. »Ich kann nicht zurück. Hierbleiben kann ich auch nicht. Harald Rotzahn wird nicht aufgeben, bis er mich gefunden hat.«

Mit dem Messer in der Hand legte Hereward sich nieder. Er

spürte die Erschöpfung in den Knochen. Der Weg durch den Schnee nach York würde noch mehrere Tage in Anspruch nehmen und sehr beschwerlich sein. »Schlafe«, sagte er. »Im Augenblick sind wir sicher. Und bei Licht sieht die Welt vielleicht schon wieder ganz anders aus.«

Der Rabe flog zurück zur Erde, und Harald Rotzahn kehrte mit ihm heim.

Ein paar Augenblicke lang musste er sich erst einmal sammeln; immer noch wurde er von dem Gefühl des Fliegens beherrscht. Als die Erinnerung an seinen Gang am Gestade jenes großen dunklen Meeres ein wenig verblasst war, machte er sich auf den Rückweg zu dem behelfsmäßigen Lager und brüllte: »Ho! Alle Mann zu mir!«

Schlaftrunken krochen die Männer aus ihren Unterständen im treibenden Schnee hervor und versammelten sich um ihn.

»Brecht das Lager ab. Wir machen uns auf die Suche nach dem fremden Krieger«, knurrte Rotzahn.

Ivar schlang die Arme um den Oberkörper, um sich zu wärmen, und meinte: »Es ist noch lange nicht Morgen.«

»Unsere Pläne haben sich geändert.« Harald Rotzahn zog sich die Hose herunter und urinierte in ein Gefäß aus einem der verbrannten Häuser. »Trinkt das!«, befahl er. »Möge der Saft des Pilzes euch mit der Kraft eurer Ahnen erfüllen.«

Er reichte den dampfenden Krug an Ivar und dann an die anderen Männer weiter. Die Macht des Pilzes lebte in seinem Urin weiter, aber seine Reise hatte das Gift herausgezogen, das sie am Gestade des großen dunklen Meeres hätte gefangen halten können.

»Hört den Ruf eurer Ahnen«, sagte er. »Spürt den Sog der Gezeiten und das aufsteigende Feuer in eurem Bauch. Jetzt ist die Zeit gekommen, auf die Jagd nach dem Fremden zu gehen. Jetzt ist die Zeit, um zuzuschlagen.«

Kapitel 5

Westminster

Der Mann mit der Kapuze ritt direkt gegen den peitschenden Schnee an; sein jungenhaftes Gesicht war gefühllos vor Kälte. Schneeflocken bedeckten seinen grauen Wollumhang, desgleichen die braune Mähne seines Pferdes und das Packpferd hinter ihm, das mit einem der Geheimnisse Gottes beladen war. Er konnte nicht einmal den Kopf wenden, um nach den zwei bewaffneten Wachen zu sehen, die ihn auf der Reise zu dem kleinen Dorf bei Winchester und hierher zurückbegleitet hatten.

Der weiße Vorhang verhüllte London mit seinen Türmen, Kirchen und dreckigen Gassen, doch gelegentlich drang von ferne Fackelschein durch die Düsternis. Taub vom Heulen des Windes überhörte er, wie einer seiner Begleiter etwas schrie, bis der Mann zu ihm vorpreschte, ihn an der Schulter packte und nach vorn wies. Vor ihnen zeichnete sich im Sturm die hohe Holzpalisade ab, die den Königspalast umgab. Ein vermummter Wachtposten stand auf einer Plattform über dem großen Tor und hielt eine Laterne hoch, um zu sehen, wer sich da näherte.

»Ich bin's, Redwald«, rief er mit frosttaubem Mund, »im Auftrag der Königin!«

Die Torflügel öffneten sich ruckweise, als der Wachtposten und ein weiterer Mann sie gegen den treibenden Schnee aufzerrten.

»Teufel noch mal, ich hoffe, sie belohnt dich gut dafür, dass sie dich bei diesem Wetter rausschickt«, rief der Wachtposten, als der junge Mann vorüberritt.

Innerhalb der Umfriedung war der Wind nicht mehr so stark,

aber die beißende Eiseskälte drang Redwald durch Mark und Bein. Zumindest hatte er seine Aufgabe erfüllt, und sie würde ihn mit Sicherheit dafür belohnen, wenn nicht jetzt, dann später. Redwald unterdrückte ein Grinsen und schlug seine Kapuze zurück. Darunter kam sein Gesicht zum Vorschein, das immer noch viele kindliche Züge aufwies. Das lockige braune Haar, die apfelroten Wangen und die vollen Lippen erweckten einen Eindruck von Unschuld, den er im Umfeld des Hofes zu seinem Nutzen einsetzte. Er hatte selbst schon erfahren, wie hart es an diesem Ort zuging, wo es so viele starke, gerissene Männer und Frauen gab, die alle in einem ständig wechselnden Schattenspiel ihren eigenen Vorteil suchten. Aber er würde darin nicht untergehen. Er würde überleben.

Der junge Mann saß ab, stampfte den Schnee von den Lederschuhen und rieb sich die Hände, um sie zu wärmen. Die Wachen hatten bereits das Weite gesucht, in der Hoffnung auf ein Feuer und einen Krug Met. Ihre Fußstapfen vermischten sich mit den Trampelspuren, die zu den Türen der neu errichteten Fachwerkhäuser führten, welche sich in der Umfriedung drängten. Ihre strohgedeckten Dächer ächzten unter der Last des gefallenen Schnees. Der Palast von Westminster – König Eduards neues Heim und Höhepunkt von Jahren frommer Träume – erstreckte sich über den Großteil von Thorney, einer von den Ausläufern der Mündung des Tyburn gebildeten Insel am Themseufer südwestlich von London. Die Earls und Thegns des Königs klagten über den eisigen Wind, der im Winter vom Fluss heraufzog, aber Redwald hatte gehört, dass Eduard von Gott angewiesen worden war, hier eine Kirche zu bauen.

Und wenn er auf die riesige Silhouette blickte, die jenseits der Palastgebäude aufragte, konnte der junge Mann es beinahe glauben. Die Geschichten hierzu waren in seinem Gedächtnis eingebrannt: dass ein Fischer an dieser Stelle eine Vision des heiligen Petrus gehabt hatte, dass der alternde König Engel gehört und sich mit einer Energie an den Bau eines Monuments für Gott gemacht hatte, welche die Tatkraft weit jüngerer Männer in den Schatten stellte. Redwald erinnerte sich an das Gerücht, dass der Monarch nie zwischen den Schenkeln seiner Frau gelegen hatte und dass die neue Abtei St. Peter, seine künftige Grabstätte, alles war, was den König in diesem Leben noch interessierte. Beim Blick auf das hoch aufragende Bauwerk konnte er die Gedanken seines Herrschers nachvollziehen. Jeden Tag hatte Redwald den besten Steinmetzen aus ganz Europa bei der Errichtung der höchsten Kathedrale Englands zusehen können, welche die alte Kirche der Benediktiner ersetzen sollte, und Eduard hatte die Arbeit am Bau Säule um Säule, Bogen um Bogen überwacht. Selbst im Dunkeln war zu erkennen, dass das Werk sich seiner Vollendung näherte; nur das Dach und ein Teil des Turms waren noch nicht fertig.

Redwald überlief ein Schauder, bei dem sich ihm die Nackenhaare sträubten. Dieser Bau war mehr als ein Heiligtum, er war ein Zeichen der Macht – irdischer Macht. Wer so etwas schaffen konnte, dem war schlichtweg alles möglich.

»Habt Ihr es?« Eine aufgeregte Frauenstimme schnitt durch das Heulen des Windes.

Redwald wandte sich um und sah die Königin erwartungsvoll durch den Schnee gestapft kommen. Ein dicker roter Wollumhang schützte sie vor den Elementen. Wenngleich Edith ihr dreißigstes Jahr schon vollendet hatte, konnte der junge Mann bei ihr immer noch die Schönheit ihrer Jugend erkennen, die etliche Männer angelockt hatte. *Manche würden den König, der fast doppelt so alt ist wie sie, als glücklichen Mann bezeichnen*, dachte er. Aber er gehörte nicht dazu; denn auch wenn sie hinter dem Thron stand, so hätte sie doch genauso gut darauf sitzen können. Er erinnerte sich an ihre scharfe Zunge, wenn sie ihre Zofen zurechtwies, und an den Ausdruck kalter Entschlossenheit in ihrem Gesicht, den sie manchmal in ihren stilleren Momenten zeigte. Aber schließlich war Edith eine Tochter Godwins von Wessex, und viele glaubten, dass sie und ihre Brüder die eigentlichen Herrscher Englands waren.

»Ja«, gab Redwald mit einem raschen, Lob heischenden Lächeln zurück, »aber es war nicht leicht.«

»Dann kommt, schnell. Bringt es nach drinnen.« Edith drehte sich auf dem Fuß um und marschierte zurück zur königlichen Halle.

Redwald rief nach einem der Burschen, damit dieser die Reittiere in den Stall führen sollte, dann machte er sich mit klammen Fingern daran, die kleine Eichentruhe vom Rücken des müden Packpferds loszubinden. Fast erwartete er, dass der Kasten aufleuchten oder zumindest eine innere Glut ausstrahlen würde, aber die eisernen Beschläge waren unerträglich kalt. Er presste die Truhe an seine Brust und schritt vorsichtig über den vereisten Pfad zur Halle.

Er schlüpfte durch den Eingang und seufzte dankbar, als Wärme ihn einhüllte. Ein Feuer loderte in dem großen runden Herd, der das Zentrum des hohen Raumes bildete. Zwei Sklaven legten ständig Holzscheite nach, um den Winter fernzuhalten. Der orangerote Schein strich über die gestickten Teppiche, welche die Wände schmückten – ihre besondere Wertarbeit, als Opus Anglicanum bekannt, hatte nirgendwo in Europa ihresgleichen –, aber das Licht der Flammen erreichte nicht die Schatten, die zwischen den tiefen Deckenbalken hingen. Nach den Entbehrungen der Reise hatte der Anblick der Kunstwerke in der Halle etwas Erhebendes: die atemberaubende Malerei an der Ostwand mit der Darstellung des Kreuzwegs Christi; die Truhe aus Fischbein; das mit Juwelen besetzte und mit feinen Ziselierungen verzierte goldene Geschirr; das Elfenbeinkreuz, in das Engel geschnitzt waren. Gewiss sagten die Gäste des Königs, wenn sie dies alles sahen, dass es auf der ganzen Welt keinen prächtigeren Hof gab als den von England.

Die Königin legte ihren Mantel ab und bedeutete Redwald, seine Truhe auf den langen Tisch zu stellen. Als er sie absetzte, dröhnte eine Stimme durch die Halle: »Noch mehr alte Knochen?«

Redwald strahlte, als Ediths Bruder, Harold Godwinssohn, durch den Raum geeilt kam. Ein Stallbursche hatte einmal zu ihm gesagt, dass Harold überhaupt nicht langsam gehen könnte. Der Earl von Wessex war ein Mann von kraftvollem Körperbau, mit einem starken Kinn und ausdrucksvollen Gesicht, umrahmt von tiefschwarzem Haar, das im Feuerschein glänzte. Harold klappte den Deckel der Truhe auf; drinnen lag ein gelber Schienbeinknochen. »Wie ich dachte. Was ist es diesmal?«

Redwald hing an den Worten des Älteren. Harold war alles, was er zu sein träumte: selbstbewusst, reich, mächtig, charismatisch. Zudem führte er ein Leben in Sicherheit.

»Das Schienbein Johannes des Täufers, welches ein guter christlicher Händler aus Byzanz hergebracht hat«, antwortete die Königin und schlug vor Aufregung die Hände zusammen. »Es soll imstande sein, Tote zum Leben zu erwecken.«

»Und das heißt, du gewinnst?«

»Natürlich. Die Suche meines Gatten nach Reliquien kommt nicht voran. Wenn die Abtei geweiht wird, wird es Edith von Wessex sein, die sie mit dem Glanz Gottes erfüllt, und der Name Godwin wird in aller Munde sein.« Sie warf ihrem Bruder ein listiges Lächeln zu.

Der Earl lachte. »Was sagst du dazu, Redwald? Die Königin hat es faustdick hinter den Ohren. Sie liebt es, Unfug zu stiften.«

»Wie wir alle«, gab der junge Mann zurück, und alle lachten.

Harold schlug Redwald auf die Schulter. »Und was sagst du nun, Edith? Sagte ich dir nicht, dass du dich auf diesen Jungen verlassen kannst? Er wird es noch einmal weit bringen.«

»Er hat mir trefflich gedient, wo andere versagt haben. Vielleicht solltest du ihn in deine Dienste nehmen.«

»Das ist zu überlegen.«

Redwald spürte Stolz in sich aufwallen. Dem Elend, den Zweifeln, den Ängsten und der Unsicherheit seines Lebens zu entrinnen war alles, was er wollte. In Harolds Diensten würde er das Vertrauen der Mächtigen genießen; er würde Teil von etwas Wichtigem sein.

Während Edith ihre Reliquie mit gierigen Fingern untersuchte, führte der Earl Redwald fort. Mit jedem Schritt in den Schatten, der zum anderen Ende der Halle hin immer dunkler wurde, verdüsterte sich auch Harolds Stimmung. »Ich weiß, dass man dir trauen kann«, sagte er, »und du hast es mir in der Vergangenheit bewiesen, aber ich muss vorsichtig sein. Verschwörungen und Intrigen ziehen sich um den Thron wie die tiefen Strömungen um die Pfeiler der Themsebrücke. Ich kann mir keinen Fehler leisten.«

»Ich verstehe.«

»Das weiß ich. Darum habe ich auch so viel Vertrauen in dich investiert.« Der Earl fasste den jungen Mann scharf ins Auge. »Die Tage des Königs sind gezählt, doch er hat noch keinen Thronerben bestimmt. Das ist ein gefährliches Gebräu. Wenn alles, was wir in England erreicht haben, bestehen bleiben soll, müssen wir darauf hinwirken, dass der Thron nicht in die falschen Hände fällt.«

»Wie kann ich Euch dienen?«

»Ich werde darüber nachdenken.« Harold führte den jungen Mann durch einen Vorraum zur Tür eines weiteren Saales, wo Männer auf beiden Seiten eines Eichentischs saßen und aus hölzernen Bechern tranken. Einige lagen zusammengesunken in Bierpfützen. Der Earl blieb außer Sicht an der Tür stehen und deutete auf zwei Männer am anderen Ende des Tisches, die in ein ernstes Gespräch versunken waren. Redwald erkannte den blondhaarigen Edwin, Earl von Mercien, so gutaussehend und vital wie Harold, aber stiller, und dessen Bruder Morkar.

Letzterer war fast das Gegenteil von Edwin: hohlwangig und mit einem langen Pferdegesicht und bereits dünner werdendem Haar.

»Ich traue diesen Merciern nicht«, flüsterte Harold. »Sie schmieden immer Komplotte in dunklen Ecken, und ich fürchte, sie wissen mehr, als sie durchblicken lassen. Kannst du sie für mich im Auge behalten?«

Erfreut über das Vertrauen, das der Earl in ihn setzte, stimmte Redwald bereitwillig zu.

Als sie in die große Halle zurückkehrten, stellte der jüngere Mann die Frage, die ihm schon die ganze Zeit auf der Seele gebrannt hatte. »Gibt es Neues über Hereward?«

Harold schüttelte betrübt den Kopf. »Ich weiß, er steht dir nahe wie ein Bruder, aber du musst ihn dir aus dem Kopf schlagen. Er ist ein Mörder und Verräter. Er wird nie mehr nach London zurückkehren können. Da das Blut Unschuldiger an seinen Händen klebt, ist es nur eine Frage der Zeit, bis ihn seine gerechte Strafe ereilt.«

Redwald nickte. Vor seinem inneren Auge war erneut das Bild jener Blutlache aufgestiegen und des Leichnams der jungen Frau, die mit weit aufgerissenen, anklagenden Augen darin lag. Die Szene verfolgte ihn im Schlaf und in stillen Augenblicken, wenn er alltäglichen Dingen nachging. »Ich möchte nicht, dass ihm etwas geschieht.«

Harold richtete seinen durchdringenden Blick erneut auf den jungen Mann und sah ihn lange an, dann nickte er. »Ich verstehe dich. Ihr seid zusammen aufgewachsen, als Freunde unter demselben Dach. Deine Treue ist beeindruckend. Jetzt geh. Vielleicht kannst du ja Herewards Vater ein wenig Trost spenden. Asketil hat sich schon seit Jahren über das gewalttätige und abwegige Verhalten seines Sohnes gegrämt, aber seit Hereward Mord und Totschlag in den Palast gebracht hat, ist er wie ein Ertrinkender in einem dunklen, bodenlosen See.«

Redwald verbeugte sich wortlos und eilte hinaus in die Nacht. Seine Hochstimmung verflog, als er sich dem Haus der Familie näherte. Drinnen mussten sich seine Augen erst an die Düsternis gewöhnen, denn im Herd war nur glühende Asche. Asketil saß auf einem Schemel und starrte mit verhülltem Blick in das heruntergebrannte Feuer. Ein Bierbecher hing schlaff in seiner Rechten. Redwald fiel auf, wie alt der Thegn im Halblicht aussah, als hätten viele Jahre an seiner Haut gezehrt und sein Haar in der kurzen Zeit, seit Hereward geflohen war, grau gefärbt.

Asketils Blick wanderte zu dem Eintretenden hinüber. »Du bist zurück«, sagte er mit undeutlicher Stimme.

»Ja. Es war ein langer Ritt von Winchester bis hierher im Schnee.«

Asketil bedeutete Redwald näherzutreten und beugte sich vor, um das Gesicht des jungen Mannes mit seinen trüben Augen zu studieren. »Ich wünschte, du wärst mein Sohn gewesen«, sagte er schließlich. »Du warst immer ein guter Junge – schon damals, als sie dich zu mir brachten, nachdem deine Eltern gestorben waren.«

»Denke nicht schlecht über Hereward.«

»Nicht schlecht denken? Er hat eine wunderbare Frau ermordet, die in ihrem Herzen nur Liebe für ihn hatte. Mit der Schande, die er auf uns gehäuft hat, hat er unsere Familie zerstört. Sieh, was er aus mir gemacht hat.« Der Thegn kippte den Rest des Biers hinunter, dann schleuderte er den Becher in eine Ecke.

Dort, im Schatten, saß Herewards jüngerer Bruder Beric, wie Redwald überrascht bemerkte. Der Junge hatte die Arme um die Knie geschlungen und starrte auf die Dielen, als ob niemand sonst zugegen wäre. Ihm war kein Wort mehr über die Lippen gekommen, seit er von dem Mord und den Anschuldigungen gegen seinen Bruder gehört hatte. Redwald erinnerte sich, wie die Mädchen in der Küche ihm zugeflüstert hatten: »Beric ist am Boden zerstört.«

Zerstört. Das Blut, das in jener Nacht vergossen worden war, hatte ein schreckliches Erbe hinterlassen.

»Seit wir dich aufgenommen haben, warst du Hereward immer getreu«, fuhr Asketil fort. »Und das macht dir Ehre.«

»Er war … er *ist* … mein Freund.«

»Er ist deiner Freundschaft unwürdig – und war es immer. Seit seine Mutter gestorben ist, als er noch jung war, hat sich Hereward nie mehr zähmen lassen. In Mercien wird sein Name verflucht wegen der Untaten, die er als junger Mann begangen hat. Räuberei. Trunkenheit. Gewalt gegen jeden, der seinen Weg kreuzte. Mutwillige Zerstörung des Eigentums seiner Nachbarn. Ich habe getan, was ich konnte, um ihn zu lehren, wie man sich als Mann verhält, doch ich habe versagt.«

»Macht Euch keine Vorwürfe … Vater.« Redwald fühlte sich unwürdig, dieses Wort zu gebrauchen, auch wenn er in Asketils Haushalt gelebt hatte, seit er ein kleiner Junge gewesen war.

Mit feuchten Augen blickte Asketil weg. »Meine Angelegenheiten mit dem König habe ich so weit geregelt; ich werde nach Hause reiten, sobald der Schnee schmilzt. Du musst hierbleiben und Harold Godwinssohn dienen, wenn er dich haben will. Er ist ein großer Mann. Er … er sollte eines Tages König werden, und es wird dir bei ihm gut ergehen, wie du es verdient hast.«

Die nächsten Worte blieben ihm einen Augenblick lang in der Kehle stecken. »Es war Harold, der den König bewegt hat, Hereward zum Geächteten zu erklären, damit wir nicht gezwungen gewesen wären, vor den Witan zu treten und die ganze Angelegenheit öffentlich zu machen, sodass die Leute im ganzen Land darüber geredet hätten.«

»Und … und was ist mit Hereward?«, flüsterte Redwald.

Asketil starrte in die Glut. »Er wird für sein Verbrechen bezahlen, und zwar bald. Er hat mich verraten … dich und Beric … den Namen seiner Mutter … und auch den König. Nur Blut kann diese Tat sühnen. Und wenn er schließlich tot ist, werde ich ihn nicht betrauern.«

Kapitel 6

Nordhumbrien

Schwarze Augen glitzerten in der Düsternis wie Glaskugeln. Stumm und wachsam hockten die Raben im Geäst der vom Blitz getroffenen Eiche. Das dunkle, glänzende Gefieder ihrer Flügel spiegelte die dräuenden Wolken am Himmel wider. Hereward konnte den starren Blick der schweigenden Wächter nicht ertragen, der von vergangenem und künftigem, noch schlimmerem Unheil sprach. Und als eine tiefgreifende Angst bis ins Mark seiner Knochen drang und das Blut in seinen Adern gefrieren ließ, drehte er sich um und rannte den Weg zum Haus seines Vaters zurück. Er war ein Mann, und doch war er auch ein Junge, und dort vor der Tür wartete seine Mutter auf ihn. Schatten von den heraufziehenden Sturmwolken zogen über ihr Gesicht, aber ihr goldenes Haar leuchtete unter ihrem weißen Kopfputz. Hinter ihr, im Inneren der Halle, stand eine Gestalt, die nur als Schatten vor dem rötlichen Schein des Herdfeuers zu erkennen war. Herewards Herz pochte laut.

Was hast du getan? Was hast du getan? Die Worte umwirbelten ihn mit dem anklagenden Krächzen der Raben.

Seine Hände waren nass, aber er wagte es nicht, darauf hinunterzublicken. »Keine Angst«, flüsterte er. »Redwald wird uns rächen.«

Der Mercier schlug die Augen auf. Frühes Morgenlicht stach unter der Tür herein. Er lag auf dem dünnen Strohlager, und seine Glieder schmerzten von der Kälte, die durch den hart gestampften Lehmboden drang. Neben den glimmenden Kohlen des Herdfeuers schnarchte die alte Frau unter ihrer verfilzten

Wolldecke. Alric war jedoch fort, vermutlich rausgegangen, um seine Blase zu entleeren.

Redwald wird uns rächen, dachte er, während der letzte Rest des Albtraums in seinen Gedanken verwehte.

Er stand auf und reckte sich. Auch wenn seine Wunden noch wehtaten, so hatte die Salbe der Hexe dem Schmerz immerhin die Schärfe genommen; zudem spürte er, dass nach dem tiefen Schlaf der Nacht seine Gliedmaßen gestärkt waren. Doch würde er stark genug sein, um bis nach York zu gelangen? Die Wälder waren voller Wölfe und Gesetzloser, die an den alten geraden Pfaden lauerten. Obendrein war fraglich, ob man auf diesen Wegen nach den heftigen Schneefällen überhaupt noch reisen konnte. Er drängte die Zweifel zurück; das Leben des Königs und sein eigenes hingen davon ab, dass seine Flucht ihr Ziel erreichte.

Die Gedanken an den Königshof erinnerten ihn an Tidhild, die tot zu seinen Füßen gelegen und aus starren, dunklen Augen zu ihm aufgeblickt hatte. In einem Aufwallen von Trauer und Schuld riss er die Tür auf und trat hinaus in den kalten Morgen. Das grelle Sonnenlicht, das von dem weißen Schnee zurückgeworfen wurde, blendete ihn. Als er allmählich wieder richtig sehen konnte, verwandelte sich ein verschwommener Fleck zwischen den Bäumen, der ungefähr einen Steinwurf vom Haus entfernt war, in die Gestalt des jungen Mönchs. Doch sein Weggefährte war nackt, wie Hereward zu seinem Schrecken sah, mit einer Schlinge um den Hals, einem Knebel im Mund und hinter dem Rücken gefesselten Händen. Zudem stand Alric mit den Zehenspitzen auf einem wackeligen Holzklotz und versuchte verzweifelt, das Gleichgewicht zu halten. Seine Augen waren vor Angst weit aufgerissen. Ein weiterer Strick lief von dem Klotz über den gefrorenen Boden und verschwand irgendwo zwischen den Bäumen.

Rotzahn, dachte Hereward. Ein Köder, um ihn ins Freie zu

locken. Er verfluchte sich stumm: Hirnbeißer lag noch auf dem Strohlager, wo er geschlafen hatte. Und dann verfluchte er den Mönch, weil er den Häschern so einfach in die Falle gelaufen war. »Von mir aus bringt ihn doch um!«, schrie er.

Mit einem Schnappen straffte sich das Seil auf dem Boden, und der Block unter Alrics Füßen wurde weggerissen. Der Mönch trat um sich und zappelte, als sich die Schlinge um seinen Hals zuzog.

Augenblicklich vergaß Hereward seine Verärgerung und rannte los. Er umschlang den Mönch mit den Armen und hob ihn hoch, sodass die Schlinge sich lockerte. Dann hielt er ihn mit einem Arm fest, während er mit der anderen Hand das Seil von Alrics Hals zerrte. Zusammen stürzten sie in eine Schneewechte. Hereward riss dem Mönch den Knebel aus dem Mund und löste seine Fesseln. »Du bist ein Narr«, fauchte er.

»Sie haben mich überrascht ...« Alrics Worte erstarben, als ein Schatten über sie fiel.

Hereward stand auf und starrte unmittelbar in Harald Rotzahns von Stürmen gezeichnetes Gesicht. Die Pupillen des Wikingers waren so geweitet, dass die Augen fast schwarz wirkten. Hereward sah einen Hauch von Wahnsinn darin. Ein Trupp von sechs Kriegern, die über ihren Kettenpanzern dicke Felle trugen und mit Äxten und Speeren bewaffnet waren, scharte sich um ihren Anführer.

»Fremder«, sagte Rotzahn mit einer seltsamen Handbewegung, »du hast mir ziemliche Umstände bereitet.«

»Ich habe dir einen Vorgeschmack der Hölle bereitet. Und das war erst der Anfang.«

Rotzahn lachte humorlos. »Deine Zeit ist abgelaufen.« Er sah Hereward lange in die Augen, wie um ihn einzuschätzen, und dann nickte er seinen Männern zu.

Während zwei Wikinger Hereward an den Armen packten und zurück ins Haus schafften, warf ein dritter Alric seine Kleidung zu und schleifte ihn hinterher. Der Rest der Söldner trieb die alte Frau mit den Speeren aus ihrem Haus. Die Alte kreischte Flüche und Verwünschungen, bis Rotzahn sich von dem nächststehenden Krieger einen Speer schnappte und ihn ihr in den Bauch stach. Alric schrie entsetzt auf. Es war Hereward klar, dass der junge Mönch sich auch an diesem Tod die Schuld gab, so wie an all den Morden in Gedley.

»Tötet uns und macht Schluss«, sagte Alric mit bebender Stimme.

Rotzahn drehte sich zu ihm um. »Deine Zeit wird kommen, Mönch. Ich möchte dein Ableben genießen, bevor ich dir den Kopf abschneide und ihn dem Mann bringe, den du betrogen hast.« Zu Hereward gewandt fuhr er fort: »Ich möchte wissen, was du dir gedacht hast, Fremder. Du bist offensichtlich ein Kämpfer von nicht geringem Geschick, doch du hast dein Leben auf Spiel gesetzt, um Leuten zu helfen, die du kaum kennst. Was hast du dir davon versprochen, mir in die Quere zu kommen?«

Hereward, der fest im Griff der beiden Söldner war, verzog keine Miene. »Komm her. Ich sage es dir ins Ohr.«

Rotzahn, der die Verachtung in Herewards Augen sah, nickte Ivar zu. Ohne Vorwarnung hämmerte der Unterführer seine riesige Faust in Herewards Gesicht, sodass ihm die Lippe aufplatzte. Als das Dröhnen in seinem Kopf abgeklungen war, schmeckte der Mercier Eisen auf der Zunge und spuckte einen Mundvoll Blut in die Glut.

»Fangen wir mit einer leichteren Frage an. Wie heißt du?«, fragte Rotzahn.

Hereward gab keine Antwort, und Rotzahn nickte Ivar erneut zu. Der zweite Schlag sandte eine Stoßwelle des Schmerzes durch Herewards Kopf und Nacken.

»Wie heißt du?«, wiederholte Rotzahn ruhig.

Hereward blieb weiterhin stumm. Harte Schläge regneten auf

ihn herab, aber er nahm sie hin, wie er jede Tracht Prügel in seinem Leben weggesteckt hatte, und das waren recht viele gewesen. Sein linkes Auge schwoll zu, seine Lippen wurden zu Brei geschlagen, Blut strömte aus seiner Nase, und sein linkes Ohr pochte so sehr, dass er auf der Seite nicht mehr hören konnte. Rotzahn stellte die Frage erneut.

»Warum sagst du ihm nicht deinen Namen?«, rief Alric ungläubig. »Du hast ihn mir doch sofort genannt. Er ist kein Geheimnis! Du handelst dir damit nur noch mehr Schläge ein.«

»Mein Name …«, nuschelte Hereward durch seine aufgeplatzten Lippen. »Mein Name … gehört mir. Er ist, was ich bin.«

Rotzahn nickte Ivar erneut zu.

»Sein Name ist Hereward!«, schrie Alric. »Jetzt wisst ihr's! Ihr braucht ihn nicht weiter zu schlagen!«

»Hereward«, wiederholte Rotzahn. »Das sagt mir gar nichts. Nun denn … woher kommst du?«

Alric konnte die brutale Demütigung nicht länger mit ansehen und wandte den Kopf ab, doch bei jedem Schlag, den er vernahm, zuckte er zusammen. Hereward wunderte sich über die Reaktion seines Gefährten. Warum sollte es ihn kümmern?

Nach einer Weile trieb der Mercier frei von den Fesseln dieser Welt dahin. Die Stimmen um ihn herum wichen zurück, und er war wieder in den Fens – ein Kind, das an einem sonnendurchfluteten Nachmittag Fische fing. Dann war er ein junger Bursche, der einen goldenen Kelch aus dem Raum des Abts stahl, um ihn für Met mit seinen Freunden zu verkaufen. Und schließlich ein Mann, der auf den leblosen Körper Tidhilds hinabblickte; ihre Hand hob sich bleich vom dunklen Blut ab.

Eisiges Wasser klatschte ihm ins Gesicht, riss ihn in die Gegenwart zurück.

»Seht ihn euch an«, sagte Alric. »Kein Mensch kann Schmerzen so stumm ertragen.«

»Wir haben gerade erst angefangen«, meinte Rotzahn. Der

Wikinger schritt im Raum auf und ab und warf dabei Blicke in die dunklen Ecken, als ob dort Dinge lauerten, die niemand sonst sehen konnte.

Unterdessen fachten zwei der Männer die Glut im Herd neu an. Als sie damit fertig waren, legte Ivar eine Eisenzange, einen Schürhaken und sein langes Messer ins Feuer. Während sie langsam erhitzten, wandte Rotzahn sich an Alric, der zusammengesunken in einer Ecke saß und den Kopf in die Hände gelegt hatte. »Ihr Christen habt viele aus meinem Volk zu eurem Glauben bekehrt. Sie reden nicht mehr von Odin, der am Weltenbaum hing, sondern von Jesus am Kreuz. Ihr baut Kirchen in den alten Steinkreisen und in den heiligen Hainen sowie bei den Brunnen und Quellen. So verführt ihr die Menschen. Ich habe gehört, euer Gott sei besser als meiner. Ist das wahr?«

Alric nickte.

»Eure Wege sind besser?«

»Ja.«

Rotzahn nickte langsam. »Dann sollte ein Christ einen Eid, den er im Namen seines Gottes geschworen hat, nicht brechen?«

Alric senkte den Kopf.

»Wird euer Gott einen solchen Eidbruch vergeben? Wird er das Blut wegwaschen, das aufgrund eines solchen Verbrechens vergossen wurde? Den Tod so vieler Unbeteiligter?« Rotzahn trat vor und verpasste dem Mönch einen kräftigen Tritt in die Seite. »Wenn du nicht wie ein Feigling weggelaufen wärst, hätte ich nicht die Leute abschlachten müssen, die dir Schutz gewährt haben. Daran solltest du in deinen letzten Momenten denken.«

»Lass ihn in Ruhe«, krächzte Hereward.

»Du möchtest lieber, dass ich dir wehtue als ihm?«, sagte Rotzahn. »Bist du etwa auch ein Christ?«

Die Krieger lachten alle laut.

Auf Befehl des Wikingerführers nahm Ivar den Schürhaken aus der Glut und näherte ihn Herewards Brustkorb. Der Mercier biss die Zähne zusammen, als seine Haut sich unter der brennenden Hitze rötete. Als Rotzahn sich zu ihm beugte, konnte Hereward den heißen Atem seines Feindes und den essigsauren Geruch seines Schweißes riechen.

»Warum stellst du dich mir in den Weg? Was geht in deinem Kopf vor?«, flüsterte Rotzahn.

Hereward sah ihm ins Auge und grinste. »Das wirst du nie erfahren.«

Auf einen Blick Rotzahns hin presste Ivar den heißen Haken gegen Herewards Rippen. Ein greller Schmerz durchfuhr ihn, und der Gestank seines eigenen brutzelnden Fleisches stieg ihm in die Nase. Ein Aufbrüllen entrang sich seiner Kehle, doch es war ein Laut des Triumphes, nicht der Niederlage.

»Seht seine Augen!«, rief Alric. »Ihr verschwendet eure Zeit! Ich sage euch, er ist kein Mensch – er ist der Teufel!«

»Oh, er ist ein Mensch«, entgegnete Rotzahn mit einem Achselzucken. »Und das werden wir ihm schon noch beweisen. Vielleicht wird sich sein menschliches Wesen zeigen, wenn wir ihm die Haut abziehen, wie er es bei unserem Freund Askold getan hat.« Er wies auf die Klinge in der Glut.

Ivar wickelte sich seinen Wollmantel um die Finger, bevor er das glühende Messer aus dem Feuer nahm. Die Hitze war so stark, dass sie selbst durch den Stoff zu spüren war, wie die zuckenden Handbewegungen des Söldners verrieten.

»Fang mit seinem rechten Arm an!«, befahl Rotzahn. »Erst die Haut. Dann das Fleisch und die Muskeln bis zum Knochen.« Zu Hereward gewandt fuhr er fort: »Wir werden dich zerlegen wie ein Wildschwein beim Julfest.«

Die Nordmänner lachten und johlten. Hereward verbarg seine Gedanken hinter einer ausdruckslosen Miene. Er hatte bemerkt, dass Ivar sich zu ihm vorgebeugt hatte, als er den Schürhaken schwang, und zwar näher, als er es je gewagt hätte, wenn der Mercier nicht von den beiden Wikingern festgehalten worden wäre. Als der Unterführer mit dem rotglühenden Messer näher trat, wartete Hereward den richtigen Moment ab, und dann schoss sein Oberkörper nach vorn. Er schlug die Zähne in Ivars Wange, biss sie bis auf den Knochen durch und riss mit einer Kopfdrehung ein Stück Fleisch heraus.

Aufheulend taumelte Ivar zurück und ließ das Messer auf das Lager der Hexe fallen. Das Stroh begann zu knistern, und graue Rauchkringel stiegen nach oben. Als der Mercier merkte, dass seine beiden Wächter in der Verwirrung ihren Griff lockerten, riss er seine Arme frei, rammte dem einen den Ellenbogen in die Kehle und knallte dem anderen die Stirn ins Gesicht.

Er spürte, wie das Monster in ihm aufstieg – der andere Hereward, geboren aus Wut und Blutlust, ungehemmt von menschlichen Werten –, und er hieß ihn willkommen. Der Schmerz seiner Wunden verschwand von einem Moment zum nächsten. Als Kraft in seine müden Glieder strömte, trat er mit einer solchen Schnelligkeit in Aktion, dass im Vergleich dazu die Bewegungen der Söldner wirkten, als hätten sie Blei an den Füßen. Er griff sich das Schüreisen und drosch es Rotzahn ins Gesicht. Aus dem Augenwinkel sah er, wie der Mönch aus seiner Ecke gekrochen kam und die Tür öffnete. *Gut so*, dachte Hereward. Er rammte seinen Fuß in den Bauch des Wikingerführers und stieß ihn hinaus in den verschneiten Morgen.

Die Söldnertruppe begann, wieder zur Besinnung zu kommen – doch zu spät. Als Flammen aus dem Lager am Herd hochschlugen, nahm Hereward blitzschnell sein Schwert vom Boden auf und hieb es einem Mann ins Gesicht. Dann wirbelte er herum, um einem anderen die Hand abzuschlagen. Mit einem Tritt schleuderte er die brennenden Halme zum anderen Strohhaufen in der Ecke. Das Feuer sprang am Holzskelett des Fachwerkhauses zum strohgedeckten Dach hoch.

Als ein Flammenmeer sich über ihren Köpfen ausbreitete, brach in dem dichten Rauch Panik aus. Hereward sprang nach draußen, bevor die Wikinger reagieren konnten. Rasch schnappte er sich die Axt von Rotzahn, der immer noch halb betäubt im Schnee lag. Dann knallte er die Tür zu und verrammelte sie, indem er die Axtklinge tief in den Rahmen schlug. Das Prasseln des Feuers übertönte die Stimmen von drinnen, die zu Entsetzensschreien wurden, als das brennende Dach einzustürzen begann.

Durch das Dröhnen des Blutes in seinem Kopf hörte Hereward Alrics Aufschrei. Der Wikingerführer versuchte, auf die Füße zu kommen. Hereward fuhr herum und trat Rotzahn mit solcher Wucht ins Gesicht, dass der Söldner rücklings zu Boden ging und bewusstlos liegen blieb.

Unvermittelt verpuffte Herewards Wut, und seine Hochstimmung schwand. Die Welt wirkte plötzlich brüchig, kalt und viel zu hell. Taumelnd vor Schmerzen, die in seinen geschundenen Körper zurückströmten, versuchte er, Rotzahn hochzustemmen. »Hilf mir«, krächzte er.

»Du bist schwer verwundet«, sagte Alric, als er den massigen Leib des Wikingers schulterte. »Du wirst York nicht alleine erreichen.«

»Ich habe Schlimmeres überlebt.«

»Früher oder später wird dein Glück zu Ende gehen.«

Die Schreie der Eingeschlossenen erstarben im Prasseln des Brandes, als die Wände Feuer fingen und die Flammen hoch in den Himmel schossen. Hereward dachte an Gedley und verspürte Stolz.

Als Rotzahn zu sich kam, war sein Blick zunächst verwirrt, dann setzte allmähliches Erkennen ein, gefolgt von siedender Wut. Hereward verfolgte das Spiel von Gefühlen mit kalter Befriedigung. Die Schlinge lag eng um den Hals des Wikingers, und seine Hände waren gefesselt, während er auf dem wackeligen Holzklotz schwankte. Alric wandte sich ab, als er sah, wie der

Söldner verzweifelt versuchte, sein Gleichgewicht zu behalten. Zweifellos musste er an seine eigene Tortur denken.

»Das ist noch nicht das Ende«, knurrte Rotzahn.

»Es ist das Ende deiner Geschichte«, entgegnete Hereward. »Danach kommt nur noch der Teil, wo die Raben sich an deiner Leiche gütlich tun.«

»Du hättest besser die Finger davon gelassen«, fügte Alric hinzu.

»Oh, was für ein guter Christ«, spie Rotzahn.

Der Mönch ist ein seltsamer Mensch, dachte Hereward, *aber er könnte von Nutzen sein*. Er wandte sich von dem finster blickenden Wikinger ab und sagte: »Du bist jetzt ein freier Mann. Was wirst du tun? In dein Kloster zurückkehren?«

Alric ließ den Kopf hängen. »Ich bin nicht frei. Wenn Harald Rotzahn nicht mit meinem Kopf zurückkehrt, wird ein anderer an seiner statt kommen und dann der Nächste, bis diese Sache erledigt ist.« Sein Blick ging in Richtung des verbrannten Dorfes. »Ich werde niemals mehr frei sein.«

»Ich habe etwas in York zu erledigen … etwas Wichtiges«, sagte Hereward und durchforschte das Gesicht seines Gegenübers nach dem leisesten Anzeichen dafür, dass ein Verrat bevorstehen könnte. »Ich kann es nicht riskieren, Futter für die Wölfe zu werden.«

Die Augen des Mönchs verengten sich. »Was hast du vor?«

Hereward zögerte. Wie um alles in der Welt konnte er dem jüngeren Mann sagen, dass es um Mord, Verschwörung und sogar um die Sicherheit des englischen Thrones selbst ging, wenn er keine Ahnung hatte, wem er trauen durfte und wie weit das Komplott reichte? »Es geht dabei um Menschenleben«, antwortete er schließlich. »Vielleicht um mehr Leute, als in Gedley starben.«

»Du tötest Menschen ohne Gnade. Wieso solltest du Leben retten wollen?«

»Wir kämpfen alle mit unseren Teufeln, Mönch. Kann einer wirklich von sich behaupten, dass er ganz und gar ein Heiliger oder ganz und gar ein Sünder ist?«

Alrics Augen leuchteten auf, als wäre ihm gerade eine großartige Einsicht gekommen. Er hob den Finger. »Und du möchtest, dass ich dich begleite?«

»Wenn du mir versprichst, dass du mich unterwegs nicht dauernd auf den rechten Pfad zu bringen versuchst.« Er konnte spüren, wie seine Beine von Minute zu Minute schwächer wurden. Sie würden bald einen neuen Unterschlupf finden müssen, um sich ausruhen zu können. »Diese Wunden setzen mir zu. Du hast recht: Allein würde ich York wohl nie erreichen.«

Der Mönch dachte nach.

»Ich werde dich gut bezahlen«, fügte der Recke hinzu und ließ die Münzen in seinem Beutel klingeln.

»Also gut«, sagte Alric und schob das Kinn vor. »Du brauchst mich jetzt, und ich, Gott helfe mir, brauche deinen Schutz, zumindest bis wir York erreicht haben.«

Hereward legte seinem neuen Gefährten die Hand auf die Schulter. »Du bist ein winselnder kleiner Scheißer, Mönch, mit einer erbärmlichen Haltung, die mir auf die Stimmung drückt. Aber wenn wir gemeinsam die Gefahren dieser Wildnis überleben können, bin ich bereit, das auf mich zu nehmen.«

Während Alric einen letzten, gequälten Blick auf den Wikinger warf, der auf dem Haublock balancierte, spürte Hereward die Last des Geheimnisses, das er mit sich trug. Mit sinkendem Herzen spähte er in den dunklen Wald hinein, doch zwischen den dicht gedrängten Eschen und Eichen war kein Zeichen von den Verfolgern zu sehen, die ihm so lange auf den Fersen gewesen waren. *Vielleicht gibt es doch noch Hoffnung*, sagte er sich.

Als Hereward, gestützt von Alric, mit humpelnden Schritten fortging, hallte Rotzahns Stimme in seinen Ohren wider: »Das ist noch nicht das Ende!«

Wenn Hereward in diesem Moment die Tiefen der Augen des Wikingers hätte ausloten können, wäre er zu der Erkenntnis gelangt, dass Rotzahn recht hatte. Es war nicht das Ende. Der rothaarige Nordmann würde sich nicht in den Tod fügen.

Er war der Tod.

Kapitel 7

»Harald Rotzahn ist tot. Warum verschwendest du so viel Zeit darauf, nach Verfolgern Ausschau zu halten?« Alric mühte sich, den Ärger in seiner Stimme zu unterdrücken, aber Erschöpfung und Hunger sowie der eisige Wind, der ihm durch Mark und Bein ging, hatten seine Geduld zermürbt.

Sie befanden sich auf der Kuppe eines Hügels. Hereward lag hoch oben auf einem Felssporn aus Granit und schirmte die Augen mit der Hand gegen die Mittagssonne ab. Jetzt, da seine Wunden zu heilen begonnen hatten, schien der große Mann die Kälte nicht zu spüren, während er das öde weiße Land, das sich vom Fuß des Hügels unter ihnen in die Weite erstreckte, nach Anzeichen von menschlichem Leben absuchte. Es gab oft Augenblicke, da der muskulöse Krieger seinem Gefährten mehr als Tier denn als Mensch erschien: ein Wesen, das in der Wildnis zu Hause war; das Gerüche zu identifizieren vermochte, die Alric in dem messerscharfen Wind nicht einmal wahrnehmen konnte; das Spuren las und den leisesten Hauch von Bewegung einen Tagesmarsch oder mehr entfernt entdeckte; das Warnungen im Krächzen der Krähen hörte und womöglich gar die Stimme Gottes in den seufzenden Zweigen.

»Dort unten im Wald gehen Menschen.« Der Recke ließ sich ein Stück weit zurückgleiten, und einen Moment lang war der Mönch von dem Glast des Schnees, der den Hügel bedeckte, so geblendet, dass er gar nichts mehr sah. »Fünf, glaube ich. Verfolgen sie uns, oder sammeln sie bloß Holz?«

Der Mönch kniff die Augen zusammen. »Meinst du, dass sie nach mir suchen … oder nach dir?«

Hereward lachte. »Du kannst ja hier warten und sie selbst fragen.« Er sprang in wenigen Sätzen vom Felsen herab und spähte über die windgepeitschten Hügelkuppen, die vorauslagen. »Wenn sie uns hier im Freien erwischen, brauchen wir uns um einen Schlafplatz keine Sorgen mehr zu machen.«

Alric hatte bereits bemerkt, dass die Stimmung seines Begleiters mit jedem Tag besser geworden war, während sie York näher kamen. Manchmal war bei Hereward sogar ein kerniger Humor aufgeblitzt, als ob der Mercier eine Gelegenheit witterte, jene geheimnisvolle Bürde abzustreifen, die auf ihm lastete. Der Mönch sah Klugheit in diesem Gesicht, und sogar etwas Wärme. Er stellte fest, dass sein wild dreinblickender Gefährte ein größeres Rätsel darstellte, als er zunächst geglaubt hatte. »Es wäre ein Segen«, knurrte er. »Ich komme noch um vor Sorgen.«

»Du kannst jederzeit gehen.«

»Und wer würde dann für deine schwarze Seele beten? Ich bin der Einzige, der den Teufel davon abhält, dir einen Platz an seiner Seite anzubieten.«

»Der Teufel auf der einen Seite und auf der anderen ein Mönch, der den ganzen Tag nur plappert und winselt und keine Ruhe gibt. Eine schwere Wahl.«

Alric zuckte mit den Schultern und eilte voraus. »Selig sind die Sanftmütigen.«

»Tot. Die Sanftmütigen sind tot, weil sie ihre Schwerter zu Pflugscharen geschmiedet haben.«

»Und selig.« Alric duckte sich instinktiv, als er eine schnelle Bewegung hinter sich hörte. Ein großer Stein flog über seinen Kopf und krachte in eine Schneewehe. Er wirbelte herum und wies mit ausgestrecktem Zeigefinger auf seinen Gefährten. »Willst du mich etwa umbringen?«

»Ich darf nicht aus der Übung kommen«, erwiderte der Recke trocken. »Doch lass uns weitergehen. Im Tal wird es spitzere Steine geben.«

Murrend ging Alric weiter. Er warf einen letzten Blick hinab in die dunklen Wälder und sah nichts, dennoch ging er schneller und kämpfte sich weiter durch den knietiefen Schnee. Kurze Zeit später schlitterten und rutschten die beiden Männer den steilen Hang hinab, wobei sie manchmal kopfüber rollten, sodass ihre Haare und Augenbrauen bald mit Eis verkrustet waren. Alrics Lunge brannte von der Anstrengung. Keuchend fragte er: »Hast du eigentlich Geschwister?«

»Zwei Brüder.« Hereward hielt inne. »Einen davon nenne ich Bruder, auch wenn wir nicht verwandt sind.«

»Wie das?«

»Als ich ein Junge war, hat mein Vater ihn aufgenommen. Redwald.« Die Augen des Recken schienen in eine weite Ferne zu blicken. Ein Anflug von Sentimentalität, fragte sich Alric. »Sein Vater wurde getötet ... von Räubern, glaube ich. Und seine Mutter war auch gestorben. An der Schwindsucht.« Er zuckte mit den Schultern. »Er war allein, und mein Vater hat ihn bei uns wohnen lassen und ihn wie einen Sohn behandelt.«

»Und teilt er deine Neigung zur Gewalt?«

Hereward lachte. »Redwald ist ein besserer Mensch als ich.« Er tippte sich an die Stirn. »Er hat einen scharfen Verstand. Seine Pläne und Strategien sind eines Harold Godwinssohns würdig. Während wir hier reden, wird er bereits dabei sein, all sein Geschick zu meinen Gunsten einzusetzen.«

»Und was sind das für Pläne, die er schmiedet?«, fragte Alric in beiläufigem Ton; er versuchte auf diese Weise, mehr über die verborgene Seite des Recken zu erfahren.

»Rachepläne.« Für einen flüchtigen Moment verhärtete sich Herewards Gesicht. »Auch wenn wir nicht blutsverwandt sind, gibt es keinen treueren Bruder als Redwald. Er wird sich so viel Zeit nehmen, wie er braucht – Tage, Wochen ... vielleicht Jahre, wenn es nötig ist. Und wenn der Tag gekommen ist, wird er den vernichten, der mir Böses zugefügt hat. Das hat er geschworen.«

Alric war betroffen von Herewards harschem Ton, aber auch überrascht. Es war das erste Mal in den zehn Tagen, die sie nun zusammen unterwegs waren, dass der Recke ihn so ins Vertrauen zog. »Dein Bruder und du, ihr steht euch also sehr nahe.«

Herewards Blick richtete sich auf den fernen Horizont, während er sich erinnerte. »Als ich alt genug war, um ein Wild zu häuten, gab mir mein Vater sein Messer, wie es zwischen einem Vater und seinem ältesten Sohn Brauch ist und wie sein Vater es bei ihm getan hatte. Es hatte eine kurze Klinge, die selbst damals schon alt war, aber auf dem Wetzstein scharf gehalten wurde, und einen geschnitzten Griff aus Walknochen in Gestalt eines Engels. Kurz darauf verschwand es. Ich wusste, dass Redwald es gestohlen hatte. Ich konnte es an seinem Gesicht ablesen und an seinen flüchtigen Blicken. Er fühlte sich schuldig. Und er wusste, dass ich es wusste. Aber ich sagte nichts.«

»Warum nicht?« Der Mönch runzelte die Stirn.

»Weil er nichts Eigenes besaß. Für ihn gab es kein Messer, das ihm von seinem Vater vererbt wurde, und auch kein Land, kein Gold. Und außerdem … wer wir sind« – der Recke legte die rechte Hand ans Herz –, »kommt von denen, die uns geschmiedet haben. Als er seine Eltern verlor, verlor Redwald auch das Wissen darum, wer er war.«

Alric war gerührt. »Und darum ließest du ihn das Geschenk behalten, das dein eigener Vater dir gegeben hatte, weil es das Einzige auf der Welt war, das er besaß.«

»Und in dem Augenblick wurden wir zu wahren Brüdern.«

Alrics Gedanken gingen zu den vielen Freunden, die in Gedley gestorben waren, Männern und Frauen, die ihm vertraut hatten und die er durch seine Schwäche verraten hatte. Und vor allem musste er an den einen Tod denken, der ihn mehr als alle anderen plagte. Tränen brannten in seinen Augen. Vergebung dafür würde schwer zu finden sein, wenn überhaupt. Ob er den Fleck auf seiner Seele jemals würde reinwaschen können?

Schweren Herzens stolperte der Mönch den nächsten Hügel hinauf. Er hatte dabei die breiten Schultern des Mannes vor ihm im Blick, den ungebeugten Rücken, welcher der eisigen Kälte trotzte, und er fragte sich, was wohl in Herewards Vergangenheit vorgefallen war. War er ein Hauskarl, der seinen Thegn verraten hatte? Der Sohn eines Holzfällers, der bei einem Streit übers Essen oder wegen einer Frau jemanden getötet hatte? Aus welchen Tiefen stieg diese unmenschliche Brutalität hervor? Was hatte den Mercier mitten im tiefsten Winter an diesen kalten, ungastlichen Ort geführt? Was hatte er in York zu erledigen, und wieso konnte es den Tod vieler Menschen verhindern? Sein Verbrechen musste fürwahr schrecklich gewesen sein. Er hatte wenig Vertrauen in Gott, noch weniger in seine Mitmenschen. Alric war seine letzte Chance.

Auf der Kuppe wurde er zunächst vom weißen Glanz des Schnees geblendet. Als sein Blick sich klärte, sah er die Sonne auf zwei mäandernden Flüssen funkeln und in der Ferne schwarze Rauchfahnen vor einem klaren blauen Himmel aufsteigen. Er konnte das regelmäßige Muster vieler Häuser vor dem Hintergrund ihrer weißen Umgebung erkennen und den Turm einer großen steinernen Kirche.

»York«, sagte Hereward.

Alrics Magen beschwerte sich angesichts der verblassenden Erinnerung an ihr letztes Mahl vor zwei Tagen. »Und werden wir dort bis zum Christfest bleiben?«

Der Recke lachte in sich hinein. »Wenn deine Mitbrüder deine winselnde Stimme ertragen können, kannst du bis zum Jüngsten Gericht dort bleiben.« Der Mönch warf ihm einen fragenden Blick zu. »In York trennen sich unsere Wege.«

Alric, der gerade angefangen hatte, wieder Hoffnung zu schöpfen, hatte das Gefühl, als würde ihm der Boden unter den Füßen weggezogen. »In den letzten zehn Nächten wärst du in den Wäldern erfroren, wenn ich nicht da gewesen wäre«, druckste er.

»Wohl wahr. Einem Kirchenmann gibt man eher einen Bissen zu essen und einen Platz am Feuer als einem verwundeten Kämpen.« Hereward war anzusehen, dass er sich über Alrics Bedenken wunderte. »Was plagt dich denn jetzt? Seit Gedley hast du jeden Augenblick verflucht, den du mit mir zusammen warst. Woher auf einmal diese Anhänglichkeit?«

»Ich will nur …« Alric schüttelte den Kopf. Er wusste selbst nicht, was er wollte.

»Außerdem sind wir quitt. Als wir vor zwei Nächten auf dem Bauernhof Schutz gesucht hatten, kam der Bauer nachts hereingeschlichen, um dich zum Schweigen zu bringen, wie ich vermute. Ich nehme an, er betet immer noch zu den alten Göttern und hatte Angst, du würdest es herausfinden und den Zorn deiner Mitchristen auf ihn herabbringen. Ich habe ihn mit der flachen Klinge vertrieben.«

»Ich will nicht, dass du mein Leben rettest«, erwiderte Alric mit schneidender Stimme. »Ich bin hier, um dich zu retten.« Jetzt war es heraus, erkannte er. Aber Hereward lachte nur, ein reicher, voller Klang, der über die schneebedeckte Öde hallte.

Den Rest des Tages stapften sie den Berghang hinab und über die windumtoste Ebene. Alric kämpfte sich durch die hohen Schneewehen, mit taubem Gesicht und gefühllosen Fingern, aber sein Verstand arbeitete präzise wie ein Mühlrad.

Der Recke folgte mit dem Blick dem Flug eines Raben, dem einzigen schwarzen Punkt am Himmel. »In der Nacht, als ich geboren wurde«, erzählte er, »gab es einen gewaltigen Sturm, und der Blitz spaltete die große alte Eiche neben der Halle. Meine Mutter meinte, es sei eine Prophezeiung, aber wofür, habe ich nie erfahren. Aber von dieser Nacht an versammelten sich dort die Raben; sie hockten wie schwarze Blätter im toten Geäst.« Er sah dem verschwindenden Vogel nach und beugte dann in Gedanken versunken den Kopf, während er weiterstapfte.

Als die Sonne sich den westlichen Hügeln zuneigte, entflammte der Himmel in Rosa und Gold. Die traurig klingenden Schreie von Wildgänsen hallten über die Ebene, und überwinternde Singschwäne erhoben sich in einer weißen Wolke; der Schlag ihrer Flügel war wie ein fernes Donnern. Der Schnee war nun durchzogen von gewundenen Schatten. Zwar war der Boden hart gefroren, doch zwischen dem langen gelben Gras, das aus der weißen Decke stach, lauerten tückische Teiche, deren spiegelglatte Oberfläche beim ersten Tritt zersplittern konnte, sodass der unvorsichtige Wanderer unter das Eis gezogen wurde. Hereward schien ein fast übernatürliches Gespür für ihre Umgebung zu haben und fand überall einen Weg durch ein immer gefährlicheres Gelände.

»Ich bin ein Sohn der Fens«, erklärte er. »Fremden Augen erscheint meine Heimat grün und lieblich, doch unter der Oberfläche gibt es verborgene Sümpfe und Wasserläufe, in denen der Tod lauert. Als Kinder hat man uns gelehrt, die Gefahren des Landes nie zu unterschätzen und auf die geheimen Zeichen zu achten und zu lauschen. Wer diese Lektionen lernt, der überlebt. Wer sie nicht lernt, wird von den schwarzen Wassern verschlungen.«

Bald darauf konnte der Mönch Holzrauch im Wind riechen und kurz darauf auch den fruchtigen Gestank menschlicher Abfälle. York lag an der Vereinigung zweier großer Flüsse, ein dunkler Schmutzfleck unter dem Winterhimmel. Jenseits der Verteidigungsgräben erhob sich eine hölzerne Palisade, die während der zahlreichen Angriffswellen, welche die Stadt über die Jahre zu solch einem gefährlichen Ort gemacht hatten, von so viel Blut getränkt worden war.

»Werden deine Feinde dich hier nicht erst recht finden? Wenn sie dir durch ganz England gefolgt sind – wo gibt es dann überhaupt noch Sicherheit?« Alrics Füße waren so taub, dass er auf dem ausgefahrenen Weg, der zum Stadttor führte, ins Stolpern geriet.

Herewards Hand ging zum Heft seines Schwertes. »Das hier ist meine Sicherheit.«

»Und wie lange, glaubst du, kannst du weiter alle umbringen, bevor es dich selbst trifft?«

»Ich habe meine Lektionen gelernt, Mönch. Das Leben ist hart. Du darfst niemandem trauen, nicht einmal deinen Blutsverwandten. Die einzige Wahrheit im Leben ist die Klinge meines Schwertes. Sie schneidet durch alle Lügen.«

»Diese Winterkälte ist dir ins Herz gedrungen.«

»Du bist zu weich, Mönch. Du findest Trost in deinen Gebeten, aber Fallen lauern überall, und irgendwann wird man dich kriegen und töten.« Er schlug Alric freundschaftlich auf die Schulter. »Wenn du eines aus unserer gemeinsamen Zeit gelernt hast, dann sollte es das sein. Ich möchte nicht, dass du dein Leben wegwirfst.«

Die beiden Männer traten vorsichtig auf die Holzbrücke, die über die Verteidigungsgräben führte. Sie war breit genug für einen Karren, aber die Balken waren mit Eis überzogen. Der erste Graben war leer. Der zweite war mit gefrorenem stehendem Wasser gefüllt und roch nach verfaulender Vegetation. Helme blinkten im Abendlicht von der Palisade herab, und Alric konnte den harten Blick der Wachen fast spüren.

»Erzähl den Wächtern am Tor eine fromme Geschichte«, flüsterte Hereward. »Dann lässt man uns leichter rein.«

»Warum sollte ich? Du machst dich doch sowieso davon, sobald wir drinnen sind.«

»Willst du lieber hier draußen in der Kälte bleiben?«

Alric grummelte etwas vor sich hin, trat dann aber vor und sprach mit den Männern am Tor. Da sie froren und nichts lieber wollten, als das Tor für die Nacht zu schließen und in ihre warme Wachstube zurückzukehren, glaubten sie bereitwillig seinen Lügen. Der Mönch erklärte, er wäre auf dem Weg zum Erzbischof und hätte den Kämpen angeheuert, um von ihm auf der

Reise durch das gesetzlose Land beschützt zu werden. Mit einem Knurren und einem Wink seines Speers gab einer der Wächter den beiden zu verstehen, dass sie passieren durften.

York widerhallte noch von den Klängen des Tagesgeschäfts. Die strohgedeckten Fachwerkhäuser wiesen alle mit der Giebelwand zu der von Fahrrinnen durchzogenen Straße; dicht an dicht drängten sie sich auf ihren einheitlichen, schmalen Grundstücken. Durch die offenen Türen sah Alric, dass die Fußböden meist aus nackter Erde bestanden, die mit Abfall übersät war, den die Bewohner in den Untergrund festgetreten hatten. Hinter den Häuserreihen waren Höfe mit stinkenden Sickergruben und Komposthaufen neben den Brunnen, aus denen die Leute ihr Wasser holten.

Läden und Werkstätten waren voll lärmender Betriebsamkeit oder hallten vom Gehämmer der Schmiede wider. Trotz der Kälte arbeiteten viele in der freien Luft vor ihren Betriebsräumen, um dem Rauch und Gestank im Inneren zu entgehen. Alric hatte gehört, dass jetzt zehntausend Seelen hier lebten, und wenn das stimmte, wäre es wirklich staunenswert; denn mehr Menschen konnte es in ganz England kaum geben.

Als der Wind die Richtung wechselte, schlug ihm der feuchte Brodem von den Werften entlang des Flusses Fosse ins Gesicht. Gleichzeitig vernahm er das Knarren von Holz und das Schlappen der Segeltuche von den großen Schiffen, die entlang der zugefrorenen Ufer vertäut lagen. In Jarrow hatte er von den Wundern gehört, die von den Handelsschiffen nach York gebracht wurden: Seide aus Byzanz und feine Goldschmiedearbeiten aus den Niederlanden, farbenprächtige Muscheln aus den heißen Ländern des Südens, Speckstein aus den Nordlanden sowie Wein und Töpferwaren aus den fränkischen Königreichen.

Nach einer so langen Zeit in der Wildnis war Alric froh, endlich wieder eine größere Anzahl von Menschen zu sehen – all die Männer und Frauen, welche die Straßen belebten, und die spielenden Kinder. Die Stimmen und Rufe klangen wie Musik in seinen Ohren. Er atmete tief den vertrauten Holzrauch ein und wünschte sich, er könnte sein gesamtes irdisches Dasein in einer Stadt verbringen, wo das Leben leichter war und Gelehrsamkeit und Redekunst blühten. Als er sich schließlich von seiner Tagträumerei löste, bemerkte er, dass sein Gefährte sich mit raschen Schritten entfernte.

»Warte!«, rief er und eilte ihm nach. »Wohin gehst du?«

Hereward hielt inne und drehte sich um. Seine blassblauen Augen fingen den feurigen Schein der untergehenden Sonne ein. »Hier trennen sich unsere Wege. Ich habe dir das Leben gerettet, aber ich bin nicht dein Hüter.«

»Ich habe es dir mit Gleichem vergolten. Ohne mich hättest du es kaum bis hierher geschafft.«

»Ich danke dir für deine Hilfe, aber von jetzt an gehe ich meinen Weg allein.« Er sah nachdenklich zum tiefroten Horizont. »In meinen Träumen sehe ich einen Pfad voraus, der von Leichen gesäumt ist. Unter einem brennenden Himmel muss ich Ströme von Blut durchqueren. Für mich wird es keinen Frieden geben, Mönch, und Friede ist alles, wovon ihr Kirchenmänner sprecht. Unsere Wege führen in verschiedene Richtungen. Meiner zur untergehenden Sonne, wo die Toten warten. Deiner auf die Morgendämmerung zu. Verstehst du das?«

»Niemand sollte allein durchs Leben gehen.«

Hereward beugte sich vor und fixierte ihn mit seinem Blick. »Hast du nicht gehört, was ich dir erklärt habe? Der Tod wartet auf jeden, der an meiner Seite geht. Ich habe dir nicht das Leben gerettet, damit du es für einen frommen Wahn vergeudest. Ich kann dir nur die Hölle bieten. Geh jetzt, oder du bekommst mein Schwert zu spüren!« Er hielt den Mönch noch einen Moment lang fest im Auge, dann drehte er sich um und marschierte davon, ohne einen Blick zurückzuwerfen.

Alric holte tief Luft, um sich zu sammeln. Gott hatte ihm

diesen Mann geschickt, da war er sich sicher. Hereward zu retten war der Grund, weshalb er auf Erden war, und er würde sich nicht so leicht abschrecken lassen. Doch er wusste, dass er den Recken mit Worten allein nicht würde umstimmen können. Er sah ihn im Zwielicht davoneilen, und dann folgte er ihm. Dabei bewegte er sich stets im Schatten der Häuser, wo die Menschen geschützt vor dem kalten Wind ihre Gespräche führten, und blieb so außer Sicht. Hereward ging weiter, hielt hier und da inne, um ein paar Worte mit Passanten zu wechseln, vielleicht, um nach dem Weg zu fragen.

Eine kleine Gruppe von Menschen hatte sich um eine Schmiedewerkstatt versammelt, wo der ätzende Qualm einem die Kehle zuschnürte. Auf einem Holzstapel hockte ein Mann mit nur einem Auge und einer Hand und lamentierte mit lauter Stimme, wobei er mit seiner unversehrten rechten Faust wild gestikulierte. Angesteckt von der Leidenschaft des Redners ermutigten die Zuhörer ihn lautstark weiterzusprechen. Alric hörte nur Fetzen, aber genug, um zu wissen, dass die Gruppe über irgendwen oder irgendetwas unglücklich war. Er behielt Hereward weiterhin im Auge, der gerade beiseitegetreten war, um fünf Wikingern mit wilden Bärten auszuweichen, die nun mit gezückten Speeren in die kleine Schar der Zuhörer stürmten und ihnen lautstark befahlen, nach Hause zu gehen. Die Versammlung zerstreute sich sofort. Als der Letzte der verängstigten Leute sich eilig entfernt hatte, war auch der Einäugige nirgendwo mehr zu sehen. Die ruppigen Krieger suchten die ganze Umgebung nach ihm ab, fanden ihn aber nicht. Der Anführer der Bande drehte sich um und musterte Alric. Eine gezackte Narbe verlief von der linken Stirnseite über die Nase bis zur rechten Wange. Der Wikinger starrte ihn mit einem kalten, harten Augenausdruck an: der Blick eines Mannes, der überall Feinde sah.

Es wurde nun rasch dunkel. Am westlichen Himmel war nur noch ein Streifen von Rot und Gold zu sehen. Alric zitterte in seiner wollenen Kutte, als die Nachtkälte hereinbrach. Überall um ihn herum verstummte das Hämmern der Schmiede und das Klacken der Webstühle, als die Leute ihre Läden und Werkstätten zu schließen begannen, um zum Abendessen zu eilen, zu Brot, Eintopf und Bier. Der Mönch wand sich durch den Strom der müden Arbeiter, bis er sah, wie Hereward nach links in eine Gasse bog, die vom Grunzen zahlreicher Schweine widerhallte und wo der Gestank faulender Äpfel schwer in der eisigen Luft hing.

Nahe dem Pferch, wo die fetten schwarzen Schweine gehalten wurden, peinigten vier Jugendliche mit höhnischen Worten und Hieben einen kleineren Jungen. Tränen liefen über die blassen Wangen des Knaben, der offenbar lahm war, und er versuchte humpelnd, ihren Schlägen auszuweichen. Hereward hielt inne und betrachtete die Szene. Auch Alric blieb stehen; er beobachtete den Recken und fragte sich, welche Gedanken ihm wohl durch den Kopf gingen. Die vier größeren Burschen wurden immer gewalttätiger, und einer schlug den Schwächeren schließlich so hart, dass dieser auf den gefrorenen Boden fiel. Hereward zuckte zusammen.

Der Mönch lächelte. Ein Prickeln der Erwartung lief ihm über den Rücken. *Das ist er*, dachte Alric, *der Augenblick der Wahrheit, in dem der Krieger seine wahre Natur zeigt, jene tief vergrabene Güte, die ich während der ganzen langen Reise gespürt habe. Seine Seele.*

Als die vier Rüpel den wimmernden Jungen mit Fußtritten zu traktieren begannen, riss Hereward sie grob zurück, einen von ihnen so hart, dass er auf den Hintern fiel. Der Mönch grinste breit.

Er belügt sich selbst über das, was er ist, dachte er mit einem Nicken. *Meine Aufgabe wird es sein, ihm das Gute, das in ihm schlummert, zum Bewusstsein zu bringen.*

Mit seiner linken Pranke packte Hereward den kleinen Jungen vorne am Wams und zerrte ihn hoch. Erst verpasste er ihm einen Klaps auf die Wange, dann flüsterte er ihm ein paar Worte ins Ohr und warf das jetzt schluchzende Kind wieder zu Boden. Während Alric noch versuchte, sich einen Reim auf das Gesehene zu machen, verschwand Hereward in die zunehmende Düsternis, und der Mönch musste sich beeilen, um ihn nicht aus den Augen zu verlieren.

Die Straße war verlassen, und eisige Sterne funkelten am schwarzen Himmel, als er sah, wie Hereward eine Umfassungsmauer erreichte. Der Recke hielt am Tor der Umfriedung an, warf einen Blick auf das dunkle, klotzig wirkende Bauwerk, das vor ihm aufragte, und ging dann zielstrebig auf den goldenen Lichtschein zu, der durch die offene Tür des Gebäudes auf den verschneiten Boden fiel.

Alric stockte der Atem. Die strohgedeckte Halle war das größte Bauwerk in ganz York, das die fünf Häuser, die in seiner Nähe standen, geradezu klein erscheinen ließ. Es gab für ihn keinen Zweifel: Es musste die Halle von Tostig sein, dem mächtigen Earl von Nordhumbrien. Welche Verbindung konnte Hereward mit einem der hochrangigsten Männer des Landes haben?

Kapitel 8

Westminster

Blutrot sank die Sonne über Middlesex. Eine Schattenklinge schnitt durch das Herz des weiß gekälkten Königspalasts, geworfen vom aufragenden Vierungsturm der noch unvollendeten neuen Abtei St. Peter. Fackelharz knisterte in der kühlen Luft, als der Hauptmann der Wache innerhalb der Umfriedungsmauer Lichter entzünden ließ und die Sklaven in der Königshalle das Feuer für die kommende Nacht entfachten.

Redwald bog um einen der mächtigen Eckpfeiler des Westwerks der Kirche. Er hatte die Kapuze tief ins Gesicht gezogen, um nicht erkannt zu werden, und duckte sich in den Schutz der hölzernen Gerüste, die sich entlang der Mauer erhoben. Überall war noch das Hämmern der Steinmetze zu hören, die auf höchsten Befehl des Königs bis in die späten Abendstunden bei der Arbeit waren; denn Eduard konnte es nicht ertragen, dass sein großes Werk auch nur einen Tag länger als nötig auf seine Vollendung warten musste. Die Luft war erfüllt mit Gerüchen: von erdigem Steinstaub, dem harzigen Ulmenholz der Stützen und dem beißenden Rauch, der von den Feuern herüberwehte, mit denen die Arbeiter sich warmhielten.

Leise Stimmen hallten durch das schattige Innere des Münsters. Redwald schlich zu dem offenen Bogen des Westportals, wo sich später eine große zweiflügelige Tür befinden würde, und spähte hinein. Rötliches Licht, das durch die Fensteröffnungen fiel, verlieh dem hereingewehten Schnee auf dem Fußboden eine gleichfarbige Tönung, und durch das offene Dach waren der Mond und die ersten Sterne zu sehen. Zwei Gestalten standen ins Gespräch vertieft in der Mitte des Langhauses. Als sie ein paar Schritte in Richtung des Chors gingen, wo sich später der Altar erheben würde, erkannte Redwald in einem von ihnen den König. Der Herrscher Englands war dem jungen Mann noch nie so gebrechlich erschienen wie jetzt; seine Haut war fast von der Farbe des Schneematsches zu seinen Füßen, sein Haupt gebeugt, seine Gliedmaßen dünn.

Eduard hob den rechten Arm zum Himmel und sagte mit matter Stimme: »Alle Dinge sind in Wahrheit zwei. Diese Kirche, dieses große Steingebäude, ist ein Zeugnis unserer Hingabe an Gott. Aber sie ist auch ein Mensch.«

Verwirrtes Schweigen hing einen Augenblick im Raum. Die zweite Gestalt wand sich unbehaglich. Es war der Mann, dem Redwald nachspionierte: Edwin von Mercien. Neben seinem gebrechlichen Gegenüber strotzte er geradezu vor Vitalität, und sein roter Mantel leuchtete in scharfem Kontrast zur blutleeren Erscheinung des Königs.

»Steine werden aus der Erde gebrochen, rau und unbehauen«, krächzte Eduard. »Und dann werden diese Steine durch die Kraft der Weisheit und des Denkens anderer geformt, und sie nehmen Gestalt an, gewinnen Sinn und Zweck und werden zu etwas, das von Gottes Willen erfüllt ist. Werden ein Zeugnis für Gott und seinen Plan.«

»Ihr sagt … jede Kirche … sei ein Mensch?« Redwald konnte die nur mühsam verdeckte Mischung aus Hohn und Fassungslosigkeit in Edwins Worten hören.

»Und jeder Mensch ist eine Kirche.« Der König nickte lächelnd. Der Earl trat vom einen Bein aufs andere und ließ seinen Blick über die Wände schweifen.

Redwald erschrak, als hinter ihm eilige Schritte erklangen. Ein junger Bote rannte an ihm vorbei, ohne einen Blick nach rechts und links zu werfen, und flüsterte dem König etwas ins Ohr. Eduard nickte kurz, verabschiedete sich von dem mercischen Earl und folgte dem Boten aus der Kirche nach draußen. Redwald drückte sich in den tiefen Schatten an der Mauer, damit er nicht gesehen wurde, und beobachtete den vorbeischreitenden König. Dabei glaubte er ein leises Lächeln auf Eduards Gesicht zu erkennen. Er konnte das alles nicht recht begreifen. Der König hatte eine junge, attraktive Frau, und er besaß Reichtum und Macht, aber seine Diener erzählten, er wäre geradezu besessen von Prophezeiungen und Vorzeichen und würde dieses Monument bauen, als könnte es in irgendeiner Weise als Schutz gegen etwas dienen, dem er mit Schrecken entgegensah. Aber vielleicht war es auch nur Eitelkeit, überlegte Redwald, denn der König wusste, dass sein Name so lange überdauern würde, wie diese große Kirche Bestand hatte – und das hieße, bis zum Jüngsten Gericht.

Grobe Hände packten seinen Mantel, rissen ihn aus seinen Überlegungen. Bevor er einen Schrei ausstoßen konnte, zerrte ihn der Angreifer, den er nicht zu erkennen vermochte, die kalte Wand entlang und schleuderte ihn durch das Portal in die Kirche. Im Schnee liegend blickte er auf und sah in das Pferdegesicht von Morkar.

»Es ist Harolds Welpe«, stellte der Bruder des Earls von Mercien fest.

Edwin zog sein Schwert und drückte die Spitze fest auf Redwalds Brust. »Ich kenne dich. Du bist der Bruder des Mörders.«

Röte stieg Redwald ins Gesicht.

»Er hat gelauscht.« Morkar bleckte die Zähne wie ein in die Enge getriebenes Tier. »Zweifellos, um seinem Herrn davon zu berichten.« Er spuckte eine Handbreite an Redwalds Gesicht vorbei.

»Du bist ein Mercier. Du marschierst unter dem Banner von Blau und Gold.« Edwin bohrte die Spitze seines Schwertes in Redwalds Haut hinein. Es tat weh, doch der junge Mann zwang sich, nicht aufzuschreien. »Wie kannst du in Diensten dieses Lumpen aus Wessex stehen?«

»Du weißt, dass die Godwins Mercien zerquetschen würden, wenn sie es könnten«, fuhr Morkar fort. »Sie haben sich gegen unsere Familie verschworen und alles darangesetzt, unserem Vater das Leben schwerzumachen. Seine letzten Tage waren ein einziger Überlebenskampf. Aber Harold Godwinssohn wird nicht siegen.« Die letzten Worte fauchte er geradezu.

Edwin lächelte kalt. »Was fürchtet Harold? Dass ich in der Gunst des Königs steige? Dass ich am Ende seinen Aufstieg zur Macht vereiteln könnte?«

»Er fürchtet Euch nicht«, gab Redwald zurück, jetzt rot vor Zorn. »Ihr seid eigentlich zu jung und unerprobt, um Earl von Mercien zu sein. Und Ihr seid jetzt nur in dieser Stellung, weil Euer Vater gestorben ist.«

Wut flammte in Edwins Zügen auf, als er diese Unverschämtheit vernahm. Er hob seine Klinge, um sie dem jungen Mann durchs Gesicht zu ziehen.

»Aber nicht doch!« Die Worte hallten durch das kalte, leere Langhaus. Redwald erkannte den selbstsicheren Humor, der in der Stimme lag. Harold Godwinssohn kam mit langen Schritten in den Kirchenraum geeilt. Er hatte den Mantel zurückgeschlagen, damit jeder sehen konnte, dass seine Hand auf dem goldenen Griff seines Schwertes ruhte. »Ist mein junger Freund Euch unters Schwert geraten, Edwin?«, fuhr der Earl von Wessex fort. »Er kann manchmal ein bisschen ungeschickt sein – ein Fehler, der ihn ein Auge hätte kosten können.«

Edwin zögerte einen Moment, bevor er sein Schwert zurück in die Scheide schob. »Ihr spielt ein gefährliches Spiel.«

»Und der König verschwendet seine letzten Tage damit, Bauwerke für Gott zu errichten. Stattdessen sollte er besser sein Reich schützen … und dafür sorgen, dass der Thron an einen Engländer übergeht«, schnappte Harold.

»Etwa an Euch?« Edwin wandte sich ab, um sein höhnisches Grinsen zu verbergen.

»Oder an Euch.« Der Earl von Wessex streckte die Hand aus und half Redwald auf die Füße. »In der Normandie hat Wilhelm der Bastard bereits Ansprüche auf unseren Thron erhoben, und er schmiedet Pläne und wartet. König Harald in Norwegen wiederum meint, die Krone stünde ihm zu. Warum also streiten wir untereinander, wenn wir unsere wahren Feinde kennen.«

»Warum?« Edwins Augen blitzten. »Ihr wisst, warum.« Er schob Morkar in Richtung Ausgang, und die beiden Mercier gingen hinaus in die Dunkelheit.

»Es tut mir leid«, entschuldigte sich Redwald. »Ich war ein Narr. Ich habe Euch bloßgestellt.«

»Du bist ein heller Bursche, und du hast eine große Zukunft vor dir, aber du hast noch viel zu lernen. Hör auf mich, und du wirst alles erlangen, wovon du träumst.«

Der junge Mann konnte sehen, dass der Earl nicht ganz bei der Sache war. Einen Augenblick später erkannte er, dass Harold auf den sich nähernden Hufschlag draußen auf dem gefrorenen Schlamm der Straße lauschte. Er gab Redwald mit einem Wink zu verstehen, dass er ihm folgen sollte, und trat aus der Kirche hinaus ins Freie. Die verglimmenden Feuer der Bauleute warfen noch einen orangefarbenen Schein auf die Mauern, aber die Steinmetze hatten ihre Werkzeuge schon einpackt und sich verzogen.

»Es ist in deiner Macht, die Schmach auszulöschen, die Herewards Handlungen über deine Sippe gebracht haben«, fuhr der Earl fort. »Du kannst dem Herzen des armen Asketil Ruhe verschaffen. Er verdient mehr als den Schlag, den sein missratener Sohn ihm verpasst hat.«

»Ich will nichts anderes, als meinem Land zu dienen.« Redwald nahm seinen ganzen Mut zusammen, um die Frage zu stellen, die ihm auf der Seele lag, auch auf die Gefahr hin, vielleicht eine abschlägige Antwort zu erhalten. »Heißt das, Ihr werdet mich in Eure Dienste nehmen?«

»Du hast dich bewiesen.«

Redwalds Herz schlug höher. Zu Harold Godwinssohns Gefolge zu gehören war alles, wovon er geträumt hatte, seit Asketil ihn dem Earl das erste Mal vorgestellt hatte. Er hatte das Gefühl, als wäre das Seil, das ihn aus dem Sumpf seiner frühen Tage herausziehen würde, nun zum Greifen nahe, und er würde es packen und nicht mehr loslassen, was immer auch geschehen mochte.

»Du hast hart gearbeitet, um mein Vertrauen zu gewinnen«, sprach der Earl weiter. »Das gefällt mir. Ich weiß noch, als ich so alt war wie du und welche Träume ich damals hatte. Ich habe von meinem Vater gelernt, dass das Leben ein Kampf ist, aber der Preis ist es wert, um ihn zu kämpfen.«

Redwald sah, dass im Schatten der Umfriedungsmauer Harolds Hauskarle bereitstanden, kampferprobte Männer aus Wessex, die ihre Speere trugen, als wären sie ein Teil des eigenen Körpers. Der Earl hätte es wohl kaum gewagt, sich an einem so abgelegenen Ort auf eine Auseinandersetzung mit Edwin und Morkar einzulassen, ohne für seinen eigenen Schutz zu sorgen.

»Es gibt viel, was ich dich lehren kann, und viel, was du für mich tun kannst.« Harold fasste Redwald am Arm und führte ihn um den Kirchenbau herum in Richtung Palast. Seine Männer schlossen sich ihnen an, begleitet vom leisen Klirren ihrer Waffen und Rüstungen. »Du hast heute die Drohung gesehen, die Edwin und Morkar darstellen. Sobald Eduard tot ist, werden sie den Thron für sich wollen. Immer wieder unterhalten sie sich flüsternd und schmieden Pläne. Macht ist alles, was ihnen im Sinn steht, nicht jedoch England.«

»Ich werde sie im Auge behalten, wie Ihr gesagt habt. Und alles, was ich erfahre, werde ich sofort an Euch weitergeben.«

»Gut.« Harold richtete seinen Blick auf das von Fackeln erleuchtete Tor der Palastmauer, wo der Hufschlag zum Stehen gekommen war. »Ich fürchte das Schlimmste. Wen die Prophezeiungen und Vorzeichen, die Eduards Geist verdunkeln, wahr sind, stehen uns allen schwere Zeiten bevor.« Er hob die Hand und blieb stehen. Das Tor öffnete sich, und fünf Männer in schwarzen Mänteln führten ihre Pferde in den Hof. Wachen waren herbeigeeilt, und im Licht ihrer flackernden Fackeln sah Redwald fahle, fremde Gesichter und misstrauische Blicke. Aber die Männer schritten, wie ihm schien, mit einem Selbstvertrauen herein, als befänden sie sich auf ihrem eigenen Gebiet.

»Normannen.« Harolds Gesicht verfinsterte sich. Die Hauskarle sammelten sich um ihn. »Sie sind unersättlich. Sie wollen unser Land, unseren Reichtum, unsere Kunst, unsere Rechte. Wir leben und atmen hier. Wir trinken und feiern, kämpfen und singen. Aber die Normannen sind kalt wie Stein. Steuern und Listen, grimmige Burgen und massive Kirchen – das ist alles, wonach ihnen der Sinn steht.«

Einer der Männer, der Anführer der Gruppe, wie Redwald vermutete, hielt Harolds Blick einen langen Moment stand, bevor er einem Wachtposten in Richtung des Königspalasts folgte.

»Was wollen sie hier?«, fragte Redwald.

»Manchmal glaube ich, Eduard verliert den Verstand. Dann wiederum erscheint er mir gerissen wie ein Fuchs«, sann der Earl von Wessex laut nach. »Sollte er es wirklich wagen, Englands Thron dem Volk seiner Mutter anzubieten?«

Redwald sah den Schwarzmänteln nach, bis sie in dem warmen Schein von Eduards Halle verschwanden. Alles veränderte sich, wie die Prophezeiungen es vorhersagten. Was mochte die Zukunft bereithalten?

Kapitel 9

York

Hereward wärmte sich die Hände am Feuer, das in der Herdstelle der großen Halle prasselte. Erleichtert, dass er der kalten Nacht Nordhumbriens entronnen war, schaute er zu, wie die Flammen das goldene Geschirr im Halblicht wie Leuchtfeuer aufscheinen ließen. Juwelen funkelten rot, blau und grün in den prächtigen Wandbehängen. Es war die schönste Halle, die Hereward je gesehen hatte; der Earl erfreute sich offenbar der Reichtümer, die der Norden ihm zu bieten hatte. Das Haus war entsprechend dem modernen, zweistöckigen Baustil errichtet und so neu, dass das Holz des Stabwerks noch frisch roch. Der Boden des Erdgeschosses war abgesenkt und der Raum unter den Dielenbrettern mit Stroh gefüllt, um das Gebäude in den Wintermonaten warm zu halten. Zwei Festtafeln mit Bänken erstreckten sich entlang der Seitenwände, und am Kopfende der Halle stand auf einer erhöhten Plattform der Sitz des Earls, dessen Armlehnen in geschnitzte Drachenköpfe ausliefen. Wenn er lauschte, hörte der Recke das dunkle, verwitterte Holz des Throns von alten Zeiten raunen, als Männer noch Helden waren, erfüllt von Feuer und Rache – und nicht schwache, kränkliche Geschöpfe, die mit Schattenworten fochten, um ihre Ziele zu erreichen.

Doch trotz all dieser Annehmlichkeiten streiften seine Gedanken hinaus über die zugefrorene Flussaue in die erstickende Dunkelheit. Er sah blinkende Helme und glühende Augen, Speerspitzen, die bei jedem unaufhaltsamen Schritt himmelaufwärts stachen; und er wusste, es würde für ihn keinen Frieden geben – nicht in diesem Leben. Bald würden seine Feinde vor den Toren Yorks stehen, und er würde gezwungen sein, sich ihnen zu stellen. Aber hier würde es unter seinen Bedingungen geschehen, vielleicht sogar mit guten Männern im Rücken. Er fühlte sich erleichtert, dass die Flucht nun ein Ende hatte und er sich endlich selbst treu sein konnte. Ohne Wahrheit hatte das Überleben keinen Wert.

Der Bote kam von draußen hereingeeilt, seine geröteten Wangen und sein lockiges Haar ließen ihn jungenhaft wirken. Hereward wurde an Redwald erinnert, und er verspürte einen Stich des Bedauerns, dass er seinen Bruder vielleicht nie wiedersehen würde. »Habt keine Sorge«, keuchte der Bote. »Kein Feind wird Euch heute Nacht hier finden. Earl Tostig wird sich bald zu Euch gesellen. Er hat bereits die Wachen an den Toren verstärkt und Befehl gegeben, während der Dunkelheit keine Fremden einzulassen.«

Als der junge Mann sich wieder entfernt hatte, konnte der Recke es nun endlich richtig genießen, wie die Wärme langsam in seine verfrorenen Finger und Zehen zurückkehrte. Das Harz des im Feuer knisternden Holzes erfüllte den Raum mit Wohlgeruch, doch dann wehte ein Luftzug noch einen anderen Duft zu Hereward herüber, und seine Nasenflügel weiteten sich. Er roch Gewürze, die aus den großen heißen Ländern jenseits des Meeres hergelangt und in eine Paste aus Talg und Kräutern gemengt worden waren, welche die Frauen benutzten, um ihre Reize zu erhöhen.

»Warum versteckt Ihr Euch?«, rief er. »Bin ich so furchterregend?«

Eine Gestalt löste sich aus dem tiefen Schatten am hinteren Ende der Halle. Ihr Haar war so schwarz wie Rabenschwingen und ihre Haut cremefarben. Hereward hätte daher darauf wetten können, dass die Frau weder Dänin noch Engländerin war, auch wenn er ihr Herkunftsland nicht zu bestimmen vermochte. Sie war vielleicht ein oder zwei Jahre jünger als er und trug ein einfaches waldgrünes Kleid, das von einer ovalen Brosche zusammengehalten wurde.

»Ich fürchte Euch nicht.« Mit hochgerecktem Kinn trat sie an die Feuerstelle und warf eine Handvoll getrockneter Blätter in die Flammen. Ein süßer Duft breitete sich aus. Hereward wurde bewusst, dass der Earl ihn willkommen hieß, wie er es erhofft hatte.

»Ihr habt noch nie einen Mann wie mich getroffen«, gab er trocken zurück. Er sah, wie ihr Kleid sich um ihren Körper schmiegte, und musste daran denken, wie lange es her war, dass er mit einer Frau zusammen gewesen war.

Ihr war wohl nicht entgangen, dass sein Blick auf ihr verweilte; jedenfalls hielt sie inne und schürzte die Lippen, betrachtete ihn aber aus einer Position der Stärke. »Ich sehe frische Narben wie auf den Armen eines Hauskarls. Ich höre Geprahle wie die leichtfertigen, leeren Worte von Knaben, die davon träumen, Helden zu sein, aber in ihren Herzen wissen, dass sie nicht das Zeug dazu haben. Ich sehe …« – sie machte ein Geräusch in ihrer Kehle – »nichts, was ich nicht vorher schon einmal gesehen habe.«

»Und doch verschwendet Ihr Euren Atem, um mit mir zu reden.«

»Wenn ich von einem Ankömmling höre, der das gesetzlose Land jenseits des Zauns durchquert hat, und zwar zu Fuß und mitten im Winter, dann möchte ich mich vergewissern, ob er ein Narr ist – oder ein Zeichen.«

»Ein Zeichen?« Hereward ging um die Feuerstelle herum und beobachtete die Frau durch den Rauch. Er sah einen Anflug von Furcht in ihrem Blick aufflackern.

»Ein Zeichen der Endzeit.«

Der Recke schüttelte den Kopf.

Die Sklavin, denn das war sie gewiss, fuhr fort: »Im Münster habe ich gehört, dass Erzbischof Ealdred alle Männer und

Frauen aufgefordert hat, nach Zeichen Ausschau zu halten, die auf das Ende der Welt hindeuten. Und in ganz York erzählt man sich hinter vorgehaltener Hand vom Traum einer weisen Frau, dass das Jüngste Gericht bevorsteht.« Sie sah Hereward forschend ins Gesicht und versuchte in seinen Zügen zu erkennen, ob er etwas vor ihr verbarg.

Er lachte. »Das sind Wintermärchen, um das Volk in den langen Nächten zu gruseln. Jedes Zeitalter glaubt, es sei auserwählt, das letzte zu sein. Und wenn unseres wirklich die Endzeit ist, dann sei es so. Es gibt in dieser Welt wenig von Wert.«

Verwundert blieb die schwarzhaarige Frau einen Moment lang stumm. »Ihr habt keine Angst?« Doch in diesem Augenblick hallte der Raum von nahendem metallischem Klirren und Tritten von Leder auf Holz wider, und die Sklavin zog sich in den Schatten zurück.

Aus der Dunkelheit am Ende der Halle traten Earl Tostig Godwinssohn und seine Frau Judith ins Licht, gefolgt von fünf Hauskarlen in Kettenpanzern und Fellen. Hell funkelten die Augen unter den Helmen; die Leibwächter waren hochgewachsen und schlank, wildbärtige, von Narben gezeichnete Gestalten. Sie waren zumeist Wikinger und hielten ihre Äxte kampfbereit in den Händen, als wollten sie Hereward in die Enge treiben und töten. Der Mercier erkannte die gezackte Gesichtsnarbe des Anführers der Gruppe wieder, der ihn mit unversöhnlichem Blick musterte. Es war der Mann, der vorhin die Menge vor der Hütte des Schmieds auseinandergetrieben hatte.

Tostig kam mit ausgebreiteten Armen auf ihn zu und rief mit dröhnender Stimme einen Willkommensgruß. Der Earl, der eine Handbreit kleiner als Hereward war, trug eine weinrote Tunika und darüber einen dicken Wollumhang. Sein braunes Haar kräuselte sich in Locken und war noch gesprenkelt vom Schnee, der inzwischen draußen eingesetzt haben musste. Er bewegte sich mit einem wölfischen Gang; sein Körper war stark und kampfgestählt. Ungeachtet des freundlichen Empfangs war sich Hereward bewusst, dass das Gesicht des Mannes Geheimnisse gut verbergen konnte und sich kaum daraus ablesen ließ, was er wirklich dachte. Judiths Gesicht dagegen war offen und freundlich. Sie war eine untersetzte, aber nicht unattraktive Frau. Um die Leibesmitte hatte sie etwas an Gewicht zugelegt, verbarg dies aber unter einem schönen sonnengelben Leinenkleid. *Tostig hat mit ihr eine gute Partie gemacht*, dachte Hereward. Als Tochter Baldwins, des Grafen von Flandern, hatte die in Brügge geborene Frau mächtige Verbindungen. Judith lächelte den Neuankömmling an. Bei den wenigen Anlässen, zu denen sie einander am Hofe begegnet waren, war sie immer freundlich zu ihm gewesen, während die anderen Adeligen ihn mit Argwohn, Verachtung oder Furcht betrachtet hatten.

»Ich glaubte schon, mein Diener hätte sich geirrt«, sagte der Earl, während er sich die Hände am Feuer wärmte. »Hereward von Mercien hier – so weit von zu Hause fort?«

»Ihr seid in jüngerer Zeit nicht bei Hofe gewesen?«

Tostig schnaubte. »Ich hatte genug damit zu tun, Überfälle aus dem Norden abzuwehren und ein wenig Ordnung in den aufsässigen Pöbel hier in Nordhumbrien zu bringen. Ich will dir anvertrauen, mein junger Freund, dass ich jede Nacht von meinem alten Heim im Süden träume. Dies hier ist der gesetzloseste Ort auf Erden, und selbst die sogenannten zivilisierten Menschen sind schnell zum Aufruhr bereit, wenn sie das Gefühl haben, nicht das zu kriegen, was ihnen gebührt.« Mit einem müden Kopfschütteln zog Tostig sich einen Schemel herbei und setzte sich. »Aber was soll man anderes von einem Volk erwarten, in dem das Blut der Seeräuber des Nordens strömt, das rasch in Zorn entbrennt?«, fügte er mit einem Anflug von Bitterkeit hinzu.

Hereward sah, dass die schwere Bürde des Amtes ihren Tribut von dem Earl forderte. Seine Schultern waren gebeugt, und tiefe

Falten hatten sich in seine Stirn gegraben. Es gab viele in London, die behaupteten, Tostig wäre der Aufgabe nicht gewachsen, Ordnung nach Nordhumbrien zu bringen. Er hatte sein ganzes Leben lang im Schatten seines Bruders Harold Godwinssohn gestanden, eines Mannes, der sich seine Macht am Hofe mit Stärke und Schläue erworben hatte. Als dann aber Earl Siward gestorben war, hatte Harold hart darum gekämpft, dass Tostig nach Norden gesandt wurde, um den Godwins die Herrschaft über einen Großteil Englands zu sichern. Nur Herewards eigene Heimat, Mercien, blieb frei von ihrem Einfluss, und dort war der neu ernannte Earl, Edwin, unerfahren und stellte keine Bedrohung dar. *Oder vielleicht auch nur keine offensichtliche Bedrohung*, fuhr es Hereward durch den Kopf.

»Was gibt es an Neuigkeiten aus dem Süden?«, fragte der Earl und schüttelte die trübe Stimmung ab.

»Eduards Hof ist ein Schlangennest aus Heimtücke und Verrat.«

Tostig lachte auf. »Das ist nichts Neues.«

Judith gesellte sich zu ihnen und legte eine Hand auf die Schulter ihres Mannes. »Du wirkst besorgt«, sagte sie und runzelte bekümmert die Stirn. »Was hat dich hierher in den kalten Norden getrieben?«

»Meine Feinde haben mich von London aus verfolgt und sind entschlossen, mich zu töten.«

»Du hattest immer schon Geschick darin, Feinde zu gewinnen«, hob Judith mit einem schmerzlichen Lächeln hervor.

»Ich bin eben ein schwieriger Mensch.« Hereward gab das Lächeln zurück. Er erinnerte sich daran, wie sie ihm einmal heimlich einen Honigkuchen zugesteckt hatte, als er nach einem Streit aus der Halle des Königs verbannt worden war und ohne Abendessen draußen in der Kälte hatte stehen müssen.

»Dich verfolgt?« Der Earl warf ein Holzscheit ins Feuer. Goldene Funken stoben in dem aufsteigenden Rauch nach oben.

»Warum sollten sie mitten im Winter ihr Leben aufs Spiel setzen?«

»Sie fürchten, ich hätte dunkle Geheimnisse erfahren.«

»Und ist dem so?«

Der Recke gab keine Antwort. Sein Gesicht blieb ausdruckslos.

Judith lachte. »Er hat es gelernt, das Spiel von Earls und Königen zu spielen.«

»Der König ist schwer krank. Seine Tage auf Erden sind gezählt, und da er keine Nachkommen hat, dürfte die Frage, wer künftig die Krone trägt, ein Thema ernsthafter Diskussionen werden.« Hereward warf seinen Köder mit Vorsicht aus. »Ich könnte mir denken, dass die Godwins dabei gern ein Wort mitreden würden.«

Tostigs Augen funkelten. Er überlegte kurz, dann drehte er sich zu Judith um und sagte leise: »Lass uns bitte allein, damit wir diese Sache besprechen können.« Nachdem sie mit den Hauskarlen abgezogen war, wandte er sich wieder seinem Gast zu. »Was weißt du?«

Hereward antwortete nicht sogleich. Er suchte nach den richtigen Worten, um das Ereignis zu beschreiben, das den Lauf seines Lebens verändert hatte und womöglich seinen vorzeitigen Tod herbeiführen würde. Und dabei erinnerte er sich …

Vor seinem geistigen Auge sah der Recke, wie er spätabends betrunken und mit leicht taumelnden Schritten über das Palastgelände ging, um heim ins Bett zu gelangen. Er roch den Rauch der Herdfeuer und den Staub von den Werkstätten der Steinmetze am Monumentalbau des Königs, an der neuen Abteikirche. Er hörte die Eulen rufen, die in den Bäumen auf der anderen Seite des breiten grauen Flusses saßen, und den Nachhall des rauen Männergesangs aus der königlichen Halle. Er konnte noch den Geschmack des süßen Mets auf seiner Zunge spüren und fühlen, wie die Nachtluft über seine Haut strich – als hätte sich jede Einzelheit jener Nacht für alle Zeiten in seinem Kopf eingenistet.

Als er den Schrei hörte, rannte er sogleich in die Richtung, aus der der widerhallende Laut kam, um nachzusehen, was da los war. Wo sich die riesigen Steinblöcke und Holzbalken für den Bau der Abtei auftürmten, erspähte er eine wilde Bewegung am Rande eines Kreises von flackerndem Fackelschein. Zwei Männer, die dunkle Umhänge mit Kapuzen trugen, stachen mit Speeren auf einen dritten ein, der am Boden lag. Um ihn herum breitete sich eine glänzende Blutlache aus.

Als Hereward laut um Hilfe rief, stoben die beiden Mörder in die Nacht davon. Hereward kniete neben dem Opfer nieder, aber er erkannte sofort, dass der Mann nicht zu retten war. Das Gesicht des Sterbenden war ihm fremd; sein Bart und sein dünnes Haar wurden schon weiß, seine Wangen waren hohl, und seine Augen lagen tief in ihren Höhlen, als hätte er viele Tage Hunger gelitten.

»Verlass mich nicht!«, keuchte der Mann und packte mit verzweifelter Kraft Herewards Handgelenk.

»Ich bin hier. Sag mir, wer dir das angetan hat. Ich werde dafür sorgen, dass sie ihrer Strafe nicht entgehen.«

»Ich kenne ihre Namen nicht.« Er zog den Kämpen näher zu sich. »Vor sechs Sommern tötete ich Eduard Ætheling, den Sohn des alten Königs Edmund Eisenseite. Ich habe ihn vergiftet. In Oxford.«

Herewards Trunkenheit war auf einmal wie weggeblasen. Er war noch Schüler bei den Mönchen von Peterborough gewesen, als er von dem Tod des Mannes gehört hatte, der dem kinderlosen Herrscher von England als König nachfolgen sollte. Eduard Ætheling, der Sohn des Halbbruders des derzeitigen Königs, hatte sich in seinem einundvierzigsten Lebensjahr befunden, als er mit dem Ziel, ihn auf den Thron vorzubereiten, aus dem ungarischen Exil zurückgeholt worden war. Nur wenige Monate nachdem man ihn zum Thronfolger bestimmt hatte, war er gestorben, und es hatte sich nie ein Schuldiger ermitteln lassen.

»Ich wollte mehr Gold«, krächzte der Mann. Tränen liefen über seine Wangen. »Als Preis für mein Schweigen. Und sie sagten mir, sie würden mich heute Nacht hier auszahlen …«

Herewards Gedanken rasten. »Wer war es?« Aber dann sah er, dass der Mann am Boden sein schreckliches Geheimnis mit ins Grab nehmen würde, da sein Schweigen auf weit blutigere Weise, als er es sich vorgestellt hatte, sichergestellt worden war, bevor er andere belasten konnte.

Rufe wurden aus Richtung des Palastes laut, als Antwort auf den früheren Alarmruf von Hereward. Nach einem Augenblick des Zögerns kam ihm die Erkenntnis, dass es zu gefährlich wäre, bei dem Opfer gefunden zu werden. Irgendjemand würde argwöhnen, dass er zu viel in Erfahrung gebracht hatte.

Zurück in dem Haus, wo er mit seinem Vater Asketil sowie Beric und Redwald wohnte, fand er seinen Adoptivbruder schlafend vor und schüttelte ihn wach, um ihm zu erzählen, was er gesehen und gehört hatte. Redwald setzte sich auf die Bettkante und hörte ihm zu, den Kopf in die Hände gestützt. Ihm war sofort klar, wie bedeutsam die Sache war. Nach einem Augenblick des Zögerns sagte er: »Ich habe heute Mittag Earl Edwin dabei beobachtet, wie er im Schatten der Abtei zwei Männern etwas auftrug. Ich kannte sie nicht, und sie verstummten, als ich näher kam, und sahen mich finster an, bis ich wieder ging.«

»Edwin? Seine machtgierige Sippe hat immer mit den Godwins konkurriert. Aber könnte der Earl von Mercien wirklich den Thron anstreben? Er hat keinen Anspruch darauf. Der Papst würde es nicht gutheißen. Wilhelm der Bastard … Harold Godwinssohn selbst … sie würden doch sicher alle Widerstand leisten?«

»Es ist ein großer Preis«, erwiderte Redwald. »Und daher ein großes Wagnis wert.«

Hereward, dem sich der Kopf drehte, schlussfolgerte: »Wenn es hier eine Verschwörung gibt, ist das Leben des Königs in Gefahr. Der Mann sprach von Gift – damit werden in diesen Kreisen offenbar politische Gegenspieler beseitigt. Wir müssen Alarm schlagen …«

»Warte!« Redwald sprang vom Bett auf und packte seinen Freund bei den Schultern. »War irgendjemand Zeuge davon, dass du dies alles gehört hast?«

»Nein …«

»Bist du sicher? Die beiden Mörder könnten dich im Dunkeln beobachtet haben, und wenn sie zu der Ansicht gelangt sind, dass du dieses furchtbare Geheimnis kennst, wäre auch dein Leben in Gefahr.«

»Trotzdem muss der König es erfahren.«

»Natürlich. Lass mich nachdenken.« Redwald ging unruhig im Raum auf und ab und fuhr sich mit den Fingern durch das braune Haar. »Ich hab's. Niemand wird mich verdächtigen. Ich werde gehen und das Nötige tun. Du gehst zu Ædilreds Haus. Er ist mit seiner Familie in Wessex. Edwins Männer werden dich dort nicht suchen.«

Grinsend schlug Hereward seinem Adoptivbruder auf die Schulter. »Das ist wie damals im Sommer in den Fens, als wir einander aus der Patsche geholfen haben.«

Redwald grinste zurück. »Trink noch etwas Bier, um dich zu entspannen, Bruder. Ich bin bald zurück. Aber nicht zu viel – du kannst es nicht vertragen.«

Er hatte tatsächlich zu viel getrunken, und der Rest der Nacht war in einen Wirbel von Bruchstücken zersplittert. Doch in aller Klarheit war ihm noch jener Moment im Gedächtnis, als sein Leben ins Dunkel stürzte. Er erinnerte sich daran, wie im Feuerschein das Blut glänzte, und an dessen metallischen Geruch. Er erinnerte sich an Tidhilds Augen, die zu ihm aufstarrten, durch ihn hindurch, in jene ewige Nachtwelt. Und er erinnerte sich, wie er geflohen war, kurz bevor sein eigener Vater ihn verstoßen und der König ihn in Acht und Bann getan hatte.

Hereward schüttelte den Kopf, um die Gedanken zu vertreiben, und sah durch den Vorhang aus grauem Rauch und wirbelnden roten Funken zu Tostig hinüber. »Der Hof erweckt den Eindruck eines stillen Sommerteichs«, sagte er. »Doch unter der Oberfläche lauern Raubfische mit scharfen Zähnen. Ich weiß jetzt mit Sicherheit, dass der auserkorene Erbe des Königs ermordet wurde, und ich fürchte, Eduards eigenes Leben ist nun durch Verschwörer in Gefahr.«

Earl Tostigs Gesicht ließ keine Regung erkennen, doch Hereward spürte die Mischung aus Bestürzung und Ungläubigkeit, die seine Worte ausgelöst hatten. Ruhig berichtete er, was er in jener Nacht gesehen und gehört hatte, und gab seiner Befürchtung Ausdruck, dass Edwin von Mercien, sein eigener Earl, sich des Throns bemächtigen wollte, sobald Eduard das Zeitliche gesegnet hatte. Aber er erzählte Tostig weder von Redwalds Mission noch von dem, was sich zugetragen hatte, nachdem sein Adoptivbruder gegangen war. Er erwähnte nur noch, dass er in jener Nacht Westminster fluchtartig verlassen hatte. Auch sagte er nichts davon, dass er von seinem Vater verstoßen und vom König geächtet worden war, denn er befürchtete, dies würde seiner Sache schaden.

Tostig hörte ihm gebannt und mit zunehmender Besorgnis zu. »Und diese Feinde, die dich verfolgen – sind es die Verschwörer?«

»Oder Leute in ihren Diensten. Ich muss mundtot gemacht werden. Sie wissen, dass ich darüber nicht schweigen kann. Um sicherzugehen, dass man mir nicht glaubt, haben sie versucht, mir den Mord jener Nacht anzuhängen.« *Die Morde*, dachte er. »Aber sie wissen, dass sie mich umbringen müssen, und zwar möglichst ohne Aufsehen, bevor die Wahrheit ans Licht kommt.«

»Es wäre leichter für dich gewesen, außer Landes zu fliehen.« Der Earl stand auf und schritt um die Feuerstelle herum, wobei er laut nachdachte. »Ich muss Nachricht davon nach Westminster senden. Solange der Schnee anhält, ist ein Schiff die beste Möglichkeit. Aber es muss im Geheimen geschehen. Gehen wir zu forsch vor, wird Edwin Wind davon bekommen – Verschwörer haben überall Augen und Ohren, und wir wissen nicht, wem wir trauen können. Und wenn wir zu früh und zu deutlich dieses brisante Thema ansprechen, könnte Edwin sich gezwungen sehen, vorschnell zur Tat zu schreiten, bevor wir bereit sind, sie zu verhindern. Unsere nächsten Schritte könnten sogar dazu führen, dass der König unverzüglich ermordet wird.«

»Das ist wahr. Vorsicht ist das Gebot der Stunde. Wenn wir den König im Geheimen warnen, kann er seine Verteidigung aufbauen und zurückschlagen, solange Edwin sich in Sicherheit wähnt.«

»Nun denn, Hereward Asketilssohn. Ich werde einen vertrauenswürdigen Mann auf einem der Handelsschiffe nach Süden schicken. Wenn wir Glück haben, erhalten wir noch vor Weihnachten eine Antwort.«

Hereward verspürte Erleichterung, dass er seine Bürde endlich nicht mehr allein tragen musste. Aber wenn er Tostig so durch den Rauch betrachtete, fragte er sich dennoch, ob er die richtige Entscheidung getroffen hatte. Im Nebel der sich ständig ändernden Allianzen, die in diesen Wintertagen angesichts des bevorstehenden Endes von Eduards Herrschaft geschmiedet wurden, konnte niemand vorhersehen, wohin der Weg führen würde. Aber was sollte er tun? Ewig weiterrennen wie ein furchtsamer Hase auf der Flucht oder seine Verfolger abschütteln, neue Kraft schöpfen und zurückkehren, um die Rache zu üben, die sein Herz pochen ließ wie den Trommelschlag, der die Ruderer auf einem Galeerenschiff antrieb.

Tostig gestattete sich ein schmallippiges Lächeln. »Ein gewaltiges Spiel entfaltet sich um uns herum, und wir können kaum die Spielsteine sehen, geschweige denn die Züge unserer Gegenspieler.« Er hielt Hereward die Hand hin. »Du hast etwas Großes vollbracht, unter Gefahren für dein eigenes Leben. Der König wird für immer in deiner Schuld stehen. Es gibt für dich einen Ort hier in meiner Halle, wo du dein Haupt betten kannst, und ich werde alles tun, was in meiner Macht steht, um dich vor deinen Feinden zu beschützen. Fürs Erste könnten meine Hauskarle deinen starken Arm brauchen. Schließ dich ihnen an, und hilf mir, die Ordnung in York herzustellen. Und lass uns beide beten, dass wir das Unheil an allen Fronten abwehren können.«

Kapitel 10

Schwarzer Rauch quoll empor. Hereward stand vor einer Feuerwand, er war über und über mit Blut bedeckt. Axtklingen glänzten in der rauchgeschwängerten Luft, und ringsumher ertönten Kampflärm und die Schreie und das vergebliche Flehen von Sterbenden; und er wusste, er war der Grund dafür. Und er lachte laut, und Wahnsinn schwang darin mit, als ob seine einzige Freude aus dem Leid anderer käme.

»Wo ist der Gott, der mir helfen soll?«, brüllte er in den heulenden Wind.

Und dann war der ganze Schall und Wahn dahin, und er lag an seinem Herd in den Fens, und seine Mutter strich ihm über den Kopf. Aber wie immer konnte er ihr Gesicht nicht erkennen, und ihre Stimme kam wie aus den Tiefen einer dunklen Höhle, und er fühlte sich unsagbar allein. Er fragte sie, wann er je Frieden finden würde, aber sie antwortete nicht. Sie antwortete nie.

Hereward schreckte aus dem Schlaf hoch. Neue Holzscheite knackten im Feuer, und Diener eilten in Tostigs Halle umher mit Bier und Brot, mit Schalen aus Holz und Tongeschirr für das abendliche Festmahl. Die Träume quälten ihn. Würden sie je aufhören?

Er schaute zu, wie die Gäste eintrafen und langsam im Schatten am Rande der Halle voranschritten. In der hereinströmenden Schar waren viele, die er vom Königshof kannte, unter ihnen Erzbischof Ealdred, ein alter Parteigänger der Godwins und Ratgeber des Königs, gekleidet in seinen Bischofsornat, sowie verschiedene Thegns mit Goldreifen an den Armen und Goldbesatz am Heft ihrer Schwerter. Sobald die wichtigsten Gäste Platz gefunden hatten, kamen die Anführer der Hauskarle hereingeschneit – ein Durcheinander von rauem Gelächter und finsteren Blicken und lauten Rufen nach Met. Es war immer klug, denjenigen zu willfahren, auf deren starken Arm man angewiesen war. Schließlich nahmen der Earl und Judith ihre Plätze auf dem kleinen Podest am Kopf des Saales ein.

Als die Erinnerungen an den Traum verblassten, spürte er seinen Magen knurren, und er begab sich zu einem Sitz am Ende der Bank. Aller Augen wandten sich zu ihm.

»Heißt meinen Gast willkommen, Hereward von Mercien!«, dröhnte Tostigs Stimme.

»Ich danke Euch für Eure Gastfreundschaft«, rief der Recke zurück. »Ich werde versuchen, nicht euer ganzes Bier auszutrinken, aber ich habe gewaltigen Durst.«

Eine Welle der Heiterkeit lief durch den Saal, aber Hereward konnte spüren, wie sie ihn alle abzuschätzen versuchten: War er eine Bedrohung, ein Rivale, Verbündeter oder Narr? Ein anfängliches Misstrauen war normal, aber er hatte keinen Streit mit irgendjemandem hier, und das würden sie bald begreifen. Nach seiner anstrengenden Reise hatte er nur das Verlangen, seinen Bauch zu füllen und sich zu betrinken.

Wie er erwartet hatte, entspann sich bald ein lockeres Gespräch zwischen ihm und den Männern um ihn herum, in dem alle mit ihren Heldentaten prahlten. Er verschlang Fisch und Schweinefleisch, Käse, Brot und Honigkuchen und löste selten den Griff um den Holzbecher, der immer wieder mit schäumendem Bier nachgefüllt wurde. In der heißen, raucherfüllten Enge stieg der Lärm zu den Deckenbalken empor und wurde mit jedem geleerten Becher lauter. Ein Mann mit rot und gelb gefärbten Bändern um Kopf und Handgelenke jonglierte mit strohgefüllten Stoffbällen. Barden spielten auf der Harfe und sangen von Schlachten, Blut und Meereswogen, und in den Pausen zwischen den Darbietungen ließen sich die weisesten Männer

Rätsel einfallen, und alle an der Tafel wetteiferten, sie als Erster zu lösen.

»Meine Nase zeigt abwärts. Ich bewege mich auf dem Bauch und grabe mich in den Boden, geführt von dem grauen Feind des Waldes und meinem Herrn und Beschützer, der gebückt meinem Schwanz folgt.«

»Ein Pflug. Und der graue Feind ist ein Ochse. Alt, aber gut.«

Nach einer Weile vernahm Hereward die Wörter nur noch wie ein leises, beständiges Summen einer Wespe in seinem Hinterkopf. Jedes Gesicht, das er erspähte, war für ihn wie eine Landschaft, die er beäugte und beurteilte: Er musterte im Spiel von Licht und Schatten die Schwünge von Mund und Augenbrauen, die feinen Fältchen um Augen und Nase; er beachtete sogar das Verhältnis der Position von Kopf und Arm. Wie in der Wildnis sah er kaum merkliche Spuren, die für ihn Leben oder Tod bedeuten konnten: Hinweise darauf, wer eine mögliche Bedrohung darstellte, wo die Gefahr liegen mochte, wer ihn verraten könnte, wer Macht besaß und wer danach strebte. Hereward beobachtete, wie vertraut Tostig und der Erzbischof miteinander umgingen. Kein Zweifel, sie waren Verbündete. Er hatte auch nichts anderes erwartet; denn beide übten in York Macht und Einfluss aus, und sie waren erst vor zwei Jahren zusammen nach Rom gepilgert, um Papst Nikolaus aufzusuchen.

Aber immer wieder gingen Herewards Augen zurück zu dem Narbengesicht des Anführers der Hauskarle. Sein Name, wie Hereward erfahren hatte, war Kraki, und auch er zählte zu den vielen Wikingersöldnern, die jedem, der ihn anheuern wollte, ihre Dienste anboten. Während der Mann an seiner Gänsekeule nagte, huschte sein Blick immer wieder zu Hereward hinüber – argwöhnisch, warnend.

»Hereward, willst du nicht für uns die Harfe spielen?«, erklang Judiths Stimme vom Podest am Kopfende der Halle. Lächelnd beugte sie sich auf ihrem Stuhl vor. »Unser Gast hat sein großes Geschick bei einem der Feste des Königs bewiesen. Er mag zwar wild aussehen, aber er hat die Seele eines Engels«, fügte sie warmherzig hinzu.

Mit einem Grinsen stand Hereward auf und trat in die Mitte der Halle, um die Harfe zu nehmen. Der erste Ton, den er anschlug, versetzte ihn in eine viele Jahre zurückliegende Vergangenheit: in einen Augenblick des Friedens – im Bann des klaren Lichts, das von den stillen Wassern der Fens zurückgeworfen worden war –, als seine Mutter seinen frühen musikalischen Versuchen gelauscht hatte. Erfüllt von der Stimmung dieses selten besuchten Ortes spielte Hereward, was ihm gerade in den Sinn kam. Er schlug eine schmerzlich schöne Melodie an und sang ein wehmütiges Lied über eine Zeit, die vor allem Kampf und Streit lag, als alles friedlich war und Hoffnung und Freude herrschten. Viele von den kampferprobten Männern hatten Tränen in den Augen und senkten die Köpfe, um sie zu verbergen.

Verlegen ob des Gefühls, das er unbeabsichtigt offenbart hatte, beendete Hereward sein Lied. Es folgte ein langer Augenblick des Schweigens, der schließlich von Beifall abgelöst wurde. »Mit der einen Hand ein Schwert zu schwingen und mit der anderen auf einer Harfe zu spielen ist wahrlich ein Zeichen von Größe«, rief Judith aus. »Du bist viel zu bescheiden.«

»Diese Klage höre ich nur selten«, antwortete er, was gutmütiges Gelächter zur Folge hatte.

Als er sich wieder hinsetzte, wurde die Aufmerksamkeit der meisten Gäste von dem Jongleur in Anspruch genommen, der im Schein des Herdfeuers seine Künste zeigte. Aber Hereward merkte, dass mehrere Augenpaare weiterhin auf ihm ruhten. Erzbischof Ealdred beobachtete ihn lauernd, Judith mit einem Lächeln, wie eine Mutter ihren Sohn. Kraki funkelte ihn hinter den Resten seiner Gänsekeule finster an. Und noch einer aus der Schar der Hauskarle, ein untersetzter Mann mit dicken Lippen und gewölbten Nasenflügeln, warf ihm giftige Blicke zu.

Die schwarzhaarige Frau, die Hereward in der Halle begrüßt hatte, trug eine große Holzkanne mit Bier herein und füllte zunächst ehrerbietig Tostigs Becher wieder auf, bevor sie sich entlang der Tafel in seine Richtung bewegte. Auch wenn sie den Blick gesenkt hielt, spürte Hereward, dass sie genau wusste, wo er saß, und dass ihre Gleichgültigkeit nur vorgespielt war. Er grinste in sich hinein und stieß den betrunkenen Dänen neben sich an. »Wer ist die Sklavin, die das Bier ausschenkt?«

»Acha«, lallte der Däne, als seine Augen schließlich die Frau gefunden hatten. »Schlag sie dir aus dem Kopf. Sie ist voller Feuer und Gift, und ihre Zunge ist so scharf wie eine Klinge.«

»Sie ist nicht aus York?«

»Sie ist eine Cymri. Tostig hat sie als Sklavin von seinen Kämpfen im Westen mitgebracht. Acha ist nicht ihr richtiger Name, aber den will sie keinem verraten. Es gibt hier ein paar Leute, die ihr zugetan sind, vor allem die Frau des Earls, aber es ist mir schleierhaft, was Judith in ihr sieht.«

Aus dem Augenwinkel sah Hereward, wie der untersetzte Hauskarl von ihm zu Acha hinübersah; dem Mann war das Interesse des Merciers nicht entgangen. Hereward war nicht überrascht, als der Wikinger Acha grob um die Taille fasste und sie auf seinen Schoß zog. Die Frau wehrte sich, aber der Mann verpasste ihr einen Schlag gegen den Kopf.

»Lass sie in Frieden!«, rief Hereward.

Der Betrunkene an seiner Seite wurde plötzlich ganz nüchtern und flüsterte ihm zu: »Leg dich nicht mit Thangbrand an. Er kämpft wie ein in die Enge getriebenes Wiesel. Und Earl Tostig schätzt seinen Schwertarm.«

Thangbrand grinste und entblößte dabei ein Gebiss mit Zahnlücken. Hereward wusste, dass der Wikinger ihn herausforderte – ein vertrautes Ritual, das er immer wieder erlebte, wohin er auch ging. Es musste für jeden festgelegt werden, welche Position er in der Hierarchie der Stärke einnahm. Aber Hereward spürte, wie angesichts der Gewalt, die der Wikinger einer Frau gegenüber an den Tag legte, das Blut in seinem Kopf zu pochen begann.

»Ich brauche keinen Beschützer!«, fauchte Acha mit blitzenden Augen, die auf Hereward gerichtet waren. Thangbrand lachte und verpasste ihr eine weitere Kopfnuss.

Hereward stand auf. Sein Kopf dröhnte wie von einem mächtigen Trommelschlag, was dazu führte, dass er weder Judiths besorgten Gesichtsausdruck noch Tostigs prüfenden Blick bewusst wahrnahm. »Nur Feiglinge tun Frauen etwas zuleide.« Er hörte seine eigenen Worte, als hätte ein anderer sie gesprochen. Seine volle Aufmerksamkeit war auf Thangbrand gerichtet. Er sah in den Augen des Wikingers Geringschätzung sowohl für Acha als auch für ihn selbst. Die kalte Abscheu, die er empfand, wurde überlagert von dem donnernden Pulsieren, das jetzt seinen ganzen Schädel ausfüllte. Sein Teufel ritt ihn, wie er es immer getan hatte, seit er zum ersten Mal ein Schwert genommen und gespürt hatte, wie die Klinge durch Fleisch, Sehnen und Knochen schnitt – als er erstmals das Licht in den Augen eines Gegners hatte ersterben sehen und das Flüstern der entweichenden Seele gehört. »Schlag sie nicht noch einmal. Und lass sie endlich los.«

Undeutlich vernahm er ein Grölen entlang der großen Tafel, das die beiden zu einem Zweikampf anstachelte. Mit halbem Auge sah er, wie Fäuste anfeuernd geschüttelt und Kelche erhoben wurden. Noch mehr Unterhaltung für eine kalte Nacht. Die Leute wussten nicht, welchen Schrecken sie auf diese Halle herabbeschworen.

Thangbrand trat vom Tisch zurück. Seine Augen blitzten im Feuerschein auf, und seine Lippen bewegten sich. Die Laute, die seiner Kehle entsprangen, waren wie das dumpfe Summen von Bienen an einem schwülen Sommertag, aber was er sagte, war letztlich ohne Belang; die Worte waren bei Männern wie ihm immer die gleichen. Sie handelten von Beleidigungen, eingebildet oder gewollt, von Ehre und Ruhm, von Vergeltung und Blut.

Hereward trat um das Ende des Tisches herum und trat seinem Widersacher gegenüber. »Ich will dir nichts Böses«, erklärte er. Die Worte hallten klar und deutlich in seinem Kopf wider, auch wenn die Gesichter ringsum überrascht wirkten, als hätte er ein tierisches Geräusch von sich gegeben. »Setz dich wieder hin und entschuldige dich bei der Frau, die du geschlagen hast, und wir vergessen die Sache.«

Der Wikinger senkte die Schultern, seine stämmigen Beine spannten sich. Die Finger zuckten zu seiner Axt, aber Hereward wusste, der Mann würde es nicht wagen, in der Halle des Earls zur Waffe zu greifen. Den Mund zu einem lauten Kampfschrei verzerrt, stürmte der Hauskarl mit ausgebreiteten Armen und gekrümmten Fingern vorwärts.

Hereward hielt dem Angriff seines Gegners stand wie eine Eiche, die sich einem Sturm entgegenstemmte. Knochen und Muskeln krachten wie Hämmer zusammen. Der Hauskarl grub seine dreckigen, rissigen Fingernägel tief in die Oberarme des Recken und versuchte, ihn in Richtung Herdfeuer zu schleudern. Es überraschte den Wikinger, dass sein Rivale, der zwar größer, aber schlanker als er selbst war, Widerstand leistete. Die beiden Männer rangen miteinander. Thangbrand war stark, aber in seinem Rauschzustand spürte Hereward keinen Schmerz, nur brennende Wut – und auch keine Erschöpfung, sondern nur den unbedingten Willen, den Mann vor ihm zu zerquetschen.

Der Wikinger trat nach Herewards Fußknöcheln und versuchte so, ihn zu Fall zu bringen. Doch der Mercier verlagerte sein Gewicht, um dem Tritt auszuweichen, und verpasste Thangbrand einen Kopfstoß mitten ins Gesicht. Die Nase des Hauskarls explodierte förmlich. Hereward roch Blut, und als Reaktion darauf dröhnte sein Kopf noch stärker. Er stieß erneut zu; und Zähne splitterten.

Der Wikinger taumelte zurück. Seine Fingernägel schrammten über Herewards Wange; offenbar hatte Thangbrand die Absicht, ihm ein Auge auszureißen. Der Mercier griff nach seinen Fingern, erwischte einen und brach ihn. Aufheulend krachte Thangbrand gegen die Bank. Rasch schnappte er sich einen Becher und schleuderte einen Schwall Met in Herewards Gesicht. Geblendet stolperte Hereward nach hinten. Der Becher knallte gegen seinen Kopf. Sterne blitzten vor seinen Augen auf.

Fauchend wie eine Wildkatze warf sich Asha auf Thangbrand. Der Wikinger schüttelte sie ab und verpasste ihr noch einen Kinnhaken, um das Maß voll zu machen. Hereward spürte, wie ihn der Rest seiner Selbstbeherrschung verließ. Brüllend stürzte er sich auf seinen Gegner.

Was er danach sah, war eine Aufeinanderfolge bruchstückhafter Impressionen, so wie das Aufblitzen der Sonne zwischen den Zweigen bei einem Galopp durch den Wald. Thangbrands verzerrtes Gesicht. Ein Schauer von Blut. Hiebe, die niederprasselten. Herewards lautlose Welt drehte sich, wie lange, wusste er nicht. Fäuste blitzten auf und peitschten in einem verschwommenen Wirbel durch seinen Kopf, bis der Gestank von versengendem Fleisch in seiner Nase ihn wieder zu sich brachte.

Eine Hand hielt Thangbrands Kehle gepackt, während die andere das Gesicht des Wikingers mit der Wange in die Glut des Herdfeuers presste. Schreie entrangen sich durch zersplitterte Zähne und zerfetzte Lippen; für Hereward klangen sie beinahe wie die Rufe einer Möwe. Die Züge des Hauskarls waren fast unkenntlich, so zerschlagen war sein Gesicht. Und jetzt brutzelte und verkohlte auch noch die rechte Seite seines Kopfes.

Grobe Hände rissen Hereward zurück. Die gellenden Schreie erstarben zu einem Wimmern, als der Wikinger zu seinem Glück in den Armen seiner Retter das Bewusstsein verlor.

Was in der Zeitspanne geschehen war, an die Hereward sich nicht erinnern konnte, hatte offenbar jedermann im Saal mit

Schrecken erfüllt. In den Augen der Festgäste spiegelte sich Angst oder Abscheu, aber diese Blicke ruhten nie länger auf ihm als einen flüchtigen Moment, da die Leute fürchteten, seine Aufmerksamkeit auf sich zu ziehen. Nichts davon überraschte ihn wirklich. Solche Blicke hatten sich oftmals auf ihn gerichtet, seit er ein Kind war. Immer auf sich allein gestellt hatte er überlebt, und das war alles, was zählte.

»Bestie.«

»Teufel.«

Dieselben Worte, die er schon von früher kannte und die er immer wieder hören würde. Das Pochen des Blutes in Herewards Schädel ebbte ab. Er wehrte sich nicht gegen die starken Arme, die ihn festhielten, wich nicht zurück, als Äxte sich gegen seine Brust richteten. Den Flüchen und Drohungen und hasserfüllten Blicken schenkte er keinerlei Beachtung. Er hob den Kopf, um nach Acha Ausschau zu halten, aber sie war nirgendwo zu entdecken, und auch Judith schien das Weite gesucht zu haben. Selbst die, denen er gefallen wollte, konnten es nicht ertragen, ihn zu sehen. Wie immer.

Aber er hatte überlebt. Allein das zählte.

»Wartet.«

Die Menge der Leiber, die Hereward umgaben, teilte sich. Tostig trat zu ihm heran. Seine scharfen blauen Augen durchforschten das Gesicht seines Gastes. Mit leiser, emotionsloser Stimme sagte er: »Du hast meine Halle mit Blut befleckt. Du bist zu mir hergekommen, um Schutz und Hilfe zu suchen, doch du hast dich aufgeführt wie ein wildes Tier. Was willst du wirklich, Hereward Asketilssohn? Dich selbst zerstören? Wenn das so ist, dann bist du auf dem besten Wege dazu.«

»Er muss bestraft werden für das, was er Thangbrand angetan hat«, kam es aus den Reihen der Umstehenden.

Tostig drehte den Kopf, um zu sehen, wer da gesprochen hatte. Alle blickten zu Boden, und der Earl wandte sich wieder Hereward zu. »Dies sind schwere Zeiten, und noch schwerere stehen uns bevor. Wohin man sich auch wendet, hört man von Omen und Vorzeichen. Du hast mir einen meiner stärksten Männer genommen, obwohl meine Hauskarle schon bis an ihre Grenzen belastet sind. Hier ist deine Bestrafung, Mercier: Du wirst Thangbrand in meiner Kriegerschar ersetzen, und wir werden sehen, wie du in dem brodelnden Kessel namens York überleben wirst. Zahle deine Schuld zurück, auch mit dem Leben, wenn's sein muss.«

Der Earl drehte sich um und ging fort. Hereward blickte in die bärtigen, vernarbten Gesichter der Männer, die ihn umstanden und deren Augen wie Kohlen glühten. Sie waren alle Brüder, und er hatte einen der Ihrigen verwundet. In jedem Augenblick, den er unter ihnen weilte, würde der Tod ihm nahe sein.

Kapitel 11

Im hellen Licht des neuen Tages hob der Kreis der Hauskarle die Fäuste zum tiefblauen Himmel empor und brüllte lautstark. Ihre hölzernen Schilde schepperten im Rhythmus ihrer Rufe gegen die Kettenpanzer. Während die Männer mit ihren Lederschuhen den Schnee auf dem Platz innerhalb der Umfriedung zertrampelten, stießen sie mit jedem verächtlichen Gewieher weiße Dampfwolken aus.

Hereward, der auf Händen und Knien im Zentrum des Kreises hockte, hielt den Kopf unten, sodass sein blondes Haar über seine geschwollene Wange fiel. Er dachte zurück an das erste Mal, als sein Vater ihn nach dem Tod seiner Mutter geschlagen hatte, und die Erinnerung brannte heiß in ihm. Als er bereit war, stand er auf und ließ den eisigen Wind sein Gesicht kühlen. Er wischte sich mit der Hand über die blutende Nase, schüttelte die letzte Benommenheit ab und wandte sich seinen neuen Schildbrüdern zu. Als er sich in dem dichten Kreis wettergegerbter Gesichter umblickte, sah er überall Verachtung und Misstrauen, aber auch einen Hauch von Furcht. Das war alles, was er brauchte.

»Ein ehrloser Schlag«, sagte er.

»Du sprichst von Ehre?« Kraki umkreiste den Mercier. In seiner Kampfrüstung aus dicken Fellen, Leder und Kettengeflecht ähnelte er einem Bär. Sein silbrig glänzender Helm legte tiefe Schatten um seine Augen. »Du kämpfst wie ein in die Enge getriebenes Tier.« Wie Hereward mittlerweile erfahren hatte, war der Hauptmann von Tostigs Hauskarlen ein Veteran vieler Schlachten, von Scharmützeln in den vereisten Flusstälern der Waräger bis zu Feldzügen der Byzantiner in den heißen Ländern des Südens. Dass er noch lebte, war Beweis genug für seine kriegerischen Fähigkeiten, und sein von vielen Narben gezeichneter Körper war zu einer Art Chronik seiner Erfolge geworden. Brutal und eiskalt, aber auch treu und gerecht, vereinte er als Anführer die widersprüchlichsten Eigenschaften.

»Ich kämpfe, um zu gewinnen.« Hereward spuckte Blut in den Schnee. Von dem Augenblick an, als er an diesem Morgen zu den Hauskarlen gestoßen war, hatten sie ihm klargemacht, dass er für den unbeherrschten Angriff auf Thangbrand würde büßen müssen. Und als er dann mit seinem neuen Schild und seiner neuen Axt zu ihnen getreten war, hatte man ihn zuerst zu Fall gebracht und dann wiederholt getreten und geschlagen. Es würde ihm wenig nützen, Reue über das Ausmaß der Verletzungen zu zeigen, die er dem Wikinger zugefügt hatte, das wusste er. Es galt, Sühne zu leisten, irgendeine Form von Wiedergutmachung zu erzielen; und das Eingeständnis, dass er seinen inneren Teufel nicht zu kontrollieren vermochte, würde ihm nicht viel weiterhelfen.

Krakis Augen bohrten sich in die seinen. »Das hier ist Nordhumbrien, und wir sind Hauskarle. Wir schleppen keinen Mann vor den Witan, damit er sich für seine Vergehen rechtfertigt. Wir haben unsere eigenen Regeln. Hier folgen wir den alten Sitten, dem Weg von Blut und Feuer. Ehre ist alles.« Er sah sich im Kreis um. »Ein Mann von Ehre hat feste Grundsätze. Ein Mann von Ehre kämpft in der Stunde der Not für seine Gefährten. Für sein Volk, für sein Land.« Der Anführer der Hauskarle betrachtete den Mercier mit unverhohlener Verachtung. »Du hast keine Ehre. Du bist nichts.«

Hereward verbiss sich eine Erwiderung.

Eine Welle von Gelächter lief durch die Reihen. Angestachelt von dem Lärm erhob sich am Rand des Hallenbezirks ein großer Braunbär auf seine Hinterbeine und gab ein lautes Gebrüll von sich. Tostig hatte das Tier aus dem Nordland herschaffen lassen, zur Unterhaltung und als Symbol seiner eigenen Macht. Auch wenn es in seinem Pferch angekettet war, ließ sein Gebrüll alle, die es hörten, erschauern.

Kraki sah zu dem Bären hinüber und nickte. »Da, dein Bruder ruft nach dir. Aber tierische Kraft und die Wildheit und Schläue einer Bestie werden dich nicht lange am Leben halten. Der Zorn, der so heiß in dir brennt, wird am Ende dein Verderben sein.«

Hereward fürchtete, dass der Hauptmann damit recht haben könnte. »Ich werde meinen Wert beweisen – mit Schwert und Axt.«

Der Wikinger schnaubte. »Heute nicht. Es gibt zu viel Groll gegen dich. Wer hier will schon bei einem Kampf ein wildes Tier an seiner Seite haben, bei dem man jederzeit damit rechnen muss, dass es sich nicht auf den Feind stürzt, sondern den Kameraden anfällt? Wenn wir dir trauen sollen, müssen wir erst dafür sorgen, dass du gezähmt wirst.« Er wandte Hereward den Rücken zu und ging fort. »Du wirst mit den Sklaven arbeiten, bis ich dich rufe, und Wasser holen und Holz für das Feuer hacken. Selbst diese Arbeit ist noch zu gut für dich.«

Herewards Wangen brannten, aber er sagte nichts. Er hatte bereits Schlimmeres erduldet und hier zumindest eine einstweilige Zuflucht vor seinen Verfolgern gefunden. Es war sogar möglich, dass Tostig ihm bei seinem Kampf um Gerechtigkeit helfen würde.

Als die Hauskarle durch das Tor in die Stadt strömten, unterdrückte er seinen Stolz und gesellte sich zu den Sklaven. Den Großteil des Morgens hackte er Bäume klein, die aus den Wäldern des Südens herangeschafft worden waren. Ein ständiger Nachschub an Brennholz war nötig, um die Winterfeuer in Gang zu halten, und so schnell er auch arbeitete, schien der Holzstoß doch nie größer zu werden. Die anderen Arbeiter beäugten ihn mit dumpfem Argwohn, aber er hielt den Kopf gesenkt und gab sich ganz dem Rhythmus seiner Tätigkeit hin, sodass sich die besorgten Gedanken allmählich legten. Erst als die Sonne ihren Höchststand erreicht hatte und seine Armmuskeln brannten, wischte er sich den Schweiß von der Stirn und machte sich auf die Suche nach etwas zu essen.

Schließlich ruhte er sich im Windschatten der Halle aus, kaute dabei an einem Stück Brot und beobachtete den Bären in seinem Pferch. Holzrauch hing in der Luft und überdeckte zumindest teilweise den erstickenden Gestank, der von den dreckigen Straßen herüberwehte. Als er müßig seine Augen schweifen ließ, blieb sein Blick an einer Gestalt hängen, die zielstrebig durch den Schnee stapfte. Auch wenn sie sich eng in ihren Mantel gehüllt hatte, erkannte er sie sofort. Es war Acha. Etwas an ihrem kalten Gesichtsausdruck und entschlossenen Schritt ließ ihn aufmerken, und er runzelte misstrauisch die Stirn, als er sah, dass sie sich dem Gebäude näherte, in dem der verletzte Thangbrand lag.

Plötzlich war ihm alles klar. Er sprang auf, ließ das Brot fallen und rannte los. Vor der Tür zu Thangbrands Hütte holte er Acha ein und packte sie in dem Moment am Handgelenk, als sie sich halb zu ihm umdrehte, da sie das Knirschen seiner Schritte im Schnee gehört hatte. Ein Messer flog aus ihrer Hand in eine Schneewehe. Ihre Augen blitzten. Mit ihrer freien Linken schlug sie nach ihm, ihre Nägel schrammten über seine Wange.

»Lass mich los!«, fauchte sie.

Hereward zerrte sie um die Ecke der Hütte, wo sie außer Sicht waren, und drückte sie gegen die Wand, bis sie sich beruhigt hatte. »Du hast vor, Thangbrand zu töten, nicht wahr? Ist er nicht schon genug gestraft?«

»Nein. Er hat Hand an mich gelegt … mich vor allen Leuten beschämt … Er verdient den Tod.«

»Hast du den Verstand verloren? Man würde dich bestrafen. Dich auspeitschen, wenn du Glück hast. Oder dich gleich hinrichten.«

»Er hat mich beschämt!« Mörderische Wut loderte in Achas Augen.

»Ich kann es nicht zulassen, dass du dein Leben aufs Spiel setzt …«

»Zulassen?«, schnappte sie. »Du hast mir keine Vorschriften zu machen, was ich tun und lassen darf. Ich bin kein kleines, verschrecktes Reh, und ich brauche keinen starken Mann, der mich beschützt. In meiner Heimat haben Männer vor mir gekniet …«

Sie hielt inne, und in dem Augenblick wurde Hereward klar, dass sie eine Frau von einem höheren Stand gewesen war, bevor Tostig sie gefangen genommen hatte. Sie wandte den Blick ab und verkniff sich weitere Worte.

»Hör mir zu. Ich kenne den Fluch unbeherrschbaren Zorns nur zu gut. Menschen wie wir brauchen keine Feinde – wir zerstören uns selbst«, sagte er. »Du bist im Begriff, einen großen Fehler zu machen. Ich will nicht, dass du nur um der Rache willen dein Leben opferst.«

»Ich brauche deinen Schutz nicht.«

»Ich kann nun mal nicht anders. Ich kann nicht einfach dabeistehen und zusehen, wie du oder irgendeine andere Frau sich zugrunde richtet.«

»Dann bist du ein Narr.« Sie schüttelte seinen Griff ab und drängte sich an ihm vorbei.

Er war erleichtert zu sehen, dass sie das Messer liegen ließ, als sie zur Halle zurückging. Während er ihr nachblickte, sagte er sich, dass er heute wenigstens eine gute Tat vollbracht hatte: eine kleine Wiedergutmachung für die Spur des Elends, die er in den letzten Jahren hinter sich gelassen hatte. Vielleicht begriff Acha das auch tief in ihrem Innern, denn sie warf ihm einen kurzen Blick über die Schulter zu, als sie die Halle erreichte. Ihr Gesicht hatte einen nachdenklichen Ausdruck, aber bevor er sich fragen konnte, was er wohl bedeutete, verschwand sie im Gebäude.

Kapitel 12

Der Schrecken lauerte überall in York: einer Stadt, wo sich niemand sicher fühlen konnte. Während die kalten Tage langsam verstrichen und das Weihnachtsfest näherrückte, wuchs in Hereward die Erkenntnis, dass dieser Ort kein Wessex oder Mercien war, wo man an Gesetz und Ordnung glaubte. Nordhumbrien war wild und ungezähmt. Wenngleich das Zeitalter der Wikinger der Vergangenheit angehörte, war das Land immer noch von ihrem kriegerischen Geist durchdrungen, und die Menschen hier waren ein stolzes, aufsässiges Volk. Es kränkte sie, dass Tostig, ein Mann des Südens, über sie gesetzt worden war, und sie bereiteten ihm tagtäglich neue Schwierigkeiten. Selbst die Entscheidung des Earls, Nordmänner als Hauskarle anzuheuern, hatte wenig dazu beigetragen, das Volk zu befrieden. Tostigs Anhänger wurden verprügelt, ihre Häuser angezündet. Auf dem Markt, in den Schänken und an den Kais wurde mehr oder weniger offen zum Aufstand aufgerufen.

Hereward kümmerte das wenig. Er hatte seine eigenen Rachepläne, die ihn beschäftigten. Aber ihm war klar, dass er abwarten musste, bis er wusste, ob der Bote des Earls den König oder Harold Godwinssohn vom Verrat Edwins hatte überzeugen können. Zumindest hatte es keinerlei Anzeichen von den Männern gegeben, die ihn so gnadenlos durch die Moore und über die Hügel verfolgt hatten. Vielleicht, so hoffte er, waren sie ja den Wölfen oder der Kälte zum Opfer gefallen.

In den stillen Momenten seiner harten Arbeit an der Seite der Sklaven ertappte er sich dabei, dass er nach Acha Ausschau hielt. Sie beide hatten sich in der raucherfüllten Halle Blicke zugeworfen, aber Achas dunkle Züge ließen nicht erkennen, was sie dachte oder fühlte. Drei Mal hatte er versucht, mit ihr zu reden, aber sie hatte ihn einfach stehen lassen, als ob er Luft wäre, und er konnte nicht sagen, ob dies eine Art Spiel für sie war oder ob sie ihn wirklich so geringschätzte. Zu Hause in Mercien hatte sein Ziehbruder Redwald ihn früher einmal gewarnt, dass irgendwann eine Frau sein Tod sein würde, und als er in Achas kalte Augen sah, fragt er sich, ob das wahr sein könnte.

Eine Woche war seit dem Kampf mit Thangbrand vergangen, und ein grauer Nebel hatte sich über den Süden der Stadt gelegt, als Hereward endlich von seiner niederen Arbeit erlöst wurde und sich den Männern des Earls anschließen durfte. Der vertraute Griff des Schwerts in seiner Hand hatte etwas Beruhigendes. Als Kraki die Hauskarle aus der Umfriedung und dann über die schmalen Straßen mit den gefrorenen Spurrillen in die weiße Nebelwand führte, die zwischen den eng stehenden Häusern lag, war Hereward sich bewusst, dass er ein Auge auf seine Gefährten haben musste. Sie trabten wie ein Wolfsrudel rechts und links neben ihm, und ihre griffbereiten Äxte konnten sich, wenn es zu handfesten Auseinandersetzungen kam, in dem Durcheinander eines Kampfes genauso gut gegen ihn richten.

Vom Wind umhergewehte Flocken von Holzasche und glimmende Strohhalme vermengten sich plötzlich mit dem fallenden Schnee. Kurz darauf drängten sich aus der wabernden Wolke vor ihnen fliehende Männer, Frauen und Kinder durch die enge Straße. Das Tosen von Flammen übertönte ihre entsetzten Schreie.

»Verliert nicht den Kopf, und haltet die Augen auf!«, rief Kraki. »Diese Dreckskerle sind wie Geister. Wenn ihr euch nicht vorseht, habt ihr einen Knüppel im Gesicht, bevor ihr überhaupt ahnt, dass da wer ist.«

Dann stieß er ein paar fliehende Menschen beiseite und trat zu Hereward. Seine Augen lagen verborgen im Schatten des

Helmes. »Der Unruhestifter ist da drin«, knurrte er und wies mit der Axt auf den Qualm. Durch das wogende Grau flackerte es hier und da rot und golden. »Finde ihn, bevor er wieder entkommt.«

»Was ist mit dem Feuer?«

»Du hattest keine Angst vor dem Feuer, als du Thangbrand verbrannt hast«, schnaubte der Nordmann. Die Narbe über seinem Bart zuckte höhnisch. »Ravenswart treibt genug von diesen verschreckten Mäusen zusammen, um Wasser zu holen, damit wir dieses Feuer eindämmen können. Rein mit dir, und komm mir nicht wieder raus, bevor du den Mistkerl hast.«

Mit klirrendem Kettenpanzer lief Kraki zu den anderen Hauskarlen. Laut brüllend befahl er seinen Männern, das Vieh und das Korn zu retten, während Ravenswart den Brand unter Kontrolle zu bringen versuchte. Anschließend orderte Kraki zwanzig von den Männern ab, das brennende Gebiet zu umstellen, damit ihre Beute nicht entkommen konnte, wenn Hereward sie aufscheuchte.

Mit zugeschnürter Kehle stürzte sich Hereward in den Rauch. Das Tosen des Feuers dämpfte den Klang seiner Schritte. Als er auf der anderen Seite ins Freie drang, sah er, dass das Gewirr von Werkstätten, Läden und Häusern menschenleer war. Hämmer, Bohrer, Spaten und Rechen lagen dort, wo ihre Besitzer sie hingeworfen hatten, als sie ihr Heil in der Flucht suchten. Aus einem umgestürzten Butterfass strömte langsam der klebrige Inhalt auf die Straße. Das Prasseln des Feuers war hier lauter, und er konnte sehen, wie die Flammen über den strohgedeckten Dächern hochschlugen.

Hereward brannten die Augen, als er den Blick über die dunklen Eingänge zu den Hütten schweifen ließ. Mittlerweile hatte er erfahren, dass der »Aufrührer« hier vor Ort Wulfhere hieß: Er war jener einäugige, einhändige Mann, den Hereward bei seiner Ankunft in York gesehen hatte, ein Holzarbeiter, der seit dem Ende des Sommers immer lautere Reden gegen Tostigs Herrschaft geschwungen hatte. Jetzt rief der Mann offen dazu auf, den Earl zu stürzen. Hereward richtete den Blick auf das Zentrum des Brandes und erkannte, dass sich die Unruhestifter diesmal das Haus eines reichen Händlers als Ziel ausgesucht hatten, der zu den Unterstützern des Earls zählte. Das Feuer war mit einer gewissen Bedachtsamkeit gelegt worden, wobei man die Windrichtung berücksichtigt hatte, sodass es sich nicht zur Stadtmitte hin ausbreiten würde.

Der Schnee fiel auf einmal immer dichter. Herewards Sicht reichte jetzt nur noch so weit, wie die schmale Straße breit war. Hustend und keuchend suchte er eine Hütte nach der anderen ab und arbeitete sich stetig zu dem brennenden Haus vor. Als die Balken nachgaben, hallte das Krachen über die Dächer, und goldene Funken wirbelten hinauf zu den fallenden weißen Flocken. Hereward konnte die Rufe von Krakis Männern hören, die die brennende Straße umstellten. Wenn Wulfhere sich noch innerhalb dieses raucherfüllten Gebiets aufhielt, war ihm jeder Fluchtweg versperrt.

Aus dem Augenwinkel nahm er eine Bewegung wahr und stürzte sich in den Laden eines Webers, wo ein geschwärzter Kessel über heißen Kohlen blubberte, der dazu diente, Farben zu fixieren. Der Geruch von Waidblättern, getrocknetem Gelbkraut und Krappwurzeln hing schwer in der rauchgeschwängerten Luft. In einer Ecke stapelten sich Wolle und Flachs, und ein Gewichtswebstuhl mit einem halb fertigen Leintuch lehnte an der Wand, wo der Weber ihn zurückgelassen hatte. Hereward drehte sich langsam um die eigene Achse und schaute sich in der düsteren, vollgestopften Werkstatt um.

Eine huschende Bewegung am Eingang lenkte seine Aufmerksamkeit vom hinteren Bereich des Raumes ab. Durch die offene Tür sah er einen Strom von braunen Ratten vor dem Feuer ins Freie fluten. Ihre Schwänze peitschten in der Luft. In dem

Augenblick, als der Mercier sich wieder umdrehte, ertönte hinter ihm ein Krachen. Jemand stürzte an ihm vorbei und stieß ihn grob zur Seite, sodass er auf ein Knie fiel. Eine dunkle Gestalt stolperte zur Tür hinaus und verschwand im Qualm.

Hereward machte sich sofort an die Verfolgung. Lederschuhe knallten auf dem harten Boden vor ihm. Er erspähte die rennende Gestalt links vor ihm, doch im nächsten Augenblick war sie wieder fort. Dann entdeckte er sie irgendwo rechts, während er weiter durch den Qualm hetzte. Der Mann lief im Zickzack über die Straße; entweder wollte er auf diese Weise seinen Verfolger abschütteln, oder er war auf der Suche nach einem Schlupfloch im Rauch. Hereward sprang über Holzstapel und Misthaufen, duckte sich in schmale Durchgänge zwischen den Häusern. Der Wind trieb das abgehackte Keuchen des Fliehenden zu ihm herüber.

Als Hereward auf eine Straße hinaustrat, die voller quiekender Schweine war, sah er sich plötzlich einem Halbkreis von Flammen gegenüber. Die Hitze von der brennenden Ruine des Kaufmannshauses versengte ihm die Haut. Er erkannte, dass es Krakis Männern nicht gelungen war, den Brand einzudämmen. Irgendwie waren die Flammen übergesprungen, und jetzt brannten zwei weitere Häuser nahe einem dicht bebauten Gebiet von Hütten und Werkstätten. Auf der anderen Seite des Kaufmannshauses begann sich das Feuer ebenfalls auszubreiten.

Hereward unterdrückte einen Fluch. Dieser Teil von York würde bald ein Raub der Flammen sein. Wenn sich das Feuer jetzt rasch ausbreitete und ihn einschloss, würde er genauso verbrutzeln wie Thangbrands Gesicht, und dann würden die Hauskarle lachen, weil die Götter ihn gerecht bestraft hätten. Doch die tanzenden Flammen hielten ihn gefesselt, die flackernden Farben, die Hitze, die umherwirbelnden Funken, und ihm wurde klar, dass er keine Furcht verspürte, sondern nur einen dumpfen Kitzel tief in seinem Bauch. Er sah und hörte, wie das Stroh eines Daches rot aufprasselte, wie die Balken schwärzer wurden, knackten und krachten, und es klang in seinen Ohren wie ein Freudengesang. Sein Kopf dreht sich ob der elementaren Macht, deren Zeuge er wurde und die für ihn mehr Sinn ergab als alles andere, was er in seinem kurzen Leben erfahren hatte.

Brenne, dachte er. *Alles soll verbrennen!*

Gewaltsam riss er sich von dem Anblick los und brach den Bann. Es war immer noch Zeit, Krakis Befehl auszuführen; Wulfhere musste in einem der nahe gelegenen Gebäude stecken. Einen Moment lang fragte sich Hereward, ob er den Brandstifter nicht einfach für seine Verbrechen den Flammen überlassen sollte – der Einäugige hatte ohnehin sein Leben verwirkt, sobald er Tostig in die Hände geriet. Auf der anderen Seite könnte es ihm die Dankbarkeit des Earls einbringen und sein Leben leichter machen, wenn er den Schuldigen herbeischaffte.

Die Flammen brüllten lauter und zeigten ihre Krallen, fuhren sie zu beiden Seiten von ihm aus. Von jenseits des rotgoldenen Halbkreises konnte Hereward die Rufe von Krakis Männern hören, die dort in den verlassenen Häusern nach dem Übeltäter suchten. Er würde sich die Beute nicht von den Hauskarlen wegschnappen lassen.

Obgleich die Hitze in seinem Nacken brannte, stürzte sich Hereward in das nächste Gebäude, dann in das nächste und das übernächste. Beim vierten witterte er eine veränderte Atmosphäre und roch einen Hauch von bitterem Angstschweiß in der Luft. Er zog sein Schwert aus der Scheide und ging weiter. Im hinteren Teil des düsteren Raumes stand eine Art Wandschirm aus Flechtwerk. Als er darauf zutrat, brach eine Gestalt dahinter hervor, die wild mit den Armen um sich schlug: ein verzweifelter Versuch, nach draußen zu fliehen. Hereward riss das Schwert hoch und knallte dem Fliehenden den Knauf ins Gesicht. Der Mann kippte hintüber und blieb benommen auf dem harten Lehmboden liegen. Ein Auge, eine Hand. Es war Wulfhere.

»Das war nur ein Vorgeschmack von dem, was Tostig mit dir anstellen wird«, knurrte Hereward, als er sich über die Gestalt am Boden beugte.

»Lass ihn gehen.«

Der Recke wirbelte herum. Eine zweite Gestalt trat hinter dem Wandschirm hervor. Es war Alric, den er trotz des rußgeschwärzten Gesichtes sofort wiedererkannte.

»Wenn du diesen Mann mitnehmen willst, musst du erst mich töten.«

Kapitel 13

Hereward starrte in das Gesicht des Mönchs, das zwischen den Rußstreifen ganz bleich war. »Hast du den Verstand verloren?« Er stieß mit der Spitze seines Schwertes nach der Brust seines früheren Gefährten. »Ich habe dir das Leben gerettet. Und jetzt setzt du es wieder aufs Spiel? Nimmst du das alles nicht ernst?«

Alric schluckte, stellte sich aber mutig zwischen den Recken und den auf dem Boden liegenden Unruhestifter. »Ich weiß, dass du für den Earl arbeitest. Du musst diesen Mann gehen lassen.«

Von jenseits der Fachwerkwände kamen die kehligen Rufe der Hauskarle näher. Hereward verpasste dem Mönch einen Klaps. »Dir ist wohl das Gehirn aus den Ohren gefallen«, sagte er. »Wenn Tostigs Männer dich hier mit dem Kerl da finden, dann machen sie mit dir kurzen Prozess, ob Gottesmann oder nicht.«

Er stieß den Mönch beiseite und bückte sich, um Wulfhere vom Boden aufzulesen. Alric drängte sich wieder dazwischen. »Wenn du diesen Mann mitnehmen willst, musst du erst mich töten«, wiederholte er. Der junge Geistliche schob trotzig das Kinn vor, doch seine Augen waren voller Tränen der Angst. Er blinzelte sie weg.

Hereward spürte, wie die vertraute Wut wieder in ihm aufzusteigen begann. »Du weißt, dass es mir nichts ausmacht, jemanden umzubringen«, erwiderte er mit einer Stimme, die im Tosen des Brandes fast unterging.

»Das weiß ich.«

Der Recke bohrte die Spitze von Hirnbeißer in die schwarze Kutte des Mönchs. Alric wand sich unter dem Druck, sodass sich die Klinge bewegte. »Du glaubst, ich sei ein guter Mensch.

Du bist ein Narr«, sagte Hereward. »Ich bin ein wildes Tier; so hat man mich von Kindheit an gebrandmarkt. Ich denke nur an mich selbst.«

»Du kennst dich selbst nicht.« Alric zog den Kopf zurück, als erwartete er einen Schlag. Von draußen ertönten Rufe. Krakis Männer durchsuchten die angrenzenden Häuser. »Wenn du wirklich ein wildes Tier wärst, hättest du mich schon längst getötet.«

Wulfhere versuchte, auf die Füße zu kommen. Hereward trat dem Einäugigen ins Gesicht, worauf dieser wieder zu Boden ging. »Du willst dein Leben darauf verwetten?«, schnappte er. »Du bist wirklich ein Narr.«

»Dann töte mich!«, schrie Alric mit einer Leidenschaft, die Hereward überraschte. »Ich habe es, weiß Gott, verdient. Aber ich werde nicht zulassen, dass du diesen Mann mitnimmst.« Der Mönch breitete die Arme aus und drückte seine Brust gegen die Spitze des Schwertes.

Weitere Rufe erklangen. Die Hauskarle waren jetzt nicht weit von der Tür dieses Hauses entfernt.

Hereward war verunsichert. Er brachte es nicht über sich, das Schwert in das Herz des jungen Mönchs zu stoßen. Mit einem Aufwallen von Zorn, das er nicht erklären konnte, schlug er Alric mit solcher Wucht ins Gesicht, dass der Mönch zu Boden ging.

»Tut ihm nicht weh«, spie Wulfhere zwischen aufgeplatzten Lippen. »Er ist ein guter Mann.«

Draußen auf der Straße trieb Kraki seine Hauskarle zur Eile an.

Hereward zerrte Alric wieder hoch. »Das soll nicht heißen, dass du mit deiner blöden Vorstellung recht hast.« Er schüttelte den Mönch grob. »Ich will dich nicht winseln hören, ich sei eigentlich ein guter Mensch, verstanden?«

Alric nickte und wischte sich mit dem Handrücken Blut und Rotz von der Oberlippe.

Ein Schatten strich über den Eingang. Fluchend fuhr Hereward herum. Er hatte zu lange gezögert. Man hatte sie entdeckt. Doch niemand kam herein, und im gleichen Moment, als ein plötzlicher Verdacht den Recken die Stirn runzeln ließ, rauschte etwas über ihre Köpfe hinweg, das wie der Wind in den Herbstblättern klang. Knisternd und Funken speiend rasten die Flammen durch das Strohdach, und Rauch erfüllte die Hütte.

»Das Haus brennt!«, schrie Wulfhere und wollte sich in Richtung Tür davonmachen. Hereward packte ihn am Rücken seines Wamses und riss ihn zurück.

»Wollt Ihr etwa, dass wir alle lebendig verbrennen?«, wimmerte der Einäugige.

Alric musterte seinen ehemaligen Gefährten. »Vertraue ihm«, sagte er. »Der Tod ist ein alter Freund von ihm, und er lässt ihn mit sich feilschen.«

Hereward trat mit dem Fuß gegen die Rückwand der Hütte. Die Wand bestand aus Lehm, der auf ein Weidengeflecht aufgetragen und dann hart getrocknet war. Der Recke verpasste ihr erneut einen Tritt, woraufhin Risse erschienen und große Lehmbrocken herausfielen. Als das Loch schließlich groß genug war, stieß er den Mönch durch die Öffnung und wies dann den Einäugigen mit vorgehaltenem Schwert an, ihm zu folgen.

Die drei Männer stolperten ins Freie. Überall war dichter Rauch, und die Hitze versengte ihnen die Kehle. Hereward hatte viele Fragen auf der Zunge, aber er trieb die anderen weiter. Sie eilten an einem stinkenden Abfallhaufen neben dem Brunnen vorbei und gelangten in den Hof eines Holzarbeiterladens.

»Eine falsche Bewegung, und ich ändere meine Meinung«, knurrte Hereward. »Bringt mich zu eurem Versteck. Wenn die Hauskarle uns erwischen, sind wir alle des Todes.«

Wulfhere und Alric schlugen einen Weg ein, der durch ein Labyrinth von Gassen führte, die kaum breit genug waren für einen Hund. Das Prasseln des Feuers hinter ihnen wurde leiser, und die verlassenen Straßen wichen solchen, in denen sich verängstige Menschen zusammendrängten, die zur düsteren Rauchwolke blickten und sich fragten, ob ganz York ein Raub der Flammen werden könnte. Die drei Männer mischten sich unter die Menge und hielten die Köpfe gesenkt.

Als sie schließlich ein Haus in der Nähe der großen Steinkirche erreichten, begann der Schnee in dicken, schweren Flocken zu fallen und breitete eine weiße Decke über die strohgedeckten Dächer und dreckigen Straßen aus. Die Geräusche des täglichen Lebens wurden gedämpft. Als Hereward zurückblickte, konnte er kein weitflächiges Aufflackern von Feuer und auch keinen dichter werdenden Rauch erkennen, was darauf hingedeutet hätte, dass sich der Brand ausbreitete. Einen Augenblick lang blieb er an der Tür stehen und beobachtete die niedrige schwarze Wolke, dann bückte er sich, um in das warme, rauchige Innere des Hauses einzutreten.

Eine weinende Frau hielt Wulfhere umarmt; sie war offenbar seine Ehefrau. Zwei junge Mädchen klammerten sich an seine Beine, und ein kleiner Hund rannte kläffend um die Familie herum. Ein silberhaariger Mann hockte in einer Ecke und beäugte den Recken argwöhnisch. Hereward vermutete, dass diesem Mann das Haus hier gehörte und dass er das große Risiko eingegangen war, Wulfhere und seine Familie bei sich aufzunehmen.

Alric wärmte sich die Hände am Herdfeuer und strahlte vor Erleichterung. »Ich wusste, du würdest auf dein Herz hören.«

»Was habe ich dir gesagt?« Hereward trat so drohend auf ihn zu, dass der Mönch sich duckte. Der Mercier war wütend auf sich selbst, weil er den Einäugigen hatte gehen lassen, und begriff immer noch nicht, warum er es getan hatte. »Hör auf zu winseln, oder ich schneide dir die Zunge heraus.«

Alric hockte sich vor dem Feuer nieder. »Warum hast du uns gerettet?«

Hereward knurrte. »Mein Gehirn muss so vernebelt gewesen

sein wie deins.« Er blickte zur Tür zurück und fügte hinzu: »Das Haus, in das ihr euch geflüchtet hattet, hätte nicht so rasch Feuer fangen dürfen. Es war zu weit vom Brandherd entfernt.«

»Was willst du damit sagen?«

»Irgendjemand wusste, dass wir da drinnen waren, und hat versucht, uns zu verbrennen.«

»Würden Tostigs Männer wirklich einen kaltblütigen Mord begehen?« Alric starrte in die Glut. »Ja, ich glaube schon. Denn der Earl ist ein böser Mensch.«

Hereward schnaubte. »Du sprichst, als wärest du betrunken. Er ist ein Godwin. Seine Sippe schreitet über England wie Riesen seit der Zeit des Vaters meines Vaters. Sein Bruder Harold ist der engste Ratgeber des Königs.«

»Und du lässt dich von goldenen Ringen blenden.«

Die Hand des Recken zuckte zum Heft seines Schwertes. »Sieh dich vor, Mönch.«

Alric holte tief Luft und stand auf, um seinem früheren Gefährten ins Auge zu sehen. »Während deiner Zeit in York bist du in der Halle des Earls gepäppelt worden, hast sein Brot gegessen, seinen Met getrunken und dich an seinem Herd gewärmt. Ich habe das alles von Weitem beobachtet. Man hat gut für dich gesorgt. Aber ich habe auf einem kalten Fußboden geschlafen, den mir der Erzbischof zugewiesen hat, und ich bin nicht so froh gestimmt.«

Wulfheres Weib, eine Frau mit harten Zügen und roten Äderchen im Gesicht, trat zu ihnen und unterbrach so ihr Gespräch. Mit einem dankbaren Lächeln bot sie Hereward einen Becher Bier und etwas Brot an. Er nahm es mit einem knappen Nicken an.

Als sie wieder fortging, blickte Alric zu dem Einäugigen hinüber. »Er ist nicht das, was du glaubst. Nicht das, was der Earl über ihn sagt.«

Der Recke trank sein Bier in einem einzigen Zug aus. »Das

heißt, er steckt keine Häuser an und ruft die Leute nicht zum Aufstand auf?«

»Frag dich selbst, warum er dergleichen tut«, entgegnete der Mönch. »Er ist ein Zimmermann und hat eine Familie zu ernähren.«

Hereward warf einen Blick zu Wulfhere hinüber, der mit seinen Kindern spielte. Die Härte im Gesicht des Rebellen wurde von einem liebevollen Lächeln gemildert.

»Seit meiner Ankunft hier bin ich durch York gestreift und habe nach dem Grund gesucht, weshalb Gott mich hierhergeschickt hat. Du bist einer von den Gründen, das weiß ich jetzt ...« – er ignorierte das Schnauben von Hereward, der nun ein Stück Brot abriss und es sich in den Mund stopfte –, »und der andere Grund wurde bald so klar wie die vom Schnee reflektierten Sonnestrahlen. Überall, wohin ich mich wandte, sah ich Elend, Hunger, Verzweiflung. Die Menschen leiden. Sie sind zornig, und keiner hört ihnen zu.«

»Nicht mal dein Gott?«, fragte Hereward mit vollem Mund. »Nicht mal der Erzbischof? Sorgt der Hirte nicht für seine Herde?«

Betreten starrte Alric ins Feuer. »Ealdred steht dem Earl nahe, den ganzen Godwins.«

»Ha«, spottete Hereward.

»Tostigs ungerechte Steuer erdrückt die Menschen Nordhumbriens. Seit er Earl geworden ist, hat er die Abgabenlast vervielfacht. Seine Steuereintreiber sind grausam und ungerecht. Und jeder, der seine Stimme erhebt, wird auf brutalste Art niedergeknüppelt. Häuser werden niedergebrannt. Felder zerstört. Man hört sogar von Mord ... Mord! An Engländern – durch den Earl, der sie regiert.«

Der Recke zuckte mit den Schultern. »Ist das für dich etwa eine neue Erkenntnis, dass Menschen, die Macht über andere haben, ihre Stellung missbrauchen? Was Tostig hier tut, geschieht mit Einverständnis des Königs. Anders wäre es nicht möglich.« Er trat an die Tür und spähte hinaus, um zu sehen, ob ihnen jemand gefolgt war. Draußen fiel immer noch Schnee, stärker als zuvor, und legte sich als weiße Decke auf die Straße. »Nordhumbrien war immer ein gesetzloses Land. Es ist das Wikingerblut, der dänische Geist. Die Menschen hier leben nach eigenen Regeln, und sie werden rebellisch, wenn andere ihnen sagen wollen, was sie zu tun haben. Um ein solches Land zu regieren, braucht es eine strenge Hand.«

»Die Herrschaft hier in York ist mehr als nur streng«, widersprach Alric. »Sie ist ungerecht. Die Menschen leiden wirklich. Das Volk wird das nicht ewig ertragen, sondern irgendwann aufstehen. Derzeit folgen die Thegns noch dem Earl, aber das kann sich ändern, wenn Männer wie Wulfhere dem Leid der Menschen eine Stimme geben.«

Der Recke betrachtete den jungen Mönch. »Ich frage mich die ganze Zeit, was dich antreibt. Von dem Augenblick an, als ich dich gefunden habe, starr vor Angst wie ein Hase, bist du mir immer ein Rätsel gewesen. Ich habe viele Kirchenmänner kennengelernt, aber keiner war wie du.«

Alric wich seinem Blick aus. »Ich versuche, etwas wiedergutzumachen, das …« Er unterbrach sich. »Ich versuche, Gottes Werk zu tun. Die Schwachen beschützen, die Hungrigen, die Verlorenen …«

»Ich habe dir das Leben gerettet, und du stürzt dich Hals über Kopf in die nächste Gefahr. Ich hätte dich den Schlächtern überlassen sollen.«

Der Mönch sprang auf, seine Augen funkelten. »Aber du hast mich gerettet. Und jetzt schon zum zweiten Mal! Du zeigst deine wahre Natur durch deine Taten – eine Natur vielleicht, derer du dir selbst nicht bewusst bist. Es scheint mir, dass du dich selbst ebenso bekämpfst wie alles, das dir in die Quere kommt, und darin sind wir beide uns gar nicht so unähnlich.«

»Du bist ein Narr. Ich jedoch nicht. Und ich habe hier genug Zeit verschwendet.« Hereward wandte sich der Frau zu, dankte ihr für die Gastfreundschaft und sagte dann zu Wulfhere: »Das nächste Mal musst du selbst sehen, wie du klarkommst.« Er wollte hinausgehen, doch Alric stellte sich ihm in den Weg. »Mönch, meine Geduld hat Grenzen. Ich will nicht den Fußboden dieser guten Frau mit deinem Blut besudeln, aber ich werde die Scheiße aus dir herausprügeln.«

»Schließ dich unserem Kampf an!«

»Du bist verrückt.« Der Recke schüttelte ungläubig den Kopf. »Wie oft soll ich es dir noch sagen? Ich bin mir selbst der Nächste.«

»Und was war in Gedley? Wäre ich jetzt hier, wenn du dich ausschließlich von selbstsüchtigen Motiven leiten ließest?«

»Ich brauche die Hilfe des Earls, um meine Rache zu bekommen«, knirschte Hereward. »Und er bietet mir Schutz vor meinen Feinden. Es wäre eine Dummheit, sich gegen ihn zu stellen. Was hätte ich dabei zu gewinnen?«

»Menschen erreichen zusammen mehr als allein.« Alric schob das Kinn vor.

»Einer allein bedeutet Überleben. Zwei oder mehr bedeuten eine Möglichkeit für Verrat.«

Der Mönch breitete die Arme aus und senkte die Stimme: »Zwei Menschen bedeuten eine Möglichkeit für Freundschaft, für Unterstützung und Hoffnung. Zwei sind der Anfang einer Armee …«

Mit aufwallendem Zorn schob Hereward den Mönch beiseite und trat hinaus in das Schneegestöber, bevor er wieder einmal seine Selbstbeherrschung verlor. Er hatte das Gefühl, auf schwankendem Boden zu stehen. Bevor er den Mönch getroffen hatte, war sein Leben gefahrvoll, aber einfach gewesen, jede seiner Entscheidungen klar umrissen. Die Bekanntschaft mit dem Kirchenmann hatte nur Zweifel und Verwirrung gebracht. Als er zu den schneebedeckten Dächern von York aufblickte, über denen Wolken aus grauem Rauch von den Herdfeuern aufstiegen, sah er, dass der rote Schimmer am Südrand der Stadt erloschen war. Er hoffte, dass seine Entscheidungen am heutigen Tag ihn nicht teuer zu stehen kommen würden.

Kapitel 14

Alric presste die Wange gegen die kalte Steinwand im Schatten der Seitenkapelle und spähte in das Kirchenschiff hinein, in dem Kerzen einen goldenen Schein verbreiteten. Von einem kupfernen Rauchfass breitete sich Weihrauchduft aus. Zwei Personen schritten mit gesenkten Köpfen auf den Hauptaltar zu. Eine dritte wartete am Taufbecken. Ihre geflüsterten Worte hallten in dem weiten Innenraum wider, der größer war als die aller Kirchen, die der junge Mönch in seinem Leben betreten hatte. Dreißig Altäre gab es hier, wie ihm mitgeteilt worden war, als er die Gastfreundschaft der Diözese angenommen hatte. Doch bislang hatte er nicht einmal ein Drittel von ihnen gesehen. Überall, wohin er blickte, hatte man Kapellen angefügt, scheinbar in willkürlicher Art und Weise. Das Gebäude war in alle Richtungen gewuchert, seit König Edwin vor mehr als vierhundert Jahren die kleine Holzkirche, die vorher hier gestanden hatte, durch einen Steinbau hatte ersetzen lassen. Schatten überall. Jede Menge Verstecke. Er hatte gehofft, hier eine Zufluchtsstätte zu finden, aber die bedrückende Atmosphäre, die über ganz York hing, reichte selbst in dieses geweihte Innere.

Wer verschwor sich gegen wen? Wer schmiedete Ränke, um Macht und Gold zu gewinnen? Wem konnte er trauen? Nicht dem Erzbischof, dessen war er sich in zunehmendem Maße sicher, auch wenn es ihm in der Seele wehtat, an einem solch großen Mann zu zweifeln. Alric sah Ealdred durch das Langschiff wandeln, die Kerzen warfen einen langen, hakennasigen Schatten auf die gegenüberliegende Wand. Seine zeremonielle Mitra gab dem Kopf des Schattens eine seltsame Form mit abgeflachter Spitze und verzerrte die Gestalt noch mehr. Alric fror, und sein Atem wehte als kleine weiße Wolke aus seinem Mund, aber dem Erzbischof in seiner grünen und purpurnen Kasel aus Wolle war es bestimmt nicht kalt.

Ealdred war ein Mann, der in der Welt der Macht ebenso zu Hause war wie in der geistlichen, wie der Mönch erkannt hatte. Der Erzbischof hatte das Ohr des Königs, und er stand den Godwins nahe, die in ganz England einen solch großen Einfluss besaßen. Wenn man ihn vor die Wahl stellte zwischen dem einfachen Volk und den Reichen und Mächtigen, für wen würde er sich entscheiden? Für Alric war die Antwort klar.

Neben dem Erzbischof schritt Judith, die Frau des Earls, und lauschte aufmerksam Ealdreds Rat. Ihr Gesicht war ernst; die Dunkelheit in ihren Zügen wurde durch ihre weiße Haube betont. Sie hatte ihren grünen Wollmantel eng um die Schultern geschlungen, und die rote Stickerei um den Saum glänzte wie Blut.

»Und was sagt die Kirche zu den dunklen Prophezeiungen, die im Volk umgehen?«, fragte sie mit leiser Stimme. »Es ist die Rede von flüsternden Stimmen im Wald und Zeichen am Nachthimmel. Ihre Ängste werden gewiss weiter von denen geschürt, die noch zu den alten Göttern beten. Steht uns wirklich das Ende der Welt bevor?«

Ealdred verschränkte die Hände hinter dem Rücken und hob sein Gesicht zum Altar empor. »Die Offenbarung des Johannes berichtet uns von der Endzeit. Es ist … ein schwieriges Werk, das viel Nachdenken und sorgfältiges Studium erfordert. Aber die klaren Worte unseres Erzbischofs Wulfstan sind uns überliefert. Seine *Predigt des Wolfs an die Engländer*, über die meine Mitbrüdern oft heftig diskutieren, wurde einst von allen Kanzeln verlesen.« Der Erzbischof drückte zwei Finger an die Nasenwurzel und schloss die Augen, um aus dem Gedächtnis zu zitieren: »›Die Welt ist in Eile, und sie geht dem Ende zu. Und daher ist es in der Welt umso schlimmer, je weiter die Zeit voranschreitet, und so wird es zwangsläufig, weil das Volk von Tag zu Tag sündigt, rasch immer übler werden vor dem Kommen des Antichristen. Und dann wird es fürwahr auf der Welt allerorts schrecklich und grimm sein.‹« Ealdred öffnete die Augen und grinste wölfisch, als würde ihm die apokalyptische Botschaft behagen.

»Und was ist mit dem Antichristen?«, wollte Judith wissen. »Wie werden wir ihn erkennen?«

»Wir werden ihn erkennen, keine Angst. Wulfstan glaubte, die Wikinger in ihren Drachenschiffen wären Vorboten des Endes. Aber jetzt …« Ealdred zuckte die Achseln. »Der König wird von Tag zu Tag schwächer, und ohne Thronerben steht England eine Zeit großer Unruhe bevor. Vielleicht ist dies die Zeit, in der der Wolf uns alle heimsucht.«

Judith wurde blass und bekreuzigte sich.

»Es tut mir leid, ich wollte Euch nicht ängstigen.« Der Erzbischof legte die Handflächen zusammen. »Wir müssen darauf vertrauen, dass Gott alle Gerechten retten wird. Doch zunächst ist eine starke Hand notwendig, um unser großes Schiff in diesen stürmischen Zeiten auf Kurs zu halten.« Er beugte sich mit einem verschwörerischen Nicken näher zu ihr. »Jetzt werde ich Euch Euren Gebeten überlassen. Solltet Ihr weiteren Rat brauchen, schickt einen der Akolythen nach mir.«

Als Ealdreds Schritte in den Tiefen der Kirche verhallt waren, kniete Judith vor dem Altar nieder und senkte den Kopf. Beim Anblick ihrer hängenden Schultern wurde Alric bewusst, wie bekümmert sie doch aussah.

»Warum spionierst du meiner Herrin nach?«

Der Mönch schreckte auf und fuhr herum. Eine weitere Gestalt hatte sich ihm unbemerkt genähert. Es war eine Frau mit einem Gesicht so weiß wie frisch gefallener Schnee und Haar so schwarz wie eine Rabenschwinge. »Ich … ich …«, stotterte er.

»Antworte mir!«, zischte sie ihm ins Ohr. Ihre Augen waren wie schwarze Kieselsteine.

Alrics Gedanken rasten. Er durfte ihr nicht sagen, dass er dem Erzbischof nachspionierte, um aus dessen Gesprächen irgendetwas über die Pläne des Earls zu erfahren, wie dieser mit den Unruhen in York umzugehen gedachte. »Ich wollte sie etwas fragen … über einen … einen Freund …« Seine Stimme erstarb. Der Blick der Frau war verstörend, und er stellte fest, dass er sie nicht mochte.

»Welchen Freund?«

»Sein Name ist Hereward. Wir sind zusammen nach York gereist …«

»Hereward?« Ihre Augen leuchteten auf und verrieten so, dass sie den Mercier kannte; doch sogleich hatte sie ihren Gesichtsausdruck wieder unter Kontrolle und verbarg rasch die mit diesem Namen verbundenen Gefühle, ehe Alric sie bestimmen konnte. »Was weißt du von ihm?«

»Dass er ein guter Mensch ist, der seine wahre Natur hinter einem wilden Äußeren verbirgt.«

Ihr Lachen erinnerte ihn an das Geräusch von Steinen, die auf einen gefrorenen Fluss niederprasselten. »Mein Name ist Acha. Ich werde dich zu meiner Herrin bringen, sobald sie ihr Gebet beendet hat, und dann kannst du sie alles fragen, was du wissen willst.«

Der Mönch nannte ihr seinen Namen und dankte ihr, auch wenn er seine Lügengeschichte nun würde weiterspinnen müssen. Acha blieb reserviert, aber sie tauschten ein paar höfliche Worte über die Festlichkeiten aus, die der Earl für Weihnachten plante. Seine Leute hatten bereits das Julscheit ausgewählt, das Ealdred höchstpersönlich segnen würde, und bald würde man die Stechpalmen und Mistelzweige sammeln. Muskat, Zimt und Nelken standen bereit zum Backen der Gewürzkuchen.

Als Judith ihre Gebete beendet hatte, führte Acha den jungen

Mönch zu ihr hinüber und stellte ihn vor. Dann trat sie beiseite, hörte aber mit Interesse zu, was Alric zu sagen hatte. Judiths Gesicht wurde freundlicher, als Alric ihr von seiner Mission erzählte, das Wort Gottes zu den Dörfern Nordhumbriens zu bringen, die weder Kirche noch Priester hatten. Der Mönch hatte gehört, dass Judith eine fromme Frau war, die der St.-Cuthbert-Kirche in Durham viele Gaben hatte zuteilwerden lassen. Auch war ihm zu Ohren gekommen, dass sie belesen war, und es hieß, sie würde viele Bücher und illuminierte Manuskripte besitzen. Sie wurde hellhörig, als er Herewards Namen erwähnte, und sprach mit überraschender Wärme von dem jungen Krieger.

»Ihr kanntet ihn, bevor er nach York kam?«, fragte Acha ihre Herrin.

Judith lächelte, als sie das Interesse der jungen Frau bemerkte. »Ja, ich kannte ihn. Wir trafen uns am Königshof.«

»Hereward war am Königshof?« Alrics Stimme konnte den Schock nicht verhehlen. Er erinnerte sich noch an den Anblick, wie Hereward sich aus einem Teich von Blut erhob, eine rote Gestalt mit Augen voller barbarischer Wut.

Judith lachte. »Er ist Euer Freund, und Ihr wisst nichts über ihn?«

»Ich kenne ihn besser, als er sich selbst kennt«, erklärte der Mönch, »aber von seiner Lebensgeschichte weiß ich so gut wie nichts.«

Acha vermochte ihre Neugierde nicht zu verbergen. »Erzählt uns davon«, drängte sie ihre Herrin.

»Ich erinnere mich an einen Jungen von kaum zwölf Sommern, der aussah, als hätte ihn ein kräftiger Wind in die Halle des Königs geweht. Sein goldenes Haar war voller Stroh und Dreck und sein Gesicht mit getrocknetem Blut verschmiert. Schon damals war er ein Raufbold und eine Plage für seinen Vater, Asketil, einen der Thegns des Königs. Auch wenn er eine Singstimme hatte, die Männer zu Tränen rühren konnte, und ein schönes, unschuldsvolles Gesicht besaß, sagten einige, in seinem Herzen wohne ein Teufel.« Sie wandte den Blick von Acha zu Alric, und ein Schatten fiel auf ihr Gesicht. »In seiner Heimat, in Mercien, waren er und eine Bande von Freunden für so viele üble Streiche verantwortlich, dass Asketil um die Sicherheit seines Sohnes fürchtete. Diebstähle. Raufereien. Brandstiftungen. Übergriffe gegen anständige Männer und Frauen. Asketil sah sich außerstande, den wilden Jungen zu zähmen, und brachte ihn darum an den Hof, in der Hoffnung, die Umgebung würde einen ehrbaren Mann aus ihm machen. Hereward lief prompt wieder weg nach Mercien und versteckte sich über ein Jahr in den Wäldern.«

Acha hielt die Hand vor den Mund, um ein Lachen zu verbergen. »Und seine Mutter? Ich habe noch nie eine gute Frau gesehen, die ihr Kind nicht mit einem kräftigen Klaps oder einer scharfen Zunge hätte bändigen können.«

Judith lächelte traurig. »Die Mutter des Jungen wurde zu Gott gerufen, als er noch klein war. Asketil ist so unbeugsam wie eine Eiche und so kalt wie der Boden draußen vor dieser Kirche. Er kümmerte sich wenig um die Erziehung des Jungen, sondern widmete sich lieber seinen Pflichten als Thegn des Königs und seinen eigenen Bedürfnissen. Doch darunter verbirgt er ein hitziges Gemüt. Er hat Hereward einmal so schlimm verprügelt, dass er kaum stehen konnte.«

»Tatsächlich … von seinem eigenen Vater?«, wunderte sich Alric.

Judith nickte. »Asketil schwankte zwischen Desinteresse und brutalen Strafen, die ein rechtschaffener Mann noch nicht einmal einem Tier zufügen würde. Gleichwohl wurde Hereward alles gelehrt, was für einen jungen Mann seines Standes nützlich sein konnte. Die Mönche in Peterborough brachten ihm Lesen und Schreiben bei. Er lernte sogar, auf der Harfe zu spielen. Auf den Ländereien seines Vaters unterrichtete man ihn im Kampf mit Speer, Axt und Schwert, und er wurde ein guter Reiter. Er lernte auch die Geheimnisse des Wasservolks der Fens. Er jagte Wildschweine und war geschickt in der Falkenjagd. Und doch stiftete er mit den Jahren solch einen gottlosen Tumult in Mercien an, als ob er sich um nichts und niemanden scherte.«

»Das kann ich nicht glauben«, warf Alric ein.

»Ich eigentlich auch nicht«, gab Judith mit einem Nicken zu. »Er war eine verlorene Seele, doch in seinem Inneren sah ich einen Funken der Güte. Wenn doch nur irgendjemand imstande wäre, diesen Funken anzufachen, sodass eine hellen Flamme entsteht …«

Alrics Herz schlug höher. Es war fast, als spräche Judith direkt zu ihm.

»Vielleicht ist es dafür schon zu spät«, sann Acha laut nach. »Leute, die gesehen haben, was er mit Thangbrand gemacht hat, sind der Ansicht, er sei mehr Tier als Mensch. Und auch mir scheint es so zu sein.«

»Vielleicht.« Judith rieb sich die Hände, um sie zu wärmen. »Asketil brachte ihn an den Hof zurück und behielt ihn drei Sommer lang dort, und auch wenn es selbst da manchmal Raufereien und Besäufnisse gab, schien er einen gewissen Frieden gefunden zu haben. Als er an der Schwelle zum Mann nach Mercien zurückging, hoffte ich, er würde den Teufeln entrinnen, die ihn heimsuchten.«

»Und jetzt ist er hier in York.« Acha strich sich mit der Spitze des Zeigefingers über die vollen Lippen. »Und keiner weiß, warum; denn er weigert sich, irgendjemandem den wahren Grund dafür zu nennen.«

»Sein Schwertarm ist in diesen stürmischen Zeiten gewiss ein Gewinn für die Leibwache des Earls«, meinte Judith. »Er ist der beste Krieger hier. Am Königshof sagten die Männer, er sei unbezwingbar im Kampf, weil er keine Furcht kennt.«

Weil er sich um nichts und niemanden schert, dachte der Mönch, *nicht einmal um sich selbst.* Er beobachtete die Frau mit dem rabenschwarzen Haar aus dem Augenwinkel. Sie hatte jetzt einen recht nachdenklichen Gesichtsausdruck, und er fragte sich, was ihr wohl durch den Kopf ging.

»Merciens Verlust ist Nordhumbriens Gewinn«, fuhr Judith fort. »Hereward wird uns hier sehr dienlich sein, denke ich. Jetzt zieht mir aber diese Kälte in die Knochen, und ich würde mich gern wieder an mein Herdfeuer begeben.« Judith war im Begriff, sich durch das Hauptschiff zum Ausgang zu begeben, als sie hinzufügte: »Soll ich deinen Freund an dich erinnern?«

»Vielen Dank, aber das ist nicht notwendig«, entgegnete Alric mit einem höflichen Lächeln. »Ich werde ihn bestimmt bald wiedersehen.«

Die beiden Frauen schritten fort, und das Tappen ihrer Ledersohlen auf den Fliesen des Kirchenraums verhallte in der Düsternis. Kurz bevor sie ganz in der Dunkelheit verschwanden, warf Acha einen Blick zurück, und der Mönch glaubte in ihren Augen etwas Wildes zu erspähen – das unbändige Verlangen vielleicht, eine Gelegenheit mit beiden Händen zu ergreifen und nie wieder loszulassen.

Alric blieb allein im Hauptschiff zurück und fragte sich, was er jetzt tun sollte. Es gab genug Arbeit in der Kirche, um ihn bis lange nach Sonnenuntergang zu beschäftigen. Am Abend würden Wulfhere und einige der anderen Männer ein geheimes Treffen abhalten, um ihre nächsten Schritte zu planen. Der Mönch hoffte, die Gruppe der Rebellen überzeugen zu können, das Gespräch mit dem Earl zu suchen, um weiteres Unheil und Blutvergießen zu vermeiden, vielleicht nach dem Dreikönigsfest, wenn Tostig satt und zufrieden wäre.

Als er langsam auf den Altar zuging, ließ der Klang sich nähernder Schritte ihn aufmerken. Es war der Erzbischof, doch Alrics grüßendes Lächeln gefror auf seinem Gesicht, als er sah, wer in Begleitung des Geistlichen kam. Vier Männer standen hinter ihm im Schatten, doch es war vor allem der rotbärtige Wikinger an Ealdreds Seite, dessen Anblick Alric erstarren ließ.

Harald Rotzahn hob grinsend den muskelbepackten Arm und zeigte auf Alric. »Der da«, sagte er. »Seine Hände sind rot vom Blut einer Frau. Er ist ein Mörder, der versucht hat, der Strafe für sein Verbrechen zu entfliehen. Jetzt muss er den Preis für seine Sünde zahlen.«

Kapitel 15

Auf dem schneebedeckten Uferstreifen des grauen Flusses, über den ein kalter Wind fegte, schaute Hereward zu, wie die Seeleute ein Schiff vertäuten, welches Lapislazuli, Amethyst und Seide aus den Ländern jenseits des Meeres geladen hatte. Es würde das letzte Schiff sein, das in York anlegte, bevor der Hafen über Weihnachten geschlossen wurde, denn an den zwölf Tagen zwischen Heiligabend und Dreikönige ruhte alle Arbeit. Die Seeleute, rot im Gesicht vom Wind und der eisigen Gischt, waren so durchgefroren, dass sie große Mühe hatten, ihrer Arbeit nachzugehen – trotz der dicken Kleidung aus Fell und Leder, die sie zum Schutz gegen die Kälte trugen.

»Was gibt's Neues im Süden?«, fragte der Recke einen müden Sachsen, der mit verfrorenen Fingern ein Seil um einen Holzpfosten zu knoten versuchte. Hereward hatte gehofft, dass der Bote, den Tostig ausgesandt hatte, um den König zu warnen, inzwischen zurückgekehrt wäre, um von der Verhaftung Edwins von Mercien zu berichten. Aber bislang hatte er nichts gehört.

»Es ist kalt«, knurrte der Seemann, ohne den Blick zu heben.

»Ist dein Blut so kalt wie das der Fische, die im Fluss schwimmen?« Die Stimme in Herewards Rücken war mit Spott gewürzt. Er wandte sich um und sah Achas blasses Gesicht unter einer Kapuze hervorspähen. Ein ironisches Lächeln umspielte ihre Lippen. »Ich kann mir keinen anderen Grund vorstellen, weshalb du an so einem kalten Tag die warme Halle verlässt.«

»Du bist mir in die Winterkälte gefolgt, nur um mich zu verspotten?«

»Verspotten? Du bist zu empfindlich. Als ich dich das erste Mal sah, dachte ich, du wärst jemand, der gerne mit harten Bandagen kämpft.«

Hereward, dem der neckische Ton in ihrer Stimme nicht entging, sah sie scharf an und fragte sich, was sie damit bezweckte, ihn zu reizen. Sein Instinkt sagte ihm, dass sie versuchte, ihn zu verunsichern. Er war sich sicher, dass sie es gewohnt war, Männer nach ihrer Pfeife tanzen zu lassen. »Lass mich in Ruhe. Ich habe keine Zeit für deine Spielchen.«

Er war überrascht, als sie ihm die Abfuhr nicht übelnahm, sondern sich stattdessen bei ihm unterhakte. Sie beugte sich zu ihm und flüsterte ihm ins Ohr: »Komm. Ich will dir jemanden zeigen, mit dem du sprechen solltest. Und später dann ... mehr Wärme, als du an diesem vereisten Flussufer finden wirst.«

Das Versprechen hing einen Moment in der eisigen Luft, dann ließ sich Hereward von ihr durch die gewundenen Straßen von York führen. Unter Wolken aus Holzrauch waren die Menschen eifrig mit den Vorbereitungen für das kommende Fest zugange, das ihnen eine kurzzeitige Erholung von der täglichen Plackerei versprach. Gesichter waren gerötet, und Augen glänzten. Frisch geschnittene Stechpalmenzweige wanden sich um Türen, und verschwitzte Männer zerrten Julscheite über den gefrorenen Matsch zu ihren Herdstellen. Unter Büscheln von Mistelzweigen mit milchigen Beeren stahlen Männer Küsse von jungen Frauen, wie sie es seit den Tagen ihrer Urahnen getan hatten. Überall hörte man das Quietschen der Schweine und das aufgeregte Geschnatter der Gänse, die zur Schlachtbank geführt werden sollten.

»Du genießt größere Freiheit als die meisten Sklaven«, sagte Hereward, als Acha ihn durch eine enge Gasse in einen der ältesten, dunkelsten Teile der Stadt führte.

»Mein Lohn für meine treuen Dienste.«

»Ich habe dich beobachtet. Du hast Feuer in dir, und deine

Zunge ist scharf wie ein Messer, aber du verbeißt sie dir, wenn der Earl oder sein Weib in der Nähe ist.«

»Wir alle tun, was wir müssen, um zu überleben.« Sie schlug einen Bogen um einen Abfallhaufen, wo sich zwei magere Hunde kläffend und fauchend um einen Knochen zankten.

»Aber du hast dich nicht mit deinem Schicksal abgefunden.«

»Das siehst du, ja?« Ihre Augen blitzten.

Hereward sah mehr, als sie ahnte. Ihr schroffes Äußeres verbarg ein tiefes, unbestimmtes Sehnen, ähnlich dem, das er in sich selbst spürte. Er hatte nie viel Frieden gekannt, und auch Acha war von einer inneren Unruhe erfüllt, da war er sich sicher. Sie glaubte offenkundig, dass eine Flucht in ihre gebirgige, waldreiche Heimat das unaufhörliche Summen in ihrem Kopf verstummen lassen würde, doch er ahnte, dass die wahre Quelle ihrer Unrast viel tiefer lag. Vielleicht war es der Fluch aller Menschen, dass niemand den Weg voraussehen konnte, der einen sicher durch die Wildnis führen würde.

»Dein König, Gruffydd ap Llywelyn, unternimmt wieder Raubzüge nach England. Du weißt, dass König Eduard das nicht hinnehmen kann. Dein Volk wird sich auf eine blutige Vergeltung gefasst machen müssen.«

»Behandle mich nicht wie ein dummes Gör!«, schnappte sie. »Ich weiß viele Dinge, mehr als du. Ich weiß, dass Eduard die englische Antwort auf diese Überfälle auf seinem Hoftag zu Weihnachten in Gloucester besprechen will, an dem Earl Tostig wegen der Unruhen in Nordhumberland nicht teilnehmen kann. Aber der König wird ihm den Befehl geben, in Gwynedd und Powys einzumarschieren, daran besteht kein Zweifel.«

»Du hältst in Gegenwart deiner Herrin die Augen und Ohren offen, wie ich sehe. Hoffst du, dass deine Ortskenntnisse für Earl Tostig von Nutzen sein könnten, wenn ein solcher Feldzug stattfinden sollte? Dass er vielleicht dich mit zu den Cymri nehmen könnte? Und dann was? Flucht? Die Informationen, die du über den Earl gesammelt hast, wären für deinen König von großem Wert.«

»Niemals. Ich bin meiner Herrin treu ergeben«, antwortete sie; doch es war offensichtlich, dass ihre Worte nicht der Wahrheit entsprachen.

»Du schmiedest geschickter Ränke und Intrigen als irgendjemand sonst, den ich kenne, und verdrehst Männern und Frauen zu deinem Vorteil den Kopf. Ich sollte dich im Auge behalten«, sagte er, als sie vor einer kleinen, schäbigen Hütte angekommen waren.

Sie schenkte ihm ein rätselhaftes Lächeln. »Wenn du dir dessen bewusst bist, bist du davor ja sicher.«

Sie bückte sich und schlüpfte durch den niedrigen Eingang. Hereward folgte ihr und fand sich in einem rauchigen Raum wieder, der von einem glosenden Herdfeuer erhellt wurde. Unbekannte Kräuter schwelten in der Glut und erfüllten die Luft mit einem seltsamen Duft, der zuerst widerlich süß war, aber bittere Untertöne enthielt. Schädel von Vögeln und kleinen Waldtieren hingen an Schnüren vom Dach und klapperten, als der Recke sich seinen Weg hindurchbahnte. Er fühlte sich an das Haus erinnert, wo die *Wicce* ihnen nach ihrer Flucht aus Gedley Zuflucht gewährt hatte.

Am Feuer saß eine grauhaarige, triefäugige Frau und blies auf einer Flöte ein monotones Lied. Ihre Unterarme und Wangen waren mit verblassten blauschwarzen Tätowierungen bedeckt.

Acha hockte sich zu der Alten nieder. »Britheva, ich habe Euch den Mann gebracht, von dem ich Euch erzählt habe«, flüsterte sie.

»Er ist willkommen.« Die kehlige Stimme der Frau hatte einen Akzent, den Hereward nicht kannte. Er hockte sich auf die andere Seite.

»Ihr seid eine Weisfrau«, sagte er. »Ich dachte, die Kirche hätte Euch alle aus den Städten vertrieben.«

»Die Ebbe geht, die Flut kommt. Die Felsen bleiben.« Britheva sah ihrem Gast tief in die Augen und streckte die Hand aus. Sie schnippte verärgert mit den Fingern, bis Hereward ihr den Arm entgegenstreckte. Die Frau packte sein Handgelenk, drehte es ein paarmal hin und her und betrachtete seine Haut. Sie nickte. »Ernährer von Raben.«

Der Recke zuckte innerlich zusammen. Vor seinem geistigen Auge entstand eine vertraute Vision: Schwarze Vögel stiegen von einer Eiche auf, die ein Blitz gespalten hatte.

»Was seht Ihr?«, fragte Acha in ehrerbietigem Flüsterton.

Nach einem Augenblick des Schweigens, in denen nur das Pfeifen des Windes in dem dunklen Dachraum und das Knistern des Feuers zu vernehmen waren, schloss Britheva die Augen und legte den Kopf zurück. »Dies sind die Tage, die wir gefürchtet haben«, krächzte sie.

Acha beugte den Kopf, sodass das schwarze Haar ihr Gesicht verhüllte.

»Von jenseits des Walwegs kommen sie, auf Wellenrössern, bringen Unheil und Verderben«, fuhr die alte Frau fort. »Im Speerlärm wird der Kampfschweiß die Hügel tränken. Ein neuer Ringbrecher wird erwachsen, und seine Herrschaft wird hart und blutig sein.«

»Die Endzeit«, hauchte Acha, »wie die Bibel sie prophezeit hat.«

»Hungersnot. Krankheit. Viele werden sterben. Großes Leid wird über das Land kommen. Und all das Schöne, das wir hier geschaffen haben, und die Freude und die Lieder, die Weisheit unserer Ahnen und all die großen Dinge, die wir gewirkt und getan haben, werden fortgespült werden wie von der Frühjahrsflut.« Britheva richtete den Blick durch den blauen Rauch auf Hereward. »Fürchtest du dich, Ernährer von Raben?«

»Es gibt heutzutage überall Prophezeiungen und Vorzeichen. Wenn die dunklen Zeiten kommen, dann kommen sie eben.«

»Du bist bereit.« Die Alte kicherte. »Du wurdest im Feuer geschmiedet. Du kennst den Tod als Freund, das sehe ich, und nicht nur auf dem Schlachtfeld.«

Hereward zuckte erneut innerlich zusammen; die Worte der Weisfrau hatten ihn getroffen. Ungebeten blitzte in seinem Geist das tote Gesicht seiner Mutter auf, das ihn mit glasigen Augen anstarrte. Ihre Züge waren kaum erkennbar. Und dann erschien vor seinem inneren Auge Tidhild, seine Liebste, die in einer noch frischen Blutlache lag. Auch ihre Kieselaugen starrten ihn anklagend an. Er hatte den Tod in ihr Heim gebracht; er allein trug die Verantwortung für ihr Ableben. Er hatte immer gefürchtet, dass er verflucht war, und jetzt schien es, als würde diese Frau es ebenfalls erkennen.

Er wollte aufstehen, aber Britheva packte ihn erneut am Handgelenk und hielt ihn mit überraschender Kraft fest. »Bereitet die Wahrheit dir Pein?«, zischte sie. »Es gibt für alles einen Grund. Überall um uns herum weben die Götter das Netz des Schicksals, aber wir sehen nur einen sehr kleinen Teil davon.«

»Und was erblickst du darin für ihn?«, fragte Acha.

Britheva starrte Hereward lange in die Augen. »Ich sehe ihn umgeben von Feuer, einer Mauer von Flammen.«

»Das ist keine Prophezeiung«, meinte er mit einem Schulterzucken. »Das ist bereits geschehen.«

»Und es wird wieder geschehen und immer wieder; denn Feuer ist dein Schicksal: Feuer und Blut. Die Raben werden dir immer folgen, ihrem Freund.«

»So sei es. Ich habe akzeptiert, wer ich bin.«

Die Alte kicherte. »Du weißt nicht, wer du bist. Noch nicht. Aber du wirst es lernen. Wenn du überlebst.«

Die Worte der Alten versetzten Hereward einen Stich. »Ihr könnt nicht in mich hineinschauen«, schnappte er zornig.

Britheva schwieg.

»Ist er der, den Ihr gesehen habt?«, fragte Acha.

»Es ist möglich. Alles ist möglich. Die Götter spielen mit uns, aber manchmal widersetzen die Menschen sich ihnen.«

»Und dann werden sie bestraft«, schlussfolgerte die jüngere Frau.

»Und dann werden sie bestraft.«

Acha wandte den Blick zu Hereward, und in ihrem Gesicht las er etwas Überraschendes: eine verzweifelte Hoffnung. »Vielleicht wirst du uns alle retten«, sagte sie leise.

Kapitel 16

»Es ist, als hätte sie alle ein Fieber gepackt«, echauffierte sich Hereward, als Acha und er zu Earl Tostigs Halle zurückgingen. »Wenn uns Unheil und Verderben bevorstehen, warum sollte man sich dann Gedanken darum machen? Es kommt so oder so.«

»Fürchtest du nicht das Jüngste Gericht?«

Der Recke zog seinen Umhang enger zum Schutz gegen die stechenden Schneekörner. »Ich fürchte nichts, solange ich mich auf mein Schwert und meinen guten rechten Arm verlassen kann.«

Die Frau bedachte ihn mit einem nachdenklichen Blick aus den Tiefen ihrer Kapuze, erwiderte aber nichts.

Die Abenddämmerung wich allmählich der Nacht, und der Schnee wehte in scharfen Schauern. Vor den Häusern und Werkstätten stampften Männer mit den Füßen auf und bliesen sich in die Hände, während sie ihren letzten Arbeitstag vor Weihnachten beschlossen. Ihren Gesprächen konnte man entnehmen, dass sie guter Stimmung waren, und die Grußworte klangen laut und hoffnungsfroh. Aus den Fenstern und Hauseingängen drangen der tröstliche rote Schein von Herdfeuern und der Geruch des abendlichen Eintopfs, der im Topf simmerte. Außerhalb der Stadt war die Nacht tief, dunkel und still. Keine Sterne standen am Himmel, und auch der Mond ließ sich nicht blicken.

Als die große Halle vor ihnen aufragte, hielt Acha an und vertrat Hereward den Weg. »Wir beide könnten ein gemeinsames Ziel finden.«

»Earl Tostig zu verraten?«

»Auch wenn du dich weigerst, dein Schicksal anzunehmen, so scheint es doch, dass dir große Dinge vorherbestimmt sind. Ich möchte dich auf dieser Reise begleiten. Ich habe das Leben hier satt. Ich habe den Streit satt und die grabschenden Hände der Männer und das tägliche Einerlei.« Sie beugte sich zu ihm, sodass es aussah, als wollte sie ihn küssen. »In Cymru träumte ich von Ruhm und Glanz – nicht von dem öden Dasein hier. Ich will mehr.«

Als der Wind ihre Worte davonwehte, lag einen Augenblick lang gedämpftes Schweigen über dem schneebedeckten Vorhof der Halle. Dann aber war ein tiefes Knurren aus der Dunkelheit zu vernehmen. Die Haare in Herewards Nacken stellten sich auf.

»Was für ein Tier war das?«, flüsterte Acha verängstigt. Sie drückte sich näher an ihn und blickte sich um.

Hereward spähte in die Finsternis. Nichts bewegte sich. »Dieses ganze Gerede über das Ende der Welt lässt dich schon den Teufel in den Schatten sehen.« Er grinste, um die Sache als Scherz erscheinen zu lassen.

Ein weiteres Knurren erscholl, und diesmal konnte er Fellgeruch im Wind spüren. Acha merkte, wie seine Muskeln sich spannten. »Kannst du was sehen?«

Herewards Hand glitt zum Schwertgriff. Wölfe, selbst halb verhungerte, hätten sich nicht so weit in die Stadt hineingewagt, das wusste er. Verwundert sog er die Luft durch die Nase ein und hielt den Atem an, um besser hören zu können.

Ein Brüllen donnerte durch die Nacht. Der Boden erzitterte unter einer Abfolge schwerer Tritte, die rasch schneller wurden, und einen Augenblick später kam eine Gestalt so groß wie ein Karren in Sicht. Die unverkennbare Silhouette eines riesigen Tiers erhob sich schwarz vor dem Schnee.

Tostigs Bär, der im Pferch in der Ecke des Hofs angekettet war. Frei.

Acha kreischte auf. Hereward stieß die Frau beiseite und griff nach seinem Schwert, doch das Tier war über ihm, bevor er die Klinge ganz aus der Scheide gezogen hatte. Ein weiteres Brüllen. Seine Ohren klingelten. Ein heißer Schwall fauligen Atems. Ein weit aufgerissenes Maul mit einem Kiefer, der stark genug war, um ihm den Kopf von den Schultern zu reißen.

Hereward warf sich nach hinten – aber zu spät. Klauen fetzten durch seinen Mantel und das Fleisch seines Arms. Der seitwärts geführte Hieb, der ihn nur gestreift hatte, riss ihn in einem Schauer seines eigenen Blutes von den Füßen. Hereward schlug hart auf dem gefrorenen Boden auf und schlitterte durch den frisch gefallenen Schnee. Während seiner kurzen Benommenheit vernahm er lautes Gebrüll um sich herum. Dann erklangen warnende Rufe, breiteten sich in der Umgebung aus.

Hereward rappelte sich auf und wollte sein Schwert ziehen, aber die Scheide war leer. Im Dunkel der umliegenden Straßen blendeten Fackeln auf, begleitet von fragenden Stimmen, die lauter wurden, als die Träger herangelaufen kamen. Rasche Schritte knirschten im Schnee.

Das Brüllen des Bären wurde leiser, als er sich auf der Suche nach anderer Beute abwandte. Hereward schüttelte den Kopf, um den Nebel vor seinen Augen zu vertreiben. Doch einen Moment später erklang der Schreckensschrei einer Frau. Acha! Ohne einen Augenblick zu zögern, taumelte Hereward in die Richtung, aus der ihr Schrei kam. Eine raue Hand packte ihn am Arm.

»Lass sie. Sie ist nur eine Sklavin. Das Tier ist noch wilder als du.« Es war Kraki. Seine Stimme war ein warnendes Grollen. Die anderen Hauskarle kamen aus der Halle geströmt.

Hereward schüttelte den Wikinger ab und rannte los.

Ein Krachen von splitterndem Holz. Entsetzte Schreie. Er rannte auf einen Halbkreis aus tanzenden Fackeln zu, der vor und zurück schwang, als ob immer wieder eine Flut von Flammen gegen die Umfriedung brandete. In ihrem flackernden

Licht sah er Acha im Schnee liegen. Der Braunbär beugte sich drohend über sie. Seine gebleckten Zähne waren nur eine Handbreit von dem versteinerten Gesicht der Frau entfernt.

Hereward warf sich auf den Rücken des Bären und umklammerte den Hals des Tieres mit seinen muskulösen Armen. Die wütende Bestie versuchte ihn abzuschütteln, indem sie den Kopf hin und her warf, und bäumte sich dann auf. Hereward klammerte sich in das stinkende Fell, denn ihm war klar, dass es sein Ende bedeuten würde, wenn er nur ein kleines Stück mit den Händen wegrutschte. Entsetzte Gesichter blitzten vor ihm auf, als er hin und her geschleudert wurde und seine Beine dabei durch die Luft wirbelten. Sie sprachen aus, was jedermann dachte: Was für ein Wahnsinn!

»Er hat keine Waffe.«

»Der Narr will das Tier mit bloßen Händen töten. Er hat den Verstand verloren.«

Und er konnte den Vorwurf nicht entkräften.

Verzweifelt versuchte er, mit den Füßen irgendwo Halt zu finden und gleichzeitig den Griff nicht loszulassen. Er sah, wie Acha sich aus der Reichweite der Klauen des Bären in Sicherheit brachte. Sie warf ihm einen unsicheren Blick über die Schulter zu, bevor sie in der Menge untertauchte. Erleichterung überkam ihn – eine Empfindung, deren Stärke ihn überraschte –, aber er hatte keine Zeit, darüber nachzudenken. Der vor Wut schäumende Bär warf sich hin und her wie ein Schiff in Seenot. Das Tier zerschmetterte mit seiner Flanke den Vorbau eines Handwerkerladens, dann durchbrach es die Flechtwerkwand eines Hauses auf der anderen Seite der Straße.

Die Leute in der wachsenden Menge riskierten ihr Leben für einen Blick auf das Spektakel dieses unbewaffneten Kämpen, der glaubte, einen Bären mit bloßen Händen besiegen zu können. In seiner Aufregung kam ein Mann einen Schritt zu nahe. Der Schlag einer riesigen Pranke zerfetzte ihm die Bauchdecke.

Bevor er zu Boden ging, hatten die zuschnappenden Kiefer der Bestie ihm bereits den Schädel zermalmt.

Als das Tier an einem Holzstapel ins Straucheln geriet, verlor Hereward schließlich den Halt und wurde weggeschleudert. Er rappelte sich aus einer Schneewehe auf und holte tief Luft.

»Lauf, du Narr!«, rief jemand.

Der Last auf seinem Rücken ledig, fuhr der Bär herum. Hereward trat einen Schritt zurück und blieb dann stehen. Wie konnte er die jubelnde Menge schutzlos der wütenden Kreatur ausliefern?

Ein älterer Mann erkannte den Zwiespalt, in dem sich der Mercier befand, und schrie: »Halt ihn auf!«

»Hier!« Eine befehlsgewohnte Stimme übertönte den Lärm der Umstehenden.

Hereward erspähte Kraki, der sich durch die Menge drängte. Im gleichen Augenblick griff der Bär an. Etwas wirbelte im Fackelschein durch die Luft. Hereward fing die ihm zugeworfene Axt auf, packte sie mit beiden Händen und holte aus.

Schwarze Augen funkelten; Blut und Fleisch spritzten von gebleckten Zähnen, als der Bär mit dem Kopf schüttelte. Das Brüllen der Bestie ließ Herewards Ohren klingeln, und dann wurde die ganze Welt um ihn herum still. Er wich nicht von der Stelle, bis das weit aufgerissene Maul des Bären direkt vor ihm war.

Dann ließ er mit aller Kraft, die ihm geblieben war, die Axt niedersausen.

Der Aufprall fuhr ihm durch alle Knochen, doch der Schädel des Bären wurde in zwei Hälften gespalten, als würde man Fleisch von einem Spanferkel abschneiden. Eine Welle von Blut klatschte Hereward ins Gesicht, und einen Augenblick später riss ihn der tote, aber noch in Bewegung befindliche Körper der Bestie von den Beinen.

Als er einen Augenblick später wieder zu sich kam, rang er

nach Atem. Das Gewicht des stinkenden Kadavers presste ihm die Luft aus der Lunge.

Doch schon einen Moment später zerrten viele Männer den Bären beiseite, und es wurde wieder licht um Hereward. Eifrige Hände halfen ihm auf die Füße und schlugen ihm auf die Schultern und den Rücken. Strahlende Gesichter huschten vorbei, mit Lobesworten auf den Lippen, die er kaum hörte. Hereward drehte sich langsam im Kreis, betäubt vom Jubel der Menge. In seinem von Hass, Argwohn und Verachtung geprägten Leben hatte er nie dergleichen erfahren.

»Von dieser Tat werden die Leute von York noch in Zeiten der Kinder ihrer Kindeskinder erzählen.« Kraki zerrte seine triefende Axt aus dem Schädel des Bären. Er sah die blutgetränkte Gestalt des Siegers von Kopf bis Fuß an. »Besser, du gehst dich waschen. So manche Frau wird heiß darauf sein, dem Helden des Tages beizuliegen, aber nicht, wenn er aussieht wie ein Schlächter.«

»Dein Name!«, rief ein Mann. »Wer bist du?«

»Das ist Hereward, der größte Krieger in Nordhumbrien, vielleicht in ganz England«, verkündete der Wikinger. »Er ist aus dem Süden nach York gekommen, um sein Schwert in den Dienst von Earl Tostig zu stellen. Der Earl hat ihn in seine Leibwache aufgenommen.« Kraki grinste zufrieden, da es ihm gelungen war, die Heldentat des Merciers zum Vorteil seines Herrn zu nutzen.

Immer noch aufgewühlt durch den Beifall, der ihm zuteilgeworden war, nahm Hereward sein Schwert vom Boden auf und löste sich aus der Menge. Dann schritt er zusammen mit dem Wikinger auf die Halle zu. Als sich sein aufwallendes Blut langsam wieder beruhigte, stieg ein Verdacht in ihm auf. »Der Bär kann nicht von allein seine Ketten gesprengt haben. Er wurde befreit. Wie wahnsinnig muss jemand sein, um dieses Ungeheuer loszulassen?«

»Das Tier war halb verrückt durch seine Gefangenschaft. Niemand hätte sich in seine Nähe gewagt.«

»Überall sind Menschen mit Vorbereitungen für das morgige Fest zugange, und keiner merkt, dass ein Bär frei herumläuft?«

Kraki zuckte die Schultern. »Womöglich ist er eben erst ausgebrochen.«

»Genau dann, als ich in den Hof kam? Übrigens, während des Brandes hat jemand das Haus angesteckt, das ich durchsuchte.« Hereward ging nicht mehr weiter, sondern stellte sich dem Wikinger gegenüber. »Warst du das?«

»Nein«, entgegnete Kraki, und die Entrüstung war seinem Gesicht abzulesen. »Kein ehrbarer Mann würde einen solch feigen Mord begehen. Ich habe nicht viel für dich übrig, aber wenn ich dich umbringen wollte, würde ich es im Kampf Mann gegen Mann tun, mit dem Schwert in der Hand.« Er schnaubte und schritt weiter. »Dein Problem ist, dass du überall Feinde siehst. Aber nie Freunde.«

»Ich habe keine Freunde!«, rief Hereward dem Hauskarl nach. »Und ich brauche auch keine.«

In der Halle wartete Acha auf ihn. Sie dankte ihm nicht mit Worten, dass er ihr Leben gerettet hatte, aber ihre Blicke trafen sich und sagten alles. Sie nahm ihn am Arm und führte in weg von dem Strom der Diener, welche die Halle für das Fest schmückten.

In der Stille seiner Kammer half sie ihm zu seinem Bett und holte eine Holzschüssel mit frischem Schmelzwasser und ein Tuch, um die Wunden an seinem Arm zu reinigen, wo die Krallen des Bären ihn verletzt hatten. Ihr Zartgefühl irritierte Hereward, und er schob sie weg und nahm das Tuch selbst. Als er das Blut abwischte, beobachtete er ihr Gesicht. Viele hätten ihre Züge als kalt, ja gefühllos bezeichnet. Aber er wusste es besser. Die Wahrheit lag darunter, wo die Frau, die zu sein sie träumte, immer noch ums Überleben kämpfte.

Als er fertig war, traf ihn erneut der Blick ihrer dunklen Augen. Mehr gab es nicht zu sagen. Sie beugte sich über ihn, und ihre Lippen berührten die seinen. Er spürte die Weichheit ihrer Brüste und die Wärme ihrer Schenkel, die sich an ihn pressten. Das Blut pulsierte heftig in seinem Körper, aber es war nicht die verzehrende rote Leidenschaft des Schlachtfelds; er hatte Kontrolle darüber, und er nahm sie willig an. Acha löste ihre Brosche, und ihr Kleid glitt zu Boden. Er erkundete ihren Körper mit seinen Händen, drehte sie auf den Rücken und drang in sie ein. Sie bewegten sich in gemeinsamem Rhythmus, und Schweiß glänzte auf ihrer Haut in der Kühle der Kammer.

Als sie mit ihrem Liebesspiel zu Ende waren, lagen sie noch eine Zeitlang ineinander verschlungen da, während ihr Atem langsamer wurde, und lauschten dem geschäftigen Summen aus der Halle und der beruhigenden Melodie der Kirchenglocken, die den Beginn der Festtage einläuteten.

Nachdenklich wickelte Acha Herewards blondes Haar um ihre Finger. »Du hast keine Frau, oder doch?«, erkundigte sie sich.

Sie hatte eine harmlose Frage gestellt, und trotzdem spürte der Recke, wie ihn ein Zittern durchlief.

»Was hast du?«, fragte sie besorgt.

»Ich hatte einmal eine Frau. Es ist noch nicht lange her. Sie ist tot.« Er legte den Arm übers Gesicht, um das Bild aus seinem Kopf zu vertreiben.

»Eine Krankheit?«

»Mord.«

Tidhild, die ihn mit glasigen Augen anstarrt; die Blutlache, in der sie liegt … wie sie langsam klebrig wird. Die Schuldgefühle in ihm wurden übermächtig.

Nach einem Moment legte Acha ihren Kopf an seine Schulter und flüsterte: »Erzähl mir davon.«

Zuerst dachte Hereward, er wäre nicht imstande, dem Hexenkessel von Gefühlen, die seit seiner Flucht aus Westminster in ihm brodelten, einen sprachlichen Ausdruck zu verleihen. Aber als sie ihm mit den Fingern über die Brust strich, erkannte er, dass er sich selbst von dieser Last befreien wollte, und Acha war vielleicht die Einzige, der er es erzählen konnte.

Seine Gedanken gingen zurück zu jener warmen Nacht, als er im Schatten der neuen Abteikirche Zeuge des Mordes geworden war. Er gab das Geschehen wie ein unbeteiligter Beobachter wieder, doch als er den Punkt erreichte, wo Redwald und er sich trennten, zitterte seine Stimme, und er musste innehalten, um sich zu sammeln.

»Redwald sagte mir, dass ich mich in Ædilreds Haus verstecken sollte, während er Alarm schlagen wollte. Also blieb ich dort eine Weile und trank Bier, aber eine schreckliche Schwermut überkam mich, und ich fühlte ein Verlangen, Tidhild aufzusuchen«, fuhr er fort. Zum ersten Mal spürte er die Kälte, die im Raum herrschte. »Wir waren zusammen, seit der Schnee des Winters geschmolzen war, und … uns nahegekommen.« Er hielt inne und erinnerte sich an jene Tage, als es geschienen hatte, als ob sein unstetes Leben sich endlich in ein friedliches Dasein verwandeln würde. »Ich hatte zuvor schon mit Frauen geschlafen, aber Tidhild kannte mein Herz.«

»Hättest du sie … geheiratet?«, erkundigte sich Acha vorsichtig.

»Die Frage hat jetzt keine Bedeutung mehr.«

»Es tut mir leid. Ich wollte keine bitteren Erinnerungen aufrühren.«

»Ich habe mich gegen so etwas abgehärtet. Jedenfalls verließ ich Ædilreds Haus und schlich wie ein Dieb durch die Nacht. Tidhilds Vater war nicht da, und ich wusste, dass sie allein sein würde. Aber noch bevor ich die Tür ihres Hauses erreichte, spürte ich, dass etwas nicht stimmte. Manche meinen, wir sehen die Dunkelheit, die vor uns liegt, bevor wir ihr begegnen. Dass wir alle die Vorahnung schrecklicher Dinge, die da kommen werden, in uns tragen.« Er legte den Arm um sie, und die Berührung ihrer weichen Haut gab ihm Trost. »Ich fand Tidhild tot auf. Ihr Blut war noch warm. Jemand hatte viele Male mit einem Messer auf sie eingestochen.«

Acha stützte sich auf ihren Ellbogen und durchforschte sein Gesicht. »Hast du sie womöglich getötet?«

»Nein!«, rief Hereward aus. Sein Oberkörper schnellte hoch.

»Ich habe schon einmal gesehen, wie dich der Blutrausch übermannt hat. Du hattest Bier getrunken …«

»Ich würde nie einer Frau etwas zuleide tun.« Der Recke ließ sich zurücksinken und schloss die Augen. »Es war nicht das erste Mal, dass ich solch einen Anblick ertragen musste.«

Obwohl er sich jenes Ereignis nicht wieder vor Augen rufen wollte, verlangte ein verborgener Teil von ihm, dass er seine verschütteten Erinnerungen freilegte. »Meine Mutter. Auch sie wurde ermordet.« Er zögerte; ein kaltes Gewicht wuchs in seiner Brust. »Von meinem Vater. Er hatte es nicht gewollt, aber sein Zorn hatte ihn übermannt. Er schlug sie mit den Fäusten, bis sie tot war. Als ich Tidhild daliegen sah, dachte ich an meine Mutter … Ich sah mich, dort, beide Male …«

»Du warst nicht dafür verantwortlich.«

»Doch, das war ich. Es war klar, dass der Mörder zu Tidhild gegangen war, weil er mich suchte. Jemand wollte mich zum Schweigen bringen, bevor ich enthüllen konnte, was ich in der Nacht erfahren hatte. Tidhild wurde getötet, vielleicht als Warnung an mich, vielleicht auch nur, weil sie da war. Aber ihr Tod verfolgt mich. Ich werde ihn niemals verwinden können.«

In seinem Kopf war das Rauschen von Rabenschwingen, und er glaubte, er sähe Schatten über die Wand des Raumes huschen.

»Ich lief zu meinem Vater. Er ist einer der Thegns des Königs und hat seit vielen Jahren Eduards Ohr in allem, was Mercien betrifft.«

»Ein Thegn? Nachdem er deine Mutter ermordet hat?« Acha runzelte ungläubig die Stirn.

»Ich war da noch ein Kind. Trotz der Schrecken, deren Zeuge ich wurde, hielt ich den Mord an meiner Mutter geheim, aus Pflichtgefühl gegenüber meiner Familie. Aber es gab danach wenig Liebe zwischen meinem Vater und mir. Er hasste mich, weil ich ihn an das Verbrechen erinnerte, das er begangen hatte. Weil ich ihn an seine Schwäche erinnerte. Und obwohl ich versuchte, seine Achtung zu gewinnen …« Die Worte blieben ihm in der Kehle stecken. Er schüttelte den Kopf und fasste sich wieder. »Ich ging zu meinem Vater«, fuhr er fort, »und erzählte ihm, dass Tidhild ermordet worden war. Ich hatte Angst, auch sein Leben könnte in Gefahr sein. Aber er war sich sicher, dass ich sie getötet hatte und dass ich log, um mich selbst zu retten. Er dachte, ich wäre wie er.« Hereward schlug seine Faust auf das Bett. Acha legte ihre kleinere Hand darüber. »Mein Vater hat mich hintergangen. Er lief zum König und schlug Alarm. Er beschuldigte mich des Mordes.«

Er verstummte einen Augenblick. Anschließend fuhr er mit kalter Stimme fort: »Alle, die mich am Hofe kannten, hielten mich des Mordes an Tidhild für fähig, denn sie kannten meinen Zorn und meine Wildheit. Sie kannten meine Blutlust. Und ich begriff: Niemand würde meinem Bericht über die Ermordung jenes Fremden Glauben schenken. Sie würden alle denken, dass ich mit einer weiteren Lüge meine Spuren verwischen wollte. Und wenn man mich festnahm, wäre es nur eine Frage der Zeit, bis derjenige, der den Mord an Eduard Ætheling, dem Erben des Königs, befohlen hatte, auch mein Leben beenden würde. Ich hatte keine andere Wahl, als zu fliehen. Und als ich mein Schwert, meine Axt und meinen Schild holen ging, sagte mir mein Bruder – mein treuer Bruder Redwald –, mein eigener Vater habe verlangt, mich zum Geächteten zu erklären.« Er spürte, wie sich die Kälte in seinem Herzen durch den ganzen Körper ausbreitete.

»Weiß Tostig, dass du geächtet bist?«

Hereward schüttelte den Kopf. »Noch nicht. Ich hatte gehofft, der Earl könnte den König von der Verschwörung überzeugen, bevor die Wahrheit ans Licht käme. Es gibt immer noch Hoffnung. Earl Tostig hat einen Boten nach Westminster gesandt. Wenn der Thron gerettet wird, dann waren meine Mühen nicht vergeblich.«

»Du bist ein seltsamer Mensch.« Acha lehnte sich zurück und betrachtete ihn mit halb geschlossenen Augen. »Du kämpfst ohne ein Zeichen von Ehre, doch du bist bereit, große Opfer zu bringen, um den Thron zu schützen. Du tötest Männer, als wären sie nichts, doch du setzt dein Leben aufs Spiel, um eine Frau zu retten. Du zeigst dich der Welt wie die Felsen entlang der Küste, doch hinter der schroffen Fassade erweist du dich als zartfühlender und liebevoller Mann.«

Bevor sie weiterreden konnte, drehte Hereward sie auf den Rücken und küsste sie leidenschaftlich. Doch die finsteren Schatten, die sich in seinem Kopf festgesetzt hatten, ließen ihm keine Ruhe. Er dachte an seine Mutter und an Tidhild und an den blinden Zorn seines Vaters, und er hatte Angst davor, was die Zukunft bereithalten würde.

Kapitel 17

»Niemand wird deine Schreie hören, Mönch. Sehnst du dich nach dem Tod? Das ließe sich schnell und leise einrichten.« Mit einem teuflischen Grinsen schwenkte Harald Rotzahn seine Axt eine Handbreit vor Alrics trotzigem Gesicht. Der junge Mann sank auf den kalten Steinstufen des Turmaufgangs, wo er niedergefallen war, in sich zusammen.

»Erzbischof Ealdred würde meine Ermordung in der Kirche nie gutheißen«, fauchte er.

Der Wikinger durchforschte das bleiche Gesicht seines Gefangenen und sah die Angst hinter der Maske des Mutes. »Du glaubst wirklich, der alte Kirchenmann schert sich auch nur einen Dreck um dich? Seine Gedanken kreisen um Größeres – um Macht und Ruhm und um die Fragen, wer bald auf Englands Thron sitzen wird und ob dieser neue König womöglich einen noch neueren Erzbischof benötigt. Jetzt steh auf und geh weiter. Oder bleib liegen und stirb.«

Alric zögerte nur einen Moment lang, dann raffte er sich auf und stieg die Stufen hinauf. *Der Mönch hat immer noch Feuer im Leib*, dachte Rotzahn, *aber es wird ihm nichts nützen*. Er würde die Pein eines Kirchengerichts erdulden müssen – Wasser oder Eisen –, aber das Ergebnis stand außer Frage. Die einzige Strafe für sein Verbrechen war der Tod.

Harald zupfte nachdenklich an seinem frisch rot gefärbten Bart. Der Mercier war der Einzige, der ihn wirklich interessierte: Es war Hereward gewesen, der ihn zu einem schändlichen Tod mit einer Schlinge um den Hals verurteilt hatte. Und Harald wäre auch auf diese Weise umgekommen, wenn die Männer, die den englischen Krieger verfolgten, nicht dessen Spuren durch die Wälder von Gedley nachgegangen und auf ihn gestoßen wären, wie er zwischen Tod und Leben hing. Reflexartig ging seine Hand zu dem roten Striemen, wo das Seil sich in seinen Hals geschnitten hatte. Wäre es nach ihm gegangen, wäre Hereward längst tot, abgeschlachtet und an die Schweine verfüttert. Aber seine Rache würde schon bald kommen, und er würde sie genießen.

Während er eine beschwingte Melodie summte, spürte der Söldner, wie die letzten feinen Nachwirkungen des Pilzgiftes an seinen Nerven und Gedanken zupften. Er warf einen Blick über die Schulter und sah seinen Unterführer, der ein paar Schritte hinter ihm die Stufen hinaufstieg. Ivars Haut war so grau wie der Stein der Turmwände, sein blauer Bart verfilzt.

»Warum verfolgst du mich immer noch?«, fragte Harald.

»Walhalla ist mir verwehrt, denn ich bin kreischend im Feuer gestorben, nicht ruhmvoll in einem offenen Kampf«, antwortete der Schatten mit einer Stimme wie brechendes Eis. »Ich muss auf ewig am Gestade des großen dunklen Meeres wandeln. Für mich gibt es keine Ruhe, Harald Rotzahn – nicht bevor Blut vergossen wird.«

»Und keine Ruhe für mich, bis du endlich frei bist«, sinnierte der Söldner, der begriff, welche Verantwortung ihm oblag. »Nicht bevor Blut vergossen wird.«

Der Mönch, der ihm vorausging, warf einen verwirrten Blick über die Schulter.

Als die beiden Männer das flache Dach des Turmes erreichten, zeigte sich schon der erste Schimmer des nahenden Sonnenaufgangs am Himmel. Der Weihnachtsmorgen brach an. York erstreckte sich vor ihnen in die weiße Flussaue hinein, ein Gewirr von Häusern, über denen die Rauchschwaden der Herdfeuer hingen.

Alric spähte hinaus in die Weite und genoss den Anblick der

Landschaft. Seine Brust hob und senkte sich von der Anstrengung des Treppensteigens und aus Trauer über das, was er, wie er wusste, nun bald verlieren würde. »Warum hast du mich hierhergebracht?«, flüsterte er.

»Aus Gefälligkeit.«

»Aus Grausamkeit«, gab der Mönch zurück. »Wie man einem Verhungernden ein Stück Brot zeigt.«

Der Wikinger zuckte mit den Schultern. »Grausamkeit. Gefälligkeit. Such es dir aus.«

Alric reckte trotzig das Kinn. »Ich werde Hereward nicht verraten.«

»Er ist längst tot«, entgegnete der Söldner und wiederholte damit die Worte, die er seinerzeit in Gedley zu Ivar gesagt hatte. »Sein Geist weiß nur noch nicht, dass er den Körper bereits verlassen hat. Er ist ein Gespenst, das feiernd und trinkend auf Erden wandelt.« Er warf einen Blick auf Ivar, der kalt und grau hinter ihm stand. »Der Mercier glaubt, hinter der Palisade von Tostigs Heim sicher zu sein. Er irrt sich.«

Der Mönch wand sich. »Die Männer, die mit dir in die Kirche kamen … das waren keine Nordmänner. Das sind die Leute, die hinter Hereward her sind.«

Harald nickte langsam. Die Musik in seinem Kopf wurde noch lauter. »Als ich mit der Schlinge um den Hals auf dem Holzklotz hin und her schwankte, haben wir eine Vereinbarung getroffen. Die Feinde des Merciers wollen, dass er umgebracht wird, aber auf eine Art, die kein allgemeines Aufsehen auf seine Person lenkt oder auf die Geheimnisse, um die er weiß. Wobei ich gehört habe, dass er bereits zwei Mordanschläge überlebt hat. Dein Freund ist schwer zu töten, was?«

»Was für eine Vereinbarung?«, fragt Alric beunruhigt.

Rotzahn grinste. »Diese vier Männer werden den Mercier am Narrenfest gefangen nehmen, wenn jegliche Ordnung auf den Kopf gestellt worden ist. Und sie werden ihn zu mir bringen.«

Harald verspürte eine klammheimliche Freude, als er den Mönch erbleichen sah. Am Gestade des großen dunklen Meeres war dem Wikinger die Prophezeiung zuteilgeworden, dass in diesen letzten Tagen – die von den Christen als die Endzeit bezeichnet wurden und von seinem Volk als Ragnarök, die Götterdämmerung, während der die Welt in Flammen aufging – er selbst als der Tod gefürchtet sein würde. Und das würde gut sein.

»Du glaubst, dieser Festtag gehört eurem Gott, dem Gott der Christen.« Rotzahn lachte. »Aber er ist weit älter und dunkler, als du weißt. Dies ist die Zeit der Toten und der Geister. Es ist eine Zeit des Wahnsinns. Es ist die Zeit der wilden Jagd, wenn Odin auf dem achtbeinigen Ross Sleipnir über den Himmel reitet.« Der Wikinger zeigte mit einem anklagenden Finger auf Alric. »Und weißt du, wen er jagt? Menschen, die sich gegen mein Volk und gegen den alten Glauben gewandt haben.«

»Es ist jetzt eine Zeit des Friedens«, sagte der Mönch. »Die Zeit des alten Glaubens ist vorbei.«

Harald Rotzahn schüttelte den Kopf. »Der alte Glaube lebt – er lebt in mir. Er ist vom Vater an den Sohn weitergegeben worden, seit der erste Mensch auf Erden wandelte. Zum Julfest, zur Wintersonnenwende, muss ein Opfer dargebracht werden. Ein Blutopfer. Oder wie mein Volk sagt: ein *Hlaut*.«

Möwen, die über ihnen kreisten, warfen das Wort zurück: *Hlaut! Hlaut!*

»Manchmal ist es ein Ochse, manchmal ein Pferd und manchmal ein Mensch. Wir bestreichen uns mit dem Blut und erheben unsere Metkelche zum großen Odin, der dem König Macht und Sieg schenkt. Dein Freund, Hereward, soll mein Opfer sein, und ich werde mich mit seinem Blut zeichnen. In seinen letzten Stunden wird er solche Schmerzen erleiden, dass er mich anflehen wird, ihm das Herz herauszureißen. Und dann werden die letzten Tage beginnen. Dein Freund weiß nicht, was er entfesselt hat.«

Kapitel 18

Weihnachten 1062

Das Schwert sauste mit einem einzigen schnellen Schlag herab. Heißes Blut spritzte in den Schnee. Earl Tostig trat zurück, senkte die Klinge, bis die Spitze den Boden berührte, und grinste. Ringsum brandete Beifall auf.

Im Zentrum des Kreises, den die Männer und Frauen bildeten, blökte die Ziege und strampelte und schlug im blutgetränkten Schneematsch um sich. Hereward beobachtete die Todeszuckungen des Tieres aus den hinteren Reihen der Gäste, die eingeladen worden waren, dem jährlichen Ritual beizuwohnen. Das Schlachten einer Ziege, so hoffte man, würde dem kommenden neuen Jahr Glück und Segen bringen, doch Hereward kämpfte mit anderen düsteren Gedanken. Er blickte von dem sterbenden Tier hoch auf die von der Kälte geröteten Gesichter um ihn herum und suchte nach irgendeinem Zeichen, das ihm seinen Feind offenbaren könnte: ein vielsagender Blick, eine verräterische Bewegung oder ein Zucken im harten Gesicht wie die ersten Risse im Eis, das die Zuflüsse des Stroms bedeckte. Er versuchte, in seinem Innern etwas von der Wärme und Hoffnung zu finden, die er verspürt hatte, als er nach York gekommen war, aber es war alles erkaltet. Tief in seinem Innern spürte er, wie die Bedrohung heraufzog. Bald würde sie unvermittelt zum Vorschein kommen, und dann würde sein Schwert aus der Scheide springen und erst dann wieder Ruhe geben, wenn es Blut geschmeckt hatte.

Als die Augen der Ziege glasig wurden und die Zuckungen des Tieres verebbten, brandete neuer Beifall auf. Der Jubel mischte sich in der kalten Morgenluft mit der Musik und den Gesängen der Männer und Frauen, die von Haus zu Haus zogen, um ein frohes Weihnachtsfest zu wünschen. Jedes laut geschmetterte Lied endete mit einem fröhlichen »*Wæs hæl!*«.

Wer über die Umfriedung der Halle hinausschaute, konnte erkennen, dass ganz York unter einem wolkenlosen blauen Himmel lag. Heller Sonnenschein gleißte auf den schneebedeckten Häusern und Wegen. Nicht weit entfernt erhob sich der große Turm des Münsters über das Gewirr der Hausdächer. Seine Glocken waren nun verstummt. Aus der großen Halle drang der fleischige Duft von Schweinebraten und überdeckte fast den alles durchdringenden Geruch von Holzrauch. Hereward lief das Wasser im Munde zusammen. Es würde ein großes Fest geben, und wenn sein Magen erst einmal gesättigt war, würde er für alles bereit sein, was auf ihn zukommen mochte.

Er sah Acha in der Menge, und ihre Blicke begegneten sich. Sie trug einen dunkelgrauen Mantel, sodass sie mit ihrem nachtschwarzen Haar und ihren dunklen Augen wie ein Rabe in Menschengestalt aussah. Ihr Gesicht war verschlossen – er hatte sie nie bei einem offenen Lächeln ertappt –, aber in ihrem Blick sah er die Anerkennung ihrer gemeinsamen Nacht. Die Erinnerung daran ließ Hereward ein wenig aufatmen. Die Wunde seiner Trauer um Tidhild war natürlich nicht verheilt; aber über weiche Haut zu streicheln, die Nähe eines verwandten Geistes zu spüren … das hatte seine aufgewühlten, düsteren Gedanken ein wenig beruhigt. Er sehnte sich nach jenem Frieden zurück.

Die Hauskarle stampften mit den Füßen, um sich zu wärmen, und als Tostig und Judith den Weg in die Halle anführten, schlossen sich die Krieger nur allzu gerne an. Unter Girlanden aus Stechpalmen und Mistelzweigen erhoben die Gäste die Becher mit dem würzigen Weihnachtsbier und tranken zum Lobe Gottes und des Earls. Die Dienerinnen brachten eine Schüssel nach der anderen herein, beladen mit Gänse- und Rindfleisch,

Brot, Salz- und Räucherfisch, Blutwurst, Käse, Honig- und Mandelkuchen sowie dem Herzstück der Tafel: einem Wildschweinkopf mit einem Apfel im Maul.

Während das Julscheit im Herdfeuer loderte, widerhallte der Saal bald von Liedern und Scherzen, vorgetragen von immer betrunkeneren Stimmen. Als der erste Hunger gestillt war, holte man die Harfen herbei, und dann wurde das Weihnachtsmaskenspiel von einer Gruppe talentierter Schauspieler aus der Stadt dargeboten. Inmitten des Lärms saß Hereward am Ende der Tafel und trank ein Bier nach dem anderen.

Von seiner morgendlichen Almosenverteilung an die Armen kam Erzbischof Ealdred in die Halle, mit roten Wangen und einer weißen Atemwolke vor dem Mund, und stampfte sich den Schnee von den Schuhen. Tostig, der den Kirchenmann erst wenige Stunden zuvor bei der Christmette gesehen hatte, begrüßte ihn wie einen lang vermissten Freund. Der Bischof gesellte sich zum Earl und seiner Frau an den hohen Tisch und war bald mit Herzenslust dabei, einen großen Schweinebraten mit viel Bier hinunterzuspülen.

Hereward beobachtete, wie die beiden Männer die Köpfe zusammensteckten und sehr vertraut und mit großer Ernsthaftigkeit miteinander redeten; und an einem Punkt in ihrem Gespräch blickte beide zu ihm herüber. Sie schauten sofort wieder weg, als sie merkten, dass ihm ihr Blick nicht entgangen war, aber da war der Argwohn des Recken bereits geweckt.

Das Fest nahm kein Ende.

Das Grölen der Betrunkenen wurde lauter, je weiter der Tag voranschritt. Männer sanken an den Tischen zusammen, und ihre Köpfe blieben in Bierpfützen liegen. Als die Gäste durch einen Vortrag von drei Männern, die als die Heiligen Drei Könige verkleidet waren, abgelenkt wurden, nickte Hereward Acha heimlich zu, und sie entschlüpften unbemerkt in die kalte Nachmittagsluft.

Sobald sie um die Ecke der Halle waren, schlang Hereward die Arme um Acha und gab ihr einen langen Kuss. Dann fragte er sie, ob sie irgendetwas über ihn gehört hätte, als sie am hohen Tisch das Bier nachschenkte.

»Mir ist nicht aufgefallen, dass über dich gesprochen wurde«, entgegnete sie und löste sich aus einer Umarmung. »Warum sollten sie überhaupt von dir reden?«

»Ich habe gemerkt, wie sie mich angesehen haben.«

»Du siehst überall Verschwörungen.«

»Der Earl und Ealdred haben sich nicht nur über das Weihnachtsbier unterhalten. Ich habe es ihren Gesichtern angesehen, dass sie ein ernstes Gespräch führten.«

Acha seufzte. »Der Erzbischof hat Tostig von einem Mönch erzählt, der kürzlich nach York gekommen ist und jetzt in der Kirche arbeitet. Er soll eine Frau ermordet haben.«

Hereward kniff die Augen zusammen. Damit konnte nur Alric gemeint sein.

»Was ist?«, fragte Acha beunruhigt, als sie sein Gesicht sah.

»Hat der Mönch die Frau hier getötet?«

Acha wich zurück, als sie das Feuer in seinen Augen sah. »Nein … vorher. Ihre Familie wollte Rache und hat eine Gruppe von Wikingersöldnern bezahlt, die den Mönch zur Strecke bringen sollen.«

Vor seinem geistigen Auge sah der Recke Harald Rotzahn und den blutigen Haufen seiner Opfer in dem brennenden Dorf. Wenn das der Wahrheit entsprach, dann lastete jedes verlorene Leben auf Alrics Gewissen. Jetzt verstand er, warum der Mönch immer so verhärmt aussah und dauernd davon jammerte, Wiedergutmachung leisten zu müssen.

Anscheinend war er zu vertrauensselig gewesen. Er spürte, wie Zorn ihn ihm aufstieg, weil der Mönch ihn getäuscht hatte. Alric hatte vorgegeben, ein Mann Gottes zu sein, und sich von Hereward das Leben retten lassen, während er in Wirklichkeit nicht besser war als die Mistkerle, die der Recke in Gedley abgeschlachtet hatte.

Acha schrie auf und drehte sich weg, und Hereward bemerkte, dass er in seiner Verärgerung den Griff an ihrem Arm verstärkt hatte. Er entschuldigte sich und versuchte, seinen glimmenden Zorn unter Kontrolle zu bringen. »Und was geschieht jetzt?«, fragte er. »Soll der Mönch vor das Hardengericht gebracht werden? Wird er das Wergeld zahlen? Oder werden sie ihn diesen Wikingerhunden vorwerfen, und das war's dann?«

»Der Mönch beteuert seine Unschuld. Ich habe etwas von einem Gottesurteil gehört. Aber fürs Erste, da er ein Kleriker ist, will der Erzbischof diese Sache geheim halten, bis eine Entscheidung gefällt ist.«

»Unschuld, sagst du?« Hereward überlegte; vielleicht war die Sache doch nicht so eindeutig. »Wo hält man ihn gefangen?«

»Sie haben ihn im Münster gefangen gesetzt, unter den Augen der Kleriker, die für seine Seele beten.« Sie runzelte die Stirn. »Ich bin ihm einmal im Münster begegnet. Ist er dein Freund?«

»Er schert mich weniger als die Ratten, die in den Abfallhaufen wühlen«, fauchte der Recke. »Sollen sie ihm doch die Hände mit dem glühenden Eisen bis auf die Knochen verbrennen, um seine Unschuld zu prüfen. Es wird mir keine schlaflosen Nächte bescheren.«

Kraki kam um die Ecke getaumelt und stoppte, als er die beiden sah. Schwankend versuchte er seinen Blick zu konzentrieren, dann zuckte er mit den Schultern und zog sein Glied aus der Hose, um in einem weiten Bogen zu pinkeln. »Du hast sie also gezähmt?«, knurrte er.

Hereward spürte, wie sich Acha in seinem Armen versteifte. Ihr Blick wurde mörderisch. In diesem Augenblick dachte der Recke, dass sie zu allem fähig war.

Genau wie er.

In der Halle ging das Fest bis spät in die Nacht weiter. Der Erzbischof ging früh mit Tostig und seiner Frau, um die Abendmesse zu feiern; sie wurden von einigen, aber nicht allen Gästen begleitet. Denn obwohl jeder dort behauptete, zum Gott der Christen zu beten, hatte Hereward einige der Wikinger ihre alten Gottheiten anrufen hören. Als das Fest zu Ende ging, waren die Hauskarle auf den Bänken zusammengesunken oder lagen, nach Bier und Schweiß stinkend, auf dem Boden im Stroh. Die Diener bedienten sich an den Essensresten, und nur das Schnarchen der Schlafenden und das Knistern des Feuers störte die Stille.

Hereward begleitete Acha in ihre Kammer, und dort lagen sie beieinander und gaben sich ihrer Leidenschaft hin. Als er schließlich kurz vor Morgengrauen, am Fest des Heiligen Stephanus, zu seinem eigenen Lager ging, stellte er fest, dass sich jemand an seinen wenigen Besitztümern, an Schild und Axt, zu schaffen gemacht hatte. Beide standen nicht mehr an ihrem Ort, und auch das Bett war leicht verrückt, als ob jemand es angehoben hätte, um zu sehen, ob er sich darunter versteckte. Wenn er dort geschlafen hätte, wäre er dann wohl je wieder aufgewacht? Oder hätte man ihn am Morgen tot in seinem Blut liegend gefunden, wie den Mann, der nahe der Abtei von Westminster ermordet worden war.

Seine Feinde waren so nahe, wie er befürchtet hatte, und sie hatten bereits die Hand nach ihm ausgestreckt.

Kapitel 19

1. Januar 1063

Das Wolfsgeheul stieg zu den Dachfirsten auf. Rote Augen glühten im Sonnenschein, als der Mann mit der Raubtiermaske sich an die Spitze der Menge setzte. Er duckte sich, dann sprang er plötzlich hoch und heulte erneut; der fein geschnitzte hölzerne Wolfskopf machte die Illusion vollkommen. Er wirbelte herum, schwenkte einen Arm zu einem etwa zwölfjährigen Jungen, der auf den Schultern eines Mannes mit einer Ebermaske saß. »Hier also ist der Abt der Unvernunft! Jetzt lasst uns die Welt auf den Kopf stellen!« Irgendjemand warf dem Jungen eine rote Mütze zu, und er setzte sie stolz auf. Die Menge spendete johlend Beifall.

Kreischend vor Lachen tanzte die Schar durch die Straßen von York auf die Kirche zu. Weitere liebevoll geschnitzte Masken tauchten im Gewühl auf: Pferde, Kühe, Raben, Lachse. Bunt gefärbte Bänder aus Wolle flatterten von Handgelenken, Hüften und Füßen. Im Zentrum der Menge schwankte der Junge mit der roten Mütze auf den Schultern seines Trägers und winkte seinem Gefolge mit der unausgesprochenen Verheißung zu, dass nun das Chaos regieren würde.

Hereward hielt den Kopf gesenkt und ließ sich vom Strom der Leiber mitziehen. Er ignorierte die Methörner, die ihm von den betrunkenen Feiernden aufgedrängt wurden. Er wollte den Kopf klar behalten.

Es war ein frischer, heller Morgen: ein perfekter Tag für das Narrenfest. Der Festzug strömte durch das Tor der Umfriedung des Münsters und wälzte sich in die Durchgänge zwischen den

Hallen, den Schuppen und der Schule vor dem Westportal der Kirche.

Hereward warf einen Blick auf den Mann mit der Wolfsmaske, wie er tanzte und Kapriolen schlug. »Folgt mir, ihr guten Männer und Frauen«, rief der Wolf, »in dieses Steinhaus, um unseren Kinderabt zu weihen! Und dann wird er über die verkehrte Welt regieren. Als Narrenkönig!«

Hereward drängte sich durch das Menschengewühl zum Rand der Versammlung hin.

»Mögen die Diakone, die Priester, selbst der Erzbischof sich von diesem Fest fernhalten«, fuhr der Wolfsmann mit lauter Stimme fort. »Oder sie werden den Preis dafür bezahlen. Eine Taufe in eiskaltem Schmelzwasser. Das wird ihre frommen Gesichter reinwaschen!« Die Menge lachte. Hereward konnte die Hoffnung spüren, dass einer der Geistlichen so unvorsichtig sein würde, sein Gesicht zu zeigen, und er dann ins Eiswasser eingetaucht werden könnte. Der Narrenzug erfüllte seinen Zweck, wie Hereward erkannte: die Befreiung von der Last eines mühseligen Lebens, wenn auch nur für kurze Zeit. Es waren Momente, in denen die Rangniedrigsten im Lande die Höchsten sein konnten und von einer Welt träumen durften, die ganz ihren Vorstellungen entsprach; anschließend jedoch wurde ihnen die Macht wieder aus den Händen gerissen. Der Recke sah den tieferen Sinn in dieser verkehrten Welt. Es gab Zeiten, in denen er das Gefühl hatte, dass jeder der Mächtigen in diesem Land ständig Intrigen schmiedete und dabei nur an seinen eigenen Vorteil dachte. Wo blieb das Mitgefühl für die Schwachen, die Unschuldigen, die Frauen? In diesem Land der Wölfe – wo war da der starke Beschützer? Vielleicht *sollte* die Welt tatsächlich auf den Kopf gestellt werden. Und vielleicht sollte *er* ihr Narrenprinz sein.

Unter lautem Geschrei drängte sich die Menge in die Kirche. Nur wenige hatten ein Auge für die Pracht der mächtigen

Mauern, Pfeiler und Bögen des Gotteshauses. Als das Innere sich gefüllt hatte, trug der Mann mit der Ebermaske den Jungen herein und ging auf den Altar zu. Zwei Männer in den weißen Alben von Geistlichen folgten. Sie trugen Masken, deren Nase und Mund Geschlechtsteilen nachgebildet waren, einmal männlich, einmal weiblich. Die falschen Priester intonierten Choräle, die aus frei erfundenen Abfolgen von Lauten ohne jegliche Bedeutung bestanden und den lateinischen Gesängen der Messe nachempfunden waren. Die gotteslästerliche Weihe des Abts der Unvernunft hätte den Kirchenleuten die Schamröte ins Gesicht getrieben, wenn sie nicht wohlweislich das Weite gesucht hätten. Aber die grölende Gemeinde lachte immer lauter bei jeder neuen Verhöhnung des Rituals.

Hereward nutzte die Gunst des Augenblicks, zog die Kapuze tief ins Gesicht und stapfte durch den tiefen Schnee zwischen den verstreuten Häusern und Hütten, welche die Kirche umgaben. Er nahm jedes Gebäude in Augenschein. Einige waren Wohnhäuser von Klerikern, und von denen hielt er sich fern, ebenso wie von Erzbischof Ealdreds großer Halle. Aber er durchsuchte die Läden und das Skriptorium sowie die Schule und all die anderen Gebäude, in denen die Kirchenmänner ihrem Tagwerk nachgingen.

Hinten in einem Raum, wo das tägliche Brot gebacken wurde und auf nahezu allem eine Schicht weißen Mehls lag, fand er Alric auf einem Lager aus schmutzigem Stroh. Der Mönch war angekettet und sah elend und erschöpft aus, aber sein Gesicht hellte sich auf, als er Hereward erkannte. Seine Freude verging jedoch schnell.

»Ich sollte dich an Ort und Stelle töten«, knurrte der Mercier. »Das wäre eine Gnade, verglichen mit dem, was dir bevorsteht.«

»Du weißt es also.« Der Mönch ließ den Kopf hängen.

»Dass du vorgibst, ein Mann Gottes zu sein, aber nicht mehr bist als ein gemeiner Frauenmörder? Es überrascht mich nicht, dass du dein schmutziges Geheimnis für dich behalten hast, als ich dein Leben gerettet habe.«

Alric blickte hoch. In seinen Augen schimmerten Tränen, und seine Miene war eine Mischung aus Zorn und Verzweiflung. »Urteile nicht vorschnell. Du kennst die Wahrheit nicht. Nichts im Leben ist so einfach, wie es auf den ersten Blick scheint.«

Hereward lehnte sich gegen die Wand und verschränkte die Arme. Sein Gesichtsausdruck war kalt und anklagend. »Dann kläre mich auf.«

Alric rang die Hände und sah aus, als würde die Anspannung, sein Geheimnis zu wahren, ihn binnen Kurzem zerreißen. »Ich hatte das Wort Gottes in ein Dorf gebracht, das nicht weit von dem Ort entfernt lag, wo wir uns begegnet sind. Die Menschen hatten keine Kirche, keinen Priester, nicht einmal ein Steinkreuz, um davor zu predigen. Es kam mir vor wie ein Ort ohne Gott, ohne Gesetz, wo zu viele selbst jetzt noch den alten heidnischen Bräuchen folgten, mitten in diesem christlichen Land. Es war ein Ort, wo ich Gutes bewirken konnte. So glaubte ich zumindest.« Der junge Mönch hielt einen Moment inne und wischte sich dann mit dem Handrücken den Rotz von der Nase. »Ich habe meine Sache gut gemacht. Ich war ein guter Mönch; pflichtbewusst habe ich jedes Haus besucht, habe gepredigt, wo sich die Gelegenheit bot, und die Kinder alles gelehrt, was ich ihnen beibringen konnte. Die Menschen haben mich akzeptiert, sogar gemocht, wie ich glaube. Sie gaben mir zu essen. Einen Mann gab es, einen Händler, der mich bat, seinen Sohn zu unterrichten, und er versprach, im Gegenzug mein Kloster finanziell zu unterstützen. Und der Händler hatte eine Tochter.«

»Du hast dich in sie verliebt.«

»Ja. Ich bin ein Narr. Ich sollte da draußen sein, als Narrenkönig dieses Festes.«

Hereward sah die Reue im Gesicht des Mönchs. »Und du hast sie ermordet, weil sie in dir unkeusche Gedanken weckte.«

»Nein!« Alric wischte sich die Tränen aus den Augen. »Ich … ich bin dem Wunsch meiner Eltern gefolgt. Ich habe mein Leben Gott geweiht. Ich war zufrieden mit dem Weg, den ich eingeschlagen hatte. Ich wollte nichts anderes. Aber dann redeten die Tochter und ich über meine Mission und Gottes Plan, und sie war mehr an meinem Unterricht interessiert als ihr Bruder. Und wir lachten, und wir gingen zusammen spazieren, und aus dem Nirgendwo erwuchsen Gefühle. Liebe – eine reine Liebe von einer Art, wie ich sie nie zuvor für einen anderen Menschen empfunden hatte, nur für …« – das Wort blieb ihm im Halse stecken, und er spuckte es schließlich fast aus – »… Gott.«

»Wie war ihr Name?«

»Sunnild.« Der Mönch schluckte. »Die Stärke jener Leidenschaft machte mich schier wahnsinnig. Etwas so Mächtiges konnte nur von Gott kommen.« Er sah den Recken um Zustimmung heischend an und ließ dann wieder den Kopf hängen, als er keine erkennen konnte. »Ich habe gegen meine Gefühle angekämpft. Wie oft hätte ich ihr Entgegenkommen ausnutzen können! Sie machte keinen Hehl aus ihren Gefühlen für mich. Aber dann, eines Abends, bevor der erste Schnee hereinbrach, gingen wir im Wald spazieren, und ein Wahnsinn ergriff mich. Ich konnte meine Gefühle nicht mehr im Zaum halten. Und ich küsste sie.«

»Das war alles?«

»Ja. Ich schwöre es. Und, Hereward, auch wenn Gott mich dafür niederstrecken mag – es fühlte sich an, als wäre ich in den Himmel entrückt worden.«

»Von einem Kuss?«, fragte der Recke ebenso ungläubig wie erheitert.

»Aber dann ertappte uns ihr Bruder bei der Umarmung.« Alrics Gesicht verdüsterte sich. »Er schrie Zeter und Mordio, beschuldigte mich, ihn und seinen Vater zu betrügen. Er tat so, als wäre alles, was ich dort gemacht hatte, lediglich eine List gewesen, die dem Ziel diente, Sunnilds Ehre zu rauben. Und er zog ein Messer, das er bei sich trug, und griff mich an, um diese Ehre zu verteidigen.«

Von draußen waren die spitzen Jubelschreie der Frauen und das freudige Grölen der betrunkenen Männer aus der Kirche zu hören. Die Zeit war kurz. Bald würden die Riten vorbei sein und die Leute wieder zurück in die Stadt eilen, um die Feiern fortzusetzen.

»Wir kämpften«, fuhr der Mönch mit tonloser Stimme fort. Es klang, als hätte Alric die Szene so oft vor seinem inneren Auge gesehen, dass alles Leben und alle Gefühle daraus verschwunden waren. »Für Erklärungen blieb keine Zeit. Ich kämpfte um mein Leben. Sunnild war in Tränen, flehte ihren Bruder an, mich zu verschonen. Sie sagte, sie allein trage die Schuld. Selbst in diesem Augenblick, wo andere Frauen sich selbst geschützt hätten, zeigte sie, dass sie mich aufrichtig liebte. Und während der Bruder und ich im Wald miteinander rangen, warf sie sich plötzlich zwischen uns, um uns zu trennen. Irgendwie hatte ich das Messer in der Hand, und ich stach zu, in Panik – und die Klinge drang ihr ins Herz.«

Alric hielt die Hände hoch, als ob er noch das Blut daran sehen könnte.

»Sie war sofort tot. Von Entsetzen gepackt rannte ich fort, verfolgt von den Racheschwüren ihres Bruders.«

»Und ihre Familie hat diese Wikingerbande auf deine Spur gesetzt. Eine Blutfehde.«

»Ob du mir glaubst oder nicht, Hereward, in dem Augenblick wollte ich auch sterben, um bei Sunnild zu sein, und eine Zeitlang dachte ich zu meiner Schande daran, mir das Leben zu nehmen.« Der Mönch begann leise zu weinen. Nach einer Weile fasste er sich wieder und fuhr fort: »Aber ich würde sie nie im Himmel wiedersehen, wen ich das vergeudete, was Gott mir gegeben hatte. Ich muss in dieser Welt Buße leisten, wenn ich den Flecken auf meiner Seele je abwaschen will.«

»Und dann kam dir der Gedanke, ich wäre dein Weg zum Heil.« Hereward lachte bitter.

»Ich muss eine Seele retten, als Ausgleich für die, die durch meine Schuld zu früh von dieser Welt scheiden musste.«

»Du bist ein Narr«, sagte Hereward, und nach kurzer Überlegung fügte er hinzu: »So wie wir alle.« Der Recke verspürte beinahe Mitleid mit dem jungen Mönch, doch das Bild von der Frau, die im Wald erstochen wurde, ähnelte auf eine erschütternde Weise zu sehr seiner eigenen Erinnerung an Tidhild und an seine Mutter. Drei Frauen, tot, alle blutbefleckt. Und dann erinnerte er sich mit einem Anflug von Unbehagen an etwas, das die Weisfrau in ihrer verrauchten Hütte behauptet hatte: dass in seinem Leben bestimmte Ereignisse immer wieder geschehen würden.

Das Gegröle der Narren wurde wieder lauter. Die Menge strömte aus der Kirche ins Freie.

Der Mönch, der sich wieder ein wenig gefasst hatte, ergriff erneut das Wort: »Hereward, ich bin wirklich ein Narr. Vergib mir. Du bist in großer Gefahr. Ich dachte, ich würde nie mehr die Gelegenheit haben, dich zu warnen, und daher hatte ich es verdrängt ...«

Der Recke beugte sich nieder, packte den Mönch am Halsausschnitt seiner Kutte und zog ihn hoch. »Dann rede und hör auf zu brabbeln. Was für eine Gefahr?«

»Ich liege hier in Ketten, weil Harald Rotzahn dem Erzbischof von meiner Untat berichtet hat ...«

»Er lebt?«

»Der Wikinger wurde von vier Männern, die dich verfolgen, aus der Schlinge gerettet. Und so bleibt unser beider Schicksal weiterhin verflochten ...«

Hereward schüttelte den Mönch grob, um ihn zum Schweigen zu bringen. Er dachte einen Moment nach und fragte dann: »Und diese vier sind jetzt hier in York?«

Alric nickte. »Rotzahn sagte mir, dass sie dir aus irgendeinem Grund, den ich nicht kenne, nicht offen gegenübertreten wollen.«

»Sie wollen keine Aufmerksamkeit auf mich lenken – oder auf sich selbst«, meinte der Recke nach einem Augenblick des Überlegens. »Du hast ihre Gesichter gesehen?«

Alric beschrieb die vier Männer. »Sie sind aus dem Süden. Du wirst sie mühelos erkennen, wenn sie zu sprechen beginnen«, fügte er hinzu.

Hereward ging zur Tür zurück und warf einen letzten Blick auf die zusammengesunkene Gestalt. »Männer sind wie Wölfe in den Wäldern. Schlimmer, denn sie sind imstande, zu lügen und zu betrügen, und sie können aus niederen Beweggründen töten. Aber das Leben einer Frau ist kostbar, und du hast eines geraubt. Ob durch einen unglücklichen Zufall oder nicht, das spielt keine Rolle. Für diese Tat musst du einen Preis zahlen.«

Der Mönch nickte. Sein Gesicht war von Kummer gezeichnet. »Ich weiß.«

Daraufhin verabschiedete sich der Recke von ihm mit einem Nicken und schlüpfte hinaus, um sich unter die anderen Narren zu mischen.

Kapitel 20

Hereward hatte die Kapuze erneut tief ins Gesicht gezogen, um nicht erkannt zu werden, und ließ sich von der Menge mitziehen, die durch die schmutzigen Straßen von York strömte. Er spürte, wie in seinem Kopf bereits das Blut zu pochen begann. Seine vier Verfolger waren nicht nur in die Verschwörung verwickelt, die sein Leben aus der Bahn geworfen hatte, sondern auch in den Mord an Tidhild. Sie jagten ihn. Doch jetzt würde er sie jagen.

Als er die Halle des Earls erreichte, achtete er darauf, dass er von den anderen Hauskarlen nicht gesehen wurde, damit er Acha allein erwischen konnte. »Du könntest in Gefahr sein«, warnte er sie, als er sich mit ihr unter vier Augen unterhielt. »Kraki hat uns zusammen gesehen, und meine Feinde sind mir jetzt so nahe gekommen, dass sie sich an dir vergreifen könnten, um mich zu kriegen. Ich möchte keine weitere tote Frau auf dem Gewissen haben.«

»Und du erwartest, dass ich mich wie eine ängstliche Maus verkrieche?«, empörte sich Acha. »Ich werde jedem die Hand abhacken, der mich anrührt.«

Hereward spürte, wie ihm bei diesen Worten warm wurde. Er würde Tidhild nie vergessen, aber hier war jemand, der in seinem Herzen leben könnte. »Dann gib auf dich Acht«, sagte er, »denn der Friede dieses Weihnachtsfestes könnte bald zu Bruch gehen.«

Sobald er sicher war, dass niemand ihn beobachtete, holte sich Hereward Axt, Schild und Messer aus seiner Hütte. So gerüstet begab er sich wieder in das Gewirr der schmutzigen Gassen und verwischte seine Spur zwischen den Gauklern, Jongleuren und Imbissverkäufern in der bierseligen Menge. Als er sicher war, dass keiner ihm folgte, machte er sich zu dem Haus auf, wo sich Wulfhere und seine Familie versteckt hielten.

Der einäugige, einhändige Mann kam hinter einem Wandschirm aus Weidengeflecht im hinteren Teil des Raumes hervor. Er begrüßte Hereward voller Achtung, denn er erinnerte sich, wie warm der Mönch von dem Recken gesprochen hatte. Hereward hörte ihm zu, ohne die freundlichen Empfangsworte zu kommentieren, und bat ihn anschließend um Hilfe bei der Suche nach vier Männern, die seine Feinde waren. Er wusste, dass sich Wulfhere für die offenen Worte, mit denen er gegen den Earl gewettert hatte, einen hohen Grad von Respekt bei den hart arbeitenden und mit hohen Steuern belasteten Bürgern von York erworben hatte. Daher gab er Alrics Beschreibung seiner vier Verfolger an den Einhändigen weiter und bat ihn, diese Informationen allen Leuten zu übermitteln, die er kannte. Wer etwas über den Aufenthalt dieser Männer sagen könnte, würde eine hohe Belohnung erhalten, versprach Hereward und tippte auf einen seiner Goldreife. Als Wulfhere sich einverstanden erklärte, nahm Hereward die Einladung an, am Herdfeuer zu warten, und dort saß er dann, kaute an einem Stück Brot aus den kargen Vorräten des Mannes und wartete.

Der Tag verging. Die Nacht brach herein, und aus der Flussniederung erhob sich ein kalter, starker Wind. Von Nordwesten zogen schwere Wolken auf, und bald fiel wieder der Schnee in dichten Flocken, die den braunen Schneematsch in den Straßen mit einem weißen Schleier überzogen. Eine friedliche Stille senkte sich über York herab.

Hereward riss sich aus seinen düsteren Gedanken, als er eine Stimme draußen vor der Tür hörte. Einen Augenblick später kam Wulfhere herein. Als er zum Feuer zurückkehrte, konnte der Recke erkennen, dass das Gesicht des Mannes ernst war.

»Ihr hattet recht, Euch Sorgen zu machen.« Wulfhere hockte sich neben dem Feuer nieder, wobei er sich mit den Fingern seiner verbliebenen Hand abstützte. »Eure Feinde stehen unter dem Schutz des Earls. Er hat sie in einem Haus unweit seiner Halle untergebracht, wo sie sich tagsüber verstecken. Aber bei Einbruch der Dunkelheit kommen sie hervor. Ihr fürchtet eine Verschwörung gegen Euer Leben?«

Hereward stieß einen Seufzer aus. Er stand auf und ließ sich den Weg zu dem Haus beschreiben. Dann streifte er einen seiner goldenen Armreifen ab, als Belohnung für den Zuträger, und dankte Wulfhere für dessen Hilfe.

In das Heulen des eisigen Windes mischten sich betrunkene Gesänge, die aus den Türen der Häuser drangen, an denen er vorbeikam. Das Narrenfest würde erst enden, wenn die Feiernden schlafen gingen. Herewards Gesicht unter der schützenden Kapuze nahm einen grimmigen Ausdruck an, als er sich fragte, warum Tostig seinen vier Feinden Schutz gewährte. Zwischen den Godwins und dem Earl von Mercien sowie dessen Sippe gab es wenige Gemeinsamkeiten. Doch möglicherweise war Tostig einfach nur schlau. Ein freundlicher Empfang nach einer langen Reise könnte die Wachsamkeit der vier vermindern. Vielleicht hoffte der Earl, ihnen mehr Informationen über den Plan der Verschwörer zu entlocken. Oder er hielt sie als Verhandlungsmasse zurück, sobald die Kunde über die Verschwörung ans Licht käme. Hereward war sich unsicher, aber er durfte es nicht riskieren, dass seine Verfolger dem Earl einredeten, er selbst wäre der wahre Feind.

Als er die Umfriedungsmauer von Tostigs Halle erreichte, war der Schneefall zu einer wirbelnden weißen Wand geworden. Er konnte kaum eine Schwertlänge weit sehen. Wilde Musik und betrunkene Gesänge schallten aus dem großen Gebäude. Die Hauskarle waren bester Stimmung, das Bier floss in Strömen. *Tostig weiß genau, wie er sich die Treue seiner Männer sichert,* dachte Hereward. Mit gesenktem Kopf stapfte er gegen den Wind durch den knöcheltiefen Schnee. Das Haus, das Wulfhere ihm gewiesen hatte, befand sich am Rande der Umfriedung. Es lag still da; ein grauer Rauchfaden, der aus dem Abzug stieg, wurde vom Sturm verweht.

Hereward packte seine Axt; das vertraute Gewicht in seiner Hand hatte etwas Beruhigendes. Zugleich war sein ganzer Körper hellwach, jede Faser brannte, und das Blut pulsierte laut in seinem Kopf. Er war am Leben. Er war der Blitz und die Eiche. Er war der Ernährer der Raben.

Hereward trat ins Haus.

Das Heulen des Schneesturms verstummte, und einen Moment lang herrschte nur Schweigen. Die vier Männer saßen um das Herdfeuer und starrten ihn verblüfft an, als wäre er ein Geist. Hereward sah, dass seine Feinde raue Kerle waren, mit Gesichtern wie die Klippen der nordhumbrischen Küste – gezeichnet von zahlreichen Narben, welche alte Geschichten von einem Leben voller Gewalt erzählten. Ihr Haar war strähnig und fettig, ihre Kleidung schäbig von der langen Reise.

Als ihnen aufging, wer da vor ihnen stand, griffen die vier nach ihren Waffen. Mit einem wölfischen Grinsen machte Hereward vier lange Schritte über den Holzfußboden und schwang seine Axt. Die Klinge trennte den Schädel des vordersten Gegners direkt über der Nase in der Mitte durch. Als die Schädelkappe durch die Luft flog, verdampfte zischend ein Schwall von Rot in den Flammen, und eine Wolke ätzenden Qualms wallte auf. Der zweite Mann hatte sich schon auf einem Knie halb aufgerichtet. Seine Finger schlossen sich um das Heft seines Schwertes, das noch in der Scheide steckte. Herewards Axt sauste herunter und trennte ihm den Arm an der Schulter ab. Das Opfer kippte schreiend nach vorn und umklammerte mit der Hand den Stumpf.

Der Recke fühlte sich, als ob er über dem Erdboden schweben

würde – unantastbar, unverletzlich. Er sah, wie den beiden Verbliebenen das Blut aus dem Gesicht wich, bemerkte die vertraute Abfolge von Gefühlen wie Mondschatten auf dem Schnee: Schock, Ungläubigkeit, Entsetzen. Die Welt war stumm, und die Luft, die ihn umhüllte, hatte die sanfte Nachgiebigkeit exquisiter Gänsedaunen. Sein Grinsen wurde breiter. Freude erfüllte ihn. Euphorie. Er glitt über die Holzbohlen und schwang seine Axt ein drittes Mal. Ihm schien es, als bewegte sich die Waffe so gemächlich wie fließender Honig, aber der dritte Mann war noch langsamer. Die Klinge schnitt durch seine Brust und sauste hinab bis zur rechten Hüfte, sodass die Eingeweide freigelegt wurden. So sehr der entsetzte Mann sie festzuhalten versuchte, es gelang ihm nicht.

Und dann war da nur noch der vierte.

Der leichenblasse Mann warf sein Schwert weg und legt die Hände zusammen in einem Gebet um Gnade, als ob das die Zeit zurückdrehen könnte. Aber in Herewards Augen war der Mann bereits tot.

Der Recke ließ seine Axt fallen und machte einen weiteren Schritt nach vorn. Die Erleichterung im Gesicht des vierten Mannes hatte fast etwas Komisches. Eine Faust, ein harter Schlag, das Knirschen von Knochen und Knorpel. Und Blutspritzer, wenn auch weniger als erwartet.

Hereward packte den Mann am Kragen, bevor er bewusstlos zu Boden ging. Der Recke zerrte ihn von der sich ausbreitenden Blutlache und dem leiser werdenden Gewimmer der Sterbenden fort, riss ihm die Kleider vom Leib und fesselte ihn an Hand- und Fußgelenken. Dann hängte er ihn kopfüber mit einem Seil an einen Balken, so wie ein Jäger ein frisch erlegtes Wild.

Hereward wartete geduldig, während das Feuer im Herd herunterbrannte und seine innere Ruhe zurückkehrte. Sein Opfer kam bald wieder zu sich. Ein dünner Schrei entrang sich der Kehle des Mannes, als ihm seine Lage bewusst wurde. Der Recke hielt das Messer unter das Auge des Opfers und flüsterte: »Keinen Mucks!«

Der Mann sah seinem Bezwinger ins Gesicht und verstummte.

»Wir werden jetzt ein Gespräch unter vier Augen führen«, fuhr Hereward fort, »und du wirst mir alles erzählen, was du weißt.«

»Das kann ich nicht«, winselte der Mann. »Ich habe geschworen, nichts zu verraten, und Gott wird mich mit der ewigen Verdammnis in der Hölle bestrafen, wenn ich meinen Eid breche.«

»Du bist ein gottesfürchtiger Mann. Das ist gut.« Der Recke drehte das Messer, sodass die Klinge im matten Schein der Glut aufblinkte. »Aber wir haben unterschiedliche Ziele, du und ich. Wir müssen sehen, wessen Wille stärker ist.«

Hereward begann den Oberkörper des Mannes mit dem Messer zu bearbeiten. Der Gepeinigte schrie und wimmerte, aber der Recke wusste, dass der Sturm und der Lärm des Gelages in der Halle des Earls selbst die lautesten Schmerzenschreie übertönen würden. So ging es eine Zeitlang weiter; während Hereward dem Mann immer wieder Schnittwunden zufügte, redete er auf ihn ein und brach den Widerstand seines Opfers Schritt für Schritt. Bald waren sie beide so mit Blut besudelt, dass es für einen Dritten schier unmöglich gewesen wäre, sie auseinanderzuhalten.

»Du hast die Wahl.« Hereward beugte sich vor und flüsterte dem Mann ins Ohr wie ein Priester, der die letzte Beichte abnahm. »Die Hölle in dieser Welt oder die Hölle in der nächsten. Du könntest Frieden finden und ein schnelles Ende, wenn du mir antwortest.«

Der Mann murmelte etwas Unverständliches. Seine Augen waren glasig.

»Was weißt du von Edwins Verschwörung gegen den König?«, fragte der Recke ein letztes Mal.

»Edwin?« Blut blubberte über die Lippen des Sterbenden. »Nein … nicht Edwin. Harold Godwinssohn hat uns geschickt.

Er will Euch tot sehen und Euren Namen so entehrt, dass alle, die ihn aussprechen, Euch zum Teufel wünschen!«

Hereward war es, als hätte man ihm einen Speer in den Magen gerammt.

Harold Godwinssohn, der große Beschützer, der tapfere Krieger, bewundert von allen Engländern, die beteten, dass er nach Eduards Tod den Thron besteigen und sie in eine Zeit des Wohlstands und Friedens führen würde.

Anführer, Beschützer … Verräter.

Das Blut des Recken brannte. Und wieder war er verraten worden: erst von seinem Vater, jetzt von dem Mann, der das Ohr Eduards hatte – von dem Mann, der König werden wollte. Verraten und verachtet von allen mächtigen Männern, die über ihm standen. Er war allein, wie er es immer gewesen war, und er würde sich keinem Mann mehr beugen. »Dann sag dem Teufel, ich sei auf dem Weg«, knurrte er, »denn du wirst vor mir in der Hölle sein.«

Kapitel 21

Kingsholm bei Gloucester

Fern von den Straßen von York, im Südwesten, war die Nacht genauso kalt und genauso blutig. Die Fackeln prasselten im eisigen Wind. Fetzen von Liedern drangen aus der Halle von Kingsholm, wo sich der Hof zu Weihnachten versammelt hatte, doch jenseits der Palisade war die Dunkelheit über Gloucester tiefer und bedrohlicher, als sie je in Westminster gewesen war, wie Redwald glaubte.

Die Hand vor Schrecken gegen den Mund gepresst, sah er zu, wie Harold Godwinssohn das Haar des Merciers von hinten packte und den Kopf zurückriss. In einer fließenden Bewegung schlitzte der Earl von Wessex mit der Spitze seines Messers den freiliegenden Hals auf. Trunkenes Gelächter aus der Halle übertönte den gurgelnden Schrei des Opfers. Als die Hände des entsetzten Mannes nach oben gingen, um den Blutstrom aufzuhalten, rammte Harold den Kopf nach unten auf den Boden und drückte das Gesicht auf die gefrorene Erde, bis der Schnee sich rot gefärbt hatte und der Körper nicht mehr zuckte.

»Eine Lektion für dich. So überlebt man und hält sich an der Macht: indem man keine Angst hat, sich selbst die Hände schmutzig zu machen«, sagte der Ältere mit einer unheimlichen Ruhe. In diesem einen Augenblick, als Harold das Leben eines anderen in Händen gehalten hatte, war Redwald aufgefallen, wie sehr sich das Gesicht des Earls verändert hatte: der Humor, der Adel, die Klugheit – all das war von ihm abgefallen wie eine Maske. Den jungen Mann fröstelte es angesichts dessen, was er in dem kalten Gesicht und den funkelnden schwarzen Augen hatte aufsscheinen sehen. »Hast du das verstanden?« Als Redwald darauf keine Antwort gab, wurde Harolds Stimme hart wie ein Peitschenschlag. *»Hast du verstanden?«*

Redwald nickte heftig.

»Gut. Lerne. Und jetzt hilf mir.« Harold drehte den blutigen Leichnam auf den Rücken und wickelte ihn in seinen grauen Wollmantel.

Redwald war wie erstarrt. Der Tod des Mannes könnte genauso gut ihm angerechnet werden. Am Palast zu Westminster hatte er beobachtet, wie dieser Mercier, einer von Edwins Leuten, Harold gefolgt war, als der mit seinem Gefolge zu einem Ritt nach London aufbrach. Der junge Mann hatte befürchtet, dass ein Anschlag auf das Leben seines Herrn geplant sein könnte, und dem Earl von seinem Verdacht berichtet. Nichts von dieser Angelegenheit war auf der langen Reise von London nach Kingsholm zur Sprache gekommen. Doch an diesem Abend, als Eduard sich zum Gebet zurückgezogen hatte und die Earls und Thegns durch ihr Festgelage abgelenkt waren, hatte Harold ihm einen Wink gegeben, und Redwald war seinem Herrn nach draußen in die bitterkalte Nacht gefolgt. Zusammen hatten die beiden den Mercier von der Halle weg zu diesem einsamen Fleck am Rande des Sumpflandes neben dem Fluss gelockt, und dann hatte Harold zugeschlagen.

Als Redwald sah, dass der Earl auf ihn wartete, bückte sich der junge Mann und packte den Leichnam bei den Schultern. Zusammen trugen sie ihn zu einem Wäldchen. Harold warf den Mercier in die Büsche, als wäre er ein Sack Gerste.

»Was … was werdet Ihr sagen, wenn man ihn morgen findet?«, fragte Redwald. »Edwin wird Verdacht schöpfen …«

»Soll er doch! Er weiß nichts und kann niemanden beschuldigen«, knurrte der Earl. »Aber schau her …« Er zeigte auf ein Gewirr von Pfotenabdrücken im Schnee. »Bei diesem kalten Wetter kommen die Wölfe aus dem Wald, um Nahrung zu suchen. Sie werden das Blut riechen, und morgen wird es hier keinen Toten mehr geben – oder zumindest keinen, dessen Identität festgestellt werden könnte.«

Als Redwald auf die reglose Gestalt am Boden starrte, erinnerte er sich wieder an den Anblick von Tidhild, als sie in der Lache ihres eigenen Blutes gelegen hatte. Sie war immer gut zu ihm gewesen. Er wusste, dass sie Mitleid mit ihm gehabt hatte, weil er in jungen Jahren eine Waise geworden war. Deshalb hatte sie Honigkuchen für ihn gestohlen, als er damals mit Asketil und Hereward zum Palast von Westminster gekommen war. So viel Leid, so viel Schmerz!

»In der Nacht«, fuhr Harold fort und gab dem Toten einen Tritt, »als Hereward davonlief, hast du eine gute Entscheidung getroffen. Du hättest zu Asketil oder zu Edwin oder einem der Thegns gehen können. Stattdessen kamst du zu mir.«

Redwald drehte sich der Magen um. Er sah den toten Mercier zu seinen Füßen. Er sah Tidhild.

»Du hast erkannt, dass nur ich die Kraft habe, dem Sturm Einhalt zu gebieten, der sich um England zusammenbraut.« Ein wölfisches Grinsen ließ seine Zähne im Dunkeln aufblitzen. »Und du hast gewusst, dass nur ich dich so hoch erheben kann, wie du es dir erträumtest, aus den Niederungen in die Welt des Goldes.«

Und selbst als mir klar wurde, dass du der wahre Mörder Eduard Æthelings warst, bin ich diesem Weg weiter gefolgt, dachte Redwald. *Weil, Gott helfe mir, mein Ehrgeiz stärker war als meine Skrupel.*

Harold warf einen Blick in Richtung der Königshalle, wo die Fackeln um die Umfriedung einen Lichthof in der Dunkelheit bildeten. »Denk nicht mehr an Hereward. Du bist jetzt ein Mann, kein Knabe mehr, und Männer müssen harte Entscheidungen treffen, wenn es um die wichtigen Dinge im Leben geht. Dein Bruder musste daran gehindert werden, irgendjemandem davon zu berichten, was der sterbende Mann ihm erzählt hatte.

Es hätte England Männern ausgeliefert, denen an unserer Art zu leben wenig gelegen ist.«

»Was wird mit Hereward geschehen?« Redwald fühlte, wie sich seine Kehle zusammenschnürte.

»Wir können ihn nicht am Leben lassen. Aber es darf dabei kein Verdacht auf die Godwins fallen. Ich habe Kunde von meinem Bruder in Nordhumbrien erhalten, und es wurden entsprechende Maßnahmen in die Wege geleitet.« Der Earl wandte den Kopf zu Redwald, doch im Dunkeln war nicht zu erkennen, ob das Gesicht des Jüngeren irgendwelche Anzeichen von Bedenken oder Schwäche zeigte. »Dir ist bewusst, dass dies der einzige Weg ist, oder?«

Redwald verdrängte alle Erinnerungen an seine Kindheit aus seinem Kopf, vor allem an die Güte, Freundschaft und Unterstützung, die Hereward ihm erwiesen hatte. Er spürte, wie die Welt sich um ihn drehte, und sie war kalt und dunkel. Er nickte.

»Gut.« Harold rieb sich die Hände, um sie zu wärmen. »Du hast mit ansehen dürfen, wie ich mit eigenen Händen ein Leben ausgelöscht habe. Nur wenige andere können etwas dergleichen bezeugen. Wir sind jetzt durch mehr verbunden als durch ein bloßes Treueverhältnis. Unser Bund geht tiefer und ist unwiderruflich. Solltest du mich verraten, dann wisse, dass ich auch dich töten werde. Keiner würde deinen Leichnam finden. Niemand würde je wissen, was mit dir geschehen ist. Hast du mich verstanden?«

Wieder nickte Redwald, diesmal schneller.

»Ich brauche einen guten Mann – einen, dem ich trauen kann und bei dem ich sicher bin, dass er meinen Anordnungen Folge leistet, ohne Fragen zu stellen. Meine Pläne nehmen jetzt rasch Gestalt an, und es gibt manche Aufgaben, die getan werden müssen, jedoch nicht ans Tageslicht gelangen dürfen, wenn wir obsiegen wollen. Zuerst jedoch ein Blutschwur, um dies zu besiegeln.«

Der Earl beugte sich nieder und tauchte zwei Finger in das Blut des toten Merciers. Damit zeigte er auf den Mond und die Sterne. Redwald tat es ihm gleich, und als Harold sprach, wiederholte der Jüngere den Eid Wort für Wort. »Mein Leben ist nicht mehr mein Eigen. Ich schwöre, dem Wort meines Herrn, Harold Godwinssohn, Earl von Wessex, zu gehorchen, selbst wenn es mir gegen Herz und Sinn geht. Selbst wenn es mich das Leben kostet.«

Sobald sie das Ritual beendet hatten, nickte der Earl zufrieden. »Der Thron wird mir gehören. Halte zu mir, und du wirst alles haben, was du dir erträumt hast.« Ohne einen weiteren Blick auf den Toten im Schnee zu werfen, wandte er sich um und machte sich auf den Rückweg zur erleuchteten Halle.

Nach einem kurzen Augenblick der Besinnung folgte Redwald ihm nach.

Kapitel 22

York

Hereward presste Acha die Hand auf den Mund und zog sie in den Schatten innerhalb ihres kleinen Hauses. Sie zappelte und wehrte sich gegen den Angreifer, den sie nicht sehen konnte, aber die starken Arme des Recken hielten sie fest.

»Keinen Laut!«, flüsterte er. »Niemand darf wissen, dass ich hier bin.«

Achas Widerstand erlahmte, als sie erkannte, wer sie gepackt hielt. Sie fuhr herum und fauchte ihn an: »Niemand legt ungebeten Hand an mich! Warum bist du hier? Wo bist du heute Abend gewesen? Es ist aufgefallen, dass du nicht da warst. Selbst Tostig hat eine Bemerkung darüber gemacht.«

Hereward stieß ein bitteres Lachen aus. »Der Earl hat meine Abwesenheit bemerkt? Ich bin mir sicher, dass er zurzeit sehr viel an mich denkt.« Er kniete nieder und spähte aus der Tür in das heftige Schneegestöber hinein. Der Lärm der Feiernden aus Tostigs Halle war ein wenig abgeebbt, aber er sah keinerlei Anzeichen von Bewegung auf dem verschneiten Hof. »Die Nacht ist noch lange nicht vorbei, und bevor sie zu Ende ist, werde ich York den Rücken gekehrt haben.«

»Du gehst fort?«

Herewards richtete sich auf und wandte sich ihr zu. »Ich muss«, antwortete er mit sanfterer Stimme, als er den verletzten Ausdruck in ihren Augen sah. »Und ich möchte, dass du mit mir kommst.«

»Ich kann nicht … Der Earl …«

»Ich werde mich von keinem aufhalten lassen, der sich mir

in den Weg stellt. Und was daraus folgt, ist mir gleich. Wenn es Tote gibt, dann sei 's drum.«

»Der Earl wird Jagd auf dich machen …«

»Ich werde bereits gejagt, und ich habe keine Freunde. Was kann er mir noch mehr antun? Ich hatte gehofft, in Tostig einen Verbündeten zu finden, aber jetzt weiß ich, dass er selbst Teil der Verschwörung ist, die ich aufgedeckt habe. Ich bin nur deshalb noch am Leben, weil er vermeiden will, dass mein Tod zu viel Aufmerksamkeit erregt. Er hat bereits versucht, mich umzubringen. So wollte einer seiner Männer mich in einem brennenden Haus einschließen, als ich mit seinen Hauskarlen das Feuer in der Stadt bekämpfte, und als das fehlschlug, hat er einen Bären auf mich gehetzt. Es hätte wie ein Unfall ausgesehen, und keine weiteren Fragen wären gestellt worden.«

Hereward sah, wie die Verwirrung in Achas Gesicht die spröde Härte aufbrechen ließ, die gewöhnlich ihre Züge kennzeichnete. Dahinter erblickte er die wahre Acha, die er schon bei ihrer ersten Begegnung erkannt hatte: die Frau, die fern von ihrer Heimat an einem Ort, an dem sie als wertlose Fremde angesehen wurde, ums Überleben kämpfte, und sein Herz flog ihr zu.

»Du behauptest, der Earl wollte dich umbringen lassen? Aber aus welchem Grund?«, stammelte sie.

»Ich habe heute Nacht erfahren, dass Tostigs Bruder, Harold Godwinssohn, derjenige ist, der den Thron an sich reißen will, sobald der König tot ist, wenn nicht schon vorher. Harold war immer schon ein ehrgeiziger Mann, aber erst jetzt ist mir klargeworden, wie sehr ihm die Macht am Herzen liegt. Er stellt seinen eigenen Aufstieg und den seiner Sippe über das Wohl Englands.«

»Überrascht es dich, dass ein mächtiger Mann nach immer mehr Macht strebt?«

»Was treibt einen Mann dazu an, bestimmte Dinge zu tun? Was ist die wahre Triebfeder in seinem Innern? Ja, manche streben nach Macht, aber sie greifen bei Weitem nicht zu solch üblen Mitteln wie Harold.« Hereward starrte an Acha vorbei in die verglimmende Glut des Feuers. Er versuchte immer noch, die Enthüllungen des Sterbenden zu verarbeiten. »Er hat den Mord an Eduard Ætheling, dem Erben des Königs, in Auftrag gegeben, um so das größte Hindernis zwischen ihm und dem Thron aus dem Weg zu räumen, und dann den Tod des Mannes befohlen, der den Mord ausgeführt hat. Er hat mich aus meinem Leben und all meinen Hoffnungen gerissen und mich zum Sündenbock für seine Verbrechen gemacht und mich und meine ganze Sippe mit Schande bedeckt. Er hat mich wie ein Tier jagen lassen. Und …« – er hielt inne, um seine aufsteigende Wut niederzudrängen – »er hat Tidhild ermorden lassen. Eine gute Frau, die nur das Beste von jedem hielt, dem sie begegnete. Man hat sie abgestochen und ausbluten lassen wie ein Schwein. Verrat!«

In seinem letzten Wort schwang eine solche Bitterkeit mit, dass Acha nicht wusste, was sie sagen sollte. »Du bist dir sicher, dass er hinter all diesen Untaten steckt?«, fragte sie schließlich leise.

»Der Mann, der es mir sagte, war nicht mehr imstande zu lügen. Tostig ist ebenso verdorben wie sein Bruder. Die ganzen Godwins sind so. Vielleicht liegt die Verderbnis im Blut selbst, und die ganze Familie ist eine Brut von Verrätern.«

»Was willst du jetzt tun?«, wollte Acha wissen. »Sicher wirst du es nicht mit der ganzen Sippe der Godwins aufnehmen können.«

»Ich lasse mich jedenfalls nicht mehr hetzen wie einen Hund.« Seine Stimme brannte vor Leidenschaft.

Acha fasste ihn bei den Armen. »Du bist nur einer. Wie willst du sie alle töten? Willst du etwa nach Westminster reiten und dich bis zu Eduard durchkämpfen, wo Harold gewiss alle Schwerter des Königs zu seiner Verteidigung aufbieten wird?«

»Wenn nicht ich, wer dann?« Er musste an Wulfhere und die anderen kleinen Leute von York denken, die unter dem Joch von Tostigs Steuern stöhnten. Die Godwins scherten sich wenig um jemand anderen als sich selbst, das war klar genug. Die Ungerechtigkeit von Harolds kaltherzigem Griff nach der Macht traf den Recken so hart wie sein siedendes Verlangen nach Rache. »Ich muss mir einen neuen Plan überlegen«, fuhr er fort und zwang sich, mit ruhiger Stimme weiterzusprechen. »Die Godwins und ihre Verbündeten – selbst Erzbischof Ealdred, der ihnen so nahesteht – sind jetzt alle meine Feinde.« Im Geiste sah er Tostig vor sich, auf Hirnbeißer aufgespießt. Konnte er mit solch einer Tat durchkommen?

»Die Godwins sind die mächtigste Familie im Land. Du wirst nirgendwo in England vor ihnen sicher sein«, gab Acha zu bedenken.

Hereward sah sie scharf an und versuchte, ihre Gedanken zu lesen, die sich in ihrem Mienenspiel zeigten und wie dahinjagende Schatten über ihr Gesicht zu huschen schienen. Er legte die Hand aufs Herz.

»Wir kennen einander erst seit Kurzem, aber ich spüre, dass wir vom gleichen Schlag sind«, erklärte er. »Hier drinnen ist etwas, das uns verbindet. Ich habe noch eine Sache zu erledigen, aber wenn ich damit fertig bin, vor Sonnenaufgang, werde ich an der Schiffsanlegestelle sein. Warte dort auf mich. Ich werde dich beschützen. Und wir werden zusammen sein.«

»Du wirst mich beschützen?«, sagte sie, ohne ihm ins Gesicht zu sehen.

»Ich weiß, was du willst.« Nun legte er ihr die Hand aufs Herz. »Ich kenne deine geheimen Ängste und Hoffnungen, weil sie auch die meinen sind.«

»Und was ist es, das du noch zu erledigen hast?«

»Ich werde den Mönch befreien, von dem du mir erzählt hast.«

»Den Mörder?«

Er nickte. »Er verdient ein gerechteres Urteil, als er es hier in York finden wird.«

Ein Alarmruf hallte durch den Sturm. Hereward nahm an, dass die blutigen Zeugnisse seiner Befragung entdeckt worden waren. »Ich muss gehen, bevor man mich hier findet.« Er trat auf die Tür zu, drehte sich dann aber noch einmal zu ihr um. »Warte vor Sonnenaufgang am Fluss auf mich«, bat er erneut und musterte ihr Gesicht, um darin eine Antwort zu entdecken.

Ein weiterer Ruf, von einer anderen Stimme, ertönte und gleich darauf ein dritter. Hereward wusste, dass er nicht länger warten durfte. Mit einem letzten Blick zu Acha schlüpfte er aus der Tür und trat hinaus in den Sturm. Dunkle Gestalten huschten durch das Schneegestöber, ihre Rufe verhallten im heulenden Wind. Der Recke rannte an der Seite von Achas Haus entlang zur Palisade, trat das Tor auf und stiefelte weiter durch den knietiefen Schnee. Die Flocken fielen so schnell, dass seine Spuren bald verschwunden sein würden.

Er verdrängte die Gedanken an Acha, zog den Mantel fester um die Schultern und kämpfte sich durch den eisigen Wind in Richtung Kirche. In seinem Inneren schlugen die Trommeln das Wort »Verrat« in einem stetigen Rhythmus. Die Welt erschien ihm nun als ein Ort von Schatten, wo Ehre wenig bedeutete. In ihm verstärkte sich immer mehr der Eindruck, dass alle, die von Ehre sprachen, am wenigsten davon besaßen.

Weiter oben brandeten die Wellen aus Weiß gegen das massive graue Schiff der Kirche. Die Glocke protestierte mit leisen Klingeltönen gegen den wütenden Ansturm des Windes. Unterhalb des Turms duckten sich die Häuser des Klerus unter ihren dicken Hauben aus Schnee.

Hereward ging als Erstes zu der Hütte, wo er Alric gefunden hatte. Ratten huschten in alle Richtungen, als er eintrat, aber ansonsten war der kleine Raum mit dem strohbedeckten Boden leer. Hereward stieß einen Fluch aus, und das überraschte ihn selbst ein wenig. Der Mönch bedeutete ihm nichts. Aber dass Alric von Männern, die ihrer Macht nicht würdig waren, abgeurteilt werden sollte, war etwas, das seinem Gerechtigkeitssinn widerstrebte. Der Mönch hatte außerdem wie alle Menschen eine zweite Chance verdient. Hereward überlegte, ob er den Erzbischof aus dem Bett holen und ihn mit seinem Schwert kitzeln sollte, bis er ihm Alrics neuen Aufenthaltsort verriet. Vielleicht nicht bloß kitzeln.

Doch als der Recke sich auf den Weg zu Ealdreds Halle machte, hörte er die Stimmen von Männern, die erregt miteinander diskutierten. Er folgte den Lauten des Streitgesprächs und gelangte zu einem größeren Haus mit einem Holzdach. Er erkannte Alrics Stimme und, wie ihm schien, die des Erzbischofs. Hereward presste das Ohr gegen die Tür und lauschte.

»Sag mir, was der Mercier weiß!« Es war der Erzbischof. Seine Stimme klang angespannt.

»Selbst wenn ich etwas wüsste, würde ich es Euch nicht sagen.« Alrics Stimme brach.

»Wer hat sonst noch seine Lügen gehört?«

»Ich glaube nicht, dass er lügt. Ich habe ihn als ehrlichen Mann kennengelernt. Was ich nicht von anderen Menschen sagen kann, denen ich in York begegnet bin.«

»Er ist ein Mörder … ein Tier.«

»Er ist ein Mensch. Wie wir alle.«

Ealdred schnaubte. »Der Mercier hat gezeigt, dass er vom Bösen besessen ist …«

»Wie wir alle«, unterbrach Alric ihn mit lauter Stimme, »trägt er Gutes und Böses in sich, und wie alle anderen Menschen kann er gerettet und zu Gott geführt werden. ‚Weh denen, die Böses gut und Gutes böse heißen' …«

»Bleib mir vom Leib mit der Bibel! Deine eigenen Versündigungen gegen Gottes Gebote schreien nach Sühne. Erst wird das Gericht dich aburteilen, und dann wird man dich einem Gottesurteil unterwerfen. Du wirst brennen. Deine Nase wird sich mit dem Gestank deines versengten Fleisches füllen, und deine Schreie werden deine Kehle ausdörren. Ich bin gespannt, ob du dann immer noch diesen wertlosen Sünder verteidigen wirst.«

»Ihr wollt mich in Versuchung führen.« Alrics Stimme zitterte vor innerer Erregung. »Ihr wollt mich glauben machen, dass ich dem Prozess und dem Urteil entgehe, wenn ich diesen Mann fallen lasse, der mich braucht. Ich begrüße die Gelegenheit, meine Sünden zu bekennen und um Vergebung zu bitten.«

»Welch ein Hochmut zu glauben, du allein könntest eine Seele retten«, höhnte der Erzbischof. »Auch das ist eine Sünde gegen Gott.«

Hereward fühlte sich auf unerklärliche Weise berührt von den Worten des Mönchs. Er hatte seine Seele mit einem eisernen Panzer umgeben, solange er sich erinnern konnte, doch diese Nacht schien eine Wandlung in ihm herbeizuführen. Zorn kristallisierte sich aus der Verwirrung seiner Gefühle heraus und brachte ihn dazu, die Tür aufzureißen und in den Raum zu treten.

Der Erzbischof wirbelte herum. Sogleich zeigte sich Furcht in seinen asketischen Zügen, so wie bei den vier Männern zuvor, die an diesem Abend bereits gestorben waren. Im goldenen Schein des hell brennenden Herdfeuers schloss Alric die Augen, und ein seliges Lächeln überzog sein Gesicht. Er kniete mit gefesselten Händen und Füßen vor Ealdred. Neue Blutergüsse zierten sein Gesicht. Zwei Männer standen neben ihm Wache. Es waren keine Kirchenleute; Hereward vermutete, dass der Earl sie geschickt hatte, um Antworten auf Tostigs Fragen zu erzwingen.

»Zurück!«, donnerte der Erzbischof. »Oder Gott wird dich zerschmettern.«

»Dein Freund und Bundesgenosse, der Earl, hat bereits entdeckt, dass Gottes Wille nicht immer mit seinem übereinstimmt. Jetzt seid Ihr an der Reihe, diese Lektion zu lernen.« Hereward hob die Axt.

»Du wagst es, einen Mann Gottes anzugreifen? Wahrlich, du bist zu jeder Schandtat fähig«, keuchte Ealdred und wich bis an die Rückwand des Hauses zurück. Er drängte die Wachen mit nachdrücklichen Handbewegungen, Hereward entgegenzutreten.

Die beiden Wachen wirkten nicht sehr begeistert, aber packten die Speere, die an der lehmfarbenen Wand lehnten, und traten einen Schritt vor. Der Recke musterte seine Gegner; seine Augen funkelten im Feuerschein.

»Verschone sie«, sagte Alric.

»Erst müssen sie ihre Waffen fallen lassen.«

»Hört nicht auf ihn!«, rief Ealdred. »Greift an. Der Earl wird euch belohnen.«

Der Mönch bat wieder um Gnade für die beiden.

»Schweig!«, herrschte Hereward den jungen Geistlichen an. »Hör auf, mir immer wie eine Fliege im Ohr zu summen.«

Die Wachen griffen gleichzeitig an. Der Recke drehte sich zwischen den zustoßenden Speeren weg und ließ die Axt auf einen Schaft niedersausen, der sofort zersplitterte. Immer noch in derselben Bewegung schwang er sein Kriegsbeil gegen den Kopf des jetzt waffenlosen Mannes. Im letzten Augenblick drehte er die Klinge, sodass sie den Mann mit der flachen Seite an der Schläfe traf und ihn außer Gefecht setzte.

»Da«, fauchte Hereward. »Ich hab auf dich gehört. Jetzt sei still.«

Die andere Wache bemühte sich, die Speerspitze dorthin zu richten, wo der Recke jetzt stand. Doch Hereward trat dem Mann blitzschnell die Beine weg, sodass dieser zu Boden ging, und hob die Axt, um sie dem Gegner in die Brust zu schlagen.

»Nein«, flehte Alric. »Lass ihn leben!«

Laut fluchend hielt Hereward inne und trat dann dem Wachmann gegen den Kopf. »Es tut mir langsam leid, dass ich heute Nacht noch mal hergekommen bin.« Er funkelte den Mönch an, dann wandte er sich dem Erzbischof zu und hob drohend die Axt. Ealdred duckte sich unwillkürlich. »Ihr spielt mit dem Leben von Menschen«, sagte Hereward, »um die Interessen der Godwins zu fördern. Ich bin nicht so naiv zu glauben, dass Ihr Eure Bündnispartner fallen lassen werdet, aber wisst, dass sich früher oder später alles auf Erden rächt.« Anschließend wandte er sich dem Mönch zu, riss ihn am Kragen seiner Kutte hoch und durchtrennte die Fesseln. Als er Alric zum Ausgang schob, zischte er: »Meine Geduld steht auf Messers Schneide, Mönch. Es wäre klug, wenn du dein loses Maul von jetzt an nicht mehr aufreißt.«

Alric nickte, lächelte jedoch erneut.

Ealdred, der kurzzeitig seinen Mut wiederfand, rief dem Recken nach: »Deine Tage sind gezählt, Mercier. Du wirst diese Nacht bereuen.«

Hereward schenkte dem Erzbischof einen letzten, mörderischen Blick und zerrte dann den jungen Mönch hinaus in den nächtlichen Schneesturm.

Kapitel 23

Tostig wurde es übel, als er das Blut sah, das die Bohlen des Hauses tränkte. Es stank wie in einem Schlachthaus. Sein Blick ging über die Leichen, die wie Klafterholz zerstückelt und beiseitegeworfen worden waren. Dem kampferprobten Earl waren Blutvergießen und Tod nicht fremd, aber ein solches Gemetzel hatte er noch nie gesehen. Er warf einen Blick auf den Leichnam, der kopfüber am Deckenbalken hing, und murmelte, wie zu sich selbst: »Was für ein Mann ist zu so etwas fähig?«

Kraki hob eine der Leichen mit der Schuhspitze an und zuckte die Achseln. »Ein guter Mann, wenn man ihn in der Schlacht neben sich hat. Weniger gut, wenn man ihm Axt gegen Axt gegenübersteht.«

Tostig runzelte nachdenklich die Stirn. »Finde ihn. Er darf York nicht verlassen.«

Der Wikinger nickte. »Vielleicht weiß die Sklavin ja, wo er ist. Sie hat den Mercier zwischen ihren Schenkeln gefangen, und sie gehört zu den Frauen, die einem Mann dabei den Verstand rauben können.« Immer noch halb betrunken vom Fest taumelte er hinaus in die Nacht.

Der Earl zögerte einen Augenblick und betrachtete die Spuren der Folter an dem herabhängenden Leichnam. Dabei fragte er sich, wie viel Hereward von dem Sterbenden erfahren haben mochte. Er hatte seinem Bruder versprochen, den Norden im Namen der Godwins zu halten, aber jeden Tag hatte er das Gefühl, dass ihm die Kontrolle ein wenig mehr entglitt. Und jetzt das: Seine Chance, Harold zu beweisen, dass er des Vertrauens würdig war, stand kurz davor, von einem Mercier zerstört zu werden, der eher Tier als Mensch war. Schon hallte in seinem Kopf Harolds verächtliche Stimme wider, so wie er sie seit Kindestagen gehört hatte. *Tostig, der Schwächling. Tostig, der Versager.*

Die Frustration verwandelte sich in Zorn, als der Earl in die bitterkalte Nacht hinausging und den Spuren des Wikingers folgte. Er fand ihn, wie zu erwarten, in Achas Haus. Die Frau lag auf dem Boden und fletschte die Zähne wie eine Wildkatze. Ihre Wange war rot von dem Schlag, den Kraki ihr versetzt hatte.

Tostig herrschte sie an: »Wo ist der Kerl?«

Acha raffte sich auf und senkte unterwürfig den Kopf, doch aus ihren Augen blitzte der Trotz. Der Wikinger wollte sie abermals ergreifen, doch der Earl hielt ihn mit einer Hand zurück. Er rieb sich einen Moment das Kinn, während er sie musterte, und sagte dann: »Ich kann dich verstehen, Frau. Du bist nicht dumm. Ich weiß, dass du unter den Cymri hohes Ansehen genossen hast, und hier bist du ein Niemand. Du blickst insgeheim auf alle herab, die dich hier umgeben, und würdest am liebsten die bestehende Ordnung umstoßen, wenn du könntest.«

Acha erwiderte seinen Blick, ohne mit der Wimper zu zucken, sagte aber nichts.

»Was hast du in diesem Mann gesehen? Stärke? Schutz? Hoffnung, dass er dir helfen könnte, deine Ziele zu verwirklichen? Aber du solltest jetzt erkannt haben, dass er dich nicht beschützen kann und dir auch nicht helfen wird, irgendetwas in deinem Sinne zu erreichen. An seiner Seite erwartet dich nur eine einzige Zukunft: Du würdest das Leben einer Gesetzlosen führen, gejagt und verachtet und schließlich zur Strecke gebracht. Für eine Frau wie dich …« – Tostig schüttelte den Kopf und wählte seine nächsten Worte mit Bedacht – »wäre nichts von Wert, was ein Mann wie er dir bieten könnte.«

Die Stille, die den Worten des Earls folgte, wurde von dem Knistern des Feuers und dem Heulen des Windes draußen ausgefüllt. Acha ließ den Blick zu Boden sinken und sagte mit bitterer Stimme: »Er ist zur Kirche gegangen, um den Mönch zu befreien, der dort gefangen gehalten wird.«

Tostig nickte. An Kraki gewandt befahl er: »Ruf die Hauskarle zusammen. Findet ihn. Tötet ihn, wie er unsere Gäste getötet hat. Hinterlasst keine Spuren.«

Der Earl folgte dem Wikinger nach draußen und ließ Acha zurück, in der immer noch mörderische Gedanken gärten und die ihm am liebsten den Hals umgedreht hätte. Als er in die Halle zurückkehrte, wartete dort Judith auf ihn. Ihre besorgte Miene stand im Widerspruch zu ihrem festlichen grünen Kleid.

»Du wirst ihm nichts antun, oder?«

»Er ist unser Feind, und er hat schreckliche Verbrechen begangen.«

»Hereward ist eine verlorene Seele. Wir sollten lieber für ihn beten.«

»Dafür ist es zu spät.« Er wollte sich abwenden, doch Judith umfasste sein Gesicht mit den Händen und drehte es so, dass er ihr direkt in die Augen blickte.

»Du bist ein guter Mann. Du wirst dich selbst zerstören, wenn du dem Weg deines Bruders folgst.«

»Ich bin genauso viel wert wie Harold.«

»Viel mehr.«

Er küsste ihre Hand und genoss den flüchtigen Moment der Zärtlichkeit. Doch sein Gesicht verhärtete sich sogleich, als er hörte, wie Kraki mit barscher Stimme draußen vor der Tür Befehle gab. »Ich muss gehen«, sagte er und wandte die Augen ab, um seine Beschämung zu verbergen.

Der Wikinger hatte seine Männer vor dem Eingang der Halle Aufstellung nehmen lassen. Jeder Hauskarl hielt eine Fackel, die geräuschvoll im Wind flackerte. Das Licht warf monströse Schatten auf ihre wilden Gesichter. In der anderen Hand hielten die Krieger ihre Äxte oder Speere; den Männern war anzusehen, dass sie nach Blut lechzten.

Kraki warf einen Blick zu Tostig, den dieser mit einem knappen Nicken beantwortete. Mit einem Schlachtruf in der alten Sprache drehte der Wikinger sich um und hetzte davon in den Schneesturm. Der Earl sah den flackernden Lichtern nach, die in die Dunkelheit verschwanden, und hoffte auf einen baldigen Morgen.

Kapitel 24

»Was ist das?« Alric beschirmte seine Augen mit der Hand gegen den peitschenden Wind und zeigte über die schneebedeckten Dächer. In der Ferne schimmerten tanzende Flämmchen im treibenden Schnee.

»Fackeln«, antwortete Hereward. »Man sucht nach uns. Ich hatte gehofft, uns wäre etwas mehr Zeit vergönnt, bevor sie herausfinden würden, was ich getan habe. Aber so ist unser Schicksal, und wir müssen damit fertig werden.«

»Hast du Pferde bereitstehen? Wir könnten von York fortreiten, bevor sie uns finden.« In der dünnen Kutte zitternd schlang der Mönch die Arme um den Leib. Trotz der Kälte fühlte er sich beflügelt durch eine neu aufkeimende Hoffnung. Alles, worum er gebetet hatte, schien nun einzutreten.

»Und erfrieren, bevor die Sonne aufgeht«, führte der Recke den Satz fort. »Außerdem müssen wir noch auf jemanden warten.«

Alric runzelte die Stirn. »Warten? Auf wen?« Er sah Hereward erwartungsvoll an, und als dieser keine Antwort gab, nickte er. »Eine Frau.«

Hereward brachte den Mönch mit einem finsteren Blick zum Schweigen. »Ich habe es dir schon einmal gesagt. Halt's Maul.« Er beobachtete das Auf und Ab der Fackeln, die sich in ihre Richtung bewegten. »Sie wollen zur Kirche«, murmelte er in einem verwunderten Ton. »Woher wissen sie, dass ich hier bin?«

Er packte Alric an der Kutte und schob den Mönch in den engen Spalt zwischen zwei Häusern. Sie bahnten sich ihren Weg durch den knietiefen Schnee und über einen stinkenden Abfallhaufen. Über einen niedrigen Zaun gelangten sie in den Hinterhof einer Werkstatt und von dort auf die nächste Straße.

Hereward spähte die weiße Straße entlang und sah den Schein von zwei Fackeln. »Kraki, dieser verdammte Mistkerl!«, fluchte er unterdrückt.

»Was ist los?«, keuchte der Mönch.

»Der Wikinger, der die Hauskarle anführt, versteht seine Arbeit bestens. Er lässt seine Männer alle Straßen sperren, die zur Kirche führen, damit wir ihm nicht durch die Finger schlüpfen.«

»Wir könnten uns verstecken, bis sie fort sind.«

»Mit ihren Fackeln werden sie unsere Spuren trotz des Schneetreibens bald finden, und die werden sie direkt zu uns führen.« Hereward sah sich um; sein Auge fiel auf einen Kuhstall. »Da rein«, befahl er. »Versteck dich zwischen den Tieren, bis ich dich holen komme.«

Alric wollte protestieren, aber der Tonfall des Recken und sein zorniger Blick ließen keine Widerrede zu. Also lief der Mönch zu dem Stall und verschwand in der von Dunggeruch und Kuhdunst erfüllten Dunkelheit. Die Gegenwart des Fremden ließ die Kühe unruhig werden, ihr Schnauben wurde so laut, dass der junge Mann Angst bekam, der Lärm könnte ungewollte Aufmerksamkeit auf sich ziehen. Er schlich zur Tür und spähte hinaus in die schwarz-weiße Nacht, und er sah, wie Hereward sich in eine tiefe Wechte hineinwühlte und den Schnee wie eine Decke benutzte, unter der er sich versteckte. Alric fragte sich, wie der Recke die bittere Kälte aushielt; manchmal erschien es ihm, als ob nichts dem Mann etwas ausmachen konnte.

Zwei Hauskarle kamen die Straße heraufgestapft. Sie hielten die Köpfe gegen den böigen Wind gesenkt und leuchteten mit Fackeln voraus. Ihre Kapuzen waren tief nach unten gezogen, sodass ihre Gesichter verborgen blieben, und ihre Mäntel flatterten hinter ihnen wie die Flügel von Fledermäusen.

Als die zwei Männer an dem Versteck von Hereward vorbeikamen, stürzte er urplötzlich aus der Schneewechte hervor wie ein Untoter aus seinem Friedhofsgrab. Das Heulen des Windes übertönte die entsetzten Schreie der Hauskarle, und auch der Mönch war so von der Schnelligkeit und Wildheit des Angriffs überrascht, dass er sich unwillkürlich bekreuzigte. Herewards Schwert blitzte auf. Blut spritzte von der Kehle des ersten Mannes in den Schnee. Als er in die Knie brach und sich verzweifelt bemühte, den Blutstrom aufzuhalten, sprang Hereward an ihm vorbei auf den zweiten Hauskarl zu, der seine Axt aus dem flatternden Mantel zu zerren versuchte. Der Mercier schlug ihm mit einem einzigen mächtigen Hieb den Kopf ab.

Die Brutalität des Angriffs entsetzte Alric, und doch konnte er den Blick nicht abwenden. Die Plötzlichkeit des Todes, das Aufblinken der Klinge im Fackellicht, das Glänzen des dunklen Blutes auf dem weißen Schnee, die Schnelligkeit und Anmut der perfekt ausbalancierten Bewegungen des Recken hatten ihre eigene Poesie. Hereward eilte schon wieder fort, bevor sein zweites Opfer zu Boden gefallen war, wie ein flüchtiger Schatten, der über den Schnee huschte.

Der Mönch wusste, dass er nicht länger in seinem Versteck bleiben konnte. Er sagte sich selbst, er wäre nur um die Sicherheit seines Gefährten besorgt, aber ein Teil von ihm wusste, dass er einfach sehen wollte, was weiterhin passierte. Hier wurden ihm Einblicke in Gottes Werk gegeben, die ihm gewöhnlich verwehrt blieben, und er hatte den Wunsch, den Sinn von allem zu verstehen. Er stolperte auf die Straße, machte einen Bogen um die noch zuckenden Leichen und betrat einen schmalen Durchgang zwischen zwei Häusern, in dem der Recke verschwunden war. Als er in die Gasse einbog, hörte er einen Ausruf hinter sich und drehte sich noch einmal um. Ein Mann war aus seinem Haus auf die Straße getreten, um nachzusehen, was dort los war, und wandte sich nun mit einem ängstlichen Gesichtsausdruck wieder seinem Heim zu.

Obwohl Alric sich so schnell durch Wind und Schnee kämpfte, wie er konnte, hatte er den Mercier doch nach den ersten Schritten bereits aus den Augen verloren. Er wurde unsicher; er wusste, dass er eine sichere Zuflucht aufgegeben und sich in einen Irrgarten begeben hatte, im dem aus jeder Richtung ein Angriff erfolgen konnte. Mit klopfendem Herzen schlich er weiter, bis er die nächste Straße erreichte, und spähte um die Ecke eines kleinen Hauses. Ein weiterer Hauskarl kam die Steigung zur Kirche hinauf.

Eine Gestalt sprang vom Rand eines niedrigen Daches. Alric hatte nicht einmal bemerkt, dass jemand dort im wirbelnden Schnee lauerte. Lautlos stürzte sich Hereward auf den Mann, und sein Schwert fuhr herab wie ein Stachel. Für einen flüchtigen Augenblick sah der Mönch das zu einer tierischen Fratze verzerrte Gesicht des Recken aufblitzen, und dann war er schon wieder fort wie ein Geist. Zurück blieb ein zuckender Körper, der im Schnee sein dampfendes Lebensblut verströmte.

Alric eilte seinem Gefährten nach. Der tödliche Tanz zog ihn in seinen Bann. Wieder und wieder schlug der Tod zu: das Aufblitzen einer Klinge hier, ein Sprung aus dem Schatten dort. Hereward war überall und nirgends, tauchte unvermittelt aus dem Schneesturm auf und war einen Augenblick später in einem Wirbel von Flocken wieder verschwunden. Auf den Straßen mehrte sich die Zahl der Leichen. Und der einzige Laut war das Heulen des Windes, der von der Flussniederung durch die Gassen von York heraufstrich.

Benommen von der Brutalität eines Schwerthiebs, der den Gegner regelrecht ausweidete, taumelte Alric auf eine Straße hinaus. Doch schon im nächsten Moment bereute er seinen Fehler. Ein Hauskarl kam hinter einem nahe gelegenen Schweinestall hervor. Bevor der Mönch den Rückzug antreten konnte, brüllte der Mann eine Warnung an seine Kampfgefährten und rannte auf ihn zu. Er schwenkte die Fackel vor Alrics Gesicht und bellte eine Frage. Alric brachte keinen Ton heraus. Der bärtige Mann blickte auf die Kutte des Mönchs, und seine Augen funkelten misstrauisch. Er hob den Speer und zielte damit auf die Brust des jungen Mannes.

Eine Bewegung blitzte am Rande von Alrics Gesichtsfeld auf. Mit erhobenem Schwert sprang Hereward aus einem Versteck hervor. Doch der Hauskarl hatte die Bewegung auch gesehen, und er wirbelte herum und schwang seinen Speer. Die Waffe traf den Recken an der Schläfe, und Hereward ging zu Boden. Im nächsten Augenblick drückte die Speerspitze gegen seinen Hals. Der Mönch sah einen Blutstropfen daran herunterrinnen.

»Es … es tut mir leid!«, rief Alric. Seine Stimme klang dünn und erbärmlich.

Der Hauskarl grinste Hereward an. »Kein Teufel. Kein Geist. Nur ein Mann.« Er warf die Fackel zur Seite und packte den Speerschaft mit beiden Händen, um ihn in Herewards Hals zu rammen. Mit einem Schrei sprang Alric vorwärts, doch der Hauskarl schlug seitwärts mit dem Handrücken zu und traf den Mönch voll im Gesicht. Der junge Mann taumelte benommen zurück und stürzte zu Boden. Als er wieder klar sehen konnte, stand der Hauskarl erneut mit dem Speer zum tödlichen Stoß bereit.

Plötzlich tauchten vier Männer aus dem Schneesturm auf und warfen sich auf den Wikinger. Bevor er auch nur einen Schrei ausstoßen konnte, hatten sie ihn zu Boden gerissen und prügelten auf ihn ein. Zwei der Angreifer waren mit Knüppeln bewaffnet. Als Hereward sich aufgerappelt hatte und ihnen helfen wollte, lag der Hauskarl bereits besinnungslos im Schnee.

Alric, der mühsam wieder auf die Füße kam, bemerkte einen weiteren Mann, der aus dem Windschatten eines Hauses schlüpfte und sich umschaute. Der Mönch erkannte, dass es Wulfhere war. Der Rebell winkte mit seiner einzigen Hand. Innerhalb weniger Augenblicke schlüpften die vier Männer,

Hereward und der Mönch hinter Wulfhere in eine verlassene Schneiderei. Im Halbdunkel hockten sie sich neben dem Webstuhl zusammen, umgeben von dem scharfen Geruch von Färbemitteln.

»Danke für eure Hilfe«, flüsterte der Recke und sah Wulfhere und seine Männer an. In Herewards Gesicht sah Alric einen Ausdruck der Verwunderung, als könnte der Recke nicht verstehen, wieso irgendjemand sein eigenes Leben riskieren sollte, um ihn zu retten.

»Ihr habt Euch Tostigs grausamer Herrschaft widersetzt«, erwiderte der Einäugige, »und das Volk von York hat daraus Kraft geschöpft. Wir konnten nicht tatenlos zusehen, als der Hauskarl im Begriff war, Euch umzubringen.«

»Wir hoffen, Ihr werdet Euch unserem Aufstand gegen den Earl anschließen«, sagte einer der anderen.

Hereward schüttelte den Kopf. »Das ist nicht mein Kampf.« Als er die Enttäuschung in den Gesichtern ringsum sah, fügte er hinzu: »Und das ist nicht die Zeit für einen Aufstand. Ihr würdet damit scheitern.«

»Die Steuern bluten uns aus. Tostig raubt uns die Freiheit und versucht, uns seinem Willen zu unterwerfen. Er ist ein Mann des Südens. Er versteht nicht, wie wir Dinge hier in Nordhumbrien regeln.« Wulfhere gestikulierte leidenschaftlich mit seiner einzigen Hand. »Wir kämpfen, ansonsten gehen wir sowieso unter.«

»Ich verstehe. Aber das hier ist ein Krieg, ob er nun mit Speeren und Äxten ausgetragen wird oder nicht. Ihr müsst die Zeit und das Schlachtfeld bestimmen, wie es für euch am vorteilhaftesten ist, und sie euch nicht von der Gegenseite aufzwingen lassen. Und dafür sorgen, dass eure Streitkräfte stark und geschlossen sind.« Als Hereward sprach, erhellte der Anflug eines kalten Lächelns seine Züge. Alric konnte erkennen, dass sein Gefährte es genoss, einen strategischen Rat zu geben, der seinen Feinden zum Schaden gereichen könnte.

»Was schlagt Ihr vor?«, fragte Wulfhere.

»Ihr müsst die Thegns auf eure Seite ziehen. Wenn sie den Earl unterstützen, wird er sich nie aus seiner Halle vertreiben lassen. Sie sind die wahre Quelle der Macht in Nordhumbrien. Sprecht mit ihnen. Erzählt ihnen von euren Sorgen. Und wenn es ein Jahr braucht … oder auch zwei: Sie sind es, die ihr überzeugen müsst. Dann wird euch der Sieg gewiss sein. Tostig kann sich nicht allein mit seinen Hauskarlen gegen ganz Nordhumbrien stellen.«

Genau meine Rede, sagte sich der Mönch im Stillen. *Und das wird Harold Godwinssohn schwächen.* Hereward war klug; er brauchte kein Schwert, um Wunden zu schlagen.

Wulfhere und seine Männer erklärten einstimmig, dass Herewards Vorschlag richtig war. »Und wie soll es jetzt mit Euch weitergehen?«, erkundigte sich der Einäugige. »Es gibt hier Orte, wo Ihr Euch eine Zeitlang verstecken könnt, aber …«

»Tostig wird nicht ruhen, bis er mich gefunden hat«, unterbrach ihn Hereward. »Er wird eure Häuser niederbrennen und eure Nachbarn unter Druck setzen, bis ihr gezwungen seid, mich auszuliefern. Ich will euch das nicht zumuten. Wir müssen York noch heute Nacht verlassen. Wohin wir gehen …« – er warf Alric einen Blick zu –, »müssen wir noch entscheiden.«

Er dankte den Leuten noch einmal und trat hinaus in die Nacht. Als der Mönch auch zur Tür ging, reichte Wulfhere ihm noch rasch einen Mantel. »Der wird Euch warmhalten«, sagte der Einäugige. »Die Nacht ist bitterkalt, und Ihr werdet draußen erfrieren. Geht mit Gott, Alric, und mit unserem Dank.« Gerührt legte Alric dem Mann die Hand auf die Schulter und eilte Hereward nach.

Als er zu seinem Gefährten aufschloss, erkannte Alric, dass der Wind ein wenig nachgelassen hatte und der Schnee jetzt langsamer und in größeren Flocken fiel. Eine Ruhe überkam ihn, die Gedanken an Weihnachtsfeste in seiner Kindheit mit sich brachte, aber die Erinnerungen vergingen so schnell, wie sie gekommen waren. Schritte knirschten im Schnee. In Richtung der Kirche erleuchtete ein rotes Glühen den Himmel, begleitet von einem fernen Knistern und Knacken. Goldene Funken stiegen spiralförmig zu den herniedersinkenden Schneeflocken auf. Weiterer Feuerschein kam von allen Seiten, und ein Geruch nach Rauch lag in der Luft.

»Brennen sie jetzt die ganze Stadt nieder, um uns zu finden?«, fragte er mit wachsender Unruhe.

»Sie haben die Jahreswendfeuer entzündet, die die Nordmänner für ihr Fest in drei Tagen errichtet haben«, erklärte Hereward, und seine Miene verfinsterte sich. »Da überall massenweise Schnee liegt, der alles reflektiert, werden sie die Nacht an vielen Stellen zum Tag machen, und es wird weniger dunkle Bereiche geben, wo wir Deckung finden können.«

»Sie müssen dich sehr hassen, dass sie solche Mühen auf sich nehmen.«

»Sie fürchten mich.«

In diesen Worten lag keine Prahlerei, es war nur die ruhige Feststellung einer Tatsache. Hereward schlich weiter durch die schmalen Gassen zwischen den Häusern, bis laute Stimmen und ein Lachen zu hören waren, was sie beide sehr verwunderte. Alric spähte über die Schulter des Recken und sah eine Gruppe von Männern, die ein Stück weiter die Straße entlang auf die Kirche zuhielt. Einer von ihnen war Tostig, hinter dem Kraki und zwei weitere Hauskarle gingen. Das Gesicht des Earls, soweit man dies erkennen konnte, war ernst, während er sich mit einem ebenso ernsten Erzbischof unterhielt. Ealdred war in einen dicken Wollmantel gehüllt, der ebenso grau war, wie sein Gesicht nun wirkte. Aber das Lachen kam von Harald Rotzahn, der um die Gruppe herumsprang und gelegentlich den Kopf zurückwarf und ein brüllendes Gelächter zum Himmel schickte. *Er sieht aus*, dachte Alric, *als hätte er völlig den Verstand verloren.*

Ein Mann kam herbeigelaufen, um dem Earl eine wichtige Information mitzuteilen, und verschwand genauso schnell, und dann eilte ein zweiter zu Tostig. Der Mönch sah, dass sie keine Hauskarle waren. Tostig hatte sich mit seinem Gold mehr Unterstützung erkauft.

Hereward beobachtete die Männer, welche die Häuser absuchten, um das Muster ihrer Vorgehensweise zu erkennen. »Sie durchkämmen die Straßen eine nach der anderen«, sagte er schließlich. »Sie werden die Tore und die Mauern mit Wachen besetzt haben. Die Chance ist gering, aus der Stadt herauszukommen.«

»Was können wir tun?«

»York niederbrennen. In dem Durcheinander können wir vielleicht einen Weg finden.«

»Wir können keine rechtschaffenen Menschen töten«, meinte Alric entsetzt, »nur um unser Leben zu retten.«

Hereward ballte enttäuscht die Fäuste, und einen Augenblick lang sah es so aus, als wollte er Alric niederschlagen. »Dann eben nicht«, erwiderte er. »Du hast damit vermutlich unseren eigenen Tod sichergestellt, aber so sei es.« Er warf einen letzten Blick auf die Gruppe von Männern und murmelte, wie zu sich selbst: »Es sind jetzt zu viele, um sie alle zu bekämpfen, und sie sind zu gut organisiert.«

»Ich habe einen Plan«, sagte Alric.

Kurz darauf schlichen die beiden Männer eine Straße hinab, wo mehrere Familien ihre Schweine in einem einzigen großen Stall untergestellt hatten. Alric ging hinein und scheuchte die Tiere heraus, während Hereward an der Tür wartete und ihnen auf die Flanken schlug, als sie vorüberrannten. Die quiekenden Schweine verteilten sich wie wild auf der Straße, und innerhalb weniger Augenblicke kamen ihre Besitzer aus den umgebenden Häusern gelaufen und machten ihrem Unmut laut. Nahezu zwanzig Männer, Frauen und Kinder rannten hinter den Schweinen her, um sie wieder einzufangen, und machten dabei einen Höllenlärm, während immer mehr Leute aus ihren Häusern auftauchten, um zu sehen, was da draußen los war.

Aber das ist erst der Anfang, dachte Alric.

Während Tostigs Männer auf das Geschrei zuliefen, rannten Hereward und Alric zwischen den Häusern entlang in Richtung Kirche. Wie sie gehofft hatten, war der Kirchenbezirk verlassen.

»Und so riskieren wir Kopf und Kragen«, murmelte Hereward. »Ich muss den Verstand verloren haben, als ich dem Rat eines Mönchs gefolgt bin.«

Alric rannte in die Kirche. Seine Schritte hallten entlang des Kirchenschiffs wider, bis er die Tür zum Turm erreichte. »Hilf mir!«, rief er Hereward zu. Zu zweit hängten sie sich an das Glockenseil und zogen mit aller Kraft. Hoch oben schlug die Glocke an.

Innerhalb weniger Augenblicke näherte sich der Klang eiliger Schritte. Hereward duckte sich hinter die Tür und zog sein Schwert. Nur wenige Augenblicke später stürzte ein junger Diakon in den Turm.

»Schnell. Du musst mir helfen!«, rief Alric. »York wird von Seeräubern angegriffen, wie in den alten Zeiten, von denen unsere Großväter erzählt haben. Läute die Glocke! Wir müssen die Stadt vor der Gefahr warnen.«

Alte Ängste erwachten in dem jungen Mann. Ohne nachzufragen, griff er nach dem Glockenseil und begann zu läuten.

Alric rannte zurück durch das Hauptschiff, und Hereward folgte ihm auf dem Fuße. Sie wussten, dass die Zeit für sie knapp wurde. Der Erzbischof würde Männer schicken, um herauszufinden, was geschehen war, vielleicht sogar Hauskarle, wenn er den Verdacht hatte, dass Hereward hinter dem Alarm steckte.

Draußen jedoch sah er, dass sein Plan bereits seine Wirkung entfaltete. Aus allen Häusern drängten Männer, Frauen und

Kinder ins Freie, einige noch mehr oder weniger betrunken von den abendlichen Festlichkeiten, andere übernächtigt und müde. Die Bedeutung der Alarmglocken war tief in ihrem Innern verankert. Die Menschen schwärmten in alle Straßen und auf die öffentlichen Plätze; sie schrien Fragen, suchten nach Waffen, wollten wissen, woher der Angriff drohte. Die hell lodernden Leuchtfeuer führten dazu, dass sie sich noch mehr ängstigten.

Ganz York war ein einziges Durcheinander von Lärm und allgemeiner Verwirrung. Hereward und Alric zogen sich die Kapuzen tief ins Gesicht und tauchten in den hin und her eilenden Menschenmassen unter.

Kapitel 25

Ein rauer Wind blies über das Hafengelände. Eis säumte das schwarze Band des Flusses, der sich in die hügelige weiße Landschaft erstreckte, als die beiden dunklen Gestalten sich aus den Schatten lösten. Ihre Schritte wurden erst langsamer, als sie das Plätschern des Wassers am Flussufer hören konnten. Abgesehen von den natürlichen Geräuschen des Gewässers war alles still. Die tägliche Geschäftigkeit des Hafens war während der Weihnachtszeit zum Erliegen gekommen. Die Werkstätten der Schiffsbauer lagen dunkel und still da, doch der Geruch von neuem Holz hing noch in der kalten Luft. Die kleineren Boote lagen wie gestrandete Fische auf der verschneiten Uferböschung. Die größeren Schiffe zerrten an ihren Ankertauen am Kai und an den Bootsstegen.

Hereward lief zu einem großen Haufen von Ballaststeinen und duckte sich dahinter; Alric tat es ihm gleich. Sobald sie aus dem beißenden Wind heraus waren, rieben sich die beiden Männer die Hände und versuchten, etwas Leben in ihre tauben Finger zurückzubringen.

»Hat mein Plan nicht gut geklappt?«, fragte Alric.

»Niemand liebt einen Angeber, Mönch«, gab der Recke zurück. »Und es besteht immer noch die Möglichkeit, dass unsere Köpfe auf Pfählen enden.«

»Das Gesetz sagt …«

»Vergiss das Gesetz! Das gilt nur für das Volk. Männer wie Tostig und Harold Godwinssohn machen sich ihre eigenen Gesetze.«

»Dennoch sollten wir dem Herrn danken, dass wir noch am

Leben sind. Ohne Gottes Hilfe hätten wir es nie so weit geschafft.« Alric schloss die Augen. Er dachte an seine dunkelsten Stunden, nachdem Harald Rotzahn ihn dem Erzbischof ausgeliefert hatte. Er hatte Gott angefleht, seine Schuld begleichen zu dürfen, aber er hatte nie wirklich geglaubt, dass er jemals Gelegenheit dazu bekommen würde. Im Stillen verfluchte er seinen eigenen Mangel an Glauben und machte Gott ein weiteres Versprechen.

Das Läuten der Kirchenglocken in der Stadt verstummte, und das Stimmengewirr begann abzuflauen.

»Wer ist die Frau?«, fragte der Mönch, als ihm aufging, warum Hereward dauernd am Rand des Ballasthaufens hockte und Ausschau hielt.

Zuerst dachte er, der Recke würde nicht antworten, aber dann erklärte dieser mit vorgetäuschtem Gleichmut: »Ihr Name ist Acha. Sie ist eine Cymri und wurde als Sklavin hierhergebracht, um Wasser zu schleppen und das Feuer am Brennen zu halten. Sie sagte mir, ihr wäret euch im Münster begegnet.«

Alric nickte. »Und du liebst sie?«

Hereward verpasste dem Mönch einen Schlag gegen den Hinterkopf und widmete sich wieder seinen eigenen Gedanken.

Die Zeit verging. Der Schnee hörte auf zu fallen, und die schwarzen Wolken begannen sich zu verziehen. An ihrer statt erschienen eisig glitzernde Sterne in einem majestätischen Bogen am Himmel, und der Schein des Vollmonds brach sich in den Wellen.

In der Stadt brannten immer noch die Freudenfeuer, und hier und da waren die hallenden Rufe von Tostigs Suchtrupps zu vernehmen. Als in der Nähe Schritte erklangen, zog Hereward sein Schwert und kroch den Steinhaufen hoch. Alric schob sich neben ihn. Aber der Ankömmling war nur ein Seemann, der zu einem der größeren Schiffe wollte. Ein weiterer schloss sich ihm an, und dann kam ein ganzer Strom von ihnen nach. Die Seeleute gingen mit wankenden Schritten; sie waren übernächtigt und immer noch halb betrunken vom Besuch der Taverne. Ihre Stimmen, als sie sich unterhielten, klangen müde. Doch als sie ihr Schiff zur Abfahrt bereitmachten, begannen sie zu singen. Fackeln flammten auf, um ihre Arbeit zu beleuchten und ihre Hände zu wärmen.

»Ein früher Aufbruch, um auf dem Walweg zu ihrem Heimatland zu fahren«, murmelte Alric.

»Wir haben nichts, um eine Schiffsreise zu bezahlen.«

»Es ist unsere einzige Möglichkeit, schnell von hier zu verschwinden.«

»Was schlägst du vor? Dass ich sie alle töte und ihr Schiff stehle; dass nur wir beide als Besatzung auf dem Walweg fahren, bestärkt durch die Kraft deiner Gebete? Ein großartiger Plan.« Hereward kroch rückwärts die Steine hinunter und hockte sich nieder.

Alric beobachtete weiter die Seeleute, überlegte hin und her, fand jedoch keine Lösung. Nach einer Weile sah er eine dunkle Gestalt in Mantel und Kapuze den Kai entlanggehen. An ihren kleinen Schritten konnte er erkennen, dass es eine Frau war.

»Hereward«, flüsterte er.

Der Recke kletterte wieder den Steinhaufen hinauf. Sein Gesicht hellte sich auf, als er sie sah. Er stieg über die Steine und trat mit knirschenden Schritten durch den Schnee auf sie zu. Die Frau hielt an, zögerte einen Augenblick und schlug dann ihre Kapuze zurück.

Hereward, der gerade im Begriff war, die Arme auszubreiten, blieb abrupt stehen.

Es war Judith.

Hereward wich einen Schritt zurück, als ob Tostigs Frau das erste Zeichen eines Angriffs wäre. Aber dann lächelte sie, ein wenig traurig, wie es Alric erschien, und forderte den Recken mit einem Handzeichen auf näherzutreten.

»Sie kommt nicht, Hereward«, sagte sie. Der Fackelschein vom Schiff beleuchtete ihr Gesicht.

Herewards Miene ließ nicht erkennen, was er empfand. »Warum nicht?«

Nach einem Moment des Schweigens rang sich Judith ein Lächeln ab. »Es ist nicht der rechte Zeitpunkt für sie. Vielleicht irgendwann in der Zukunft …«

Herewards Lachen konnte seine Enttäuschung nicht verbergen. »Warum seid Ihr hier?« Er sah an ihr vorbei den dunklen Kai entlang.

»Mein Mann weiß nichts davon, dass ich hier bin«, sagte sie und beantwortete damit seine unausgesprochene Frage. »Ich bin allein gekommen.« Alric sah einen Hauch von Zuneigung in ihren glänzenden Augen, der ihn überraschte. Sie fröstelte und hüllte sich enger in ihren Mantel. »Was zwischen Mann und Frau geschieht, bleibt in ihren Herzen verborgen, doch manchmal kann eine Frau Dinge sehen, die ein Mann nicht erkennt. Was auch immer du über Tostig denken magst, er ist kein schlechter Mensch, aber manchmal strebt er nach Dingen, die nicht gut für ihn sind, oder hört anderen zu, die ihm schlechte Ratschläge geben. Ich würde nie meine Stimme gegen ihn erheben, aber ich bete jeden Tag in der Kirche für ihn.«

Alric sah, wie Hereward an jedem ihrer Worte hing. Sein Gesicht hatte einen seltsamen Ausdruck angenommen, der fast kindlich anmutete; doch vielleicht entstand dieser Eindruck auch nur durch die Schatten, die der unstete Fackelschein warf.

»Ich habe gesehen, wie du in den letzten Sommern zum Mann gereift bist«, fuhr Judith fort. »Du warst so wild, wie sie es von dir behaupten, als du erstmals an den Hof kamst, aber du hast seitdem dazugelernt. Hörst du, was ich dir sage?«

»Ich bin kein guter Mensch«, entgegnete Hereward, als ob die Frau ihm eine andere Frage gestellt hätte.

»Du bist verletzt … innerlich verletzt. Und wie bei allen, die in einer Schlacht verwundet wurden, verzehrt einen manchmal der Schmerz, und er verwandelt sich in Zorn, und man verliert den Teil von einem selbst, der sich nach Frieden sehnt. Doch ich glaube immer noch, dass du ein guter Mensch bist, Hereward, und du wärest ein besserer, wenn sich nur eine helfende Hand deiner annehmen würde.«

Alrics Herz schlug höher. Es war, als hätte die Frau seine eigenen Gedanken gelesen.

»Dies ist die Hilfe, die ich dir bieten kann, in der Hoffnung, dass sie dir den Frieden bringen wird, den du brauchst.« Judith blickte zurück zu den Seeleuten, die auf dem Schiff ihrer Arbeit nachgingen. »Das da sind meine Landsleute. Sie segeln heute nach Hause, um bei ihren Familien zu sein, nachdem die Winterstürme sie über Weihnachten hier festgehalten haben. Der Walweg ist immer noch gefährlich, aber sie wollen die Überfahrt wagen, aus Liebe.« Sie ließ das Wort in der Luft hängen und fuhr dann fort: »Ich habe mit Acha gesprochen, und sie hat mir gesagt, wo ich dich finden würde. Sie hat es meinem Mann nicht erzählt. Das wird sie auch nicht tun. Sie hat ihre eigenen Verletzungen, das weißt du.«

Hereward nickte.

»Ich habe es so eingerichtet, dass du auf dem Schiff mitfahren kannst, ohne dafür bezahlen zu müssen. Was du tust, wenn du Flandern erreichst, ist deine Entscheidung, aber du verdienst eine zweite Chance. Wenn du auf mich hörst, wirst du dein Leben Gott weihen, und auf diese Weise wirst du alles finden, wonach du suchst.«

Hereward blieb eine lange Zeit stumm. Alric konnte an seinem Gesicht ablesen, wie er damit kämpfte, dass jemand ihm so viel Güte gezeigt hatte. In diesem Augenblick wurde der Mönch von Neugier erfasst zu ergründen, was diesen Mann so anders, so verwirrend machte. Es gab, wie es schien, viele verborgene Orte in Herewards Innern, und sie alle waren dunkel.

»Sollte ich jetzt fortreisen«, sagte der Mercier, »werde ich eines Tages wiederkehren und Harold Godwinssohn für seine verbrecherischen Taten gegen mich zur Rechenschaft ziehen.«

»Wenn du ihn tötest, wirst du England Wilhelm dem Bastard in die Hände spielen. Harold ist der Einzige, der sich ihm entgegenstemmen kann.«

Hereward gab darauf keine Antwort.

»Du glaubst das Leben sei hart, wenn die Godwins hier die Macht besitzen?« fuhr Judith fort. »Aber das ist kein Vergleich mit dem, was geschehen wird, wenn Herzog Wilhelm in unserem Land die Macht an sich reißt. In der Normandie herrschen seit Jahren entsetzliche Zustände. Rivalen werden bei Hofe vergiftet, Dörfer in Schutt und Asche gelegt, rebellische Stimmen mit Axt und Schwert zum Schweigen gebracht.«

»Es ist das Wikingerblut, das in den Adern der Normannen fließt«, merkte Hereward dazu an.

Judith nickte. »Und doch hat Wilhelm alle Widerstände in der Normandie bezwungen. Was für eine Art Mann ist imstande, solch ein gewalttätiges Land zu regieren? Ein grausamer Mann. Ein kalter Mann. Ein Mann, dem für die Macht kein Preis zu hoch ist. Stell dir vor, jemand wie er sitzt auf dem Thron von England. Was wird dann aus unserer Heimat werden?« Der Mönch sah, wie Herewards Gesicht sich verfinsterte, als Judith flehend die Hände rang. »Harold Godwinssohn kann so hart sein wie der Normannenherzog, und das ist es, was England in diesen Tagen braucht. Kein Pflänzchen, sondern eine feste Eiche, die sich vom Sturm nicht beugen lässt. Würdest du dein Volk eines solchen Verteidigers berauben wollen?«

Der Recke beugte den Kopf. »Nein.«

»Du bist ein starker Mann mit einem tapferen Herzen, Hereward. Zeig deine Stärke, indem du jetzt fortgehst und niemals wiederkehrst.«

Hereward pflichtete ihr mit einem knappen Nicken bei. Er

dankte seiner Wohltäterin und fragte: »Könnt Ihr auch meinem Freund einen Platz auf dem Schiff besorgen?«

Alric war wieder einmal überrascht.

Judith lächelte. »Das habe ich bereits geregelt.« Dann beugte sie sich vor, um Hereward etwas ins Ohr zu flüstern, und für einen flüchtigen Moment sah der Recke unerklärlich traurig aus. Dann schlug die Frau ihre Kapuze über den Kopf und eilte fort in die Nacht.

»Was hat sie gesagt?«, fragte Alric, als er über den Steinhaufen geklettert und an die Seite seines Gefährten getreten war.

»Dass Mönche eine Tracht Prügel kriegen sollten, wenn sie den Mund aufmachen.« Er schaute zum östlichen Himmel, wo sich ein erster dünner Silberstreif am Horizont zeigte. »Der Lauf meines Lebens hat sich heute Nacht verändert«, meinte er nachdenklich. »Vorher hat er sich wie ein Fluss in Windungen zum Meer bewegt. Jetzt stürzt er in einen tiefen, dunklen Abgrund, und wo er schließlich wieder auftauchen wird, weiß ich nicht.«

»Alle Flüsse münden am Ende ins Meer.«

Hereward senkte den Kopf und holte tief Luft. »Mein altes Leben endet hier. Harold hat gewonnen. Ich kann dem König nicht helfen. Ich bin auf allen Seiten von Verrat umgeben gewesen; selbst mein eigener Vater hat mich verraten. Und jetzt werde ich aus meiner Heimat vertrieben – verfolgt, verachtet, mit Schande bedeckt. Was hält die Zukunft bereit?«

Alric legte dem Recken eine Hand auf die Schulter. »Jetzt warten wir darauf, dass Gott dir seinen Willen kundtut. Die schrecklichen Dinge, die du erduldet hast, könnten Gottes Werk sein, um dich für den Weg zu formen, der vor dir liegt. Es gibt ein Muster in allen Dingen, auch wenn wir es nicht sehen.«

Gemeinsam gingen die beiden Männer zu den singenden Seeleuten. Der Fackelschein erhellte ihnen den Weg zum Schiff, doch jenseits davon lag nur das dunkle Wasser.

Kapitel 26

Nordsee, Küste von Flandern
4. Januar 1063

Zwei Tage lange kämpfte das Schiff mit hohem Seegang und eisigem Nordwind, der die Bärte und Augenbrauen der Seeleute mit weißem Reif bedeckte. Unter den rauen Bedingungen fand Hereward wenig Zeit, über das Vergangene nachzudenken. Alric verbrachte die Stunden zusammengekauert im Heck, wo von einer Kette ein Kohlebecken herabhing, oder würgend über die Reling gebeugt, während das Deck unter seinen Füßen buckelte. Und dann, in der zweiten Nacht, brach ein Sturm herein wie ein hungriger Wolf.

Eiserne Wellen türmten sich zu riesigen Klippen auf. Unter einem pechschwarzen Himmel riss ein greller Blitz vor Entsetzen starre Gesichter aus der Dunkelheit, als der drachenköpfige Bug auf dem sich bäumenden Ozean fast lotrecht in die Tiefe sauste.

»O Herr, rette meine Seele!«, schrie Alric vor Angst, sodass er selbst das Krachen des Donners übertönte. Seine Kutte hing an ihm wie ein nasser Sack, als er sich mit steifen Fingern an den Mast klammerte. Eine Welle stürzte über ihn herein und riss an seinen Armen, aber er hielt sich mit letzter Kraft fest.

»Hier!«, brüllte Hereward und warf ihm ein Stück Tau zu, damit er sich festbinden konnte. »Halt durch.« Die Eiseskälte der Gischt drang dem Recken bis ins Mark seiner Knochen. Wer über Bord ging, war so gut wie tot, das wusste er. Um ihn herum kämpften die sturmerprobten Seeleute mit den Rudern und beteten darum, dass der Morgen bald kommen würde.

Das Schiff schlingerte durch schwarze Täler wie ein Blatt im Wind. Das Segel hatte sich längst losgerissen. Es flatterte wild und drohte, den Mast aus seiner Verankerung zu reißen oder das Schiff zum Kentern zu bringen und sie alle in die dunkle Tiefe des Meeres hinabzuziehen. Die unverzurrte Takelung peitschte durch die Luft. Hereward duckte sich blitzschnell, als ein eingefettetes Hanfseil auf seinen Kopf zuschoss, doch der Seemann neben ihm reagierte zu langsam. Die Spitze des Taus traf ihn ins Gesicht und schlug ihm das linke Auge aus. Halb betäubt krachte der Seemann auf das überflutete Deck. Bevor Hereward ihn zu packen kriegte, riss eine Welle den Mann mit und spülte ihn über Bord.

Als das losgerissene Seil erneut an Hereward vorüberzischte, griff er danach und band es sich um den Leib, um sich abzusichern. Mit gespreizten Beinen stemmte er sich gegen die Gewalten der Natur. Bitterkeit stieg in ihm auf. So kurz vor ihrem Ziel in einen so unglückseligen Sturm geraten zu sein erschien ungerecht.

Überall auf Deck zitterten die Seeleute in ihren ranzigen, eingefetteten Fellen und klammerten sich an jedem Halt fest, den sie finden konnten. In ihren übermüdeten Gesichtern konnte Hereward die Angst vor dem Schicksal lesen, das sie erwartete. Bald würden sie dem Warmschlaf erliegen, aus dem kein Mensch je wieder erwachte.

Eine weitere eisige Welle schlug mit der Gewalt von fünfzig Hämmern auf ihn ein und riss ihm die Füße weg. Mund und Nase waren voller Salzwasser, und ihm drehte sich der Kopf, aber das Seil um seine Mitte hielt.

Das ächzende Schiff stieg hoch auf einen Wellenkamm, hing dort einen Augenblick lang und stürzte dann bugabwärts in das nächste Tal. Hereward stülpte sich der Magen um, und der Mönch übergab sich. Das Schiff prallte in das Wasser, als wäre es auf einen Felsen geschlagen. Männer flogen durch die

Luft und krachten zurück auf die Planken, suchten verzweifelt nach Halt. Der Recke war überzeugt, das protestierende Schreien des Schiffsrumpfs hören zu können. Unter dem Deck waren die Spanten mit pechgetränkten Seilen festgezurrt, damit sich der Schiffskörper bei rauer See etwas bog, anstatt zu zerbrechen, aber selbst das würde bei dieser extremen Beanspruchung nicht ausreichen. Noch gaben die Außenplanken nicht nach, doch Hereward wusste, dass ihre hölzernen Nieten nicht ewig halten würden.

Im Heck kämpfte einer der Seeleute vergeblich mit dem Steuerruder. Mit einem ohrenbetäubenden Knacken, das sogar lauter als das Tosen des Meeres war, brach das Eichenruder. Die Bruchstücke flogen dem Steuermann ins Gesicht und schleuderten ihn gegen den aufragenden Achtersteven. Mit einem weiteren, nicht so lauten Knacken brach sein Rückgrat.

»Dieses Wellenross stirbt unter uns!«, schrie Hereward. Die Raben flogen jetzt so nahe, dass er fast ihre Schwingen im Nacken spüren konnte, doch er hatte keine Angst. Ein Teil von ihm hieß das willkommen, was vor ihm lag, auch wenn er einen ehrenhaften Tod mit dem Schwert in der Hand vorgezogen hätte. Er sah zu Alric hinüber und versuchte, ein paar letzte freundliche Worte zu finden, welche die Seele des Mannes am Ende erleichtern würden. Doch die Augen des Mönchs strahlten voller Hoffnung.

»Ein Leuchtfeuer«, keuchte Alric. »Ich habe ein Leuchtfeuer gesehen. Unsere Gebete wurden erhört.« Er hätte mit dem Finger darauf gezeigt, wenn er seine von der Kälte starren Hände vom Mast hätte losreißen können.

Hereward versuchte, etwas zu erkennen, sah jedoch nur die undurchdringliche Dunkelheit, als das Schiff in ein weiteres Wellental hinabrauschte. »Das war ein Stern«, sagte er. »Da ist nur Wasser um uns herum.«

»Ich habe es wirklich gesehen«, protestierte Alric. »Wir sind nahe am Land. Dem Herrn sei Dank.«

Hereward schüttelte den Kopf. Sollte sein Gefährte doch Trost in seinem Wunschdenken finden!

Er klammerte sich fest an das Seil, als eine weitere kalte Welle über ihn hereinbrach. Das Schiff bewegte sich träge wie Blei, drehte sich und lag tief im Wasser. Der Recke wusste, was dies bedeutete: Die Wellen hatten das Unterdeck fast überflutet.

Bald ist es so weit.

Der Gedanke war ihm kaum durch den Kopf geschossen, als eine Wand aus schwarzem Wasser vor ihm aufragte. Die Flut schlug über ihm zusammen.

Er trieb im Ungewissen. Seine Mutter war da – so schön, wie er sie aus seiner frühen Kindheit in Erinnerung hatte. Ihr blasses Gesicht war nicht von blauen Blutergüssen gezeichnet, ihre Lippen und Nase waren nicht zerschlagen, nicht blutig. Und Tidhild war auch da; sie nahm seine Hand und versuchte ihm etwas zuzuflüstern. Aber je mehr sie sich bemühte, umso mehr sträubte er sich.

»Die Eiche ist gespalten!«, rief seine Mutter. »Aber es ist nicht das Ende.«

Vögel krächzten laut. *Raben*, dachte er. Sein Kopf drehte sich, als er die rauen Schreie vernahm. *Die Raben sind gekommen.*

Aber es waren nicht die Stimmen von Raben, wie er im nächsten Moment erkannte. Möwen! Sie waren überall, in seinem Kopf und rings um ihn herum; mal stieg ihr Gekreische an, mal fiel es.

Kalte Kieselsteine … hart unter seinem Gesicht.

Das Donnern der Brandung, das saugende Geräusch von Wasser, das über Steine zurückflutete …

Er öffnete die Augen. Ein schwaches silbriges Licht umgab ihn. Jede Faser seines Körpers brannte, und sein Kopf fühlte sich an, als wäre er mit Eisen gefüllt. Würgend stemmte er sich hoch und spuckte Meerwasser. Er konnte kaum glauben, dass er am

Leben war. Sein Blick glitt über Bruchstücke von Planken und ein Knäuel von Tauen; der ganze Strand war von Schiffstrümmern übersät. Mehrere menschliche Körper lagen mit dem Gesicht nach unten im Kies, misstrauisch beäugt von den herumspazierenden Möwen.

Obwohl er völlig durchnässt war, fror er nicht. Ein Knistern und Prasseln und eine Hitze in seinem Rücken zogen seinen Blick zu einem Feuer, das von einem großen, hageren Mann mit einem pockennarbigen Gesicht in Gang gehalten wurde. Er sah unbeteiligt zu Hereward hinüber und bückte sich, um weiteres Treibholz aufzulesen. Acht Überlebende des Schiffbruchs kauerten und lagen rings um das Feuer, das sie vor dem Warmschlaf, dem leise schleichenden Tod, bewahrte. Ein paar von ihnen waren noch bewusstlos, andere starrten wie gebannt in die Flammen; der Schock stand ihnen ins Gesicht geschrieben. Hereward kam taumelnd auf die Füße und sah zu seiner Erleichterung Alric auf der anderen Seite des Feuers. Der Mönch lag mit dem Gesicht nach unten auf dem Boden, aber er zuckte wie ein träumender Hund.

»Du hast uns gerettet?«, fragte Hereward den pockennarbigen Mann.

»Er spricht kein Englisch«, erklärte einer der Seeleute. »Es sind Flamen.« Er wies mit der Hand in die Richtung dreier anderer Männer, die durch die Brandung wateten, um nach irgendetwas Brauchbarem aus den Schiffstrümmern zu suchen.

Hereward blickte den Strand entlang und konnte in der Ferne eine breite Flussmündung erkennen, die im Morgenlicht aufglänzte. Die Landschaft ringsum war flach und nur von Büschen und kahlen, krummen Bäumen bestanden, deren Kronen sich unter dem rauen Seewind landeinwärts bogen.

»England scheint weit weg zu sein.«

Der Recke schaute zur Seite. Er war so in den Anblick des Umlands versunken gewesen, dass er gar nicht gemerkt hatte, wie Alric aufgestanden und zu ihm getreten war. Der Mönch blickte gleichfalls auf die flandrische Landschaft. Hereward entging nicht, dass sein Gefährte zitterte, mehr von den Nachwirkungen ihres Erlebnisses als vor Kälte.

»England wartet auf uns. Eines Tages werden wir zurückkehren«, murmelte der Recke.

Der Mönch sank zurück auf den Kiesboden und wrang sich das Meerwasser aus den Haaren. »Ich glaube langsam, dass du ein verzaubertes Leben hast. Sooft du mich auch in die Nähe des Todes gebracht hast, immer reißt du mich im letzten Moment wieder vom Abgrund zurück.«

»Wenn mich mein Gedächtnis nicht täuscht, hast du selbst oft genug mit dem Tod geliebäugelt.« Hereward beschirmte die Augen mit der Hand und sah den drei Männern auf Pferden entgegen, die nun über den Kiesstrand auf sie zugeritten kamen. Seine Hand fuhr an den Griff seines Schwerts Hirnbeißer, das trotz Sturm und Schiffbruch immer noch in seiner Scheide steckte.

Alric hob die Hand und legte sie auf die seines Gefährten. »Wir sind zu einem neuen Leben geboren worden. Dies ist deine Gelegenheit, den Mann hinter dir zu lassen, der du warst, und der zu werden, der du sein willst.«

»Wir sind, wer wir sind«, erwiderte Hereward, aber er ließ dennoch die Hand vom Schwertheft fallen.

Die drei Reiter zügelten ihre Pferde und betrachteten die Gestrandeten, um herauszufinden, wer der Sprecher der Gruppe war. In einem nachdrücklichen, fragenden Tonfall stellten sie ihre Forderungen in der rollenden flämischen Sprache, die Hereward an die Wellen erinnerte, die sich auf dem Strand brachen. Der Seemann, der den Recken zuvor angesprochen hatte und der offenbar etwas Flämisch verstand, übersetzte die Anweisungen. Die Schiffbrüchigen kamen ihnen umgehend nach; erschöpft rafften sie sich auf und stolperten hinter den Reitern her in den kalten Morgen.

Sie trotteten über ausgefahrene Wege und waren dabei dankbar, dem Schnee entronnen zu sein, der England in seinem Griff hielt. Nach einer Stunde tauchten Kirchtürme am silbergrauen Horizont auf, und bald ragten die Mauern von Guînes vor ihnen auf. Sie kamen an einem Kloster vorbei, dessen Stille nur vom rhythmischen Klappern des Wasserrades einer Mühle unterbrochen wurde, sowie an einem Aussätzigenhaus, vor dessen Tür noch das morgendliche Almosenbrot lag. Innerhalb der Stadtmauern erhoben sich drei Kirchtürme über die riedgedeckten Fachwerkhäuser, aber nach der Geschäftigkeit von York kam Hereward dieser Ort eher verschlafen vor. Hunde kläfften auf der Straße, und Männer schauten aus den Werkstätten hervor, um nach dem Grund für die Störung zu sehen, aber wandten sich sogleich mit einem Achselzucken wieder ihrer Arbeit zu.

Auch wenn Alric ihm ein neues Leben versprochen hatte, so war dem Recken gleichwohl bewusst, dass er England oder seinen Hass auf Harold niemals würde vergessen können. Wie sollte er sich – ohne Rache zu nehmen – jemals von seiner Schande, seinem Kummer und seiner Einsamkeit freimachen?

Die Reiter stiegen ab und führten die Seeleute in die Halle des örtlichen Landesherrn, wo sie sich am Herd in der Mitte des Saals wärmten und darauf warteten, ihm vorgeführt zu werden. Wenig später kam ein weißhaariger Mann, vom Alter gebeugt, mit seinem Gefolge hereingeschlurft. Sein Gesicht war hohlwangig und runzlig. Ächzend ließ er sich in einem geschnitzten Eichensessel nieder, der auf einem niedrigen Podest am Kopfende der Halle stand, während seine Begleiter rechts und links von ihm Aufstellung nahmen. Seine kaum hörbaren Worte knirschten wie Leder, aber der Seemann übersetzte für seine Gefährten.

»Der alte Herr ist Graf Rudolf, der diesen Landstrich beherrscht und das Recht auf alles Strandgut an dieser Küste hat. Er wünscht, unsere Namen und unsere Absichten zu wissen.«

Einer nach dem anderen traten die Seeleute vor, um ihren Namen zu nennen. Als Hereward an der Reihe war, beugte sich der Graf vor und musterte ihn neugierig. Die blauschwarzen Kriegermale, die Herewards Arme schmückten, die goldenen Ringe und seine Statur sowie sein Schwert hoben ihn deutlich von den Übrigen ab.

»Mein Name ist Hereward Asketilssohn. Ich bin ein Flüchtling aus meinem Heimatland, ein Krieger, der Schwert, Speer und Axt beherrscht, die Jagd und das Reiten zu Pferd. Ich möchte mich in Flandern als Söldner verdingen.« Seine Stimme hallte laut durch den Saal.

Graf Rudolf betrachtete Hereward eine Weile und ergriff dann das Wort. »Die Engländer sind seit seiner Jugendzeit nach Flandern gekommen«, übersetzte der Seemann. »Wohlgeborene Männer und Frauen ebenso wie Händler. Doch es gibt immer Bedarf an Kämpfern mit einem starken rechten Arm. Die Grafen dieses Landes streiten bei jedem Anlass, ob echt oder nur eingebildet, und die Grenzen ihrer Reiche sind immer umstritten. Du wirst hier als Söldner dein Auskommen haben, aber nur, wenn du gut genug bist. Wenn nicht, wirst du die erste Woche nicht überleben.« Rudolfs leises Lachen raschelte durch die Halle.

»Ich nehme es mit jedem Mann in diesem Land auf«, gab Hereward zurück.

Der Graf nickte bedächtig und winkte mit einem Finger einer Gestalt zu, die in der zweiten Reihe seines Gefolges stand. Ein Mann trat vor, der so groß wirkte wie der Bär, den Hereward in York getötet hatte. Sein wildes rotes Haar und der ungekämmte Bart, der ihm fast bis zum Nabel reichte, waren von grauen Strähnen durchzogen, und die narbenbedeckten Arme sahen aus, als wären sie aus Eiche gehauen. Ein Lederlappen bedeckte das rechte Auge des Riesen. Trotz seiner furchterregenden Erscheinung war sein Mund zu einem warmen Grinsen verzogen, und seine Brust bebte vor stummem Gelächter.

»Kleiner Mann«, dröhnte er, »mein Name ist Vadir. Ich komme selbst aus Mercien, und ich heiße einen Bruder aus meiner Heimat in diesen fremden Gefilden willkommen. Graf Rudolf möchte deine Kampfkraft auf die Probe stellen. Lass uns vor allen in dieser Halle deinen Mut und deine Stärke prüfen, und wenn dein Ruf dies überlebt, wirst du dich über einen Mangel an Gold für dein Schwert nicht zu beklagen haben.«

»Du magst groß und breit sein, aber selbst eine Eiche fällt mit genügend Axthieben.« Hereward wusste, dass er vom Schiffbruch und dem langen Marsch geschwächt war, aber er ließ sich nichts anmerken und zog sein Schwert.

»Keine Waffen, kleiner Mann. Wir wollen hier kein Blut vergießen, denn wir sind alle Freunde. Es ist ein Spiel, nicht mehr, zum Gefallen unseres Gastgebers.« Der bärenhafte Mann schlug Hereward auf die Schulter.

»Ein Spiel, sagst du? Auch wenn der Verlierer hier vor aller Augen gedemütigt wird? Das ist eine ernste Angelegenheit.«

Vadir lachte. »Du bist ein wahrer Kämpfer. Komm, sehen wir, ob wir diese Prüfung hinter uns bringen können, ohne dir allzu viel Schaden zuzufügen.«

Als der rothaarige Riese Hereward zum Herdfeuer führte, ging ein erwartungsvolles Raunen durch die Reihen der Anwesenden. Aber zwei jüngere Männer gaben offenkundig höhnische Äußerungen von sich und zeigten lachend mit dem Finger auf den Neuankömmling.

Hereward zog die Brauen hoch, dann wandte er sich mit einem fragenden Blick an Vadir.

»Sie behaupten, die Engländer seien schwach«, übersetzte der große Mann. »Schwächer als die Wikinger. Schwächer als die Normannen.«

In Hereward brodelte es. »Dann haben sie noch nicht gesehen, wie echte Engländer kämpfen.«

»Zeigen wir es ihnen, wie man Kinder lehrt.« Vadir streifte

sein Wams ab und bedeutete seinem Gegner, es ihm gleichzutun. Sein bloßer Oberkörper war übersät von Narben.

»Du bist alt«, sagte Hereward. »Ich werde mich zurückhalten.«

Der andere lachte dröhnend. »Ach ja, ich Armer! Meine Kräfte schwinden.«

Einer der Umstehenden warf ihm ein eingefettetes Hanfseil zu. Vadir band ein Ende davon fest um sein rechtes Handgelenk und reichte das andere Hereward, der es ihm gleichtat. Der Riese bedeutete Hereward, auf die andere Seite des offenen Herdes zu treten. »Ein einfaches Spiel. Dein Ziel ist es zu überleben, bis das Seil durchgebrannt ist. Sollte deine Kraft nicht ausreichen, wirst du mit der Glut Bekanntschaft machen.«

Zwei Bedienstete schürten das Feuer im Herd, bis die Flammen mannshoch aufloderten. Dann schlenkerte Vadir das Seil mit einer Armbewegung in die Flammen.

Hereward prüfte das Seil. »Einer von uns wird wie ein Schwein gebraten, aber das bin nicht ich«, sagte er mit einem Nicken, um zu zeigen, dass er bereit war.

Vadirs breites Grinsen blitzte durch den Rauch und die Flammen.

Beide Männer strafften das Seil auf ihrer Seite. Einen Augenblick lang schätzten sie einander ab, und der Kreis der Umstehenden begann ihren jeweiligen Favoriten anzufeuern. Vadir zog plötzlich das Seil an und hätte Hereward beinahe in die Flammen katapultiert. Der Recke hielt dagegen und sagte sich, dass die Stärke seines Gegners nicht zu unterschätzen war. In einem offenen Kampf würde er gegen den rotbärtigen Riesen keine Chance haben. Diesen Wettstreit musste er eher mit List und Geschick als mit Muskelkraft führen.

Zum Ergötzen der Zuschauer stieß Vadir ein brüllendes Gelächter aus. Er winkelte den rechten Arm an und zog Hereward auf das Feuer zu. Schweiß lief dem Recken über die Stirn. Die höhnischen Rufe der Menge dröhnten in seinen summenden Ohren; sie witterten eine rasche Niederlage. Seine Lederschuhe rutschten über den Dielenboden, und sein Arm zitterte von der Anstrengung.

Vadir lachte lauter und stieß den freien Arm in die Luft.

Plötzlich zog der Riese mit einem scharfen Ruck am Seil, und Herewards erschöpfte Beine gaben nach. Er stürzte auf das Feuer zu, und vor seinen Augen blitzte das Bild von Thangbrand in der Glut auf. Gewiss bestrafte ihn Gott für seine Sünden. Er stemmte seine Hände gegen die Steine der Herdummantelung und hielt den Schwung der Bewegung auf, aber die Hitze versengte seine Haut.

Vadir gluckste und ließ seinem jungen Gegner Zeit, wieder auf die Füße zu kommen. Diesmal änderte Hereward seine Taktik. Er sprang nach rechts und riss am Seil. Vadir, aus dem Gleichgewicht gebracht, stolperte auf das Feuer zu. Überraschung zeichnete sich auf seinem Gesicht ab. Doch er fasste sich sofort wieder, kniff die Augen zusammen und nickte, aber sein Grinsen blieb.

Eine Zeitlang vollführten die beiden Männer immer wieder Täuschungsmanöver, während sie kämpften. Hereward tänzelte leichtfüßig hin und her, wozu der ältere Mann nie und nimmer in der Lage war. Im Unterschied zu Hereward pflanzte Vadir die Füße fest auf den Boden und versuchte, seinen Gegner mit bloßer Kraft ins Feuer zu zerren, wann immer er ihn auf dem falschen Fuß zu erwischen schien.

Das eingefettete Seil zischte und färbte sich schwarz.

Unbeeindruckt von den Anstrengungen der beiden Kombattanten höhnten die beiden jungen Männer nur noch lauter. Auch wenn er ihre Worte nicht verstehen konnte, fühlte Hereward sich durch den offenen Spott herausgefordert. Er sah, dass es Vadir ebenso erging. Das Grinsen des Riesen verschwand, als er einen Blick zu den beiden Flamen warf, die weiterhin über ihre spaßigen Bemerkungen lachten und einander auf den Rücken schlugen.

Als Hereward spürte, wie der Zug am Seil nachließ, erkannte er, dass Vadir die Grenzen seiner Geduld erreicht hatte. Der rotbärtige Mercier funkelte die beiden Männer an, stieß einen Fluch auf Flämisch aus und gab dann Hereward mit einem Heben der Brauen ein Zeichen. Hereward nickte, um anzuzeigen, dass er verstanden hatte.

Vadir brüllte auf. Er beugte sich zurück, spannte seine Armmuskeln und zog mit aller Kraft. Hereward sprang durch das Feuer. Im letzten Augenblick schwang er seine Beine herum und donnerte in die beiden Zuschauer. Die Flamen flogen durch die Halle, dass ihnen Hören und Sehen verging.

Lachend ergriff der Riese Herewards Hand und half ihm vom Boden auf. Auch wenn der Wettstreit nicht so geendet hatte wie geplant, klatschte Rudolf von seinem Sessel aus und spendete krächzend Beifall.

»Es scheint, als würden wir mehr erreichen, wenn wir Seite an Seite kämpfen.« Vadir lachte auf und legte eine schwere Hand auf Herewards Schulter. »Du brauchst Gold. Ich brauche Gold. Und ich weiß, wie wir drankommen können.«

Kapitel 27

Brügge
27. September 1064

Hinter der Stadtbefestigung ragten die neue Burg von Brügge und die kantigen Türme von St. Domitian zum blauen Himmel hoch. Ein steter Strom von Neugierigen kam durch das Stadttor geflossen. Es war der größte Markt des Jahres, hatte Vadir Hereward erzählt, und ihre letzte Gelegenheit vor der Wolfszeit, einen Dienstherrn zu finden. An einem Stand verkaufte ein Wirt aus einer der Schänken becherweise Bier an Männer, die betrunken in der Sonne lagen. Zwei Jungen drehten an einem Spieß ein brutzelndes Spanferkel über dem Feuer. Dichter boten kleinen Menschengruppen, die auf den Beginn der richtigen Unterhaltung warteten, ihre neuesten Werke dar, wandernde Barden sangen von vergangenen Heldentaten, und Jongleure wirbelten Holzbälle hoch in die Luft. Ein Stück abseits predigte ein Kleriker in einer weißen Kutte gegen die Gottlosigkeit des Turniers, doch wenige hörten ihm zu. Dafür würde am nächsten Morgen in der Kirche noch Zeit genug sein.

Schweiß stand Hereward auf der Stirn und rann ihm unter dem Kettenpanzer den Rücken hinab. Der Sommer zeigte noch ein letztes Mal seine Kraft, auch wenn die Äpfel in den Obstgärten schon reif und die Beeren alle gepflückt waren.

Die letzten anderthalb Jahre in Flandern waren eine gute Zeit für Hereward gewesen. Die Stimmen in seinem Kopf waren verblasst, und der Zorn, der in seinem Herzen gebrodelt hatte, erschien ihm nun oft wie eine ferne Erinnerung. Er hatte Vadir und Alric dafür zu danken. Während sie durch das flache grüne

Land zogen, um ihre Dienste jedem zu verkaufen, der sie haben wollte, hatten seine beiden Gefährten versucht, ihn den Ehrenkodex des Ritters zu lehren. Mit seiner unerschütterlichen guten Laune hatte Vadir damit angefangen, indem er ihn in der Etikette des Kampfes unterwies. Das Meiste davon war Hereward ziemlich unsinnig erschienen, und der rothaariger Mercier hatte sich oft gezwungen gesehen, seinen Schützling mit einem Stoß oder einer Drehung seines Speers auf den Rücken zu befördern. Aber allmählich hatte Hereward gelernt, ihm zuzuhören und seinen Anweisungen Folge zu leisten, so wie er auf seinen Vater gehört hätte, wenn Asketil ihm in seinen jungen Jahren je irgendwelche Aufmerksamkeit geschenkt hätte.

Mit der Zeit wurde jene schreckliche Kraft, die in ihm lauerte, so tief zurückgedrängt und so fest in Ketten gelegt, dass Hereward hoffte, sie würde ihn nie wieder überwältigen. Und wenn die Unterrichtung am helllichten Tag vorbei gewesen war, hatte Alric ihm begierig seine Form der Unterweisung erteilt, hatte ihm die Lehren der Bibel und des heiligen Augustinus sowie die Lebensführung im Dienste Gottes dargelegt. Meist hatte Hereward die Worte einfach über sich ergehen lassen, aber er war überrascht gewesen, als er feststellte, dass ihre Freundschaft sich dadurch vertieft hatte.

Unter Vadirs wachsamem Auge hatte er während ihrer Dienstzeiten bei verschiedenen Grafen und Freiherren, die in kleinere Grenzstreitigkeiten verwickelt waren, seine leidenschaftlichsten Instinkte im Zaum gehalten. Keine wilden Metzeleien, keine Morde, sondern ritterliche und damit ehrenvolle Kämpfe. Und auf diese Weise hatte er sich einen guten Ruf erworben, sodass ihm bei ihrem letzten Aufenthalt in Picquigny die Aufgabe übertragen worden war, die jüngeren Kämpfer auszubilden. Wieder einmal hatte einer etwas von dem Respekt verspürt, der ihm in York erwiesen worden war: ein seltsames Gefühl.

Die Schatten, die über England lagen, ließen ihn allerdings

immer noch nicht los. Und er machte sich immer noch Sorgen um Alric, der seine eigenen Teufel bekämpfte. Aber zum ersten Mal in seinem noch jungen Leben glaubte Hereward, es könnte eine Chance für inneren Frieden geben.

Als er auf die Ankündigung des Turniers wartete, trat ein Ritter mit seinem Gefolge auf ihn zu. Hereward konnte an dem rotblauen Banner erkennen, dass er einen Edelmann vor sich hatte, einen Flamen, schlank, mit stechendem Blick und einer Adlernase. Der Ritter war einen Kopf kleiner als Hereward, aber fünf Jahre oder mehr älter als er. Der Recke sah Ärger kommen. Der Wettstreit auf dem Turnierplatz war hart; es ging um Frauen, Arbeit und Gold. Vadir hatte ihn gewarnt, dass einige der Streiter versuchen würden, ihn zu verunsichern.

»Mach Platz.« Der Ritter stieß ihm die Schwertklinge vor die Brust, als wollte er Hereward aufspießen. »Du bist nur ein gewöhnlicher Söldner«, höhnte er. »Kein Ritter. Du stehst weit unter mir.«

»Ich muss kein Ritter sein, um dir beim Turnier den Arsch zu versohlen«, gab Hereward zurück und rasselte mit dem Schwert in der Scheide. »Hier, das macht uns gleich.«

Der Flame lachte in einer einstudierten, verächtlichen Art. Mit einem Schwung seines Arms schlug er die flache Klinge gegen Herewards Kopf.

Der Mercier machte einen Satz und packte den überraschten Ritter mit einer Hand um den Hals. »Ich habe mich wohl geirrt«, säuselte er. »Wir sind anscheinend doch nicht gleich.« Die Augen des Flamen traten hervor, als Hereward seinen Griff verstärkte.

Vier der Gefolgsleute des Ritters waren nötig, um ihren nach Luft ringenden Herrn aus dem Klammergriff zu befreien. Vadir unterdrückte ein Lachen hinter seiner Hand.

Hustend versuchte der Ritter, die Demütigung zu überspielen. »Englischer Hund«, spie er und schoss vor, um Hereward mit dem Handrücken ins Gesicht zu schlagen. Rasch sprang er in den Schutz seines Gefolges zurück, bevor der Recke reagieren konnte. »Wir werden sehen, wer am Ende des Tages die Oberhand hat.«

Als er fort war, seufzte Alric erleichtert auf. »Früher, in der Zeit, als wir uns kennengelernt haben, hättest du ihm den Hals umgedreht. Wir sollten dankbar sein, dass du nur seinen Stolz verletzt hast.«

Hereward grinste. »Ich bin ein neuer Mensch, Mönch. Obwohl – ein Ohr zu verlieren hätte ihn vielleicht gelehrt, die Zunge im Zaum zu halten.«

Vadir schüttelte in gespielter Verzweiflung den Kopf. »Er nennt dich einen einfachen Söldner. Und was machst du? Du gehst ihm an die Kehle wie bei einer Wirtshausschlägerei«, seufzte er. »Ehre!« Der rothaarige Riese schlug Hereward mit dem Handrücken gegen die Brust, um seinen Worten Nachdruck zu geben. »Ehre. Lern das, und wir werden einen Mann aus dir machen – vielleicht sogar einen Ritter.«

»Ich wache nachts mit diesem Wort in den Ohren auf. Wie könnte ich es nicht lernen?« Hereward sah dem abziehenden Ritter nach. »Und wer ist dieser eingebildete Hurensohn?«

»Du solltest nicht so über Hubert reden, den Neffen unseres alten Freundes Graf Rudolf«, antwortete Vadir mit einem Grinsen. »Er hat sich überall nach dir erkundigt. Du hast damals in der Halle des Grafen einen ziemlichen Eindruck gemacht.«

»Wenn er das Schlimmste ist, was mir bei diesem Turnier begegnen kann, dann brauchen wir uns keine Sorgen zu machen. Dann werden wir genug Arbeit finden, bis der Schnee schmilzt und die Blumen sprießen.«

»Gib auf deinen Stolz acht«, warnte ihn Alric. »Mit deiner Fähigkeit, dir überall Feinde zu machen, solltest du stets auf Überraschungen gefasst sein.«

Hereward zuckte mit den Schultern und wandte seine Aufmerksamkeit der wachsenden Menge zu. Eine große Zahl wohlhabender Händler wanderte am Rand des Kampfplatzes umher, schloss Geschäfte ab oder posierte mit neuen Goldketten oder juwelengeschmückten Ringen vor den vielen hoffnungsvollen jungen Frauen, die immer bei solchen Wettkämpfen zusammenkamen. Hereward erblickte auch mindestens drei Grafen, von denen es hier in Flandern jede Menge gab, mit ihrem jeweiligen Gefolge.

Als Hereward die erwartungsfrohen Mienen der Frauen in der Menge sah, musste er an Achas verschlossenes Gesicht denken, und die Erinnerung gab ihm einen Stich. Die Zuschauerinnen flüsterten in Gruppen miteinander, funkelnde Blicke gingen zu den aussichtsreichsten Streitern, Hände wurden gerungen, und viele Frauen, unverheiratete und verheiratete, boten den jungen Streitern blaue oder gelbe Bänder dar, die sie um ihre Handgelenke banden. Die Sieger würden später am Abend noch einen größeren Preis gewinnen.

Eine junge Frau sah in Herewards Richtung. Unter ihrem weißen Kopfputz lugte braunes Haar hervor, dessen Spitzen zu Locken gedreht waren, und ihr katzenhaftes Gesicht trug einen verschmitzten, interessierten Ausdruck. Eine goldene Brosche glänzte auf ihrer Brust.

»Wer ist das?«, fragte er; seine Augen waren auf die Frau geheftet.

Vadir folgte Herewards Blick. »Jemand, den du kennen solltest. Sie heißt Turfrida. Sie weckt das Feuer in den Lenden, nicht wahr? Aber das ist nicht das einzige Interessante an ihr. Ihr Vater ist der Burgvogt von Saint-Omer, Wulfric Rabe. Ein Mann mit genug Gold, um Leute wie uns anzuheuern.«

Als Hereward noch überlegte, ob er Turfrida um ihre Gunst bitten sollte, war Hubert schon zu ihr getreten und zog nach einem kurzen Wortwechsel mit ihrem gelben Band davon. Er bemerkte den Blick des Merciers und grinste anzüglich.

»Bei Frauen darfst du eben nicht lange fackeln«, grummelte Vadir. »Sie sind flatterhaft, für Schmeicheleien stets empfänglich, und suchen immer nach dem besten Angebot.« Er zuckte mit den Schultern. »Unter der Hand flüstern die Leute, sie sei eine Hexe, aber ich wette, das hat mehr damit zu tun, dass sie die Männerherzen verhext.«

Hereward starrte immer noch zu Turfrida hinüber und fragte sich, was ihn an ihr wohl so anzog. Aber jetzt, da sie ihre Gunst einem anderen gegeben hatte, wich sie seinem Blick bewusst aus.

Alric trat in Herewards Gesichtskreis, um die Kettenhaube zu überprüfen, die Hals und Wangen schützte. »Denke diesmal daran, was wir dir gesagt haben«, ermahnte ihn der Mönch. »Bete zu Gott. Beiß dir auf die Zunge. Tu alles, um den Teufel in dir im Zaum zu halten. Bist du dazu bereit?« Der Mönch sah Hereward warnend an.

»Ich weiß, dass das nur ein Spiel ist, wenn es das ist, was du meinst.«

»Es würde uns nicht weiterhelfen, wenn du deine Gegenspieler umbringst, selbst mit einer entschärften Waffe. Deine möglichen Dienstherren suchen nach Männern mit Ehre, nicht nach wilden Tieren, die sich ebenso leicht gegen die eigenen Leute wie gegen den Feind wenden können. Von dir hängt es ab, ob wir uns im Winter die Bäuche vollschlagen können.«

»Worte, Worte, Worte. Ich bin schon zu müde, um zu kämpfen.«

»Lass ihn in Frieden, Mönch«, seufzte Vadir. »Weiß Gott, sein Gemüt ist wie ein Waldbrand, und du brauchst es nicht auch noch anzufachen.« Der große Mann schlug Hereward auf den Rücken. »Außerdem – hat er uns je im Stich gelassen? Nein. Er hält uns in Brot und Lohn. Und diese Frauen, die einen so großen Einfluss auf ihre Ehemänner und Väter haben, sehen lieber einen strammen jungen Hahn als einen grauen alten Wolf wie mich. Pass bloß auf, Hereward, dass dein Arsch auf dem Pferd und dein Kopf auf den Schultern bleibt. Wir wollen an die klingenden Goldbörsen unserer guten und edlen Zuschauer.« Vadir schüttelte seine ergrauende rote Mähne, um die Fliegen zu vertreiben, und hob den schweren Eisenhelm hoch, der im herbstlichen Sonnenlicht blinkte. Ein Metallband lief von der Basis des Hinterkopfs hoch bis zur oberen Schädeldecke und auf der Vorderseite als Nasenschutz hinab. Die Seitenplatten schwangen unter den Augenhöhlen nach innen. Ein paar Dellen verunzierten die glänzende Oberfläche, aber der Helm hatte Hereward gute Dienste geleistet während der langen Monate, seit er Guînes mit Alric und dem rotbärtigen Raufbold verlassen hatte.

Als Vadir ihm den schweren Helm auf den Kopf setzte, sagte er: »Da draußen gibt's eine Menge Gold zu holen. Und viele Männer, die uns daran hindern wollen.« Mit einem Blick auf Hubert fügte er hinzu. »Der Mönch hat recht … Du hast ein besonderes Talent, dir überall Feinde zu machen. Hoffen wir, dass keiner von ihnen dich in den Arsch beißt.«

Alric führte das Streitross des Recken herbei, einen schönen braunen Wallach, stark und mutig, und hielt ihn ruhig, damit Hereward aufsteigen konnte. Anschließend ließ Hereward seinen Blick über die anderen Männer schweifen, die ihre Stellungen bezogen. Die Mannschaften waren ausgelost worden, nahezu hundert Kämpfer auf jeder Seite. Viele von ihnen trugen mehrere Schichten von Wolltuch unter den Rüstungen, um sich gegen die Hiebe der stumpfen Waffen oder Stürze vom Pferd zu wappnen, die bei jeder Turnierschlacht vielen zum Verhängnis wurden. Aber Hereward hatte sich dagegen entschieden. Es war ein heißer Tag, und er wollte nicht, das ihn etwas im Kampf behinderte oder vorzeitig erschöpfte.

Am Rande des Turnierfelds hob der Graf, ein schlanker Mann mit einem herabhängenden Schnurrbart, die Hand und begann zu sprechen. Der Lärm der Menge ebbte rasch ab. Seine monotone Stimme legte sich wie Blei über den sonnigen Nachmittag, und seine Worte bedeuteten Hereward nichts. Als der Graf schließlich die Hand sinken ließ und den Befehl zum Beginn des Turniers gab, wandte sich Hubert dem englischen Recken zu und senkte sein Schwert in einer unmissverständlichen Drohgebärde.

»Für Mercien!«, rief Hereward stolz. »Für England!« Er grub seinem Pferd die Fersen in die Weichen und stürzte sich in das Getümmel.

Kapitel 28

Das Donnern der Hufe übertönte den Jubel der Menge. Hereward, dessen Blickfeld durch den Helm eingeschränkt war, sah nur ein Gewühl von Männern auf Pferderücken. Helme und Kettenpanzer glänzten in der Sonne. Kampfgeschrei und gebrüllte Beleidigungen drangen von allen Seiten auf ihn ein, als er sich in das Kampfgetümmel stürzte. Stumpfe Schwerter blitzten vor seinen Augen. Pferde krachten gegen ihn wie die Wellen auf den schwarzen Felsen an der Küste. Ellbogen und Fäuste rammten gegen Kopf, Schultern, Rippen. Klingen ließen seinen Helm dröhnen und schlugen ihm die Arme und die Brust unter dem Kettenhemd grün und blau, aber er kämpfte weiter. Die roten und gelben Leinenstreifen, die sich die Kämpfer um die Schenkel gebunden hatten, um die beiden Mannschaften zu unterscheiden, verschwammen im Durcheinander des Schlachtgetümmels. Überleben war das Einzige, was jetzt zählte.

Hereward schlug mit dem Schwert nach allen Seiten, um sich Platz zu verschaffen. Die Klinge prallte von Helmen ab und klirrte gegen Sturmhauben, sodass deren Kettengeflechte in Wangen und Hälse drangen. Ein Reiter verlor den Halt und stürzte in das Gewimmel der Leiber und trommelnden Hufe. Hereward konnte nicht erkennen, ob der Mann ein Freund oder Feind war.

Das Getümmel wogte hin und her. Einige Kämpfer lösten sich auf der Suche nach einer vorteilhafteren Stellung aus dem engen Knäuel, um einander in den Wald zu verfolgen, der an die Wiese grenzte. Der aufgewühlte Boden war übersät von Gefallenen; einige davon regten sich nicht mehr, andere riefen um Hilfe, und bei allen war mindestens ein Körperteil verdreht und gebrochen. Pferde sprengten reiterlos umher. Einige der Verwundeten versuchten kriechend das Feld zu verlassen und so ihre Schande zu verbergen.

Hereward bemühte sich, den Drang zu unterdrücken, sich im Kampfrausch zu verlieren. Ihm war klar, dass es vor allem darum ging, die Aufmerksamkeit der Reichen auf sich zu ziehen, die nach möglichen Söldnern Ausschau hielten. Er lenkte sein Pferd näher an die Zuschauertribüne heran; dann schrie er laut und schwenkte das Schwert, um das Augenmerk von vier anderen Reitern auf sich zu lenken. Er konnte spüren, wie sich die Blicke der Zuschauer ihm zuwandten. Er richtete sich hoch im Sattel auf und streckte beide Arme empor, um seine Furchtlosigkeit zu zeigen, dann beugte er sich über den Hals seines Tieres und gab ihm die Sporen. Der Boden wirbelte in einem grünen Schleier unter ihm vorbei. Er spürte den vertrauten Rausch des Blutes und lachte. Jetzt würden die Leute sehen, wer der Tapferste war. Die vier Reiter hielten auf ihn zu, aber er blieb seiner Richtung treu und ritt auf die Mitte der Reihe zu. Er sah, wie die Köpfe seiner Gegner verunsichert hochfuhren, als die Männer erkannten, dass er entschlossen war, es mit ihnen allen aufzunehmen.

Im letzten Augenblick machten die vier Reiter ihm Platz. Zu seiner Linken krachten zwei Pferde ineinander, und die Reiter verloren den Halt. Als er den dritten zu seiner Rechten passierte, riss Herewards das Schwert mit ausgestrecktem Arm hoch und traf seinen Gegner unter dem Kinn. Der Mann, der nicht wusste, wie ihm geschah, flog über die Kruppe seines Pferdes und stürzte zu Boden.

Hereward riss sein Streitross herum, um sich dem Letzten der vier Reiter zu stellen. Sein Atem ging heftig unter der Kettenhaube. Schweiß stach ihm in die Augen, und als er die Tropfen wegblinzelte, erspähte er einen bekannten Helm mit schrägen

Augenschlitzen und einem Nasenschutz, der am Ende schlanker wurde und in einem Haken auslief, sodass der Träger ein wenig einem Raubvogel ähnelte. Es war Hubert. Herewards Blick fiel auf das gelbe Band am Handgelenk seines Widersachers, und er grinste.

Hubert zögerte, als er seinerseits sein Reittier wendete. Er hatte Hereward erkannt, das war klar zu sehen. Der Adelige zügelte sein Pferd und überlegte, was jetzt die beste Vorgehensweise wäre. Hereward malte sich aus, wie sich die Augen seines Gegners verengten und sein Zorn angesichts eines echten Rivalen aufwallte. Hier ging es um mehr als um Gold. Sein Blick ging zu Turfrida in der ersten Reihe der Zuschauer.

Hereward gab seinem Streitross die Sporen. Im nächsten Moment trieb Hubert mit einem Schrei sein Pferd an. Der Lärm der Schlacht trat in den Hintergrund. Hereward hörte und spürte nichts mehr als das schnelle Trommeln der Hufe und den Wind, der in seinen Helm fauchte, als er auf seinen Gegner zuraste. Sein Grinsen wurde breiter. Grassoden flogen ringsum auf. Der Falkenhelm füllte bald sein ganzes Gesichtsfeld aus. Er biss die Zähne zusammen und wappnete sich gegen den knochenbrechenden Aufprall der gegnerischen Waffe. Unmittelbar bevor es dazu kam, lenkte der Flame sein Pferd zur Seite und schwang das Schwert nach Herewards Kopf. Der Recke duckte sich unter der Klinge weg und stach mit seiner Waffe dem Gegner in die Seite. Er gestattete sich ein triumphierendes Lächeln, als Hubert einen schmerzerfüllten Fluch ausstieß.

Hereward riss sein Pferd herum und griff erneut an. Er konnte sehen, wie sein Rivale von Panik erfasst wurde, als er versuchte, sein Reittier in den Griff zu bekommen. Hereward stellte sich im Sattel auf, und als er seinen Gegner erreichte, warf er sich auf ihn. Beide Männer stürzten zu Boden. Hereward war auf den Aufprall vorbereitet; er rollte sich ab und kam sofort wieder auf die Füße. Humpelnd und benommen hob Hubert das Schwert und wehrte die Schläge von Hereward ab, aber dessen wilder Angriff trieb ihn Schritt um Schritt zurück, sodass er ins Stolpern geriet und zu Boden ging. Hereward sah die Angst in den Augen des gefallenen Adeligen.

»Ich bin ein besserer Mann als Ihr«, flüsterte der Recke. »Ergebt Euch.«

Der flämische Ritter knurrte zustimmend. Hereward zerrte das gelbe Band von Huberts Handgelenk und trat zurück.

»Du wirst dafür bezahlen, dass du Schande über mich gebracht hast«, zischte der Edelmann.

»Ihr habt sie selbst zu verantworten. Hochmut …« – er lächelte, als er sich an Alrics Lehren erinnerte – »kommt vor dem Fall.«

Als Hereward seinen besiegten Gegner im aufgewühlten Schlamm und Dreck liegen ließ und zu der jubelnden Menge schritt, spürte er Huberts Blick heiß im Nacken. Er wusste, dass er sich an diesem Tag einen Todfeind gemacht hatte, aber es war ihm gleich.

Am Rand des Kampfplatzes zerquetschte ein grinsender Vadir den Recken in einer bärenhaften Umarmung und dröhnte: »Die Frauen werden noch dein Untergang sein! Aber deine Mühen haben sich gelohnt. Wir haben unser Winterquartier und Sold und Essen. Bischof Leutbert von Cambrai nimmt uns in seinen Dienst, als Teil der Schutztruppe für den Bau eines neuen Klosters.«

Alric lobte Herewards Selbstbeherrschung. »Wie weit du es doch gebracht hast, seitdem wir das kalte Nordhumbrien verlassen haben. Schau, keinen Einzigen hast du bei lebendigem Leibe gehäutet. Wie enttäuscht du sein musst!«

»Es ist immer noch Zeit für so was, Mönch.«

»Du hast mein Pfand«, sagte eine weibliche Stimme hinter Hereward, die zu seiner Überraschung Englisch sprach.

Er drehte sich um und sah Turfrida direkt vor sich. Ihre

dunklen Augen hielten ihn gebannt. Aus der Nähe erschien sie ihm noch schöner als zuvor – mit ihrer reinen Haut und den hohen Wangenknochen. Sie musterte sein Gesicht, das im Schatten des Helms lag. Hinter sich hörte er, wie Vadir und Alric das Weite suchten, begleitet von dem leise grollenden Lachen des Riesen.

»Ich heiße Turfrida«, fügte sie hinzu.

Hereward nahm den Helm ab und hielt ihn in der Armbeuge fest. »Ich weiß.«

Die Frau nahm dies als Kompliment und lächelte. »Du hast meinen Streiter besiegt.«

»Du verdienst einen besseren Mann, der sich deiner Gunst würdig erweist und sie gegen andere verteidigen kann.« Er hielt ihr das gelbe Band hin.

»Wie schade, dass ich sie nicht dir geschenkt habe«, sagte sie. »Dann hättest du einen unschätzbaren Preis erlangt.« Ihre Augen brachten zum Ausdruck, dass sie ihn nur necken wollte.

»Du sprichst gut Englisch.«

»Mein Vater hat mir eine gute Ausbildung zuteilwerden lassen. Und es gibt heutzutage so viele von deinen Landsleuten in Flandern; eure Sprache kann mir daher nur nützlich sein. Euer König hat immer nach engen Verbindungen mit uns gestrebt. Es heißt, er treibt ein schlaues Spiel mit denen, die auf den Thron Englands aus sind.«

»In Wahrheit ist es ein gefährliches Spiel. Wilhelm der Bastard wird nicht ruhig in der Normandie sitzen bleiben, während Eduards Höflinge ihn umgarnen.«

»Ah, du fürchtest Wilhelm von der Normandie«, gab sie mit einem wissenden Nicken zurück.

»Ich fürchte niemanden. Aber Wilhelm will, dass England das Knie vor ihm beugt, und sei es nur, um seinen Größenwahn zu befriedigen. Doch Engländer beugen sich keinem Fremden«, fügte er mit einem Anflug von Trotz hinzu. »Der Thron wird in englischer Hand bleiben.« Er schauderte innerlich, als vor seinem inneren Auge das Gesicht von Harold Godwinssohn auftauchte.

Ein Schatten legte sich über Turfridas Züge. »Begleite mich ein Stück.«

Sie führte ihn fort vom Turnierplatz und zurück in die Stadt hinein. Die Fachwerkhäuser drängten sich eng aneinander, die schmalen Gassen dazwischen wanden und verflochten sich ohne erkennbares System. Hier in Brügge gab es mehr Steingebäude, als Hereward je in einer englischen Stadt gesehen hatte. Er erinnerte sich, dass ein Abt ihm einmal gesagt hatte, dass es eines Tages überall Steinhäuser geben würde, wie es in den alten Zeiten, lange vor den Überfällen der Wikinger, üblich gewesen war. Menschen kamen nun in kleinen Gruppen vom Turnier zurück, hielten hier und da inne, um ein Schwätzchen zu halten. Auf der Suche nach etwas Essbarem scharrten Hühner im Staub herum, und das Muhen von Rindern und Grunzen von Schweinen hallten über die Stroh- und Holzdächer.

»Ihr habt hier viele gute Dinge«, sagte Hereward, als sein Blick auf eine Halskette aus Bernsteinperlen fiel, die per Schiff aus dem Osten gekommen sein mussten.

»Aber hier ist nicht England«, antwortete Turfrida. »Die Kunde von eurer großartigen Kunst hat sich weithin verbreitet. Die Frauen hier sind ganz wild auf englischen Schmuck. Eure Buchmalerei wird in unseren Klöstern gepriesen, eure Wandteppiche übertreffen die der Normannen. Die Gesetze eures Landes und die Art und Weise, wie die Menschen sie befolgen, werden überall bewundert. Wenn wir das alles nur hierhätten! Vor zwei Tagen brachte ein Händler meinem Vater eine englische Silberbrosche, die so wunderschöne Gravuren hat, dass es einem den Atem verschlägt. Die Art der Darstellung ist so real, so mächtig, dass sie kaum ihresgleichen haben kann. Alle versuchen, mit England mitzuhalten, aber ihr seid uns immer mindestens einen

Schritt voraus. Welche Höhen werdet ihr in künftigen Jahren erklimmen?«

Die so atemlos vorgetragene Lobrede rief Hereward das Bild des Landes seiner Jugend vor Augen, und er verspürte einen Stich im Herzen. »Ich verstehe wenig von Kunst«, antwortete er, »außer der Kunst des Krieges.«

Bei dieser Bemerkung hielt Turfrida kurz inne. »Und hast du von künftigen Kriegen gehört? Es gibt Vorzeichen …«

»Es gibt immer Vorzeichen«, unterbrach er sie. »Seit ich Westminster verlassen habe, habe ich nichts anderes gehört. Von Klerikern und Weisfrauen und denen, die noch zu den alten Göttern beten. Sie alle behaupten, dass die Endzeit naht.«

»Und würden all diese Menschen, die doch so unterschiedlich sind, dergleichen sagen, wenn sie keinen guten Grund dafür hätten?«

Hereward zuckte mit den Schultern. »Wer kann das schon wissen? Ich habe gehört, einige Leute betrachten dich als eine Hexe.«

Die Wangen der Frau röteten sich. »Ich verstehe etwas von den mechanischen Künsten.«

»Von Magie, meinst du?« Er sah Turfrida am Gesicht an, dass sie einen scharfen Verstand besaß, und konnte sich denken, dass manche dies als bedrohlich auffassen würden; er jedoch nicht. Sie faszinierte ihn.

»Und ich studiere die Sterne und die Zukunft, die sie uns anzeigen. Die Mysterien der Welt um uns, die Stimmen der Tiere und die Geschichten, welche die Bäume flüstern, wenn sie allein sind.« Ihre Augen blitzten. Dieses Wissen begeisterte sie.

»Die Kirche könnte das als Ketzerei ansehen.«

»Sollen sie es versuchen! Ich bin eine gottesfürchtige Frau. In einigen Dingen haben selbst die Priester unrecht«, erwiderte sie trotzig. »Es ist nicht sündhaft, etwas zu lernen. Auch wenn einige Kirchenleute glauben, dass es sündhaft ist, wenn Frauen etwas lernen.«

Beeindruckt von ihrer Leidenschaft lächelte Hereward in sich hinein. Turfrida war stark, und in mancher Hinsicht erinnerte sie ihn an Acha. Aber diese Frau war gebildeter und, wie er spürte, auch ehrlicher. »Hab keine Angst. Ich hab nicht die Absicht, dir die Priester auf den Hals zu hetzen.«

Ihr Gesicht verdüsterte sich wieder. »Als du heute auf dem Feld kämpftest, glaubte ich, hoch oben Raben fliegen zu sehen – so viele, dass sie förmlich eine Wolke bildeten, die den Himmel schwarz färbte.«

Trotz der Hitze des Tages überkam ihn ein Frösteln. »Noch mehr Vorzeichen?«

»Ich wüsste gern, wer du bist, Engländer«, sagte sie, als ob sie seine Frage nicht gehört hätte. Unvermittelt zeigte sie ein heiteres Gesicht und wies mit der Hand in Richtung der Stadthalle. »Komm und hol dir deine Belohnung. Wir werden mit meinem Vater in der Halle des Grafen speisen, und du kannst mir von deiner Vergangenheit erzählen. Und lass uns nur von guten Dingen reden.«

Doch als sie weitergingen, bemerkte er, wie sie hinter ihn blickte. Anschließend verblasste ihr Lächeln, als ob sie etwas gesehen hätte, das sich in seinem Schatten aufhielt und ihm folgte.

Kapitel 29

Der Junge wälzte sich auf seinem Strohlager und murmelte unzusammenhängende Worte im Fieber. Schweiß glänzte auf seinem geröteten Gesicht im Schein des Herdfeuers. Von der Tür der Hütte aus beobachtete Hereward, wie Turfrida sich über den Jungen beugte und ihm einen cremefarbenen Brei einflößte. Die Eltern waren ein Stück beiseitegetreten; ihre Gesichter waren von Sorge gezeichnet. Als der Junge die Medizin genommen hatte, beugte Turfrida den Kopf und sprach ein paar leise Worte in einer Sprache, die der Recke nicht kannte.

Schließlich stand Turfrida auf, wandte sich den Eltern zu und schenkte ihnen ein erschöpftes Lächeln. »Betet für euren Sohn bis zum Morgengrauen, und wenn Gott will, wird er wieder gesund.«

Hereward hatte sich in der Hütte der Waldbauern umgeschaut und gesehen, wie arm die Leute waren. Dennoch versuchte das erleichterte Paar, Turfrida zum Dank etwas von ihrem Essen aufzudrängen. Sie nahm nur ein Stück Brot, um sie nicht zu kränken, und verabschiedete sich.

»Wird der Junge durchkommen?«, fragte er, sobald sie wieder auf dem schmalen, gewundenen Pfad waren, der durch die Bäume zurückführte.

»Ich würde seine Eltern nicht anlügen.«

»Zahlst du so der Kirche all die Aufmerksamkeit heim, die sie deinesgleichen widmen – indem du die Wahrheit sagst und kranken Kindern hilfst?« Er unterdrückte ein Lächeln. »Wo bleiben das Gestaltwandeln und der nächtliche Ritt auf dem Besen und die Flüche?«

»Vielleicht habe ich dich heimlich verhext.«

»Ich bin gegen deinen Zauber gefeit.« Er täuschte vor, ihr gegenüber vollkommen distanziert zu sein.

»Ah. Deine Küsse sollten dich auf magische Weise vor mir beschützen. Jetzt verstehe ich.«

»Oder vielleicht habe ich *dich* verhext.«

Ihr Lachen war leise, aber nicht unfreundlich. »Reden wir nicht mehr von Hexen. Worte verbreiten sich wie Fliegen. Es ist ein Zeichen meines Vertrauens, dass ich dir gezeigt habe, was ich tue.«

»Gezeigt? Alles, was ich sehe, sind zerstoßene Kräuter und Salben. Alles, was ich höre, sind geflüsterte Worte, die keiner versteht.«

Nach einem Augenblick des Überlegens sagte sie: »Die geheimen Künste hat mich meine Mutter gelehrt, die sie von ihrer Mutter gelernt hat. Sie gehörte zum Volk der Wälder, aber ich bin die Tochter eines Burgvogts. Dennoch führe ich die Tradition derer fort, die vor mir kamen. Ich kann nicht anders. Wir stehen alle im Bann unserer Vergangenheit.«

»Dann pflegst du keinen Umgang mit den Teufeln?«

»Nur mit einem.« Sie lachte. »Die mechanischen Künste sind nicht erschreckender als die Lehren, die du von den Mönchen als Kind erhalten hast. Ist es das Werk des Teufels, durch die Position der Sterne deinen Weg zu finden? Oder zu wissen, welche Pflanzen heilen? Dem Geflüster der Bäume und den Stimmen der Tiere zu lauschen? Weisheit zu finden im Muster all dessen, das uns umgibt?«

»Aber du glaubst nicht an den christlichen Gott, oder?«

Ihre Lippen wurden schmal, und sie gab ihm keine Antwort.

Danach redeten sie von anderen Dingen, während sie weitergingen, von seiner Freundschaft mit Alric und Vadir und von den Gefahren seiner Arbeit als Söldner. Er spielte die Lebensbedrohung herunter, aber Turfrida war voller Besorgnis, und als sie ihren Befürchtungen um seine Sicherheit Ausdruck gab, traten ihr Tränen in die Augen. Im Schatten einer Ulme wurden seine Beteuerungen zu Küssen, und die Wärme ihrer Lippen ließ alle Gedanken an Acha und Tidhild dahinschwinden. In diesem Augenblick wollte er nur Turfrida für den Rest seines Lebens.

Bevor er die richtigen Worte finden konnte, um seine Gefühle auszudrücken, gellte ein Schrei durch den Wald. Turfrida machte sich los und blickte den Pfad zurück.

»Der Junge ist vielleicht gestorben?«

»Unmöglich.«

Als im nächsten Augenblick ein Aufruhr von Schreien und Rufen zu hören war, raffte Turfrida ihr Kleid und rannte in Richtung der Hütte, die sie soeben erst verlassen hatten. Hereward eilte hinter ihr hier und fasste sie am Arm, um sie daran zu hindern, blindlings in eine Gefahr hineinzulaufen. Er führte sie vom Weg ab und zu einer Stelle im Schutz der Bäume, von wo sie einen Blick auf die Lichtung hatten, auf der sich die Hütte befand. Die Mutter des Jungen kniete schluchzend vor der Tür und rang in verzweifeltem Flehen die Hände. Neben ihr lag ihr Mann auf dem Boden und hielt sich den blutigen Kopf. Um sie herum standen fünf Männer. Ihre Gesichter waren ernst. Vor der Frau stand drohend ein Mann, der die weiße Kutte eines Priesters trug und einen dicken schwarzen Schnurrbart hatte. Er blaffte Fragen auf Flämisch; und seine Augen waren kalt und grausam.

»Was will er von ihr?«, flüsterte Hereward.

Als keine Antwort kam, wandte er den Blick zu Turfrida und sah, dass das Blut aus ihrem Gesicht gewichen war. »Er will wissen, wo die Hexe ist.«

Unbehagen überkam ihn. Immer wieder hatte er Kirchenleute davon reden hören, »die Hexen, die Heiler und solche, die sich mit Wahrsagerei, Prophetie und Zauberkunst abgeben, gnadenlos zu bestrafen«. Die Worte waren zum Schwur geworden, der in ganz England an Steinkreuzen wiederholt wurde. Der Tod durch Verbrennen oder Ertränken oder die Verbannung sollte das Schicksal der Hexen sein.

Als seine Hand zum Schwert ging, fasste Turfrida sein Handgelenk. »Nein«, flüsterte sie mit wildem Blick. »Du darfst dein Leben nicht aufs Spiel setzen. Ich werde es nicht zulassen. Wenn du dem Priester oder seinen Männern etwas antust, wird die Kirche keine Ruhe geben, bis man dich gefangen und hingerichtet hat.«

Hereward zögerte – für Turfrida würde er selbst den Zorn der Kirche in Kauf nehmen –, aber er sah die Besorgnis in ihren Augen und gab nach.

Auf der Lichtung raufte sich die weinende Frau die Haare und kreischte. Der Priester schickte einen seiner Männer ins Haus. Ein anderer hielt den Vater mit seinem Speer am Boden. Hereward sah, wie der Gehilfe ins Haus ging und mit dem kranken Jungen in den Armen zurückkehrte. Der Recke konnte nur Vermutungen anstellen, welche Drohungen der Kirchenmann der verzweifelten Mutter gemacht hatte. Turfridas Nägel gruben sich in seinen Unterarm. Tränen standen ihr in den Augen; ihre eigene Angst war jetzt vergessen.

Während Hereward noch überlegte, was er tun sollte, sprang Turfrida plötzlich auf die Füße und stieß einen Schrei aus, um die Männer abzulenken. Der Priester und seine Gehilfen fuhren herum. Ihre Überraschung wich wildem Zorn, als der Mann im Priestergewand mit dem Finger auf sie zeigte und einen Befehl bellte.

»Bist du verrückt?«, schrie der Recke, aber Turfrida rannte bereits durch die Bäume zurück. Er holte sie ein, als sie einen mit Gestrüpp bewachsenen Hang hinabkletterte und dabei auf einen plätschernden Bach zuhielt.

»Wir können sie nicht abschütteln«, sagte er und warf einen Blick zurück in die Richtung, aus der die Verfolger zu hören waren.

»Dann müssen wir uns verstecken.«

Hereward sah keine sichere Zuflucht im Wald. Die Kirchenleute würden auch nicht einfach aufgeben, da sie von einem heiligen Eifer erfüllt waren. Er hatte oft genug gesehen, wie sie Menschen quälten und folterten, die ihrer Meinung nach im Gegensatz zu Gottes Willen standen. Als er durch das kalte Wasser platschte, fragte er sich, ob er sich ihnen nicht mit dem Schwert in der Hand stellen und sich, wenn notwendig, opfern sollte, um Turfrida die Flucht zu ermöglichen.

Bevor er seine Klinge ziehen konnte, bemerkte er, wie sie den Kopf zur Seite legte, als ob sie auf eine Stimme in ihrem Ohr lauschte. »Folge mir«, keuchte sie.

»Was ist das? Hexerei?«

Sie gab keine Antwort, sondern kletterte die gegenüberliegende Böschung hinauf und bahnte sich einen Weg durch ein grünes Meer aus Farnkraut, als ob sie einer unsichtbaren Gestalt folgen würde, die ihr die Richtung wies. Hereward eilte ihr nach. Dann schlitterten sie einen steilen Hang hinab, wo nach einem starken Regenfall sehr viel Erdreich nach unten gerutscht war. In einem Gewirr von freigelegten Wurzeln kroch Turfrida auf dem Bauch in einen dunklen Hohlraum in der Erde. Hereward folgte ihr. Er hatte Angst, dass der Platz für seine breiten Schultern nicht reichen würde, aber einen Augenblick später lagen sie eng aneinandergeschmiegt in einer feuchten Höhle. Turfrida zitterte; sie war sich ebenso wie er bewusst, welches Schicksal ihr drohte, wenn man sie fand. Er drückte sie an sich, um sie zu beruhigen.

Die Geräusche von Füßen, die den Hang hinunterhasteten, drangen durch das Erdreich. Durch den engen Tunnel sah Hereward, wie die Männer bei ihrer Suche mit ihren Speeren in das Unterholz stachen. Der Priester kam in Sicht: Er hatte das kalte Gesicht eines Kriegers – ein harter Mann, der es gewohnt war, anderen Schmerz zuzufügen, ein Veteran vieler Schlachten, der alles Erdenkliche tun würde, um seine Ziele zu erreichen.

Hereward hatte keine Ahnung, wie lange diese Kirchenleute mit ihren grimmigen Gesichtern den Wald durchstreiften. Aber als sie schließlich den Hang weiter hinabschritten und aus dem Blick verschwanden, begann sich Turfrida in seinen Armen zu entspannen. Ihr tiefer, schaudernder Atem hallte leise in dem engen Raum wider.

»Deine Ketzerei wird dich noch mal das Leben kosten«, sagte er nicht ohne Zartgefühl.

»Ich bin, was ich bin«, gab sie zurück. »Ich kann nicht anders.«

Als schließlich Ruhe im Wald eingekehrt war, krochen sie aus ihrem Versteck hervor und stiegen den Hang wieder hoch. Hereward sah Turfridas dreckverschmiertem Gesicht an, dass sie immer noch Angst hatte.

»Dieser Priester ist, wenn ich das richtig gesehen habe, ein Normanne namens Emeric «, sagte sie und biss sich auf die Lippe. »Er wurde vom Papst höchstpersönlich damit beauftragt, durchs Land zu ziehen und Hexen zu jagen, und er soll seine Arbeit genauso lieben, wie er Gott liebt. Er versengt Frauen das Fleisch mit glühenden Eisen oder beschwert sie mit Steinen und wirft sie in tiefes Wasser.« Sie begann wieder zu zittern.

»Soll ich prüfen, ob er auch mutig ist, wenn ich ihm mein Schwert zeige?«

»Du kannst mich nicht beschützen, wenn Anklage gegen mich erhoben wird. Das kann keiner. Die Kirche ist sogar noch mächtiger als du.« Sie brachte ein Lächeln zustande, doch es wirkte traurig, was selten bei ihr war.

»Ich kann nicht danebenstehen und …«

»Ein guter Krieger weiß, wann es Zeit ist zu kämpfen und wann es Zeit ist zu warten; das hast du mir einmal gesagt.« Sie nahm seine Hand und fügte hinzu: »Deine Besorgnis rührt mich, aber ich habe mein ganzes Leben lang mit dieser Gefahr gelebt und weiß damit umzugehen. Als Tochter des Burgvogts genieße ich einen gewissen Schutz, und ich habe viele Freunde, die diesen

Priester in eine andere Richtung lenken werden. Jetzt allerdings sollte ich besser eine Zeitlang bei der Schwester meinen Mutter bleiben, bis er eine andere arme Frau für seine peinlichen Befragungen gefunden hat.«

Unwillen stieg in Herewards Brust auf. »Wie lange wird das sein?«

»Hab keine Angst. Wie werden wieder zusammen sein.«

Er sah ihr ins Gesicht. »Ist das eine deiner Vorahnungen? Steht das irgendwo geschrieben?«

Sie lächelte. »In meinem Herzen.«

Als sie sich im Schatten der Stadtmauer trennten, wurde ihm bewusst, wie sehr Turfrida ihm ans Herz gewachsen war. Es war ein seltsames Gefühl, verstörend einerseits, aber zugleich eine Verheißung des Friedens, von dem er immer geträumt hatte. Zum ersten Mal seit langer Zeit blickte er der Zukunft mit Hoffnung entgegen.

Doch während er durch die seltsam stille Stadt ging, spürte er, wie sich ein Schatten über ihn senkte. Er sah Unbehagen in den Gesichtern der Leute, die an ihm vorbeischritten, und ihre Augen waren erfüllt von Argwohn und Misstrauen. Als er am Stadtteich vorbeikam, wurde ihm der Grund für die Angst der Menschen klar. Aus einer gewissen Entfernung konnte man den Eindruck gewinnen, ein Bündel Leinen würde im schmutzigen Wasser treiben. Doch es war eine alte Frau, tot, und der Rücken ihres Kleides wies zahlreiche Löcher von kleinen Messerstichen auf. Der Priester Emeric war bereits hier gewesen.

Hereward kämpfte mit den unbekannten Gefühlen, die in ihm aufstiegen. In seinem ganzen Leben hatte er niemals Angst verspürt. Doch jetzt hatte er Angst – um Turfrida. Und er fühlte sich klein und hilflos angesichts einer Drohung, die sich nicht einmal mit der schärfsten Klinge beseitigen ließ.

Kapitel 30

York
3. Oktober 1065

Ganz Nordhumbrien schien zu brennen. Kirchenglocken gellten Alarm, als eine Feuerwand sich brüllend über die Häuser der reichen Händler und die südliche Palisade von York erhob. Schwarze Wolken aus erstickendem Qualm wälzten sich durch die Gassen, in denen Menschen tanzten und mit heiseren Stimmen jubelten und Krieger blutbefleckte Äxte und Schwerter schwenkten. Gruppen von Männern liefen durch die Straßen, um ihre Opfer aus den Verstecken aufzuscheuchen. Wenn ein Flüchtiger aus seinem Versteck hervorbrach und zu entkommen versuchte, wurde er niedergemacht und der abgeschlagene Kopf als Warnung für die anderen auf einen Pfahl gespießt.

Acha kauerte geduckt am Rande einer Reihe brennender Häuser. Ihr helles Gesicht war von der Hitze gerötet und mit Ruß beschmiert. Asche befleckte ihr schwarzes Haar und ihr grobes Sklavenkleid. Ihre Blicke huschten ängstlich hin und her; sie fürchtete um ihr Leben. Den ganzen Tag hatte sie immer wieder neue Verstecke gesucht, um nicht den blutdürstigen Aufständischen in die Hände zu fallen. Begleitet von den Schreien der Sterbenden zog sich der Kreis aus Eisen immer enger um sie. Selbst das Massaker an ihrem Volk in den dicht bewaldeten Hügeln von Gwynedd war nicht so entsetzlich gewesen.

Durch das Tosen des Feuers und das Krachen fallender Balken hörte sie Stimmen rufen: »Hereward! Hereward!« In den mehr als anderthalb Jahren, seit er verschwunden war, war der Name des Bärentöters ein Fanal für alle geworden, die sich Tostigs Herrschaft widersetzten. Warum – dessen war sie sich nicht ganz sicher, aber sie hatte gehört, wie der Name des Merciers mit Ehrfurcht auf dem Markt geflüstert wurde. *Oh, was für einen Sturm du entfacht hast, Hereward,* dachte sie bitter. *Er wird uns alle fortwehen.* Sie hatte einen Beschützer gebraucht, und er hatte sie im Stich gelassen, und jetzt würde er sie nur noch als Tote wiedersehen können.

Eine Hand packte ihren Arm, und sie schrie vor Schreck auf. Es war Kraki. Getrocknetes Blut von einer neuen Wunde auf dem Nasenrücken verklebte seinen Bart. »Unsere Zeit hier ist vorbei«, knurrte der Hauskarl und sah sich um.

»Wir können nicht entkommen …«, begann sie atemlos.

»Es gibt einen Weg. Komm mit. Ich passe auf, dass dir nichts geschieht.«

Geduckt führte der Wikinger Acha eine schlammige Gasse neben einer Werkstatt entlang. Der Weg war im goldenen Feuerschein so deutlich zu sehen wie bei Tage. Am anderen Ende kamen sie auf einer Straße aus, wo ebenfalls die Häuser brannten. Die Hitze drang Acha in die Kehle, und sie konnte kaum atmen. Sie war sich sicher, dass sie ihre Heimat nie wiedersehen würde.

Ein Ruf erscholl durch das Prasseln des Brandes. Acha fuhr herum und erblickte Wulfhere, den einäugigen, einhändigen Aufrührer. An der Spitze einer Gruppe von Rebellen kam er durch den Rauch auf sie zu. Mit einem triumphierenden Grinsen auf dem Gesicht zeigte er auf die beiden Flüchtigen.

»Lauf, was du kannst, Sklavenmädchen. Lauf, wie du noch nie im Leben gerannt bist!«, brüllte Kraki.

Mit dem mordgierigen Geschrei der Meute im Rücken folgte sie dem Hauskarl. Er rannte in Richtung der großen Halle von Tostig, die lichterloh in Flammen stand. Als sie erkannte, dass sein Weg zwischen der Halle und einem brennenden Nebengebäude hindurchführen sollte, kamen ihr plötzlich Bedenken, und sie wurde immer langsamer. Sie war sicher, dass die Feuerwand und die wirbelnden Funken ihnen den Weg versperrten.

»Nein!«, schrie sie. »Wir werden sterben!«

»Nicht im Feuer und nicht durch das Schwert«, schnaubte Kraki. »Vertrau mir.« Der Wikinger riss seinen Umhang herunter und warf ihn ihr über den Kopf. Als sie sich sträubte, packte er sie und zerrte sie weiter. Das Brüllen des Feuers übertönte ihre schrillen Panikschreie, und dann hatte Acha das Gefühl, dass die Hitze sie vollkommen umhüllte. Einen Moment lang war sie überzeugt, dass sie gestorben und in die Hölle gekommen war. Doch schließlich hörte sie Krakis donnernden Kampfschrei, und die Luft um sie herum wurde kühler.

Als der Umhang fortgerissen wurde, sah sie, dass sie beide auf den Wällen am südlichen Rand der Stadt standen. Die Feuersbrunst lag hinter ihnen. Von einem Hustenanfall geschüttelt stützte Kraki die Hände einen Moment auf die Knie, um zu Atem zu kommen. Funken flackerten in seinem Bart, und sein Gesicht war schwarz.

»Danke! Du hast dein Leben für mich riskiert«, sagte Acha. »Das … das hätte ich nicht erwartet.« Sie war von Dankbarkeit überwältigt.

»Du bist eine mürrische Kuh mit einer spitzen Zunge«, knurrte er, »aber du hast Besseres verdient als das.«

Sie stolperten in der Oktoberkälte durch die Gräben und über die Ebene, um den Hügel zu erreichen, auf dem sich all jene sammelten, die Tostig die Treue gehalten hatten. Unweit des Walles standen zwei Pfähle, an denen bereits von den Raben gefledderte Leichen hingen. Acha erkannte die beiden Hauskarle Amund und Ravenswart, die gleich zu Beginn des Aufstands abgeschlachtet worden waren, als die nordhumbrischen Thegns mit zweihundert Mann angegriffen hatten. Der Earl war allzu selbstsicher gewesen, wie allen inzwischen klargeworden war. Er hatte geglaubt, den schon lange gärenden Aufstand mit noch mehr Gewalt und der erhofften Unterstützung durch seinen Bruder eindämmen zu können. Innerhalb von Stunden waren das Schatzhaus ausgeraubt, die Waffenkammer geplündert und Tostig und seine Streitkräfte aus der Stadt vertrieben worden. *Ein Narr*, dachte sie, *wie alle Engländer, der seinem eigenen Hochmut zum Opfer gefallen ist.*

Schweigend stapften sie weiter über das Grasland. Ihre Lungen schmerzten von dem Rauch, den sie eingeatmet hatten. Kurz hielten sie an einem riesigen Schlachtfeld inne, das von Toten in Rüstungen übersät war. Ein rotes Banner hing traurig von einer Stange herab. Auch wenn das Blut schon lange in der schwarzen Erde versickert war, wusste Acha, dass der Tod so vieler eigener Männer Tostig bis an sein Lebensende verfolgen würde. Nie zuvor hatte er eine solche Niederlage erlitten.

Ihre Beine zitterten vor Erschöpfung, als sie beide den höher gelegenen Boden erreichten und das Schnauben von Pferden und das leise Raunen von Stimmen hörten. Erschrocken stellte Acha fest, dass es nicht mehr als fünfzig entmutigte Leute waren, die sich am Rande des Waldes versammelt hatten. Tostig starrte zu den Feuern von York hinüber, die den Himmel in der Ferne zu einem stumpfen Rot verfärbten. Sein Gesicht hatte jede Farbe verloren, und Acha kam es vor, als wäre er um Jahre gealtert, seit sie ihn das letzte Mal gesehen hatte.

»Hast du schon gehört, dass man mich zum Gesetzlosen erklärt hat? Dass Morkar von Mercien nun an meiner statt hier für Ordnung sorgen soll?«, sagte der Earl zu Kraki. Seine Stimme war mit Bitterkeit getränkt. »Ich habe mich bemüht, Nordhumbrien Gesetz und Wohlstand zu bringen, und so haben mir es die undankbaren Schweinehunde gelohnt.«

»Solange das Herz in der Brust schlägt, ist das Ende ungeschrieben«, murmelte der Hauskarl.

»Wohl wahr. York ist verloren. Doch jetzt ist Zeit für neue Pläne. Es gibt noch andere Möglichkeiten.«

»Ihr wollt Euch mit Eurem Bruder treffen?«, fragte Kraki. »Wenn Harold Godwinssohn Euren Anspruch unterstützt …«

Tostig schüttelte energisch den Kopf. »Mein Bruder hat mich verraten. Er sieht seine eigene Macht bedroht, wenn dieser Aufstand sich nach Süden ausbreitet, und so hat er mich den Wölfen vorgeworfen. Er unterstützt Morkar als Earl. Ausgerechnet Morkar! Diesen mercischen Mistkerl, der so schlimm ist wie sein Bruder Edwin – unsere erbittertsten Rivalen! Und so werden die armen Seelen, die mir treu geblieben sind, dem Schwert anheimgegeben, und das Land versinkt in Anarchie.« Er warf einen Blick zu Judith, die neben ihm stand, und fügte hinzu: »Ich wünschte, ich hätte auf dich gehört, Weib. Ich dachte, das Blut, das ich mit meinem Bruder teile, würde etwas bedeuten, aber Harold denkt nur an sich selbst.«

»Doch du willst trotzdem mit ihm reden?«, fragte sie. Ihr Gesicht wirkte unbeschreiblich traurig.

»Ich werde mit ihm reden und mit dem König ebenfalls, auch wenn ich fürchte, dass der Ausgang bereits feststeht.«

»Und was dann?«, wollte Judith mit zitternder Stimme wissen.

»Wir werden nach Flandern fliehen und uns deiner Sippe anvertrauen. Graf Balduin wird uns gewiss willkommen heißen, und dann werden wir sehen, welcher Preis für diese Schmach zu zahlen ist.« Seine Stimme wurde hart wie Eisen.

»Ich habe gehört, wie die Rebellen den Namen dieses Merciers, Hereward, riefen«, knurrte Kraki. »Ich dachte, er wäre tot. Hatte er bei dieser Sache die Hand im Spiel?«

»Hereward hat England vor langer Zeit verlassen und ist nach Flandern gegangen«, erklärte Judith.

Acha sah, wie Tostig sich ruckartig zu seiner Frau umdrehte. Diese Nachricht schien ihn ebenso zu überraschen wie die Umstehenden, und er blickte Judith grimmig an. Aber der Zorn darüber, dass seine Frau ihm dies verschwiegen hatte, legte sich alsbald wieder, und dann schüttelte er den Kopf. »Das spielt keine

Rolle. Hereward war ebenso ein Opfer der Machenschaften meines Bruders wie wir alle hier. Ich hege keinen Groll gegen ihn.«

Judith ergriff die Hand ihres Gemahls, aber beide hielten den Blick auf die fernen Flammen gerichtet.

Nach einer Weile erklärte der Earl: »Kraki, du warst mir ein treuer Diener, aber ich entbinde dich hiermit von deinem Eid und deinem Dienst.«

Der Hauskarl verneigte sich und dankte ihm. Acha war überrascht über Tostigs Großmut gegen seinen treusten Gefolgsmann in dieser dunkelsten Stunde. Vielleicht gab es doch noch etwas Ehre im Herzen des Earls. Als der Wikinger sich abwandte und auf die anderen Männer unter den Bäumen zuging, eilte sie ihm nach. »Warte!«, rief sie. Und als er sich halb umwandte, fügte sie hinzu: »Ich möchte mit dir kommen. Wenn du einverstanden bist.«

Kraki lachte. »Du bist ein schlaues Kind. Du siehst eine günstige Gelegenheit, wo viele nur die Niederlage vor Augen haben.«

Acha spürte, wie ihre Ohren brannten; aber sie schob trotzig das Kinn vor und machte sich darauf gefasst, dass er sie zurückweisen würde.

»Na gut«, sagte der Hauskarl schließlich. »Ich könnte etwas Gesellschaft auf dem Weg gebrauchen, der vor mir liegt. Du wirst deinen Schutz bekommen. Aber wenn du glaubst, du könntest mich überreden, dass ich dich nach Gwynedd zurückbringe, dann hast du dich geirrt. Ich reise nach Süden, wo es Arbeit genug für meine Axt geben dürfte.«

Erleichtert trat Acha an die Seite ihres neuen Gefährten, und sie machten sich auf den Weg. Aber als sie in den Wald gingen, ließ eine Bewegung am Rande ihres Gesichtsfelds sie aufmerken. Zwischen den Bäumen stand eine dunkle Gestalt, nahe genug, um das ganze Gespräch mit Tostig mitgehört zu haben. Als die Gestalt sich bewegte, erkannte sie, dass es Harald Rotzahn war, der wilde Wikinger, der eine solch furchtbare Blutspur hinterlassen hatte, ehe er im letzten Jahr den Hauskarlen des Earls beigetreten war. Mit einem Schaudern sagte sie sich, dass sie froh war, diesen rotbärtigen Schlächter bald weit hinter sich gelassen zu haben.

Als sie einen Augenblick später noch einmal zurückblickte, war Rotzahn verschwunden. Und in der Ferne schlugen die Flammen von York noch höher als zuvor.

Kapitel 31

Westminster

Zwei Männer beugten sich schweigend über ein Tabula-Brett, dessen umlaufender Rand mit geschnitzten Szenen von bewaffneten Kriegern geschmückt war. Nur das Knistern und Knacken der Scheite im Herdfeuer durchbrach die Stille. Harold Godwinssohn hatte einen Finger ans Kinn gelegt und studierte die Positionen der elfenbeinernen Spielsteine. Redwald hingegen betrachtete das Gesicht des Älteren, so wie er alles genau beobachtete, was der Earl tat. Der junge Mann hatte gelernt, dass sein Herr alles im Leben mit demselben Maß an Vorbereitung und strategischer Planung anging wie eine anstehende Schlacht. Nichts wurde dem Zufall überlassen.

Redwald beobachtete und lernte.

Ein guter Rat im rechten Augenblick und Schweigsamkeit zu allen anderen Zeiten, dazu unerschütterliche Treue, selbst wenn mit einem harsch umgesprungen wurde – all dies hatte das Vertrauen des Earls in ihn bestärkt und Redwald einen Platz an seiner Seite gesichert, wie der junge Mann wusste. Mit der Zeit hatte er sich ihm unentbehrlich gemacht, denn Macht gebiert Einsamkeit, und ein großer Mann brauchte immer einen Freund und aufrichtigen Ratgeber. Er hatte Met nachgeschenkt, wenn der Becher seines Herrn leer war, und geflüsterte Geheimnisse weitergegeben, die er aus dem Klatsch und Tratsch am Hofe mitbekommen hatte. Redwald war Harolds Auge und Ohr geworden und manchmal sein starker rechter Arm, und dementsprechend waren ihm dafür Belohnungen zugeflossen. Anfangs geschah dies nur langsam, aber jetzt gab es niemanden in England, dem Harolds zukünftiger Aufstieg mehr zugutekommen würde.

Harold warf die Würfel. Als er dann seinen Zug machte, kamen zwei seiner Steine einzeln auf den vorderen Feldern seiner Bewegungsrichtung zu stehen. Redwald öffnete daraufhin seine Verteidigungslinie, um einen davon zu schlagen. Beim nächsten Zug durchbrach Harold Redwalds Stellung und war nun auf dem Weg zum Sieg.

Redwald schlug verärgert mit der rechten Hand auf den Tisch.

»Eine wichtige Lehre«, sagte Harold mit einem Grinsen. »Manchmal ist es notwendig, das zu opfern, was wir am meisten schätzen, um zu gewinnen.«

Redwalds Ärger war freilich nur vorgetäuscht. Er hatte den Zug des Älteren vorausgesehen und den Earl gewinnen lassen. »Und genau das habt Ihr in Nordhumbrien getan, nicht wahr?«

Harold ergriff die Würfel und ließ sie auf das Spielbrett fallen. »Tostig hat versagt«, erklärte er mit einem Aufflackern von Zorn. »Er hatte keine Geduld, handelte vorschnell und wollte zu viel. Ihm fehlte die Klugheit eines Herrschers. Der Aufstand der gesetzlosen Nordhumbrier hätte sich leicht ausweiten können, und sie hätten vielleicht ganz Wessex für Tostigs Versagen haftbar gemacht. Wie könnte ich dann erwarten, dass sie mir in den Kampf folgen, wenn ich auf dem Thron sitze?«

»Aber Ihr habt die Mercier gestärkt, indem Ihr Eduard geraten habt, Morkar zum Earl von Nordhumbrien zu machen.«

»Fürs Erste.« Harold grinste. Er stand auf, um nach dem langen Sitzen seine Beine zu bewegen, und schritt zum Herd. Redwald folgte ihm. »Weder Edwin noch Morkar haben Führungserfahrung. Und jetzt wird Morkar alle Hände voll zu tun haben, bei diesem ungebärdigen Volk im Norden Ordnung zu schaffen, und keine Zeit mehr haben, um mit seinem Bruder irgendwelche Verschwörungen auszuhecken. Nein, die Mercier sind fürs Erste kein Problem.«

»Ein kluger Spielzug«, lobte der Jüngere und fügte hinzu: »Und ihnen dürfte nicht einmal klar sein, dass Ihr sie an der Nase herumgeführt habt.«

»Wir beide, du und ich, haben viel gemeinsam«, sagte Harold und legte eine Hand auf Redwalds Schulter. »Wir waren beide gezwungen, Brüder, die wir lieben, fallen zu lassen, weil wir nach Größerem streben. Denn wenn wir Schwäche zeigen und unser wahres Schicksal aus dem Auge verlieren, werden unsere Söhne und deren Söhne uns das nie vergeben. Ein Mann kann es sich nicht leisten, seinem Herzen nachzugeben. Das ist etwas für Weiber und Knaben.« Der Earl senkte die Stimme, und der Jüngere glaubte Wärme darin zu spüren, als ob Harold zu einem seiner Söhne redete. »Aber du verstehst das gut, glaube ich.«

»Ihr habt mich genug gepiekt und gestichelt, dass ich mir inzwischen ein dickes Fell zugelegt habe«, antwortete Redwald mit einem selbstbewussten Lächeln.

Der Earl schenkte sich Met ein und hob den Becher an die Lippen, hielt dann aber in der Bewegung inne. Sein Blick ging weit in die Ferne jenseits der Mauern. »Mein eigener Vater hat mich diese Dinge gelehrt, als ich jung war. Er hat auch versucht, dies alles Tostig beizubringen, aber mein Bruder wollte es nie lernen. Er hat immer geweint und ist zu meiner Mutter gelaufen, um sich in ihren Röcken zu verstecken, bis meinen Vater die Wut gepackt hat und er ihn mit dem Stock zu schlagen drohte, der immer neben der Tür stand.« Harold nahm einen tiefen Schluck. »Einmal, als ich noch sehr jung war, nahm er mich nachts mit hinaus in die Hügel. Der Mond war voll und verwandelte das Gras in Silber. Ich konnte die Wölfe in den Wäldern heulen hören, und ich begann zu zittern. Mein Vater kniete sich vor mich hin und nahm meine Schultern in seine großen Hände. Er war kein harter Mann. Er schlug mich nicht, auch wenn ich ihm die Enttäuschung darüber ansehen konnte, dass ich Angst hatte. ›Hier, nimm meinen Dolch‹, sagte er und gab mir das Messer, mit dem er in meinem Beisein ein Wild ausgeweidet und einmal sogar einen Mann getötet hatte, der ihn beleidigt hatte. Es war ein schöner Dolch, ausgewogen, mit einem Griff aus Hirschgeweih, und er hatte seinem Vater gehört. Ich habe ihn heute noch, auch wenn die Klinge abgewetzt und dünn ist. Und dann verkündete er mir: ›Harold, dies ist die Nacht, in der du zum Mann wirst. Ich werde dich jetzt allein lassen, und du musst mich gehen lassen, ohne zu weinen. Du musst hier sitzen bleiben und dir die Geschichte von den Broten und Fischen erzählen, so wie der Priester sie dir berichtet hat, und wenn du damit fertig bist, musst du versuchen, den Weg nach Hause zu finden.‹ ›Aber die Wölfe …‹, begann ich, doch er legte mir nur den Finger auf die Lippen, um mich zum Schweigen zu bringen. ›Wenn du in unsere Halle zurückkehrst, wird das, was du auf dem Weg gelernt hast, dich für immer verändern. Du wirst der Mann werden, der du sein musst, der du sein willst, tief in deinem Herzen.‹ Mein Vater sah mich einen Moment an, und obwohl ich weinen wollte, hielt ich die Tränen zurück. Und dann war er fort.«

»*Wenn* du in unsere Halle zurückkehrst«, wiederholte Redwald und versuchte sich vorzustellen, wie schrecklich dies für den jungen Harold gewesen sein mochte. »Wir alt wart Ihr damals?«

»Nicht älter als neun«, antwortete der Earl versonnen. Immer noch ließen ihn die Erinnerungen nicht los. »Und mein Vater hatte recht. Nicht viel von dieser Nacht ist mir im Gedächtnis geblieben, außer dem Schrecken und meiner Gewissheit, dass ich sterben würde. Ich weiß nicht, wie ich in der Dunkelheit den Weg in die Halle zurückgefunden habe – bei Licht hätte ich es nicht gekonnt. Aber als ich am nächsten Tag erwachte und mein Vater mich grüßte, als wäre in der Nacht überhaupt nichts geschehen, hatte ich mich verändert.« Er bedachte Redwald mit einem seltsamen, undeutbaren Lächeln. »Irgendwann später sagte mir mein Vater, es gebe noch eines, was ich lernen müsste: eine Antwort zu finden auf die einzige Frage im Leben, die wirklich wichtig ist.«

»Und wie lautet diese Frage?«, wollte Redwald wissen, dessen Neugierde geweckt war.

»Wie weit wirst du den Weg zur Verdammnis gehen, um das Ziel deines Lebens zu erreichen?«

»Eine gute Frage.« Redwald füllte den Becher seines Herrn nach.

Nachdenklich nippte Harold an seinem Met und sagte dann: »Vielleicht werde ich eines Tages dir den Dolch geben.«

Redwald lächelte höflich, aber er wollte den Dolch nicht. Er hatte bereits ein Messer. Von draußen drang jetzt der Lärm von Stimmen lauter herein. »Es hört sich an, als sei es bald so weit.«

Harold leerte seinen Becher. »Wir können diesen Moment nicht allein Eduard überlassen. Zeigen wir uns dem wartenden Volk.«

Der Earl warf sich seinen besten Mantel um – den roten mit einem Saum aus verschlungenen gelben Kreisen, der ihn in einer Menge herausstechen ließ – und trat hinaus in den kühlen Morgen. Mit entschlossenem Schritt ging er über das Palastgelände zum Rand von Thorney Island, wo sich der hohe Vierungsturm der neuen Kirche gegen den blauen Himmel abhob. Redwald beschirmte seine Augen gegen die Sonne, als er hochschaute, und konnte so die Steinmetze bei den letzten Arbeiten oben auf der Turmspitze sehen. Der Großteil der Gerüste war abgebaut worden, um den Blick auf das prächtige Gebäude freizugeben. *Es muss wahrlich all den großen Kirchen in Europa gleichkommen, wie Eduard immer behauptet hat*, dachte der junge Mann.

Die Menge hatte sich um die von der Sonne beschienene Südseite der Abtei versammelt. Die Frauen trugen ihre weißen Kopfbedeckungen, und die Männer waren dem Anlass entsprechend in ihre beste bestickte Wollkleidung gewandet. Gold glänzte überall: an Broschen, Amuletten, Schwertgriffen, Ringen und Armreifen. Alle Köpfe waren voll Staunen nach oben gewandt.

Als sie Harold näher kommen sahen, drehten die Menschen sich um und jubelten ihm zu. Redwald schwoll die Brust. Er sah in den freudig erregten Gesichtern den Respekt, den sie Harold entgegenbrachten, und auch die Liebe zu ihm. *Von so vielen Menschen geliebt zu werden muss eine wunderbare Sache sein*, sagte er sich.

Der König kam unbemerkt aus der Richtung seiner Halle. Seine juwelengeschmückte Krone funkelte auf seinem schneeweißen Haar, aber sein Gesicht war so grau wie sein Mantel, und er stützte sich schwer auf Ediths Arm. Die Königin ließ ihn vor dem Westportal stehen und eilte dann strahlend hinüber zu ihrem Bruder. Sie küsste Harold auf die Wange.

»Ich habe unsere Wette gewonnen«, flüsterte sie atemlos vor Aufregung. »Die Abtei wird mit dreimal so vielen Reliquien ausgestattet sein, als Eduard aufgetrieben hat. Es ist mein Name, der dem Abt zuerst über die Lippen kommt.«

»Gut gemacht, Schwester. Und Eduard?«

»Nimmt es mit Fassung.«

Erzbischof Ealdred, prächtig anzuschauen in seiner reich bestickten Kasel, fing Harolds Blick auf und kam zu ihm herüber. Redwald wusste, dass die Reise des Geistlichen von York zur Kirchenweihe auch einem anderen Zweck diente: seinen engsten Verbündeten über den Stand der Dinge in Nordhumbrien zu informieren. Redwald überließ die Gruppe ihren Gesprächen über wichtige Angelegenheiten und schlüpfte durch ein Seitenportal in die neue Abtei. Der Raum war erfüllt vom Geruch frischen Holzes und behauenen Steins. Redwald staunte über die farbigen Glasfenster, aber dann wurde seine Aufmerksamkeit von einem mit Schnitzwerk verzierten hölzernen Kasten in einer Nische angezogen. Darin lag das Schienbein des heiligen Johannes des Täufers, jene Reliquie, die er aus dem Dorf bei Winchester hergeschafft hatte. Er ging hinüber, legte eine Hand auf das Reliquiar und neigte den Kopf. Sein Herz schlug schneller bei dem Gedanken an das, was darin lag: ein so tiefes Geheimnis, dass es sein Innerstes aufrührte. Einen Augenblick blieb er in stummem Gebet dort stehen, dann kehrte er zu den wartenden Menschen vor der Kirche zurück, doch der Gedanke an den Schrein und dessen Inhalt verfolgte ihn.

Eine schmale Hand fasste ihn am Arm, als er sich seinen Weg durch die Menge bahnte. Er wandte den Blick und sah Hild scheu lächelnd vor ihm stehen. Sie war die Tochter Blacwins, eines der Thegns des Königs, und zählte zu den schönsten Frauen bei Hofe. Ihre Augen waren groß und strahlend, ihre Wangenknochen ausgeprägt, ihre Lippen voll und rund. Redwald hatte sie von dem Augenblick an bewundert, als er in Westminster angekommen war, aber Hild hatte ihm zunächst die kalte Schulter gezeigt. Jetzt war sie mehr als glücklich, seine Hand zu halten und ihm einen Kuss zu gewähren, und ihr Vater war ebenfalls darüber froh.

»Ich sah Euch neben Harold Godwinssohn gehen«, hauchte sie. »Ihr seid in die Rolle hineingewachsen, die er Euch zugedacht hat.« Sie sah sich um und flüsterte. »Lasst mich bei der Zeremonie neben Euch stehen. So, dass alle es sehen.«

»Es wäre mir eine Ehre.«

Ihre Wangen röteten sich vor Aufregung. Redwald stellte sich in Gedanken die weiche Wärme ihrer Schenkel vor, aber das musste noch warten. Fürs Erste gab es Wichtigeres zu tun, und das würde in den kommenden Tagen seinen ganzen Einsatz fordern. Da konnte er sich eine Ablenkung wie Hild nicht leisten. »Ich muss erst noch mit jemandem sprechen. Aber macht Euch bemerkbar, wenn ich zurückkehre, und ich werde Euch mit zu Harold nehmen.«

»Und hat Euer Herr noch weitere Geschenke? Etwas Bernstein vielleicht oder Elfenbein?« Sie klimperte mit dem Armband, das er ihr geschenkt hatte, nachdem Harold ihm einen Rat gegeben hatte, wie er das Beste aus der Aufmerksamkeit machen konnte, die Hild ihm erwiesen hatte.

Mit einem Lächeln tippte Redwald sich an die Nase und huschte davon. Er würde einen anderen Weg zurück durch die Menge nehmen, um ihr auszuweichen, aber ihr bei Sonnenuntergang ein Geschenk machen, um den Schmerz ihrer Enttäuschung zu lindern. Er wusste genau, wie er mit ihr umspringen musste.

Als er von einem Plausch mit einem Händler zurückkam, von dem er nur wenige nützliche Informationen erhielt, stieß er auf Asketil, der auf ihn wartete. Herewards Vater sah aus, als wäre er in den letzten drei Jahren um ein Jahrzehnt gealtert, aber er strahlte, als er den Mann erblickte, den er als Sohn angenommen hatte.

»Du hast Fleisch auf die Rippen bekommen, seit wir uns das letzte Mal gesehen haben«, lachte er und packte Redwald an den Armen.

»Ich arbeite hart. Ich freue mich, dass es dir gut geht. Wie steht es in Barholm?«

»Alles ruhig, was nur gut ist. Aber dein Name wird jetzt oft in den Schänken und auf den Feldern genannt. Ein Junge aus unserer Gegend, der jetzt Ratgeber von Harold Godwinssohn ist! Es ist eine Quelle der Freude für alle, die sich an den jungen Burschen erinnern, der mit ihnen gefischt und gejagt und Unsinn getrieben hat.« Redwald konnte den Stolz in Asketils Stimme hören. Der junge Mann blickte auf Beric hinunter, der stumm und mürrisch neben seinem Vater stand. Herewards jüngerer Bruder stand nun an der Schwelle zum Mann, aber Redwald konnte sehen, dass er immer noch verstört war.

»Er hat seiner jener Nacht kein Wort gesprochen«, zischte Asketil, als er Redwalds Blick sah, »und jetzt befürchte ich, dass er nie mehr reden wird.«

»Und nichts Neues von Hereward?«, erkundigte sich Redwald vorsichtig.

Das Gesicht des Thegns verdüsterte sich. »Sein Name ist seit jenen Ereignissen nicht mehr in Mercien erwähnt worden. Er muss tot sein.«

Redwald fragte sich, ob Asketil recht hatte. Wenn Hereward noch am Leben war, hoffte er, dass sein Bruder schließlich Frieden gefunden hatte.

Ein Raunen ging durch die Menge. Die Zeremonie würde gleich anfangen. Der junge Mann verabschiedete sich von Asketil und Beric und eilte zurück an Harolds Seite. Edith hatte sich ihrem Gatten am Eingangsportal zugesellt, aber sie wirkte ungeduldig.

»In der staubigen Hitze von achtzehn Sommern und dem bitteren Wind von achtzehn Wintern haben wir hier gearbeitet, um dieses Momument der Herrlichkeit Gottes zu errichten. Und jetzt ist es fast vollbracht«, begann der König. Das trockene Krächzen seiner Stimme ging fast im Gemurmel der Menge unter. »Diese große Abtei ist mehr als ein Zeugnis unseres Glaubens. Es ist ein Leuchtzeichen für alle Engländer, das uns daran erinnert, dass Gott selbst in unseren dunkelsten Zeiten über uns wacht und unsere Gebete hört …«

Während Eduard weitersprach, stellte Redwald zu seiner Überraschung fest, dass in den Worten des Königs auch etwas von jener Hintergründigkeit und Raffinesse mitklang, die er von seinem Herrn kannte. *England geht dunklen Zeiten entgegen. Gott wacht über uns. Und Eduards gutes Werk ist das Band, das die beiden miteinander verbindet.* Der alte Herrscher arbeitete bereits an seinem Vermächtnis: Die Nachwelt sollte ihn als einen Mann Gottes, als einen Beschützer des Volkes in Erinnerung behalten. Seine Worte klangen so, als wüsste Eduard, dass seine Tage gezählt waren und dass nach seinem Tod schreckliche Zeiten folgen sollten. So schrecklich, dass die Menschen sich nach seiner

Herrschaft zurücksehnen würden. Redwald warf einen Blick zur Seite und sah, dass Harold die Stirn runzelte und seinen Ärger nicht verhehlen konnte. Verurteilte Eduard die Herrschaft des Earls von Wessex, bevor sie überhaupt begonnen hatte? Vielleicht, wie Harold oft geargwöhnt hatte, verbarg dieser König seine Schläue hinter einer Maske der Schwäche.

Als Eduard seine Rede beendet hatte, gingen alle Köpfe zur Spitze des Turmes empor. Der Baumeister hielt den letzten Stein hoch, sodass alle ihn sehen konnten, und setzte ihn dann mit einer schwungvollen Bewegung ein. Es gab einen großen Jubel. Die Abtei war vollendet und bereit für die Weihe, die für den dritten Tag nach dem Christfest geplant war.

Als die Menge sich zu zerstreuen begann, packte Harold Redwald am Arm und führte ihn aus dem Menschenstrom weg. »Ich habe die Schnauze voll von Eduard und seinen Ränkespielen! König hin oder her, er ist ein alter Mann und ein Idiot. Erst macht er Wilhelm dem Bastard Hoffnungen. Dann erklärt er mir, das diene nur dazu, Wilhelm ruhigzustellen, damit der nicht sein Schwert ergreift, und dass ich derjenige sei, der den Thron erben wird. Es reicht!« In kalter Wut schlug sich Harold mit der rechten Faust in die linke Handfläche. »Die Zeit für solche Spielchen ist vorbei. Eduard muss mich offiziell als Erben benennen. Und das wird er – aus freiem Willen oder mit der Schneide meiner Axt im Nacken.«

Kapitel 32

Cambrai
9. November 1065

Im Windschatten der Befestigungen von Cambrai schritt Hereward die Reihen der unerfahrenen jungen Männer ab, die er jetzt befehligte. »Der Feind wird euch mit erhobenen Schilden angreifen, ungefähr so.« Er führte es ihnen mit seinem eigenen Schild vor. »Die gegnerischen Krieger werden alle eine dicht geschlossene Reihe bilden, sodass ihr euch einem Wall gegenübersehen. Einen Wall kann man nicht angreifen. Er blutet nicht.« Hereward grinste in der Hoffnung, dass ein bisschen Humor die Stimmung seiner zusammengewürfelten Truppe heben könnte. Ein mattes Lächeln erschien auf ein paar Gesichtern.

»Und was machen wir stattdessen?«, fragte einer der jungen Leute. »Laufen wir weg?«

»Nein. Dreht ihnen nie eure Kehrseite zu. Der Wall wird sich auftun, und ihre Äxte werden euch den Rücken von den Schultern bis zum Arsch aufreißen. Ihr haltet mit euren eigenen Schilden die Stellung. Passt auf – sie werden versuchen, nach euren Knien und Fußknöcheln zu hacken. Macht das Gleiche mit ihnen, und sie werden es sich zweimal überlegen.«

»Wie treiben wir sie dann zurück?«

»Mit reiner Kraft. Bedrängt sie hart genug, weicht keinen Schritt zurück, und mit der Zeit wird ihr Schildwall brechen. Wartet auf diesen Moment und rammt dann eure Speere in die Lücken.«

Hereward drehte sich um und blickte hinaus in den dichten Nebel, der die nasskalte flämische Landschaft verhüllte. Der

Vogelgesang des Morgens klang nun gedämpft. Die einzige gut hörbare Geräuschkulisse war das stetige Tropfen des Wassers von den Zweigen der schwarzen Bäume, die den Fuß des Hangs säumten, welcher sich von den Befestigungen der Stadt in die Umgegend hinabsenkte.

»Habt keine Angst!«, rief er. »Unsere Feinde sind auch nicht besser als ihr.«

Seine Worte schienen die jungen Männer ein wenig zu beruhigen. An der verkrampften Art und Weise, wie sie ihre Speere hielten, konnte Hereward ihren Mangel an Erfahrung im Umgang mit Waffen ablesen. Er wusste, dass viele von ihrer Landarbeit abberufen worden waren, um die Streitmacht von Bischof Leutbert zu verstärken, der sich in einer Auseinandersetzung mit den Burggrafen Johann von Arras und Hugh von Havet befand; und er hoffte, sie würden der kommenden Schlacht gewachsen sein. Viele der kampferprobten Söldner mussten sich immer noch von den Kämpfen gegen benachbarte Grafen erholen, die während des langen, harten Winters, des nassen Frühlings und des heißen Sommers fortwährend ins Land eingedrungen waren. Hereward begann inzwischen Flandern wegen der sich ständig verschiebenden Machtverhältnisse und kleinen Scharmützel zu hassen. England erschien im Vergleich dazu als ein Land der Ruhe und des Friedens.

Seit ihrer Trennung hatte er Turfrida nicht wiedergesehen, aber sie war in seinen Gedanken geblieben, als der Schnee fiel und die Schmelze kam. Vadir hatte ihn deswegen oft gehänselt und ihn als liebeskrankes Mädchen bezeichnet. Alric hingegen hatte Herewards Gefühle als ein Zeichen gedeutet, dass der Recke sich von seiner blutgetränkten Vergangenheit ab- und einer glücklicheren und friedlichen Zukunft zuwandte. »Jeder Schritt, den du von England fortgegangen bist, hat dich gelehrt, ein besserer Mensch zu werden«, hatte der Mönch auf seine sanfte Art gesagt. »Meine Arbeit wird bald vollbracht sein, und ich werde meinen Frieden finden können.« Um nicht immer Turfridas Gesicht vor seinem inneren Auge sehen zu müssen, hatte Hereward sich ganz auf seine Aufgabe konzentriert, die jüngeren Männer auszubilden und zu befehligen. Zuerst war es ihm seltsam vorgekommen – er fühlte sich selbst noch zu unerfahren, um einer solchen Führungsposition gerecht zu werden –, aber mit der Zeit erkannte er, wie viel er von Vadir gelernt hatte.

Er schüttelte die Gedanken ab und blickte auf. Vadir stand oben auf dem Wall und beobachtete ihn. Ein breites Grinsen lag auf dem Gesicht des rothaarigen Söldners. Hereward lief den Wall hinauf und blieb vor seinem Freund stehen. »Was gibt es denn jetzt, das dich so spöttisch grinsen lässt, du großer Bär?«

»Gar nichts. Es wärmt mir das Herz zu sehen, wie du gewachsen bist, kleiner Mann. Von dem Wilden, den alle fürchteten, zu einem Anführer, der von den Jungen respektiert wird; und das in einer so kurzen Zeit.«

Der Recke wischte das spöttische Lob mit einer Handbewegung beiseite. »Ich hatte einen guten Lehrer.«

»Und ich einen guten Schüler. Wenige haben je auf das gehört, was ich sage.« Vadir beugte sich vor und flüsterte, sodass die jüngeren Soldaten es nicht hören konnten: »Jetzt hör mir noch ein weiteres Mal zu. Die Kundschafter, die ich im Dunkeln ausgeschickt habe, sind zurückgekehrt. Sie haben einen Trupp von Männern ausgemacht, die durch den Nebel kommen und anscheinend versuchen wollen, uns zu überraschen und in die Flucht zu schlagen. Es ist nur eine kleine Schar von ungefähr zwanzig Kriegern, aber sie sind kampferprobt. Lederhäutige, mit Narben übersäte alte Kämpen wie ich.« Sein Blick fiel auf den kleinen Haufen junger Männer unter ihnen, und seine Miene wurde ernst. »Sag ihnen, sie sollen sich vorsehen.«

Hereward überdachte die Warnung. Dann rief er mit einem Pfiff und einem Fingerschnippen die Männer zu sich, die er für den Stoßtrupp ausgewählt hatte. Widerstrebend nahmen sie ihre

Schilde und Speere auf, kamen zu ihm und trotteten dann hinter ihm den Abhang hinab in den Wald, durch den die Dunstschwaden zogen. Der Nebel dämpfte die Schritte des Trupps, aber der Recke wusste, dass Gleiches auch für die vorrückenden Feinde galt. Unter den Füßen knisterten die braunen Blätter und der welke Farn. Herabfallende Tropfen spritzten oftmals deutlich hörbar von Helmen und Schilden, aber die Männer blieben stumm und versuchten mit ihren Blicken die grauen Schwaden zu durchdringen. In ihren Gesichtern sah Hereward noch die Röte kindlicher Spiele und die Erinnerungen an Hände, die nach den Röcken der Mütter griffen. Sie waren zwar nur wenig jünger als er selbst, aber in ihrem Alter hatte er bereits Dinge gesehen, die die meisten Menschen noch nicht einmal in ihren schlimmsten Albträumen erlebten. Er hatte geraubt. Er hatte sich mit stärkeren Männern geprügelt, bis sie mit verunstalteten Gesichtern um Gnade winselten. Er hatte getötet, viele Male. Er hatte einer Frau beigelegen. Und er hatte gesehen, wie seine eigene Mutter totgeschlagen wurde. Er war nie ein Kind gewesen. Und jetzt hatte Hereward versucht, diese blutjungen Männer so gut auszubilden, wie er konnte. Er hoffte, dass es reichen würde.

Im Schutz der Bäume brachte er seinen Trupp zu einem Halt. Er hielt den Kopf schräg und lauschte lange, aber nur die herabfallenden Wassertropfen und das Rascheln der Kleintiere im Unterholz sowie das abgehackte Atmen seiner verängstigten Männer waren zu hören. Sonst blieb alles still.

Zufrieden wandte er sich an den breitnasigen Bauern, den er als Anführer des Angriffs ausgewählt hatte. »Wenn ich könnte, würde ich mit euch in den Kampf ziehen, ganz bestimmt, aber der Bischof hat mir befohlen, mich um die Verteidigung auf den Wällen zu kümmern. Aber ihr seid alle stark und tapfer. Ihr habt vom Feind nichts zu befürchten.«

Der junge Mann nickte, sein ängstlicher Blick huschte hin und her über Herewards Schulter.

Sobald der kleine Trupp im Wald verschwunden war, wartete Hereward noch eine Zeitlang. Er lauschte und betete, dass ihnen nichts zustieß, und dann machte er sich zurück auf den Weg zu den Befestigungsanlagen. Als er dem Rest seiner Männer befahl, ihre Speere zu holen und entlang der Walle Stellung zu beziehen, gingen seine Gedanken plötzlich zu Tidhild und zu seiner Mutter, zur Ächtung durch seinen Vater und zum Verrat Harold Godwinssohns zurück. Und zu Redwald. Seit etlichen Monaten hatte er sich nicht mehr mit solcher Intensität an all die Menschen aus seiner Vergangenheit erinnert. Hatte Redwald inzwischen für ihn Rache genommen? War seine Schande getilgt? Als Reaktion auf diese Fragen spürte er, wie sich tief in ihm sein persönlicher Teufel regte; dieses dämonische Wesen war so lange still gewesen, dass Hereward schon gehofft hatte, es wäre vollkommen verschwunden.

Immer noch da, dachte er bitter. *Warum muss es mich ausgerechnet jetzt daran erinnern, dass es nach wie vor existiert?*

Er wusste selbst keine Antwort auf die Frage, also versuchte er, sich den Rest des Morgens mit Beschäftigungen abzulenken. Doch als das tägliche Brot an die Männer ausgegeben wurde, drang ein Schrei durch den Nebel – und dann ein weiterer und noch einer. Hereward stürmte den Wall hoch und sah die Reste seines Kampftrupps vom Waldrand den Hang hinauffliehen. Sie waren blutverschmiert und in Angst und Schrecken versetzt. Viele hatten ihre Speere verloren. Aber sein Zorn erstarb in seiner Brust, als ihm klarwurde, wie wenige von ihnen noch übrig waren. Er hielt den erstbesten Mann an, der er zu fassen kriegte, und fragte, was geschehen war.

»Sie sind aus dem Nebel gekommen.« Die Augen des Mannes waren benommen und glasig wie die eines Betrunkenen. »Wir hielten zunächst stand, wie du es uns beigebracht hast. Postierten uns hinter unserem Schildwall. Schlugen unter und über über den Schilden zu. Wir hatten Treffer mit unseren Speeren.

Es lief ganz gut. Dann … dann …« Er legte den Handrücken vor den Mund. »Diese Scheißkerle fanden eine Lücke in unserem Wall. Stachen Blavier mit einem Speer ins Auge. Damit ging es los.«

»Der Schildwall hat nicht gehalten?«

»Als Blavier fiel, brachen zwei aus der Reihe und flohen. Der eine wurde von einer Axt getötet, bevor er drei Schritte weit gekommen war; ein Speer traf den anderen im Rücken. Dann kriegten wir alle Angst. Der Wall brach zusammen. Der Feind fiel über uns her wie ein Rudel Wölfe.«

Hereward wandte sich ab. Er konnte seine Enttäuschung nicht verhehlen. Er sah Vadir auf den Befestigungen stehen; der rotbärtige Riese schaute zu, wie die armseligen Reste von Herewards Stoßtrupp den Hang hinaufstolperten. Sie alle zitterten; ihre Augen waren voller Tränen. Vadir bedachte Hereward mit einem mitfühlenden Blick; er wusste, dass Worte hier nicht helfen konnten. Er führte die Überlebenden zurück in ihr Lager und ließ Hereward mit seinen trüben Gedanken allein.

In der Ferne erklangen die triumphierenden Schreie der Männer des Burggrafen, doch sie verhallten bald, und wieder legte sich Schweigen über den nebligen Wald. Hereward brütete stumm vor sich hin und hielt Ausschau. Der graue Tag dehnte sich endlos, und als die Dämmerung sich herabsenkte, entzündete er ein Lagerfeuer, immer noch in der Hoffnung auf einen weiteren Angriff, der ihm die Möglichkeit gegeben hätte, seine Gefühle abzureagieren.

In der zunehmenden Kühle der Nacht erleuchteten plötzlich die Flammen eine einsame Gestalt, die aus Richtung Cambrai den Wall hinaufstiefelte.

»Wenn du gekommen bist, um mit mir über Gott zu reden, wirst du eine Antwort von meinen Fäusten kriegen«, sagte Hereward, als Alric in den Lichtkreis trat.

»Glaubst du, ich predige nur das Wort des Herrn?« Der

Mönch hockte sich ans Feuer. »Ich bin gekommen, um bei meinem Freund zu sitzen.«

Hereward schnaubte. »Ich dachte, ich sei nur eine Seele, die gerettet werden muss.«

Alric stocherte im Feuer herum und sah den aufstiebenden Funken nach, während er seine Worte wählte. »Niemand kann all die Unschuldigen retten, die seinen Weg kreuzen.«

»Du wolltest doch bestimmt sagen, dass nur Gott dies kann; stimmt's?«

Der Mönch lächelte betrübt. »Nur Gott, und wir kennen seinen Plan nicht.«

»Ich hatte den Befehl über die Männer, die heute gestorben sind. Ich habe sie ausgebildet. Es ist meine Schuld.«

»Du hast getan, was du konntest. Aber am Ende ist jeder für sich selbst verantwortlich.«

Hereward blickte auf zu den Sternen, die am Himmelsgewölbe funkelten. »Mein Herz ist schwer, wenn ich an ihre Gesichter denke. Doch früher hätte ich nicht um sie getrauert. Tod ist der Preis einer jeden Schlacht.«

Alric warf seinem Freund einen teilnahmsvollen Blick zu. »Mitgefühl ist der Preis, den jeder von uns zahlen muss, wenn er danach strebt, ein guter Mensch zu sein.«

»Du glaubst, ich stehe nun auf der Seite der Engel?« Hereward stieß ein freudloses Lachen aus. »Dass ich gerettet bin, weil ich ein paar arme Seelen betrauere?«

»Ich glaube, du kämpfst mit der Bürde deiner frühen Tage. Aber du lässt dich dadurch nicht mehr von Gott abwenden.«

»Und wenn ich dennoch der Teufel wäre, für den du mich damals bei unserer ersten Begegnung an jenem kalten Abend in Nordhumbrien gehalten hast, hätte ich dann diese Männer vor dem Tod gerettet?« Hereward funkelte den Mönch durch die Flammen an. Alric wirkte beunruhigt und wand sich unter dem Blick seines Freundes.

»Ich behaupte nicht, Gottes Willen zu kennen, aber ich kenne dich. Ich habe diesen Weg eingeschlagen, um mich selbst zu retten, indem ich dich rette. Jetzt sehe ich den Frieden in deiner Reichweite liegen, und das ist Belohnung genug.«

Hereward starrte in das Feuer und murmelte: »Die Raben haben mich nie verlassen.«

»Du hast jetzt Vadir, der dich auf dem geraden Weg halten kann. Er versteht etwas von Krieg und Blut. Er kennt deine Gedanken, und er ist weise. Er ist wie ein Vater ...«

»Sprich nicht von meinem Vater!«

Die Wut in der Stimme seines Freundes ließ Alric zurückweichen. Und plötzlich sah Hereward, dass der Mönch die Wahrheit erkannte: dass sein Teufel nur angekettet, nicht getötet werden konnte, und dass er ständig darauf lauerte, sich zu befreien.

Das brennende Holz knisterte und knackte und durchbrach das unbehagliche Schweigen, und dann hallten Schrittgeräusche von den dunklen Befestigungen wider.

Vadir warf einen forschenden Blick auf Hereward, aber der schien zufrieden zu sein mit dem, was er sah. »Ganz Cambrai ist voller Aufregung über Neuigkeiten aus Saint-Omer«, dröhnte seine Stimme.

»Was davon könnte für uns schon von Interesse sein?«, meinte Hereward mit einem Achselzucken.

»Das wird dich interessieren, und zwar mehr als die meisten.« Der große Mann hockte sich ans Feuer und blickte von einem zum anderen. »Tostig Godwinssohn ist in Flandern. Er ist kein Earl mehr, sondern ein Geächteter und musste England fluchtartig verlassen, zusammen mit seiner Frau Judith und einer Handvoll treuer Männer an seiner Seite. Er hat bei Graf Balduin Zuflucht gesucht. Es heißt sogar, er wolle ein Bündnis mit Wilhelm dem Bastard eingehen.«

Hereward lachte humorlos. »Tostig, ein Geächteter? Dann stehen wir jetzt auf einer Stufe.«

Der Mönch beäugte besorgt seinen Freund. »Was hast du im Sinn?«

Der Feuerschein glomm in den Augen des Recken. Mit einem wölfischen Grinsen gab er zur Antwort: »Rache.«

Kapitel 33

Brügge

Hufschläge donnerten durch die mondlose Nacht. Im flackernden Schein von Pechfackeln öffneten die Wachen das Stadttor, um die Reiter einzulassen. Es waren sieben. Sie trugen schwarze Mäntel und waren durch ihren typischen kurzen Haarschnitt als Normannen erkennbar. Ihre Gesichter waren grimmig, und sie warfen den ehrerbietigen Wachen nur einen flüchtigen Blick zu, als sie auf die Halle zuhielten, wo derzeit zwei normannische Besucher residierten.

Aus dem Schatten vor der Schänke beobachtete Harald Rotzahn, wie die Reiter ihre Pferde zügelten und mit wehenden Mänteln absaßen. Er hatte gewusst, dass sie kommen würden. Die *Vættir* hatten es ihm gesagt, als er am Gestade des großen dunklen Meeres wandelte, und sie flüsterten immer noch, dass in diesen Dingen ein Sinn und Zweck verborgen lag, der erst in kommenden Tagen seine Wirkung entfalten würde.

Während Diener die Pferde in Empfang nahmen, traten zwei gut gekleidete Männer, angetan mit schweren Goldreifen, ins Freie, um die Ankömmlinge freudig zu begrüßen. Der Wikinger wusste, dass die reichen Männer Wilhelm von Warenne und sein Schwager Friederich waren. Wilhelm besaß das Ohr seines Namensvetters, Wilhelms des Bastards, und war nach Brügge gekommen, um reiche Flamen dazu zu bewegen, die Pläne des Normannenherzogs zu unterstützen, den Thron Englands zu erobern. Wer Gold oder Schiffe anbot, würde nach Wilhelms Krönung zum König als Belohnung Ländereien erhalten, wie Rotzahn erfahren hatte.

Die Normannen mit den schwarzen Mänteln folgten Wilhelm und Friederich in die Halle. An ihren harten Gesichtern und ihrem festen Schritt erkannte Redwald, dass diese Männer und er vom gleichen Blut waren. Die Normannen waren Nachkommen der Wikinger. Hörten auch sie noch die Stimmen der *Vættir?* Hatten sie Feuer und Eisen in ihrem Herzen? Wenn die Engländer nur wüssten, welche Schrecken ihr König Eduard mit seinem Spiel um den Thron heraufbeschworen hatte!

Sobald die Tür der Halle sich geschlossen hatte, kehrte Rotzahn in das rauchige Innere der Schänke zurück. In einer Ecke hatte sich eine Gruppe um zwei Männer geschart, die über ein Mühlespiel gebeugt saßen. Vier weitere Gäste saßen auf Schemeln am Herdfeuer, tranken Bier aus Holzbechern und erzählten sich lachend schmutzige Geschichten. Der Wikinger verstand die Worte nicht, aber er erkannte den Tonfall der Stimmen und das Funkeln in den Augen der flämischen Zecher.

Er setzte sich ein wenig abseits in den Schatten, trank seinen Met und wartete.

Als der Inhalt von zwei weiteren Bechern feurig in seinen Adern kreiste, schwang die Tür auf, und drei Männer kamen hereinstolziert. Ihr Auftreten und ihr Äußeres sprach von Macht und Reichtum: ihr wiegender Gang, die überheblichen Blicke, welche die Trinker ringsum verstummen ließen, und die mit Gold eingelegten Schwertgriffe. Der Wikinger erkannte den Anführer der Gruppe an seiner Adlernase und seinem stolzen Blick. *Ein schwacher Mann, verdorben vom guten Leben*, dachte Harald. Ja, das war der, auf den er gewartet hatte.

Als die Männer sich um einen Tisch gesetzt und der Gastwirt sie eilfertig mit Bier versorgt hatte, stand der Wikingersöldner auf, streckte sich und schritt gemächlich zu der laut lachenden Gruppe hinüber. Ivar, sein Unterführer, sah mit toten Augen von der anderen Seite der Schänke zu. Rotzahn grinste seinen alten Freund an. »Bald«, flüsterte er sich selbst und Ivar zu.

Die drei Männer sahen auf, als er an ihren Tisch trat. Sie lachten weiter, doch einer fauchte ihn auf Flämisch an: zweifellos als Warnung, dass er sie in Ruhe lassen sollte. Harald heftete den Blick auf den Anführer mit der Adlernase. »Ihr seid Hubert, der Neffe des Grafen von Guînes, nicht wahr?«

Der Ritter blickte überrascht auf, fasste sich jedoch rasch. »Wenn dir deine Knochen lieb sind, dann hau ab«, schnaubte er in einem stockenden Englisch.

»Aber wir haben viel zu bereden«, erwiderte der Söldner und breitete die Arme aus.

Einer der Männer zischte irgendeine Beschimpfung und wollte aufstehen und nach seinem Schwert greifen. Schneller, als das Auge folgen konnte, hatte Harald den Holzbecher des Mannes gepackt und ihm ins Gesicht gedonnert. Zähne splitterten, Lippen sprangen auf. Der Flame krachte bewusstlos zu Boden. Bevor der dritte Mann sich erheben konnte, riss der Wikinger seine Axt Grim heraus und hielt sie ihm an die Kehle.

Harald grinste immer noch. »Jetzt werden wir von Dingen von großer Bedeutung reden, von Bluteiden, Rache und Tod.« Er achtete nicht auf den Lärm, der sich erhob, und hielt den Blick fest auf den verunsicherten Hubert gerichtet. »Meine Reise hierher war lang und hart. Ich bin einer Spur von Worten und Erinnerungen gefolgt, die mich mitunter im Kreis zu führen schienen. Bis ich von einem Edelmann hörte, der in einem Wettkampf von einem einfachen englischen Soldaten beschämt wurde. Was ich da gehört habe« – er ließ die Finger seiner linken Hand gegen das Ohr flattern –, »sagte mir, dass dieser stolze Flame mich zu dem Mann führen könnte, der uns beiden ein Dorn im Auge ist. Und dann können wir vielleicht Abrechnung mit unserem gemeinsamen Feind halten und unser beider Herz erleichtern. Der Name jenes Engländers ist Hereward.«

Er sah das Aufleuchten in den Augen des Ritters und wusste: *Alles wird gut.*

Kapitel 34

Saint-Omer

»Wenn du zu Tostig gehst, wird er dich töten lassen«, protestierte Alric und hielt Hereward mit beiden Armen fest, um ihn zurückzuhalten.

»Hör auf den Mönch!«, dröhnte Vadir. Er trat vor den jüngeren Mann und versperrte ihm den Weg gleich einer Mauer aus Muskeln und Knochen. »Normalerweise spricht er mit einer Bierzunge, aber diesmal hat er recht.«

Herewards stieß Alric mit einem wilden Schwung seines Arms beiseite und zog sein Schwert. Die Spitze der Klinge wies auf Vadirs Brust. »Aus dem Weg, alter Mann. Ich habe zu lange auf diesen Augenblick gewartet.«

Mit seinem gesunden Auge sah der große Mercier auf den jüngeren Gefährten herab und trat dann beiseite. Hereward drängte sich an ihm vorbei und hielt auf die Halle zu.

»Was machst du?«, schrie der Mönch Vadir an. »Halte ihn auf!«

»Er muss selbst wissen, was er tut. Es ist seine Entscheidung.«

Hinter ihnen stampften die Pferde im nassen Gras und schnaubten heiße Atemwolken in die kalte Luft. Der Bischof hatte ihnen angeboten, ihren Sold zu verdoppeln, wenn sie in Cambrai blieben, aber Hereward hatte all seine Offerten zurückgewiesen. Nur eines war jetzt für ihn noch wichtig. Der Ritt vom Kloster war hart und schnell gewesen, und Herewards Gefährten waren ihm dicht auf den Fersen geblieben. Über die Ankunft von Tostig und seiner Frau in Saint-Omer wurde in der ganzen Stadt gesprochen, und so war es ein Leichtes gewesen, die Halle zu finden, die Graf Balduin seinem englischen Schwiegersohn zur Verfügung gestellt hatte. Vor langer Zeit aus Stein errichtet, war sie in der Zwischenzeit um einen Fachwerkanbau erweitert und mit Schindeln überdacht worden, um ihre Bedeutung hervorzuheben. Das Gebäude stand auf einem größeren Grundstück mit etlichen Aussichtspunkten, von denen man die Stadt und den Anger und die goldbraune flämische Landschaft überblicken konnte, die sich hinter Saint-Omer erstreckte.

Kochend vor Wut, dass Tostig trotz seines Versagens in Nordhumbrien so reich belohnt worden war, riss Hereward die Tür auf. Er traf den ehemaligen Earl und seine Frau im Gespräch mit drei getreuen Gefolgsleuten aus der Heimat an. Als die Männer Hereward erkannten, traten sie zurück und griffen nach ihren Schwertern, aber der Mercier konnte ihnen ansehen, dass sie Angst hatten.

Als er durch die Halle marschierte, raffte Judith ihr Gewand und schritt auf ihn zu, um ihn willkommen zu heißen. Der Recke hielt den Blick fest auf Tostig gerichtet. »Ihr versteckt Euch jetzt hinter Eurem Weib?«

»Hereward, Drohungen sind hier nicht notwendig«, versuchte Judith ihn zu besänftigen. »Du setzt nur dein eigenes Leben aufs Spiel. Die Dinge sind nicht mehr, wie sie waren …«

»Wer hier soll mich daran hindern, Rache zu nehmen für die Verschwörung, die mir meine Liebste nahm?« Seine Augen funkelten.

»Sieh dich um«, gab Tostig mit dem Anflug eines spöttischen Lächelns zurück und wies zur Tür.

Hereward wandte den Kopf und sah, wie Alric und Vadir von Kriegern hereingetrieben wurden, die ihre Speere auf die beiden gerichtet hielten. Die Soldaten, alle mit Kettenpanzern und Helmen gerüstet, strömten in die Halle und verteilten sich rechts und links. Männer packten Hereward an den Armen und rissen ihm das Schwert aus der Hand. Das waren keine unerfahrenen

Bauern, die man von ihren Äckern geholt hatte, um Wehrdienst zu leisten, sondern gut ausgebildete, professionelle Soldaten, die der ständigen Garnison von Saint-Omer angehörten.

»Graf Balduin hat dir den Hals gerettet«, knirschte Hereward. »Fürs Erste.«

»Mehr als das. Der Graf betrachtet mich als Freund und Verbündeten.«

Ein Mann mit langem schwarzem Haar, das von silbernen Strähnen durchzogen war, und einem herabhängenden Schnäuzer sowie einem Spitzbart bahnte sich seinen Weg durch die Soldaten. An dem goldenen Medaillon auf seiner Brust und den Ringen und dem ockerfarbenen Gewand aus feinem Stoff sah man, dass der Neuankömmling ein Mann von hohem Stand war.

»Das ist Wulfric Rabe, der Burgvogt von Saint-Omer«, stellte Tostig ihn vor.

Turfridas Vater. Hereward erinnerte sich an die schöne Zeit, die er mit Turfrida verbracht hatte, und wünschte, sie hätte länger gedauert.

»Graf Balduin hat mich zum stellvertretenden Befehlshaber hier gemacht«, fuhr der ehemalige Earl fort, »und zusammen mit meinem neuen Freund werde ich für Ruhe und Frieden in Flandern sorgen.«

»So wie früher in Nordhumbrien?«

Judith mahnte Hereward mit einem warnenden Blick zur Vorsicht.

Tostig sah aus, als stünde er kurz vor einem Wutausbruch. Aber dann ließ er die Schultern sinken und seufzte. »Lasst ihn los!«, sagte er und unterstrich seinen Befehl mit einer Handbewegung zu den Soldaten. Dann wandte er sich wieder an Hereward: »Man hat dich in York ungerecht behandelt. Das sehe ich jetzt. Wir waren beide Opfer der Verschwörung meines Bruders.« Er ballte die rechte Hand zu Faust. »Auch wenn Blut uns verbindet, Harold und mich, sind wir keine Brüder mehr.«

»Er hat Euch verraten.«

»Früher oder später verrät Harold jeden«, sagte Tostig müde. »Er hat einen aus deiner Heimat zum Earl von Nordhumbrien gemacht. Einen Mercier.« Er schüttelte den Kopf, als könnte er das nicht verstehen. »Jemanden aus der Sippe seiner größten Rivalen. Aber jetzt dienen sie einem Zweck – England zu vereinen und dafür zu sorgen, dass Wilhelm der Bastard in der Normandie bleibt. Und ich ... ich musste in die Verbannung gehen wie ein verfemter Mörder.«

»So wie ich«, sagte Hereward.

»Steh mir bei gegen unseren gemeinsamen Feind. Ich brauche gute Kämpfer. Ich habe meine Hauskarle verloren; und auch wenn diese Flamen unter meinem Befehl stehen ...«

»... so könnt Ihr sie doch nicht nach England mitnehmen und mit ihnen einen Krieg beginnen.«

Tostig nickte.

Hereward spuckte aus. »Und Ihr glaubt wirklich, ich wäre bereit, mein Schwert in Euren Dienst zu stellen?«

»Hör mir zu«, mischte sich Judith ein. Er wandte sich zu ihr um. Ihr Gesicht war von tiefen Falten gezeichnet, die von dem hohen Zoll zeugten, den ihre Flucht aus England gefordert hatte. »Ihr beide seid euch ähnlicher, als du vielleicht glaubst. Hör auf dein Herz. Hör auf Gott. Vergiss, was zwischen euch war.«

»Wir brauchen nicht gegeneinander zu kämpfen«, sagte Tostig. Er winkte einem Diener, einen Becher Met zu bringen, und trank ihn in einem Zug leer. »Ich wurde von meinem Bruder irregeführt. Und jetzt sind wir zwei Engländer in einem fremden Land, fern von zu Hause; beide leben wir als Verbannte, beide ohne festen Grund unter den Füßen. Wir können ein gemeinsames Ziel finden.«

»Hör auf ihn«, drängte Vadir. Als Hereward ihm einen kurzen Blick zuwarf, blinzelte der ältere Mercier ihm auffordernd zu.

Drei Jahre zuvor hätte Hereward, wie er selbst wusste, alle guten Ratschläge brüsk zurückgewiesen und sich ohne Rücksicht auf Verluste den Weg freigehauen, um diesen Mann zu töten – nötigenfalls nur mit seinen bloßen Händen. Doch jetzt konnte er erkennen, dass sein einstiger Feind recht hatte. Tostig war genauso ein Opfer von Harolds Intrigen wie er selbst.

»Mein Schwert und der Dienst meiner Freunde haben ihren Preis«, hörte er sich sagen.

»Einverstanden«, erklärte Tostig schnell und grinste triumphierend, als hätte er bereits den ersten Schlag gegen seinen Bruder geführt. »Graf Balduin hat mir nicht nur den Befehl über seine Truppen, sondern auch Zugriff auf die Steuern gewährt, die in Saint-Omer eingetrieben werden. Ich werde euch gut bezahlen. Und mit der Flotte, die er mir versprochen hat, werden wir sehen, wer am Ende auf dem Thron von England sitzt.« In einem Anfall von Trotz und Wut schleuderte er den Metbecher durch die Halle.

Als kurz darauf die drei Freunde draußen im fahlen Sonnenlicht standen, schlug sich Hereward mit dem Handballen vor die Stirn. »Fast zwei Jahre lang habe ich davon geträumt, Tostig zu erwürgen, und nun ist er im Handumdrehen zu meinem Verbündeten geworden. Ich habe das Gefühl, als würde ich durch den Nebel von gestern tappen.«

»So sind eben die Geschäfte von Anführern, kleiner Mann«, lachte Vadir und schlug seinem Freund auf den Rücken. »Es ist alles Nebel und Rauch, so düster wie die Hölle. Du kannst keinem von diesen Schweinehunden trauen, aber wenn du deinen Vorteil im Auge behältst, wird du am Ende wenigstens mit einer Handvoll Gold aus der Sache rauskommen.«

»Alles, was ich will, ist Harolds Tod und Rache für Tidhild.«

Vadir lächelte. »Aber Gold ist auch nicht zu verachten.«

Hereward war sich immer noch nicht sicher, ob er das Richtige getan hatte. Er ließ sich von seinen Freunden durch die belebten Straßen von Saint-Omer führen, um ein Gasthaus zu finden. Als sie sich mit Brot und Eintopf gestärkt hatten und Vadir Anstalten machte, sich zur Feier ihrer neuen Anstellung für die Wintermonate gepflegt zu betrinken, entschuldigte Hereward sich und verließ die Schänke. Er fühlte sich so ziellos wie damals in seiner Jugend, als er gesoffen und gekämpft und die guten Leute von Barholm beraubt und gequält hatte. Hätte es ihn befriedigt, Tostig zu töten? Würde der Tod Harolds ihm Ruhe bringen?

Er fand Wulfric Rabes Haus ohne Schwierigkeiten. Es war ein neu errichtetes Fachwerkgebäude mit zwei Stockwerken auf einem ausgedehnten Grundstück, groß genug für einen Burgvogt und Verteidiger des Volkes. Turfrida stand in der Tür und lächelte im entgegen.

»Seit wann bist du hier?«, fragte Hereward überrascht.

»Seit drei Tagen. Ich wusste, dass du hierherkommen würdest.«

Er lachte. »Ich hingegen weiß es erst seit gestern.«

Turfridas Augen blitzten. »Komm. Lass mich dir die Straßen meiner Heimatstadt zeigen. Die jetzt auch dein Zuhause ist.«

Sie nahm seine Hand und führte ihn zurück zu den Häusern und Werkstätten, tauchte mit ihm ein in den Geruch von Holzrauch und den Duft von eingelagerten Äpfeln. Und während die beiden umherschlenderten, flüsterte Turfrida ihm die Geschichten ihrer Kindheit zu, wodurch die Stadt und ihre Vergangenheit für ihn lebendig wurden.

Als der Frost die Felder mit Weiß überzogen hatte und die Spinnweben sich in ein Netz aus Juwelen zu verwandeln schienen, waren die zwei einander noch nähergekommen. Auf windumtosten Hügeln zeigte sie auf den Himmel und erklärte ihm die Bedeutung der Flugmuster von Krähen und der geheimen Worte in ihren Rufen, und sie führte ihn zu dem magischen Teich und den geheimen Quellen, die Wünsche in Erfüllung gehen ließen. Als das Weihnachtsfest sich näherte, küssten sie sich unter dem Mistelzweig und wurden in enger Umarmung von Vadir ertappt, der sich zunächst in gutmütigem Spott darüber lustig machte und dann Hereward mit einer anerkennenden Geste in den Arm knuffte. Als die Kirchenglocken mit freudigem Geläut den Weihnachtsmorgen ankündigten, hatte der Recke seinen Frieden gefunden.

Wenig Friede herrschte jedoch in Saint-Omer. Aus ganz Flandern strömten Söldner in die Stadt hinein, und viele von ihnen waren Engländer. Hereward begriff allmählich, dass Tostig sich eine eigene, von Graf Balduin bezahlte Armee zusammenstellte: vielleicht, um Harold Godwinssohn anzugreifen, oder womöglich, um in England einzufallen und den Thron für sich einzunehmen.

Tostig ließ sich derweil selten blicken, sondern saß zu Hause, um Pläne zu schmieden. Hereward sah allerdings Judith oft allein durch den Schnee oder den eisigen Regen zur Kirche gehen, wo sie auf den kalten Steinfliesen kniete, um zu beten.

Turfridas Vater war ein ernsthafter Mensch, aber er lachte laut und lange, wenn er getrunken hatte, und unter dem sanften Einfluss seiner Tochter begann er Hereward mehr und mehr zu schätzen. Er übertrug dem Mercier das Training der Streitkräfte von Saint-Omer; und eines Morgens zog er ihn beiseite, um ihm besonders die Ausbildung der jungen, unerfahrenen Männer ans Herz zu legen.

Die Erinnerungen an das Massaker von Cambrai waren Hereward immer noch gegenwärtig, und so nahm er die jungen Rekruten härter ran als je zuvor. Sie lernten ihn zu hassen, denn er zwang sie, mit den Speeren zu üben, bis die Sonne längst untergegangen war und ein Kreis von Fackeln das Feld erhellte. Sie wiederholten Strategien und Taktiken bis zum Umfallen. Dabei überschüttete er sie mit Flüchen und beschimpfte sie, doch wenn sie am Boden zerstört waren, richtete er sie wieder auf.

Eines Morgens, als draußen tiefer Schnee lag, stand Vadir vor der Tür, in Felle und einen dicken Wollmantel gehüllt. Er blies in die Hände und stampfte mit seinen lederbeschuhten Füßen, um sie zu wärmen, bevor er mit seiner dröhnenden Stimme erklärte: »Hör auf, dich hinter dem Herd zu verstecken wie eine alte Frau. Es gibt Arbeit für dich.«

Verdutzt warf Hereward sich seinen Mantel um und folgte dem älteren Mercier hinaus in den frostigen Morgen.

Vadir schlug seinem Freund auf die Schulter und sagte: »Ich habe dich beobachtet, kleiner Mann, mit meinem einen guten Auge. Und ich habe gesehen, mit welchem Eifer du die apfelwangigen, blauäugigen, holzköpfigen Jünglinge antreibst. Aber du darfst deine eigenen Fähigkeiten nicht vernachlässigen.«

»Meine Fähigkeiten sind gut genug.«

»Und an dem Punkt zeigst du deine Unerfahrenheit. Wenn du den Kopf auf den Schultern bewahren willst, darfst du nie aufhören zu lernen. Irgendwann wird irgendwer einen neuen Weg finden, dich zu töten, und dann must du bereit und so gut wie möglich dafür gewappnet sein.« Der große Mann führte Hereward zu dem Feld außerhalb der Wälle, wo ein missgelaunter Soldat auf sie wartete. Er hatte seine Kapuze zum Schutz gegen den kalten Wind tief ins Gesicht gezogen und trug einen Bogen und ein Bündel frisch befiederter Pfeile.

»Was soll das werden?«, fragte Hereward.

»Man nennt das da einen Bogen, kleiner Mann«, gab Vadir mit sardonischem Humor zurück. »Deine Bildung lässt wirklich zu wünschen übrig.«

»Was soll ich damit?« Das einzige Mal, dass Hereward einen Bogen benutzt hatte, war bei der Jagd in den Wäldern von Mercien gewesen. Und natürlich konnte er sich daran erinnern, dass auch in einer Schlacht Pfeile eingesetzt wurden, aber eher selten.

»In ganz Flandern und der Normandie – ja, überall auf dieser Seite des Meeres – üben Krieger sich darin, andere Krieger mit Pfeil und Bogen zu töten.«

Hereward schnaubte verächtlich. »Wenn man tötet, muss man einem Mann in die Augen blicken und sein Blut spritzen sehen. Ein Schwert, eine Axt, ein Speer – das sind ehrbare Waffen. Das da …« – er zeigte auf den Bogen – »ist für Feiglinge, die sich hinter einem Baum verstecken, einem Mann einen Pfeil in den Rücken schießen und dann weglaufen, bevor man sie sieht.«

Vadir brüllte vor Lachen. »Willst du dich über die schlechten Sitten beschweren, wenn du mit Pfeilen gespickt wie ein stacheliger Igel auf dem Boden liegst, oder willst du Feuer mit Feuer bekämpfen? Lerne! Du wirst diese Fähigkeit vielleicht eines Tages brauchen.«

Wütend nahm Hereward dem Soldaten den Bogen ab, hörte jedoch aufmerksam zu, als ihm erklärt wurde, wie er den Pfeil anlegen und die eingefettete Hanfsehne ziehen sollte. Er schnaubte verächtlich, legte den Pfeil an und spannte den Bogen. Als er die Sehne losließ, schwirrte der Pfeil kurz durch die Luft und kippte dann nach unten.

Vadir stützte die Hände auf die Knie und lachte, bis er nicht mehr konnte. Hereward schnappte sich den nächsten Pfeil und versuchte es erneut. Die Sehne rutschte aus der Nocke, und der Pfeil fiel kraftlos zu Boden.

»Nicht so leicht, wie es aussieht, was?«, grinste der große Mann und wischte sich die Augen.

Hereward packte der Ehrgeiz, und er versuchte es weiter. Als seine Finger taub und er bis auf die Knochen durchgefroren war, konnte er schließlich den Pfeil über das Feld schicken, allerdings mit geringer Treffsicherheit. »Genug!«, blaffte er. »Ihr beide verschwendet meine Zeit. Ich werde so ein Ding sowieso nie brauchen.« Er knallte den Bogen dem Soldaten in die Hände und marschierte zurück nach Saint-Omer, wobei ihm Vadirs spöttisches Gelächter in den Ohren hallte.

Nur wenige Unentwegte machten sich in der kältesten Zeit des Jahres auf die Reise, aber alle paar Tage kamen Leute in die Stadt und fanden mit der einen oder anderen Neuigkeit aus England den Weg zu Tostig. Gerüchte schwirrten umher wie welke Blätter im Herbstwind. Ihnen zufolge war König Eduard krank, seine Tage gezählt, und man erzählte sich, er wäre in einen Fieberschlaf gesunken, würde nie mehr richtig aufwachen, aber von Engeln und Teufeln faseln, die über seinem Bett schwebten. Wilhelm der Bastard, so hieß es, hätte heimlich Männer nach London geschickt, die ihm von den Plänen Harold Godwinssohns berichten sollten. Wer ihm keine nützlichen Informationen brächte, würde einen Kopf kürzer gemacht. Und in seiner normannischen Burg schmiedete der Herzog zweifellos Pläne für einen kommenden Krieg. Der Kirche würde säckeweise Gold gespendet, und Wilhelm, so hörte Hereward in der Schänke, spielte die Rolle eines frommen Mannes, um die Unterstützung des Papstes für eine Invasion Englands zu erhalten.

Am achten Tag nach Weihnachten kam Tostig aus seiner Versenkung hervor und erklärte allen, die es hören wollten, das kommende Jahr würde besser als alle vorangegangenen sein. Ein Bote von Graf Balduin hatte ihm berichtet, dass seine Schiffe bereitstehen würden, sobald das Eis getaut war; das jedenfalls hörte Alric von einem Diener im Haus.

Als die Raunächte mit dem Fest der Erscheinung des Herrn zu Ende gegangen waren, hörte Hereward im halbtrunkenen Schlaf, wie Turfrida seinen Namen rief. Er schwankte zur Tür und riss sie auf. Turfridas Gesicht unter der Kapuze ihres Umhangs war tränenüberströmt. Sie kam herein und schlang im roten Schein der Herdfeuerglut die Arme um seinen Nacken.

»Was ist geschehen?«, fragte er. »Etwas mit deinem Vater …?«

»Mein Vater schläft seinen Rausch aus, und es geht ihm gut.« Mit einem Schauder warf sie die Kapuze zurück. »Ich habe von

Raben geträumt – einer ganzen Wolke von Raben, die den Himmel verdunkeln.«

»Was hat das wohl zu bedeuten?«, dachte er laut, immer noch halb benommen.

Turfrida nahm seine Hand. »Du darfst nicht mit Tostig nach England segeln. Du musst hierbleiben.«

»Das geht nicht. Ich stehe in seinem Sold.«

»Wir müssen heiraten. Mein Vater wird froh sein, dass sein neuer Schwiegersohn ein erfahrener Soldat von hohem Ruf ist, und er wird dich hierbehalten wollen, um Saint-Omer zu verteidigen.«

Hereward stand der Mund offen. »Heiraten?«

»Wenn du dich Tostig anschließt, wirst du nie mehr zurückkommen. Das ist eine Wahrheit, die bereits geschrieben steht.«

»Aber wenn ich gebraucht werde ...«

»Du wirst hier mehr gebraucht – von mir. Und in der Zukunft werden noch viele andere dich brauchen. Ein großes Schicksal steht für dich in den Sternen geschrieben, Hereward, aber es wird alles zu Asche werden, wenn du meinem Rat nicht folgst.«

Den Rest der Nacht schritt Hereward unruhig in seinem Haus auf und ab und kämpfte mit sich selbst, hin- und hergerissen zwischen Turfridas Warnung und der Furcht, dass er Schande über sich bringen würde, wenn er sich dem Ruf der Schlacht entzog.

Die Zeit des Friedens war jedenfalls vorbei.

Kapitel 35

Westminster
5. Januar 1066

Schatten flackerten am Rande der Kammer. In ihnen wartete der Tod. Der König lag auf seinem Bett und klammerte sich an sein verbleibendes Leben. Seine Haut war fahl wie Asche, sein Gesicht kaum mehr als ein mit Pergament überzogener Schädel. Sein Atem ging rasselnd. Mehrmals setzte er für eine gefühlte Ewigkeit aus, sodass die beiden Männer, die am Lager des Königs standen, überzeugt waren, er hätte seinen letzten Atemzug getan. Wieder und wieder. Neben dem Kamin versuchte Redwald, sich am Feuer zu wärmen. Seine Knochen fühlten sich so kalt an wie das dicke graue Eis, das die Ufer der Themse säumte. Ein Scheit knackte laut und fiel funkensprühend in sich zusammen, und der junge Mann schreckte auf; im nächsten Moment kam er sich dumm vor. Er merkte, dass er selbst den Atem angehalten hatte, und stieß langsam die Luft aus.

Harold Godwinssohn konnte nicht still bleiben. Er strich um das Bett herum und warf hasserfüllte Blicke auf den Sterbenden. Schweiß tränkte die Achseln seines braunen Hemds und zeichnete sich in einem dunklen Streifen auf dem Rücken ab. Die goldenen Reifen an seinem Handgelenk klirrten bei jedem Schritt. Im Feuerschein sah es so aus, als würde der Schatten des Earls sich aus eigener Kraft bewegen. Jedes Mal, wenn er über die Gestalt auf dem Bett fiel, zuckte Redwald zusammen und starrte auf die verkrampften Finger seines Herrn und den blassen, abgezehrten Hals König Eduards.

Wie lange waren sie schon in dieser nach saurem Bier riechenden Kammer? Seit die Herbstblätter gefallen waren? Seit den goldenen Gerstenfeldern des Sommers oder den Blumen des Frühlings? *Die Zeit hat hier keine Bedeutung*, dachte Redwald. Sein Kopf dröhnte von widerhallendem Ächzen und Stöhnen, von Schreien und Drohungen und einer wachsenden Verzweiflung. Er hatte dabeigestanden und zugesehen und nichts getan, als er vielleicht das Leiden des Königs mit einem Wort des Rates oder der Warnung hätte beenden können. Aber der unaufhörliche Schwall von Harolds Tiraden hatte ihm die letzte Kraft geraubt. Zuerst waren es nur hinterhältige Bitten gewesen, dann Forderungen, dann Drohungen. Als Harold sich schließlich auf die schlaffe Gestalt geworfen hatte, um sie mit Gewalt zu schütteln, hatte Redwald erkannt, dass es zu spät war. Seine stumme Anwesenheit war eine Bestätigung, ja Ermutigung für seinen Herrn gewesen. Gefangen in seiner Rolle als Mitwisser, war er zum Mittäter geworden. Er hätte sich genauso gut an der Quälerei beteiligen können. Er war wie betäubt.

Wie hatte er nur so tief fallen können? Redwald erinnerte sich an das Weihnachtsfest und daran, wie Harold den König bedrängt hatte, ihn zum Thronerben zu erklären. Eduard hatte höflich gelächelt und geflüstert: »Alles zu seiner Zeit.« Am nächsten Tag war die Generalprobe für die Kirchenweihe gewesen. Der Gesang der Mönche hatte von den Wänden widergehallt und der süße Duft des Weihrauchs die Luft erfüllt, als Redwald vom Rande des Hauptschiffs aus beobachtete, wie Harold unter dem Bogen des großen Westportals auf den König einredete. Im Kerzenschein hatte das Gesicht des Earls dem eines fauchenden Raubtiers geglichen, das seine Zähne drohend bleckte; seine Hände hatten vor Erregung gebebt. Und der geschwächte, vor Kälte zitternde König hatte nachdenklich genickt und gelächelt und war dann fortgeschlurft, um mit seiner Frau die Messe zu hören.

Das war, wie Redwald jetzt klarwurde, der Augenblick gewesen, als Harold beschlossen hatte, alle moralischen Bedenken über Bord zu werfen. Er erinnerte sich an den Anblick von Harolds Gesicht im Kerzenschein und daran, wie er über den starren Blick und die seltsame Ruhe verwundert gewesen war, die den Earl überkommen hatte. Harold hatte seinen Frieden mit dem gemacht, was er tun musste.

Redwald entsann sich auch, wie er zu dem Schrein geeilt war, der die Reliquie Johannes des Täufers enthielt, und die Stirn gegen das kalte Holz gepresst hatte. Was darin lag, brachte ihm keinen Trost. Es quälte ihn mit Visionen von Sterblichkeit und Opfern.

Wie weit wirst du den Weg zur Verdammnis gehen, um das Ziel deines Lebens zu erreichen? Das waren Harolds Worte gewesen. *Wie weit? Bis zum Ende, wenn der Preis groß genug ist.*

Edith erschien in der Tür und rang besorgt die Hände. »Wie steht es …?«

Der Earl brachte sie mit einem kalten Blick zum Schweigen. »Geh. Das ist kein Anblick für dich.«

»Die Bischöfe möchten an seinem Bett beten«, flüsterte Edith.

»Auf keinen Fall. Bist du plötzlich eine Närrin geworden?« Redwald hatte das Gefühl, dass sein Herr kurz davorstand, die eigene Schwester zu schlagen. »Sag ihnen, der König sei aufgewacht und wolle nicht gestört werden.«

Als Redwald das elfenbeinerne Kreuz sah, das die Königin mit ihren schlanken Fingern umklammerte, musste er beinahe lachen. *Welche Gebete*, fragte er sich, *sind ihr wohl über die Lippen gekommen?* Wie konnte sie je ihren Frieden damit machen, zugesehen zu haben, wie der Mann, den sie geheiratet hatte, Stück für Stück von ihrem eigenen Bruder zugrunde gerichtet wurde, und dies sogar noch gefördert zu haben, indem sie die Earls und Thegns, die Diener und die Heiler ferngehalten hatte. Es war die Königin gewesen, die dem Hof vorgelogen hatte, ihr Gatte wäre am Fieber erkrankt, und die den besorgten Männern des Witan berichtet hatte, Eduard wäre in einen totenähnlichen Schlaf gefallen.

Sie wagte einen letzten Vorstoß. »Der Heiler hat eine Salbe aus Heilkräutern bereitet.«

»Er soll sie vor der Tür abstellen.«

»Der Heiler will aber …«

»Raus!«

Edith senkte den Kopf und huschte davon. Der Saum ihres saphirblauen Gewandes fegte über die blanken Dielen. Jede Gemütsregung war aus Harolds Zügen gewichen. Er wandte sich um und schaute einen Moment lang zu, wie sich die Brust des Königs zitternd hob und senkte.

»Dieser Mann … dieser schwache alte Mann«, sagte der Earl bitter. »Was treibt ihn dazu, mir so eine einfache Sache zu verweigern? Nur ein einziges Wort. Das ist alles, was nötig gewesen wäre, um ihm so viel Leid zu ersparen. Ein Wort, und er wäre frei, sanft in die Arme Gottes hinüberzugleiten. Seine Tage sind gezählt. Man kann fast sehen, wie das Leben aus seinen müden Gliedern entweicht, doch er leistet immer noch Widerstand. Warum?«

Der Raum war erfüllt vom Geruch des bevorstehenden Todes: ein bitterer Geschmack auf der Zunge, den Redwald inzwischen gut kannte. Er versuchte, seinem Herrn zu antworten, aber sein Mund war trocken.

Harold beugte sich über das Bett. »Erklär mich zum Erben!«, brüllte er den König an, packte Eduards Schultern und schüttelte den alten Mann, der sich widerstandslos wie die Wollpuppe eines Kindes hin und her bewegte.

Redwald trat vor und sagte mit unechtem Lächeln und honigsüßer Stimme: »Haltet ein, Herr, oder Ihr schüttelt ihm noch den Rest seines Verstands aus dem Leib.«

Die Worte erstarben ihm in der Kehle, als der Todgeweihte die Augen aufschlug. Redwald fuhr entsetzt zurück angesichts des anklagenden Blicks, den er in den milchigen Augäpfeln las.

Harold ließ den alten Mann auf das Lager zurücksinken. »Jetzt«, sagte der Earl von Wessex, »macht Euren Frieden mit Gott und überlasst mir den Rest. Erklärt mich zu Eurem Erben.«

Harolds Kopf flog herum, als plötzlich Unruhe vor der Tür erklang. Schritte hallten auf dem Dielenboden, begleitet von unterdrückten Stimmen. Dann flog die Tür auf, und Edith stürzte herein, dicht gefolgt von Stigand, dem Erzbischof von Canterbury. Er warf dem Earl einen warnenden Blick zu, bevor er am Fuß des Bettes stehen blieb, um den König zu begutachten. Sein Blick glitt über die Blutergüsse und Platzwunden, aber er sagte nichts. Der Erzbischof war ein unduldsamer Mann und so alt wie Eduard, aber von einer Vitalität, die seine Jahre Lügen strafte. Redwald mochte ihn nicht. Stigand besaß eine scharfe Zunge und hatte nichts übrig für Leute, die er als unwichtig empfand. Doch er duldete Harold, da er um die Macht wusste, die der Earl eines Tages ausüben würde. In seinem langen Leben hatten fünf Päpste ihn dafür exkommuniziert, dass er zwei Bischofssitze – die von Winchester und Canterbury – gleichzeitig innehatte. Aber er hatte sich davon nicht beirren lassen und immer mehr Macht und Reichtum angehäuft, sodass er jetzt vermutlich der reichste Kirchenmann in England war. Und dies zeigte sich an seinen edlen Gewändern, wie Redwald fand: Der Geistliche trug eine braune Leinenrobe, mit gelben Kreuzen bestickt, und darüber einen prächtigen schwarzen Wollmantel, der mit Pelz besetzt war und von einer goldenen Schließe zusammengehalten wurde.

»Der … der Erzbischof besteht darauf, ein Gebet am Bett des Königs zu sprechen«, stammelte Edith.

»Ihr habt kein Recht, mich von Eduards Seite fernzuhalten.« Stigand richtete seinen kalten Blick auf Harold. »Er braucht meinen geistlichen Beistand.«

»Dann betet für ihn«, blaffte Harold. Er schickte Edith mit einer barschen Handbewegung fort. Die Königin schlurfte fort, warf dabei jedoch besorgte Blicke nach hinten.

Der Erzbischof faltete die Hände, kniete am Fußende des Bettes nieder und begann mit einem lateinischen Gebet. Der Earl schritt mit zunehmender Verärgerung auf und ab. Der monotone Rhythmus von Stigands Stimme hatte etwas Einlullendes, doch der Knoten in Redwalds Magen wollte sich nicht auflösen, wie es in der Kirche der Fall gewesen wäre. Er hatte Angst, dass er jetzt außerhalb von Gottes Gnade stand.

Der Erzbischof beendete schließlich sein Gebet und stand auf. Er betrachtete Harold einen Moment und sagte dann: »Ich kann Euer schweres Herz verstehen. Wenn Eduard Euch nicht als Erben benennt, hinterlässt dies viele offene Fragen und ein gewisses Maß an Unsicherheit darüber, ob Ihr der Krone würdig seid.«

Der Earl knirschte mit den Zähnen, dann zwang er sich zu einem Lächeln. »Wenn Eduard noch im Vollbesitz seiner Kräfte wäre, dann wäre ich, wie wir beide wissen, seine einzige Wahl. Wilhelm der Bastard würde alles zerstören, was wir hier aufgebaut haben. Der König war sich dessen bewusst.«

Stigand nickte.

»Es gäbe keinen Platz mehr für echte Engländer wie Euch oder mich«, spann Harold das Thema weiter fort, während der Blick des Erzbischofs weiter unverwandt auf ihm ruhte. »Und Eduards Verbindungen zur Normandie waren nicht so stark, wie er uns glauben machen wollte. Zwar sandte er mich zum Herzog, um Fragen der Nachfolge zu besprechen, aber dies war einfach nur ein Mittel, um Wilhelm ruhigzustellen.«

Stigand nickte wieder. Redwald wusste, dass dies eine Lüge war, aber keiner der beiden Männer schien bereit zu sein, das zuzugeben.

»Wenn ich auf dem Thron sitze, werde ich einen guten Ratgeber brauchen, jemanden mit Eurer langen Erfahrung. Ja, ich würde sagen, ohne Euren Rat könnte ich kein guter Herrscher sein.«

Stigand lächelte, und plötzlich erkannte Redwald den Grund für das plötzliche Eindringen des Erzbischofs. Hier war ein Mann, der das Spiel der Könige ebenso beherrschte wie Harold.

Ein leises Stöhnen zerriss die stumme Zwiesprache der beiden Männer, und ihre Köpfe fuhren herum zu dem sterbenden König. Eduards Lippen bewegten sich lautlos, seine Augenlider flatterten.

»Er versucht zu sprechen!«, rief Redwald aus.

»Wird auch Zeit«, knurrte der Earl und legte das Ohr dicht an den Mund des Sterbenden. Stigand eilte an die andere Seite des Bettes und beugte sich ebenfalls vor.

Als die Lider des Königs aufflogen, rollten die Augäpfel hin und her. Aber dann und wann hielten sie in der Bewegung inne, als sähe er Dinge in den dunklen Zimmerecken stehen.

»Er träumt«, zischte Redwald. »Er weiß nicht, dass wir hier sind.«

»Und ob.« Der König spuckte die Worte aus wie einen Fluch. »Ich weiß es«, krächzte er. »Hör mir genau zu, Harold Godwinssohn, denn das ist der Moment, auf den du so lange gewartet und für den du deine Seele verkauft hast.«

Harold lächelte.

Eduards Flüsterstimme reichte kaum über den Rand des Bettes hinaus. Redwald, der sich danach sehnte, dass die lange Wartezeit nun bald ein Ende fand, versuchte zu hören, was der König sagte. Aber er vernahm nichts, und es wäre für jemanden von seinem Stand vermessen gewesen, näher heranzugehen.

»Nein!« Stigands heiserer Ausruf klang wie ein Schlag von Stein auf Holz. Redwald sah, dass alles Blut aus dem Gesicht des Erzbischofs gewichen war. Seine Züge waren starr geworden, sein weit offener Blick verfolgte jede Bewegung von Eduards

Mund. Harolds triumphierendes Lächeln verschwand allmählich.

Der Erzbischof sprang auf die Füße, taumelte zurück und presste die Hand vor den Mund. »Eine Prophezeiung«, keuchte er. »Die Toten haben zu ihm gesprochen.« Er fuhr herum und rannte fast aus dem Raum. Auch Harold war aufgestanden und fuhr sich mit einer zitternden Hand durchs Haar.

»Was hat der König gesagt?«, stieß Redwald hervor. Aber in Wahrheit wollte er die Antwort gar nicht wissen.

»Alles Lügen.« Harold stand einen Augenblick reglos da, dann fuhr er mit verstörter Stimme fort: »Er sagte, zwei Mönche, die er aus seiner Jugend kannte, seien ihm erschienen. Und sie hätten ihm erzählt, dass alle, die in seinem Reich höchste Ämter innehätten, nicht das wären, was sie zu sein schienen. Sie seien Diener des Teufels. Und sie würden innerhalb eines Jahres von einer Flutwelle des Blutes hinweggespült, und England würde in die Hände des Feindes fallen. Durch Feuer und Schwert. Und das Unheil des Krieges.«

Redwald wurde von Entsetzen gepackt. Die Toten hatten durch Eduard gesprochen. Gott hatte sie alle ob ihrer Sünden verdammt.

In einem Anfall von Wut warf sich Harold auf das Bett, schlug und schüttelte den König. Redwald konnte nur zusehen, auch wenn er glaubte, Eduard würde in Stücke gerissen. In seinem Herzen wusste er, dass er dem Angriff Einhalt gebieten müsste. Aber so wahr Gott sein Zeuge war, er wollte, dass es hier endete, als ob nur der Tod die schreckliche Prophezeiung auslöschen könnte.

Und so sah er zu, wie Harolds Zorn so wild aufflammte wie die Glut im Kamin. Mit Tränen in den Augen presste sein Herr eine Hand fest auf Mund und Nase des Königs und ließ nicht locker. Und nach einer endlos erscheinenden Weile lag Eduard still da und würde sich auch nie wieder regen.

Harold wischte sich den Mund mit dem Handrücken ab und versuchte, das Beben seiner Hände zu unterbinden. Er sah tief in die toten Augen des Königs, aber was ihm durch den Kopf ging, würde Redwald nie erfahren. Harold wandte sich zu ihm um; seine Augen glühten unter den schweren Brauen. »Nichts von dem darf je über deine Lippen kommen.«

»Ich bin Euer ergebener Diener. Es wird nie ein Wort darüber geben.«

Harold nahm den Schwur mit einem knappen Nicken entgegen, und seine Miene hellte sich auf. Mit einem Lächeln sagte er: »Jetzt geh rasch und verbreite die Nachricht, dass Eduard mich mit seinem letzten Atemzug als Nachfolger benannt hat. Ich werde mit Edith sprechen, und sie wird dies ebenso bestätigen wie Stigand, sodass wir den Witan zusammenrufen können. Dann werden wir einen Schreiber finden, der einen Bericht in unserem Sinne aufsetzen kann. Lasst uns freudig und stolz sein, denn ein neuer Tag bricht an – und eine neue Zeit für England. Beeile dich. Ich will zum König gekrönt werden, ehe der morgige Tag zu Ende ist.«

Kapitel 36

6. Januar 1066

Die goldene Krone glänzte im flackernden Kerzenlicht. Auch wenn Schatten über die Steinwände der Abtei von Westminster tanzten, leuchteten die Smaragde und Rubine auf dem Kronreif des großen Königs Alfred, als besäßen sie ein inneres Feuer. Eine erwartungsvolle Stille senkte sich über die fröstelnden Menschen, die sich zum zweiten Mal an diesem Tag in der dunklen Halle drängten. Weiße Atemwolken trieben in der eisigen Luft.

Harold Godwinssohn, dessen Stirn von heiligem Öl glänzte, entspannte sich auf dem Krönungsthron und erlaubte sich ein leises Lächeln der Zufriedenheit. Eduard lag seit dem Morgen in einem schlichten Sarg unter den Bodenfliesen der Abtei, und auch wenn der Leichenschmaus auf dem Tisch in der Königshalle noch nicht kalt geworden war, hatte der Earl von Wessex bereits alles, was er je gewollt hatte. Das juwelenbesetzte Zepter in der rechten Armbeuge und den Stab der Gerechtigkeit in der linken Hand haltend starrte er auf das goldene Kreuz auf dem Hochaltar und wartete.

Redwald wurde von einem Gefühl des Stolzes erfüllt. Er wandte den Blick von seinem Herrn ab und ließ ihn über die Gesichter der versammelten Earls, Thegns, Bischöfe und Edelfrauen sowie der Mönche von St. Peter schweifen, die den hinteren Teil der Kirche einnahmen. In ihnen sah er eine seltsame Mischung von Erleichterung und Besorgnis. Er wusste, dass sie alle erleichtert waren, dass die lange Zeit der nagenden Unsicherheit vorbei und die Thronfolge entschieden war. Doch sie fürchteten auch, was auf sie zukommen mochte. Da der Erzbischof seinen Mund nicht hatte halten können, hatte sich die Kunde von Eduards Prophezeiung auf dem Totenbett am ganzen Hof und bis nach London verbreitet und wurde wahrscheinlich trotz der Winterzeit ihren Weg durch ganz England machen. *Sie sind armselige Untertanen, diese verängstigten Schafe*, dachte Redwald. Indem er die Krone nahm, hatte Harold alle, die in dieser Kirche versammelt waren, vor den schrecklichen Entbehrungen bewahrt, die sie unter einem Mann mit einem so blutigen Ruf wie Wilhelm dem Bastard mit Sicherheit würden erleiden müssen. England blieb frei und durfte sich weiterhin an seinem Reichtum, seiner Kunst und seinem Gesetz erfreuen. Und die Höchsten im Land waren frei, sich der Annehmlichkeiten zu erfreuen, die ihr Stand ihnen einbrachte.

Die Krönungszeremonie war unter Stigands strengem, selbstzufriedenem Blick gut verlaufen. In seiner mit Krapplack gefärbten Robe war Harold im goldenen Kerzenlicht wie ein riesiger Blutfleck erschienen. Redwald glaubte gesehen zu haben, dass die Hände seines Herrn bei dessen Einzug in die Abteikirche gezittert hatten, aber jetzt wirkte er ganz ruhig. Der Erzbischof von Canterbury, angetan mit dem weiß strahlenden Pallium, hatte die Liturgie angestimmt, die der heilige Dunstan entworfen hatte. Seine klare Stimme war zum Dach aufgestiegen, das sich fernab vom Licht in der Dunkelheit verlor; und als Harold die Kommunion empfangen hatte, war er sichtlich demütiger erschienen als zuvor. Doch seine Worte, als er feierlich geschworen hatte, mit Gerechtigkeit und Gnade zu herrschen, waren laut und fest gewesen. Der fromme Chor der Mönche hatte die Hymne von der Krönung Salomos durch den Priester Zadok aus dem Buch der Könige angestimmt; und ihre begeisternden Stimmen waren in jeden Winkel des riesigen Gebäudes gedrungen. Dann hatte Harold Godwinssohn seine Robe abgelegt und reglos auf dem Krönungsthron gesessen, während der Erzbischof ihn mit dem heiligen Öl zum Herrscher salbte. *Sein Herr würde ein guter*

König und seine eigene Zukunft sichergestellt sein, sagte sich Redwald. Das hier war der Höhepunkt, zu dem seine Entscheidungen hingeführt hatten, und alle waren gut und richtig gewesen. Plötzlich spürte er jedoch, wie seine Augen wieder einmal von dem Schrein angezogen wurden, der das Schienbein Johannes des Täufers enthielt; und er schüttelte den Kopf, um sich von den Gedanken zu befreien, die diesen wunderbaren Tag zu trüben drohten.

Was hätte Hereward wohl gesagt, wenn er hier gewesen wäre, um diesem geschichtsträchtigen Ereignis beizuwohnen? Hätte sein Bruder ihm vergeben?

Der Erzbischof von Canterbury, der Dramatik des Augenblicks wohl bewusst, hob die Krone hoch empor. Redwald schnürte es die Kehle zu. Als die Krone sich auf Harolds Haupt senkte, brachen aus den Reihen der Versammelten laute Rufe aus: »Der König! Lang lebe der König!«

Es war vollbracht. Und was auch immer daraus folgen mochte, würde geschehen.

Als der neue König aus der Abtei in die eisige Nacht zog, folgten ihm der Erzbischof und danach Ealdred von York, die Earls und die Thegns. Redwald wartete, bis die Kirche fast leer war, und genoss die wachsende Stille.

Als er später die Königshalle betrat, loderte das Feuer hoch. Mäntel wurden abgelegt und Humpen geleert, die man anschließend aus den eisernen Kesseln, die in der Ecke hingen, neu füllte. Diener wuchteten schwere hölzerne Platten und Schalen mit Gänse-, Schweine- und Rinderbraten auf die Tafel: ein opulenter Festschmaus, der das vorangegangene Leichenmahl wie einen Bettlerfraß aussehen ließ. Aber Redwald hatte den Eindruck, dass zu viele Gesichter angespannt blieben und der heftige Zuspruch beim Trinken eher der Unterdrückung eigener Befürchtungen als der Feier des Tages geschuldet war.

Mit vom Bier geröteten Wangen kam Harold zu ihm hinüber,

als die Jongleure und Akrobaten unter dem Gelächter und Beifall der Gäste um die Tische tanzten. Er zog Redwald beiseite und flüsterte: »Die Krönung ist gut gelaufen?«

Redwald, der nüchtern geblieben war – wie immer, wenn er jederzeit bereit sein musste, Harold einen Dienst zu erweisen –, hörte einen fragenden Ton am Ende des Satzes und wusste, dass sein Herr Zustimmung heischte. Er sah es als ein Zeichen der Schwäche an, vielleicht genährt von der Schuld darüber, wie Harold die Krone erlangt hatte. Aber er lächelte und antwortete: »Die Würde der Zeremonie hat alle Anwesenden tief beeindruckt.«

»Wirklich?«

Redwald nickte. »England hat jetzt einen König, den sein Volk liebt und den seine Feinde, wo sie auch sein mögen, fürchten werden.«

Harold nickte gleichfalls. »Ich bin mir deiner Treue und der Dienste, die du mir bei meinem Aufstieg geleistet hast, wohl bewusst. Du wirst dafür reich belohnt.«

Das hoffe ich auch, dachte der junge Mann, und für einen flüchtigen Augenblick huschte ihm ein Bild von zwei lachenden Brüdern durch den Kopf, die in längst vergangenen Tagen in Mercia Enten jagten.

»Als Ratgeber sollst du von nun an immer in meiner Nähe sein«, fuhr der neue König fort. »Ich werde dafür sorgen, dass du ein Amt erhältst, das dem gerecht wird.«

Als Harold an die Festtafel zurückgekehrt war, schlüpfte Redwald ungesehen hinaus. Die Feierlichkeiten langweilten ihn. Überdies sah er wenig Nutzen darin, jetzt noch länger hierzubleiben, wo alle betrunken waren. Er musste sich um die Made kümmern, die sich in seinem Kopf krümmte und wand.

War Hereward noch irgendwo am Leben? War es ein Fehler gewesen, den Gedanken an seinen Bruder zu verdrängen, seit dieser aus York verschwunden war?

Missmutig stapfte er durch den frisch gefallenen Schnee zurück zur Abteikirche. Sie lag jetzt stumm und still da. An der Tür hielt er inne und blickte in Richtung des kleinen Hauses, wo er mit Asketil, Beric und Hereward gewohnt hatte, als sie zusammen bei Hofe gewesen waren. Erinnerungen an die Nacht, als Hereward geflohen war, suchten ihn noch immer heim. Unwillkürlich legte er die Hand auf den Schwertgriff aus Gold und Fischbein und dachte an einen schwarzen Fluss von Tagen, der sich hinter und vor ihm erstreckte. Jene schreckliche Nacht hatte seinem Leben eine neue Richtung gegeben.

Er betrat das Kircheninnere und ging direkt zu dem Reliquiar. Der Schrein zog ihn magisch an. Er öffnete den Deckel und schloss die Finger um das alte Gebein. Aber es brachte ihm keinen Frieden.

»Redwald?«

Der junge Mann fuhr so heftig zusammen, dass er fast den Schrein umgestoßen hätte, und drehte sich um.

Es war Hild, eingehüllt in einen blauen Mantel. Ihr hübsches Gesicht war von Kälte gerötet. »Was ist das? Ich habe dich oft hier gesehen«, sagte sie mit einem Blick auf den Kasten.

»Eine Erinnerung.«

Sie nickte und lächelte verständnisvoll. »Eine Erinnerung an Hereward. Ich verstehe.« Ihre Stimme wurde tröstend. »Ihr standet euch nahe, aber er ist kein Blutsverwandter. Du musst ihn dir aus dem Kopf schlagen.«

Redwald lachte innerlich angesichts der unbewussten Ironie ihrer Worte. Wie konnte er je seinen Bruder vergessen, den Mann, der ihm Freundschaft erwiesen hatte, als er allein und verloren war? Der ihm einen Platz in der Welt gegeben und ihn nie im Stich gelassen hatte? Er schloss das Kästchen und trat einen Schritt zurück.

»Ich sah, wie du das Fest verlassen hast.« Hild klimperte mit den Wimpern, und das sagte mehr als ihre Worte. Dann, als ob ihr erst jetzt bewusst geworden wäre, in was für eine heikle Situation sie sich begeben hatte, fügte sie hinzu: »Ich wäre nicht zu dieser Zeit hierhergekommen, ungebeten, aber …«

Redwald wischte ihre Entschuldigung mit einer Handbewegung beiseite. Hild war ein Jahr jünger als er, aber sie hatte eine Zielstrebigkeit, die der Harolds fast gleichkam. Seit offenkundig geworden war, dass Redwald in Harolds Gunst stand, hatte sie ihn ins Auge gefasst, wie er nur zu gut wusste, und nicht mehr aus dem Blick gelassen.

»Ich freue mich, dich zu sehen«, sagte er.

Sie lächelte, erfreut über die Aufmerksamkeit. Er sah in ihren Augen ein triumphierendes Funkeln; sie hatte wohl den Eindruck, dass ihre Verführungskünste Wirkung zeigten. Redwald stand jedoch immer noch im Schatten der dunklen Wolke, die ihn umgab, und eine Kälte hatte ihn erfasst, die noch größer war als die draußen in der verschneiten Nacht. Er brauchte mehr. Sie schien seine Gedanken zu ahnen, denn ihre Augen weiteten sich, aber als er sich vorbeugte, um ihre vollen Lippen zu küssen, legte sie einen kalten Finger an sein Kinn.

»Nein«, sagte sie mit gespielter Entrüstung.

Redwald schob ihren Finger beiseite und legte die Hand um ihre Hüfte. Sie leistete nur geringen Widerstand. Er zog sie an sich und genoss es, das Gewicht ihrer Brüste an seiner Brust und ihre Hüften gegen die seinen zu spüren.

»Was treibt dich an?«, hauchte sie.

»Ich habe mein Leben einem Ziel verschrieben, und ich kann nicht rasten, bis ich es erreicht habe. Aber manchmal ist es ein einsamer Weg …« Er ließ die Worte in der Luft hängen, denn er wusste, was sie darauf antworten würde.

»Ich … ich könnte dich auf deiner Reise begleiten.« Sie stand jetzt auf Zehenspitzen, und ihre Hände umfassten seine Schultern. Ihr Gesicht füllte sein gesamtes Sichtfeld aus. Er war überrascht, das Verlangen darin zu lesen.

Einen Augenblick lang presste er seine Lippen gegen die ihren und ließ sich in der friedlichen Dunkelheit der Umarmung treiben. Er wurde erfasst von einem Rausch von Gefühlen, und das schockierte ihn. Er hatte Angst, er könnte wie ein Kind zu weinen anfangen. Er machte sich frei und ließ eine Hand auf ihrer Brust ruhen.

»Ich … ich kann das nicht«, stammelte sie, obwohl er wusste, dass sie das Gegenteil meinte. »Ich will nicht von dir benutzt und dann fallen gelassen werden.«

»Du und ich, wir haben viel gemeinsam«, sagte er und sah tief in ihre dunklen Augen. Im selben Moment fasste er einen Entschluss. »Und würdest du dich auch weigern, wenn ich dir sage, dass ich dich heiraten will?«

Hild starrte ihn an, als hätte sie sich verbrannt. Ihre Lippen bewegten sich, aber kein Laut kam heraus.

»Ich will dich heiraten und dich beschützen und der Ehemann sein, nach dem du dich sehnst. Aber heute Nacht brauche ich Trost von dir, denn ich kann die langen Stunden bis zum Sonnenaufgang nicht allein ertragen.«

Sie zögerte nur einen winzigen Augenblick, dann nickte sie. »Aber … du darfst es meinen Vater nicht sagen. Und auch niemandem sonst hier. Ich würde …«

»Ich werde es niemals jemandem erzählen.«

Redwald lief mit ihr aus der Kirche und über den Schnee zu dem großen Haus, das Harold ihm nicht weit von der Königshalle zugewiesen hatte. In seiner Schlafkammer angelangt zerrte er ihr den Kopfputz herunter, vergrub seine Hände in ihrem langen braunen Haar und zog ihr Gesicht an sich. Diesmal küsste er sie lang und leidenschaftlich, und als er die Umarmung löste, schnappte sie nach Luft. Feuer brannte in ihm und eine brennende Lust. Er streifte ihr das Kleid ab und das weiße leinene Unterkleid ebenso, dann drückte er sie auf das Bett, strich mit den Händen über ihre Brüste und hinab zwischen ihre Beine. Sie war bereit für ihn, und es gab nun keine falsche Vorspiegelung von Widerstand mehr. Er hielt ihre Hände mit der Linken fest und biss ihr in den Nacken und in die Brüste; er kniff sie fest in die weiße Haut, und als sie aufschrie, war er überrascht, wie sehr es ihn erregte. Je mehr sie seinem stürmischen Drängen nachgab, desto rauer wurde sein Vorspiel. Das war die Erleichterung, die er so nötig gebraucht hatte; nur so konnte er dem Schmerz in seinem Inneren entrinnen.

Als sie einander am nächsten Morgen auf dem schneebedeckten Hof des Palastes über den Weg liefen, tauschten sie einen Blick und ein geheimes Lächeln, und in den darauffolgenden Tagen begannen sie, Pläne für ihre Hochzeit zu schmieden. Redwald unterrichtete Harold von seinen Absichten, der ihm auf den Rücken schlug und sich vor Lachen nicht halten konnte. Er drückte Redwald einen Becher Met in die Hand und erklärte, dies wäre das Beste, was ihm passieren konnte. Ein Mann würde eine Frau brauchen – und ein Mann auf dem Weg zu Ruhm und Ehre eine Frau wie Hild. Ihr Vater, ein kahlköpfiger Thegn von Wessex namens Blacwin, war genauso begeistert.

Knapp zwei Wochen nach Harolds Krönung fiel der erste Schatten auf die heitere Stimmung. Ein fremdes Schiff segelte die graue Themse hinauf und machte an dem vereisten Ufer neben dem Palast fest. Die Besatzung trug blinkende Helme mit breitem Nasenschutz und lange Kettenpanzer, sodass es aussah, als zöge sie in den Krieg, aber ein einziges Schiff stellte keine Bedrohung dar. Doch an ihren Rüstungen konnte ein jeder klar erkennen, dass diese grimmigen Krieger Normannen waren. Eine düstere Stimmung legte sich über den Palast, als die Kunde vom Schiff sich verbreitete, noch kälter als der bittere Winter.

Fünf Männer kamen an Land: die einzigen, die keine Rüstung trugen. Aber mit ihren schwarzen Kapuzenmänteln und ihren wilden dunklen Augen wirkten sie nicht minder drohend.

Die Kälte schien sie nicht zu kümmern, als sie wartend vor dem Tor standen, während drinnen Harolds Ratgeber überlegten, wie man mit ihnen verfahren sollte. Als man den fünf Normannen schließlich Einlass gewährte, gingen sie sogleich zur Königshalle. Dort erwartete sie Harold auf seinem Thron, umgeben von den Reihen seiner Earls und Thegns. Redwald stand unmittelbar hinter dem Thron im Schatten, sodass man ihn kaum wahrnahm, und studierte die Ankömmlinge.

Der Anführer der Normannen war ein hochgewachsener, schlanker Mann mit einer spitzen Nase und dichten Augenbrauen. Der Übersetzer stellte ihn als Odo von Bayeux vor, den Abgesandten Herzog Wilhelms von der Normandie. Redwald hatte seit der Krönung viel Zeit darauf verwendet, alles über die Normannen in Erfahrung zu bringen, was Harold und andere ihm über sie berichten konnten. Er wusste, dass Odo weit mehr war, als die dürren Worte besagten. Als Halbbruder Wilhelms des Bastards und Bischof von Bayeux war der Normanne einer der engsten Vertrauten des Herzogs, bekannt dafür, allen Widerstand gegen dessen Herrschaft durch Diplomatie oder mit Gewalt aus dem Weg zu räumen. Ein Geistlicher und Krieger zugleich. Engel und Teufel.

Harold runzelte die Stirn. »Ich heiße Euch in meiner Halle willkommen«, begrüßte er die ungebetenen Gäste ohne große Begeisterung. »Was ist der Grund für Euren Besuch?«

Der Übersetzer gab die Antwort des Gastes stockend wieder: »Ich bringe eine Botschaft von Wilhelm von der Normandie. Er will wissen, warum Ihr nun den Thron beansprucht, der ihm vom verstorbenen König Eduard versprochen wurde.«

Harold rümpfte die Nase. »Der Thron gebührt mir, wie Euer Herr wohl weiß. Er sucht nur einen Vorwand, um sich das zu nehmen, was er immer gewollt hat – einen Preis, der weit größer ist, als ihm zusteht. Ich bin König Eduards erwählter Erbe, und das ist mein letztes Wort.«

Odo schien Harolds Zurückweisung nicht zu berühren. Redwald hatte den Eindruck, als hätte der Normanne eine solche Antwort beinahe erwartet und die Entscheidung bereits festgestanden, wie es nun weitergehen sollte. Odo nickte langsam, dann sprach er leise etwas zu dem Übersetzer. Der sagte knapp: »Dann gibt es nur eine Antwort: Krieg.«

Kapitel 37

Saint-Omer
3. Juni 1066

»Küss sie! Küss sie! Und dann ab mit euch und vögelt, was das Zeug hält!«, brüllte Vadir, der sich hinten in der Halle aufhielt. Die versammelten Freunde und Angehörigen von Hereward und Turfrida lachten. Noch halb betrunken vom Fest der letzten Nacht, versuchte der rothaarige Mann, sein heiles Auge auf das junge Paar zu konzentrieren. Alric boxte seinem Gefährten in einem vergeblichen Versuch, ihn zum Schweigen zu bringen, in die Rippen.

Mit geröteten Wangen funkelte Wulfric Rabe den roten Riesen an. »Ich gebe meine Tochter in deine Hände«, intonierte der Burgvogt und nickte Hereward zu.

Der frischgebackene Ehemann umschloss den Kopf seiner jungen Frau mit den Händen, zog sie zu sich heran und küsste sie fest auf die Lippen. Die Menge gab mit Trillern und Pfeifen ihrer Zustimmung zu dem neuen Bund Ausdruck. Als der Recke sich aus der Umarmung löste, sah Alric das Blitzen in Turfridas Augen und wusste, dass es eine gute Entscheidung gewesen war.

Hereward nahm seine Braut bei der Hand und führte sie durch die Halle. Alric verkniff sich ein Schmunzeln. Er wusste, dass der wilde Recke in der Nacht zuvor wie ein verängstigtes Kind gewesen war und sich bei dem Gedanken an die bevorstehende Zeremonie schlaflos auf seinem Lager hin und her gewälzt hatte. Die langen Verhandlungen mit Wulfric über die Zukunft seiner Tochter waren glatt verlaufen, und man hatte einen Schreiber geholt, um den Ehevertrag aufzusetzen, der in den Augen des Gesetzes Turfrida zugutekommen würde. Der Mönch murmelte ein leises Gebet. *Dies ist wahrlich Gottes Werk gewesen*, dachte er, *die Rettung einer verlorenen Seele*. Er staunte über die Ruhe, die er nun in dem Mann sah, der bei ihrer ersten Begegnung einem Teich von Blut entstiegen war. *Vielleicht*, sagte sich Alric im Stillen, *gibt es für mich selbst ja auch noch Hoffnung*. Die Wunde seines eigenen Verbrechens schwärte immer noch, und kaum eine Woche verging, in der er nicht eine Träne um das Leben vergoss, das er so grausam beendet hatte. Aber die Dunkelheit, die ihn in jener Zeit kurz nach dem fürchterlichen Ereignis umgeben hatte, war ein wenig schwächer geworden. Er konnte jetzt das Licht sehen.

Während die Männer sich Hereward schnappten, ihm auf die Schulter klopften und ihm wüste Ratschläge ins Ohr flüsterten, nahmen die Frauen Turfrida in ihren Kreis und tanzten mit ihr zu den schwungvollen Weisen des Harfners. Alric warf einen Blick auf den neuen Schwiegervater seines Freundes, der in ein Gespräch mit zwei reichen Männern verwickelt war. Gilbert von Gent und Wilhelm von Warenne hatten, wie Alric wusste, enge Verbindungen zum normannischen Hof. Er hatte mitbekommen, dass Wulfric ihnen zu entlocken versuchte, was sie von den Plänen Herzog Wilhelms wussten und was dies für Flandern bedeuten würde. In einer Ecke stand Judith ganz allein und schaute zu, wie sich die anderen unterhielten. Auch wenn sie der Hochzeit ihren Segen gegeben und die Zeremonie mit einem Lächeln verfolgt hatte, bemerkte Alric, wie bekümmert Tostigs Frau aussah, fast als wäre sie in Trauer. Sie fürchtete um ihren Mann, vermutete er.

Ein paar Männer zerrten Hereward in die Mitte der Halle, wo sich die Tafel unter der Last von Gänsekeulen, Schweineschinken, Rinderbraten, Brot, Käse und süßen Kuchen bog. Sie drückten ihm einen Humpen Bier in die Hand und verlangten lautstark, dass er ihn in einem Zug leerte. Als sein Gelöbnis so besiegelt worden war und die anderen Männer sich auf Speise und Trank gestürzt hatten, zogen Alric und Vadir ihren Freund beiseite.

»Und du bedauerst es nicht, dass du hiergeblieben bist, während unser früherer Herr nach England gesegelt ist, um Rache an seinem Bruder Harold zu nehmen?«, fragte Vadir zwischen zwei Schlucken Bier. »Tostig hat lang genug versucht, dich zum Mitkommen zu überreden.«

»Dich auch«, stellte Hereward fest.

»Du bist so ein kleiner Mann. Wie könnte ich dich hier mit diesem ganzen Bier allein lassen!«

»Ich bin sicher, er bedauert das sehr«, sagte Alric in einem scharfen Ton. »Stell dir vor, er könnte jetzt in der Gesellschaft von schwitzenden Männern wie dir schnaufen, anstatt bald in die weichen Arme seiner neuen Ehefrau zu sinken.«

»Und sein Schwert in hartes Fleisch stecken statt in weiches«, fügte Vadir mit breitem Grinsen hinzu.

»Je schneller ein neuer König auf dem Thron sitzt, umso eher werde ich ohne das Joch der Verbannung um den Hals leben.« Hereward nahm einen tiefen Zug aus dem wieder neu gefüllten Humpen.

Vadirs Blick war verhalten. »Tostigs Krieg ist nicht der deine.«

Als die Flammen im Herd niedergebrannt waren, nahm Hereward Turfridas Hand, und zusammen sprangen sie durch das Feuer, um ihre Eheleite zu besiegeln. Aber der Jubel verebbte rasch, als ein Bote hereingeeilt kam, der nach Wulfric Ausschau hielt. Die beiden Männer tauschten sich in einer Ecke flüsternd aus, bevor der Burgvogt Gilbert und Wilhelm zu sich winkte und schließlich zu Judith hinübertrat. Ihr Gesicht wurde blass, als ob sie wüsste, was kommen würde. Nachdem Wulfric kurz mit ihr gesprochen hatte, senkte sie den Kopf, um ihre Tränen zu verbergen, und eilte aus der Halle.

»Das sieht übel aus«, knurrte Vadir, der schon so viel Bier getrunken hatte, dass er schwankte. »Das können keine guten Neuigkeiten über Tostig gewesen sein.«

Wulfric sah, dass die beiden Mercier zu ihm herüberblickten, und trat zu ihnen. »Tostig kommt nicht hierher zurück«, sagte der Burgvogt mit seinem schweren flämischen Zungenschlag. »Er ist mit seiner Flotte zur Insel Wight gesegelt, wo er Proviant an Bord genommen hat, und ist dann weitergefahren, um die englische Küste heimzusuchen.«

»Ich wette, das hat Harold Godwinssohn nicht gefallen«, brummte Vadir.

»Der neue König hat ein Heer aufgestellt und all seine Schiffe aufgeboten, und mit seinen Streitkräften ist es ihm gelungen, seinen Bruder zu vertreiben. Tostig dürfte diese Niederlage nicht gut weggesteckt haben. Der Zorn über Harolds Verrat brennt schon zu lange in ihm.«

»Und warum kehrt er nicht nach Flandern zurück?«, fragte Hereward.

»Er ist anschließend mit seiner Flotte die Ostküste Englands hochgesegelt, um dort die Küste zu überfallen, aber Earl Edwin und Earl Morkar haben ihm eine Abreibung verpasst«, erzählte Wulfric weiter, ohne auf Herewards Frage einzugehen. »Mit dem Schwanz zwischen den Beinen ist er nach Schottland geschlichen. Er plant, den Sommer über bei seinem alten Verbündeten König Malcolm zu bleiben. Aber …« Er hielt einen Moment inne und starrte gedankenverloren vor sich hin. »Mein Bote sagt mir, Tostig habe eine Nachricht an Harald von Norwegen geschickt und um Hilfe gebeten.«

»Was hat Tostig mit dieser kaltherzigen Messerzunge zu schaffen?«, fragte Vadir.

Der Burgvogt warf einen Blick zu der Festgesellschaft hinüber, um sicherzugehen, dass man ihn nicht hören konnte. »Tostig will Harald überreden, dessen eigenen Anspruch auf den Thron Englands wieder geltend zu machen und ein Heer auszuheben, damit die beiden gegen Ende des Sommers zusammen dort einfallen können.«

»Er will den Thron diesem Wikingerpiraten überlassen?«, rief Hereward aus.

Alric beschlich ein Unbehagen, als er das Feuer in den Augen seines Freundes aufblitzen sah. Es flammte zu rasch auf, zu hell.

Vadir ließ seine schwere Hand auf die Schulter des Recken fallen. »Nur die Ruhe, kleiner Mann. Das ist nicht unser Kampf, es sei denn, jemand gibt uns Gold – und zwar eine Menge davon –, damit wir ihn zu unserem machen. Es wird alles schon bald vorbei sein, und dann sehen wir, wie die Dinge stehen.«

»Es wird vielleicht nicht so bald vorbei sein, wie du glaubst«, widersprach Wulfric. Seine Stimme war leise und ernst. »Es gibt auch Neuigkeiten aus der Normandie und aus Rom. Der Papst hat Wilhelms Invasionsplänen zugestimmt. Siebenhundert Kriegsschiffe und Truppentransporter werden in Dives-sur-Mer ausgerüstet, um noch vor Ende des Sommers in See zu stechen. England steht somit ein Angriff aus dem Norden und aus dem Süden bevor, und König Harold wird deshalb seine Truppen aufteilen müssen. König Eduards Prophezeiung, dass England in einem Meer von Blut versinken wird, scheint nun doch noch wahr zu werden, auf die eine oder andere Art.«

Kapitel 38

Brücke von Stamford
25. September 1066

Unter einer gnadenlosen Sonne schob sich der Heerwurm über die fruchtbare Ebene Nordhumbriens. Er wirbelte eine gewaltige Wolke grauen Staubs auf, der sich über die Bäume und Auen legte. Der ausgetrocknete Boden vibrierte unter dem Getrommel von Hufen und Ledersohlen. Die regungslose Luft hallte vom Klirren der Kettenpanzer wider. In dieser erstickenden Spätsommerhitze näherte sich sechzehn Meilen jenseits der zerstörten Verteidigungsanlagen von York ein Sturm von Äxten und Schwertern jenem Ort, wo eine Brücke über den Derwent führte.

Als Pfeile gleißenden Lichts von dem gewundenen Flusslauf heraufstachen, brachten die Anführer die riesige englische Armee zum Stehen. Der Sturm wurde zur Flaute, und Stille senkte sich über die Heerschar, unterbrochen nur von schnaubenden Pferden und knarzendem Leder. Niemand sagte ein Wort.

Zwei Männer zu Pferd lösten sich aus der vordersten Front der berittenen Krieger, um sich einen ungehinderten Ausblick auf das Gelände zu verschaffen. Harold Godwinssohn trug die alte, schartige Rüstung, die ihm bei seinem langen, zielstrebigen Aufstieg zur Macht gut gedient hatte. Sein Helm war von traditioneller Art, mit breiten Spangen, die Ohren und Wangen bedeckten, und er war zerbeult und zerkratzt von den Speeren und Äxten, die er abgehalten hatte. Sein Kettenpanzer hatte inzwischen einen braunen Farbton angenommen: Rost und getrocknetes Blut waren im Verlauf zahlreicher Jahre und Feldzüge eine unlösbare Verbindung eingegangen. Redwalds Harnisch dagegen glänzte in der Morgensonne. Seine Rüstung war nagelneu; sie bestand aus einem Helm mit Kettenkragen, um den Nacken zu schützen, und einem Kettenhemd, das er erst wenige Tage zuvor in Empfang genommen hatte.

»Die Staubwolke und der Huflärm dürften unseren Feinden nicht entgangen sein«, sagte der junge Mann und beschirmte die Augen, um nicht vom grellen Licht geblendet zu werden.

»Gut so«, gab Harold mit einem knappen Lächeln zurück. »Sie sollen wissen, dass ihr Tod naht, und vor Angst zittern.«

Redwald warf einen Blick über die Schulter, schaute auf das Meer aus kampfbereiten Männern und spürte, wie sein Herz zu pochen begann. Niemals zuvor war eine solch gewaltige Streitmacht auf englischem Boden versammelt worden. Harolds Hauskarle bildeten den harten Kern des Heeres. Ihre schweren Rüstungen waren von Kämpfen gezeichnet, aber ihre großen Äxte blinkten messerscharf. Ihnen zur Seite stand eine bunt gemischte Schar von Söldnern: die besten Kämpen, die der König mit Gold hatte kaufen können. Flankiert wurden sie von einer Gruppe berittener Speerwerfer, wie man sie nie zuvor in England gesehen hatte. Harold hatte die tödliche Wirkung einer solchen Kampftruppe auf seinen Reisen in Europa kennengelernt, wie der jüngere Mann wusste. Die Speere würden von oben auf die Feinde herunterregnen und sie an den Boden heften, wo sie dem Tod ausgeliefert waren. Redwald ließ dann den Blick über die Bauern schweifen, deren Schar sich fast so weit, wie das Auge reichte, hinter den erprobten Kriegern erstreckte. Sie waren zusammen mit dem *Fyrd* von Westmercien und Ostanglien aufgeboten worden, als die Armee nach Norden zog. Vier Tage und Nächte hatte dieser Marsch gedauert. Sobald der Ruf zu den Waffen erklang, war jeder Mann nach Hause geeilt, um seinen Speer und Schild unter dem Bett hervorzuholen. Manche führten Jagdbögen und Pfeile mit sich, aber andere waren nur mit primitiven Keulen bewaffnet, die aus an Holzstielen befestigten

Steinen bestanden. Die Männer des Aufgebots trugen allerdings keine Rüstungen. Die meisten von ihnen hatten noch Stroh im Haar und Mist an ihren Kitteln, und auch wenn ihre Augen voller Furcht waren, sah Redwald Entschlossenheit in ihren braungebrannten Gesichtern.

Harold streckte den Arm aus und wies mit ruhiger Hand auf die Furt zwei Meilen voraus, wo Männer auf beiden Seiten des Flusses wie Ameisen umherwimmelten. »Siehst du? Sie sind nicht kampfbereit. Zu hochmütig, wie alle Nordmänner. Die Wikinger glauben, wir wären so schwach und langsam wie zu Zeiten unserer Vorväter. Sie dachten, wir würden wie geprügelte Hunde den Schwanz einziehen und kuschen. Und nicht wie Wölfe zuschlagen.«

»Sie haben nicht mit Harold Godwinssohn gerechnet.«

Der König lächelte.

Redwald dachte zurück an das Leuchtfeuer, das vor einiger Zeit auf einem der Hügel nördlich von London nachts aufgeflammt war. Es war das letzte Signalfeuer in einer langen Reihe, die sich vom Norden an der Küste entlangzog. Im ersten Augenblick hatte sich das Herz des jungen Mannes mit Eis gefüllt, aber Harolds Herz war heiß vor Begierde gewesen. Er war auf diesen Moment vorbereitet und brannte auf den Kampf. Wenn er auf berittene Boten hätte warten müssen, um von der Invasion der Wikinger zu erfahren, hätten sich seine Kriegsvorbereitungen zu lange verzögert. Aber Harold hatte recht darin gehabt, den Witan bei diesem Thema zu überstimmen, und sein System von Signalfeuern hatte sich als höchst nützlich erwiesen, da er die Nachricht vom Einfall der Nordmänner erhalten hatte, ehe die Raben auch nur aufgestiegen waren. Auf dem harten Ritt nach Norden waren sie leichenblassen Boten begegnet, die ihnen berichteten, dass sich weit mehr als zweihundert Drachenschiffe mit ihren rotweiß gestreiften Segeln auf dem Walweg befanden: Tausende wilder Wikingerkrieger unter dem Befehl Haralds des Harten. Und Harolds eigener Bruder Tostig war bei ihnen. Die Nordmänner hatten Scarborough geplündert, bevor sie den Humber hinaufgesegelt waren und die Truppen Edwins von Mercien und seines Bruders Morkar bei Fulford vernichtet hatten. York war gefallen, ohne nennenswerten Widerstand zu leisten. Als das englische Heer nach dem langen Marsch schließlich in Tadcaster angekommen war, hatte Harold mit einem Angriff gerechnet. Redwald erinnerte sich an das Feuer in den Augen seines Herrn, an die Klarheit seiner Planung während der ausführlichen taktischen Besprechungen mit den Hauskarlen. Da war Redwald der Gedanke gekommen, dass zum ersten Mal die Führungskraft des Mannes aus Wessex mit seinem großen Ehrgeiz in Einklang zu stehen schien. Aber der Angriff blieb aus. Die Wikinger waren wirklich zu hochmütig. Sie warteten auf Nachschub und glaubten, sie hätten alle Zeit der Welt.

Und an diesem Morgen war der Sturm von englischen Speeren und Äxten blitzartig bis nach Stamford Bridge gefegt.

Harold ließ den Blick über die Feinde schweifen, die inzwischen hektisch hin und her liefen, um ihre Verteidigungsstellung aufzubauen. »Und wie würdest du jetzt den Angriff vortragen?«

Redwald wusste, dass der König ihn einem Test unterzog. Wie in allen Dingen war dies Teil seiner Erziehung: die Vermittlung und Überprüfung von Wissen, das ihm helfen würde, ein Großer zu werden. Er dachte einen Moment nach und tat dann zwei Hiebe in die Luft von Norden und Süden.

Harold nickte, aber sein listiges Lächeln ließ vermuten, dass er eine bessere Antwort parat hatte. »Sieh dir die Männer an, die sich hinter uns aufgestellt haben. Warum die Aufmerksamkeit des Feindes nur halbieren, wenn wir sie in sieben Teile splitten können?«

»Sieben?«

»Sieben Sturmtrupps.« Harold markierte die Angriffslinien in der Luft. »Wir schlagen schnell zu und reißen das Heer der

Nordmänner auseinander. Das hier ist nur ein kleiner Teil ihrer gesamten Streitmacht. Der Rest von Haralds Männern wird bei seiner Flotte in Riccall sein, und er wird Boten ausgeschickt haben, um sie herzuholen. Der Sieg ist uns gewiss, wenn wir die Wikinger hier vernichten, bevor der Rest ihres Heeres eintrifft.«

»Sie werden versuchen, die Brücke zu halten, um uns am Übergang über den Fluss zu hindern.«

»Natürlich werden sie das. Nur eine Handvoll Männer wäre nötig, um sie zu blockieren. Aber wie werden wie die Hämmer von tausend Schmieden auf sie herniederprasseln und sie auf dem Amboss zerschmettern.«

Redwald starrte auf das Gewimmel der Wikinger und spürte sein Herz schneller schlagen, da der Kampf näher rückte. Er fürchtete, der Angriff würde nicht so reibungslos ablaufen, wie es seinem Herrn vorschwebte. In der vorangegangenen Nacht hatte er am Lagerfeuer dem Gemurmel der Hauskarle gelauscht, als sie über die bevorstehende Schlacht sprachen, und nach kurzer Zeit verstanden, warum der König der Nordmänner »der Harte« genannt wurde. Harald hatte überall auf der Welt die Raben mit den Leichen seiner Feinde gefüttert: von Byzanz bis zu den gefrorenen Flüssen der Kiewer Rus, wo die Slawen an den Gebeinen der Gefallenen nagten, die sie im Kampf getötet hatten.

Harold kniff die Augen zusammen, als er zu der Flussüberquerung hinüberspähte. Nach den langen Wochen ohne Regen war die Strömung schwach und der Wasserstand niedrig. »Mir wird ganz schwer ums Herz, wenn ich an meinen Bruder denke. Er fühlt sich gekränkt. Lass verkünden, er soll gefangen genommen und nicht getötet werden, sofern es in unserer Macht steht. Ich hätte ihn gern wieder an meiner Seite und seinen guten Rat in meinem Ohr.«

Redwald schluckte und wandte den Kopf zur Seite, bevor sein Herr seine Besorgnis sehen konnte. Wenn Harold Tostig und den Rest seiner Brüder in den engsten Kreis seiner Ratgeber aufnahm, würde es für andere dort keinen Platz mehr geben.

»Du wirst einen der Sturmtrupps anführen«, sagte der König, wie um ihn zu beschwichtigen.

Der König trieb sein Pferd zurück zu den wartenden Hauskarlen, und einen kurzen Moment später folgte ihm Redwald. Einen Sturmtrupp in die Schlacht zu führen war eine große Ehre, dennoch fühlte er sich immer noch unsicher. Die Krieger, selbst die Männer des *Fyrd*, trugen alle Glücksbringer auf der Haut: einen Stoffstreifen von einer geliebten Frau, ein beinernes Kreuz oder ein geheimes Amulett mit dem Zeichen eines der alten Götter. Redwald hingegen hatte nichts außer dem, was in seinem Herzen war.

»Mögen die Speere der Engländer die Herzen der Nordmänner durchbohren!«, brüllte Harold, als er die Front der Hauskarle entlangritt. »Möge der Fluss sich von ihrem Blut röten! In die Schlacht, Engländer, mit Gott auf unserer Seite!« Er riss sein Pferd herum und presste ihm die Fersen in die Seiten, beugte sich über seinen Hals, als er seine Wut hinausschrie. Tausende von Kehlen antworteten; ihre Schreie brandeten empor wie die Wellen am Meeresstrand. Redwald dachte, wie erschreckend es für den Feind sein musste, diesen Laut zu hören.

Wenig später gab es für ihn nichts anderes mehr als das Trommeln von Hufen und den Wind in seinem Gesicht. In seinem Rücken setzte sich das Heer in Bewegung wie ein großes Tier, das aus dem Schlaf erwacht war – langsam zuerst, doch mit jedem Schritt nahm es an Stärke und Geschwindigkeit zu, während es auf seine Beute lospreschte. Eichen und Ulmen huschten vorbei. Taub vom Pochen des Blutes in seinen Schläfen konnte Redwald die Männer nur spüren, die an seiner Seite ritten: mit starrem Blick, gefletschten Zähnen, die Speere oder Äxte kampfbereit in der Rechten und die Zügel in der linken Hand.

Als der Boden unter den Pferdehufen verschwamm, erhaschte

Redwald einen Blick auf die Nordmänner, die entlang des Flussufers warteten, und erkannte, dass sie noch einen weiteren Fehler gemacht hatten. Viele standen mit bloßem Oberkörper da; ihre einzige Rüstung bestand aus ihren Helmen. In der brennenden Hitze des Tages hatten sie anscheinend ihre Kettenpanzer bei den Schiffen gelassen. Hölzerne Schilde allein boten nur wenig Schutz vor den Schlägen, die nun bald auf sie einprasseln würden.

Am Rande seines Gesichtsfeldes sah Redwald die berittenen Speerwerfer, die an den beiden Flanken des englischen Heeres den Angriff anführten. Jeder von ihnen trug sieben Wurfspeere bei sich, die in langen Lederköchern um den Harnisch geschnallt waren. Redwald konnte sich kaum von dem Anblick losreißen, als die Reiter einen schlanken Speer nach dem anderen herauszogen und jeden in einer fließenden Bewegung schleuderten, bevor sie nach dem nächsten griffen. Die eisernen Spitzen fingen das Sonnenlicht ein, als sie herabregneten. Ein Nordmann warf die Arme hoch, als wollte er Gott preisen, und genau in dem Moment flog ein Speer in seine rechte Augenhöhle, bohrte sich tief in seinen Körper hinein und drang an der Seite wieder nach draußen. Überall brachen Wikinger zusammen, an den Boden geheftet wie Hasen von einem Pfeil. *Das hat etwas Faszinierendes an sich*, dachte Redwald. Harold war wahrlich ein großer Heerführer, dass er eine Taktik mit einer solch verheerenden Wirkungskraft nach England gebracht hatte.

Schilde in Rot, Blau und Gelb, markiert mit schwarzen und weißen Kreuzen oder Streifen, alle frisch bemalt für die Heerfahrt, reihten sich entlang des Ufers in einer Linie, die sich um den Flussübergang halbkreisförmig vorwölbte. Hinter dem Schildwall sah Redwald Helme hervorblinken, und er fragte sich, welche Gedanken den Nordmännern jetzt wohl durch den Kopf gingen. Fürchteten sie den nahenden Tod? Vertrauten sie darauf, dass der Sieg ihnen selbst angesichts der gewaltigen Streitmacht, die gegen sie aufmarschierte, nicht zu nehmen war? Er hatte gehört, dass der Glaube der Wikinger an ihre eigene Stärke unerschütterlich war.

Etliche Eichen und Buchen standen auf dem Gelände, über das die Angriffswelle dahinrollte, aber die Hauskarle sprengten mit unverminderter Geschwindigkeit zwischen ihnen hindurch, bevor sie von ihren Pferden sprangen und den Angriff zu Fuß fortsetzten. Redwald war bei ihnen. Mit donnerndem Gebrüll brach sich die englische Welle am Schildwall. Nordmänner taumelten unter dem Ansturm zurück, waren reif für den Schlag einer Axt. Speere stachen aus der zweiten Reihe hinter den Schilden hervor.

Sofort fand sich Redwald umgeben vom Lärm der Schlachtrufe und dem Krachen von Eisen auf Holz. Hauskarle drängten sich dicht zu beiden Seiten; die ständigen Bewegungen von niederhackenden Äxten und zustoßenden Speeren war wie das Flattern von Vögeln am Rande seines Gesichtsfelds. Keinen Moment zu früh riss Redwald seinen blauen Schild hoch: Ein Speer stach aus dem Schildwall nach seinem Gesicht. Die eiserne Spitze blieb kurz im schützenden Holz hängen, als sie über die Schildfläche kratzte. Bevor der Nordmann seine Waffe zurückziehen konnte, rammte Redwald seinen eigenen Speer in das Gesicht des Gegners. Blut schoss hervor, wo die Spitze sich in die Wange bohrte und auf der anderen Seite des Kopfes wieder hinaustrat. Die wilden Todeszuckungen des Mannes rissen Redwald den Speer aus der Hand.

Fluchend trat Redwald zurück, um nach seiner Axt zu greifen. Als er dabei seinen Oberkörper drehte, fiel sein Blick auf die zahlreichen Leichen, die den blutgetränkten Boden direkt vor dem feindlichen Schildwall bedeckten. Selbst in Unterzahl forderten die Nordmänner einen hohen Blutzoll von den Engländern. Auf beiden Seiten schwärmten die mutigen Freien vor. Viele fielen im ersten Ansturm, doch der schiere Druck der

Menge begann die Wikinger zurückzudrängen. Redwald schoss das Blut in den Kopf, doch er verspürte keine Angst.

Er schwang die Axt hoch und warf sich mit einem Fauchen nach vorn. Im Schildwall taten sich allmählich Lücken auf. Durch eine davon erspähte er einen Mann, der nur Harald sein konnte. Der norwegische König war größer als die meisten der Nordmänner, die ihn umgaben. Sein blonder Bart leuchtete im grellen Sonnenlicht, und über seinem Kopf flatterte das rotweiße Banner.

Redwald hob die Faust in die Luft und befahl seine Hauskarle gegen den gegnerischen König. Als die Krieger herandonnerten, hoben die Nordmänner in der vordersten Reihe des Schildwalls ihre Speere. Die Wikinger konzentrierten sich jetzt darauf, diesen Angriff abzuwehren. Redwald winkte einem seiner Bogenschützen zu, die ihre Pfeile aus der Deckung einer breiten Eiche abschossen, und zeigte auf Harald. Der Schütze nickte und legte den Pfeil an. Er zog die eingefettete Hanfsehne seines Jagdbogens bis ans Ohr, zielte und ließ los. Der Pfeil zischte durch die Lücke im Schildwall. Abgelenkt von den Hauskarlen hob der König der Nordmänner seinen rotweißen Schild einen Augenblick zu spät, und der Schaft drang ihm tief in die Kehle.

Redwald glaubte, das Herz würde ihm bersten. Der Anführer der Wikinger griff sich an den Hals. Blut spritzte ihm aus der Kehle, als er zu Boden ging.

Sofort konnte man sehen, wie der Schrecken sich förmlich durch die Reihen aller Nordmänner brannte, die in der Nähe standen. Durch den Anblick des getöteten Königs ermutigt stürmten die Engländer erneut gegen den bröckelnden Wall von Schilden, zersplitterten das Holz mit ihren Äxten und trieben den Feind Schritt für Schritt zurück.

Redwald wischte sich den Schweiß aus den Augen. Sein Hochgefühl schwand, als er einen anderen Mann die Stelle des feindlichen Königs einnehmen sah. Es handelte sich allerdings nicht um einen Nordmann. Der neue Anführer war kleiner als Harald und mit englischem Helm und Kettenpanzer angetan. Das konnte eigentlich nur Tostig Godwinssohn sein, wie Redwald vermutete. Der Geächtete brüllte Befehle auf Englisch, und ob die Wikinger ihn nun verstanden oder nicht, so begannen sie sich jedenfalls unter seinen hektischen Armbewegungen zu sammeln. Die Lücken im Schildwall schlossen sich, als die Männer einen geordneten Rückzug zur Brücke antraten.

Redwald sagte sich, dass Tostig die Truppen wahrscheinlich auf dem anderen Ufer neu zu formieren gedachte. Einen Augenblick lang sahen sich die beiden Anführer in die Augen, bevor der Geächtete seine Axt nahm und sich zum Schildwall vordrängte. Mit zusammengebissenen Zähnen hackte er mit einer Wildheit um sich, die selbst die der kampfgestählten Wikinger übertraf. Leichen häuften sich vor ihm auf. Von allen Beteiligten konnte nur Redwald ihn wirklich verstehen. Allein der junge Mann kannte den Grund für diesen Groll, den Schmerz über den Verrat, die tiefe Verbitterung, die nur zwischen Blutsverwandten entstehen konnte.

Eine kalte Ruhe überkam Redwald. »Möge meine Hand sicher sein«, flüsterte er.

Er setzte sich in Bewegung, zog sein Schwert und warf sich in die wimmelnde Masse der englischen Kämpfer. Stimmengewirr umgab ihn, Schreie und Waffengeklirr. Von allen Seiten bedrängt wie von Wellen in einer stürmischen See, bahnte er sich seinen Weg durch die Menge, bis er Tostig vor sich sah. Der Geächtete triefte vor Blut und Hirnmasse, seine Zähne waren zu einem ständigen tierischen Fletschen gebleckt. Seine Axt senkte sich wieder und wieder. Helme wurden gespalten, Kettenhemden zerfetzt. Redwald hielt den Kopf gesenkt, in der Hoffnung, nicht erkannt zu werden, und wartete auf einen günstigen Augenblick.

Ein englischer Krieger fiel mit zerschmettertem Unterkiefer unter Tostigs Axt. In die Lücke stolperte ein Freier mit seinem

Speer. Er war jünger als Redwald, schlicht und unscheinbar, mit Haar wie Stroh. Sein Gesicht war aschfahl, und seine Waffe schwankte in der ungeschulten Hand. *Wahrscheinlich hat er noch nie einen Speer im Kampf benutzt*, dachte Redwald.

Als Tostig seine Axt hob, wich der Freie unwillkürlich zurück, um dem Schlag auszuweichen. Doch Redwald stieß ihm in den Rücken, sodass der Mann nach vorn taumelte. Die Axt bohrte sich in den Schädel des Speerträgers und tötete ihn auf der Stelle, aber die unerwartete Vorwärtsbewegung seines Opfers hatte den Bruder des Königs aus dem Takt gebracht, und er hatte Mühe, seine Waffe freizubekommen. Redwald sah seine Chance und griff blitzschnell mit seinem Schwert an. Dabei mied er das Kettengeflecht, das seine Klinge ablenken oder brechen könnte, und stieß sie unter dem Kinn von Tostig in dessen Kopf hinein; dann drückte er sie mit beiden Händen hoch ins Gehirn. Er zog die Klinge genauso schnell wieder heraus und drängte sich sofort zurück durch die Reihen der Männer, bevor jemand ihn erkannte. Im Rücken der englischen Front rannte er zu seinem Ross.

Vom Pferderücken aus sah er, dass Tostigs Tod den Widerstand des Feindes gebrochen hatte. Auf dem anderen Flussufer sammelten sich die führerlosen Wikinger zu einem letzten Gefecht. Die Verstärkungen, die man bei den Schiffen gelassen hatte, waren nun endlich eingetroffen und füllten die dezimierten feindlichen Reihen auf. Sie waren offensichtlich den ganzen Weg von Riccall in der Hitze gerannt und kamen nun schweißgebadet und mit roten Köpfen an. Einige brachen vor Erschöpfung zusammen, andere warfen ihre Kettenhemden ab.

Als alle Nordmänner sich auf die Ostseite des Flusses geflüchtet hatten, postierte sich ein einzelner Wikinger auf der Brücke, um den Engländern den Übergang zu verwehren. Er hatte langes braunes Haar, das unter seinem Helm hervorquoll, war glattrasiert und so groß wie Redwald zusammen mit einem

Kind auf den Schultern. Ein englischer Krieger nach dem anderen versuchte, ihn aus dem Weg zu räumen, aber der Nordmann schwang seine Axt mit Hieben, die Bäume hätten fällen können. Die Erschlagenen fielen teils in den jetzt rot gefärbten Fluss, teils häuften sie sich zu seinen Füßen, sodass es noch schwerer für die Engländer wurde, zu ihm vorzudringen.

Redwald nahm seinen Helm ab und wischte sich den Schweiß von der Stirn. Er hörte ein Hornsignal von der anderen Seite des Flusses, und im nächsten Augenblick drangen Hauskarle des Königs von Süden auf das wartende Heer der Wikinger ein. Harold war so schlau gewesen, einen Teil seines Heeres auf einer älteren Brücke eine Meile weiter südlich über den Derwent zu schicken. Ungeachtet des heftigen Kampfes war die Schlacht auf dem Westufer nur ein Geplänkel gewesen im Vergleich zu dem, was jetzt bevorstand.

Ein heransprengendes Pferd lenkte Redwald von dem wilden Zusammenprall auf dem anderen Ufer ab. Es war Harold, von Kopf bis Fuß blutbespritzt. Dort, wo seine Männer sich vor der Brücke ballten, sprang er vom Pferd und bahnte sich mit dem Ruf »Macht Platz für den König!« einen Weg durch die Reihen. Die Krieger wichen zur Seite, um ihn durchzulassen. Harold sah, wie der riesengroße Wikinger zwei weitere Männer abschlachtete. Sein Zorn wuchs. Er riss einen Wurfspeer aus der Leiche eines Nordmanns, stieß einen Fluch aus und schleuderte die Waffe mit einer gewaltigen Kraft, die vollkommen unmöglich zu sein schien für jemanden, der den ganzen Morgen an einer Schlacht teilgenommen hatte. Der Speer traf die Brust des überraschten Wikingers, bohrte sich durch das Kettenhemd und trat mit einem Blutregen in seinem Rücken wieder aus. Der Mann schwankte einen Augenblick, griff nach dem hölzernen Schaft, der ihm aus dem Leib ragte, und kippte dann von der Brücke in den Fluss. Harold spuckte aus, ging zurück und schwang sich wieder auf sein Pferd. Jubelnd strömten seine Männer über die

Brücke, um sich an der blutigen Schlacht auf der anderen Flussseite zu beteiligen.

Am späten Nachmittag saß Redwald in der unerträglichen Hitze am Fuß einer Ulme. Er blickte über ein von Leichen übersätes Schlachtfeld, über dem Schwärme von Aaskrähen kreisten, bis zu dem von der Sonne beschienenen ansteigenden Gelände im Osten. Er konnte vor lauter Müdigkeit nicht mehr stehen und war schweißgebadet. Seine Arme brannten von den Tausenden von Hieben, die er am heutigen Tag ausgeteilt haben musste. Sein Helm und sein Kettenpanzer, die neben ihm lagen, glänzten jetzt nicht mehr, sondern waren zerbeult und schartig und stumpf von getrocknetem Blut.

Blut lief in Rinnsalen die Böschung hinab in den langsam fließenden Dervent, der die Farbe von rostigem Eisen angenommen hatte. Das Kreischen der Aasvögel vermischte sich mit dem Schreien und Wimmern der Verwundeten und Sterbenden zu einer infernalischen Kakophonie. Das englische Heer hatte schreckliche Verluste erlitten. Auch führerlos hatten die Nordmänner noch wie Teufel gekämpft, nachdem die Verstärkungen die müden Krieger dazu angespornt hatten, sich erneut mit wilder Entschlossenheit in die Schlacht zu stürzen. Aber am Ende hatte sich die englische Übermacht als entscheidend erwiesen. Als das Heer der Wikinger schließlich den ungeordneten Rückzug antrat, hatte Harold die westsächsischen Reiter losgeschickt, um alle Überlebenden zu jagen und zu vernichten. Redwald hatte zugesehen, wie die Wikinger auf der Flucht niedergemacht wurden oder im Fluss ertranken. Einige, die sich in Scheunen und Hütten geflüchtet hatten, wurden bei lebendigem Leibe verbrannt. Es war die größte Niederlage, welche die Nordmänner in ihrer langen, brutalen Geschichte erlitten hatten.

»Du hast gut gekämpft.«

Die vertraute Stimme schreckte Redwald aus seinem Dämmerzustand auf. Der König kam über das Schlachtfeld geschritten, mit einer Energie, die selbst einem halb so alten Mann gut angestanden hätte. Redwald nahm all seine Kraft zusammen, stemmte sich an dem rauen Stamm der Ulme hoch und lehnte sich mit dem Rücken an dessen Rinde. »Ich wollte Euch so dienen, dass Ihr stolz auf mich seid«, antwortete er mit einer lässigen Armbewegung und einem aufgesetzten Grinsen.

»Und das ist dir auch gelungen.« Der König setzte seinen Helm ab und hielt ihn in der Armbeuge. »Das war ein großer Sieg. Ganz England kann stolz darauf sein.« Ein Schatten legte sich auf sein Gesicht, als er einen Blick zurück auf das Westufer warf. »Tostig ist tot.«

»Ich habe gesehen, wie Euer Bruder im Kampf gefallen ist«, sagte Redwald. »Wer ihn getötet hat, konnte ich nicht erkennen. Leider war ich nicht in der Lage, den tödlichen Streich zu verhindern.« Die Lüge kam ihm leicht über die Lippen.

Der König schüttelte den Kopf. »Ich hatte immer die leise Hoffnung, dass Tostig überleben würde. Er war ein Godwin. Er hätte bis zum letzten Atemzug gekämpft.«

»Auch wenn wir uns nie begegnet sind, trauere ich doch um ihn. Er war Euer Bruder.«

Harold ließ seinen Blick über das Feld der Toten schweifen. »Unser Sieg wurde hart erkauft. Wir haben heute viele Männer verloren.«

»Aber der Thron ist sicher.«

»Fürs Erste; allerdings fürchte ich …« Er führte den Satz nicht zu Ende und wies auf die weiß gewandete Gestalt des Erzbischofs von York, der zwischen den Toten umherstakte. Fünf Mönche in schwarzen Kutten begleiteten ihn. »Ealdred sucht nach Beute. Die Nordmänner haben ihre Schätze zurückgelassen, darunter einen Block Gold, der ungefähr so groß ist.« Er deutet mit den Händen etwa eine Schwertlänge an. »Harald hatte ihn auf einem seiner Raubzüge in Griechenland erbeutet.

Das war sein Talisman, aber er hat ihn heute im Stich gelassen. Das Ding sollte reichen, um selbst mir den Weg in den Himmel zu erkaufen.« Er grinste; seine Zähne waren blutverschmiert. »Ich brauche keine großen Kirchen, um mir meine letzte Belohnung zu verdienen.«

»Und jetzt?«

»Jetzt beginnen wir die Verhandlungen mit Haralds Sohn Olaf. Wir werden unsere Toten begraben, als gute Engländer, aber die Wikinger werden wir unbestattet liegen lassen. Ihre Knochen werden allen als Warnung dienen, die ihre Hände nach englischem Boden ausstrecken.«

»Und dann ausruhen«, krächzte Redwald, von Müdigkeit überwältigt.

»Und feiern und trinken«, brüllte Harold und grinste, »denn das haben wir uns verdient.«

Die Verhandlungen endeten zwei Tage später, und Redwald erholte sich zusammen mit dem König und dem Rest seines Heeres in York. Ein Späher, der nach Riccall ausgeschickt worden war, berichtete, dass von den über zweihundert Drachenschiffen, die am Strand lagen, gerade einmal zwei Dutzend den Heimweg antraten.

Fünf Tage danach preschte ein berittener Bote durch das Stadttor. Der Mann war so verstört, dass er zuerst kein Wort herausbrachte. Doch schließlich überbrachte er dem König in stotternden Worten die Nachricht: Die Omen und Vorzeichen hatten sich bewahrheitet. Wilhelm von der Normandie und sein Heer waren in Pevensey an der Südküste gelandet. Dörfer standen in Flammen. Männer und Frauen lagen erschlagen in ihren Häusern.

Das Ende war nahe.

Kapitel 39

Hastings
14. Oktober 1066

England lag im Sterben. Vor dem Hintergrund einer blutrot untergehenden Sonne scharten sich die traurigen Überreste von Harold Godwinssohns Heer auf der Hügelkuppe um den streitbaren goldenen Drachen von Wessex. Neben der einst majestätischen Standarte des Königs aus vergoldetem Leder flappte ein Banner mit einem Abbild des trojanischen Helden Ajax schlaff in einer kalten nördlichen Brise. Zum ersten Mal seit dem Morgengrauen herrschte allumfassende Stille. Eine Atempause, kein Frieden. Auf dem Hang unterhalb der Krieger bedeckten die Erschlagenen den Hügelrasen. Rinnsale von Blut blubberten zum Fuß des Hügels hinab, den das gewaltige normannische Heer wie eine eiserne Flut umspülte. Hinter der Streitmacht der Invasoren zogen Schatten über die bewaldeten Hänge und lauschigen Täler des südlichen Englands.

Die Augen der bluttriefenden Hauskarle wandten sich dem König zu. Schnitte durchzogen seine Wangen, und Blut rann von seiner rechten Braue. Er stand stolz da, den Blick fest in die zunehmende Düsternis gerichtet, aber seine Hand zitterte, mit der er den Speer umklammert hielt, den er als Stütze benutzte. In den Gesichtern der erschöpften Krieger sah Redwald, dass sie sich mit ihrem Schicksal abgefunden hatten. Einer nach dem anderen hoben sie ihre Äxte zum letzten Gefecht.

Und dann zerstörte ein anschwellendes Getöse die Stille des späten Nachmittags. Das Klirren von Eisen auf Eisen, ein Gewirr von Stimmen, erst leise, dann immer lauter. Normannische Adelige, Soldaten aus der Normandie und der Bretagne, aus Flandern und Frankreich; Söldner aus dem fernen Italien. Sie alle vereinten sich zu einem Chor aus Schwertern, die gegen Brustpanzer schlugen, im Rhythmus ihres Kriegsgesangs.

»Was singen sie?«, fragte Redwald, auch wenn er es nicht wirklich wissen wollte.

»Sie singen die Tore der Hölle auf.« Harolds Stimme zitterte vor Erschöpfung, seine Zuversicht war wie vom Winde verweht.

Redwald war erfüllt von Bitterkeit und Sorge. Wie war es nur so weit gekommen, wenn nur wenige Tage zuvor der Sieg sicher geschienen hatte und all seine sorgfältige Planung kurz davorstand, ihm die verdiente Belohnung einzubringen? Nachdem der Bote die verstörende Nachricht vom Einfall Wilhelms des Bastards ausgerichtet hatte, war die Elitetruppe von Hauskarlen und Söldnern in Eilmärschen von York aufgebrochen und hatte versucht, unterwegs einen neuen *Fyrd* auszuheben. Doch so viele Männer waren an der Stamford Bridge gefallen. Einige Dörfer im Osten waren nahezu verlassen, eine ganze Generation ausgelöscht. In London hatte Harold versucht, seine Streitmacht mit frischen Kriegern zu verstärken, aber die Prophezeiung vom alten König Eduard war in aller Munde. Als die kommende Schlacht näher rückte, wurden die bereits dezimierten Reihen durch einen ständigen Strom von Deserteuren weiter geschwächt. Keine Unterstützung kam von den Merciern oder Nordhumbriern. Die Godwins hatten lange zuvor alle Brücken hinter sich abgebrochen. Und als das kleine Heer nach Süden zog, wo sich das Lager der Männer Wilhelms von der Normandie befand, hatte Redwald das Schwinden der Macht bei dem einst großen König geradezu spüren können: Dieser Mann wirkte nun wie ein Krüppel, der einen letzten verzweifelten Versuch machte, sich an den Thron zu klammern. Aber immer noch gab Redwald die Hoffnung nicht auf, denn wohin sonst könnte er sich wenden?

Der König hatte den Heerbann von Sussex anbefohlen, um

seine Reihen zu füllen. Die Männer sollten sich bei einem grauen Apfelbaum einfinden, wo die Straße, die von London gen Süden führte, aus dem dichten Waldgebiet nördlich von Hastings heraustrat. Aber der Treffpunkt lag zu nahe am normannischen Lager, und die lärmende Versammlung von verschreckten Männern mit Strohhüten war den Kundschaftern Wilhelms nicht verborgen geblieben. Der Plan des Königs, mit einem Gewaltmarsch und einem Angriff im Morgengrauen seine Strategie von Stamford Bridge zu wiederholen, konnte daher nicht aufgehen. Redwald hatte still geflucht. Harold hätte vorher nie einen solchen Fehler begangen. Aber der lange Kampf um die Krönung und die monatelangen Kämpfe, um den Thron zu halten, hatten ihren Tribut gefordert.

Jetzt blickte Redwald den steilen Hang hinab und nahm die furchterregende Streitmacht des Feindes in Augenschein, und dabei sank ihm das Herz: Reiterei, die beste in Europa, ein jeder von ihnen bewaffnet mit Lanze und Schwert; Fernkampftruppen, bestehend aus Scharen von Bogenschützen und anderen Einheiten, die mit etwas bewaffnet waren, von dem er gehört, aber das er nie zuvor gesehen hatte – die gefürchtete Armbrust -; Soldaten, die Schild, Speer, Axt und Schwert trugen, alle schwer gepanzert mit langen Kettenhemden und dicken Helmen. Augen kalt wie Stahl, die Herzen ebenso.

Redwald packte seinen Speer fester und versuchte, den verstörenden Kriegsgesang zu überhören. Die Engländer waren zu begriffsstutzig, zu bleifüßig gewesen, und in ihrer Schwäche hatten sie England verkauft wie eine Gans auf dem Markt, bereit für die Schlachtbank.

Aber er hatte noch Hoffnung. Harold hatte ihn nie zuvor im Stich gelassen.

Und doch – warum hatte der König nicht schneller reagiert, als er Wilhelms Kundschafter zurück zur Palisade des Lagers reiten sah? Hatte er wirklich geglaubt, die mit allen Wassern gewaschenen Normannen würden warten, bis das ganze englische Heer angekommen war und all seine Truppen sich in Schlachtformation aufgestellt hatten? Durch den schnellen Angriff des Bastards mit seiner achttausend Mann großen Armee waren die englischen Reihen bereits erheblich gelichtet worden, als sie kaum die Hälfte dieser Stärke erreicht hatten. Viele der ausgehobenen englischen Männer waren noch auf der Straße unterwegs gewesen, die von London nach Süden führte. Harold hatte mit der einzigen ihm verbliebenen Taktik reagiert, indem er seine erfahrenen Krieger auf das erhöhte Gelände beordert und den Normannen das sumpfige Tiefland überlassen hatte. Als der Schildwall stand, wusste der König, dass er sich etwas Zeit erkauft hatte. Redwald dachte daran zurück, wie die normannischen Bogenschützen an die englischen Reihen herangerückt waren und eine Salve nach der anderen abgeschossen hatten. Die Pfeile waren in die Schilde der Hauskarle gerasselt, und ein Hagel von Steinen, Wurfspeeren und Keulen war die Antwort gewesen. Und als die beiden Seiten zusammengeprallt waren, hatten die Normannen bald erfahren, dass ihre Rüstungen den Äxten der Hauskarle nicht gewachsen waren. Mehr noch, die Engländer hatten unter den Angreifern so viel Unruhe hervorgerufen, dass diese den Rückzug antraten, der bald Formen einer Flucht annahm.

Doch dieser Vorteil war nur von kurzer Dauer gewesen. Die Männer des *Fyrd* und die Hilfstruppen waren nicht so diszipliniert wie die Hauskarle; sie verließen ihre Positionen und setzten den Normannen nach. Wilhelm der Bastard sah seine Chance. Nachdem er seine Reiterei ins Feld geführt hatte, wurden die Männer abgeschlachtet, und die Reihen lösten sich auf. Harolds leibliche Brüder Gyrth und Leofwine waren unter den verstümmelten Toten, die das Feld bedeckten.

Redwald erinnerte sich an den Ausdruck der Erschütterung, der sich kurz auf dem Gesicht des Königs abzeichnete. War

Harold in diesem Augenblick klargeworden, dass die Zeit der Godwins endgültig vorbei war? Da er nicht länger imstande war, seine Stellung zu halten, hatte er die Standarten auf die Hügelkuppe zurückgezogen.

Das raue Eisengeklirr und der dumpfe Kriegsgesang verebbten. Nur das Seufzen des Windes mit seiner Ankündigung des kommenden Winters störte die Stille.

Harold spähte mit ausdruckslosem Gesicht zu der langen normannischen Schlachtreihe hinüber. »Wir sind Engländer!«, rief er mit einer unheimlich ruhigen Stimme. »Wenn uns der Tod ins Gesicht blickt, treten wir ihm in die Eier. Kommt her, normannische Schweinehunde! Rennt in eurer schweren Rüstung diesen Hügel hinauf und lernt unsere Äxte kennen!« Der König warf einen Blick in die Runde der Hauskarle. »Für jeden Hurensohn, den ihr heute abschlachtet, werde ich euch mit Gold belohnen. Wir haben den Vorteil, auf höherem Gelände zu stehen. Die Normannen müssen zu uns kommen ... um zu sterben. Tötet gut, meine Männer, und am Ende des Abends werden wir unsere Metbecher heben, um auf unseren Sieg zu trinken.«

Redwald fasste wieder Mut. Hatten sie noch eine Chance? Als er sich umsah, erkannte er, dass es keinen Schildwall mehr gab. Keine Verteidigung. Harold hatte recht: Töten war alles, was ihnen übrig blieb.

Die rote Sonne senkte sich weiter dem Horizont zu, die Schatten wurden länger. Das normannische Horn erklang, tief und dröhnend.

Harold wandte sich zu Redwald um, legte dem jungen Mann eine Hand auf den Nacken und zog ihn zu sich heran, um ihm ins Ohr zu flüstern: »Du warst für mich mehr ein Sohn als ein Ratgeber, und du hast mich stolz gemacht. Mach mich heute noch stolzer, und wenn du sterben musst, tu es mit Ehre.« Er sah Redwald mit unbewegtem Blick tief in die Augen, und zum ersten Mal glaubte der junge Mann dort eine Andeutung von

Tränen zu sehen. Doch dann wandte sich der König wieder den Normannen zu, und die letzte Schlacht begann.

Die Reiterei griff an. Hinter ihnen kamen die Bogenschützen in Wellen. Ihre Pfeile verfinsterten den Himmel.

»Schilde hoch!«, brüllte Harold.

Das Pfeilgewitter trieb Redwald in die Knie. Er sah, dass etliche Pfeilspitzen das gesplitterte Holz durchschlagen hatten. Angst überkam ihn. Bei so vielen normannischen Bogenschützen bedeutete der Vorteil des höheren Geländes gar nichts. Kaum war er zu dieser Erkenntnis gekommen, da brach schon der Sturm über sie los. Im Strudel seiner Panik bekam Redwald nur blitzartige Eindrücke davon mit. Die Hauskarle hielten erst einmal die Stellung und schwangen ihre Äxte in wildem Rhythmus. Aber die Pfeile regneten weiter auf ihre Köpfe herab, da die normannischen Bogenschützen über ihre eigene Reiterei hinwegschossen.

Wahnsinn, Wahnsinn, dachte Redwald.

Pfeile bohrten sich in Gesichter, krachten in Schultern und Brustpanzer. Köpfe sprangen von Hälsen, als Klingen sie durchtrennten. Arme fielen zu Boden, wo sie noch kurz zuckten. Graue Gehirnmasse spritzte in Stücken aus zerschmetterten Schädeln. Ein Nebel von Blut legte sich über alles.

Redwald war vor Schrecken wie gelähmt und versuchte, mit seinem Speer zuzustoßen, aber seine Hand zitterte zu sehr. Nie und nimmer hatte er sich solch ein Grauen vorstellen können. Durch den Wirbel von Äxten und Pfeilschwärmen erblickte er die Gesichter der Normannen, und es erschien ihm, als sähen sie alle aus wie Totenköpfe – hohläugig, mit grinsenden weißen Zähnen. Das waren keine Menschen! Das waren Dämonen der Nacht oder Teufel aus der Hölle.

Tränen rannen ihm über die Wangen.

Neben ihm warf Harold den Kopf zurück und stieß einen Schrei aus. Er griff sich ans Gesicht. Entsetzt sah Redwald einen hölzernen Schaft aus dem rechten Auge des Königs ragen. Doch Harold kämpfte weiter, als verspürte er keinen Schmerz, und mit jeder Bewegung seines Kopfes blitzte der Pfeil hin und her.

Der Himmel wurde immer dunkler. Redwald erspähte flüchtig den Mond, der ihm geisterhaft erschien. Der Gedanke huschte ihm durch den Kopf, dass er schwarze Flügel hätte, wie ein Rabe, und wegfliegen könnte.

Wahnsinn.

Gebannt von dem schrecklichen Anblick des Pfeils in Harolds Auge bemerkte Redwald erst dann, dass die Normannen von zwei Flanken her angriffen, als es schon zu spät war, eine Warnung auszustoßen. Die Hauskarle konnten diesem Sturm wenig entgegensetzen. Sechs berittene Krieger brachen durch die bröckelnde Verteidigungslinie und preschten auf den König zu.

Redwald sah seine Pflicht blitzartig vor seinen Augen aufscheinen: Als getreuer Gefolgsmann sollte er den König bis zum letzten Atemzug verteidigen, selbst wenn der Tod seines Herrn unvermeidlich war. Er zögerte jedoch. Welchen Sinn hätte es, sein eigenes Leben zu opfern? Harold schaute von den Angreifern zu Redwald hinüber, und in dem Moment, als sich ihre Blicke trafen, sah der junge Mann die schreckliche Enttäuschung des Königs über diesen letzten Verrat. Redwald verdrängte den Gedanken. Er warf sich nach hinten, weg von dem Ansturm der trampelnden Pferdehufe. Als er den Hügel hinunterrollte, sah er noch aufblitzende Schwertklingen, die auf den Mann herniedersausten, der ihn zu solchen Höhen emporgehoben hatte. Eine Klinge stieß durch die Brust seines Herrn. Der Kopf des Königs flog von den Schultern und sprang über das von Blut klebrige Gras. Eine Axt fuhr nieder und schlitzte Harolds Kettenhemd und das Fleisch darunter auf, sodass die Eingeweide aus dem Leib hervorquollen. Und immer noch hauten und stachen die Normannen im weiter schwindenden Licht.

Benommen hielt Redwald inne. *Lauf*, sagte er sich. *Schau nicht zurück!* Aber eine grimmige Faszination zog seinen Blick wieder hinauf zur Hügelkuppe. Rings um seinen gefallenen Herrn jubelten die Normannen. Einer beugte sich mit einem Messer in der Faust nieder und sägte am Leichnam des Königs. Der Krieger richtete sich wieder auf und schwenkte seine Trophäe über dem Kopf, und die anderen brüllten vor Lachen. Angewidert erkannte Redwald, dass der Mann Harolds Glied abgeschnitten hatte.

Dies war das Ende all seiner Träume. Heiße Tränen flossen ihm über die Wangen. Er drehte sich um und stolperte den Hügel hinab, hinein in die anbrechende Nacht.

Kapitel 40

London und Westminster

Schweigend und stumm lag London unter dem nächtlichen Himmel und hielt den Atem an. Mondstrahlen ließen die schmalen Dächer der eng stehenden Häuser erglänzen und tauchten die Gassen in tiefe Schatten. Ein Hund bellte; eine Kuh muhte im Schlaf. Hufschlag durchbrach die Stille, als Redwald, der von Süden über die Brücke gekommen war, durch die nächtliche Stadt ritt. Er konnte fast die Spannung spüren, die aus den dunklen Häusern zu beiden Seiten kroch. Er stellte sich die Männer vor, die schlaflos am Herdfeuer saßen, die Frauen, die sich in ihren Betten wälzten. Doch keiner von ihnen ahnte wirklich, welcher Schrecken bald vor ihren Toren stehen würde.

Der heiße Atem des Pferdes bildete Wolken in der kalten Luft. Der junge Mann ritt, so schnell er konnte, aber sein Pferd war völlig erschöpft und schaumbedeckt, und man sah kaum die Hand vor den Augen, geschweige denn die tiefen Fahrrinnen in den Straßen. Schweiß lief ihm über die Stirn; trotz der Kälte war ihm heiß. Aber er war kein Risiko eingegangen, hatte sich in einen gestohlenen Mantel gehüllt und die Kapuze ins Gesicht gezogen, um seine Identität zu verbergen.

Vom Ludgate waren es vier Meilen offenes Gelände – in dem er sich schrecklich ausgesetzt und verwundbar vorkam – bis zu der Umfriedung, die den Bezirk von Westminster umgab. Über der Palisade erschienen die Köpfe der Wachen wie kalte Lampen im Mondlicht. Die Gesichter waren blass und ängstlich. Die Wachen fragten ihn laut, ob er Neues von der Schlacht wissen würde. Redwald rief zurück, er brächte eine dringende Botschaft vom König, und musste den Blick abwenden, als er die aufflammende Hoffnung in ihren Augen sah.

Er sprang vom Pferd, warf einen Blick über die Schulter, um sicherzugehen, dass er nicht beobachtet wurde, und eilte dann zur Abteikirche. Mehr als ein ganzer Tag war vergangen, seit er zugesehen hatte, wie Harold abgeschlachtet wurde – es war der düsterste Tag seines Lebens gewesen. Einer finsteren Nacht auf der Flucht vor normannischen Truppen, welche die Gegend durchkämmten, um auch den letzten flüchtigen Kämpfern des englischen Heeres den Garaus zu machen, folgten eine rote Morgendämmerung, ein beinahe gescheiterter Versuch, ein Pferd zu stehlen, und der lange Ritt heimwärts. Und vor ihm lagen graue Tage voller Besorgnis. All seine Pläne hatten sich in Rauch verwandelt, all die langen Jahre des Ränkeschmiedens waren verschwendet gewesen. Er besaß jetzt weniger als damals, als Asketil ihn nach dem Tod seiner Eltern bei sich aufgenommen hatte. Und wenn die Männer von Wilhelm dem Bastard ihn erkannten, wäre sein Leben auch keinen Penny mehr wert, und sein Kopf würde auf einem Pfahl an der Themse verrotten und den Raben als Futter dienen.

Von Verzweiflung übermannt riss der junge Mann die schweren Eichentüren auf und stürzte in die hallende Leere der Kirche. Kerzen flackerten in Ständern, wo sie die Mönche für Sünder angezündet hatten, die in der langen Dunkelheit der Nacht für ihre Seelen beten wollten. Die tanzenden Flammen ließen Juwelen von Licht in den Fenstern erglänzen. Über dem Altar blickte Christus finster auf den jungen Mann herab. Redwald sah auch Engel, aber keine Teufel. Nun ja, sie wandelten bereits auf Erden.

Seine Schritte hallten auf den Steinfliesen wider. Redwald nahm sich eine der Kerzen und eilte zu dem Reliquiar, welches das Schienbein Johannes des Täufers enthielt. Er dachte zurück an jene eisige Nacht, als er der alten Königin – Edith, Harold Godwinssohns Schwester – die Reliquie gebracht hatte. Wie lange her erschien das nun. Mit dieser einfachen Tat hatte er den ersten Schritt zu seinem Aufstieg getan. Die Macht war zum Greifen nahe gewesen.

Er unterdrückte die Tränen der Verbitterung und legte seine Hände auf das Kästchen. Er tat dies so vorsichtig, als hätte er beinahe Angst, es könnte ihn verbrennen, und schlug dann den eisenbeschlagenen Deckel auf. Während er mit der einen zitternden Hand die Kerze hielt, schob er mit der anderen den braunen Knochen beiseite, um an das zu gelangen, was er darunter versteckt hatte.

»Du bist es also wirklich.«

Redwald unterdrückte einen Aufschrei. Er schlug die Hand vor den Mund, und voller Angst um sein Leben fuhr er herum. Aber es war nur Hild, die im Eingang stand. Hild, seine Frau, die er vor erst vier Monaten geheiratet hatte und die jetzt bereits ein Kind erwartete. Sein Eheweib, das er vor kaum einer Woche zum Abschied geküsst hatte. Er hatte schon gar nicht mehr daran gedacht, dass sie in Westminster war.

»Lass mich in Ruhe!«, blaffte er sie an, während sein Herzschlag sich wieder verlangsamte. »Ich habe zu tun.«

»Hier? Betest du um göttliche Hilfe?« Sie schritt durch den Kirchenraum auf ihn zu. Der bestickte Saum ihres gelben Kleides fegte über die Fliesen. Ihre Hände flatterten, ihre Stimme wurde mit jedem Wort schriller. »Warum kommst du allein zurück? Was ist mit der Schlacht? Wo ist der König?«

»Der König ist tot.« Redwald drehte sich um und widmete sich wieder dem Reliquiar.

Schweigen. Er blickte zurück über die Schulter. Ihr Gesicht war wie erstarrt, und Tränen standen in ihren Augenwinkeln.

Redwald zwang sich zu einem sanfteren Ton und fuhr fort: »England ist verloren. Du solltest besser fliehen, bevor die Normannen kommen. Ihre Soldaten werden Frauen nicht freundlich behandeln.« Er unterdrückte ein bitteres Lachen angesichts seiner Untertreibung. Der Ruf der Normannen, was Vergewaltigung, Grausamkeit und Brutalität anging, war beispiellos.

»Ich soll mich allein in Sicherheit bringen? Aber du bist mein Ehemann … Du solltest mich beschützen«, erwiderte Hild fassungslos.

Redwald war des Wortwechsels müde. Er schüttelte den Kopf und wandte seine Aufmerksamkeit wieder dem Kästchen zu. »Geh.«

»Wie kann dein Herz so kalt sein. Liebst du mich nicht?«

»Ich habe dich nie geliebt. Du warst … ein notwendiges Übel.«

Hild schluckte wie ein Karpfen.

»Lass das. Ich hab jetzt keine Zeit. Geh.« Redwalds Stimme war hart.

»Nein!« Erstaunen schlug in Empörung um. »Du wirst mich beschützen, wie du meinem Vater versprochen hast. Der Witan wird einen neuen König finden. Wir werden hierbleiben; im Palast sind wir sicher. Und wenn der Normanne König wird, dann soll es eben so sein. Wir werden uns seiner Gnade anheimgeben. Du hast einem König gedient, du kannst auch einem anderen dienen.«

Verärgert packte Hild ihren Mann am Arm, um seine Aufmerksamkeit von dem Reliquiar abzulenken.

Redwald fuhr herum. »Hier gibt es nichts mehr für mich«, zischte er. »Nichts.« Er spürte, wie in ihm der Zorn über so viele vergeudete Jahre immer stärker wurde. Jeder Augenblick an diesem Ort machte es nur noch schlimmer. Mit gefährlich leiser Stimme fuhr er fort: »Du wirst mich nicht aufhalten.«

»Und du wirst mich nicht einfach sitzen lassen.« Hilds Augen blitzten. Redwald konnte sehen, dass sie sich nicht würde beirren lassen. »Du bist ein Feigling«, fauchte sie. »Ein schwaches Kind von einem Mann. Du kommst jetzt mit mir, oder ich werde allen erzählen, wie du von der Schlacht geflohen bist und England im Stich gelassen hast.«

»Lügen!«

Hild verzog das Gesicht. »Ach ja? Du hältst dich für so schlau, glaubst, dass du alle wie Schachfiguren hin und her schiebst, um dein Spiel zu gewinnen. Aber in der Nacht, wenn du bei mir liegst, sehe ich, wer du wirklich bist.« Sie stieß ein spöttisches Lachen aus, bei dem Redwald errötete, während seine Finger in dem Reliquiar umhertasteten. Hingerissen von dem rauschhaften Gefühl, ihm endlich das zu sagen, was sie so lange unausgesprochen gelassen hatte, stieß Hild ihr Gesicht ganz nah an seines heran und zischte: »Ich habe dich benutzt.«

Redwalds Ohren brannten, seine Hand zitterte.

Mit einem grausamen Ausdruck des Triumphs im Gesicht drehte Hild sich um. »Jetzt folge mir zurück ins Haus, und all das hier ist vergessen.«

»Nein.« Das Wort verwehte wie Kerzenrauch in dem riesigen Bauch der großen Steinkirche.

Hild fuhr wieder herum und bleckte ihre kleinen Zähne. »Dann werde ich die Männer des Königs rufen und ihnen alles erzählen.«

Die ganze aus der Enttäuschung geborene Wut schoss wie eine Springflut in Redwald hoch. Seine Finger schlossen sich um das Messer, das so lange unter dem alten Knochen verborgen gelegen hatte, und ohne auch nur einen Gedanken an das Leben zu verschwenden, das in Hild heranwuchs, stach er ihr die Klinge in den Leib. Der schockierte Ausdruck auf ihrem Gesicht hatte für ihn fast etwas Komisches. Blut trat auf ihre Lippen. Eine Ruhe überkam ihn, als die Hitze seines inneren Aufruhrs abebbte, und er erkannte, dass er nichts fühlte. Bevor sie einen Laut ausstoßen konnte, stach Redwald erneut zu.

Als Hild tot in einer sich ausbreitenden Blutlache am Boden lag, trat er zurück, um sich an der Wand abzustützen. In seiner offenen Hand lag das Messer. Es hatte einen Griff aus Fischbein, der in Gestalt eines Engels geschnitzt war: Herewards altes Messer. Er presste den Handrücken seiner Linken vor den Mund und starrte in die weit aufgerissenen, blicklosen Augen seiner Frau, aber er verspürte keine Trauer über sie oder sein ungeborenes Kind. Stattdessen gingen seine Gedanken zurück zu dem letzten Mal, als er dieses Messer benutzt hatte. Er erinnerte sich an Tidhild, Herewards Liebste, die auf dem Boden ihres Hauses gelegen hatte, mit dem gleichen starren Blick, in einer ähnlichen dunklen Lache.

Tidhild, auf die er dreimal mit eigener Hand eingestochen hatte – mit dem Messer, das er seinem Ziehbruder gestohlen hatte.

Der Blick dieser toten Augen …

Redwald rieb sich den Mund. Das Bild hatte ihn seitdem nie losgelassen, war Tag und Nacht vor seinen Augen gewesen, aber nicht auf eine beunruhigende Weise, wie er jetzt begriff. Er war fasziniert gewesen von dem, wofür es stand, nämlich für die Macht, die er über alle Dinge besaß. Und immer noch verspürte er kein Bedauern. Lange hatte er daran gearbeitet, die Gunst von Harold Godwinssohn zu gewinnen, um so den eigenen Aufstieg zu befördern. Kleine Dienste hier und da, die er schnell und ohne Aufsehen erledigt hatte, dann schwierigere Aufgaben, die ihm wachsendes Vertrauen einbrachten. Er wusste, wie Harold dachte, denn sie waren sich in mancher Hinsicht gleich gewesen. So war er nicht überrascht gewesen, als er mitgehört hatte, wie Harold mit seinen zwei Komplizen den Mord an dem Mann besprach, der Gold als Lohn für sein Schweigen verlangte. Das war einfach das Spiel von Männern, die sich dem Streben nach Macht verschrieben. Aber dann war Hereward an jenem Abend zu ihm gekommen, und es bestand die Gefahr, dass er dem König von der Verschwörung erzählte, die er entdeckt hatte. Harold wäre damit entlarvt gewesen. *Welche andere Wahl habe ich denn gehabt?*, dachte Redwald. Er musste damals Hereward daran hindern, mit irgendjemandem zu reden.

Und so hatte er sich folgenden Plan zurechtgelegt: Der Zorn seines Bruders war wohlbekannt; jeder würde glauben, dass er imstande war, seine eigene Liebste im Streit zu töten, wenn er sich betrunken hatte. Dann würde er, Redwald, seinem Stiefbruder raten, zu fliehen. Und Harold würde seine Treue und seine Klugheit belohnen, und alles würde weiter nach Plan verlaufen.

Voller Bitterkeit starrte er auf das blutverschmierte Messer in seiner Hand. Die in dem Schrein verborgene Waffe hatte ihn immer wieder dazu gebracht, jenen Abend der Macht in seinen Vorstellungen noch einmal zu erleben. Und jetzt war er selbst ein Flüchtiger, so wie er seinen Bruder in die Flucht getrieben hatte, ein Geächteter, wenngleich niemals verurteilt – ein Mann ohne Einfluss und Macht, ohne Freunde, ohne Land, ohne Frau und Gold. Redwald lachte hohl über den Scherz, den Gott mit ihm getrieben hatte. Er wog das Messer in der Handfläche und schloss die Augen, um noch einmal die Macht zu spüren, die darin lag. Sein bisheriger Weg hatte ein abruptes Ende gefunden, aber das bedeutete nicht, dass nun alles für ihn aus und vorbei war. Er würde einen anderen Weg finden, um an sein Ziel zu gelangen. Er bückte sich und wischte die Klinge an Hilds Kleid ab. Anschließend verließ er rasch die Kirche, schritt hinein in die Nacht und in eine ungewisse Zukunft.

Kapitel 41

Walcheren
29. August 1067

Das Kriegsschiff durchpflügte die kabbelige See und hielt auf den dunklen Streifen der Insel zu. Krieger legten sich in die Ruder, während sie zu den Schlägen von Holz auf Wasser ihr Lied von Blut und Tod sangen. Von den frisch bemalten Schilden, die außen die Bordwand säumten, trieb der Wind den scharfen Geruch neuer Farbe herein.

Vadir stand im Bug des Schiffes. »Wie viele Männer mögen dort unsichtbar und still zwischen den Bäumen mit ihren Schwerten, Äxten und Speeren warten?«, fragte er sich laut. Er war in einer düsteren Stimmung. »Ich sage dir, Hereward, diese Fahrt riecht nach Unheil. Es wird Blut fließen, ehe sie vorbei ist, und nicht nur das unserer Feinde.«

Hereward beschirmte die Augen mit der Hand gegen die nachmittägliche Sonne und ließ seinen Blick über die bewaldeten kleinen Inseln schweifen, die sich zwischen den starken Strömungen des weiten Mündungsdeltas der Schelde erhoben. »Wenn der Graf seine Steuern eintreiben will, dürften ihn die Bedenken von ein paar Söldnern ziemlich kalt lassen.«

Vadir schnaubte. »Er hat hier alles zu gewinnen und nichts zu verlieren. Es ist nicht sein Leben, das hier auf dem Spiel steht.«

Am Morgen zuvor hatte Hereward pflichtschuldig Graf Balduins Sohn Robert, ihrem neuen Befehlshaber, seine Einschätzung der Gefahren vorgetragen. Aber Robert war ein Mann, dem es vor allem darum ging, sich so rasch wie möglich einen Namen zu machen. Sein Hauptinteresse galt der Ausweitung seines Einflussgebiets nach Zeeland, ein Machtkampf, der wie so viele kriegerische Auseinandersetzungen in Flandern hin und her wogte. Bei diesem Feldzug ging es darum, die Steuerschulden von den rebellischen Bewohnern der verstreuten Inseln einzutreiben, aber in Wirklichkeit diente er nur dazu, Graf Balduin ruhigzustellen. Robert erwartete keinerlei Zwischenfälle bei ihrem Unternehmen. Das Gold, so meinte er, würde man ihnen übergeben, sobald der Anblick der mit Soldaten bemannten Kriegsschiffe auf der Schelde die Inselbewohner genügend in Schrecken versetzt hatte. *Aber jeder, der schon einmal in einer Schlacht einen Speer in der Hand gehalten hat, kann sogleich erkennen, worin der Fehler bei dieser Annahme liegt*, dachte Hereward. Furcht ließ Menschen selten die Flucht ergreifen – zunächst stärkte sie nur ihren Kampfeswillen.

»Nun ja, das Gold und der Met, mit dem Robert uns bedacht hat, seit wir uns seiner Schar angeschlossen haben, ist höchst willkommen gewesen«, meinte Vadir. »Es sieht so aus, als ob unser Ansehen zunimmt, und das kann uns nur nützen.«

Da hat er nicht unrecht, dachte Hereward. Inzwischen, so schien es, waren sie überall bekannt. Robert war sogar zu ihnen gekommen, in Saint-Omer, als klarwurde, dass Tostig nicht nach Flandern zurückkehren würde. Der Sohn des Grafen brauchte gute Anführer für seine Truppen, wenn auch nur, um seine Leute im Zaum zu halten. Und die Krieger wussten, dass Hereward und Vadir ein Ohr für ihre Klagen hatten, was bei Robert nie der Fall war.

Die beiden Männer beobachteten nun die anderen acht Kriegsschiffe, die durch die weiße Gischt schnitten. Am Mast eines jeden wehte Roberts blaues Banner. Die Flotte hielt auf Walcheren zu, die größte der Inseln im Mündungsdelta, wo die Türme der St.-Willibrord-Kirche gerade noch über den Baumwipfeln zu sehen waren. Der Abt Thiofrid aus dem Kloster Echternach hatte die Bewohner ermutigt, die Zahlung ihrer Steuern zu verweigern. Hereward hatte vorgeschlagen, das Kloster niederzubrennen, aber Robert war nicht sehr erpicht auf ein solches Vorgehen gewesen. »Nach meiner Erfahrung sind Männer wie Abt Thiofrid nur fromm, wenn sie beten«, hatte Hereward zu Robert gesagt. »Den Rest der Zeit betreiben sie das Spiel der Könige und Grafen, und das gelingt ihnen besser als dem weltlichen Adel, weil sie sich hinter ihrer frommen Maske verstecken können.« Aber Robert hatte sich nicht umstimmen lassen.

Der Steuermann brüllte den Steuerbordruderern den Befehl zu, ihre Schläge zu verlangsamen. Das Kriegsschiff bog ab und glitt durch die schmale Lücke zwischen den Sandbänken. Walcheren ragte vor ihnen auf.

»Dein Mönch kann sich glücklich schätzen, dass er nicht hier ist«, knurrte Vadir. »Er sitzt zu Hause im Warmen und versucht, deiner Frau die Geschichten der Bibel beizubringen.« Sein scharfer Blick durchforschte den Waldrand jenseits des steinigen Strandes nach irgendwelchen Anzeichen von Leuten, die Widerstand leisten wollten.

»Alric glaubt, der Mensch sei von Natur aus im Grunde gut. Der Anblick von Blut verstört ihn, weil er ihm in der Mehrzahl der Fälle zeigt, dass seine Ansicht falsch ist.«

»Ha.« Vadir lachte kurz auf. »Du bist so sauer wie ein Holzapfel, was Menschen betrifft.«

»Ich weiß, was ich mit eigenen Augen sehe und im Herzen spüre.«

Seit seiner Hochzeit war nun mehr als ein Jahr vergangen, und in dieser Zeit hatte Hereward in Saint-Omer so etwas wie Frieden gefunden. Turfrida war nicht nur eine gute Ehefrau, sondern auch eine eindrucksvolle Lebensgefährtin, die ihm – gestützt auf ihre Kenntnis jener mechanischen Künste, welche die Kirche als Teufelswerk ansah – wertvolle Ratschläge geben konnte. Als England dem blutgierigen Wilhelm von der Normandie anheimfiel, war Hereward drauf und dran gewesen, heimzusegeln, um Widerstand zu leisten, aber Vadir und Turfrida hatten ihm beide davon abgeraten. »Alle Omen zeigen, dass du nie zu dem Leben zurückkehren wirst, das wir hier haben«, hatte sie ihm erklärt, und vor lauter Sorge um ihn war sie ganz rot im Gesicht geworden. »Das Blutbad bei Hastings war nur der Anfang. Wilhelm muss jetzt dein widerspenstiges Land seinem Willen beugen, und er ist skrupellos in der Wahl seiner Mittel. Wenn du zurückgehen musst, dann warte, bis die Zeit dafür günstig ist.«

Und so hatte er gewartet und gewartet und war dabei seinem Schwiegervater Wulfric Rabe nähergekommen, und ihm, Alric und Vadir hatte es an nichts gefehlt. Seine Zeit mit Turfrida war angenehm gewesen, und seine Feldzüge hatten ihm Gold eingebracht. Sie waren noch nicht mit einem Kind gesegnet worden, aber es würde kommen. Alric hatte noch glücklicher gewirkt als er selbst und hatte seine Tage mit Arbeiten für die Kirche und dem Unterricht für die Kinder verbracht. Hereward war froh, dass der Mönch seinen Frieden gefunden hatte.

Aber England war immer in seinen Gedanken – wie eine schwarze Wolke am Horizont an einem Sommertag.

»Woran denkst du?«, fragte Vadir mit einem Seitenblick auf seinen Freund. »Du hast diesen Ausdruck auf dem Gesicht, der mir das Herz sinken lässt.«

»Ich dachte an meine Brüder, an Redwald und den jungen Beric.« Er hielt inne, weil es ihm die Kehle zuschnürte. »Und an meinen Vater. Ich frage mich, wie es ihnen geht, jetzt da Wilhelm die Krone trägt. Ob sie überhaupt noch leben?«

Der rothaarige Riese machte ein unverbindliches Geräusch tief in seiner Kehle, aber Hereward konnte spüren, dass seinem Freund die Richtung, die das Gespräch nahm, nicht gefiel.

»Ich dachte vielleicht an eine Reise nach Mercien, um meine alte Heimat zu sehen. Es wäre gut, wieder mit Redwald Met zu trinken.«

»Eine Reise nach Hause bringt dir nichts ein«, grollte Vadir.

»Und mit einem Herrscher wie Wilhelm dem Bastard auf dem Thron dürfte England sich ziemlich verändert haben.«

Hereward nahm Walcheren genauer in Augenschein. Die Insel sah aus wie eine umgedrehte Schüssel, die auf grauem Wasser trieb: steile, baumbestandene Hänge, die sich von dem felsübersäten Strand zu dem Dorf auf der Kuppe erhoben. »Wenn die Bewohner ihre Heimat ohne Hilfe von fremden Kriegern verteidigen, dürften wir mit allem fertig sein, bevor wir auch nur ins Schwitzen gekommen sind«, meinte er. Vadir tat den Gedanken mit dem bloßen Heben einer Augenbraue ab.

Drei der Kriegsschiffe lösten sich aus dem Verband, um die Fahrrinnen zwischen den Inseln abzusichern. Sie sollten einen hinterhältigen Angriff von fremden Schiffen aus verhindern, die Krieger in ihrem Rücken an Land setzen könnten. Die anderen Kriegsschiffe segelten an der Küste von Walcheren entlang und warfen an verschiedenen Stellen Anker.

Als das Schiff mit den zwei Merciern sich dem Ufer näherte, sank die Sonne hinter die Inselkuppe, und die Kälte des Schattens fiel über die Ruderer. Das schwarze Wasser lappte gegen einen kleinen Kieselstrand, wo ein Anleger aus gesprungenem grauem Holz auf Pfosten, die mit Tauen festgezurrt waren, ins Meer hineinragte. Die beiden englischen Krieger ließen den Blick über die dicht bewaldete Uferböschung schweifen, die sich bis zur Kuppe aufschwang. Alles war still.

Als der Anker in das seichte Wasser platschte und das Schiff an dem geteerten Tau schwankend zum Halt kam, wurden die tropfenden Ruder aus dem Wasser gehoben und ins Schiffsinnere gezogen. Hereward hob die Hand. Helme glänzten auf gebeugten Köpfen. Die Männer gaben keinen Laut von sich und bewegten sich nicht. Die beiden Mercier wandten die Köpfe und lauschten.

»Kein Vogelgesang«, zischte Vadir. »Da wartet jemand im Wald auf uns.«

Hereward ließ den Arm kreisen und deutete dann in Richtung eines Pfades, der im Schatten zwischen den Bäumen verschwand. »Den Schlaf des Schwertes für alle, die sich uns in den Weg stellen!«, rief er und schwang sich über die Bordwand ins flache Wasser. Das kalte Nass spritzte auf sein Kettenhemd, aber der Kopf unter dem Helm brannte. Er zog Hirnbeißer und schrie: »Für Mercien! Für Robert!«

Die Krieger antworteten mit lautem Gebrüll, packten sich ihre Schilde vom Dollbord, holten ihre Äxte und Speere unter den Sitzen hervor und sprangen hinter ihm ins Wasser.

Doch als sie auf den kleinen felsigen Strand zuliefen, erfüllte plötzlich ein Schwirren die Luft. Pfeile zischten vom Waldrand herüber. Ein Schaft ging eine Handbreit an Herewards Kopf vorbei. Er riss den Schild hoch und befahl seinen Männern, es ihm gleichzutun, aber seine Stimme wurde fast übertönt von den Schreien hinter ihm. Als er sich umdrehte, sah er Pfeile, die sich in Augen, Brustpanzer und Hälse gebohrt hatten. Viele Geschosse klatschten zum Glück harmlos ins Wasser, in dem nun auch Blut dahintrieb. Vadir hatte mit seiner Prophezeiung recht behalten. Wild um sich schlagend sanken die Getroffenen unter die Wasseroberfläche, doch die Krieger neben ihnen zogen die noch Lebenden wieder nach oben und zerrten sie in Richtung Ufer.

Eine weitere Pfeilsalve rauschte durch die Luft. Diesmal wurden die Geschosse von den erhobenen Schilden aufgehalten. Die Männer bildeten eine Schildburg, sodass ihre Köpfe durch ein Dach aus Holz geschützt waren. »Bleibt zusammen!«, schrie Hereward, als die Truppe das Ufer erreichte und mit knirschenden Schritten den Kiesstrand zum Waldrand hochstampfte.

»Wenn das hier vorbei ist, suche ich mir drei der besten fränkischen Huren von ganz Saint-Omer, und du wirst mich eine ganze Woche nicht sehen«, knurrte Vadir.

»Nur drei? Du wirst alt.«

Unter dem kühlen grünen Blätterdach lösten die Männer

die Formation auf. Der Weg war so schmal, dass man einzeln hintereinander gehen musste. Er war in Stufen angelegt, die mit Bohlen eingefasst waren, damit sie vom Regen nicht ausgewaschen wurden. Die beiden Mercier rannten den Weg hoch, ihre Männer hielten sich dicht hinter ihnen. Zwischen den Bäumen, Farnen und Felsen erspähten sie schattenhafte Gestalten, die den steilen Hang zum Dorf hinaufkletterten. Immer wieder sausten Pfeile zwischen den Baumstämmen auf sie zu, aber die Krieger hielten die Schilde hoch und die Köpfe in Deckung.

»Die Waffen von Feiglingen. Wie ich dir schon einmal gesagt habe«, zischte Hereward, der von einer Deckung zur anderen rannte.

»Aber sehr wirkungsvoll«, keuchte Vadir. Er brach einen Pfeil aus seinem zersplitterten Schild und warf den Schaft beiseite.

Als Hereward durch die schwankenden, hohen grünen Grashalme den Hang hinaufspähte, blieb er plötzlich stehen. Für einen kurzen Moment hatte er durch die Bäume auf eine einzelne, sonnenüberflutete Lichtung im Dunkel des Waldes blicken können. Dort war ganz kurz ein Mann aufgetaucht – fast als ob er gesehen werden wollte. Etwas an dem flüchtig zu erkennenden Umriss ließ in Hereward eine vage Erinnerung anklingen. Ein Unbehagen erfasste ihn.

»Stimmt was nicht?« Vadir sah ihn misstrauisch an.

»Alles klar. Pass du nur auf, dass du am Leben bleibst.«

Der Pfad machte eine scharfe Biegung und folgte so den Konturen des Hügels. Ein Gewirr aus freiliegenden Wurzeln und dichtem Unterholz versperrte jede andere Zugangsmöglichkeit zur Kuppe. Hereward sah, dass der festgetretene Lehm des Wegs vor ihnen mit Torf und welken Zweigen bedeckt war. Als Vadir weitergehen wollte, hielt der jüngere Mercier ihn mit ausgestrecktem Arm zurück. Er kniete sich nieder und stocherte mit seinem Schwert in der toten Vegetation, und ein Teil davon fiel in ein Loch darunter.

Hereward spähte in die Tiefe hinab und berichtete: »Angespitzte Pfähle … Speere, die in den Boden gerammt sind.«

»Ein Wikingertrick«, stellte der Riese fest und fluchte laut. »Wenn es hier noch mehr von diesen Bärenfallen gibt, dann kann ich nur hoffen, dass die anderen Anführer genauso misstrauisch und scharfsichtig sind wie du.«

Während die Krieger sich am Rand der Grube entlanghangelten, wurden zwei weitere Männer, die ihre Schilde nicht hoch genug hielten, von Pfeilen getroffen. Beide fielen in das Loch, und ihr Sturz endete mit einem blutigen Aufschlag in den aufgestellten Spitzen.

Als der Trupp sich schließlich dem oberen Ende des gewundenen Pfades näherte, hielt Hereward ein weiteres Mal die Hand hoch, um seine Männer zu sammeln. Von anderen Stellen der Insel war Kampflärm zu vernehmen, durchbrochen von den Schreien Verletzter und Sterbender.

»Hoffentlich sind das Feinde auf dem Weg zur Hölle, die da heulen«, sagte Vadir. Es klang nicht sehr überzeugt.

Vor ihnen lag nun die flache, breite Kuppe des Hügels. Jenseits der Felder schützte ein System von Gräben und niedrigen Wällen eine Ansammlung von Fachwerkhäusern mit einer steinernen Kirche in der Mitte. Aus keinem der Gebäude stieg Rauch auf, wie Hereward bemerkte. Nichts regte sich. Das einzige Geräusch, was er hören konnte, war das Bellen eines Hundes, das der Wind über das Grasland trieb.

»Die Bewohner sind fort«, zischte Hereward seinen wartenden Kriegern zu. »Alle Männer, auf die wir hier treffen werden, sind Feinde. Also macht sie alle bedenkenlos nieder.«

Die flämischen Krieger schlugen mit den Waffen gegen die Schilde, und einen Augenblick später brachen sie zwischen den Bäumen hervor. Ihre Helme blinkten im Sonnenlicht. Ihr Schlachtruf hallte über die Hügelkuppe. Pfeile zischten um ihre Ohren, aber die Männer bewegten sich zu schnell, um leichte

Zielscheiben abzugeben. Aus dem Wald traten zwei Gruppen von feindlichen Kriegern hervor. Durch ihre vielen unterschiedlichen Schildzeichen war offenkundig, dass es sich um Söldner handelte. Eine dritte Gruppe tauchte aus dem Dorf auf und besetzte die Wälle, und einen Augenblick später erschien eine vierte. Zusammen mit den ersten beiden Trupps stürzte sie sich sogleich auf die Angreifer.

Eisen klirrte auf Eisen, als die Schlacht begann, und es entstand ein Höllenlärm, erfüllt von Kampfgeschrei und hektischen Befehlen. Hereward biss die Zähne zusammen und warf sich in das Getümmel. Brüllende Männer stürzten sich auf ihn, ihre Augen waren glasig vor lauter Kampfeswut. Eine Axt prallte an seinem Helm ab, ein Speer streifte seine Kettenhaube. Im Gedränge der kämpfenden Leiber wurde er hin und her geschleudert wie in einem aufgewühlten Ozean. Verzerrte Gesichter tauchten vor seinen Augen auf. Der erstickende Gestank von Schweiß, Blut, Pisse und Kot drang ätzend in seine Nase.

Dann erspähte Hereward durch den Strudel von Leibern ein bekanntes Gesicht, das an einen Falken erinnerte. Ein durchdringender Blick traf den seinen mit einer brennenden Intensität, als wäre er der einzige wichtige Mann auf dem Schlachtfeld. Erinnerungen jagten durch seinen Kopf, während er feindliche Krieger attackierte und deren Angriffe abwehrte. Und dann fiel ihm plötzlich der Name wieder ein: Hubert, der Neffe des Grafen von Guînes, den er vor so langer Zeit auf dem Turnierplatz von Brügge gedemütigt hatte.

Der Sumpf aus Schlamm und Blut saugte an seinen Lederschuhen. Der tödliche Tanz ging weiter, ohne ihm auch nur eine kleine Atempause zu gestatten, um einen Gedanken zu fassen; aber der Anblick des flämischen Edlen setzte sich auf eine unangenehme Weise in seinem Hinterkopf fest. Er erhaschte einen Blick auf Vadir, kampfbesessen und brüllend vor Lachen, als er seine Axt in ein Schlüsselbein hieb.

Wieder kam Hubert in Sicht. Seine Augen brannten vor Hass, als sich ihre Blicke trafen. Der Flame schrie irgendeine Drohung, aber der Schlachtlärm übertönte die Worte. Als der Adlige wieder im Getümmel verschwand, klingelte eine Warnung in Herewards Kopf. Hier stimmte etwas nicht.

Während er weiterkämpfte, suchte er in dem Meer von Helmen nach Hubert, bis er ihn fand. Der Flame schlug sich einen Weg gleichermaßen durch Freund und Feind frei – genau auf Vadir zu.

Eine grausame Rache, dachte Hereward. Genau das, was er von einem schwachen Mann wie Hubert erwarten durfte. »Vadir!«, brüllte er. »Hinter dir!« Aber das Kampfgetöse übertönte seine Stimme. Er versuchte, den Abstand zwischen ihnen zu schließen, und kämpfte sich durch die Masse.

Der falkengesichtige Mann kam seiner Beute immer näher.

Hereward schrie erneut eine Warnung, und diesmal hörte Vadir ihn. Er wirbelte herum, schwang dabei die Axt und wehrte Huberts Hieb mit Leichtigkeit ab. Angesichts des riesigen Kriegers fuhr der Flame erschrocken zurück. Einen Augenblick verharrte er unsicher. Seine Augen gingen zwischen Vadir und seinem näher kommenden Rivalen hin und her.

»Hier bin ich, wenn Ihr mich sucht!«, schrie Hereward. »Und kämpft endlich wie ein Mann von Angesicht zu Angesicht!«

Hubert drehte sich um und rannte fort. Einen Augenblick später folgte ihm ein anderer Mann; wie Hasen sprangen die beiden auf das Dorf zu.

»Dieser Schweinekerl.« Hereward blickte sich um. Der Kampf ging seinem Ende entgegen. »Etwas stinkt hier noch schlimmer als du.«

»Dann sollten wir rausfinden, was … mit deinem Schwert und meiner Axt.« Vadir lachte laut und schwang die Waffe in Richtung der Fliehenden.

Hereward und Vadir ließen die Kämpfenden hinter sich und

rannten über die Wälle. Als sie den letzten Hang zum Rand des Dorfes herunterschlitterten, konnten die beiden hören, wie jemand irgendwo vor ihnen lief.

»Der Feigling versucht sich zu verstecken.« Der große Mann bückte sich und spähte zwischen den Gebäuden hindurch. »Du gehst rechts und ich links. Dann nehmen wir sie in die Zange.«

Hereward nickte und legte den Finger auf die Lippen. Geduckt schlich er an einer Scheune und einem kleinen Kräutergarten vorbei. In ihm brodelte der Zorn über Huberts feiges Verhalten. Der Flame verriet seinen ritterlichen Stand und beschämte seine eigene Blutlinie. Besser, unter hundert Äxten zu sterben, als vor einem ehrlichen Kampf zu fliehen. Auf der anderen Seite des Dorfes begann ein Hund wieder zu bellen. *Aha, Hubert hat seine Position verraten, und das wird ihn teuer zu stehen kommen*, dachte Hereward verächtlich. Er schlüpfte lautlos an einem Haus vorbei und in den Windschatten des nächsten. Ihm war bewusst, dass er ein Auge für den Mann offenhalten musste, der Hubert begleitet hatte.

Als er das dritte Haus passierte, erklang ein lauter Ruf und dann ein zweiter – Vadir, ohne Frage. Das Klirren von Eisen auf Eisen hallte über die Hausdächer.

Hereward rannte los. Sein Freund sollte den ganzen Spaß nicht allein haben.

Er folgte dem erneuten Bellen des Hundes, rannte zwischen den Häusern entlang und gelangte auf den offenen Platz vor der Kirche. Hubert wartete dort mit dem zweiten Mann, der einen Pfeil aus dem Köcher auf seinem Rücken gezogen hatte. Diesmal grinste der flämische Adelige, als er sein Schwert zückte. *Eine armselige Falle*, dachte Hereward, der bereits nach Deckung vor den Pfeilen suchte. In diesem Augenblick sah er Vadir. Hinter der Kirche, am Rande des Dorfes, lag sein Freund auf dem Boden. Blut rann aus klaffenden Wunden an Armen und Hals. Herewards Gedanken kamen zu einem Stillstand, als er die

Szene zu begreifen versuchte, die sich ihm bot, und den Mann wiedererkannte, der neben seinem gefallenen Freund stand.

Harald Rotzahn.

Als der Wikinger die Axt zum tödlichen Schlag über den Kopf hob, stimmte er einen Spottgesang an. Er hielt inne, als die Waffe ihren höchsten Punkt erreichte, und grinste Hereward an. Der Mercier konnte beim Anblick des Gesichts seines Widersachers dessen Gedanken beinahe lesen. *Ich bin über Land und Meer gezogen, angetrieben allein von dem Willen, mein Verlangen zu stillen. Ich bin durch wilde Wälder und leeres Grasland, durch tosende Flüsse und die stinkenden Tiefen von Städten gehetzt, um deine Spur zu entdecken. Und jetzt, da ich dich gefunden habe, werde ich meine Rache nehmen – indem ich das Leben deines Freundes beende, wie du das Leben meiner Männer genommen hast. Indem ich Schuld in dein Herz pflanze, so wie du das Gefühl der Schande in meines gebracht hast.*

Schuld, dachte Hereward, *weil ich meinen Freund nicht rechtzeitig erreichen kann, um den Fall der Axt zu verhindern.*

Wenn er sich nur klargemacht hätte, wie weit Harald Rotzahn gehen würde, um sich zu rächen. Hätte er doch nur auf den Weg hinter sich geschaut statt immer nur voraus. Hätte er doch nur seinen Feind sofort getötet, als sich die Gelegenheit dazu bot.

Aber Hereward würde sich diesem Schicksal nicht so einfach ergeben. Mit einem Aufbrüllen warf er sich auf den Bogenschützen. Der Mann ließ den Pfeil von der Sehne, aber sein Arm zitterte angesichts der Wildheit des Angriffs, und das Geschoss flog vorbei. Hereward trieb dem Mann das Schwert so hart in den Leib, dass die Spitze im Rücken wieder heraustrat. Er griff nach Bogen und Pfeil und warf dem sich nähernden Hubert einen einzigen Blick zu, der so finster war, dass der Flame erbleichte und Reißaus nahm.

Harald Rotzahn packte den schwer verwundeten Vadir am Haar und riss es nach hinten, sodass die Kehle frei lag. Mit hochgehaltener Axt warf der Wikinger seinem verhassten Rivalen einen letzten höhnischen Blick zu.

Bleib ruhig, dachte Hereward und versuchte, das Blut, das ihm in den Kopf schoss, zu ignorieren. *Sei stark.* Er legte einen Pfeil an, zielte und schoss. Harald Rotzahn starrte seinen Feind weiterhin ungerührt an.

Der Pfeil verfehlte ihn um eine Handbreite.

Mit einem Fluch erinnerte sich Hereward blitzartig an jenen verschwendeten Augenblick auf dem schneebedeckten Feld vor den Toren von Saint-Omer, wo Vadir ihn gedrängt hatte, Bogenschießen zu lernen.

Du wirst diese Fähigkeit vielleicht eines Tages brauchen.

Von Übelkeit erfüllt legte er einen weiteren Pfeil an die Sehne.

Harald Rotzahn ließ seine Axt heruntersausen.

Ein dröhnendes Schweigen legte sich über den Mercier. Sein Kopf widerhallte von Selbstvorwürfen. Mit zitternden Händen ließ er den Bogen fallen.

Der Wikinger lachte und tanzte: eine komische, lautlose Darbietung. Und von seiner erhobenen linken Hand baumelte Vadirs bluttriefender Kopf an den Haaren hin und her. Einmal, zweimal schwang der wilde Mann ihn um seinen eigenen Kopf, und bei der dritten Umkreisung ließ er los. Vadirs Haupt landete auf dem Strohdach des nächsten Hauses, sprang hoch, rollte hinunter und fiel in den Dreck.

Eine Welle der Trauer überrollte Hereward, so heftig, dass seine Beine nachzugeben drohten. Vadir war mehr als ein Freund für ihn gewesen, mehr als ein Ratgeber und Lehrer – eher wie ein enger Verwandter. Im nächsten Augenblick wich die Trauer dem Zorn, einer lang unterdrückten Wut, die alle zivilisierten Gedanken aus seinem Kopf vertrieb. Er schleuderte Pfeil und Bogen beiseite und rannte auf den Wikinger zu. Harald Rotzahn wappnete sich für den Angriff und pfiff wieder jene verstörende Melodie, während er seine Waffe fester umklammerte.

Als der Mercier sich seiner Beute näherte, erspähte er aus den Augenwinkeln Bewegung auf beiden Seiten. Dann sah er, wie sich das Gesicht des Wikingers verfinsterte. Roberts Männer, die aus dem Scharmützel siegreich hervorgegangen waren, hatten das Dorf erreicht. Rotzahn spürte, dass es den Vorteil, der sich ihm womöglich geboten hätte, jetzt nicht mehr geben würde, und so drehte er sich um und rannte aus dem Dorf. Hereward, immer noch im Griff seines wilden Grimms, setzte ihm nach; er hetzte über die Wälle und die Felder zu den Bäumen, die den Hügel säumten.

Nichts würde ihn aufhalten können – weder Berge noch das Meer. Sein Sichtfeld verengte sich auf den fliehenden Wikinger, und nur dessen Tod würde ihn von der Mordlust befreien, die ihn jetzt gepackt hatte.

Am Rande des schattigen Waldes verlangsamte Vadirs Mörder den Schritt und blickte sich um. Erneut legte sich ein selbstzufriedenes Grinsen auf sein Gesicht, als er sah, dass nur einer ihn verfolgte – der Mann, der seit fast fünf Jahren seine Träume heimgesucht hatte.

Hereward riss sich den Helm vom Kopf und warf ihn beiseite. Ohne auch nur einen Moment im Lauf innezuhalten, zog er sein Schwert.

Harald Rotzahns Pupillen waren so groß und schwarz, dass sie Löcher in seinen Kopf zu bohren schienen, als er mit einem Knurren seine Axt schwang. Mit einem Schrei ließ Hereward sein Schwert gegen die Axt des Wikingers sausen. Die Waffen prallten aufeinander, und einen Augenblick lang schien es, als würde sie beide zersplittern. Der Aufprall schleuderte beide Kämpfer zu Boden. Der Mercier kam als Erster auf die Füße und warf sich auf seinen Gegner. Er rammte dem Wikinger den Kopf in den Magen, und beide Männer rollten den Hang hinunter, zuerst gemeinsam. Sie prallten gegen vorstehende Felsen und Baumstümpfe, und mit zunehmender Geschwindigkeit wurden sie voneinander getrennt. Hereward schlug sich den Kopf an und sah Sterne, ließ aber sein Schwert nicht los. Farnbüschel wischten an ihm vorbei, und vor sich erspähte er den blauen Himmel.

Er brach aus dem Dunkel des grünen Blätterdachs hervor, und im nächsten Moment schwangen seine Beine über den Rand einer Klippe. Tief unten toste das graue Meer. Eine Hand krallte sich an einer freigelegten Baumwurzel fest; der Ruck riss ihm fast den Arm aus dem Gelenk. Einen Augenblick lang hing er über der schwindelnden Tiefe, aber dann fanden seine Ledersohlen Halt, und er kletterte nach oben auf festen Grund.

Benommen richtete er sich auf. Ein Lichtreflex blendete ihn. Plötzlich brach Harald Rotzahn aus dem Schatten zwischen den Bäumen, und seine Axt flog auf den jungen Recken zu.

Instinktiv warf Hereward sich zurück, doch nicht schnell genug. Die Axt bohrte sich durch sein Kettenhemd in das Fleisch seiner Brust. Die Kraft des Schlages trieb ihn, diesmal endgültig, über die Klippe.

Wind riss an seinem Haar. Er fühlte sich schuldig, weil er gegenüber Vadir versagt hatte – und auch gegenüber sich selbst. Das Letzte, was Hereward sah, war das grinsende Gesicht des Wikingers, bevor das kalte Meer über ihm zusammenschlug.

Kapitel 42

Saint-Omer

Der klagende Schrei hallte durch das kleine Haus nahe der großen Kirche von Saint-Omer. Alric schreckte von seinem Unterricht auf, beruhigte die verstörten Kinder und gab ihnen auf, die lateinischen Sätze zu wiederholen, die er sie gelehrt hatte. Als er auf die sonnengesprenkelte Straße hinaustrat, sah er Turfrida. Sie hatte die Arme um den Leib geschlungen, und ihr Gesicht war tränenüberströmt.

»Bist du verletzt?«, fragte er besorgt.

Von Weinkrämpfen geschüttelt konnte die Frau einen Augenblick lang nicht sprechen, und dann keuchte sie nur: »Hereward …«

Alric verspürte einen Stich im Herzen. Er hatte gelernt, auf Gott zu vertrauen, wenn sein Freund in eine Schlacht zog, aber ihm war immer bewusst, dass Herewards Fähigkeiten als Kämpfer früher oder später einmal versagen könnten. »Hast du neue Nachrichten von der Schelde?«

Turfrida schüttelte den Kopf. Dann wischte sie sich mit dem Handrücken den Rotz von der Nase und stammelte: »Ich … ich hatte eine Vision. Ich stand auf dem Hügel, wo mein Mann und ich immer spazieren gehen, und … und ich sah einen Raben vom Himmel fallen. Und als ich hinuntersah, lag der Vogel da, zu meinen Füßen, voller weißer Maden …«

»Du glaubst, Gott spricht durch diese Vision?«

»Der Rabe ist Hereward, das weiß ich. Ich glaube, er ist dem Tod begegnet.«

Alric zwang sich zu einem tröstenden Lächeln und sagte leise:

»Dein Mann ist oft dem Tod begegnet. Ja, die beiden sind gute Freunde, und er hat viele andere zu ihm geschickt.«

»Vielleicht ist es das«, antwortete die Frau. Ihre Brust hob und senkte sich. Sie atmete langsam aus und ein, bis sie sich beruhigt hatte. Danach ließ sie sich von dem Mönch zurück zu ihrem Haus führen, wo sie sich mit ihrem unvollendeten Nähwerk an den Herd setzte. Aber eine dunkle Wolke hing über ihr, die durch keine tröstenden Worte vertrieben werden konnte. Ihre Sorge würde erst dann weichen, wenn sie ihren Gatten wieder in den Armen hielt. Alric hoffte, dass diese Zeit kommen würde, und zwar bald.

Er ging wieder zu den Kindern zurück, aber der Sinn stand ihm nicht mehr nach Unterricht, und so schickte er sie heim. Den Rest des Tages kniete er vor dem einfachen Holzaltar der Kirche und suchte Trost im Gebet. Aber seine Gedanken gingen immer wieder zu seiner seltsamen Freundschaft mit dem Mercier zurück: angefangen von dem Argwohn und Missfallen bei ihrer ersten Begegnung in jener eisigen Nacht in Nordhumbrien bis zu der Ungezwungenheit, mit der sie in Saint-Omer die Zeit zusammen verbracht hatten. Der Mönch erkannte, dass er den mürrischen Krieger irgendwie lieben gelernt hatte, trotz all seiner Fehler. Vielleicht bewunderte er sogar einige der Eigenschaften, die er bei so vielen anderen vermisste: Mut, Treue, Liebe – selbst Ehre, eine Tugend, die Hereward, wie der Mönch anfangs dachte, überhaupt nicht besaß. Ihr Schicksal schien irgendwie miteinander verbunden gewesen zu sein, indem sie beide Erlösung von einer blutigen Vergangenheit suchten, die sie ohne den anderen nicht finden konnten. Jetzt fragte er sich, ob er sich geirrt hatte.

Aus irgendeinem Grund, den Alric selbst nicht verstand, erwachte er am nächsten Tag vor Sonnenaufgang und verspürte den Drang, hinaus vor die Stadt zu gehen und Ausschau zu halten. Er blieb dort bis zum späten Vormittag und kehrte bei Sonnenuntergang noch einmal zurück.

Am nächsten Tag tat er das Gleiche.

Und am dritten Tag, nicht lange nach Sonnenaufgang, sah er eine einsame Gestalt langsam, wie bei einem Trauermarsch, auf Saint-Omer zugeritten kommen. Der Mönch wartete mit pochendem Herzen.

Als die Gestalt sich näherte, erkannte Alric, dass es Hereward war. Doch sein Freund sah vollkommen anders aus, so als wäre er zermürbt von einer schrecklichen Last, die auf seinen Schultern lag. Selbst als der Recke bemerkte, dass der Mönch ihn erwartete, beschleunigte er nicht den Schritt seines Reittiers.

Schließlich zügelt er sein Pferd und hielt an. Ein blutiger Leinenverband spannte sich um seine nackte Brust, und unter seinen Fingernägeln war Erde von dem Grab, das er, was der Mönch zu diesem Zeitpunkt noch nicht wusste, mit bloßen Händen ausgehoben hatte. Er war verdreckt und stank nach Schweiß und Blut, doch Alric sah nur mit Erschrecken das Feuer, das in den Augen seines Freundes loderte.

»Sag den Kindern und den Kirchenleuten Lebewohl, Mönch«, teilte Hereward ihm mit einer kalten, tonlosen Stimme mit. »Unsere Zeit hier ist zu Ende. Wir segeln nach England.«

Kapitel 43

Ostanglien
5. Oktober 1067

Die Möwen kreischten an einem steingrauen Himmel. Die Gischt salzte den Wind, und der Morgen pulsierte von dem Tosen der grauen See, dem Knirschen von Holz und dem Klatschen der eintauchenden Ruder. Am Bug des flämischen Kriegsschiffs, das Turfridas Vater ihnen für die Heimfahrt besorgt hatte, spürten Hereward und Alric den ersten Anflug des Herbstes in der Luft.

Der Mönch krallte sich mit der Hand am Bugspriet fest. Die Erinnerungen an eisiges Wasser, das über seinem Kopf zusammenschlug, ließen ihn nicht los. »Wenn ich doch nur wieder festen Boden unter den Füßen hätte«, seufzte er.

»Haben die ganzen Gebete gestern nicht gereicht?«, gab Hereward unwirsch zurück. Seit Tagesanbruch hatte er die Augen nicht von der Dünung abgewandt. Seine Miene war so grimmig, dass es schien, als würde der Krieger nie wieder Freude empfinden können.

Plötzlich brach ein Sonnenstrahl durch die dichte Wolkendecke und erleuchtete ein verschwommenes grünes Band über der Kimm. Zum ersten Mal an diesem Tag zwang Alric sich zu einem Lächeln. »Gott blickt auf England herab.«

»Und was sieht er, das uns im neu geschaffenen Reich Wilhelms des Bastards erwartet?« Hereward kniff die Augen zusammen. Er schlug seinen mit Lammfett ausgekleideten Fellumhang auf, als würde er sich in Gedanken bereits darauf einstellen, den Fuß auf den Kai zu setzen.

»Du befürchtest immer das Schlimmste«, erwiderte Alric. Er wollte das, was sie erwartete, ein wenig verharmlosen, doch dann bemerkte er, wie der Ausdruck auf Herewards Gesicht sich verfinsterte. Er folgte dem Blick des Recken und sah Rauchsäulen von verschiedenen Stellen der Küste aufsteigen. »Bauern, die Stoppelfelder verbrennen«, sagte der Mönch ohne große Überzeugung.

Den Rest der Fahrt herrschte Schweigen zwischen den beiden Gefährten.

Alric, dessen Erleichterung stetig zunahm, während sie sich dem Land näherten, ließ die Geschehnisse der letzten Zeit noch einmal in Gedanken an sich vorbeiziehen. Als Hereward von seiner Heerfahrt zu den Inseln in der Scheldemündung zurückgekehrt war, schien er ein gebrochener Mann zu sein. Zwei Tage lange hatte er nur geschlafen und zwei weitere Tage kaum gesprochen, außer um Essen und Bier zu verlangen und um Alric zu beauftragen, die bevorstehende Überfahrt in die Wege zu leiten.

Turfrida war so überglücklich gewesen, dass ihr Mann am Leben war, dass sie keinen Versuch gemacht hatte, ihn nach seinen Erlebnissen zu fragen. »Er wird schon reden, wenn er es will«, hatte sie am dritten Morgen geflüstert. Dann war sie in den Wäldern verschwunden, wo die *Alfar* wandelten, und hatte den Vögeln und Füchsen gelauscht und mit den Bäumen gesprochen, und als sie zurückkehrte, war ihre Stimmung wieder düster geworden. »Der Schatten regt sich wieder in ihm«, sagte sie. »Wir müssen zusammenhalten, ansonsten könnten wir ihn verlieren.«

Alric kaute an einem Nagel. Er hatte versucht, in allem die Ruhe zu bewahren, aber das lag nicht in seiner Natur. Er hatte Angst um seinen Freund. Eines Abends am Herdfeuer waren die Worte aus ihm herausgebrochen, und er hatte ihn angefleht, ihm endlich zu sagen, was los wäre. Hereward hatte ihn in einer Weise angesehen, dass er zuerst glaubte, sein Freund würde ihn womöglich umbringen. Aber dann sagte Hereward nur: »Vadir ist tot«, und wandte seine Aufmerksamkeit wieder dem Feuer zu.

Der Mönch erinnerte sich, wie er am nächsten Morgen aus dem Schlaf aufgeschreckt war und als Erstes Hereward erblickt hatte, der sich über ihn beugte. Das Gesicht des Recken glich dem einer jener steinernen Statuen, mit denen die Normannen ihre Kirchen schmückten, aber seine Augen waren feucht vor Trauer. In tonlosen, stockenden Worten beschrieb er den Tod von Vadir sowie Harald Rotzahns Triumph und erklärte anschließend, wieso er glaubte, dass es ein lang gehegter Plan gewesen war: die Rache des Wikingers für das, was in jener eisigen Nacht vor vielen Wintern geschehen war, als sie sich das erste Mal begegnet waren.

Mit der Erinnerung kam auch das Schuldgefühl zurück, das den Mönch an jenem Morgen ergriffen hatte. Wenn er nicht gewesen wäre, hätte Hereward sich jenem wahnsinnigen Wikinger nie in den Weg gestellt und so auch nicht dessen Zorn auf sich gezogen, und Vadir wäre noch am Leben. Hereward hatte Alric einen Becher Bier in die Hand gedrückt und ihm befohlen, ihn auszutrinken – es fühlte sich wie ein Eid an, auch wenn kein Wort gesprochen wurde –, und dem Mönch dann gesagt, er sollte sich selbst keine Schuld geben. Turfrida hatte Hereward vom *Wyrd* erzählt, und mit Blick auf diese Schicksalsvorstellung erklärte er: »Wer vermag schon die Pläne Gottes zu durchschauen?« Doch als er zurück zum Feuer ging, hatte er hinzugefügt: »Das heißt aber nicht, dass ich keine Wiedergutmachung leisten kann«, aber was er damit meinte, wollte er nicht sagen.

Turfrida hatte versucht, ihren Gatten zum Bleiben zu überreden, und dabei betont, er hätte ein neues Leben des Friedens und der Liebe verdient. Warum sollte er all das für die Ungewissheit einer Reise nach England aufs Spiel setzen? Aber Herewards Entschluss stand fest.

Das Schiff pflügte eine weiß umränderte Furche durch die

Wellen. Alric wusste, dass sie den Süden gemieden hatten, weil Wilhelms Gewaltherrschaft in der Gegend um London am stärksten war. Und so war das Schiff auf dem Walweg zur Ostküste hinaufgefahren. Hereward hatte den Landesteil im Blick, den er am besten kannte: Mercien.

Als das Schiff in den Hafen von Yarmouth einfuhr, sprang Hereward an Land, noch bevor die wettergegerbten Seeleute es am Kai festgemacht hatten. Er winkte Alric, ihm zu folgen, warf seine Seemannsfelle ab und schlang seinen grauen Kapuzenmantel um sich. Für Alric war seine schwarze Wollkutte Verkleidung genug. Niemand schenkte Mönchen normalerweise einen zweiten Blick. Entlang des Kais feilschten Händler um Kisten und Fässer, und Seeleute berieten sich mit Schiffbauern. Männer mit Armen so hart wie Eisen schleppten Lasten von den seetüchtigen Schiffen zu den kleineren Booten, welche die Güter auf dem Flussweg ins Inland beförderten. Alles im Hafenbezirk schien, wie es sein sollte – geschäftig und auf den alltäglichen Handel und Wandel gerichtet. Aber Alric glaubte bereits Anzeichen für die schlimmen Folgen der normannischen Besatzung zu erkennen. Die Mienen überall waren niedergeschlagen, die Blicke ausweichend oder misstrauisch. Kinder rannten von einem Händler zum nächsten und bettelten um Essen oder Münzen.

Die beiden Männer bahnten sich ihren Weg durch die Menge an der Uferpromenade und betraten die von den Klängen der Hämmer und dem Surren und Klacken der Webstühle erfüllten Gassen. Hühner scharrten im Dreck, und Esel schleppten große Holzbündel zu den Feuern der Werkstätten. Frauen trugen Körbe voller frisch gebackenem Brot, die mit weißen Leintüchern abgedeckt waren. Alric sah sich um und suchte nach dem, was ihm einen Knoten tief im Magen verursachte. Dann wurde es ihm klar.

»Schau sie dir an«, flüsterte er Hereward zu. »Jeder trägt ein Amulett oder einen Talisman, um Unglück abzuwenden.« Eine

Frau hielt ein hölzernes Kreuz umklammert. Hasenpfoten baumelten von ledernen Armbändern und Ketten ab. Andere trugen kleine, flache Steine um den Hals, die verschiedene Symbole aufwiesen. Der Mönch bemerkte die Runen, welche die Nordmänner noch verwendeten, und den gehörnten Kreis, von dem er wusste, dass er für den alten heidnischen Gott Wodan stand. Und immer wieder griffen die Leute nach den Amuletten. Es waren flüchtige, unbewusste Handlungen, bei denen man vermutlich früher gebetet hatte, die aber inzwischen zu einer ständigen Gewohnheit, quasi zur zweiten Natur, geworden waren, weil die Leute diese Handbewegungen ein ums andere Mal gemacht hatten. »Sie haben Angst«, stellte Alric fest. »Sie alle.«

Hereward sagte nichts. Offenbar hatte auch er längst die Zeichen bemerkt und verstanden.

Die beiden Männer fragten sich zu einem Händler durch, der nicht nur Pferde, sondern auch Brot, Decken sowie Pfeile und Bögen für die Jagd verkaufte. Schon bald darauf ritten sie westwärts entlang der schmalen Wege über das flache grüne Land.

»Wann gedenkst du mir endlich zu sagen, wohin wir reisen?«, fragte der Mönch.

»Ich habe dich nicht gebeten mitzukommen.«

»Du hast mich auch nicht gebeten, bei deiner Frau zu bleiben«, schnappte Alric.

Seine Worte mussten etwas in seinem Gefährten bewirkt haben, denn nach kurzer Überlegung deutete Hereward auf eine der Rauchsäulen und sagte: »Als Erstes gehen wir dorthin.«

Als sie sich ihrem Ziel näherten, konnte Alric riechen, dass es keine Stoppelfelder waren, die hier verbrannt wurden. Der Rauch hinterließ einen bitteren Geschmack in der Kehle, und darunter lag etwas, das extrem sauer roch.

Als sie auf eine größere Lichtung im Wald kamen, mussten die beiden Männer ihre scheuenden Pferde zügeln. In einem großen Kreis aus geschwärztem Gras und verbrannter Erde trieben grauweiße Wolken von verkohlten Holzstümpfen empor, die wie die Rippen eines vor langer Zeit verendeten riesigen Tiers aus dem Boden stachen.

»Ein ganzes Dorf … einfach niedergebrannt«, keuchte Alric. »Was für ein furchtbares Schicksal.«

»Kein Schicksal«, erwiderte Hereward. Seine Stimme war ohne jedes Gefühl. »Das ist Menschenwerk.«

Er hob den Arm und deutete durch die Rauchwolken auf eine weiter entfernte Stelle. Alric kniff die Augen zusammen, um sehen zu können, was sein Gefährte erspäht hatte, aber alles, was er zu erkennen vermochte, war die dunkle Linie der Bäume auf der anderen Seite der Lichtung. Als Hereward sein Pferd in einem großen Bogen um das geschwärzte Gebiet vorwärtstrieb, um die Stelle genauer in Augenschein zu nehmen, spürte der Mönch, wie sich seine Brust in dunkler Vorahnung zuschnürte. Auf der anderen Seite der zerstörten Siedlung begriff er, was die Quelle des sauren Geruchs war, den der Wind zu ihnen geweht hatte.

Zwischen zwei Ulmen war ein behelfsmäßiger Galgen errichtet worden. Von dem Balken hingen nicht Füchse und Krähen, sondern menschliche Überreste. Sechs Männer und eine Frau schwangen in der sanften Brise; ihre Haut hatte sich graugrün verfärbt, ihre Bäuche waren aufgedunsen, ihre Augen schon Futter für die Vögel. Man hatte sie zur Warnung hier aufgehängt.

Hereward starrte die Gesichter der Leichen eine lange Zeit an, und dann sagte er, fast unhörbar: »Diese normannischen Schweine.«

Kapitel 44

»Kein Wort! Nicht mal einen Atemzug!« Hereward nahm die Hand von Alrics Mund und sah dem Mönch in die braunen Augen, um sicherzugehen, dass er seine Worte verstanden hatte. Zufrieden zog der Recke seinen Gefährten zurück hinter die ausladende Weide, wo Alric auf seinen Freund gewartet hatte, der Essen für ihre leeren Mägen hatte besorgen wollen. Ein Tuch aus roten und goldenen Blättern hatte sich auf dem Waldboden ausgebreitet. Grauer Nebel trieb zwischen den Bäumen, und die Luft war schwer von dem brackigen Geruch der sich windenden Wasserläufe. Hoch über ihren Köpfen hockten Saatkrähen im Geäst und stießen krächzende Laute aus.

Der Mönch blickte fragend, dann sah er mit Verwunderung, dass sein Freund klatschnass war.

Hereward bedeutete ihm, aufmerksam zu lauschen. Gedämpft drang das leise Trappeln von Hufen auf weichem Grund durch die herbstliche Stille, und es kam näher. Als Alric weiterhin ein fragendes Gesicht machte, gab der Recke ihm einen leichten Stoß mit der Hand gegen die Brust, damit er hinter der Weide blieb, und kroch dann durch die raschelnden Blätter fort. Der trockene Boden stieg zu einem kleinen Hang an, der oben von einem Geflecht freiliegender Wurzeln gesäumt war.

Hereward schob vorsichtig den Kopf über den Kamm. Er sah eine Gruppe von drei Reitern, die an ihrer Kleidung und Rüstung leicht als normannische Ritter zu erkennen waren: ein spitz zulaufender Helm mit langem Nasenschutz, ein wollener Mantel über einem gesteppten Wams, ein Leinenhemd und eine gebauschte Hose, die an den Unterschenkeln mit Bändern umwickelt war. Sie alle trugen die langen, sich nach unten verjüngenden Schilde, die mehr Schutz für Flanke und Beine boten als die englischen Rundschilde. Neidvoll betrachtete der Recke die langen, zweischneidigen Schwerter mit ihren scharfen Spitzen; sie konnten sehr viel wirkungsvoller ein Leben beenden als alle Waffen, die sein eigenes Volk zur Verfügung hatte.

Die Ritter zügelten ihre Pferde und berieten sich mit unterdrückter Stimme, wobei sie die ganze Zeit Ausschau hielten. Hereward verfluchte sich im Stillen, dass er so unvorsichtig gewesen war. Auf ihrem Weg von der Küste durch die wildesten Teile Ostangliens hatten die beiden Gefährten tagsüber Dörfer und Bauernhöfe weitgehend gemieden. Aber bei jedem Nachtlager hatte er sich heimlich aufgemacht, um die kleinen Gemeinschaften auszukundschaften. Er war durch die dunklen Straßen geschlichen, hatte an Türen gelauscht oder die Gespräche der Männer mitgehört, wenn sie aus der Kneipe nach Hause wankten. Anscheinend war alles, was er aus den Berichten der reisenden Händler in Flandern erfahren hatte, zutreffend gewesen: In ganz England war nur Ostanglien noch nicht zur Gänze in Wilhelms Gewalt. Verstörende Geschichten über Schreckenstaten waren aus dem Norden gekommen, aber in dem windigen, wasserreichen Osten hatten die Normannen lediglich damit begonnen, die Kontrolle über die größeren Handelszentren zu übernehmen. Das Hinterland blieb für Eindringlinge so rau und abweisend, wie es dies seit Generationen gewesen war.

Hereward grub die Finger in den Humusboden und spürte die tiefe Kraft dieses ungastlichen Landes. Alric hatte es als »Teufelsland aus Nebel und Sümpfen« bezeichnet, und das war es auch. Gespeist von einem Netz aus Flüssen und Bächen, ergoss sich das Wasser entlang verborgener Läufe und schuf einen Binnensee voller Inseln, die nur mit den muschelförmigen Kähnen der Einheimischen oder über schmale Dammwege erreicht werden konnten, welche bei Nacht zu todbringenden Fallen wurden.

Selbst trocken erscheinendes Land war täuschend gefährlich. Unter scheinbar festen Grasflächen lauerten überall Sümpfe auf den unvorsichtigen Reisenden. Ein falscher Schritt konnte einen in den Tod reißen. Mit den kahlen Hügeln Merciens im Westen, den Sümpfen und dem Meer im Norden sowie den Urwäldern im Süden und Südosten lagen die Fens geschützt hinter ihren natürlichen Verteidigungsanlagen.

Da er das Land so gut kannte, hatte er nicht mehr auf seine Deckung geachtet, als er in den Schilfbeeten auf der Jagd nach Wasservögeln für das tägliche Mahl gewesen war. Er hatte mit seinem kleinen Jagdbogen am Gewässerrand gehockt und auf die Stimmen des Ostwindes gelauscht, der in den Schilfhalmen seufzte, und nicht die Ritter gehört, die hinter ihm des Wegs geritten kamen. Mit einem verächtlichen Gebaren hatten sie ihn in gebrochenem Englisch befragt und ihm dann seinen Bogen und sein Schwert zu nehmen versucht. Es wäre einfacher gewesen, ihnen zu geben, was sie wollten, das wusste er, aber seine Instinkte hatten die Kontrolle übernommen. Als er sich weigerte, hatten die Ritter ihre Schwerter gezogen, und an dem ihm wohlbekannten Blick in ihren Augen war erkennbar gewesen, dass sie ihn töten, seine Leiche in das eisige Wasser werfen und sich so ihre Beute holen wollten.

Und so war er blitzschnell in die Schilfbeete getaucht, sodass die Wasservögel flatternd und kreischend hochstoben. Er war durch das flache Wasser geschwommen und außer Reichweite der Männer geblieben, die sich an das feste Land hielten. Anschließend hatte er die geheimen Pfade durch die Sümpfe genutzt, die nur jemand kannte, der in den Fens aufgewachsen war. Er dachte, er hätte die Normannen abgeschüttelt. Aber da waren sie nun, so unerbittlich und gnadenlos, wie die Geschichten über sie es immer behaupteten.

Hereward wog die Möglichkeit ab, den Rittern aufzulauern und sie einen nach dem anderen zu töten. Aber sein Plan hatte darauf basiert, unsichtbar zu bleiben. Wenn diese drei verschwanden, würden weitere kommen, um nach ihnen zu suchen, und danach noch weitere. So war eben die Natur der Normannen.

Aus der Nähe drang das Bellen von Hunden durch den heraufziehenden Nebel. Die drei Ritter lachten.

Der Recke fluchte erneut in sich hinein. Eine weitere Fehleinschätzung von ihm. Er hatte angenommen, die drei Normannen wären Kundschafter, welche die abgelegensten Bereiche ihres letzten noch nicht gesicherten Landesteils erforschten, aber wie es schien, waren sie nicht allein. Waren sie Vorreiter einer größeren Truppe? Teil einer Jagdgesellschaft von Adeligen? Wie viele Reiter gab es dort im Nebel?

Als das Gebell der Hunde näher kam, kroch er rückwärts den Hang hinunter und rannte zurück zu Alric. Er packte ihn an der Kutte und zerrte ihn in Richtung des Lagers, das sie letzte Nacht aufgeschlagen hatten.

»Was hast du jetzt wieder angestellt?«, wollte Alric wissen.

»Sei still, wenn dir dein Leben lieb ist. Folge mir.«

Alric warf einen verunsicherten Blick zurück. Er wäre beinahe gestürzt, als Hereward ihn durch die herabhängenden Zweige der Weide schleifte, bei der sie gelagert hatten.

»Die Normannen sind auf mich gestoßen, als ich auf der Jagd war. Du hast gesehen, wie sie sind. Ein Volk, das selbst den einfachsten Widerspruch nicht duldet. Jetzt haben sie entschieden, dass ich eine bessere Jagdbeute bin als Vögel oder Wild.«

»Warum lass ich dich auch nur alleine weg? Ich weiß doch schon lange, wie so etwas bei dir ausgeht.«

Hereward knirschte mit den Zähnen. »Möchtest du gern hier deinen eigenen Galgen haben?«

»Wir könnten doch mit ihnen reden«, grummelte Alric. »Ihnen sagen, dass wir arme Reisende sind, die sich verirrt haben …«

»Manchmal bist du wirklich blind für das, was direkt vor deinen Augen liegt; oder du willst es einfach nicht sehen. Du wirst uns beiden noch mal den Tod bringen.« Am Rande des Lagers drehte der Recke sich um und legte seinem Freund die Hände auf die Schultern. »Wenn sie uns kriegen, werden sie uns töten. Verstehst du? Du bist jetzt im Normannenland. Worte bedeuten hier nichts.«

Beunruhigt blickte Alric zurück in die Richtung, aus der das Gebell kam. »Die Hunde werden unserer Spur folgen.«

Hereward lief zu den angepflockten Pferden, band sie los und schlug ihnen auf die Flanken, um sie fortzuscheuchen. Er hoffte, sie würden allein imstande sein, die Sümpfe zu meiden.

»Was machst du da?«, protestierte Alric. »Sie haben uns viel Geld gekostet. Und wie sollen wir jetzt …«

Mit flammendem Blick packte Hereward den Mönch mit beiden Händen am Halsausschnitt seiner Kutte. »Tu, was ich dir sage. Dies ist jetzt meine Welt, nicht deine, und wenn du auf mich hörst, wirst du vielleicht am Leben bleiben.« Das aufgeregte Gekläff der Meute erklang jetzt unmittelbar hinter dem niedrigen Hang mit den freiliegenden Wurzeln. »Lauf!«

Er drehte sich um, duckte sich tief unter die herabhängenden Weidenzweige und lief los, ohne nachzuschauen, ob der Mönch ihm folgte oder nicht. Bald hörte er hinter sich Tritte von Ledersohlen und hechelndes Atmen. Bevor sie ihr Lager aufgeschlagen hatten, hatte Hereward die Gegend ausgekundschaftet. Er wusste, wo hier die überwucherten Wasserläufe, die alten Pfade und die Sumpfgebiete lagen. Das Gebell der Hunde kam näher. Der Recke stellte sich vor, wie die Hunde nach ihren Fersen schnappten und die grinsenden Ritter einander bei der Jagd anfeuerten. Er biss die Zähne zusammen und hielt das Aufwallen des Blutes im Zaum.

»Wir können ihnen nicht davonlaufen«, keuchte Alric. Die Angst in seiner Stimme war förmlich spürbar.

Hereward stürzte plötzlich aus dem Wald hervor und kam rutschend zum Halten, wo der Boden vor einem welligen hellgrünen Untergrund abfiel, über den sich der graue Nebel ausbreitete. Seine Hand schoss nach vorn, packte den Arm seines Freundes und bewahrte ihn im letzten Augenblick davor, in das tödliche Moor hineinzutaumeln. Panik flammte in Alrics Gesicht auf.

Einen Moment lang sah Hereward seinem Gefährten in die Augen, um ihn zu beruhigen, während das Gekläff der Hunde rasend schnell näher kam. Als der Mönch ihm mit einem zögernden Nicken anzeigte, dass er ihm vertraute, packte der Recke die Kutte seines Freundes und sprang mit ihm in den Sumpf. Hereward spürte, wie die Arme des flüssigen Schlamms sich um ihn legten und ihn unerbittlich in die Tiefe zogen. Alric schlug in Panik um sich, als sein Kopf unter die schleimige Oberfläche tauchte. Der Recke griff mit einer Hand nach oben und hielt sich an einer freiliegenden Baumwurzel unter einer überhängenden Böschung fest, wo der Waldboden in den Sumpf abgesackt war. Mit der anderen Hand ergriff er die Kutte seines Freundes und zog ihn zu sich. Der Mönch würgte und spuckte, sein Gesicht war dreckverschmiert. Hereward legte einen Finger auf den Mund. Mit einer sichtbaren Willensanstrengung riss Alric sich zusammen, und die beiden Männer kauerten sich gerade noch rechtzeitig unter den Überhang aus Gras und bröckelnder Torferde.

Das Gebell der Meute erklang über den Köpfen der beiden Männer, als die Hunde am Rand des Sumpfes entlangsprangen und im Unterholz schnüffelten. Einen Augenblick später dröhnte der Boden vom Hufgetrappel. Mit weit aufgerissenen Augen presste der Mönch den Handrücken gegen den Mund, um ein entsetztes Stöhnen zu unterdrücken.

Der Klang von Lederstiefeln, die auf den Boden trafen – einer der Ritter war abgestiegen. Dann ein weiterer. Schritte näherten sich der Kante und kamen direkt über Herewards Kopf zum Stehen. Ein knapper Befehl von weiter hinten. Das Schnüffeln und Kläffen der Hunde verstummte. Es wurde still.

Eine Blase bildet sich auf der schleimigen Oberfläche des Sumpfes und zerplatzte mit einem Knall, der in der nebligen Stille unnatürlich laut klang. Alric erstarrte. Hereward spürte das Blut in seinem Kopf umherwirbeln.

Ein Schatten fiel über das wellige grüne Sumpfwasser. Der Ritter spähte über die Kante – dorthin, wo die Blase zerplatzt war – und horchte.

Alric kniff die Augen fest zusammen.

Kein Wimmern! Nur keinen Laut!, befahl Hereward ihm in Gedanken.

Der Ritter, der sich immer noch über die Kante beugte, knurrte etwas Unverständliches. Ein Kommentar in einem fragenden Tonfall folgte. Von den Begleitern des Ritters kam ein Lachen. Hatten die Hunde das Versteck der Flüchtlinge aufgespürt? Trieb der Ritter sein Spiel mit ihnen?

Hereward spürte, wie seine Muskeln sich spannten.

Der schnelle Hufschlag von zwei weiteren Reitern näherte sich. Es erklangen laute Stimmen, und die Worte flogen hin und her.

Der Recke versuchte abzuschätzen, wie viele Ritter nun auf Flüsterweite dort oben standen. Der Wortwechsel innerhalb der Gruppe ging noch eine Zeitlang weiter, dann bellte einer der Männer etwas in seiner ruppigen Sprache und kehrte zu seinem Pferd zurück. Irgendein anderer brüllte einen Befehl, und die Hunde zogen sich zurück. Das Dröhnen von Hufschlägen, die sich in den schweigenden Wald entfernten, hallte über den Sumpf. Die Ritter, so hoffte Hereward, würden den Spuren der Pferde folgen, die er freigelassen hatte. Es würde ihnen Zeit verschaffen.

Alric sackte zusammen. Zitternd vor Erleichterung flüsterte er: »Ist es das, was wir jetzt zu erwarten haben? Dass wir überall Angst haben müssen? Engländer, die wie Tiere gejagt werden?«

Hereward empfand auf einmal tiefen Respekt für seinen

Freund. Der Mönch, der gewiss kein Kämpfer war, hatte an seiner Seite viel erduldet, und doch war er immer ein treuer Gefährte geblieben. Im Stillen gelobte der Recke, Alric immer zu beschützen, selbst wenn es ihn das eigene Leben kosten sollte. »Warten wir, bevor wir ein endgültiges Urteil darüber sprechen«, erwiderte er. Es war ein Versuch, die Stimmung des Mönchs zu heben, denn er selbst befürchtete das Schlimmste. »Jetzt halt dich gut fest. Ich werde dich hier rausziehen, bevor du zu viel von dieser Suppe trinkst.« Während Alric nach der Wurzel tastete, griff Hereward nach oben, krallte die Hand in die feuchte Erde und zog sich selbst langsam aus dem saugenden Moor.

Sobald sie wieder auf festem Boden waren, keuchte der zitternde Mönch: »Wenn die Wurzeln nicht gewesen wären, an denen wir uns festhalten konnten, hätte der Sumpf uns verschlungen.«

»Ich wusste, dass die Wurzeln da waren.«

»Du hast das gewusst?«

»Ja.«

»Du hast das Gelände nach einer Fluchtmöglichkeit abgesucht, die uns bei allen denkbaren Gefahren hilft?«, hakte Alric ungläubig nach.

»Nur so überlebt man, mein Freund.«

Kapitel 45

Mit müden Beinen stapften die beiden Männer den Rest des Morgens gen Westen. Der Nebel hob sich, was Alric einen Eindruck von der Schönheit einer in Silber getauchten Welt schenkte, in der das blasse Licht sich in Wasserflächen widerspiegelte, die fast bis zum Horizont reichten. Inseln aus grünem Gras mit dichtem Gebüsch in Tönen von Orange, Gold und Braun sprenkelten die Fens mit Farbe. Eine erstickende Stille lastete auf dem Land.

Hereward wählte einen Pfad über einen schmalen Damm, der sich nur eine Handbreit über dem tückischen Sumpf befand. Unter dem Gestank der verfaulenden Vegetation verflüchtigte sich immer mehr der erste Überschwang der Gefühle ob ihrer Flucht, und eine vertraute Düsternis senkte sich auf Herewards Gemüt herab. »Mönch«, sagte er zu seinem Gefährten, der ihm auf dem unebenen Pfad folgte, »ich wüsste gern Gottes Plan für uns.«

Alric zögerte einen Moment. »Gottes Plan ist, dass wir Gottes Werk tun«, antwortete er dann.

Hereward erkannte den unbefriedigenden Doppelsinn in den Worten seines Freundes. »Ich war ein Mann, als wir uns das erste Mal begegneten, trotzdem war ich noch nicht erwachsen«, erklärte er. »Ich sah die Welt mit den Augen eines Kindes. Vadir und du, ihr habt mich Dinge gelehrt, die mein Vater mir nie beigebracht hat. Aber ich habe das Gefühl: Je mehr ich gelernt habe, umso weniger weiß ich. Ist das richtig, Mönch? Wieso verspüre ich diese Leere … diese Unrast? Du hast mir gesagt, ich sei mehr als ein Teufel in Menschengestalt, wie man mich immer wieder nannte, seit ich ein Kind war. Mehr als ein Ernährer von Raben, der eine Spur von schluchzenden Witwen und vaterlosen Kindern hinter sich herzieht. Wenn das wahr ist, was du sagst, was ist dann der Sinn meines Lebens?«

»Die Fragen, die du stellst … darauf gibt es keine einfachen Antworten«, begann Alric, der seine Worte mit Bedacht wählte. »Ich wünschte, Gott hätte mir das Geschick gegeben, den Sinn zu erkennen, nach dem du dich sehnst, aber ich bin nur ein Mensch, Hereward, mit allen menschlichen Schwächen. Ich kann Überlegungen anstellen. Ich kann Ratschläge geben. Aber am Ende musst du in dein eigenes Herz blicken, um die Antworten zu finden, die du suchst.«

»In mein eigenes Herz?«, murmelte der Recke.

»Ja.«

Hereward ließ den Kopf hängen, als er seine Gedanken nach innen wandte. Eine lange Zeit verlor er sich in den dunklen Abgründen seiner Seele, und als er das nächste Mal aufblickte, lag der Dammweg weit hinter ihnen. Vertraute Landmarken erhoben sich überall: das Feld, auf dem er mit dem Falken seines Vaters zu jagen gelernt hatte; der Hain, in dem er zum ersten Mal einer Frau beigelegen hatte, der schönen Cengifu; der Hof von Ailwin, seinem Freund aus der Kindheit, der mitsamt seinen beiden Brüdern und Schwestern von der Schwindsucht dahingerafft worden war. Erinnerungen von Glück, Leid und Trauer, die in den dunklen Boden, die kahlen Bäume und die schimmernden Teiche eingesickert waren. Einen Augenblick lang stand er einfach da und schwelgte in der Vergangenheit.

»Schön, dass du die Aussicht genießt«, schniefte Alric. »Aber mir ist kalt, und ich bin nass und dreckig, und ich würde gern wissen, wie es jetzt weitergehen soll.«

»Sobald ich es weiß, werd ich es dir sagen.« Hereward versuchte, mit den seltsamen Gefühlen fertigzuwerden, die in ihm aufstiegen.

Der alte Handelsweg bog an einer steinernen Wegmarke scharf zu einem Kirchturm ab, der sich dunkel gegen den blassen Himmel abhob. Schweigend folgten ihm die beiden Männer. Der Weg folgte einem Wasserlauf, gesäumt von braunem Schilf, das im Wind raschelte. Der Tag schritt fort. Als sie an einer Reihe von dichten Weiden vorbeikamen, hörten sie ein platschendes Geräusch von jenseits der Bäume.

Alric hob den Kopf. Im nächsten Moment klappte sein Unterkiefer nach unten. Ein untersetzter, rotgesichtiger Mann schien durch die Luft zu schweben; sein Kopf und Oberkörper ragten über die Baumwipfel. »Was ist das hier für ein Ort?«, zischte der Mönch.

Hereward krümmte sich vor Lachen, als er das Gesicht seines Freundes sah. Als Alric vor dem unheimlichen Anblick zurückwich, packte der Recke seinen Gefährten und zog ihn den Weg entlang bis zu dem Punkt, wo die Weiden endeten. Der Mönch staunte. Der »schwebende« Mann ging auf Stelzen, mit deren Hilfe er sich durch den Wasserlauf und die trügerischen Tümpel fortbewegte, die dahinter lagen.

Hereward, der die willkommene Ablenkung von seinem finsteren Brüten genoss, beobachtete den vertrauten lupfenden Gang des Stelzenmannes, der sich mit solchem Geschick über das Wasser bewegte, dass er zu fliegen schien. »Wir sind das Volk der Fens«, erklärte der Recke seinem Freund, der die für ihn fremdartigen Bewegungsabläufe staunend verfolgte. »Unser ganzes Leben vollzieht sich im und um das Wasser; und so lernen wir, uns der Gaben zu erfreuen, die es für uns bereithält, und mit den Gefahren umzugehen, die im Verborgenen lauern.«

»Das ist wahrlich ein Wunder«, murmelte Alric.

»Die Normannen mögen uns überlegen sein, was ihre Schwerter und Morgensterne und ihre Bogenschützen betrifft, aber sie werden Mühe haben, hier zu überleben. Nur wer die sicheren, geheimen Pfade durch die Fens kennt, kann dem Tod durch

Ertrinken entgehen. Das Wasser hier ist ein lebendiges Wesen. Es atmet; und es wartet und lauert auf Beute und wird vielen Fremden zum Verhängnis. Ein Stück Land hier kann an dem einen Tag trocken und schon am nächsten ein Sumpf oder ein See sein.«

Halb abgelenkt von dem Stelzenmann, überkam Hereward die erste Ahnung von einer Idee, die sich langsam in seinen Gedanken herauskristallisierte. Doch bevor er sich weiter damit befassen konnte, brach ein weißhaariger Mann aus dem langen Gras der Böschung hervor und bedrohte die beiden Wanderer mit einem Speer.

»Was wollt ihr hier?«, bellte der Mann. Er trug einen Mantel aus Otterfellen, der mit Fett eingerieben war, um ihn wasserdicht zu machen.

»Holbert?«, fragte Hereward, der sehen konnte, dass der Mann Angst hatte.

»Wer bist du?« Der Mann beugte sich vor und kniff die Augen zusammen. Dem Recken ging auf, was für einen Anblick er und sein Begleiter bieten mussten, dreckig und von Kopf bis Fuß mit Schlamm beschmiert. Der weißhaarige Mann trat näher, ohne seinen Speer zu senken, und musterte ihn genauer. Dann sagte er mit einer Mischung aus Unglauben und Misstrauen: »Hereward Asketilssohn?«

Der Recke nickte. Er erinnerte sich daran, wie er als Junge eine Leine mit Fischen gestohlen hatte, die Holbert zwei Tage lange mühevoll geräuchert hatte. Er verspürte einen leisen Anflug von Schuldgefühl.

»Willst du mich wieder bestehlen? Ich habe nicht viel, aber ich werde um jedes bisschen kämpfen, das kannst du mir glauben.«

Auch der Stelzenmann, der die Gefahr spürte, kam mit finsterem Blick näher.

»Ich bin nicht mehr wie früher, Holbert.«

»Du und deine wilden Freunde, ihr habt uns zur Weißglut getrieben«, knurrte der alte Mann. Offenbar hatte er ihm nach so vielen Jahren immer noch nicht verziehen. »Ich hörte, du wärst ein Geächteter.«

»Wir haben gehört, du wärst tot.« Der Mann mit dem roten Gesicht beugte sich auf seinen Stelzen vor, und genau an dem Punkt, als er umzukippen drohte, ließ er sich wie eine Katze auf den Boden fallen.

Hereward grinste. »Dann bin ich ein Geist.«

»Und du hast dir eine schöne Zeit ausgesucht, um deine alten Jagdgründe heimzusuchen.« Holbert ließ den Speer sinken. »Heutzutage gibt es Schlimmeres in den Fens als eine Bande wilder Jungs. Und das muss allzu wahr sein, wenn ich beim Anblick von Hereward Asketilssohn so etwas wie Zuneigung für diesen Bengel emfinde.« Er zuckte mit den Schultern und wandte sich dem Stelzengänger zu. »Sawin, besorg uns Bier. Wir wollen diesen verlorenen Sohn der Fens willkommen heißen. Er wird schon früh genug merken, in was für eine Hölle er zurückgekehrt ist.«

Sawin bahnte sich einen Weg durch das hüfthohe gelbliche Gras und schlitterte die Böschung hinunter. Holbert, Hereward und Alric folgten ihm. Verborgen im Unterholz unter den Weidenbäumen stand oberhalb der Linie des Frühlingshochwassers eine kleine Hütte mit Lehmwänden und einem Dach aus Zweigen und Torfsoden. Am Bachufer in der Nähe lagen die Gerätschaften und Überbleibsel von Holberts Tätigkeiten verstreut. Hölzerne Tröge mit ranzigem Fett. Häute, die zum Trocknen über Weidenrahmen gespannt waren. Helle Kringel von Holzspänen. Holzhämmer, Bügelsägen, Querbeile, Keile, Planen und Ahlen. Hereward erinnerte sich, wie er im langen Gras gelegen und Holbert bei seiner minuziösen Arbeit zugesehen hatte: wie der ältere Mann die muschelähnlichen Kähne baute, welche die Fenländer benutzten, um die Wasserwege zu befahren, wie er die Rahmen aus Weidenruten formte, die Häute spannte und mit dem Fett wasserdicht machte und die kurzstieligen Paddel schnitzte.

Mit dem Bierbecher in der Hand musterte Holbert Alric von oben bis unten, als hätte er ihn gerade erst bemerkt. »Wer bist du? Mönch? Deine Sippschaft ist genauso schlimm wie die abscheulichen Normannen.«

Alric schreckte auf. »Meine Sippschaft?«

»Die Pfaffen. Sie waren die treibende Kraft dahinter, Wilhelm den Bastard zum König zu machen.« Der weißhaarige Mann stürzte sein Bier hinunter und wischte sich den Mund mit dem Handrücken ab. »Sie beobachten uns. Sie geben alles, was sie sehen, an unsere neuen Herren weiter.« Er spuckte aus. »Und sie wissen, warum. Sie leben in Saus und Braus, während wir unter den Steuern stöhnen. Aber wart's nur ab. Früher oder später wird Wilhelm seine eigene Sippschaft ins Spiel bringen. Und wenn erst normannische Bischöfe das Sagen haben, dann werden die englischen Pfaffen nicht mehr so hochnäsig umherstolzieren.«

Hereward ließ sich auf dem Boden nieder und wärmte sich an einem kleinen Feuer aus Holzresten. »Und die Normannen hier?«

Holbert schüttelte unwillig den Kopf und runzelte die Stirn. »Die Schweinehunde werden erst glücklich sein, wenn von England nichts mehr übrig ist. Unsere Familien, unsere Frauen und Kinder scheren sie einen Dreck. Sie erhöhen die Steuern und zwingen uns zum Frondienst an ihren Burgen und Garnisonen. Wenn einer den Mund aufmacht, brennen sie ihm das Haus nieder. Wenn zwei den Mund aufmachen, wird das Dorf abgefackelt. Siehst du einen ihrer Ritter schief an, hängst du am nächsten Morgen an einem Baum, und die Krähen hacken dir die Augen aus. Wilhelm der Bastard wird keine Ruhe geben, bis er uns alle völlig ausgequetscht hat. Bis wir nichts mehr sind als Vieh auf dem Feld, das den Normannen die Bäuche füllt.« Er starrte trübselig in seinen leeren Becher. »Du hättest fortbleiben sollen. Hier gibt es nichts für dich.«

Hereward schob das Kinn vor. »Dann kämpft.«

»Ich? Alleine? Oder zusammen mit ihm?« Holbert wies mit dem Kopf auf Sawin und lachte humorlos.

»Wir sind Engländer. Wir haben seit den Tagen unserer Urgroßväter gegen die Wikinger gekämpft. Wir haben, weiß Gott, gegeneinander gekämpft und uns alle die Köpfe blutig geschlagen. Und jetzt sollen wir einfach dasitzen und nichts tun?«

»Du hast nicht gesehen, was hier los ist«, murmelte Holbert. Er wich Herewards Blick aus und schlurfte weg, um mehr Bier zu holen. Dem Recken fiel auf, wie gebrochen der Bootsbauer aussah. Waren jetzt alle Engländer so?

»Es gibt keinen Ort wie die Fens hier«, führte Hereward weiter aus und wandte sich nun Sawin zu. »Unser Land ist praktisch eine Festung, von allen Seiten geschützt und voller Fallen und Gefahren, derer die Normannen nie Herr werden. Was sage ich, eine Handvoll guter Männer könnte hier einen Aufstand beginnen, der sämtliche Pläne von Wilhelm zunichtemachen würde.«

»Es hat schon jede Menge Aufstände gegeben«, gab der rotgesichtige Mann dumpf zurück, »und alle fanden ein böses Ende.« Er sah den Ausdruck auf Herewards Gesicht und schnappte: »Wir sind keine Feiglinge! Du hast das Schlimmste nicht miterlebt. Wenn du hier gewesen wärst, würdest du genauso denken wie wir.«

Mit vom Bier geröteter Nase kehrte Holbert zurück; in der Hand hielt er einen weiteren vollen Becher. »Ganze Dörfer sind am Verhungern, weil die Normannen alles Essbare für ihre Garnisonen weggeschleppt haben. Die Schwindsucht ist zurückgekehrt, heißt es. In ganz England sterben Menschen in ihrem eigenen Blut, ihrer Kotze und Scheiße. Die Endzeit ist gekommen, wie die Prophezeiungen gesagt haben, und es gibt nichts, was man dagegen tun kann.«

Zorn blitzte in Herewards Augen auf, aber er riss sich zusammen. »Ich bin nicht hier, um Krieg gegen die Normannen zu führen. Ich bin ein Geächteter. Du, Holbert und alle anderen Leute hier – ihr wolltet nichts mit mir zu tun haben. England hat mich verstoßen. Ich wurde aus meiner Heimat vertrieben und meine Frau von jemandem ermordet, der mich für seine eigenen Zwecke missbrauchen wollte.«

»Warum bist du dann zurückgekommen?«

»Um meinen Vater ein letztes Mal zu sehen. Um vielleicht Frieden mit ihm zu schließen. Um mit meinem jungen Bruder Beric zu sprechen und an ihm wiedergutzumachen, was ich in seinem Leben zerstört habe. Und um mit Redwald zu reden, wenn das möglich ist. Über eine Sache, die ihn interessieren könnte.«

Hereward konnte Alrics mitfühlenden Blick spüren, aber es war Holbert, der seine Aufmerksamkeit auf sich zog. Das Gesicht des alten Mannes war fast so weiß geworden wie sein Bart.

»Was hast du?«, fragte der Krieger misstrauisch.

»Es steht mir nicht an, es dir zu sagen. Du wirst es bald genug herausfinden.« Der Bootsbauer blickte in Richtung Westen. »Um diese Jahreszeit wird es früh dunkel. Wenn du jetzt gehst, solltest du bei Sonnenuntergang zu Hause sein.« Er räusperte sich. »Aber dein Vater ist nicht mehr auf seinem Hof.«

Hereward runzelte die Stirn. »Dort sind jetzt die Normannen?«

Holbert nickte und warf Sawin einen Blick zu, den der Recke nicht deuten konnte. »Er wohnt jetzt in dem Haus, das früher Berwyn dem Sattler gehörte. Bevor Berwyn sich mit den Saukerlen angelegt hat.«

Hereward sah, dass sich ein Schatten über das Gemüt der beiden Männer gelegt hatte, aber keiner von ihnen wollte ihm anvertrauen, was sie bedrückte. Er trank sein Bier aus und dankte Holbert für seine Gastfreundschaft, bevor er mit seinem Gefährten zu dem alten Handelsweg zurückkehrte.

»Warum hast du mir nicht gesagt, dass du deine Familie aufsuchen willst?«, fragte Alric.

»Muss ich dir alles erzählen?«

Alric war verstimmt. »Wenn ich dir helfen soll …«

»Bei einigen Dingen kann man nicht helfen.«

Der Mönch zögerte kurz, und dann offenbarte er: »Ich habe irgendwie Angst, und ich weiß nicht, warum. Aber der Anblick von Holberts Gesicht …«

»Es ist jetzt zu spät, um zurückzugehen.« Hereward beendete das Gespräch und hielt sich selbst von weiteren Mutmaßungen ab. Stattdessen richtete er seine Aufmerksamkeit auf das graue Licht, das sich in Richtung Horizont bewegte, und beschleunigte seinen Schritt.

Er spürte, wie sich mit dem Schwinden des Tageslichts seine Stimmung ebenfalls verdüsterte. Auch die alten Bäume, die Freunde in seiner Jugend gewesen waren, Orte zum Verstecken oder für heimliche Treffen, brachten ihm keinen Trost. Keine alten Erinnerungen regten sich in ihm. Barholm schwieg. Ein kalter Wind blies über die verstreuten Bauernhöfe, und ein nicht identifizierbarer saurer Geruch lag in der Luft. Plötzlich wurde Hereward klar, dass er noch nicht bereit war, seinem Vater gegenüberzutreten. Verstörende Gedanken waren in ihm aufgewühlt worden, und er würde warten, bis sie sich gelegt hatten. Er musste die richtigen Worte finden und durfte sich nicht von Gefühlen wie Wut, Abscheu oder Kummer lenken lassen.

»Ich würde gern zuerst zu meines Vaters Hof gehen«, sagte er.

Alric wirkte erleichtert, dass das unheimliche Schweigen gebrochen war. »Das hier ist dein Zuhause, oder?«, fragte er und sah sich um.

»Asketil Tokesune ist ein wohlhabender Mann. Er besitzt Land an verschiedenen Orten, mit eigener Gerichtsbarkeit, aber Barholm stand seinem Herzen immer am nächsten.«

»Und du hast viele schöne Erinnerungen daran?«

»Ich habe … Erinnerungen daran, ja.«

Hereward schritt weiter, um weiteren Fragen auszuweichen. Er folgte dem Pfad durch die kahlen Bäume, bis er das Haus seines Vaters im Halbdunkel aufragen sah. Es war ein altes Fachwerkgebäude; das Ried des Daches wurde an vielen Stellen schon dünn. Aus dem Inneren erscholl ein betrunkenes Gegröle.

Der Recke blieb stehen und erstarrte. Alric griff nach dem Schwertarm seines Freundes und flüsterte: »Du hast während deiner Jahre in der Fremde einiges an Klugheit erlangt. Wirf jetzt nicht alles über Bord, nur weil du wieder in der Heimat bist.«

Hereward nickte. »Klugheit ist geboten, du sagst es.« Die lauten Stimmen sagten ihm, dass in der Halle viele Normannen zugegen waren, mehr als er allein bewältigen könnte. Trotzdem zog ihn das Gebäude magisch an. Er dachte an seine Mutter – wie sie auf dem Boden lag, mit glasigen Augen, aus denen die Wärme, die er erlebt hatte, gewichen war. Ihr Geist war hier immer noch zugegen: der Geist der Frau, die sie gewesen war, die Erinnerung an die einzigen Tage des Friedens, die er in seinem jungen Leben gekannt hatte. Es schnürte ihm die Brust zu, als die Visionen in ihm aufstiegen.

Jeder Schritt entlang des Wegs zu dem Tor in der Umfriedung brachte eine andere Erinnerung an sie zurück. Vor seinem inneren Auge sah er, wie sie ihn neckisch und kichernd das Harfenspiel lehrte, wie sie sang, wie sie lachte, wie sie ihn rief heimzukommen. *Komm nach Hause, Hereward. Komm heim.*

Und dann sah er zu den hohen Torpfosten aus Ulmenholz empor, und sein Herz setzte aus.

Alric musste bemerkt haben, dass sein Freund plötzlich erstarrt war, denn er zischte: »Was ist los?« Er trat neben den Recken und folgte seinem Blick hinauf zum Querbalken des Tores. Er kniff die Augen zusammen, um in der zunehmenden Düsternis etwas erkennen zu können, und vermochte nicht zu glauben, was er sah. Und dann war alles, was er sagen konnte: »Oh!«

Am Balken baumelte ein Kopf – schon grün verfärbt, augenlos und mit klaffendem Mund. Doch die Verwesung war nicht so weit fortgeschritten, dass man den Toten gnädigerweise nicht mehr identifizieren konnte. Hereward hatte sofort erkannt, wer es war.

Sein junger Bruder. Beric.

Kapitel 46

Das Blut schoss Hereward in den Kopf. Wut, brennend heiß, wallte in ihm auf. In dem Dröhnen, das in seinen Ohren klang, hörte er die Todesschreie seines jungen Bruders und das Gelächter der Normannen, während ihre Klingen durch Muskeln und Sehnen hackten. Und dann das Geflüster: die verführerische Stimme seines Teufels, der die in drei Jahren so sorgsam geschmiedeten Ketten abwarf und in ihm aufstieg, sich in ihm ausbreitete, ihn zerstörte.

Irgendjemand hielt ihn fest, versuchte ihn aufzuhalten, drängte ihn, sich zu mäßigen, zu trauern, aber nicht zu hassen; doch die Worte kamen zu ihm wie durch tiefes Wasser. Der Recke riss sich aus der Umklammerung los und fuhr herum zu dem, der ihn aufzuhalten versuchte. Es war der Mönch. Was auch immer Alric im Gesicht seines Freundes sah, ließ ihn schaudern.

»Diese Tat schreit nach Blut«, zischte Hereward. Flammen loderten am Rande seines Gesichtsfelds.

»Wenn du deinem Drang nachgibst, wirst du alles verlieren, was du gewonnen hast«, flehte der Mönch ihn an.

»Dafür ist es zu spät. Für alles ist es zu spät.«

»Bitte. Ich werde für dich beten …« Alrics Finger krallten sich in sein Wams.

»Ich brauche deine Gebete nicht«, schnappte Hereward. »Nur Rache. Er … er war noch nicht einmal ein Mann.« Überwältigt von einer Woge der Trauer, blickte er zurück auf den verwesenden Kopf am Tor. Der Leichengeruch drang bis zu ihm herab.

»Dann stürze dich wenigstens nicht gleich auf die Normannen. Man wird dich töten.« Der Mönch ließ das Wams des Recken los und trat zurück. Verzweifelt rang er die Hände.

Hereward drehte sich der Kopf. Sein Teufel drängte ihn, in die Halle zu rennen und alle abzuschlachten, die er dort fand; erst dann, so flüsterte die Stimme, würde der Schmerz nachlassen, und er könnte Frieden finden. Der Mönch spürte seinen inneren Kampf und packte ihn erneut. Als schlüge er mit einem Stein einen Schädel ein, schleuderte der Recke seinen Freund zu Boden. Er zückte das Schwert, und fast hätte er es Alric hier und jetzt in die Brust gerammt, um dessen frömmelndes Gefasel zu beenden.

Alric breitete die Arme aus. »Dann töte mich. Wenn es deinen Zorn beendet und deine Seele rettet, gebe ich dir mein Leben.«

Ein blutiger Nebel waberte vor Alrics Augen, und er stieß mit der Klinge nach unten. Der Mönch schrie auf. Herewards Blick klärte sich, und er sah auf eine zerrissene Kutte und eine blutige Schulter hinab. Irgendein verborgener Teil von ihm hatte das Schwert im letzten Augenblick zur Seite gelenkt, aber er war drauf und dran gewesen, den Mann zu töten, der versucht hatte, ihn zu retten.

Von Übelkeit gepackt steckte der Krieger das Schwert in die Scheide und taumelte fort durch die zunehmende Düsternis. Immer noch pochte das Blut in seinen Ohren, die von Schreien und Flüstern erfüllt waren. Kahle Bäume peitschten hin und her in einem heulenden Wind, der aus dem Nichts gekommen war, und in jenen Böen glaubte er gleichfalls die Stimmen hören zu können. Oder waren es nur die *Alfar*, die ihn verfolgten, um sein Leben und seine Seele zu stehlen? Der Mond stand bleich am Himmel, und die Sterne glitzerten kalt wie Eis.

Über gewundene Wege rannte er in die unheilschwangere Nacht, und allmählich versickerte seine Wut; das Dröhnen des Blutes verebbte, und der Teufel kehrte in seine Höhle zurück. Als sein Gemüt sich beruhigt hatte, sah er das kleine, schindelgedeckte Haus, das Berwyn dem Sattler gehört hatte, vor sich in der Dunkelheit aufragen. Jetzt war es das Heim seines Vaters.

Auf der Schwelle des Hauses war Hereward sich unsicher, ob er eintreten sollte. Er hatte einen Knoten im Magen, und obwohl er sich sagte, dass dieses Gefühl durch die Trauer über Berics Tod entstand, wusste er nur allzu gut, dass er einfach Angst hatte. Wie war es so weit mit ihm gekommen? So viele Herzen hatte er mit seinem Schwert ein für alle Mal zum Schweigen gebracht, und jetzt hatte er Angst vor einem alten Mann. Sein Vater konnte ihm nichts antun. Und er war so viele Meilen über den Walweg gefahren, nur um hier zu sein. Warum konnte er sich nicht dazu überwinden hineinzugehen?

Er verfluchte seine Schwäche und rief: »Asketil Tokesune!« Als keine Antwort kam, wiederholte er den Namen seines Vaters, diesmal noch lauter: »Asketil Tokesune! Ich bin es, dein Sohn Hereward.«

Ein leises Knurren drang aus dem stillen Inneren des Hauses; es hätte fast von einem Tier stammen können.

Hereward betrat den dunklen, kalten Raum. Nur ein paar glimmende Kohlen waren im Herd verblieben. Der mit Stroh bedeckte Boden war aus gestampftem Lehm, nicht aus Holzbohlen wie in der Halle eines Thegns, und im Halbdunkel konnte er wenige Anzeichen von Wohnkomfort sehen: keine Wandbehänge, kein Elfenbein oder Gold, kein Kessel mit Bier. Eine graue Gestalt erhob sich aus dem Schatten der gegenüberliegenden Wand. Als sie näher trat, sah der Recke mit Schrecken, wie sehr sein Vater gealtert war. Asketils Gesicht war aschfahl, hohlwangig und mit eingefallenen Augenhöhlen, sodass die Form des Schädels hervortrat. Das silbergraue Haar des Thegns war dünn geworden und hing ihm strähnig bis auf die Schultern. Aber was den Recken am meisten erschreckte, war der Verlust an Kraft, der seinen Vater befallen hatte. Der Mann aus Eisen, der Herewards Jugendzeit mit Fäusten wie Hämmern und einem

Herz wie ein Amboss beherrscht hatte, war einem gebeugten, schmächtigen Strohbündel gewichen.

Bilder stiegen vor Herewards Augen auf. Gebrochene Knochen und eine blutige Nase. Abschürfungen und Blutergüsse. Eine Nacht des Schreckens, verbracht unter den Bohlen der Halle, während ringsum die Ratten huschten und trippelten. Kalte Worte aus einem mitleidlosen Mund, Vorwürfe der Schwäche und des Versagens. Und dann drangen die Erinnerungen, die er auf immer hatte verschließen wollen, mit solcher Macht an die Oberfläche, dass es ihm den Atem nahm: wie diese Fäuste auf seine Mutter einprasselten, während sie flehte und weinte, bis ihre Lippen so zerschlagen waren, dass sie keine Worte mehr bilden konnte; dann Laute, die wie das Knacken von trockenem Sommerholz klangen, und das feuchte, klebrige Platschen auf den Bohlen sowie das leise Stöhnen, das langsam verebbte, bis es nur noch Stille gab.

Einen Augenblick lang taumelte Hereward, als hätte er erneut einen Schlag erhalten. Und als sein Blick sich schließlich klärte, stand sein Vater immer noch da, mit Augen wie Kohlen.

»Ich hätte wissen müssen, dass an diesem Tiefpunkt meines Lebens der Bringer allen Unheils erneut bei mir auftauchen würde.« Jedes Wort aus Asketils Mund war wie ein Fluch.

Hereward kämpfte um Beherrschung. Er hatte diese Begegnung in Gedanken so oft durchgespielt und sich geschworen, nicht in Zorn oder Schuldzuweisungen zu verfallen. Alles, was er wollte, war der letzte Spaten voll Erde auf einem Grab.

»Beric«, krächzte der Recke. »Die Normannen haben ihn umgebracht.«

»Du hast ihn umgebracht.«

Auch wenn ihm die Absurdität dieser Behauptung klar war, versetzte es ihm trotzdem einen Stich ins Herz.

»Als du deine Frau ermordet hast …«

»Ich habe sie nicht getötet«, fiel Hereward seinem Vater ins

Wort. »Ich weiß nicht, wessen Hand die Klinge hielt, aber Tidhild starb auf Befehl von Harold Godwinssohn.«

»Als du deine Frau ermordet hast«, fuhr Asketil fort, als hätte er Herewards Worte nicht gehört, »und wie ein Feigling geflohen bist, statt dich dem Urteil für deine blutige Tat zu unterwerfen, wurde Berics Herz gebrochen. Er ist nie mehr wieder derselbe gewesen. In den Augen des Jungen warst du ein Held, kein Geächteter.«

Weil er mich als seinen Retter vor deiner harten Hand sah, dachte der Recke.

»Seit dem Tag, als du fortgegangen bist, hat er nie wieder ein Wort gesprochen. Vor einer Woche regte sich etwas in ihm, irgendein Wahnsinn, und er rannte in meine Halle, verhöhnte die Ritter und bewarf sie mit Steinen. Und sie bestraften ihn auf die harte normannische Art und Weise.« Der alte Mann bedachte Hereward mit einem feindseligen Blick, als er an den Herd trat. »Du hast den Jungen im Stich gelassen, so wie uns alle.«

Einen Augenblick lang ließ der Recke die Worte in der Luft hängen. »Ich bin hergekommen, um …«

»Um mich um Vergebung zu bitten?« Asketil stieß ein humorloses Lachen aus. »Die bekommst du nie.«

»Um *dir* die Gelegenheit zu geben, um mich um Vergebung zu bitten.« Herewards Stimme wurde hart. »Sodass du für deine Verbrechen Abbitte leisten kannst und alles, was zwischen uns liegt, zu Grabe getragen werden kann.«

Asketil fuhr herum. »Meine Verbrechen?«, fauchte er. »Das ganze Elend, das über dieses Haus hereingebrochen ist, kommt von deinen Taten. Die Schande, die du mit den Jahren auf mich gehäuft hast … deine Untaten als Kind … gute Nachbarn zu bestehlen und zu schlagen … der Spott und die Missgunst, die ich deinetwegen bei Hofe erdulden musste. Und dann …« – er verzog angewidert den Mund – »hast du in Trunkenheit oder Zorn ein unschuldiges Leben genommen und mich gezwungen, vor Harald Godwinssohn, einem Mann von Wessex, auf die Knie zu gehen, damit er für mich ein Wort beim König einlegte, um zu verhindern, dass unserer Sippe die größte Schande von allen zuteilwürde. Wenn dein Verbrechen vor den Witan gebracht worden wäre, hätte ganz England von meiner Schmach gehört.«

Hereward ließ den Kopf sinken. »Ich kenne meine Schwächen. Du hast recht, mich zu tadeln. Ich war ein schwaches Kind und haben meinen Teufeln zu leicht nachgegeben.«

»Schieb es auf den Teufel, aber du bist der Schuldige.« Asketil trat vor und ballte die knochigen Hände zu Fäusten, die immer noch Schmerz zufügen wollten. »Du bist durch und durch schwarz und wirst nie etwas anderes sein.«

Hereward wusste, dass er den Mann mit einem einzigen Hieb zu Boden schleudern oder sein Leben mit einem Schwertstreich beenden könnte, aber dennoch trat er einen Schritt zurück. »Du hast Mutter getötet und ihren Tod als Unfall hingestellt.« Die Worte kamen unverblümter heraus, als er beabsichtigt hatte, aber sie schienen Asketil nicht zu rühren. »Diese Nacht damals hat eine Wunde in mir hinterlassen, die, so fürchte ich, niemals heilen wird.«

Der Thegn schnaubte. »Und wenn du nicht gewesen wärst, würde auch sie noch leben.«

Hereward schnürte es die Brust zu. Ein Teil von ihm glaubte jede Anschuldigung, die sein Vater vorbrachte. »Wie das?«

Unerbittlich fuhr Asketil fort: »Sie hat versucht, dich zu schützen. Du bist zu weit gegangen, wie immer, wie auch jetzt noch. Du hast mir getrotzt …«

»Ich war noch ein Kind«, protestierte Hereward.

»Durch und durch schwarz, von Anfang an!«, brüllte der alte Mann. »Ich habe es schon gewusst, als du geboren wurdest. Es ist deine Natur.«

Der Recke wischte sich mit einer zitternden Hand über den

Mund. Er fühlte sich wieder wie ein Kind, das sich auf das Unvermeidliche einstellte. »Wir sollten diese Jahre des gegenseitigen Hasses nicht länger zwischen uns stehen lassen. Das bringt niemandem etwas. Wir sollten neu anfangen.«

»Und deswegen bist du hergekommen?«, höhnte Asketil.

»Wir sind vom gleichen Blut …«

Der Thegn schüttelte langsam den Kopf. »Du bist nicht mein Sohn. Ich kann kaum glauben, dass du irgendetwas von meinem Blut in dir hast.« Er machte keinen Versuch, seine Abscheu zu verbergen. »Deine Mutter war eine Hure. Wer weiß, wer dich wirklich gezeugt hat. Ein wildes Tier?«

Ein Anflug von Zorn überkam Hereward. Seine Hand fuhr zum Schwertgriff.

Asketil trat unbeirrt näher. »Ich werde alles tun, was ich kann, um den Normannen zu helfen, diese Welt von dir zu befreien.«

»Selbst nach Berics Tod?«

»*Wegen* seines Tods! Im Gedenken an meinen guten Sohn, den du verraten hast. Wenn ich noch mein Schwert hätte, würde ich es dir ins Herz stoßen und so die Welt zu einem besseren Ort machen. Gott würde mir vergeben.« Asketil schlug den Recken mit all seiner Kraft auf die Wange, sodass der Kopf zur Seite ruckte. Hereward ließ den Schwertgriff los und wandte das Gesicht erneut seinem Vater zu. Der Thegn gab ihm erneut eine schallende Ohrfeige.

Hereward schluckte und durchforschte das hasserfüllte Gesicht seines Vaters. Er konnte jetzt sehen, dass jegliche Hoffnung, die er in dieses Treffen gesetzt hatte, vergebens gewesen war. Die Vergangenheit ließ sich nicht begraben. Der Schmerz würde niemals vergehen. Sie beide waren, was sie waren, und sie würden nie anders sein. Einen Augenblick neigte er den Kopf, und dann ging er zur Tür.

»Lauf nur weg«, rief Asketil ihm nach, »so wie du immer fortgerannt bist! Du zeigst deine feige Natur in allem, was du tust.

Lauf, denn ich gehe jetzt zu den Normannen, und ich werde dabeistehen und zusehen, wie sie dich zur Strecke bringen.«

Als der Recke in die kalte Nacht hinaustrat, sah er einen Schatten auf der Straße warten. Es war der Mönch. »Was hast du mitgehört?«, knurrte er.

»N…nichts«, stammelte Alric.

Hereward war sich sicher, dass sein Gefährte log. Aber so groß war der Aufruhr in seinem Innern, dass er den Mönch einfach beiseitestieß und fortrannte – fort von seinem Vater, fort von seiner Vergangenheit. Gleichwohl war ihm klar, dass er beiden niemals würde entrinnen können.

Kapitel 47

Das erhobene Schwert brannte wie eine Fackel in den roten Strahlen der aufgehenden Sonne. Unter dem mächtigen Symbol grinste der normannische Ritter, der hoch zu Pferde saß, auf die zehn Engländer herab, die in einem Halbkreis vor ihm standen. Ihre Gesichter waren mürrisch und triefäugig, und sie beobachteten ihn mit unverkennbarer Abscheu. Es kümmerte ihn wenig. Der Eroberer hatte die Macht. *Das ist das Einzige, was zählt*, dachte Aldous Wyvill.

Die rauen Schreie der Krähen durchbrachen die neblige Stille des Morgens. Am Tor der baufälligen Umfriedung, welche die frühere Halle des Thegns umgab, standen sieben andere normannische Ritter wie Wachtposten. Ihre polierten Helme glänzten, die fein gewebten wollenen Mäntel waren schwarz wie die Nacht. Der Gegensatz zwischen der beeindruckenden Eleganz der militärischen Uniform und den abgetragenen, verdreckten Kitteln der einfachen Bauern hätte nicht größer sein können, wie Aldous feststellte.

»Arbeitet hart!«, befahl er mit klarer Stimme. Sein Englisch hatte nur einen leichten normannischen Akzent. »Dann werdet ihr bald auf eure eigenen Höfe zurückkehren dürfen. Ihr werdet Brot und Bier bekommen, wenn die Arbeit getan ist. Widerspruch oder Faulheit wird streng bestraft.« Er blickte zu dem verwesenden Kopf des Thegnjungen am Tor auf, um seine Worte zu unterstreichen. »Fangt an!« Das Schwert sauste herunter.

Murrend nahmen die Bauern ihre Spaten auf und begannen mit ihrer Arbeit. Es ging darum, einen tiefen Graben auszuheben und die Palisade durch frisches Holz zu ersetzen; zudem sollte sie aus längeren Pfählen errichtet werden, die oben angespitzt waren. Später würde man hier eine Burg errichten, aber zunächst einmal war es notwendig, die Halle zu sichern. Es hatte in diesem Teil der Fens bislang wenig Widerstand gegeben, aber er würde kommen. Dessen war Aldous sich sicher.

Mit den von Leinenbändern, wie es seinem hohen Status gebührte, kreuzweise umwickelten Beinen trieb der Ritter sein Pferd zurück durch das Tor in die Umfriedung hinein. Der Geruch feuchter Blätter und Holzrauch von dem morgendlichen Herdfeuer erfüllte die Luft. Auch wenn er weit von seinem Zuhause in Hauteville entfernt war, spürte er den Frieden, der in der Luft lag, jetzt da die Kämpfe vorbei waren. Aber die Engländer waren ein seltsames Volk, und er fragte sich, ob er sie je verstehen würde. Ihre Verwaltung und ihre Kunst, ihr Handel und ihre Finanzen wurden von ganz Europa neidisch beäugt, aber die Menschen selbst waren ein aufsässiger, zügelloser Haufen, der zu Trunkenheit, Streit, rauen Scherzen und zu Stimmungen neigte, die zwischen lautem Überschwang und dumpfer Schwermut schwankten. Sie waren nicht bereit, Befehle zu befolgen, selbst wenn die Weigerung ihnen zum Schaden gereichte. Sie taten alles, was in ihrer Macht lag, um Verzögerungen, Ablenkungen und kleinere Ärgernisse zu verursachen, und schienen Freude an der kleinsten Störung zu haben, die sie hervorriefen. Aber mit der Zeit würden sie schon noch lernen. Die Normannen waren die mächtigen Meereswellen, die alle Felsen des Widerstands in bedeutungslose Sandkörner zermahlten.

»Sire.«

Aldous wandte den Kopf. Ein junger Ritter kam vom Tor her auf ihn zu.

»Sire, Ihr habt einen Besucher. Es ist der alte Thegn, Asketil.«

Mit einem Seufzer blickte der normannische Hauptmann zum Tor. Er sah den gebeugten, grauen Mann dort stehen, gestützt auf einen knorrigen Stock. Aldous nahm den Helm ab und fuhr sich mit der Hand durch das kurzgeschnittene Haar. Seine Nase war lang und scharf und endete direkt über einem Schnurrbart, der sich zum Kinn hinabbog. »Bettelt er wieder um Essen?«

»Er möchte Euch etwas über einen kommenden Aufstand erzählen.«

»Oh?« Aldous zog die Augenbrauen hoch. »Bring ihn in die Halle. Die Umgebung wird ihm vermutlich recht bekannt vorkommen.«

Die beiden Männer lachten.

Der Hauptmann stieg ab und ging in die warme Halle. Kunstvoll gewirkte Wandteppiche hingen an den Wänden, und goldene Teller und Schüsseln blinkten im Feuerschein. Er hatte keine Veränderungen an der prächtigen Einrichtung vorgenommen, seit er sie in Besitz genommen hatte. Tatsache war, dass er kaum darauf achtete. Ihr einziger Wert bestand für ihn darin, dass sie ein Zeichen seiner Macht darstellten. Mit wenigen schnellen Schritten durchmaß er den Raum, stieg auf das niedrige Podest und ließ sich auf dem alten hölzernen Stuhl nieder, wo einst Asketil und dessen Vater vor ihm gesessen hatten. Für den alten Thegn hatte Aldous nur Verachtung übrig. Ein schwacher Mann und ein erbärmlicher Jammerlappen, der immer noch vor den Männern katzbuckelte, die seinen Sohn getötet hatten. Wäre Aldous an seiner Stelle gewesen, hätte er ganz allein die Mörder mit dem Schwert angegriffen und dabei den ehrenvollen Tod gesucht.

Der grauhaarige Engländer kam hereingeschlurft und blieb unsicher in der Tür stehen, um sich in seinem früheren Heim umzusehen.

»Komm herein, Asketil. Willkommen in meiner Halle«, dröhnte die Stimme des Normannen, der aus seinem Hohn keinen Hehl machte.

»Ich bin hier, um Euch zu warnen«, begann der Thegn, als er näher getreten war. Seine krächzende Stimme verlor sich fast unter den hohen Deckenbalken. »Vor einem Schwert, das gegen Euch erhoben wird.«

»Und wer würde es wagen, gegen mich aufzustehen, alter Mann?«

»Sein Name ist Hereward, und er ist mein Sohn.«

Aldous' Augen verengten sich. Er hatte den Namen zuvor schon gehört. Ein großartiger Kämpfer, dessen Waffentaten die Aufmerksamkeit Balduins von Flandern auf sich gezogen hatten. Von den Söldnern, die sich dem normannischen Invasionsheer angeschlossen hatten, war er »Bärentöter« genannt worden, und sie hatten sich alle davor gefürchtet, diesem Hereward auf dem Schlachtfeld in England zu begegnen. War das der Mann, von dem der Alte sprach? Wenn dem so war, würde er eine Nachricht an den Hof in London schicken müssen. Mehr Nachschub, mehr Söldner. Die Fens würden besondere Wachsamkeit erfordern.

»Warum willst du mich vor deinem eigenen Sohn warnen?«, fragte der normannische Hauptmann misstrauisch.

»Weil er ein Geächteter und ein Mann mit einem schwarzen Herzen ist, der Schande über seine Sippe gebracht hat.«

Es ist die richtige Entscheidung gewesen, den alten Thegn am Leben zu lassen, dachte Aldous. Mit den Informationen, die er besaß, könnten sie eine schöne Falle aufstellen, um den englischen Rebellen zu fangen, bevor auch nur eine einzige Waffe gegen sie gezückt wurde. Aldous lächelte. »Erzähl mir mehr.«

Kapitel 48

Eisiges schwarzes Wasser umspülte Alrics Hals. Panik überkam ihn. Er schlug mit den Armen um sich, um den schmalen Dammweg zu finden, aber ringsum war nichts als undurchdringliche Nacht, und die Bewegung zog ihn nur noch tiefer hinab. Er strampelte in den schlammigen Tiefen mit den Füßen, um oben zu bleiben. Das Sumpfwasser schwappte ihm in den Mund; es stank nach faulenden Blättern. Er schluckte, würgte, warf den Kopf zurück und schrie, obwohl er wusste, dass meilenweit keiner da war, der ihn hätte hören können. Das Gewicht seiner Kutte zog ihn hinab. Von der Schwärze der mondlosen Nacht glitt er in ein tieferes Dunkel, als das Wasser über seinem Kopf zusammenschlug. Stumme Gebete wichen nacktem Entsetzen. Druck füllte seinen Mund, seine Nase; seine Lunge brannte, und er sank tiefer, immer tiefer.

Ich bin ein Narr – das war sein letzter Gedanke.

Und dann spürte er trotz des irren Mahlstroms in seinem Kopf, dass das Absinken aufhörte. Wasser zerrte an seinem Gesicht und seinen Haaren, als er gewaltsam nach oben gerissen wurde, hinein in die kalte Nacht. Er würgte und spie die Sumpfbrühe aus, anschließend holte er tief und rasselnd Luft. Ringsum herrschte immer noch Dunkelheit. Er sah nicht, was geschah oder wo er war, aber dann wurde er sich zweier Hände bewusst, welche die Schultern seiner Kutte gepackt hielten. Er wurde grob zur Seite geschleudert und landete auf einer harten Oberfläche. Die scharfen Steine des Dammwegs bohrten sich in seine Wange. Einen Augenblick lang versuchte er, zu Atem zu kommen, dann rollte er sich auf den Rücken. Eine dunkle Gestalt ragte über ihm auf.

»Du bist ein Narr, Mönch.« Es war Herewards Stimme, als hätte er Alrics Gedanken gelesen. »Was versuchst du auch, deinen Weg durch das Moor zu finden – ohne eine Fackel oder einen Fenländer als Führer?«

»Weil du mich verlassen hast«, prustete Alric. Ihm war klar, wie beschämend diese Antwort klang. Er ließ den Kopf zurücksinken, schloss die Augen und gab sich ganz der Freude hin, noch am Leben zu sein. Er hatte sich von seiner Verzweiflung übermannen lassen, das war ihm jetzt klar. Aber als Hereward in die Nacht davongestürmt war, nachdem er das Haus seines Vaters verlassen hatte, war das Schlimmste als durchaus möglich erschienen. Alric hatte die bittere Auseinandersetzung zwischen den beiden Männern mitgehört und verstand jetzt die innere Dunkelheit seines Freundes auf eine Art, wie er sie nie zuvor hatte begreifen können. Der Schmerz war immer gegenwärtig. Aber war es ein so brennender Schmerz, dass Hereward sich das Leben nehmen würde?

Er hatte versucht, mit Hereward Schritt zu halten, aber der Mercier war davongestürmt, und bald hatte Alric ihn aus den Augen verloren. Also ging er einfach auf dem alten Handelsweg weiter. Er war schmutzig, erschöpft, und es gab keine Freunde, die ihm ein Bett angeboten hätten. Er verbrachte eine kalte Nacht unter einer Weide, wobei er aus Angst vor Wölfen immer wieder aufwachte. Am Morgen taten ihm die Knochen weh, und ihm knurrte der Magen. Er hatte den Weg bis zu dem alten Bootsbauer zurückverfolgt, war jedoch vom weißhaarigen Mann mit Misstrauen behandelt worden. Falls der Alte wusste, wohin Hereward gegangen sein könnte, so sagte er es nicht. Und so hatte der Mönch den Tag mit Suchen und Rufen verbracht. An irgendeinem Punkt war er vom Weg abgekommen und musste sich schließlich eingestehen, dass er sich in der gnadenlosen Moorlandschaft verirrt hatte: Umgeben von endlosen Pfühlen, Sümpfen, Gestrüpp und verstreuten Inseln fand er nirgendwo einen Orientierungspunkt oder einen erkennbaren Pfad, um seinen Weg zum Dorf zurückzufinden. Und dann war die Nacht hereingebrochen, und er hatte angefangen zu glauben, dass Hereward sich umgebracht hatte. Seine Verzweiflung war in Panik umgeschlagen, und er hatte törichterweise zu laufen begonnen; eine Weile später rannte er so schnell, wie seine müden Beine ihn tragen konnten. Irgendwann war er dann gestolpert und ins Sumpfwasser gefallen.

»Hier ist eine Regel für dich«, sagte Hereward. Alric konnte den Schattenriss seines Freundes sehen, der ein Stück weiter auf dem Dammweg hockte. »Niemand, der nicht in den Fens geboren ist, kann in diesen tückischen Mooren überleben. Diesmal hat Gott über dich gewacht, oder ich war's. Das nächste Mal hast du vielleicht nicht so viel Glück. Versuch nicht noch einmal, eine solch riskante Moorwanderung zu unternehmen. Hast du mich verstanden?«

»O ja; aber ich habe eben nichts Besseres zu tun, als jede Nacht durch diese stinkende Hölle zu schleichen«, schnappte der Mönch. »Wie lange hast du mich eigentlich beobachtet? Hättest du mir dieses Elend nicht ersparen können? Wenn das der Fall ist, dann bin ich nicht für meine Handlungen verantwortlich.«

Hereward lachte leise. Es war ein seltsames Lachen, wie Alric fand, ohne jeden Anflug von Humor. Etwas hatte sich bei seinem Freund verändert.

»Ich dachte, du wärst nach Flandern zurückgekehrt. Oder vielleicht sogar nicht mehr am Leben«, erklärte der Mönch.

»Es gibt hier vorher noch etwas zu tun.«

Es war eine verstörende Antwort, hauptsächlich weil Alric nicht wusste, auf welchen Teil seiner Aussage sich Herewards Antwort bezog.

Der Recke half dem durchnässten Mönch auf die Füße. »Komm. Ein warmes Lagerfeuer wartet auf dich. Sobald du trocken und satt bist, wird die Welt für dich besser aussehen.«

Er führte ihn zurück über den Dammweg auf einen gewundenen Pfad entlang eines Moortümpels und dann weiter zu einer dicht bewaldeten Insel. Während sie sich durch das dichte Gestrüpp kämpften, wurde Alric allmählich klar, dass sie einem Pfad folgten, den nur Hereward sehen konnte. Der Mönch konnte Rauch in der Luft riechen, aber kein Licht in der Nähe sehen.

Als er einen steilen Hang hinaufgekeucht war, bis seine Lunge brannte, verschwand sein Freund plötzlich vor seinen Augen. Verblüfft ergriff Alric einen Eschenast, zog sich das letzte Stück des Anstiegs hoch und stellte dann fest, dass er am Rande einer größeren Mulde stand, in der unten ein kleines Feuer flackerte. Der Duft von gebratenem Geflügel hing in der Luft. Silberweiden und Eschen zogen sich hinab in die Senke, aber einige Schösslinge waren erst jüngst beseitigt worden, vermutlich von Hereward; und hinter der Mulde führte der Hang weiter aufwärts zu einer baumbestandenen Hügelkuppe.

Alric schlitterte die Böschung hinunter und folgte Hereward zu dem Lagerfeuer. Schlagartig blieb er stehen, als er einen weiteren Mann sah, der auf einem gefallenen Ast hockte und an einem Knochen nagte. Der Fremde war groß wie ein Stier, mit struppigem braunem Haar und Bart. Er schenkte dem Neuankömmling nur einen kurzen Blick und widmete sich dann wieder seinem Mahl.

»Wir speisen hier vom besten Geflügel, und jetzt bringst du mir eine ersäufte Ratte«, knurrte der Mann. Seine Größe und sein trockener Ton ließen Alric an eine jüngere Version von Vadir denken.

»Guthrinc«, sagte Hereward. »Das ist der Mönch, von dem ich dir erzählt habe.«

»Mönch«, wiederholte Guthrinc mit einem Nicken.

»Wer bist du?«, fragte Alric. Sein Blick ging unwillkürlich zu dem gebratenen Vogel, der auf einem flachen Stein in der Asche lag. Hereward riss eine Keule ab und warf sie ihm zu.

Der große Mann zuckte die Schultern. »Dies und das.« Er nahm Alric näher in Augenschein. »Gott war offenbar nicht gut zu dir. Was hast du getan, das ihn gekränkt hat?«

»Lass ihn in Ruhe«, sagte Hereward. »Er hat eine üble Nacht im Totensumpf hinter sich.«

Guthrinc warf den Knochen beiseite, wischte die Hände an seinem Wams ab und erklärte: »Ich übernehme die Wache.« Er stand auf und verschwand im Dunkel der Bäume.

Alric, der infolge der Kälte und des Schreckens der überstandenen Todesgefahr arg zitterte, sackte neben dem Feuer zusammen. »Du vertraust diesem Mann?«, fragte er, während er sich die Hände am Feuer wärmte.

»Wir haben als Jungen zusammen die Gegend unsicher gemacht. Er liebt das Bier, ein gutes Essen und die Frauen, aber im Kampf ist er wie ein Wolf an deiner Seite.«

Alric riss mit den Zähnen das Fleisch vom Knochen und schlang es hinunter. Dann sagte er: »Du willst also kämpfen?«

»Die Normannen werden ganz England zugrunde richten. Sie müssen vertrieben werden, wie Ratten aus dem Kornspeicher.« Die Stimme des Recken wurde hart, sein Gesicht finster. »Ich werde keine Ruhe geben, bis ihr Blut die Flüsse rot färbt und ihre Leichen sich wie Steine am Strand auftürmen, wenn sie zu ihren Schiffen fliehen.«

Der Mönch dachte über die neu erwachte Leidenschaft in der Stimme seines Freundes nach und versuchte, den Grund für diesen plötzlichen Entschluss zum Aufstand zu finden. »Und diesen großen Sieg wollt ihr zwei allein zuwege bringen?«

Hereward kniff die Augen zusammen. »Jetzt wären wir schon drei.«

»Dann eben drei. Aber was können wir drei gegen ein Heer ausrichten? Die Normannen haben jeden Widerstand gebrochen. Ganze Dörfer dem Erdboden gleichgemacht.«

»Drei sind nur der Anfang. Wenn sich die Kunde vom Widerstand verbreitet, den wir hier in den Fens starten, werden Engländer von überallher zusammenströmen, um mit uns in den Kampf zu ziehen.« Der Recke starrte ins Leere, als stellte er sich das Bild vor, das seine Worte heraufbeschworen. »Sie werden zu Hunderten, zu Tausenden kommen, und wir werden uns erheben, mit einer Stimme, einer Waffe, und unseren Feind zerschmettern. Wir werden alle vernichten, die unser Leben bedrohen, uns die Freiheit rauben und unsere Hoffnungen und Träume zerstören. Und dann, wenn wir alle wieder eine Familie sind, wird es wieder Frieden in England geben – und eine sichere Zukunft.»

Die Leidenschaft in den Worten des Recken erschreckte Alric. Doch in dem Feuer, das in Herewards Augen flackerte, sah der Mönch den Widerschein einer tieferen Wahrheit. Auch wenn die Normannen von gewaltiger Zahl und Stärke waren, so stellten sie für den Recken dennoch Feinde dar, die er besiegen zu können glaubte, wohingegen ein grauhaariger, geschlagener alter Mann unbesiegbar blieb. »Sieh dich vor«, flüsterte Alric, »dass du nicht die Schlacht gewinnst, aber dabei deine Seele verlierst.«

Hereward lachte. »Immer machst du dir Sorgen. Wir haben alle Zeit, die wir brauchen, um eine Streitmacht zu sammeln und einen Plan zu schmieden. Die Männer von Wilhelm dem Bastard sind ahnungslos; sie wissen nicht, dass wir hier sind. Die Schlacht in den Fens wird vorbei sein, bevor die Normannen erkennen, was sie getroffen hat. Und dann werden wir den Kampf nach ganz England tragen.«

Kapitel 49

Peterborough
25. Oktober 1067

Dicke weiße Kerzen flackerten um den Hochaltar. Schatten tanzten um die buntverglasten Fenster und die verputzte Steinmauer des Obergadens bis zur Kassettendecke – so tief und schwarz wie die schwarzen Gewänder des Abtes, der auf den Stufen kniete und im Gebet versunken war. Nur das leise Gemurmel der lateinischen Worte durchbrach die Stille.

Abt Brand atmete tief den süß duftenden Weihrauch ein und öffnete die Augen. Er war ein hagerer Mann und hart wie ein kalter Mauerstein, mit durchdringenden schwarzen Augen und dünnen Lippen, die jeglichen Annehmlichkeiten den Kampf angesagt zu haben schienen. Er stand auf und bekreuzigte sich. Im gleichen Augenblick hörte er in seinem Rücken, wie eine Tür ins Schloss fiel, und das Echo von Schritten, die das Hauptschiff entlangkamen.

Der Abt wandte sich um. Aus der Intensität seines Blicks und jeder Linie in seinem Gesicht war abzulesen, dass er einen strengen Charakter besaß. Er schaute zunächst misstrauisch auf den Neuankömmling, nahm dessen Mönchskutte wahr und sagte dann mit harter Stimme: »Was soll diese Störung bedeuten?«

»Vater, ich habe gewartet, bis Ihr Eure Gebete beendet hattet. Es gibt da eine wichtige Sache, die Eurer Aufmerksamkeit bedarf.«

»Wer bist du?«, fragte der Abt knapp.

»Mein Name ist Alric. Ich bin nur ein demütiger Diener Gottes. Wie Ihr.«

Der Abt hielt einen Moment inne, um darüber nachzudenken, ob in den Worten vielleicht eine versteckte Beleidigung lag.

Der Mönch fuhr fort: »Mein Gefährte und ich sind lange und mit großer Mühsal hierher nach Peterborough gewandert, und wir sind erschöpft von der Reise. Würdet Ihr uns einen Augenblick Eurer Zeit gewähren?«

»Das muss warten!«, blaffte der Abt. »Die Geschäfte der Abtei rufen mich.« Er wollte an Alric vorbei zum Ausgang eilen, aber der Mönch vertrat ihm den Weg. Zorn blitzte im Gesicht des Abtes auf in Anbetracht dieser Respektlosigkeit.

»Um ehrlich zu sein, Vater, ich bin meinem Gefährten vorausgegangen, um sicherzustellen, dass die Abtei nicht voller Normannen ist. Ich bin erst vor Kurzem von einem langen Aufenthalt in Flandern zurückgekehrt, aber ich habe mir sagen lassen, dass die Geistlichkeit sich einer fruchtbaren und herzlichen Beziehung zu unseren neuen Herren erfreut.«

Erneut flammte Misstrauen in den Augen des Abtes auf. »Und warum solltest du, ein Mönch, Grund haben, dem König den Gehorsam zu verweigern?«

»Ich gehorche nur einem Herrn, Vater.«

Die Geduld des Abtes war fast am Ende. Doch bevor er nach jemandem rufen konnte, sagte Alric schnell: »Ich sehe, dass Ihr hier zu dieser späten Stunde allein seid und diese Abtei ein Ort des Friedens ist. Darum würde ich gerne meinen Gefährten hereinbitten. Er ist von Eurem Blut, Vater.«

Abt Brand runzelte die Stirn. »Von meinem Blut?«

»Und Blut ist dicker als Wasser; so heißt es doch.« Herewards Stimme drang aus dem finsteren Schatten im hinteren Teil der Kirche. Er war unbemerkt hereingekommen, als Alric gesprochen hatte. Beim Klang der vertrauten Stimme glaubte der Mönch einen Anflug von Unbehagen, vielleicht sogar Furcht über das Gesicht des Abtes huschen zu sehen, aber dieser Gesichtsausdruck war fort, bevor Alric sich dessen sicher sein konnte.

Langsam trat Hereward aus den Schatten nach vorn. Das Kerzenlicht erhellte die blauen Kriegermale auf seinen bloßen Armen, sein blondes Haar, sein starkes Kinn. Die Flammen tanzten in den blassblauen Augen. Alric stockte plötzlich der Atem. Zum ersten Mal dachte er, dass hier ein Mann stand, der ein ganzes Heer von Invasoren schlagen könnte, wenn er sich das zum Ziel setzte. Wann hatte sich aus dem jungen Wilden, der einst blutbedeckt aus einem eiskalten See entsprungen war, dieser Recke entwickelt? In dem Elend, das er in York gesehen hatte? Während der langen Märsche über die blutigen Schlachtfelder Flanderns? Durch Turfridas Kuss und ihre Liebe? Auf dem Tagesmarsch von ihrem Lager nach Peterborough war dem Mönch klargeworden, wie sehr sein Gefährte sich verändert hatte. Der Recke hatte allem Anschein nach eine Strategie entwickelt, die aus Klugheit und Geduld geboren war, statt aus den ungezügelten Leidenschaften und dem Zorn, der ihn einst erfüllt hatte. Aber wie immer hatte Hereward seine Pläne für sich behalten, und so war Alric überrascht gewesen, als sich von der Kuppe eines Hügels aus die Türme der Abteikirche vor dem grauen Himmel erhoben hatten. Es war ein großes Kloster. Hinter der Umfassungsmauer lag ein ausgedehntes Areal mit Wohngebäuden, Lagerhäusern und Ställen. Was, fragte er sich, mochte sein Freund wohl hier wollen?

»Hereward?«, begann der Abt. »Ich dachte, du wärst …«

»Tot. Geächtet. Ja, Onkel, du bist nicht der Erste, der mir das sagt.« Hereward blieb vor dem Geistlichen stehen und sah ihm tief in die Augen. »Ich schätze, mein Vater hatte viel über mich zu erzählen.«

Brands Gesicht blieb ausdruckslos. »Ich habe für dich gebetet.«

»Viele sind von meiner Hand gestorben, Onkel, aber den Mord, dessen man mich anklagt, habe ich nicht begangen. Das war eine Lüge, die kleine Männer um der großen Macht willen gesponnen haben. Aber Gott hat sie für ihre Sünden bestraft.«

Abt Brand faltete die Hände hinter dem Rücken. »Es ist viele Jahre her, seit du als Junge hier warst. Auch wenn wir dich manches lehren konnten, haben wir dich nie gezähmt. Ich sah das immer als mein Versagen an, und das habe ich deinem Vater auch gesagt.«

»Dann kannst du es jetzt wiedergutmachen.«

Alric betrachtete die beiden Männer. Er sah Misstrauen zwischen ihnen, einen Hauch von Unbehagen bei dem Abt, aber Herewards wahre Gedanken waren nicht zu erkennen.

»Was verlangst du von mir? Essen? Kleidung?« Der ältere Mann hielt inne und kniff die Augen zusammen. »Kirchenasyl?«

Hereward lachte. »Ich brauche keinen Schutz. Nein, Onkel, ich möchte, dass du mich zum Ritter schlägst.«

Der Abt war so verblüfft, dass es ihn sprachlos machte.

»Du wirkst überrascht. Erfülle ich nicht die Voraussetzungen? Mein Vater ist ein Thegn. Ich besitze selbst Land – zumindest war dem so, bis der Bastard Wilhelm kam. Ich habe ein Schwert und ein Kettenhemd, und ich bin bewandert in allen ritterlichen Dingen. Und bin ich nicht viele Jahre lang ein Wohltäter eben dieser Kirche gewesen?« Aus einem Lederbeutel an seiner Seite nahm Hereward eine Geldkatze, die mit einer Schnur zugebunden war. Die Münzen darin klingelten. Der Recke hielt Brand den kleinen Beutel als Bezahlung hin.

Nach einem kurzen Zögern nahm der Abt die Geldkatze mit einem Seufzer. »Was gibt es dabei für dich zu gewinnen? Den Flecken auf einem Namen wirst du damit nicht abwaschen.«

»England braucht einen Verteidiger, Onkel. Das Land braucht einen Mann von Ehre, der Hoffnung in den Herzen unserer Nachbarn entzündet und Furcht in die Herzen unserer Feinde bringt. Wenn ich ein Ritter bin, werden sich die Menschen bereitwilliger um mein Banner scharen. Alle werden auf das blicken, was ich jetzt bin, und nicht auf das, was ich früher war.« Herewards Augen funkelten spitzbübisch.

»Du willst einen Aufstand gegen die Normannen anzetteln?«, sagte Brand entsetzt.

»Wieso nicht? Die Eroberer quetschen uns das Leben aus dem Leib.«

Der Mönch war beeindruckt von der Schlauheit seines Freundes. In den Augen anderer würde sich Hereward durch den Ritterschlag von einem brutalen Mörder und Geächteten in einen Mann verwandeln, der für höhere Werte kämpfte – in einen Krieger, der Gottes Segen hatte.

»Bedenke die Folgen. Wenn du gegen die Normannen aufstehst, wirst du Wilhelms ganzen Zorn auf das Fenland herabbringen«, warnte der Geistliche. »Wir haben hier den Frieden bewahrt, so gut wir konnten. Wir haben überlebt. Wilhelm wird dich zermalmen und alle, die dir beistehen, und er wird auch die Unschuldigen nicht schonen, die ihm in den Weg geraten. Wünschst du etwa deinen Nachbarn dieses Schicksal?«

»Ich wünsche meinen Nachbarn nicht das Leben, das sie jetzt führen.«

Der Abt rang flehend die Hände. »Es gibt derzeit nur eine kleine Schutztruppe hier. Nur vierzehn Ritter von hohem Rang, die kaum das Fünffache dieser Zahl befehligen.«

Hereward nickte. »Und diese vierzehn haben meinen Bruder abgeschlachtet? Eine gute Zahl. Sie werden die Ersten sein.«

Brand war bleich geworden. »Wilhelm wird das ganze Fenland niederbrennen, wenn er muss. Er wird zu jedem Mittel greifen, wenn er sich herausgefordert sieht.«

»Ich auch. Wir werden sehen, wer am Ende stärker ist.«

Da er sah, dass sein Neffe sich nicht umstimmen ließ, gab der Abt schließlich nach. »Gib mir dein Schwert und knie nieder. Ich kann jemandem von meinem Blut einen solchen Wunsch nicht abschlagen, aber meine Sorgen sind groß.«

Hereward lächelte. Er kniete auf dem kalten Steinboden vor seinem Onkel nieder und neigte den Kopf.

»Dann leiste nun den Eid des Ritters.« Der Abt legte die Spitze des Schwertes auf Herewards rechte Schulter. »Vor Gottes Angesicht schwöre nun, allzeit Ehre und Gerechtigkeit walten zu lassen.«

»Ich schwöre es.« Herewards klare Stimme hallte durch den Kirchenraum.

»Schwöre nun, die Schwachen zu beschützen und die Tugenden des Mitleids, der Treue, der Großzügigkeit und der Wahrheit hochzuhalten.«

»Ich schwöre es.«

»Schwöre nun bei allem, das dir heilig ist, die Krone und die Kirche zu ehren und zu verteidigen.«

»Ich schwöre … dass ich die Krone verteidigen werde, aber nicht den Eroberer, der sie jetzt trägt.«

Brand zögerte, da ihm diese Einschränkung offensichtlich nicht behagte; aber dann sagte er: »Erhebe dich. In den Augen Gottes bist du jetzt ein Ritter.« Er hielt das Schwert mit beiden Händen und bot es Hereward dar.

Alric sah eine Veränderung in seinem Freund, als ob er plötzlich eine Maske abgelegt hätte. Mit funkelnden Augen nahm Hereward das Schwert und schob es in die Scheide. »So sei es.«

Der Abt runzelte die Stirn. »Wenn das den Normannen zu Ohren kommt …«

»Warum sollte es?«, unterbrach ihn Hereward und grinste. »Es wissen ja nur wir drei hier.« Er lachte. »Ich hoffe, dass die Normannen davon erfahren, Onkel. Deshalb bin ich hergekommen. Ich will, dass die Wellen dieser Nacht das ganze Fenland durchlaufen, ja, ganz England, um schließlich gegen die Füße von Wilhelm dem Bastard zu schwappen, während er auf seinem geraubten Thron sitzt.«

Abt Brands Gesicht war bleich im fahlen Kerzenschein. »Was gedenkst du zu tun?«

Ohne auf die Frage einzugehen, drehte Hereward dem Geistlichen den Rücken zu und schritt bis zum Rand der Schatten am Ende des Hauptschiffs. Als wäre ihm nachträglich noch etwas eingefallen, wandte er sich plötzlich um und sagte mit kalter Stimme: »Ich werde Schrecken bringen. Schrecken und Blut. Und am Ende wird England wieder frei sein.«

In dem Augenblick, bevor das Dunkel seinen Freund umhüllte, sah Alric etwas in Herewards Gesicht, das ihn schaudern ließ. Es war, als sähe ein anderer durch die Augen des Mannes, den er kannte: etwas Unmenschliches, das sich bislang verborgen gehalten hatte, aber nun freigelassen worden war. Erschrocken zögerte der Mönch einen langen Moment, bevor er seinem Gefährten folgte.

Als er durch die Tür schlüpfte und nach seinem Freund rief, löste sich eine dunkle Kapuzengestalt, die das Treffen heimlich belauscht hatte, aus dem Schatten und folgte ihm.

Kapitel 50

Ostanglien

Fackeln flackerten und knisterten in der Brise. Nach Pech stinkender Rauch wirbelte durch das fahle Licht, das durch Zweige drang, an denen noch ein paar goldene und kupferfarbene Blätter hingen. Die Normannen, welche die brennenden Fackeln hielten, warteten am Rande des Dorfangers. Sie waren für den Kampf gerüstet; ein jeder hatte seinen Helm und Kettenpanzer angelegt, und an der Seite hing das zweischneidige Schwert herab. Vor ihnen knieten die Männer des Dorfes mit gebeugten Köpfen. Sie trugen noch die dünnen Kittel, die sie angehabt hatten, als sie bei Tagesanbruch aus dem Bett aufgestanden waren, bevor die Normannen sie aus ihren Häusern gezerrt hatten. Weinend standen die Frauen vor einem der Häuser; sie drängten sich dicht aneinander und warfen ängstliche Blicke zu ihren Männern hinüber, während sie die Arme um ihre schluchzenden Kinder schlangen.

Aldous Wyvill hatte nur Verachtung für die feigen Engländer übrig. Sie hatten sich alles selbst zuzuschreiben. »Ein letztes Mal«, sagte er und ließ den Blick über die verstockten Bauern schweifen. »Was wisst ihr von diesem Geächteten namens Hereward?«

Nur der Wind gab ihm Antwort.

Grimmig nickte der Hauptmann der Normannen seinen Rittern zu. Er würde keinen Widerstand dulden. Entsprechend seinem stummen Befehl hob jeder Ritter seine Fackel an eines der Rieddächer der acht Häuser, die den Dorfanger umstanden. Die Männer des Dorfes blickten auf; ihre Gesichter waren bleich, aber sie schwiegen weiter. Aldous seufzte innerlich.

»Wartet.« Ein junger, schmächtiger Mann mit wirrem blondem Haar und verstörend blassen Augen kam torkelnd auf die Beine. Die Männer ringsum verfluchten ihn, sagten ihm, dass er das Maul halten sollte. Eine Frau – die Ehefrau des Mannes, wie Aldous vermutete – flehte ihn an, stark zu bleiben.

Aldous hob die Hand, damit die Ritter mit ihren Fackeln innehielten und die Hausdächer nicht in Brand setzten. Er versuchte, seinem harten Blick einen respektvollen Ausdruck zu geben, als er den Mann ansah. »Du weißt etwas über diesen Hereward?«

Der Mann nickte.

»Dann sprich! Und wisse, dass du etwas Ehrenhaftes tust, indem du versuchst, dein Dorf zu retten.«

»Wir haben alle von ihm gehört, auf dem Markt und in der Schänke. Er ist zurückgekehrt, um uns in der Zeit der Not zu verteidigen.«

Der Normanne schnaubte. »Er wird euch allen den Tod bringen. Was weißt du über ihn?«

»Das er mehr als nur ein Mensch ist. Dass er vom Geist eines Bären erfüllt ist, den er mit bloßen Händen getötet hat, droben im Norden, wie man sich erzählt.«

»Er ist bloß ein Mensch, das könnt ihr mir glauben, und ein schwacher dazu.«

»Das sagt Ihr. Aber das ist nicht das, was die Engländer hören. Die Geschichten über ihn verbreiten sich bereits über die Fens hinaus, und es gibt einen ständigen Strom von Männern und Frauen, die sich hierher flüchten.«

»Um sich dem Aufstand anzuschließen?«

»Manche, ja. Andere, um Schutz zu suchen vor der Willkür Eures Königs.« Die blassen Augen brannten vor Trotz.

Aldous schlug ihm mit der gepanzerten Hand ins Gesicht und riss ihm die Wange blutig. »Er ist *dein* König«, zischte er. »Zeig Respekt, oder du wirst hier und jetzt, vor den Augen deiner Frau und deiner Nachbarn, deinen Kopf verlieren.«

Der Mann warf seiner weinenden Frau einen liebevollen Blick zu.

»Noch eins will ich wissen«, fuhr der Hauptmann fort. »Wo hat dieser Hereward sein Lager?«

Mit einer einzigen Stimme brüllten die anderen Dörfler ihren Protest heraus, schrien ihrem jungen Nachbarn Drohungen zu.

»Für euer Dorf«, flüsterte Aldous gefährlich leise. »Für eure Frauen und Kinder.«

Der Mann senkte den Kopf und schluckte. Mit leiser Stimme, die unter dem Lärm der anderen Dorfbewohner kaum zu hören war, beschrieb er, wo sich das Lager des Geächteten befand.

Sobald er zu Ende gesprochen hatte, erlaubte Aldous sich ein triumphierendes Grinsen. Er würde sofort ans Werk gehen, um diesen Rebellen in die Knie zu zwingen. Dieser Hereward würde nicht ahnen, dass man ihn verraten hatte, bis es zu spät war. Er ging zurück zu seinen Männern und nickte knapp. »Brennt alles nieder. Dann tötet die Männer.«

Kapitel 51

»Nicht umdrehen!«, flüsterte Hereward.

Alric hörte den Recken kaum, denn die Musik der Fens übertönte nahezu alles. Der Wind pfiff durch die hohen Zweige der Weiden. Dürres Holz knackte unter jedem Schritt. Blätter raschelten. Krähen schrien. Seit sie von Peterborough fortgegangen waren, hatte Alric sich auf das Brennen seiner Schenkel konzentriert, während sie durch schwarzen Schlamm stapften, still daliegenden Tümpeln auswichen, die im Licht des anbrechenden Tages wie Messing glänzten, steinige Dammwege entlangstolperten und durch schäumende Bäche platschten. Er war müde und hungrig, und er machte sich Sorgen darum, was mit seinem Freund geschah. Die ganzen guten Werke der letzten Jahre schienen wie ausgelöscht zu sein.

»Was gibt es hinter uns zu sehen außer Wasser und Wald?«, murrte er.

Der Recke verlangsamte den Schritt, sodass er neben seinen Reisegefährten zurückfiel. »Jemand folgt uns, seit wir das Kloster verlassen haben«, murmelte er, den Blick starr auf den Weg voraus geheftet.

»Woher weißt du das? Ich habe nichts gesehen. Und nichts gehört außer dem Wind und den Krähen.«

»Er ist schlau und geschickt. In der Dunkelheit hat er sich mit einem schwarzen Kapuzenmantel getarnt. Seit Sonnenaufgang hält er gerade genug Abstand, dass wir seine Schritte nicht hören, aber er uns nicht aus dem Auge verliert.«

»Ein normannischer Kundschafter?«

»Vielleicht«, knurrte der Recke. »Darum habe ich ihn auch

gewähren lassen. Normannische Ritter hätten im Kloster lauern können. Und wäre dort Alarm geschlagen worden, hätten wir kaum Aussichten gehabt, ihnen zu entkommen. Aber hier … Das ist mein Land.«

Bevor der Mönch eine weitere Frage stellen konnte, war Hereward wie vom Erdboden verschluckt. Gerade war er noch an Alrics Seite gegangen, aber als der Mönch sich nun umblickte, sah er nur vom Wind bewegte Zweige und hörte nur den leisen Tritt von sich entfernenden Schritten auf dem schlammigen Grund.

Er bemühte sich, nicht in Panik zu verfallen. Aber sie hatten den Großteil des Marsches damit verbracht, über die Taktiken der Normannen zu reden, die schnellen Angriffe ihrer Reiterei, den Einsatz von Bogenschützen im Fernkampf – und am meisten über ihre Grausamkeit, wie der abgeschlagene, vom Torbalken herabbaumelnde Kopf von Herewards Bruder bezeugte. Von allen denkbaren Feinden waren die Normannen mit ihrer Kälte und Effizienz die schlimmsten.

Mit klopfendem Herzen kämpfte Alric sich weiter durch das Unterholz. Er hatte keine Ahnung, was sein Gefährte von ihm erwartete und wie er sich verhalten sollte. Plötzlich zerriss Herewards Kampfschrei den Frieden des Waldlands. Krähen erhoben sich in einer Wolke schwarzer Flügel aus den Baumkronen; ihre harschen Schreie scheuchten meilenweit im Umkreis alles auf.

Alric wandte sich um und bahnte sich seinen Weg zurück durch die schwankenden Weidenzweige, die ihm den Blick versperrten. Er hatte Angst, was er vorfinden würde: seinen Freund im Moor, umgeben von einer Horde von Normannen, die von allen Seiten näher kamen? Als er die letzten Zweigen beiseitewischte, stolperte er über Hereward, der auf dem schlammigen Boden mit dem schwarz gekleideten Verfolger rang. Der andere Mann war offenbar auch ein erfahrener Krieger, denn er kämpfte genauso wild wie Hereward. Alric stellte entsetzt fest, dass sein

Freund bereits entwaffnet worden war; dessen Schwert lag halb begraben unter rostfarbenen Farnen. Doch Hereward ließ seinem Gegner keine Zeit zum Atemholen, sondern deckte ihn mit Schlägen und Kopfstößen ein.

»Warte«, stieß der andere hervor. »Hereward … warte.«

Beim Klang seines Namens hielt der Recke inne. Die eine Hand zur Faust geballt, riss er dem Mann mit der anderen die Kapuze weg. Alric sah einen braunen Lockenkopf und volle Lippen, die das Gesicht seltsam unschuldig wirken ließen, wie das eines Kindes. Die Verblüffung des Recken wich einem breiten Grinsen.

»Redwald?« Einen Augenblick lang starrte er auf die ramponierte Gestalt, dann sprang er auf. Er nahm seinen Ziehbruder in die Arme und schlug ihm auf den Rücken. »Redwald! Ich habe geglaubt, du wärst tot!«

»Das habe ich von dir auch gedacht.«

Hereward hielt den verlorenen Bruder auf Armeslänge von sich, um ihn in Augenschein zu nehmen. Alric sah, wie ein Schatten über das Gesicht seines Freundes fiel. Redwald sah bleich und verhärmt aus, sein Blick war unstet wie der eines getretenen Hundes. Der Recke zwang sich zu einem Lächeln und sagte: »Du siehst gut aus. Wie hast du mich gefunden?«

»Ich habe dich gerächt, Hereward«, sagte der andere mit einem fast kindlich wirkenden, verzweifelten Verlangen, ihm zu gefallen. »Harold Godwinssohn letzte Worte, ehe er starb, waren ein Gebet um Vergebung.«

Hereward nickte. »Dann kann Tidhild in Frieden ruhen. Ihr Tod ist gerächt.« Er zuckte mit den Schultern und warf Alric einen rätselhaften Blick zu. »Seit Langem war ich ganz von dem Wunsch besessen, Harold Godwinssohn für seine Verbrechen leiden zu sehen. Doch jetzt empfinde ich Trauer um Tidhilds Ende, aber keine Freude über Harolds Tod. Andere Dinge sind wichtiger geworden.«

Der Mönch lächelte. »Während unserer Reise auf der Straße des Lebens sehen wir die Bäume und Hügel, an denen wir vorübergehen, oftmals in einem anderen Licht. Was war, ist nicht immer das, was ist.«

Hereward seufzte und wies mit dem Arm auf seinen Freund. »Das ist Alric, ein Mönch, der es sich zum Ziel gesetzt hat, meine Seele zu retten. Eine Aufgabe, für die er einem leidtun kann. Aber sieh dich vor, Redwald – er redet und redet. Und bringt einen um den Verstand. Wenn man feiern oder trinken oder bei einer Frau liegen will, dann redet er. ›Was war, ist nicht immer das, was ist.‹«

»Es ist gut, Freunde zu haben«, sagte Redwald mit einem Hauch des Bedauerns. »Seit die Normannen uns bei Hastings besiegten, war ich die ganze Zeit auf der Flucht. Sie sind ein unerbittlicher Feind, sie geben nie auf. Sobald Wilhelm in London war, hat er die Namen aller auflisten lassen, die König Harold nahestanden, und beschlossen, nicht eher zu ruhen, bis man jeden von ihnen zur Verantwortung gezogen hat.«

»Um so auch jeden künftigen Widerstand schon im Keim zu ersticken.«

»Viele endeten mit den Köpfen auf Pfählen vor dem Palast oder wurden bei Ebbe an einen Pfahl am Ufer gebunden, wo das steigende Wasser ihre Schreie fortspülte.«

»Aber du warst immer klüger als die anderen, Redwald. Du hast überlebt.«

Der Mann im schwarzen Mantel nickte unglücklich. »Im Frühling dieses Jahres, als ich nicht mehr weiterwusste, bin ich zu deinem Onkel ins Kloster von Peterborough gegangen. Er schuldete es deinem Vater, mich aufzunehmen und mir ein neues Leben als Mönch und einen neuen Namen zu geben. Als dann die Normannen kamen, die regelmäßig dem Abt ihren Besuch abstatteten, schenkten sie mir nicht mehr als einen flüchtigen Blick.« Er hielt inne. »Deine Familie ist immer gut zu mir gewesen, Hereward. Ihr habt mich aufgenommen, als ich mittellos und verzweifelt war, nicht nur ein, sondern zwei Mal …«

»Genug«, unterbrach ihn der Recke. Er legte Redwald eine tröstende Hand auf die Schulter. »Auch wenn wir nicht blutsverwandt sind, gehörst du doch zur Familie. Wir reichen einander in schweren Zeiten die Hand. Und du hast deine Treue immer wieder unter Beweis gestellt, nicht zuletzt in deinem Bemühen, Tidhilds Tod und das an mir begangene Verbrechen zu rächen.«

Redwald lächelte und nickte. »Und ich möchte mich dir jetzt anschließen. So können wir Schulter an Schulter kämpfen, wie damals in unserer Jugend.«

»Wärest du im Kloster nicht sicherer?«, fragte Alric.

»Gibt es in diesen Zeiten irgendwo Sicherheit? Die Mönche reden alle von der Endzeit. Sie sprechen von der Schwindsucht, welche die Dörfer und Städte im Westen heimsucht. Von der Hungersnot, an der Wilhelm der Bastard die Schuld trägt, weil er die Felder derer verwüstet, die sich ihm nicht beugten, und ihre Vorräte raubt.« Redwald rang die Hände, als die lang unterdrückten Sorgen an die Oberfläche drängten. »Und dann erreichten uns Geschichten von einem Anführer des Widerstands, der Bären mit bloßen Händen tötet und ganz Flandern in die Knie gezwungen hat. Und sie sagen, sein Name sei Hereward, und ich konnte es nicht glauben …« Er senkte den Kopf, und seine Stimme wurde leise. »Aber letzte Nacht sah ich es selbst.«

»Warum hast du uns nicht schon im Kloster angesprochen?«, wollte der Mönch wissen.

Redwald schüttelte den Kopf. »Ich dachte, Hereward würde mich nicht wollen«, flüsterte er.

Der Recke lachte ungläubig. »Hast du den Verstand verloren?«

Redwald, der die Atmosphäre zu entkrampfen versuchte, schlug die Hände zusammen und setzte ein breites Lächeln auf. »Aber da bin ich nun. Ich möchte mich dir anschließen. Ich werde ein treuer Gefolgsmann sein und bitte nur um deinen Schutz.«

»Gefolgsmann?« Hereward schüttelte in gespieltem Erstaunen den Kopf. »Wir sind gleich, Bruder.«

»Als ich euch gefolgt bin und den Mut zu finden suchte, euch anzusprechen, habe ich nachgedacht …« Redwalds Zunge befeuchtete die trockenen Lippen. »Wenn irgendjemand gegen Wilhelm bestehen kann, dann bist du es, Hereward. Aber die Normannen sind zahlreich, und sie haben England im Würgegriff. Wenn wir Earl Edwin auf unsere Seite ziehen könnten … vielleicht auch seinen Bruder, Earl Morkar … Wir Männer von Mercien könnten einen großen Aufstand beginnen, der die Eroberer bis ins Mark erschüttern würde. Selbst der Thron wäre für uns in Reichweite.«

Alric sah ein rätselhaftes Feuer in den Augen des Mannes flackern. Hereward jedoch erschien überglücklich, dass sein Ziehbruder wieder in sein Leben getreten war.

»Das ist der Geist, den wir brauchen.« Der Recke schüttelte die Faust. »Siehst du, Mönch? Du hattest Angst, wir wären nur ein armseliger Haufen im Kampf gegen die normannische Übermacht, aber mit solchen Männern auf unserer Seite können wir alles erreichen.«

»Wir haben genug Zeit, um Pläne zu schmieden und unsere Streitmacht aufzubauen. Die Normannen werden uns in den Fens nicht finden«, meinte Redwald. »Ja, Bruder, wir können alles erreichen.«

Alric sah den beiden nach, als sie durch das Weidendickicht davongingen. Sie hatten einander den Arm um die Schulter gelegt und tauschten wilde Geschichten aus der Zeit aus, die sie getrennt gewesen waren. Doch als Hereward über einen Scherz seines Bruders lauthals lachte, bemerkte der Mönch etwas Seltsames. Redwald blickte den Recken von der Seite an, und in diesem Moment, als er sich unbeobachtet glaubte, zeigten seine

Züge keine brüderliche Liebe. Alric glaubte vielmehr, etwas anderes darin zu lesen – Missgunst vielleicht oder gar Geringschätzung. Doch Redwalds Blick verging so schnell, dass der Mönch sich nicht sicher sein konnte. Er folgte den beiden mit Abstand, tief in Gedanken versunken, und sein Misstrauen wollte sich nicht legen.

Kapitel 52

Die aufgehende Sonne entflammte die Wasser des Fens. Nebel hing über den Sümpfen und trieb zwischen den kahlen schwarzen Bäumen, als die normannischen Ritter in der Morgenkühle ihre Pferde bestiegen. Aldous Wyvill war stolz auf seine Truppe, wie er mit Genugtuung feststellte. Den ganzen Abend hatten die Männer damit verbracht, ihre Helme und Rüstungen für den bevorstehenden Kampf zu ölen, das Leder zu wichsen und Schwertern und Äxten den letzten Schliff zu geben. Wie ein Stahlgewitter würden sie auf die zerlumpte Bande von Rebellen hereinbrechen. Die Engländer würden nicht mal wissen, was sie da getroffen hatte, wenn ihnen die Köpfe von den Schultern flogen.

Die Pferde schnauben und stampfen mit den Hufen, als wüssten auch sie um den bevorstehenden Angriff, dachte der Hauptmann. Er sog die kühle, feuchte Luft tief in seine Lunge ein. Der Gestank von fauligen Blättern und Sumpfgas ließ ihn die Nase rümpfen. Er sehnte sich nach den grünen Wiesen seiner Heimat, doch wehmütige Gedanken brachten einen nicht weiter. Sentimentalität war eine Schwäche.

»Auf geht's!«, bellte er. »Und mögen unsere Schwerter Blut trinken, bevor der Tag vorbei ist.«

Das neu verstärkte Tor der Umfriedung öffnete sich rasselnd, und die Kolonne der Reiter zog hinaus in das wilde, nebelumhüllte Moor. Doch sie hatten kaum den Rand des Dorfes verlassen, als von dem schlammigen Pfad voraus der Hufschlag vieler Pferde an ihre Ohren drang. Aldous gebot seinen Männern Halt und befahl ihnen, die Waffen bereitzuhalten. Wer konnte zu solch einer frühen Stunde des Wegs geritten kommen?

Als sich die Reiter aus dem Nebel schälten, lockerte sich die Spannung des Hauptmanns angesichts der vertrauten Rüstungen und eines bekannten Gesichts. Hier waren die Verstärkungen aus London – von ihm angefordert, nachdem er von dem Aufstand erfahren hatte. Einige waren Ritter, viele offensichtlich Söldner. Aber in ihrer Mitte erkannte Aldous einen Mann mit einem langen Rattengesicht und kleinen Augen, die zu einem ständigen Stirnrunzeln zusammengezogen zu sein schienen. Er trug die allerbeste Kleidung: ein warmes wollenes Wams von purpurner Farbe und mit gelben Diamanten verziert sowie eine Fellmütze, die ihn zwischen den vernarbten Gesichtern und Eisenrüstungen weibisch erscheinen ließ. Es war Friederich, der Schwager von Wilhelm von Warenne, der einer der mächtigsten normannischen Adligen war und das Ohr des Königs Wilhelm hatte. Friederich selbst hatte in der näheren Umgebung als Lehensträger Land erhalten.

Mit hochmütiger Miene löste er sich nun aus dem Schutz seiner Garde und ritt zu Aldous heran. »Eure Botschaft hat mich beunruhigt«, sagte er mit näselnder Stimme. »Was sind das für Aufständische, die mein Land bedrohen?«

»Meine Worte waren ein wenig voreilig.« Der Hauptmann nahm als Zeichen der Hochachtung seinen Helm ab, auch wenn er wenig Respekt für den Mann verspürte. »Der Aufstand verdient kaum den Namen, und wir werden ihn im Keim ersticken, bevor der Tag zu Ende geht.«

Mit einem verächtlichen Lachen hob Friederich eine Hand, um jemanden aus der Reiterkolonne herbeizurufen. »Ihr sprecht wiederum zu voreilig, Aldous Wyvill. Der Anführer der Rebellen ist ein gewisser Hereward, richtig?

»Das stimmt.«

»Dann solltet Ihr Euch vorsehen. Mein Bruder Wilhelm war Gast auf der Hochzeit dieses Mannes in Flandern, und er berichtete nach seiner Rückkehr allen von dessen Heldentaten.

Als Hereward einst England verließ und ins Exil ging, war er ungeschliffen und wild, doch während seiner Zeit in Flandern lernte er, sein natürliches Talent für Mord und Totschlag zu vervollkommnen. Er behauptete sich auf einem Schlachtfeld nach dem anderen und erweckte die Aufmerksamkeit von keinem Geringeren als Graf Balduin, der den Recken in seine Dienste nahm. Der Graf bezeichnete ihn als den größten Krieger in ganz Flandern. Hereward ist weit gefährlicher, als Ihr Euch vorstellen könnt.«

»Er ist nur ein einziger Mann.« Aldous musste sich beherrschen, um dem adeligen Schnösel nicht das höhnische Lächeln vom Gesicht zu wischen.

Mit klirrendem Kettenhemd stieg einer der Reiter aus der Kolonne vom Pferd und kam zu ihnen herüber. Er war ein Wikinger. Sein Haar und der Bart waren blutrot gefärbt, und die Schädel von Vögeln und Nagetieren rasselten gegen sein rostiges Kettenhemd, wo sie mit Lederschnüren befestigt waren.

»Dieser Mann hat mehr Erfahrung als Ihr oder ich. Seine Axt hat bereits das Blut dieses Hereward gekostet.« Friederich wies mit großer Geste auf Harald Rotzahn. »Er war bei dem Heer, das im Süden Ordnung schafft, als die Nachricht von Eurem Aufstand sich herumsprach. Sein Wissen wird sich als unschätzbar erweisen.« Friederich lächelte. »Ebenso wie sein Eifer, Euren Feind tot zu sehen.«

Der Blick des Wikingers hatte etwas Unheimliches, wie Aldous fand. Bei dem Mann hatten sich die Pupillen so stark geweitet, dass die Iriden im Prinzip unsichtbar waren.

»Hereward hat mich einmal getötet«, sprach Harald. Seine schwarzen Augen waren starr und unverwandt auf den normannischen Hauptmann gerichtet. »Und ich habe ihn einmal getötet. Wir sind quitt. Jetzt will ich sehen, wessen Feuer am hellsten brennt.«

Kapitel 53

Im Lager herrschte ein Gewirr von Stimmen. Männer und Frauen scharten sich um die Feuer zwischen den Baumgruppen. Alte Freunde und Nachbarn grüßten einander mit freudigem Hallo. Fremde reichten sich die Hände, vereint durch das gemeinsame Ziel, aber hatten Mühe, die Dialekte des Nordens, Südens und Westens zu verstehen. Hereward zählte mehr als zwanzig neue Köpfe, als er, begleitet von Alric, durch die Menge schritt. Die armselige Ansammlung von Speeren und Schilden hielt dem Vergleich mit der normannischen Waffenmacht kaum stand, doch er hoffte, dass sich unter den Neuankömmlingen ein paar gute Kämpfer befanden.

»Die Kunde verbreitet sich schnell«, bemerkte der Mönch.

»Nach dem, was man hört, ist das Leid, das die Normannen verbreiten, in ganz England groß. Der Zorn wächst.«

»Aber es ist dein Name, der sie anzieht. Es scheint, dass deine Taten in York sich wie ein Lauffeuer verbreitet haben.« Alric unterdrückte ein Lächeln. »Die Engländer brauchten einen Helden, und du warst zur Stelle.«

»Ich bin kein Held«, widersprach Hereward energisch, womit er sogleich auf den Köder anbiss. Seine weiteren Worte erstarben in seiner Kehle, als sein Blick auf zwei bekannte Gesichter auf der anderen Seite des Lagers fiel.

Er ließ den Mönch stehen und bahnte sich seinen Weg durch die Menge. Er wusste nicht, was er sagen sollte. Kraki und Acha saßen auf einem umgestürzten Baum neben dem Lagerfeuer und aßen etwas von dem Geflügel, das Guthrinc gebraten hatte. Der Wikinger hatte eine neue Narbe über dem linken Auge davongetragen, seit Hereward ihn zuletzt gesehen hatte, und ein paar Silbersträhnen zogen sich durch Haar und Bart. Seine Rüstung aus Leder und Kettengeflecht war mit dem Schlamm der Straße bespritzt.

Acha sah Hereward kommen, bevor ihr Gefährte von seinem Mahl aufblickte, und der Recke wurde erneut von ihrer wilden Schönheit überwältigt. Sie trug nur ein einfaches, abgetragenes Wollkleid, aber ihr rabenschwarzes Haar glänzte wie eh und je. Sie schenkte Hereward ein Lächeln, das einen Hauch von Zerknirschung auszudrücken schien.

Als Kraki den Recken bemerkte, wischte er sich mit dem Handrücken das Fett vom Mund und warf den abgenagten Knochen ins Feuer. Er erhob sich und sah Hereward mit unbeirrtem Blick in die Augen. »Du und ich, wir hatten unsere Probleme. Aber an deinem Mut und Kampfgeschick habe ich nie gezweifelt. Lass uns die Vergangenheit vergessen und neu anfangen, denn gemeinsam können wir genug Normannenblut vergießen, um diese Sümpfe rot zu färben.«

Hereward musterte das Gesicht des Wikingers. Sie würden nie gute Freunde sein, aber Kraki hatte sich als treu erwiesen, nachdem er Tostig den Eid geschworen hatte. Der Recke nahm den Nordmann mit einem kurzen Nicken in den Kreis seiner Kämpfer auf. »Deine Axt wird uns bald gute Dienste leisten.« Er drehte sich um und zeigte auf Alric. »Der Mönch dort hinten wird dich in unsere Pläne einweihen.«

Mit einem Schnauben drängte sich Kraki durch die Menge. Sobald er außer Sicht war, sprang Acha auf. »Es gibt wenig zu sagen über das, was damals in York geschehen ist«, begann sie. »Ich war schwach.«

»Das liegt jetzt hinter uns. Du bist nicht zu den Cymri zurückgekehrt?«

Ihre Augen blitzten. »Er hat mich nicht gelassen«, schnappte sie und wies mit dem Kopf in Richtung des Wikingers.

»Du bist jetzt mit Kraki zusammen?«

Acha blickte zu Boden und versuchte die Scham zu verbergen, die sie empfand. »Er war …«

»Du brauchst mir nichts zu erzählen«, unterbrach Hereward sie mit sanfter Stimme. »Ich weiß, wie du denkst.«

Hoffnung flammte in den Augen der Frau auf. Sie trat nah an ihn heran; fast schien es, als wollte sie ihm die Hände auf die Brust legen. »Ich wäre lieber mit dir zusammen.«

»Ich habe jetzt eine Frau.«

»Dann nimm dir eine zweite.« Acha sah sich um. »Wo ist sie?«

»Dort, wo sie sicher ist.«

»Mich würdest du nie an einen sicheren Ort bringen müssen. Ich würde immer an deiner Seite stehen.« Ihre dunklen Augen weiteten sich, als sie zu ihm aufblickte. »Wir wissen, wie es in dem anderen aussieht. Wir sind im Herzen gleich. Das hast du selbst gesagt. Du weißt es.«

Hereward zögerte. Er wusste, dass sie die Wahrheit sprach. Bevor er etwas erwidern konnte, hallte ein Schrei durch das Lager. Menschen wurde beiseitegestoßen, als sich jemand einen Weg durch die Menge bahnte.

Es war Redwald, der atemlos und mit rotem Gesicht herangestürzt kam. Er packte Hereward am Arm und keuchte: »Die Normannen kommen!«

Kapitel 54

Goldene Augen leuchteten wie Fackeln in den grauen Nebelschwaden, die zwischen den kahlen Bäumen trieben. Zwischen dem Rauschen des Windes über dem silbernen Wasser konnte Harald Rotzahn das Wispern der *Alfar* hören, während sie die Welt der Menschen beobachteten. Sie warnten vor der Rabenernte, die da kommen sollte. Eine Krähe gab ihm ein Zeichen, als sie über die stille Landschaft strich. Als er in die glatten Oberflächen der Seen schaute, blickten die klaffenden Schädel der Toten aus der Anderswelt zu ihm zurück. Nichtsahnend ritten die Normannen weiter, entlang des stinkenden Sumpflands, wo stehende Tümpel den verhangenen Himmel widerspiegelten. Aber Harald lauschte, und er hörte hin.

Kundschafter kamen im Galopp von einer der Inseln geritten, die sich aus einem Meer von Schilf in einem braunen Moor erhob. Ihre Wämser waren schlammverdreckt, denn sie hatten sich auf dem Bauch an die Rebellen herangeschlichen. Aldous Wyvill ließ sich von ihnen Bericht erstatten und nickte. Harald hörte mit, was die Kundschafter erzählten: Die Aufständischen würden arglos umherschlendern und noch nicht ahnen, dass ihr Ende nahe war; und bei ihnen befand sich auch Hereward, zusammen mit dem Mönch. Die Finger des Wikingers schlossen sich um den Schaft seiner Axt, die etliche Kerben aufwies. Was würde es brauchen, um den englischen Recken zu den Grauen Landen zu schicken? In Flandern war Rotzahn überzeugt gewesen, dass er ihm einen tödlichen Hieb versetzt hatte, aber der Lebensverderber hatte überlebt. Jetzt war es mehr als nur das Verlangen nach Rache, was ihn antrieb. Die *Alfar* hatten ihm gesagt, es müsste ein Gleichgewicht im Leben geben und nur einer von ihnen beiden könnte in den künftigen Tagen auf dem Weg fortschreiten. Hereward oder Harald. Harald oder Hereward.

Der rotbärtige Söldner trieb sein Pferd an die Seite des normannischen Hauptmanns und redete mit Nachdruck auf ihn ein: »Hereward ist mehr als ein Mensch. Er wird von einem Geschöpf der Nacht beherrscht, und er hat alle Kräfte der dunklen Welt auf seiner Seite. Ihr müsst bei ihm besondere Vorsicht walten lassen.«

Aldous beäugte ihn voller Verachtung, dann schaute er über die Schulter, um zu sehen, ob die abergläubische Bemerkung bei seinen Rittern irgendeinen Eindruck hinterlassen hatte. Der Wikinger war diesen Blick gewohnt, und es kümmerte ihn wenig. Tote Narren gab es überall.

»Wir werden gewiss kein Risiko eingehen«, entgegnete der Hauptmann barsch und wandte seine Aufmerksamkeit von Harald Rotzahn ab, um den Zugang zur Insel in Augenschein zu nehmen. »Wir werden schnell und hart zuschlagen, bevor die Aufständischen imstande sind, eine Verteidigung aufzubauen.« Beim Anblick des sumpfigen Geländes rümpfte er die Nase. »Wenn wir unsere Reiterei einsetzen könnten, wäre das ein Kinderspiel. Aber wir sind immer noch besser bewaffnet als dieser Haufen.« Das Klirren der schweren Kettenpanzer und das Rasseln der Schwerter gegen die Schenkel ringsum schien seine Worte zu unterstreichen.

Harald war davon unbeeindruckt. Er lauschte weiter dem Wispern aus den Bäumen.

Am Rande des Moors saßen die Krieger ab und ließen ihre Pferde in der Obhut zweier Stallburschen, die sie von der Befestigung aus begleitet hatten. Ein schmaler, leicht erhöhter Weg, der mit Gras bewachsen war, führte zu der Insel hin. Der Wikinger ließ seinen Blick über die dichten Bestände schwarzer Bäume gleiten, die den Großteil der Insel und des umgebenden

Moor- und Sumpflands bedeckten. *Die Aufständischen haben ihr Lager gut gewählt*, dachte er. Aber wenn die Engländer nicht auf den Angriff vorbereitet waren, würde ihr neues Heim sich als tödliche Falle erweisen, da es kaum Möglichkeiten gab, über den Dammweg zu fliehen, der sich auf der Westseite über das Wasser erstreckte.

Aldous hob die Hand, um seinen Männern anzuzeigen, dass sie auf dem grasbewachsenen Weg Aufstellung nehmen sollten. Harald hielt sich ungefähr in der Mitte der Kolonne. Anschließend rückten die Ritter und Söldner leise und vorsichtig vor, damit man sie nicht hörte. Der Wikinger zog witternd die Luft ein. Holzrauch. Zwei Lagerfeuer, vielleicht auch drei.

Am Fuß der Insel zog der graue Nebel durch die Weiden und Eschen. Harald fuhr mit den Zähnen über die Lippen und nahm einen Vorgeschmack des Blutes wahr, das bald fließen würde. Als die Männer langsam die Böschung erklommen, trieb der Hall gedämpfter Stimmen durch den Nebel. Es klang, als wäre da etwas im Gange. *Wollen die Aufständischen fliehen?*, fragte Harald sich. *Oder bereiten sie sich auf einen Kampf vor?*

Als die Rufe und Wortwechsel nahe waren, hob Aldous erneut die Hand, um seine Männer zu sammeln. Mit Armbewegungen nach rechts und links ließ er sie in einer Reihe ausscheren. Die Kundschafter hatten ihm berichtet, dass die Kuppe der Insel flach war und sich auf der anderen Seite sanft zum Moor hinabsenkte. Eine fröhliche Melodie erfüllte Haralds Kopf, und er musste an sich halten, um nicht mitzupfeifen, als er seine Axt packte. Er richtete den Blick auf den normannischen Hauptmann. Das Wispern der *Alfar* verstummte. Stille trat ein.

Der Anführer der Normannen hielt abermals die Hand hoch und wartete, lauschte dem Auf und Ab der Stimmen. Aller Augen waren auf ihn gerichtet. Er ließ den Arm heruntersausen. »*Dex aie!*«, rief er in seiner Sprache. *Gott stehe uns bei!*

Die Ritter griffen den Ruf auf und rannten die letzten paar

Schritte den Hang hinauf und über den Rand der Böschung. Durch den Nebel sah Harald die Engländer nach allen Richtungen wie Hasen davonhetzen. Es waren weniger, als er erwartet hatte.

Die Tritte der schwer bewaffneten Normannen, die das nun abschüssige Gelände hinunterstürmten, klangen wie Donner. Gleich einem Wolf in menschlicher Gestalt lief Harald allen voran. Seine Augen suchten überall nach Hereward. Ein Aufständischer in einem braunen Wams sprang durch das Farnkraut zu seiner Linken. Zwei Männer verschwanden in dem Nebel zur Rechten. Die Geister von anderen irrlichterten voraus.

Während er den Hang weiter hinunterrannte, merkte Harald, wie der Nebel noch dichter wurde. Er sah, dass alle Ritter bis auf einen seinem Blick entschwunden waren, als sie den gedämpften Rufen folgten, die von überall auf der Insel erklangen.

Mit keuchendem Atem kam der Wikinger am Rande eines Moors zum Halten. Er hatte das andere Ende der kleinen Insel erreicht. Der verbliebene Ritter hielt gleichfalls an, dann begann er, den Rand des Sumpfes abzusuchen, wobei er sich nach allen Seiten umsah.

Mit einem unguten Gefühl ließ sich Harald auf die Knie sinken, um den schlammigen Grund zu untersuchen. Er war nicht von den Füßen der Fliehenden aufgewühlt worden.

»Hier ist keiner gewesen«, knurrte er.

Der Normanne ignorierte ihn und strich um eine Gruppe von Trauerweiden herum.

Der rotbärtige Wikinger stand auf und versuchte, den dichten Nebel mit seinen Blicken zu durchdringen. Tief in der Höhle seines Schädels erhoben sich warnend die Stimmen der Ahnen. »Halt!«, rief er. »Irgendetwas stimmt hier nicht.«

Der Ritter hielt inne und schob ein Büschel Zweige mit dem Schwert beiseite.

Ringsum war alles still. Keine Schreckensschreie oder Rufe

von fliehenden Aufständischen. Harald hob seine Axt und drehte sich langsam um.

Irgendwo in der Nähe zerriss ein gellender Schrei die Stille. Dann ein weiterer. Und noch einer.

Todesschreie, erkannte der Wikingerkrieger.

Die Normannen waren zu forsch gewesen, wie er jetzt erkannte. Er war sich sicher, dass die Aufständischen von dem drohenden Angriff gewusst und sich darauf vorbereitet hatten, und er war nicht bereit, sein Leben aufs Spiel zu setzen, um die Wahrheit herauszufinden. »Kehren wir zu den Pferden zurück!«, rief er dem Ritter zu, und schickte sich an, den Hang wieder hinaufzugehen. »Wir haben den Vorteil der Überraschung verloren.«

Er warf einen Blick über die Schulter, um zu sehen, ob der Mann ihm folgte, und bemerkte plötzlich, dass große Blasen auf der Oberfläche eines Tümpels im Moor aufstiegen und zerplatzten. Der Ritter drehte sich just in dem Augenblick um, als eine Gestalt aus der Tiefe auftauchte. Schwarzer Schlick troff von seinen Gliedern. Weiße Augen erschienen in einem schlammschwarzen Gesicht – und dann weiße Zähne, gebleckt zu einem triumphierenden Grinsen.

Während der Ritter die Erscheinung noch wie angewurzelt anstarrte, fuhr Herewards blitzende Klinge auf seinen Hals zu.

KAPITEL 55

Die laut gebrüllten Befehle des normannischen Hauptmanns hallten durch den Nebel. Redwald grinste. Zwar konnte er die Worte nicht verstehen, aber die Unsicherheit in der Stimme des Mannes war nicht zu überhören. Ein weiterer Schrei erscholl in der Nähe und brach dann abrupt ab. Herewards Plan ging anscheinend perfekt auf.

Redwald lehnte sich mit dem Rücken gegen den klammen Stamm einer Esche und lauschte auf die Schritte der verwirrten Krieger im Nebel. Als schwere Tritte näher kamen, hielt er die Hände zu einem Trichter vor den Mund und stieß einen Ruf aus, als hätte er sich verirrt. *Die Normannen trampeln in ihrer Rüstung wie Ochsen herum*, dachte er, als die stampfenden Schritte sich in seine Richtung bewegten. Er wartete, bis die Gestalten sich aus dem Nebel schälten; dann drehte er sich um und rannte den Hang hinab.

Zweige peitschten ihm ins Gesicht, aber sein Atem blieb ruhig und regelmäßig. Seit den Tagen an Harold Godwinssohns Seite hatte er sich nicht mehr so lebendig gefühlt. Dem Getrappel der Schritte in seinem Rücken nach zu urteilen musste er sieben oder acht Ritter auf sich gezogen haben; eine gute Anzahl.

Er sprang über einen halb verrotteten Stamm, den man über den Weg gelegt hatte, und warf Guthrinc, der daneben hinter einem Baum wartete, ein rasches Lächeln zu. Das Gesicht des großen Mannes war mit weißem Lehm beschmiert und um die Augen mit Holzkohle geschwärzt. Er hatte das Gesicht des Todes, wie viele der Aufständischen. Redwald erinnerte sich an Herewards Worte: *Auch der Schrecken ist eine Waffe, genau wie die*

Axt. Er lief noch etwas weiter, blieb dann kurz stehen und blickte zurück. Als der Erste der Verfolger vor dem Baumstamm auf dem Boden zögerte, schwang Guthrinc seine Axt und hieb sie ihm in die Brust. Der dumpfe Knall von scharfem Eisen, das durch Metall, Fleisch und Knochen drang, widerhallte von den Bäumen. Guthrinc riss die Axt aus dem Oberkörper des Normannen heraus und verschwand blitzschnell im Nebel, noch bevor der Ritter in einem Blutschwall auf die Knie gesunken war.

Redwald drehte sich um und rannte weiter die Flanke des Hügels hinab, allerdings so langsam, dass er die Aufmerksamkeit der Normannen erneut auf sich lenkte, die sich kurz bei ihrem sterbenden Kameraden aufgehalten hatten. Er erlaubte sich ein schadenfrohes Lachen. Er verspürte eine merkwürdige Freude darüber, eine solche Rache für den Schrecken erleben zu dürfen, den die Normannen ihm während der siegreichen Schlacht Wilhelms des Bastards um die englische Krone zugefügt hatten. Der Feind hatte ihn an jenem Tag seine eigene Schwäche erkennen lassen und ihm damit den härtesten Schlag von allen versetzt. Er würde lieber eine Hand verlieren, als noch einmal so etwas zu erfahren.

Ein Stück weiter den Hang hinab sprang er über eine kleine Fläche aus Zweigen, vergilbten Grassoden und vertrockneten Blättern. Abermals wandte er sich um und blickte zurück auf die eiserne Front, die auf ihn zuraste. Im nächsten Moment krachte der Ritter an der Spitze durch die dünne Abdeckung in die verborgene Grube. Sein gurgelnder Schrei brach ab, als die angespitzten Pfähle, die unten im Boden steckten, sich durch seinen Körper bohrten. Ein weiterer Ritter, der nicht rechtzeitig anhalten konnte, stolperte ebenfalls hinein.

Redwald ballte triumphierend die Faust. Er hatte Herewards Behauptung angezweifelt, dass in den vielen von ihnen ausgehobenen Gruben tatsächlich Feinde sterben würden. Aber der Recke hatte den tödlichen Erfolg dieser Kriegslist während seiner Reisen auf der anderen Seite des Walwegs mit eigenen Augen gesehen. Sein Bruder war in den Jahren ihrer Trennung als Persönlichkeit gewachsen, stellte Redwald fest. Vielleicht konnte Hereward wirklich einen Anspruch auf den Thron erheben.

Er machte einen weiteren Spurt bis zum Beginn des Moors und huschte an dessen Rand entlang, bis er an ein grünes Gebiet kam, das in den Nebel hinausreichte. Er suchte nach dem geheimen Wegzeichen und lief dann aus dem Schutz der Bäume heraus. Die verbliebenen Ritter – es waren vier – brüllten auf, als sie ihn sahen.

Scheinbar von Panik ergriffen rannte der Aufständische weiter. Ein klammheimliches Lächeln legte sich auf sein Gesicht, als er hörte, wie von den Lederschuhen der Normannen plötzlich andere Geräusche ausgingen – statt stampfender Schritte vernahm er ein sumpfiges Platschen. Einen Augenblick später brachen hektische Schreie aus, und Redwald hielt an. Er drehte sich um und stemmte die Hände in die Hüften, denn er wusste, dass seine Verfolger verloren hatten. Die Ritter steckten bereits knietief in dem tückischen Moor; und das Gewicht ihrer Rüstung zog sie hinab. Redwald stand auf dem schmalen Abschnitt aus festem Boden, der in das Moor hinausführte und von dem nur ein Bewohner der Fens wissen konnte. Je mehr die Normannen strampelten, um sich zu befreien, desto tiefer sanken sie ein. In ihrer Verzweiflung warfen sie ihre Schwerter und Äxte weg und rissen sich die Helme vom Kopf. Redwald war das nur recht, denn so konnte er sich an dem Entsetzen in ihren Augen noch besser weiden. Zwei von ihnen versuchten, sich ihrer Kettenpanzer zu entledigen, doch es war zu spät. Immer tiefer und immer schneller versanken sie im Moor. Der stinkende schwarze Schlamm reichte ihnen bald bis zum Bauch, dann bis zur Brust und kurz darauf bis zum Hals. Sie schrien jetzt nicht mehr wie Männer, sondern wie kleine Kinder, und ihre Augen füllten sich mit Tränen.

Redwald trat näher, hockte sich auf die Fersen, um besser sehen zu können. Seine Feinde flehten ihn in ihrer Sprache an, aber dann schwappte das Moor in ihre Münder, und nur ein Würgen und Gurgeln kam noch aus ihren Kehlen. Und schließlich herrschte Schweigen, das lediglich von den Blasen unterbrochen wurde, die auf der schlammigen Oberfläche zerplatzten.

Redwald erhob sich und rieb sich den getrockneten Matsch von den Händen. Seine dunkelsten Tage lagen hinter ihm, da war er sich sicher. Ihm ging das Herz auf. Nichts würde ihn jetzt mehr von seinem Ziel abbringen. Und das lautete: Macht und Sicherheit – und um dies zu erreichen, würde ihm jedes Mittel recht sein.

Kapitel 56

Rot tropfte das Blut vom Hals des abgetrennten Kopfes herab. Mit brennendem Blick, erfüllt von einem wilden Feuer, hielt Hereward die Trophäe hoch, sodass Harald Rotzahn sie sehen konnte. Hass glühte in der Brust des Wikingers – nicht nur auf den englischen Recken, sondern auch auf die Normannen, deren vielfältiges Versagen seiner Axt die Rache geraubt hatte, nach der sie dürstete. Der rotbärtige Söldner unterdrückte das Verlangen, den Hang wieder hinaufzustürmen und sich dem Anführer der Aufständischen zum Kampf zu stellen, denn er wusste, dass die Übermacht zu groß war. Er hasste es, aus einer Schlacht zu fliehen, aber er war klug genug, um zu wissen, dass es noch eine andere Gelegenheit geben würde, den Durst seiner Axt zu stillen.

Harald mied die Pfade, die sich zwischen den Bäumen schlängelten, und brach sich einen Weg durch das Unterholz, hackte nach jedem Zweig, der ihm in den Weg kam. Überall, wohin er blickte, sah er Tod. Ritter, die in Sumpflöcher gefallen waren. Leichen, mit Pfeilen gespickt. Ersterbende Schreie drangen aus klaffenden Gruben. Die *Alfar* hatten recht behalten. Die Raben hielten reiche Ernte, aber vor allem unter den Normannen. Die Aufständischen hatten sie alle zum Narren gehalten. Der Wikinger sah sie wie Gespenster durch den Nebel gleiten. Einige kletterten aus Gräben oder kamen aus Verstecken hervor. Andere riefen Warnungen von oben aus dem Geäst. Und von den Wasserflächen aus hatten zwei Männer in flachen, runden Booten, wie sie Harald noch nie zu Gesicht gekommen waren, ihre Bögen sprechen lassen. Alle trugen sie scheußliche Masken aus Schlamm, Asche und Holzkohle.

Ein Schlachtruf ertönte hinter ihm, der von allen Seiten aufgegriffen wurde. Als der Söldner sich durch die Weiden kämpfte, hörte er, wie die kampfeslustigen Schreie näher kamen. Die Engländer würden ihre Feinde nicht einfach entkommen lassen, wenn sie es verhindern konnten. Fluchend krachte der Wikinger durch das Gewirr von Zweigen und Dornengestrüpp.

Als er die Kante des abwärtsführenden, steilen Hangs erreichte, tauchte plötzlich eine Gestalt zu seiner Linken auf. Eine Speerklinge streifte seinen Unterarm. Taub für jedweden Schmerz reagierte er schneller, als sein Gegner erwartet hatte. Bevor der englische Rebell zurückweichen konnte, wirbelte der Wikinger herum, ließ seine Axt in den Hals des Mannes sausen und riss sie in einem Schauer von Blut wieder frei. Einen Augenblick lang erfüllte ihn der Regen von roten Juwelen mit einer aus dem Gift der Pilze geborenen Faszination.

Weitere Kriegsschreie rissen ihn aus seiner Erstarrung. Er sprang über den Rand und lief den Hang hinab. Durch die Nebelschwaden sah er andere Gestalten ebenfalls hinuntereilen. Der schwere Tritt von genagelten Schuhen auf weichem Untergrund sagte ihm, dass es Normannen waren. Er brach aus den Bäumen hervor und rannte weiter auf dem grasbewachsenen, leicht erhöhten Weg, wo der Nebel sich allmählich auflöste. Der feuchte Geruch von Pferden hing in der Luft, und er konnte ihr Schnauben und Wiehern vernehmen. Die Tiere witterten Blut und Tod.

Der Söldner schwang sich auf sein Pferd und warf einen Blick in die Runde. Kaum zwanzig der fünfzig Mann starken normannischen Streitmacht hatten es von der Insel zurückgeschafft. Hinter ihnen bewegten sich durch den Nebel schattenhafte Gestalten entlang der Bäume.

Ich komme zurück, schwor er sich, *und ich werde euch die Ohren abschneiden und sie an meinem Kettenhemd aufhängen.* Er begann ein Liedchen zu pfeifen, das mit einem schrillen Auflachen endete. Die überlebenden Normannen sahen ihn an, als glaubten sie, die Unbilden der Schlacht hätten ihn in den Wahnsinn getrieben. Das ließ ihn nur noch lauter lachen.

Sobald sie ein wenig Abstand zwischen sich und die Aufständischen gelegt hatten, verlangsamte Aldous Wyvill den Galopp der Pferde zu einem Trott. Neben seinem linken Auge war eine dicke Blutkruste, und auf der Wange breitete sich ein blauer Fleck aus. »Wir werden zurückkehren, um unsere Gefallenen zu rächen«, fauchte er. »Nur Mut. Wir geben nicht auf.«

»Sie haben ihnen die Köpfe abgeschnitten«, keuchte einer der Ritter entsetzt.«

»Reiß dich zusammen, Mann!«, schrie der normannische Hauptmann den Ritter an. »Wir werden uns nicht von Bauern mit Stöcken und Steinen und versteckten Fallen den Schneid abkaufen lassen.«

Den Rest des Rittes schwiegen die Männer, aber Harald konnte den sauren Gestank der Furcht in ihrem Schweiß riechen.

Als sie in der Befestigung eintrafen, befahl Aldous, das Tor zu schließen und zu verriegeln. Als die entmutigten Ritter absaßen und ihre Pferde wegführten, kam Friederich von Warenne in Samt und Seide aus der Halle gewandelt. Er hielt die Hände gefaltet, um seiner Freude über den Sieg einen feierlichen Ausdruck zu geben, aber sein schmallippiges Lächeln verschwand, als er sah, wie wenige Männer zurückgekehrt waren, und dies mit hängenden Schultern und von Wunden gezeichnet.

»Was ist passiert?«, rief er entsetzt.

»Die Engländer haben auf uns gewartet. Es war eine Falle.« Der normannische Hauptmann klemmte den Helm unter den Arm.

Entgeistert schlug Friederich die Hand vor den Mund, als er sich die schrecklichen Folgen ausmalte. »Der Aufstand geht weiter? Wird er sich etwa ausbreiten? Werden die Engländer gar ihr Land zurückerobern?«

»Euer Land ist sicher«, gab Aldous beißend zurück. »Fürs Erste jedenfalls. Aber wir brauchen Verstärkungen, und zwar schnell. Unsere Kundschafter berichten, dass die Zahl der Rebellen mit jedem Tag größer wird.«

Harald Rotzahn nahm die wachsende Spannung zwischen den beiden Männern wahr. Keiner von ihnen hatte eine Ahnung, wie man diese Wendung der Dinge bekämpfen sollte, das war deutlich zu sehen. Keine Reiterattacke konnte die Aufständischen aus ihrer natürlichen Festung aus Wasser, Moor und Nebel aufscheuchen. Er unterdrückte ein Grinsen, setzte ein ernstes Gesicht auf und verkündete: »Schrecken zu verbreiten ist die einzige Antwort.«

Der normannische Hauptmann wirbelte herum, aber Friederich hob eine schlaffe Hand, um Aldous Einhalt zu gebieten. »Sprich«, forderte der Lehensträger Harald auf.

»Wir müssen die Engländer in Angst und Schrecken versetzen, sodass sie sich nicht trauen hierherzukommen. Sie sollen wissen, dass ihnen dann Axt und Feuer droht. Und Hungersnot. Sie müssen zu der Überzeugung gelangen, dass dieses Sumpfland nur ein Schlachthaus für ihresgleichen ist.«

Friederich klatschte in die Hände. »Ja, er hat recht. Schicken wir nach Verstärkungen. Wir brauchen viel mehr Leute.«

Aldous wirkte unsicher; denn er war sich bewusst, dass ein solches Vorgehen einen schlechten Eindruck auf seine Fähigkeiten werfen könnte, die Fens zu befrieden. Aber ihm war auch klar, dass der Lehensträger bereits eine Entscheidung getroffen hatte. »Meine Männer werden hier gebraucht«, schnaufte der Hauptmann und wandte sich an Harald: »Reite zur Garnison in Lincoln. Ich werde dir eine Botschaft für den dortigen Kommandanten mitgeben, der dann alle erforderlichen Schritte einleiten wird.«

Der rotbärtige Söldner nickte. Ein Blick auf die traurigen Reste der normannischen Streitmacht genügte, um ihm zu zeigen, dass jetzt der rechte Augenblick war, um Barholm den Rücken zu kehren, ohne gleichzeitig auf seinen Sold verzichten zu müssen. Die Eroberer hatten Hereward unterschätzt und den Preis dafür bezahlt. Der englische Recke hatte sich seit ihrer ersten Begegnung sehr verändert, das war Rotzahn inzwischen bewusst geworden. Er war weit gefährlicher, klüger und umsichtiger als früher und hatte viele neue Taktiken gelernt. Hereward wie einen normalen Bandenführer zu betrachten hieß, das Unglück herauszufordern.

Als er auf das Lagerhaus zuging, um sich für die Reise auszustatten, drang ihm Friederichs näselnde Stimme ans Ohr: »Wenigstens sind wir hier sicher.«

Harald Rotzahn lachte lang und laut.

Kapitel 57

Eine Eule kreischte in der mondlosen Nacht. Windgeflüster wehte von den Schilfbeeten herüber. Und draußen in den einsamen Feuchtgebieten wandelten die stummen Geister, dunkeläugig, fahlhäutig, mit Mordlust im Herzen.

»Wir werden dieses Land zu Ehren unserer Ahnen mit Blut tränken.«

Die geflüsterten Worte verbreiteten sich unter der Gruppe von Männern, während diese vorbei an den schwarzen Seen und durch die wilden Wälder schlichen: ein Eid, der nie gebrochen werden konnte. Angetan mit Schild und Axt führte Hereward die Aufständischen auf den alten Handelsweg zu. Nach der erfolgreichen Abwehr des Überfalls auf das Lager folgten die Männer ihm nun ohne Einschränkung. Sein Kettenhemd klirrte leise bei jedem Schritt, aber er trug keinen Helm. Stattdessen zeigte er dem Feind sein mit Asche bemaltes Gesicht; in der Dunkelheit wurde die verkrustete graue Maske zu einem leuchtenden Totenschädel – ein Vorzeichen für das, was allen drohte, die sie sahen.

Sein Kopf dröhnte mit jedem Pulsschlag. Das Ding, das er immer in sich trug und tief in seinem Herzen angekettet war, begann sich zu befreien. Er hieß es willkommen. Es gab keinen anderen Weg. Noch im Lager, in der grauen Stunde vor Einbruch der Nacht, hatte Alric ihn angefleht, seine wahre Natur im Zaum zu halten, um nicht Gefahr zu laufen, seine Seele auf ewig zu verlieren. Und ein Teil von ihm wusste, dass der Mönch recht hatte. Sich dieser tierischen Blutlust und dem Verlangen nach Gemetzel zu fügen – worin lag da die Ehre? Aber der Friede, von dem er immer geträumt hatte, erschien ihm nun so flüchtig wie der Nebel über den Sümpfen. Alric war ihm ein guter Freund gewesen, vielleicht der beste, den er je gehabt hatte. Aber Hereward Asketilssohn war bereits tot. Und Hereward, die Geißel des Eroberers, der Ernährer von Raben, verlangte nach Blut. Sein Teufel würde dafür sorgen, dass es in Strömen floss.

Durch die kahlen Bäume sahen sie die Fackeln, die rund um die Halle der Normannen glommen, Herewards altes Zuhause. Der Recke hob die Hand, um seine Kriegsschar zu sammeln. Einen Augenblick lang warteten sie schweigend, bis sich ein Schatten aus den Bäumen löste und auf sie zugeschlichen kam.

»Habe ich es richtig gemacht?«, drang eine Stimme aus dem Dunkel.

»Ja, Hengist.«

Der schmächtige Mann aus dem Dorf fuhr sich mit einer zitternden Hand durch sein wirres blondes Haar. Seine blassen Augen glänzten. »Die Normannen haben alle anderen Männer getötet«, krächzte er. »Ich dachte, sie würden einfach fortgehen, sobald ich – entsprechend deiner Anweisung – ihnen verrate, wo sich euer Lager befindet. Aber sie haben meine Nachbarn auf der Stelle abgeschlachtet, wo sie knieten, während ihre Frauen geweint und gebetet haben …« Er konnte nicht mehr weitersprechen.

Hereward legte dem zitternden jungen Mann tröstend die Hand auf die Schulter. »Den Eroberern ist nie zu trauen. Sie haben keine Ehre. Aber durch deinen Mut und das Opfer deiner Nachbarn haben wir sie in die Fens gelockt und sie geschlagen. Und bald, vielleicht heute Nacht noch, werden wir sie los sein.«

Hengist nickte und wischte sich mit dem Handrücken den Rotz unter der Nase ab. »Ich möchte mich euch anschließen«, sagte er, »und es ihnen heimzahlen.«

»Und wie sieht es heute Nacht aus?«

»Zwei Männer halten Wache auf der Palisade.«

»Nur zwei?«

»Die anderen halten ein Gelage in der Halle und lecken ihre Wunden.«

Hereward schüttelte ungläubig den Kopf. »Dann haben sie sich ihr Ende selbst zuzuschreiben.« Er nickte Redwald zu, der grinste, und Guthrinc, der die Knöchel seiner großen Hände knacken ließ. Die beiden Männer nahmen ihre Jagdbögen von der Schulter und jeweils einen Pfeil aus dem Köcher an ihrem Gürtel. Dann schlichen sie leise durch die Weiden, welche die Befestigung umgaben.

Die Aufständischen hielten sich zwischen den Bäumen in Deckung. Hinter der Palisade standen die normanischen Wachtposten auf ihrer Plattform; ihre Helme glänzten im Fackelschein. Redwald und Guthrinc knieten sich am Waldrand nieder und legten jeweils ihren Pfeil an die Sehne. Hereward wusste, dass es schwierig war, in dem flackernden Licht ein Ziel zu treffen, doch die beiden waren die besten Bogenschützen, die er hatte. Sie würden nicht danebenschießen wie er damals, als Vadir starb.

Die Bogensehnen spannten sich, wurden für einen Moment gehalten und dann losgelassen. Zwei Pfeile sausten durch das Dunkel. Die Schäfte flogen so schnell, dass Hereward nicht sah, wie sie ihre Ziele fanden. Aber er hörte, dass sie sich in ihre Opfer bohrten, und vernahm gleich darauf ein gurgelndes Aufstöhnen. Beide Ritter stürzten von der Plattform.

Der Recke hob die Hand und lauschte einen langen Moment, ob irgendetwas darauf hindeutete, dass die Normannen in der Halle den Sturz der zwei Wachtposten bemerkt hatten. Als alles still blieb, gab er den Aufständischen mit einem Wink zu verstehen, dass sie nun weitergehen konnten. Die Männer kletterten über erst kürzlich aufgeworfene Wälle und sammelten sich am Fuß der Umfriedung. Hengist tastete am Fuß der Holzpalisade umher, bis er an einen Bereich kam, wo der Boden unter einer dünnen Erdschicht mit losen Holzspänen aufgefüllt war. Hereward wurde ganz warm ums Herz bei dem Gedanken an das Risiko, das die englischen Bauern eingegangen waren, als sie bei ihren Arbeiten hier seine genauen Anweisungen in die Tat umgesetzt hatten. Auf sein Nicken hin machten sich vier Männer daran, die Späne herauszukratzen, bis die Öffnung so groß war, dass ein schmächtiger Mann unter dem Zaun hindurchkriechen konnte.

»Lass mich«, flüsterte Redwald.

»Sieh dich vor«, warnte Hereward. »Die Wachen sind vielleicht noch am Leben. Außerdem könnten die Ritter jederzeit aus der Halle kommen …«

»Bruder«, unterbrach ihn Redwald mit einem Grinsen. »Vertrau mir.«

»Ich vertraue dir«, gab der Recke zurück. Der Mut seines jungen Adoptivbruders erfüllte ihn mit Stolz.

Redwald wand sich durch die schmale Lücke, und wenig später hörten die Rebellen, wie der Riegelbalken auf der anderen Seite des Tors angehoben wurde. Sobald die Torflügel aufschwangen, strömten die Männer in die Umfriedung. Hengist machte sich auf den Weg zur Rückseite der Halle; Hereward und Alric folgten ihm dicht auf den Fersen. Von drinnen erschollen die lauten Gesänge und das Gelächter der Betrunkenen. *Narren*, dachte Hereward. Die Normannen hatten zu schnell ihren Kummer über den kläglichen Ausgang des Tages ertränkt. Aber sie verstanden die Engländer nicht und das Feuer, das in ihren Herzen brannte. Oder die Tiefe ihres Hasses.

Die drei Männer kamen an der Grube vorbei, in die der Abfall und verdorbenes Essen geworfen wurden, und schlichen am Hühnerstall entlang. Als sie die Rückwand der Halle erreicht hatten, bückte sich Hengist nieder und entfernte einen Stapel Holz. Dahinter war ein Loch gegraben worden, gerade groß genug, dass sich ein Mann in den Zwischenraum unter dem hölzernen Hallenboden quetschen konnte, der mit Stroh ausgestopft worden war, um die Winterkälte abzuhalten. Hereward nickte anerkennend. Erneut war er beeindruckt davon, dass die Männer, die von den Normannen zur Arbeit gezwungen worden waren, ein solches Risiko auf sich genommen hatten. Er empfand eine grimmige Belustigung bei dem Gedanken, dass die Eroberer gute Männer versklavt und damit ihren eigenen Untergang heraufbeschworen hatten.

Der Recke schickte Alric los, eine der Fackeln zu holen. Als der Mönch mit dem knisternden Brandholz zurückkehrte, reichte Hereward sie an Hengist weiter und flüsterte: »Du weißt, was du zu tun hast.«

»Ja. Mit Freude im Herzen«, entgegnete der Mann.

Als sie zur Vorderseite der Halle zurückgingen, fasste der Mönch Hereward am Arm. »Du bist nicht allein. Ich werde für deine Seele beten.« Alrics Gesicht war wie versteinert, aber seine Augen glänzten feucht.

»Dann bete, Mönch.« Herward schlang die Arme um seinen Freund und drückte ihn an sich. Er hielt ihn einen Moment lang so fest, dann wandte er sich ohne ein weiteres Wort oder einen Blick um und lief zur Vorderseite der Halle, wo die Aufständischen im Schatten der Palisade auf ihn warteten.

Hereward packte seine Axt mit beiden Händen, trat an die Seite der Tür und wartete. Seine Männer eilten leise zu ihm und stellten sich in einem Halbkreis auf. Der Recke ließ seinen Blick über die Reihen der Gesichter schweifen und sah dort Mut gepaart mit Angst, das Eisen der Unbeugsamkeit und das Feuer des gerechten Zorns. Die Engländer waren bereit. Und jetzt würde es Blut geben.

Hereward schloss die Augen. In Gedanken stellte er sich Asketil in der Halle vor: die Szene, wie sein Vater seine Mutter mit den Fäusten zu Tode prügelte. Der Recke erinnerte sich, wie ihr Blut in den dünnen Zwischenräumen der Holzdielen versickert war und einen Fleck hinterlassen hatte, der nicht mehr abgewaschen werden konnte und der ihn jede Nacht heimsuchte, die er dort verbracht hatte. Auch erinnerte er sich an die tiefe Wunde seiner Trauer und daran, dass er geglaubt hatte, sie würde niemals heilen. Und dann spürte er, wie der unbändige Zorn, sein alter Begleiter, sich tief in seinem Innern zu regen begann und dann aufbrach und immer höher stieg. Mit einem Flüstern beschwor er seinen Teufel herauf.

Beißender Brandgeruch wehte plötzlich zu ihnen herüber, und graue Rauchfäden stiegen unter den schlammfarbenen Fachwerkmauern der Halle auf. Auf einmal wurde die Stille der Nacht von einem gewaltigen Brüllen zerrissen, als ob ein großes Tier aufgewacht wäre. Orangene Funken glommen auf, wirbelten hoch zum sternenlosen Himmel. Flammenzungen leckten aus dem Fundament der Mauern. In der Halle brach ein panischer Lärm aus. Schritte donnerten auf die Tür zu.

Keuchend und hustend stürzte sich der erste Mann hinaus in die Nacht. Hereward schwang seine Axt. Der Kopf flog durch die Luft und hüpfte über den Schlamm und die nassen Blätter. Blut tränkte den Recken, aber er war sich dessen kaum bewusst. Seine Gedanken waren auf einem stillen Meer fortgetrieben, seine Sicht hatte sich auf den kleinen Durchgang verengt. Dinge kamen daraus hervor, vertraute Formen, die Schatten oder Ungeheuer oder Erinnerungen hätten sein können, und jedes Mal schwang er seine Axt. Die Leichen türmten sich in einem wachsenden roten Pfuhl zu seinen Füßen. Als der Hauptmann, Aldous Wyvill, herausgetaumelt kam, fiel sein Blick für einen Moment auf das Gesicht des blutbespritzten Recken, und er bleckte vor Entsetzen die Zähne bei dem grauenvollen Anblick, ehe die Axt ihn traf.

Als der Rauch in dichten Schwaden aus dem Eingang quoll, trat der Recke zurück, um seinen Männern die Gelegenheit zu geben, Vergeltung zu üben. Einer nach dem anderen stürzte nach vorn, und sie schlugen mit den Äxten zu oder stachen mit ihren Speeren. Ihre Gesichter waren finster und ausdruckslos. Das Einzige, was im Geprassel des Feuers vernommen werden konnte, waren die Gebete und Schreie der Normannen.

Als der Lehensträger ins Freie taumelte, erkannte Hereward die teuren Kleider und den weichen Leib wieder. Er zerrte den Mann beiseite, bevor jemand ihn niedermähen konnte. Friederich fiel weinend auf die Knie.

Flammen tosten in der ganzen Halle, reinigten sie von ihren Geistern, und bald trieb die intensive Hitze die Rebellen an den Rand der Umfriedung. Keine weiteren Normannen kamen mehr durch die Tür. Als das Dach mit einem lauten Krachen einfiel, wirbelte das Feuer einen Schauer goldener Funken in den schwarzen Himmel auf. Und das große Tier brüllte weiter. Herewards Gedanken gingen zurück zu der Nacht, als Gedley in Flammen aufgegangen war, zu dem Augenblick, an dem sein Leben einen neuen Kurs eingeschlagen hatte. Ein flüchtiger Gedanke an Harald Rotzahn schoss ihm durch den Kopf, und er fragte sich, wohin sein verhasster Feind gegangen sein mochte. Der rotbärtige Söldner wäre nie ein Opfer des Brandes geworden. Doch sie würden wieder aufeinandertreffen, dessen war er sich sicher, und dann würde er Rache für Vadirs Tod nehmen.

Aber dies war eine Nacht für ein Fegefeuer normannischer Eitelkeiten. Sie glaubten, sie könnten England in ihrer Faust zerdrücken und seinem Volk langsam das Leben aus dem Leib quetschen. Jetzt, da sie die ersten kalten Finger des Schreckens im Nacken verspürten, würden sie sich damit abzufinden haben, dass der Krieg noch nicht vorbei war.

Friederich erhob sich schwankend. Sein Blick ging hektisch hin und her, aber er sah keinen Fluchtweg. Er schlug die Hände vor den Mund und begann zu zittern. Seine kostbare Kleidung war mit Asche beschmiert. Hereward trat vor den Lehensträger und schaute ihm tief in die Augen. Einen Augenblick lang war ihm, als sähe er seinen Vater vor sich, und der Sog der tiefen Gezeiten in seinem Innern wurde immer stärker und mächtiger.

»Wer bist du?«, krächzte Friederich angesichts des Schädels aus Asche.

»Das weißt du.«

Friederich begann zu weinen.

»Manche behaupten, der Krieg macht uns zu Bestien«, fuhr der Recke fort, ohne den vernichtenden Blick zu senken. »Aber die Menschen machen sich selbst dazu. Sind wir alle Teufel? Ist das hier die Hölle?« Er schüttelte den Kopf. Er wusste keine Antwort, aber es kümmerte ihn auch nicht. »Du sollst Folgendes wissen: Ich sehe nirgendwo Engel, auch wenn die Kirchenleute uns sagen, wir seien alle nach Gottes Ebenbild geschaffen. Strafe mich Lügen. Gib dein Lehen auf. Kehre zu Wilhelm von Warenne und seinem Herrn, dem Bastard, zurück und sage ihnen, sie sollen England verlassen, bevor sich hier ihr Schicksal erfüllt. Denn die Endzeit ist gekommen. Die letzten Tage. Seine. Deine. Meine.«

Friederichs Blick huschte zur Seite. Er überlegte fieberhaft, ob er sich mit einer Hinterlist retten könnte.

Hereward lächelte. »Nein. Dazu wird es nicht kommen. Denn Menschen geben nie die Macht ab, bis sie ihnen aus den toten Händen genommen wird.« Er winkte Guthrinc herbei.

»Ja?«, fragte der Rebell.

»Gib dem Landräuber deine Axt.«

Friederich runzelte die Stirn. Als seine Finger sich um den Schaft schlossen, schaute er auf die Waffe, als hätte er noch nie eine in der Hand gehabt. »Was hat das zu bedeuten?«

»Ich bin jetzt ein Ritter. Ein Mann von Ehre.« Der Recke konnte in den Augen des Lehensträgers lesen, dass dieser bereits wusste, was sich in Peterborough zugetragen hatte. Wie von Hereward erwartet, hatte sein Onkel die Normannen in Kenntnis gesetzt. »Kein Mörder, der von allen verachtet wird, die seinen Namen hören. Kein gewöhnlicher Geächteter. Ein Ritter. Ich gehe Schulter an Schulter mit dir und allen normannischen Eroberern.« Er wies auf die Axt. »Und jetzt werden wir die Sache wie Ritter austragen.«

Friederich fiel das Kinn herunter. »Ein Zweikampf?«

»Um so den Streit zwischen uns zu klären, wie das Gesetz es verlangt.«

Der Lehensträger schüttelte den Kopf. »Nein.« Er versuchte, Guthrinc die Axt zurückzugeben. »Ich ... ich erkenne jenen Ritterschlag nicht an. Er wurde von einem geistlichen Herrn erteilt. Nicht vom König.«

»Stell dich zum Kampf.«

Friederich ließ die Waffe auf den Boden fallen, als hätte er sich daran verbrannt.

»Nimm die Axt und kämpfe. Du hast keine andere Wahl.«

Der Normanne fiel auf die Knie und rang flehend die Hände. »Gnade!«

Hereward konnte Alrics Blick im Nacken spüren. Als der Recke die Axt über den Kopf hob, drang das Schluchzen des normannischen Edelmanns durch das Tosen des Brandes. »Ist das die Hölle?«, fragte Hereward.

Die Axt fuhr herunter.

Kapitel 58

Eiszapfen hingen von den Ästen und glitzerten in der Morgensonne. Nach dem ersten harten Frost des Winters waren die Teiche der Fens weiß überzuckert, zwischen denen sich der gefrorene Pfad von Lincoln her durch das Sumpfland wand. Harald Rotzahn, der an der Spitze der Kolonne ritt, sah hinauf zu dem klaren blauen Himmel und wusste, dass es bald Schnee geben würde. Er trug schon seine eingefetteten Felle über dem Kettenhemd, und er hatte Haar und Bart frisch gefärbt in Erwartung dessen, was da kommen sollte.

Neben ihm suchte Ivo Taillebois die leere Landschaft nach Lebenszeichen ab. Sein dunkles Gesicht hatte den schweren Knochenbau bäuerlicher Herkunft, aber unter der niedrigen Stirn funkelten die Augen vor animalischer Schläue. Der Wikingersöldner hatte den Spitznamen des neuen normannischen Hauptmanns in ganz Lincoln flüstern hören, und das Gerücht ging um, dass König Wilhelm höchstpersönlich diesen Mann als den Schlächter bezeichnet hatte. Es war ein Beiname, den sich Taillebois während der Entscheidungsschlacht von Hastings im buchstäblichen Sinne des Wortes mit seiner Axt verdient hatte, wie Rotzahn wusste. Und Wilhelm der Bastard hatte den Abenteurer aus Anjou reich mit Land belohnt – für das Schiff, die Pferde und die Vorräte, die Ivo für die Invasion bereitgestellt hatte. Die Normannen glaubten: Wenn irgendjemand den Aufstand in den Fens niederschlagen könnte, dann wäre es der Schlächter. Harald war davon noch nicht ganz überzeugt.

»Wie werden die Rebellen den Winter überleben?«, fragte Ivo mit ausdrucksloser Stimme. Sein Englisch hatte einen starken

Akzent. Er trug einen schwarzen Wollumhang über seinem Kettenhemd und braune Lederhandschuhe zum Schutz gegen die Kälte.

»Hereward hat einen großen Sieg gegen die Besatzer errungen, und allein schon aus diesem Grund werden die Fenländer fürs Erste hinter den Rebellen stehen. Sie werden ihnen das Nötige zu essen besorgen, daran besteht kein Zweifel.«

Taillebois knurrte: »Man muss den Leuten nur Angst machen, dann ist es aus mit der Unterstützung für die Aufständischen.«

Weiter voraus erklangen Hufschläge. Der Hauptmann brachte die Kolonne behelmter Soldaten zum Halten, und einen Augenblick später kam ein schwarz gekleideter Kundschafter auf sie zugeritten. Er brachte sein Pferd abrupt zum Stehen und meldete: »Das Lager, das Ihr beschrieben habt, ist leer. Die Rebellen sind fort.«

Harald unterdrückte ein Kichern, als er in den Weiden abermals die Stimmen vernahm, die nur er hören konnte. Er vollführte eine weite Armbewegung und erklärte: »Das hier ist ihre Festung. Gewässer sind ihre Wälle, Nebel ihre Mauern, und mit jedem Schritt, den ein Fremder in diesem Land macht, nähert er sich seinem Tod. Wo auch immer ihr neues Lager sein mag, es wird besser verteidigt und schwerer anzugreifen sein als ihr altes, da könnt Ihr Euch sicher sein.«

»Du überschätzt diese Bande«, schniefte der Schlächter. »Wir haben ein ums andere Mal englische Aufstände niedergeschlagen, vom Süden bis zum kalten Norden.«

»Keine Aufstände wie diesen.«

Die eiserne Schlange der Soldaten kroch weiter. Gegen Mittag hatten sie Barholm erreicht, wo der Wikinger noch das verbrannte Holz riechen zu können glaubte. Der Frost war unter der warmen Sonne geschmolzen, aber der Wind war immer noch kalt. Nichts war von der alten Halle des Thegns geblieben außer einem verkohlten Kreis auf der braunen Erde und den Haufen feuchter Asche rund um die schwarzen Knochen aus Holz. Unter anderen Umständen hätte das gewiss die Aufmerksamkeit der Ankömmlinge auf sich gezogen, aber aller Augen waren auf eine Reihe von Pfählen gerichtet, die aus der Palisade herausgebrochen worden waren – vierzehn an der Zahl. Auf jedem davon steckte ein verwesender Kopf, der bereits keine Augen mehr hatte, und der Mund war zu einem stummen, niemals endenden Schrei geöffnet. *Hereward hat sich an den Männern gerächt, die seinen Bruder töteten*, dachte der Wikinger, *und dabei zugleich eine deutliche Botschaft für alle hinterlassen, die hierherkommen.*

Taillebois blieb stumm und scheinbar unbewegt, als er die Gesichter eins nach dem anderen betrachtete.

Ein grauhaariger Mann kam, gestützt auf einen langen Stab, aus den umgebenden Weidenbäumen hervorgehumpelt. Rotzahn erkannte den alten Thegn, Asketil, der sich so lange bemüht hatte, sich bei Aldous Wyvill einzuschmeicheln. Nicht dass es ihm etwas genützt hätte. Der Wikinger mochte den Mann nicht. Wie konnte er seine eigene Sippe verraten? Aber er setzte ein breites Lächeln auf und hieß den Thegn willkommen.

»Ihr seid der neue Hauptmann?«, fragte Asketil. Als Ivo ein knappes Nicken von sich gab, fuhr der Alte fort: »Dann grüße ich Euch. Wir haben viel zu bereden, Ihr und ich, denn es ist mein Sohn, der den Aufstand anführt.«

»Dein Sohn?« Taillebois' Augen verengten sich.

»Er ist ein übler Kerl, der nur an sich selbst denkt, und er hat allen, die ihn kennen, viel Leid gebracht. Seine Eitelkeit wird noch der Untergang der Engländer sein, und er muss aufgehalten werden, bevor er unser ganzes Volk ins Verderben führt.«

»Und du bietest mir dazu deine Dienste an?«

»Euer Vorgänger hat meinen Rat nicht beachtet. Aber wenn Ihr klüger seid, werdet Ihr auf mich hören, und Hereward wird vernichtet, bevor auch Ihr das Schicksal dieser Männer erleidet.« Asketil wies mit der Hand auf die verwesenden Köpfe.

Harald Rotzahn grinste. Er sah darin eine nahezu endlose Quelle für gutes Geld, und am Ende des Weges würde er sich voller Freude an seinem Feind rächen. Den Raben würde Nahrung, den Göttern und seinen Vorfahren Ehre zuteilwerden. Es war eine gute Zeit, um am Leben zu sein!

»Also gut«, sagte Taillebois und blickte hinaus auf das menschenfeindliche Sumpfland. »Dieser Hereward hat seinen Meister gefunden. Er wird einen Krieg geben, wie die Engländer ihn noch nie zuvor gesehen haben.«

Kapitel 59

Der Geruch von frisch geschlagenem Holz hing über dem Hügel. Das Lager am Hang nahm bereits Gestalt an. Wohin Alric auch blickte, sah er zwischen den dicht stehenden Eschen und Weiden aufragende Holzgestänge, geflochtene Weidenmatten und hölzerne Kübel mit Lehm. Alle Hütten waren halb in den Hang hineingebaut, mit gepresstem Stroh unter den Bodenbrettern zum Schutz gegen die Kälte und mit Dächern aus Grassoden. Aus weiterer Entfernung waren diese Unterkünfte so gut wie nicht zu sehen.

Der Mönch stampfte mit den Füßen, um sie zu wärmen, und legte eine Hand auf die raue Rinde eines Baumes. Das Moor erstreckte sich, von der Morgensonne entflammt, so weit das Auge reichte. Zum ersten Mal seit Tagen überkam ihn eine Art von Frieden. Es war ein überraschendes Gefühl, wie er fand, angesichts der heraufziehenden Kriegsstürme und des Geruchs von Blut im Wind. Aber er spürte das Gewicht der Bestimmung in seinem Herzen. Er würde sich vom Fleck seiner Sünde reinwaschen können, dessen war er sich sicher. Der Mord an einer unschuldigen Frau würde sich durch die Rettung einer verlorenen Seele ausgleichen lassen.

Er wandte den Kopf und sah Hereward, seinen Freund, unter den Aufständischen einhergehen. Während der Recke von einem zum anderen schritt, erteilte er Befehle und Ratschläge, sprach Ermutigungen und Glückwünsche aus. Ein wahrer Anführer. Alric nickte und lächelte in sich hinein. Gottes unergründlicher Plan erstaunte selbst ihn immer wieder. Doch der Mönch sah in den schwarzen Augen des Recken auch dessen Teufel das Haupt erheben. Die Liebe zu Gewalt und Tod war wiedererweckt worden. Alric wusste, dass dies den Schmerz seines Freundes betäubte, während es ihn zugleich allmählich von innen zerstörte. Hereward hatte den Teil seines Herzens, den sein Vater ihm herausgeschnitten hatte, mit dem Drang nach Blut gefüllt.

Manche sagen, der Krieg macht uns zu Bestien. Aber die Menschen machen sich selbst dazu.

Das hier war jetzt sein Leben. Alric hatte sich damit abgefunden. Er würde nicht vom Pfad abweichen. Er würde Hereward nie mehr verlassen. Und selbst wenn der Mönch mit dem Teufel persönlich ringen müsste, würde er diese Seele in den Himmel führen und seinem Freund den Frieden bringen, den er verdiente. Alric war im Begriff, ein Monument der Liebe Gottes zu errichten, eine Kathedrale des Herzens, und er würde in seiner Entschlossenheit nicht wanken.

Der Mönch ließ seinen Blick über das bunte Gemisch von Menschen streifen, die auf dem Hang ihren Arbeiten nachgingen: bekannte Gesichter, neue Freunde, manche mit Blut unter den Nägeln und starrem Blick, manche erfüllt von Leben und Lachen, manche kalt, zum Grübeln neigend und immer nur auf das Schlechteste gefasst. Redwald pfiff, während er Pflöcke in ein Verbindungsstück hämmerte, und warf dabei gelegentlich Blicke zu seinem Bruder hinüber: Blicke, die Alric überhaupt nicht brüderlich fand. *Ein Mann, den man im Auge behalten muss*, dachte Alric. Da waren Guthrinc mit seinen sarkastischen Bemerkungen, die alle Leute irritierten, und der wilde, starke, leidenschaftliche Kraki. Und da war Acha, die gerade Hereward einen Becher Bier brachte und ihn mit der Macht ihrer dunklen Augen zu bezwingen suchte. Sie lächelte wie ein Händler, der um einen Goldring feilscht. Alle Menschen hier hatten sich zu einem gemeinsamen Zweck vereint, doch jeder wurde von seinen eigenen Dämonen getrieben.

Hereward kam zu ihm herüber. Die Sonne, die durch die

Zweige fiel, sprenkelte ihn mit Licht. Er bedachte den Mönch mit misstrauischen Blicken, als ob er spürte, dass dieser sich über ihn Gedanken machte. »Sie arbeiten gut zusammen«, sagte er. »Wir werden hier ein Lager haben, dass sie durch die harten Wintermonate bringen wird.«

»Sie?«

»Ich kehre morgen nach Flandern zurück. Turfrida wartet auf mich, und ich möchte sie herholen und die beiden Siwards, die auf sie achtgeben. Sie werden für unser Heer von Aufständischen eine gute Ergänzung darstellen.«

»Und dann?«

Hereward lächelte humorlos. »Du weißt, was dann.« Er sah über das schimmernde Wasser und die bewaldeten Inseln, die daraus aufragten – wie grüne Schiffe, die über ein Meer aus Glas segelten. »Die Kundschafter sind zurückgekehrt. Die normannischen Verstärkungen sind eingetroffen, und Harald Rotzahn ist bei ihnen. Wir werden auf sie vorbereitet sein. Unser Bestand an Speeren und Äxten wächst Tag für Tag. Und jeder Mann und jede Frau wird im Bogenschießen ausgebildet, sodass wir auch auf diesem Gebiet mit den Eroberern gleichziehen können.« Ein Schatten legte sich über sein Gesicht. »Und dann werden wir die Normannen aus den Sümpfen heraus angreifen und wie Schlangen zuschlagen und wieder verschwunden sein, bevor unsere Feinde überhaupt wissen, dass wir da sind. Wir werden sie mit Feuer geißeln. Wir werden Köpfe als Trophäen nehmen und Herzen und Finger. Und mit der Zeit werden sie das Grauen kennen, das mit der Nacht kommt, und wissen, dass sie seinem kalten Griff nicht entrinnen können. Es wird eine Zeit des Schreckens geben, und ich werde dessen König sein.«

Herewards Augen hatten einen seltsamen Glanz angenommen, und seine Stimme klang hart wie Stein. Eine Welle des Mitleids überkam den Mönch, aber er ließ es sich nicht anmerken. »Gott wacht über dich, mein Freund.« *Und ich auch.*

Unter den wiegenden Ästen der Esche, neben der sie standen, umarmten sie sich wie Brüder. Und dann ging Hereward fort, ohne auf die hoffnungsvollen Blicke der Menschen zu achten, die zu ihm aufsahen. Alric schaute seinem Freund hinterher, bis er zwischen den Bäumen verschwunden war. Aber der Mönch wusste: Es würde nicht lange dauern, bis die Sümpfe wieder rot vom Blut waren. Er würde zurückkehren.

Der Teufel der Fens.

Der Geist aus dem Nebel.

Hereward, der größte der Engländer. Der König des Schreckens.

Nachwort des Verfassers

Geschichte ist wie ein alter Kinofilm in einer schlechten Kopie. Kratzer und knisternde, unverständliche Dialoge beeinträchtigen selbst die wichtigsten Szenen, und je weiter zurück man geht, umso mehr stößt man auf blinde Flecken, und manchmal fehlen ganze Spulen. Figuren treten auf und sind gleich darauf wieder verschwunden, ohne dass wir etwas über ihre Rolle erfahren haben. Sprünge in der Erzählung sind selbst für den aufmerksamsten Betrachter große Herausforderungen, und im Surren scheinbar unzusammenhängender Szenen geht der Sinn verloren oder wird bis zur Unkenntlichkeit verzerrt.

So frustrierend dies für den Historiker auch sein mag, für den Romanautor bieten sich dadurch aufregende Möglichkeiten. Der Schriftsteller kann das Verbliebene aufpolieren und die Lücken füllen, wo etwas fehlt; er kann womöglich Verbindungen herstellen oder gar nach jenem schwer fassbaren Sinn suchen.

Jahrzehnte akribischer wissenschaftlicher Forschung haben uns zu einem immer besseren Verständnis des elften Jahrhunderts verholfen, aber vieles an jener Zeit ist auch heute noch mehrdeutig oder ungreifbar. Die hitzigen Diskussionen über die Politik und die Motivation der wesentlichen Akteure geht weiter, was kaum überrascht, da die Quellenlage so dünn und die Propaganda so groß ist. Was wir indes wissen, ist, dass die Menschen jener Zeit genauso waren wie wir. Das alles ist gleich geblieben – was sie antrieb, wonach sie hungerten, was sie liebten. Auch die Schwächen, Hoffnungen und Enttäuschungen. Wir brauchen keine historischen Texte, um das zu verstehen. Wir wissen, dass Menschen, die nach Macht streben, manchmal schreckliche Dinge tun. Wir wissen, dass es wenige echte Helden und Schurken gibt, aber viele Menschen, die einfach nur versuchen, irgendwie klarzukommen, während sie von Ereignissen überrollt werden, auf die sie keinen Einfluss haben.

Unser Protagonist in diesem Roman, Hereward, ist eine faszinierende Gestalt. Er ist heutzutage kaum bekannt, aber seine Taten haben eine mythische Kraft erlangt, die ihn zu einem der drei großen Helden Britanniens macht – neben König Artus und Robin Hood. Er hat viele Eigenschaften mit diesen beiden anderen legendären Figuren gemeinsam, aber Hereward ist stärker in der Realität verwurzelt. Die Geschichte des archetypischen Recken wird in *De Gestis Herwardis Saxonis* (Mitte 13. Jh.) erzählt und in verschiedenen Mönchschroniken gestreift, und der Part, den er im englischen Widerstand gegen Wilhelm den Eroberer spielte, ist in den Grundzügen bekannt. Aber von Anfang an wurde die »Wahrheit« – was immer das sein mag – mit märchenhaftem Beiwerk verbrämt, da die Schreiber der damaligen Zeit Hereward schon wenige Jahre nach seinem Tod einen mythischen Glanz zu verleihen versuchten. Wie viel überhaupt ist vertrauenswürdig? Sicherlich basiert die Darstellung in *De Gestis* teilweise auf einer älteren Version der Geschichte von Hereward. Vielleicht waren von diesem Text nur ein paar verschimmelte Fetzen erhalten, sodass vieles verloren ging. Zeitabläufe sind verworren, Erzählungen widersprechen sich. Doch es scheint, dass Herewards Geschichte Teil einer Volksüberlieferung war und dass er bereits kurz nach seinem Tod als legendärer Held angesehen wurde.

Die fehlenden Rollen des Films von Herewards Leben sind zahlreich. Historiker haben versucht, aus den fragmentarischen Daten einen familiären Hintergrund zu rekonstruieren. Viele Darstellungen sind romantisch gefärbt, wie es bis vor Kurzem gang und gäbe war. Aber die detaillierte Untersuchung von Peter Rex in seinem Buch *Hereward: The Last Englishman* (Stroud:

Tempus, 2005) macht eine Neubewertung von vielem erforderlich, was man über das Leben des Helden zu wissen glaubte, und darum hat mir dieses überzeugendere Bild als Grundlage für »meinen« Hereward gedient. Ich bin auch Elizabeth Van Houts zu Dank verpflichtet, deren Aufsatz »Hereward and Flanders« in *Anglo-Saxon England 28* (1999) den historischen Hintergrund für einen Teil meiner Darstellung von Herewards Zeit im Exil geliefert hat.

Zwei weitere Anmerkungen: Die Daten, die am Anfang der Kapitel genannt werden, folgen unserem heutigen Kalender, der Einfachheit wegen. Und auch wenn Hereward sich als Mercier bezeichnet, war zur Zeit dieser Geschichte das alte Königreich Mercien im Zuge der politischen Vereinigung des Landes im vorangehenden Jahrhundert bereits ein Teil Englands geworden. Herewards Selbstbezeichnung ist eine reine Sache kultureller Identität, basierend auf dem Gebiet, wo sein Vater seinen wichtigsten Landbesitz hatte (auch wenn er einen Großteil seiner Kindheit in den Fens verbrachte). Er gab immer noch ein großes Maß an Rivalität zwischen Bewohnern der alten Königreiche, vergleichbar der traditionellen Erbfeindschaft zwischen den heutigen Bewohnern von Lancashire und Yorkshire.

Am Ende bleibt Hereward nur ein Geisterbild auf der Leinwand der Geschichte. Die Überlieferung seiner Lebensgeschichte ist bruchstückhaft und verzerrt. Aber die wesentlichen Elemente sind klar: ein blutrünstiger Recke, der die Verbreitung von Schrecken als Waffe einsetzte; ein fehlbarer Mensch, aber wohl auch ein Held so groß wie manch anderer, den wir aus der Geschichte kennen.

Actionreiche Unterhaltung für echte Kerle

James L. Nelson
DIE WIKINGER - DIE RACHE DES KRIEGERS
Historischer Roman
Aus dem amerikanischen Englisch von Alexander Lohmann
512 Seiten
ISBN 978-3-404-17676-2

Nach einem schweren Sturm stranden die tapferen Wikinger um Thorgrim Nachtwolf im Hafen von Vík-ló. Ihr Schiff ist ramponiert, die Weiterfahrt nach Norwegen ausgeschlossen. Ihr einziger Trost: das Wissen, bei Grimarr dem Riesen unter Freunden zu sein. Wie selbstverständlich stehen sie ihm bei, als die Iren mitten in der Nacht Vík-ló angreifen. Sie sichern sogar zu, ihm bei der Bergung eines Schatzes zu helfen. Doch kurz bevor sie wieder in See stechen, muss Thorgrim erkennen, dass die größte Gefahr da lauert, wo er sie am wenigsten vermutet hätte ...

Dritter, völlig unabhängig zu lesender Band der Reihe um den Wikinger Thorgrim Nachtwolf

Bastei Lübbe